KB115331

사랑,
너에게
분다

사랑, 너에게 묻다 2

초판 1쇄 찍은 날 ｜ 2017년 9월 07일
초판 2쇄 펴낸 날 ｜ 2017년 9월 15일

지은이 ｜ 김선민
펴낸이 ｜ 서경석

편 집 책 임 ｜ 조윤희

펴 낸 곳 ｜ 도서출판 청어람
등록번호 ｜ 제387-1999-000006호
등록일자 ｜ 1999. 5. 31
어람번호 ｜ 제11-0061호

주소 ｜ 경기도 부천시 부일로 483번길 40 서경B/D 3F (우) 14640
전화 ｜ 032-656-4452 팩스 ｜ 032-656-4453
http://www.chungeoram.com
E—mail ｜ chungeorambook@daum.net

ⓒ 김선민, 2017

ISBN 979-11-04-91417-1   04810
ISBN 979-11-04-91415-7   (SET)

사랑, 너에게 분다 ²

김선민 장편소설

도서출판
청어
람

목차

12. 최선의 선택

한 감독의 바람이 이루어졌다. 드라마에 벚꽃 신을 담아낼 수 있게 된 것이다. 이 신을 위해 나애리 작가는 대본을 수정해 주었고, 벚꽃 길이 아름답기로 유명한 대전 대청호 주변의 회인선 벚꽃 길까지 야외촬영을 나왔다.

"풀 샷 뒤에서 한 번 더 갑시다!"

송 감독의 말에 다시 한 번 장비 세팅이 시작되었고, 대기하는 동안 해아와 기주는 벚꽃 구경을 하고 있었다.

늦은 밤부터 이른 새벽까지, 교통량이 많지 않은 시간을 택해 촬영을 하는 중이었다. 해아와 기주는 숨 막히게 아름다운 벚꽃 길을 배경으로 걷고 또 걸었다. 조명에 비친 아름다운 벚꽃잎이 바람을 타고 흩날리자 여기저기서 탄성이 새어나왔다.

"이런데서 데이트를 해야 되는데. 그치?"

기주의 말에 해아는 고개를 끄덕이며 손바닥 위에 안착한 꽃잎을 가만히 보았다. 지난 크리스마스 때 도영이 자신의 목에 걸어준 그 목 걸이 펜던트만큼이나 예쁘고 고왔다.

이런 곳에 와 있으니 더더욱 그가 떠올랐다. 기주가 아닌 그와 함께 손을 잡고 이 길을 걸었다면 눈물 나게 행복했을 텐데, 하는 생각이 자꾸만 들었다.

"둘이 만나면 뭐해? 어디서 데이트해?"

"남들 하는 거 하죠."

"하아. 부럽다."

진심으로 부러운 듯 시무룩한 기주의 표정을 보고 있으니 괜히 어깨가 으쓱해졌다. 해아는 그의 등을 다독이며 위로해 주었다.

촬영 준비가 끝나자 조연출이 해아와 기주를 향해 손짓했고, 두 사람은 걸음을 옮기면서도 벚꽃에서 시선을 떼지 못했다.

"오빠도 데이트하세요."

"할 사람이 없어."

"왜 없어? 내가 보기엔 있는 거 같던데?"

해아의 말에 놀랐는지, 그는 토끼눈을 하며 커다란 눈을 끔뻑였다.

그 사이 해아는 기주의 손목을 잡아끌어 X자 표시대 앞에 세워두고 송 감독의 큐 사인을 기다렸다.

"윤서랑 해준이 준비됐지?"

"네! 준비됐습니다!"

"바로 가자. 하이, 큐!"

송 감독의 사인에, 해아는 기주의 손을 잡고 천천히 앞으로 걸어갔다. 두 사람이 걷는 모습을 뒤에서 촬영 중인 데다가 몽타주 컷이라 오디오도 들어가지 않는 상황이라 해아는 기주에게 이것저것 묻기 시작했다.

사랑, 너에게 분다

"나애리 작가님한테 관심 있죠?"

"아냐."

"아니긴. 티 나던데."

"아니라니까?"

"이 핑계 저 핑계 대면서 자꾸 만나잖아요. 문득문득 생각나고, 궁금하고. 그쵸?"

정곡을 찔린 건지, 그는 합죽이가 되어 입을 꾹 다물었다. 해아는 자연스레 그의 어깨에 머리를 기대며 연기를 이어갔다.

"문득 생각나고, 생각하면 보고 싶어지고, 보고 있으면 마음 흔들리고, 그러다 연애하고 그런 거죠."

"누구 얘기 하는 건지 당최 알 수가 없네."

해아는 그를 더 놀려주고 싶었지만 아닌 척 끝까지 시치미를 떼니 이쯤에서 넘어가 줘야겠다고 생각했다. 불과 몇 달 전의 자신의 모습과 닮아 있어서 동지애 그 비슷한 감정이 생겨서이기도 했다.

"컷! 오케이!"

저 멀리서 컷 소리가 들렸고, 해아와 기주는 왔던 길을 다시 걸어갔다.

"수고하셨습니다!"

길었던 밤샘 촬영이 끝나고 박수로 마무리가 되었다.

해아는 은형이 어깨 위에 덮어준 두꺼운 점퍼에 두 팔을 꿰며 송 감독에게 다가가 아까 촬영했던 장면을 확인한 후, 만족스러운 그림에 기주와 가볍게 포옹을 나누었다.

서울로 올라가기 전, 송 감독의 제안으로 인근 식당에서 다 같이 아침 식사를 하고 출발하기로 했다.

해아는 올갱이해장국 한 그릇을 깨끗이 비우고 식당 밖으로 나섰다. 산 속에 콕 박혀 있는 식당은 뜰이 무척이나 예뻤다. 크고 작은 나무들과 꽃들이 사방 천지에 널린, 해아에게는 지상낙원과도 같은 곳이었다.

식당 바로 앞에는 작은 개울이 있었고 주변엔 둥글둥글한 바위들이 한가득이었다. 해아는 그중 가장 커다란 바위 위에 걸터앉아 따스한 햇볕을 쬐었다. 손을 이마 위에 얹어 작은 그늘을 만들고, 개울에 흐르는 맑은 시냇물을 바라보았다.

"어떤 부분에서 그렇게 느꼈어?"

뜬금없는 물음에 뒤를 돌아보니 기주가 서 있었다. 아까 해아가 했던 말을 내내 신경 쓰고 있었는지 그의 표정은 사뭇 진지했다. 해아는 그를 향해 웃으며 손짓했고, 그는 맞은편 바위에 자리를 잡았다.

"뭘요?"

"내가 나애리 작가한테…… 관심 있는 거 같아 보였어?"

"네."

해아의 단호한 대답에 기주가 작게 한숨을 내쉬었다.

"나애리 작가도 눈치챘을까?"

"아마도."

또 한 번 한숨이 새어나왔다. 해아는 그런 그를 보며 귀엽다고 생각했다.

누군가를 좋아하는 감정이라는 건, 참으로 신기하고 놀라운 것 같았다. 상대방에게 호감을 느끼는 그 순간에는 본래의 본성과는 무관하게 모두 다 한결 같은 반응을 보이니 말이다.

누군가를 좋아하는 감정은 결코 숨겨지지 않는 모양이다. 까칠한 사람도, 다정한 사람도, 좋아하는 누군가의 앞에서는 눈빛이 흔들리

사랑, 너에게 묻다

고 긴장을 하며 쑥스러워한다. 그래서일까. 해아는 기주를 보고 그가 누군가를 좋아하게 되었다는 걸 한눈에 알아볼 수 있었다.

"저 권 PD님이랑 기사 날지도 몰라요."

"날지도 모른다는 건 무슨 뜻이야? 막지 않겠다는 거야, 아니면 막을 수 없다는 거야?"

해아는 어깨를 으쓱이며 옷매무새를 좀 더 단단히 여몄다.

"드라마 방영 도중에는 기사 나지 않도록 최선을 다할 생각이었는데, 어쩔 수 없이 막지 못할 상황이 생길 수도 있다는 얘기예요. 그래도 파트너한테는 미리 말을 해줘야 할 거 같아서."

"으음. 그렇구나. 부정하지 않겠다 이거지?"

"네. 대신 최대한 소극적으로 대처할 생각이에요."

"잘 생각했다. 두 사람 적당히 만나다 그만둘 사이도 아닌 것 같던데, 굳이 관계를 부정했다가 번복할 필요는 없지."

그의 말이 너무나 고마웠다. 파트너인 그에게 일방적인 이해를 바라는 건 염치없고 미안한 일이었기 때문이다. 여전히 '흠집 내기'라는 그 말이 마음에 걸렸지만 해아는 담담하게 상황을 맞이할 수 있도록 마음의 준비를 하고 있었다.

서울에 도착하자마자, 해아는 도영의 집으로 향했다. 퇴근 전인 그를 기다리며 함께 먹을 저녁 식사 준비도 해두고, 수지와 놀아주며 시간을 보냈다.

그러다 소파에 누워 한숨 자고 일어나니, 어느새 집에 돌아온 그가 자신을 바라보고 있었다. 깨우지 그랬냐는 해아의 말에 그는 조용히 웃으며 입을 맞춰주고 보고 싶었다고 말했다.

해아는 그와 함께 식사를 하고, 시시콜콜한 이야기를 나누며 별일 아닌 것에 웃고 삐치는 순간, 순간이 너무나 소중했다. 그의 옷장 한쪽에 놓인 자신의 옷가지와 그의 칫솔 옆에 꽂혀 있는 자신의 칫솔을 보며, 그의 가장 가까운 곳에서 머물고 있음을 느낄 수 있어 행복했다.

두 사람은 TV 앞에 나란히 앉았다. 도영이 퇴근길에 사 온 딸기를 집어 먹으며, 주말에 방송했던 코미디 프로그램 재방송을 보았다.

그는 아주 자연스럽게 해아의 허벅지를 베고 누워, 코미디언들의 우스운 몸짓에 아이처럼 키득거렸다. 그런 그의 풀어진 모습이 해아의 눈엔 너무나 섹시했고, 예쁘게 휜 눈매가 사랑스러웠다.

누구의 시선도 신경 쓰지 않아도 되는 이 편안함이 고된 시간을 보내온 해아에겐 선물과도 같았다. 해아는 그의 머리카락을 매만지며 TV와 그의 얼굴을 번갈아보았다.

"할아버지랑 아저씨한테 좀 더 빨리 말씀드려야 할 것 같아요."

해아의 말에 도영은 TV에서 시선을 떼고 해아를 보며 눈썹을 씰룩였다. 해아는 그런 도영을 향해 옅게 웃으며 그의 눈썹을 살살 쓰다듬었다.

"조만간 우리 열애 기사 날지도 몰라."

"진짜?"

"응."

그는 잠시 생각에 잠긴 듯 고개를 끄덕이기만 했다.

"괜찮겠어?"

"난 괜찮아요. 제작진이랑 드라마 팬들에게 미안해서 그렇지."

"그게 제일 마음에 걸리긴 하다."

"박 대표님이 최선을 다해서 알아보고 있긴 한데, 혹시 모르는 일이라 말하는 거예요. 만약 기사 나더라도 최소한으로만 대응하기로 했고요."

"그래. 언제든 알려질 일이었으니까."

담담하게 받아들이는 그 덕분에 해아는 한결 마음이 편했다. 그는 해아를 다독이듯 손을 뻗어 그녀의 뺨을 어루만졌다.

"기사나면 빼도 박도 못하는 거예요."

"난 준비됐어."

도영은 짐짓 진지한 표정을 지으며 단호하게 눈을 깜박였다. 그 모습을 지켜보던 해아는 고개를 숙여 그에게 입을 맞췄다.

해아의 지금 솔직한 심정으로는 다른 것들을 고려하고 싶지 않을 정도로 그에 대한 마음이 커져 버렸다.

모든 상황들로부터 가벼워지고 싶었다. 물론 지금도 제법 편안한 마음으로 그를 만나고 있지만, 그와의 연애를 공개해서 남들 시선 걱정하지 않고 마음껏 사랑하고 싶었다.

이렇게 좋아도 되나, 싶을 만큼 행복한 시간들을 통과하고 있었다. 혹시나 이 행복을 누군가 시샘하진 않을까 하는 생각에 두려운 마음도 들었다. 조금 덜 행복한 척 해보려 했지만 그게 잘 되지 않았다.

그를 떠올리면 웃음부터 나고, 마음 한 구석이 몽글몽글해진다. 시도 때도 없이 보고 싶고, 안고 싶고, 입 맞추고 싶었다.

모든 기분, 모든 감정이 한 사람으로부터 시작되고 변화하게 되었다. 이것이 지극히 자연스러운 것인지는 알 수 없지만, 해아는 하루에 수십 번도 더 자신이 사랑에 빠졌다는 것을 느끼고 있었다. 자신이 사랑하는 사람을 마음껏 사랑할 수 있어서, 자신이 사랑하는 사람으로부터 사랑받을 수 있어서 매 순간이 기적 같았다.

어제까지 나흘 내리 몰아서 야외촬영을 하고 간만에 촬영이 없는 날을 맞았다. 하지만 해아는 화보 촬영 스케줄을 소화해야 했다. 오후 늦게 시작된 촬영 덕분에 다행히 오전 내내 푹 쉬고 나서 스튜디오를 찾았다.

"자기야, 이번 드라마 진짜 너무너무 재밌더라. 오늘이 수요일인 게 너무 행복한 거 있지? '별이 빛나는 밤'만 일주일 내내 했으면 좋겠다니까?"

한창 헤어와 메이크업을 준비하는데, 화보 담당 디렉터는 해아를 보자마자 발까지 동동 구르며 드라마 이야기를 꺼냈다. 몇 년째 함께 작업을 해왔고 나이도 동갑이라 가깝게 지내다 보니, 해아와는 꽤 허물없는 사이였다.

디렉터가 운을 띄우자 옆에서 대기하고 있던 어시스턴트들도 난리였다. 오늘 촬영 팀도 아닌데 해아를 보기 위해 굳이 촬영장에 나왔다는 사람들도 있었고, 화보가 실릴 잡지의 편집장은 직접 스튜디오에 나와 팬이라며 사인을 요청하기도 했다.

해아는 주변의 그런 관심이 마냥 고마웠다.

"나 듣기 좋으라고 하는 말 아니고?"

"자기 드라마 얼마나 핫한지 정말 몰라서 하는 소리야? SNS에도 자기가 한 대사랑 화면 캡쳐 사진이 아주 도배가 됐어."

드라마 대사가 워낙 좋긴 했다. 해아도 대본을 읽고 연기를 할 때마다 가슴에 와 닿는 대사가 많았던 편이다.

인기 원작 소설을 토대로 만들어진 드라마다 보니, 소설을 좋아해서 드라마까지 유입된 충성도 높은 시청자층도 있었고, 배우들과 제작진을 믿고 선택한 시청자층도 꽤 두터웠다. 원작이 있어서 기대에 미치지 못할까 봐 부담이 더하기도 했지만 기대 이상이라는 평이 다수라 한숨 돌린 참이다. 해아는 솔직히 본전은 한 것 같아서 다행이라고 생각했다.

방영이 없는 날에도 드라마나 해아에 관한 기사가 하루에 수십 개씩 쏟아져 자칫하면 대중들에게 피로도가 쌓일까 봐 자제 요청을 해야 할 정도로 반응이 뜨거웠다.

"어디 그뿐인 줄 알아? 자기가 입고 나온 옷, 착용한 액세서리, 구두, 립스틱 할 거 없이 죄다 완판이야. 류해아가 이번엔 진짜 인생작 만난 거 같다고 다들 그러더라. 초반부터 반응이 예사롭지 않다니까?"

아직 방송 초기이기도 하고, 주로 촬영장에서만 지내다 보니 바깥 반응을 체감하긴 사실상 어려웠다. 재계약을 앞둔 업체에서 계약금을 올려서 책정했다거나, 재계약을 재촉한다는 것으로 어림짐작만 하고 있을 뿐이다.

드라마 촬영은 막바지에 접어들어서 이미 찍어놓은 입장에서 보기엔 흥미진진했다. 편집까지 완벽하게 마무리된 작품을 볼 때면 정말 자신이 촬영한 게 맞나 싶을 정도로 기분이 묘했다. 시청률도 잘 나오고 있고, 언론이나 팬들의 반응도 좋고, 순풍에 돛 단 듯 모든 것이 순조롭게 진행되어 오히려 두려울 정도였다.

"이 와중에 우리랑 제일 먼저 작업해 줘서 얼마나 고마운지……. 자기가 나 기 제대로 세워준 거야. 정말 고마워."

평소보다 화보와 인터뷰 제의도 많이 들어오고, 조금 더 자신에게 많은 관심이 쏠리고 있다는 게 느껴지긴 하지만 해아는 들뜨지 않았다.

수도 없이 겪어보았던 인기의 폭풍. 그것이 휩쓸고 지나간 곳에 남게 되는 공허함을 알기에 일희일비 하지 않았다. 지금까지 그래왔듯이, 자신이 해야 할 일을 열심히 하는 게 최우선이었다.

일찌감치 기쁨에 도취되어 본질을 잃어버리는 어리석은 짓을 범해선 안 된다. 언제 어느 순간 태세가 전환될지는 그 누구도 장담할 수 없으니까. 높은 곳에서 떨어질수록 더 많이 아프고 싶은 상처가 남는 법이란 걸 해아는 잘 알고 있었다.

"해아야. 잠깐만."

은형이 해아를 다급하게 불렀다. 심상치 않은 표정에 해아는 하던 일을 멈추고 잠시 대기실을 빠져나갔다. 은형은 그런 해아에게 손짓하며 인적이 없는 곳으로 데려갔고 그곳에서 태블릿 PC 화면을 보여주었다.

"이게 뭔데?"

"S매체에서 오 분 후에 내보낼 기사."

[류해아, '별이 빛나는 밤' 제작사 제작PD와 열애 중! 그리고 그들의 뒷이야기 전격 공개!]

시청률 고공행진을 이어가고 있는 DBS 수목 미니시리즈 '별이 빛나는 밤'의 여주인공, 배우 류해아가 열애 중이다. 열애 상대는 '별이 빛나는 밤' 제작사 하늘섬 스튜디오의 제작PD인 권모 씨로 밝혀져 더욱 화제를 모으고 있다.

취재 결과, 류해아와 연인 사이인 것으로 알려진 권모 씨는 '별이 빛나는 밤' 작가 나애리 씨와 한때 연인관계였고, 권모 씨의 부친은 DBS 권석현 사장으로 밝혀졌다. 이 때문에 업계에서는 권모 씨가 PD계의 금수저로 통한다며 설명을 더했다.

배우 류해아와 권모 씨의 인연은 단순한 연인 관계 이상으로 알려졌다. 류해아는 대경그룹 류강훈 회장의 하나뿐인 손녀딸이고, 권석현 사장과 류강훈 회장의 남다른 친분은 이미 재계에 잘 알려진 사실. 이와 더불어 '하늘섬 스튜디오'의 제작 드라마가 부친이 사장으로 재직 중인 DBS의 황금시간대에 편성을 받게 된 배경이 일감 몰아주기가 아니냐는 의혹과 함께 관심이 쏠리고 있다.

여기서 끝이 아니다. 권모 씨와 연인 관계였던 '별이 빛나는 밤'의 나애리 작가는 류해아의 부친이자 J미디어 대표 류태정 대표의 내연녀로 알려진 前DBS 앵커 출신 나유미 기자와 자매 관계라는 것이 밝혀져 충격을 더 하고 있다.

복잡하게 얽히고설킨 그들의 관계를 지금부터 낱낱이 밝혀보자.

(후략)

자극적인 제목을 달고 나온 기사는 꽤 장문이었다. 이것은 해아가 생각했던 열애 기사가 아니었다. 언제 촬영했는지 모를 여러 장의 사진도 첨부되어 있었고, 그 안에 담긴 내용들은 손끝이 바들바들 떨릴 정도로 굉장했다.

"이게…… 내용이 왜 이래? 정말 이대로 기사가 나가는 거야?"

"일방적으로 통보했어. 자기들 나름대로는 우리 쪽에서 반박 기사 낼 준비하라고 최소한의 예의를 갖춘 거지."

"하!"

방금 읽은 활자들이 눈앞에 어지럽게 떠다녔다. 첫 단어부터 마지막 줄에 찍은 마침표까지, 모든 것들이 해아의 머릿속을 헤집어놓았다.

"치사하게 권도영 PD에 권석현 사장님까지 물고 늘어졌네."

"나애리 작가는 어떻고. 류태정 대표랑 나유미 관계까지 다 깐 거면 말 다했지. 저쪽에서 제대로 작정한 거야."

해아는 눈을 질끈 감고 엉망진창이 되어버린 머릿속을 정리하기 시작했다.

'어떻게 해야 좋을까.'

감고 있는 눈꺼풀이 바르르 떨렸다.

"정신을 못 차리겠네……."

한 대 제대로 얻어맞은 듯 머릿속이 멍했다. 인정하고 싶지 않지만, 충격파는 상상 이상이었다.

은형은 복잡한 표정으로 해아를 바라보았다.

"박 대표님이랑 상의해 봤는데, 일단은 전면 부인하는 쪽으로 기사를 내는 게 어떨까 싶어. 여기서 반박 기사 제대로 안 내면 방송국이나 제작사, 너, 권 PD, 나애리 작가 할 거 없이 엮인 사람 모두 굉장히 곤란해질 거야."

해아는 고개를 끄덕일 수밖에 없었다. 전혀 예상하지 않았던 방향으로 흘러서 난감하고 황당했지만, 일단 정신을 차려야 했다. 차분하게, 냉정하게 생각하려 애써봐도 속에서 부글부글 들끓는 화가 억눌러지질 않았다. 일단은 그들의 의견을 따르는 게 옳다고 판단했다.

도영과의 열애를 인정하고 나면 나애리가 엮이고, 사실 관계와는 상관없이 류강훈 회장과 권석현 회장이 엮이고, DBS와 하늘섬 스튜디오가 곤란하게 엮일 것이다. 사실이 무엇이건 간에 이야기는 부풀려질 테고, 작품에까지 영향이 가는 건 불 보듯 뻔한 일이었다.

최소한으로 축소해서 끝내야 했다. 나애리 작가와 나유미의 자매 관계, 그리고 류태정 대표의 내연녀가 나유미라는 것까지만. 이 부분에서 나애리 작가와 자신의 이야기가 들어가겠지만 그 정도는 괜찮을 거라고 판단했다.

문제는 경진이었다.

"할아버지는?"

"방금 전에 박 대표님이 직접 얘기 전해드렸고, 너희 어머니께는 회

사랑, 너에게 분다

장님이 직접 말씀해 주시기로 하셨대."

'어느 것 하나 쉽게 가는 게 없구나.'

다리에 힘이 풀린 해아가 긴 한숨을 내쉬며 벽에 등을 기대고 섰다. 혼자서만 먹잇감이 되었다면 지금처럼 마음이 무너지진 않았을 것이다. 자신이 이 드라마를 선택했다는 이유로, 너무나 많은 사람들이 무고하게 엮여 버렸다. 그들에게 피해를 끼쳤다고 생각하니 가슴이 바닥까지 내려앉는 것만 같았다.

"알았어. 그럼 준비한 대로 기사 내줘."

"권 PD님한테는 내가 연락할까?"

"아냐. 내가 할게."

지금도 은형의 휴대폰은 사납게 울어대고 있었다. 가뜩이나 정신없을 그에게 이런 일까지 부탁할 수는 없었기에 해아는 은형을 남겨두고 대기실로 돌아갔다. 그러곤 휴대폰을 챙겨들고 다시 스튜디오를 나와 최근 통화 목록에서 도영의 이름을 찾았다.

나애리 작가와 연인사이였다고 했다. 워딩이 정확하게 기억나지 않지만, 영국에 있을 때 사귀었던 사이라고 했다.

나애리 작가가 유학을 마치고 한국에 돌아와 작품 활동을 시작했던 시기를 생각해 보면 오래전의 일일 것이다.

'왜 내게 말하지 않았을까.'

하긴, 말하는 것도 생각해 보면 우스운 일이었다. 다 지난 일인데 굳이 이제와 예전에 사귀었던 사이라고 말하는 것도 이상한 것이다.

두 사람 사이가 가까워 보이긴 했지만, 이런 연결고리가 있을 거라곤 예상하지 못했다. 단지, 애리가 도영의 제작사 소속 작가이기에 가깝게 지낸 것이 아닐까 생각했고 그다지 신경 쓰이지도 않았다.

그저 친구 사이겠지, 하고 가볍게 넘기고 말았는데 알고 나니 괜한 상상력이 더해졌다. 별거 아닌 일이라고 여긴다면 별거 아닌 일인데, 왜 마음 한구석이 서걱한 걸까.

막 도영에게 전화를 걸려는데, 그에게서 전화가 왔다. 시계를 보니 아까 은형이 말했던 오 분이 훌쩍 지나 있었다. 아마도 그가 기사를 확인한 것 같았다.

해아는 애써 미소를 지으며 전화를 받았다.

"기사 봤어요?"

[이게 무슨…….]

"신경 쓰지 마요. 곧장 반박 기사 나갈 거니까. 일단은…… 아니라고 기사 내기로 했어요. 미안해요."

[아니야. 잘했어. 잘한 거야.]

'잘한 거겠지? 그런 거겠지? 그런데 왜 이렇게 마음이 이상할까. 왜 이렇게 속이 상하지.'

해아는 답답한 가슴을 손바닥으로 지그시 누르며 깊게 숨을 몰아쉬었다. 그를 부정하는 기분이 들었다. 우리의 관계를 부정하고, 우리의 감정을 부정하는 기분이라 죄책감까지 들고 가슴이 아팠다. 그에게 미안하고, 머릿속은 점점 더 혼란스러워졌다.

"괜찮아요?"

[난 괜찮아. 내 걱정은 안 해도 돼.]

"나 때문에……."

그와의 열애 기사가 나면 전보다 가벼운 마음으로 그와 연애를 할 수 있겠다는 생각에 들떴던 것이 이젠 아득하기만 하다. 나유미 쪽에서 준비 중인 기사라는 걸 알면서도 최악의 상황을 염두에 두지 않았던 제 자신이 어리석게 느껴졌다. 무엇보다 자신의 결정에 그저 잘한 일이라고, 자긴 괜찮다고 말하는 그를 생각하면 가슴이 무너지는 것 같았다.

[해아야. 내가 그쪽으로 갈 테니까 잠깐 보자. 만나서 얘기해.]

자신에게 와주겠다는 도영의 말에 해아는 아무런 대답도 하지 못하다가, 한참을 망설인 끝에 결국 거짓말을 생각해 냈다.

"어쩌지? 나 지금 촬영 들어가야 하는데."

[그럼 끝날 때쯤 시간 맞춰서 데리러 갈게.]

"미안해요. 오늘은 아무래도 시간이 안 될 거 같아. 촬영 마치고 다 같이 회식하기로 해서……. 내일 봐요 우리. 응?"

[그래. 그러자. 촬영 잘 하고. 이따 마치면 전화 줘.]

'자신이 없는 걸 어떡해. 그 사람을 눈을 보고서 괜찮다고 말할 자신이 없는데 그럼 어떻게 하냐고.'

결국 그를 피한 꼴이 돼버렸다. 그는 분명 자신에게 나애리 작가와의 일에 대해 설명할 것이고, 해아는 그 이야기를 지금은 듣고 싶지 않았다.

그저 모든 것이 피곤할 뿐이었다. 아무것도 하고 싶지 않았다. 가슴은 정신 사납게 뛰어대고 머릿속에는 성가신 모기가 날아다니는 것만 같았다.

쏟아지는 문자 메시지와 전화로, 도영의 휴대폰이 쉴 새 없이 울리고 있었다. 도영은 결국 휴대폰을 무음으로 돌려놓고 책상 위에 엎어 두었다.

모니터를 바라보고 있는 도영의 두 눈에 복잡한 감정이 고스란히 배어났다. 사무실 직원들은 도영의 눈치를 살피느라 숨도 제대로 쉬지 못했고, 사무실 안은 절간처럼 고요했다.

이 바닥이 그리 달콤하지 않다는 걸 간과했다. 이런 기사가 날 것이라고는 생각지 못했다. 보통의 열애 기사 정도, 혹은 자신의 신상이 담긴 정도가 아닐까 예상했기 때문이다. 도영은 그렇게밖에 예상하지 못한 자신의 무지함이 어이가 없고, 스스로에게 화가 났다.

도영은 의자에서 일어나 창가에 서서 두 손을 팬츠 주머니에 찔러 넣은 채 창밖을 바라보았다.

"권 PD님. 박성하 대표님 전화인데 연결해 드릴까요?"

직원의 조심스러운 물음에 도영은 고개를 끄덕이며 내선전화 수화기를 집어 들었다.

"네. 대표님."

[정신없으시죠?]

성하의 물음에 도영은 허탈하게 웃으며 의자에 앉았다.

[해아랑 연락됐다고 얘기 들었습니다.]

"네. 방금 통화했습니다."

[제가 정확하게 확인하고 막았어야 했는데, 죄송합니다.]

"아니에요. 대표님이 왜……."

[그리고 이번 일은 PD님께서 저희 입장을 조금만 이해해 주세요. 단순한 열애 기사가 아닌 DBS와 하늘섬 스튜디오을 엮고, 류 회장님과 권 사장님까지 엮는 뻔한 수가 보이는 상황이라 저희 쪽에서 적당히 넘어갈 수가 없게 됐어요.]

도영도 같은 생각이었다. 해아도, 드라마 작품도 상승기류를 타고 있는 와중에 해아와 드라마 제작을 둘러싼 추측성 보도는 당장 내리는 게 먼저였기에 신속한 상황 정리가 급선무였다.

"제 걱정은 마시고 대표님께서 알아서 진행해 주세요. 전 괜찮습니다."

[이해해 주셔서 감사합니다. 곧 저희 쪽에서 강도 높은 반박 기사가

나갈 겁니다.]

"저희도 곧 입장 정리해서 기사 내겠습니다."

[감사합니다, PD님. 하늘섬에서 기사 내는 대로 DBS에서도 입장 발표하는 순서로 진행하겠습니다.]

"대표님께서 고생이 많으시네요."

수화기 너머에서 힘없이 웃는 성하의 음성이 건너왔다.

[두 분 열애 기사는 나중에 적당한 시기가 오면 소속사에서 먼저 낼 겁니다. 너무 마음 쓰지 마십쇼.]

지금 언제 열애 기사가 나고 말고 하는 건 중요한 일이 아니었다. 혹시나 이 일로 인해 해아가 불필요한 구설수에 오르게 되는 것은 아닐까, 그게 가장 걱정이었다.

나유미가 스스로 불륜 자체를 인정하고 나섰으니, 그 다음 걱정은 해아의 엄마였다. 세간의 관심은 또다시 그녀에게 쏠릴 게 뻔하기 때문이다. 도영은 해아가 너무나 걱정되었다. 당장에라도 그녀를 만나고 싶었지만 원하지 않는 듯한 그녀의 말에 기다림을 택할 수밖에 없었다.

'일단 내가 할 수 있는 것부터 하자.'

도영은 눈을 질끈 감으며 복잡한 생각들을 걷어내고 일단 자신이 해야 할 일부터 정리하기 시작했다. 작게 한숨을 몰아 쉰 도영은 곧장 대표실로 향했다. 민철 역시 기사를 확인했는지 놀란 눈으로 도영을 바라보았다.

"이게 어떻게 된 거야?"

"저와 류해아 씨 열애설과 관련해서는 류해아 씨 측에서 반박 기사 내기로 했어요."

"그럼 나애리 작가와의 얘기는……."

"십 년도 더 된 옛날 얘기예요. 사귀었던 시간보다 친구로 지낸 시간이 열 배가 넘고요. 그 부분은 스킵하셔도 됩니다."

도영의 설명에도 그의 표정은 여전히 혼란스러웠다.

"제가 권석현 사장의 아들이라서 DBS에 특혜 편성 받은 적 없었다는 것, 그렇게 추측 가능하도록 유도하는 식의 기사에 대한 법리적 검토에 관해 지금 바로 반박 기사 내겠습니다."

그 부분에 관해서는 반드시 바로잡아야 했다. 모두의 노력을 무임 승차로 비치게 할 순 없었기 때문이다. 지체할 시간이 없었다.

"죄송합니다. 한창 드라마 잘되고 있는데 불미스러운 기사가 오르내리게 해서. DBS쪽에서는 우리 쪽 기사 나가고 나면 곧바로 입장 표명하기로 했답니다."

도영은 민철에게 고개 숙여 사과했고, 그는 그런 도영의 어깨를 다독여 주며 일으켰다.

"내 쪽으로 접촉 들어오면 이번 보도와 관련해서는 언급할 가치조차 없다고 단호하게 선 그을게. 네 덕분에 며칠 피곤해지겠는데?"

"죄송합니다."

"됐거든? 비싼 밥이나 한 끼 사라. 가서 일 봐."

대표실을 빠져나온 도영은 곧장 자리로 돌아가 반박 기사 자료부터 준비했다. 그러다 무심결에 휴대폰을 뒤집었다가 애리가 보낸 메시지를 확인했다.

〈통화 가능할 때 전화 줘.〉

도영은 애리에게 전화를 걸었고, 채 두 번의 신호음이 지나기도 전에 통화가 연결 되었다.

[권도영. 괜찮아?]

"나야 뭐……. 해아가 걱정이지."

도영은 잔뜩 굳어버린 어깨 근육을 손으로 꾹꾹 누르며 의자에 등을 기댔다.

[십 년도 더 지난 얘기를 이렇게 요란하게 들춰낼 사람은 나유미밖에 없어.]

이번 기사의 출처가 밝혀졌음에도 전혀 개운하지 않았다.

[우리가 사귀었던 게 너무 오래전 일이라 무감각했어. 까마득한 일이라 별거 아니라고 치부해 버려서 이 사달이 난 것 같아. 어쩌다 보니 류해아 씨한테 숨긴 꼴이 돼버렸네.]

"내 잘못이야."

[그게 어떻게 네 잘못이야? 넌 여자 만날 때마다 예전에 사귄 사람들 신상 다 읊어주니?]

"그래도 이건 상황이 다르잖아. 내가 너무 안일하게 생각했어. 미리 말하는 것도 우스웠겠지만……."

생각에 생각을 거듭했지만 이건 정답이 없는 상황이었다. 말할 필요를 느끼지 못했다는 건 해아의 입장에서 어찌 보면 자기변명일지도 모르는 것이었다.

이렇게 예상치 못하게 얽히게 될 줄 그 누가 알았을까. 도영은 그저 이 모든 게 자신의 탓인 것만 같아 마음이 무거웠다.

[내가 너랑 살림을 차렸다가 헤어진 것도 아니고, 너랑 나 사이에 감정이 남은 것도 아니고, 말 그대로 다 지난 일일 뿐이야. 심각하게 받아들이는 게 더 웃기다고.]

"알아."

[물론 사람들이 안주 삼아 씹어 돌리기엔 재밌긴 하겠지.]

"그게 제일 문제지."

[드라마보다 더한 게 현실인 걸 어쩌겠어? 너, 나, 류해아 씨, 그리

고 그 불륜남녀까지 이렇게 얽히고 싶어서 얽힌 것도 아니잖아. 남 얘기 하는 거 좋아하는 사람들 말 신경 쓰지 말고, 너는 류해아 씨한테 집중해.]

"알았어."

자신 때문에 모든 상황이 복잡하게 꼬인 게 아닐까, 하는 생각으로 치닫는 순간 애리가 수렁에 빠진 도영을 건져 올려주었다. 그러곤 정신 차리라고, 다른 데 정신 팔지 말고 빨리 정신부터 수습하라고 말해주었다. 대신 발끈해 주니 조금은 위로가 되기도 했다.

통화를 끝낸 도영은 다시 모니터에 시선을 고정하고 빠른 속도로 기사 자료를 작성하기 시작했다.

화보 촬영 내내, 어떻게 촬영을 진행했는지 기억도 나질 않았다. 화보 촬영장 안은 모두가 해아의 눈치를 보느라 분위기가 애매했다. 해아는 촬영에 몰입하기 위해 최선을 다했지만, 신경이 곤두서서 유난히 힘든 하루를 보내야만 했다.

성하가 가이드라인을 잡은 대로, 소속사와 제작사, 방송사에서 차례로 반박 기사가 나갔다.

W매체에서 낸 기사에 첨부된 사진 속 해아와 도영의 모습은 무척이나 다정해 보였지만, 담당 제작PD와 출연 배우라는 프레임을 씌워일단 빠져나왔다. 제작사와 방송사에서 낸 반박 기사에서는 W매체의 지나친 추측성 기사의 배후가 동시간대 방영 중인, 해아 부친이 운영하는 J미디어가 아니겠냐고 언급하며 오히려 J미디어를 프레임 안에 가둬 버렸다.

그 후에 쏟아지기 시작한 지라시에서는 류태정 대표와 나유미가 십일 년 전 불륜 관계를 시작했을 무렵부터, 가족들에게 발각되어 나유미가 미국으로 떠났던 상황까지 자세하게 떠돌았다.

때문에 여론은 자연스레 류태정 대표와 나유미의 불륜관계 쪽으로 관심이 기울었다. 여론을 움직이는 건 J미디어보다 해아 쪽이 우세했던 것이다.

촬영을 마치자마자 해아는 유미를 찾았다.

유미의 집을 어떻게 찾아야 하나 잠시 고민하다가 자기도 모르게 나애리 작가에게 연락을 했다. 그러지 말았어야 했는데, 그 순간 떠오르는 게 나애리뿐이었다. 나애리는 순순히 유미의 거처를 알려주며 이번 일에 대해 뭔가 더 이야기를 나누고 싶어 했지만 해아는 완곡하게 거절했다. 그러곤 자신을 걱정하는 듯한 그녀를 애써 외면했다.

나유미가 살고 있다는 고급 빌라의 공동현관에 선 해아는 호수를 눌러 연결했다. 그러자 마치 기다렸다는 듯 공동현관문이 열렸다.

해아는 공동현관을 지나, 나유미가 살고 있는 2층으로 올라가 현관문을 쿵쿵 두드렸다. 이내 문이 열렸고, 나유미가 해아의 시야 안에 들어왔다.

"들어와요."

나유미는 무척이나 차분했다. 해아는 유미의 뒤를 따라 그녀의 집 안으로 들어갔다. 거실 한가운데는 그녀와 태정의 사이에서 난 아들이 바닥에 앉아 장난감을 손에 쥐고 흔들며 낯선 방문자를 바라보았다.

'나쁜 년.'

일부러 거실에 아이를 놀게 한 게 분명했다. 해아는 아이에게서 시선을 거두고 유미를 보았다.

"앉아요."

태연한 얼굴로 자신을 소파에 앉으라며 안내하는 유미의 뺨을 사정

없이 후려쳤다. 손이 부들부들 떨리고 속에서는 욕지거리가 올라왔지만 간신히 삼켰다.

치미는 분노가 머리끝부터 발끝까지 잠식해 버렸다. 수법이 너무나 조악하고 저급해서 도무지 참아줄 수가 없었다.

"보기보다…… 교활한 구석이 있네. 나유미 씨."

고저가 없는 해아의 차분한 말투에 유미는 코웃음을 치며 똑바로 마주보았고, 해아도 시선을 거두지 않은 채 유미를 뚫어져라 보았다. 때린 자신의 손바닥이 화끈거릴 만큼 세게 쳤는데도 유미는 아무렇지 않다는 듯 굴었다.

갑작스러운 소란에 아이는 울음을 터뜨리며 엄마를 찾았으나 해아는 그 아이를 죽일 듯이 노려보았다.

"화가 많이 난 것 같은데, 일단 앉아서 얘기하죠."

차분한 척하려 안간힘을 쓰는 그녀의 모습이 우스웠다. 간악한 자존심이 이렇게나 무서운 거였구나, 싶었다.

"당신이랑 나랑 마주보고 앉아서 무슨 얘길 더 할까?"

점차 싸늘히 식어가는 유미의 표정을 구경하는 일은 꽤나 흥미로웠다. 해아는 그 순간 자신도 그다지 착한 사람은 아니구나, 하는 생각이 들어 웃음이 흘러나왔다. 그러자 유미가 해아를 독하게 쏘아보았다.

'그래, 이거지. 본색을 드러내 주면 내가 훨씬 편하지.'

"궁금하잖아, 너. 내 동생이랑 네 애인이 예전에 어떤 사이였는지. 얼마나 깊은 관계였고, 얼마나 사랑했는지. 그래서 나 찾아온 거 아냐?"

의기양양하게 묻는 유미를 향해 해아는 환한 미소를 지으며 한 걸음 더 다가섰다.

"너처럼 불륜을 저지른 것도 아닌데 그게 이제 와서 나랑 무슨 상관이야?"

"쿨한 척 하지 마. 두 사람의 과거에 대해 엄청 신경 쓰고 있잖아."

"유치하게 누구 앞에서 과거 팔이를 하려고 들어?"

고작 여자와 사귄 게 뭐가 어떻다고. 과거라 하면, 자신만큼이나 화려할까.

뭔가 대단한 카드라도 쥐고 있는 양 기세등등하던 유미는 해아의 반응에 일순간 표정이 구겨졌다. 해아가 조금 더 가까이 다가서자 유미가 뒷걸음질 치며 벽 쪽으로 붙었다.

"그럼 여기까지 찾아온 이유가 뭔데?"

"내가 전에 말했잖아. 신경질 날 때마다 너 밟으러 올 거라고. 돌아온 걸 뼈저리게 후회하게 해줄 거라고."

벽에 등을 기대고 선 유미가 마른침을 삼키며 해아를 빤히 보았다.

"니 새끼는 그렇게 안쓰럽고 소중하면서, 남의 집 귀한 자식에게 이런 식으로 나오면 곤란하지. 나도 우리 집에선 무척이나 귀한 자식인데."

아이는 귀가 쨍할 정도로 목 놓아 울기 시작했고, 그런 아이를 볼 때마다 유미는 신경질적으로 가쁜 숨을 쉬었다.

"내가 네 손안에서 놀아나는 것 같으니까 재밌어 죽겠지? 미안하지만, 네가 자꾸 성급하게 움직여 줄수록 난 더 고마워. 네가 그렇게 계속 할아버지를 자극해 주면 난 내 손 더럽히지 않고 널 쉽게 상대할 수 있거든."

유미가 이런 식으로 나올 때마다 강훈과 그의 직원들이 좀 더 적극적으로 움직여 주니 해아의 입장에선 미안한 마음만큼이나 감사한 마음도 컸다.

"넌 여기 돌아오지 말았어야 했어."

"내 자리를 되찾을 거야. 내 아이랑 떳떳하게 살 거라고!"

떳떳하게라니, 해아는 기가 막혔다.

한 가정을 박살내고, 사람의 목숨마저 위태롭게 만들어놓고선 '떳떳하게' 살겠다고 말했다. 감히 그런 말을 자신의 앞에서 입에 올리는 걸 보면, 참 용감한 것 같기도 했다.

"안 보여? 너 지금 절벽 앞에 선 거야. 넌 평생 류태정 대표 상간녀고, 이 아이는 영원히 불륜의 씨앗으로 기억되겠지. 왜? 네 입으로 직접 줄줄 다 말했으니까."

오늘 기사화가 된 순간, 본인의 입으로 자신이 상간녀라는 사실을 실토한 것이나 마찬가지였다. 해아의 말에 유미는 턱 근육이 움찔거리도록 이를 악다물었다.

"류태정 대표가 이혼한 후에 넌 그 남자의 법적인 아내가 되겠지. 그러다 자연스럽게 J미디어도 꿀꺽하고. 시나리오가 너무 허접한 거 아냐?"

"난 그 사람을 진심으로 사랑해!"

"각이 딱 나오는데 사랑은 무슨……. 그래. 믿어줄게. 그래야 네 추악한 그 욕심이 사랑의 고결함으로 포장이 될 테니까. 좋을 대로."

해아는 집을 한번 휙 둘러보았다.

아기자기하게 잘 꾸며진 인테리어. 이들의 히스토리를 모르는 사람이라면 누구나 부러워할 만큼 멋진 집이었다. 이곳에서 태정과 이 아이와 함께 깨를 볶으며 지냈을 모습을 상상하니 목구멍 아래에서 분노가 들끓었다.

"내일부턴 지금보다 더 피곤하고 곤란한 일들이 생길 거야. 네가 다 자초한 일이니까 네가 다 감당해. 용서나 이해를 구할 생각 같은 희망은 애초에 갖지 않는 게 좋아."

해아는 유미의 팔을 꽉 움켜쥐었다.

"못된 년이 부지런하기까지 하니까 굉장히 피곤하네? 지금 당장 이 자리에서 널 갈기갈기 찢어도 이 분이 안 풀리겠지만…… 그래도 어쩌겠어? 참아야지. 난 너랑 다르게 끝까지 사람답게 살 거거든."

유미를 남겨두고 돌아서는데, 눈물과 콧물로 범벅된 아이가 눈에 들어왔다. 아이는 엉금엉금 기어가 유미의 다리를 붙잡아 안았고, 그녀는 무너지지 않으려 이 악물고 버텼다.

"네가 한결같은 사람이라 참 다행이야. 욕해도 죄책감이 안 들거든. 고맙다. 계속 나쁜 년으로 살아줘서."

유미를 뒤로하고 집을 나서는데, 바깥바람을 쐬자마자 날카로운 칼이 가슴 한가운데를 가른 것처럼 쓰리고 아파서 숨을 제대로 쉴 수가 없었다.

해아는 힘껏 움켜쥐었던 주먹을 풀고 허리부터 어깨까지 반듯하게 쭉 펴고 걸음을 옮겼다. 막 차에 오르려는데, 머뭇거리며 다가오는 태정과 시선이 마주쳤다. 해아는 고민할 것 없이 곧장 그에게로 향했다.

"이렇게까지 유치하게 나올 거라곤 예상 못했는데. 저런 애랑 살더니 너무 수준 떨어지는 거 아니에요?"

해아의 자극에 그는 무표정한 얼굴로 눈꺼풀을 끔뻑였다.

"늦었다. 이만 집에……."

"나유미가 대신 나대니까 좋았어요? 손 안 대고 코 풀 수 있다는 생각에 신났죠?"

"해아야."

"이 정도 기사면 서경진도 휘청할 거고, 류해아도 엿 먹이고, 덩달아 제작사에 DBS까지 물 먹일 수 있으니 얼마나 신났을까? 상간녀

덕에 회사 이미지에 타격은 입겠지만, 프레임은 류해아와 그 주변 인물에게 맞춰줬으니 알아서들 몰려가서 물어뜯어 줄 거고."

한 음절 한 음절 곱씹어가며 뱉던 해아는 태정에게 바짝 다가섰다.

"그러다 보면 나유미와 류 대표님의 불륜 관계에 대해서는 적당히들 떠들다가 잊을 테고. 이야……. 류 대표님 좋았겠다. 손 하나 까딱 안 하고 방관만 하고 있으면 되잖아."

일그러지는 태정의 표정마저 위선적이고 가식적이었다. 해아는 침착함을 잃지 않았다.

"근데 있잖아요. 남들은 잊을지 몰라도 난 안 잊어요. 우리 가족들은 절대 안 잊어요. 그리고 당신은…… 공범이야. 뒤에 숨어 있지 마."

별일 아니라는 듯한 그의 태도가 해아를 가장 분노케 했다. 가정을 버리고, 아내와 자식을 버리고 불륜을 저지른 걸 부끄러워하지 않는 그가 너무나 놀라웠다.

해아는 그 자리에 태정을 남겨두고 차에 올라탔다. 해아는 가쁜 숨을 몰아쉬며 들끓는 분노를 가라앉히기 위해 최선을 다해야만 했다. 미처 다 퍼붓지 못한 말들이 가슴 속에 남아 독을 뿜는 것만 같았다.

현관문을 열고 집으로 들어가자마자 태정의 눈에 들어온 건, 찬이를 끌어안고 오열하고 있는 유미의 모습이었다.

태정은 찬이를 품에 안고 어르며 진정시켰고, 유미는 여전히 거실 바닥에 주저앉은 채 통곡을 하고 있었다.

"그만하고 일어나. 찬이 놀랜다."

"당신이 몰라서 그래요. 류해아…… 류해아 그 독한 계집애가……."

숨이 넘어갈 듯 꺽꺽 우는 유미를 그곳에 둔 채, 태정은 찬이를 안고 아이의 방으로 향했다. 삼십 분 넘게 아이를 다독이며 진정시켰고,

깊게 잠이 든 후에야 방을 나섰다.

유미는 소파에 앉아 티슈로 눈물을 찍어내며 거친 숨을 골랐다. 자세히 보니 그녀의 한쪽 뺨이 붉게 부풀어 오르고 있었다.

"피해자인 척, 불쌍한 척은 혼자 다 하면서 뒤로는 이렇게 행패 부리고 다닌다는 걸 세상 사람들도 알아야 해요."

입술을 질끈 깨문 유미는 또다시 눈물을 쏟아내기 시작했다.

"나 더는 못 기다려요. 류해아한테 더는 이런 취급 받고 못 살아요."

"그러게 내가 중요한 때니까 일 크게 벌이지 말라고 주의 줬잖아."

"당신, 지금 그게 무슨 말이에요? 어떻게 당신이 그런 식으로 말할 수가 있어요?"

유미가 목에 핏대를 세우며 발끈하자 태정은 깊은 한숨을 내쉬었다.

"지난번에 이어 이번에도 우리 쪽에서 역풍을 맞게 생겼어. 회사가 타격을 입게 될 수도 있다고. 그렇게 되면 나는 물론이고 당신도 온전할 수 없어. 만약 이번 일 배후에 당신이 있다는 사실이 알려진다면, 일이 많이 복잡해질 거야."

"왜 모든 게 내 책임인 것처럼 말해요? 당신도 동의한 거잖아요."

"유미야."

"나한테 화살이 날아온다면 맞을게요. 내가 책임지고 회사에서 나가면 되잖아요. 그러니까 걱정 말아요."

단호하게 잘라 말한 유미가 아이 방으로 향했고, 태정은 고개를 저으며 서재로 걸음을 옮겼다. 결과적으로 항상 곤경에 빠지는 건 태정이었다. 작정하지 않고서야 일을 이렇게 매번 키울 수는 없었다.

'설마, 일부러 그러는 건가.'

태정은 서재 책상에 걸터앉아 아까 퇴근 전 박 상무를 통해 보고받은 내용을 머릿속으로 하나씩 되짚어보았다.

유미가 개인 투자자들과 이사진들을 만나며 지분을 모으려고 한다는 정황은 확실하게 확인이 되었다. 그러나 유미나 그녀의 측근인 신 이사의 명의로 사들이지는 않고 있는 상황.

그렇다면, 결국 지분 매입은 제삼자를 통해 이뤄지고 있는 것이다. 지금 이 시점에 지분 매입에 적극적인 사람들을 하나씩 확인하며 찾아봐야 한다는 얘기였다.

유미의 주변에 혹시 이런 일을 함께 도울 만한 사람이 있냐는 박 상무의 물음에 한참 동안 생각해 보았지만, 딱히 떠오르는 사람이 없었다.

'대체 무슨 속셈이지.'

한 번 시작된 상상은 늘 나쁜 방향으로 발길을 잡아 태정을 괴롭혔다. 유미에 대한 불신이 하루가 다르게 자라가고 있는 이 상황에서 이성적으로 대처하기란 쉽지 않은 일이었다. 그래도 최선을 다해 냉정하게 접근하려 애쓰고 있었다.

'이러다간 유미를 끊임없이 의심하게 될 것 같아.'

태정은 마음을 바로 잡으며 유미에 대한 불신을 걷어내려 노력했다. 그녀에게 솔직하게 묻고, 그녀로부터 솔직한 대답을 들어야만 모든 오해와 불신이 깨끗하게 해결될 거라고 생각했다. 그리고 그렇게 믿기로 했다.

새벽 3시.

해아는 결국 집을 나섰다. 늘 메던 왕골 가방을 메고 늘 걷던 길을 걸어 며칠 전에 봐둔, 방치된 화단 앞에 멈춰 섰다.

사랑,너에게분다

그곳에 웅크리고 앉아 흙을 고르고, 거름을 주고, 꽃나무를 옮겨 심은 후 물까지 줬다. 손에 익은 대로 뭔가를 하고는 있지만, 머릿속은 그저 멍할 뿐이었다. 몸이 저절로 움직인 것이다.

잠이 오질 않았다. 잠을 잘 수가 없었다. 마음이 어수선해서 그런 것이다. 머릿속은 터져 나갈 것처럼 복잡했고, 전속력으로 백 미터 질주라도 한 듯 계속해서 심장이 빠르게 뛰어 숨이 가빴다.

집에 있을 수도 없었다. 아닌 척하지만 다들 해아의 눈치만 살폈다. 불편해서 견디기 힘들었다. 그나마 다행인 건 경진이 무사하다는 것. 강훈이 신경 써서 챙긴 덕분이었다. 하지만 여전히 해아는 불안했다. 경진이 갑자기 돌변해 버릴까 봐.

피해자는 경진과 자신인데, 왜 우리가 더 힘들어야 하는 건지 이해할 수 없었다.

'왜 마음 아프고 고통받는 건 우리일까…….'

모든 것이 예전으로 돌아가 버린 것만 같았다. 도영을 만나기 전으로 말이다.

신경 쓰지 않겠다고, 지나간 과거일 뿐이라고 호기롭게 선을 그었지만 쓸데없는 생각들은 머릿속을 떠나지 않고 버렸다.

그리고 거기에 더해지는 상상들…….

그런 제 자신이 한심하다 꾸짖고 그저 다 지난 일이라고 타일러 봐도 상대가 상대인 만큼 좀처럼 괜찮아지질 않았다. 차라리 쭉쭉빵빵한 언니들이랑 질펀하게 놀았다는 말을 믿고 싶었다.

그때, 주머니에 넣어둔 휴대폰이 지잉 하고 진동했다.

〈자?〉

도영이었다. 오늘 하루 그가 보내온 메시지가 해아의 휴대폰 화면을 가득 채웠다.

이런저런 핑계를 대며 종일 그를 피했다. 이런 애매한 기분으로 그를 보고 싶지 않았고, 억지로 감정을 숨기거나 꾸미고 싶지 않아서였다. 그를 보면서 정말로 아무렇지 않을 수 있을 때까진 볼 자신이 없었다.

아니, 오늘 온 종일 그가 보고 싶었다. 솔직히 말하자면, 보지 않는 편을 선택한 것이다.

해아는 그가 오늘 자신에게 보내온 메시지를 다시 한 번 더 천천히 읽어보았다.

〈아직 촬영 안 끝났지? 끝나면 연락 줘. 기다리고 있을게.〉

〈집에 들어갔어? 밥 꼭 챙겨 먹고, 연락 줘.〉

〈3회 방송 봤어? 난 아직 사무실이라 직원들이랑 같이 봤는데.〉

〈아직 안 자고 있으면…… 내가 너희 집 근처로 가도 될까?〉

착해 빠진 이 남자, 몰아붙일 줄도 모른다. 바보처럼 마냥 기다리고 있나 보다. 혼자서 마음 졸이고, 마치 자신이 죄인이라도 된 양 그러고 있는가 보다.

휴대폰이 또 한 번 진동했고, 새로운 메시지가 도착했다.

〈보고 싶다. 목소리도 듣고 싶고.〉

해아는 도영이 보내온 메시지를 손끝으로 쓰다듬며 화면에서 눈을 떼지 못했다.

"이제 집에 들어가시죠. 시간이 많이 늦었습니다."

멀찌감치 서서 기다리고 있던 경호원이 다가와 해아의 가방을 집어 들었고, 해아는 마지못해 일어나 다시 집으로 발걸음을 옮겼다.

아무래도 오늘 밤은 잠들지 못할 것 같았다. 그가 너무 보고 싶어서…….

그가 자신에게 미안해하는 건, 원하지 않았다. 아무 일도 없었던 것처럼 모든 것이 제자리로 돌아갔으면 좋겠다고 생각하면서도, 끝내 '나도 보고 싶어' 그 한 마디를 건네지 못했다.

그와의 사이를 부정할 수밖에 없었던 상황에 대해 미안한 마음이 너무나 컸기 때문이다.

'그 사람을 향한 내 마음이 고작 이 정도였나?'

엉망으로 헝클어진 마음이 해아는 그저 답답하기만 했다.

따뜻한 물로 샤워를 하고 침대에 누운 해아는 옆으로 돌아누워 도영을 떠올렸다. 한 침대에 나란히 누워 몸을 포개던 순간의 감촉, 그에게서 나던 향기를 기억했다.

참 따뜻했는데.

눈물겹게 포근했는데.

고작 하루만큼 멀어졌을 뿐인데 왜 이리 허전할까. 그가 없이는 단 하루도 버티기 힘겨울 만큼 많은 것이 달라져 버렸다.

누군가에게 의지하지 않고 살아왔다 자부했다. 혼자서 씩씩하게 경진을 돌보고, 강훈에게 괜찮아 보이기 위해 안간힘을 써왔다. 그런데 그에게는 너무 많은 것을 보여주었다. 자신의 나약함, 소심함, 밑바닥까지도.

시간은 새벽 4시를 지나고 있었다.

해아는 몇 번이나 참고 참다가 결국 도영에게 전화를 걸었다.

[해아야.]

한 번의 신호음이 끝나기도 전에 그가 전화를 받았다. 해아는 그가 '해아야' 하고 자신의 이름을 부르는 순간, 눈을 질끈 감아버렸다.

[기다리고 있었어.]

"……."

[보고 싶어. 오늘 하루 종일 네가 너무 보고 싶었어.]

"나도요."

눈을 감고 있는데도 기어이 비집고 눈물이 흘러나왔다. 손등으로 흐르는 눈물을 지워내고 떨리는 목소리를 감추기 위해 말은 최대한 짧게 했다.

"미안해요. 기다리게 해서."

[아냐. 내가 미안해.]

"도영 씨가 왜 미안해. 나한테 미안할 게 뭐가 있다고."

[모르겠어. 그냥…… 그냥 다 미안하네.]

"그러지 마요. 그런 마음 갖지 마. 나도 미안하니까."

일어나 앉은 해아는 고개를 흔들며 앞으로 쏟아져 내린 머리칼을 쓸어 넘겼다.

[너는 나한테 미안해하지 마. 그럴 수밖에 없었고, 그게 최선이었으니까 난 괜찮아. 그러니까 이번 일 때문에 괜히 마음 쓰지 마. 알았지?]

도영은 십여 년 전에 잠시 사귄 여자 때문에 미안해야만 했고, 해아는 일이 복잡해지지 않도록 도영과의 교제 사실을 부인했던 것을 미안해했다.

도영과 해아는 서로 다른 이유로 서로에게 미안한 마음을 가져야 했다. 도영과 해아를 둘러싼 복잡한 상황들이 두 사람을 서로에게 미안하도록 만들었다.

지금에 와서 만약이란 가정을 세우는 건 무의미한 일이지만, 그래도 만약에 류태정과 나유미의 관계가 시작되지 않았더라면……. 그랬다면 서로에게 이토록 미안해하는 일 따위는 벌어지지 않았을 텐데…….

'내 연락만 기다리는 동안, 그는 무슨 생각을 했을까.'

자신의 과거를 자책하지 않았기를. 차라리 우리의 관계를 부정한 날 원망했기를.

해아는 그래야 마음이 편할 것 같았다.

"어디예요?"

[집.]

침대를 벗어난 해아는 책상 위에 던져 둔 차 키를 집어 들고 방을 나섰다.

"나 지금 출발할 테니까 자지 말고 기다려요."

집을 빠져나온 해아는 통화를 마치고 부랴부랴 차로 달려가 시동을 걸었다. 두근거리는 가슴을 진정시키며 차를 몰고 나가는데, 대문 앞에 많이 본 차가 멈춰 서 있었다. 해아는 차를 세우고 내려 주차된 차로 다가갔다.

도영의 차였다.

도영도 해아를 발견한 듯 차에서 내렸고 자신을 향해 걸어왔다. 그가 걸음을 옮겨 거리를 좁힐수록 느슨하게 늘어졌던 심장이 바짝 오그라드는 것처럼 미친 듯이 두근댔다.

해아는 그대로 달려가 도영의 품에 안겼다.

이제야 비로소 제자리를 찾은 기분.

그토록 간절했던 도영의 품에 안긴 채 눈을 감고 깊게 숨을 들이쉬었다. 밀려드는 안도감에 목이 메었다.

"집이라더니……."

그는 아무 말 없이 해아의 등을 부드럽게 쓰다듬어 주었고, 해아는 그때 생각했다.

이 사람이라면 모든 것이 다 괜찮다고…….

해아의 집으로 향하는 내내 도영은 불안한 마음을 감추지 못했다. 그녀가 끝내 자신을 만나주지 않으면 어쩌나, 목소리를 들려주지 않으면 어쩌나 가슴 졸이며 이곳까지 온 참이다.

해아가 자신에게 전화를 걸어주었을 때, 기다리라고 말했을 때, 자신을 향해 달려와 품에 안겼을 때, 도영은 숨이 멎는 것만 같았다. 그래서 자신의 품에 안긴 그녀가 정말 류해아가 맞는지 수도 없이 확인하고 또 확인했다. 자신의 허리를 감싸는 그녀의 손길, 그녀에게서 나는 향기, 작게 내쉬는 숨소리에도 온 신경을 곤두세웠다.

"살 것 같다."

이제야 조금 숨이 쉬어졌다. 내내 머릿속을 부유하던 괴로움과 두려움이 밀려나고 있었다.

도영은 해아의 어깨를 부드럽게 감싸 쥐며 상체를 뒤로 물러 해아의 얼굴을 바라보았다.

"내 입으로 물어보기 좀 그렇긴 하지만, 확실하게 짚고 넘어갑시다. 나애리 작가님이랑 만났던 거, 그것도 무려 십여 년 전에 만났던 거, 내가 신경 쓰지 않아도 되는 거죠?"

옅은 미소를 지으며 물었지만 해아의 눈빛은 그 어느 때보다 무거웠다. 도영은 그런 해아의 눈을 바라보며 단호하게 고개를 끄덕였다.

"길게 설명할 필요도 없는 관계야. 그래도 네가 신경 쓰인다면 제작 PD와 작가 관계로도 만날 일 없어."

"음. 충분한 설명이네요. 앞으로 신경 쓸 일 없으니까 두 분 비즈니스 관계는 유지하세요."

해아는 제법 진지한 표정으로 결론을 지었다.

"그리고 앞으로 우리 서로 과거에 누구랑 사귀었는지 절대 묻지 않기로 해요. 알아서 좋을 거 하나도 없다는 거 이번에 제대로 알게 됐잖아요?"

도영은 또 한 번 고개를 끄덕이며 한 손으로 해아의 뺨을 감쌌다. 그러자 해아의 시선이 도영의 입술과 눈에 번갈아가며 닿았고, 이내 두 팔로 도영의 목을 감싸며 다가왔다.

그녀의 입술과 맞닿는 순간, 도영은 입술이 불에 덴 듯 뜨겁게까지 느껴졌다. 작게 벌어진 입술 틈새로 오고가는 뜨거운 숨결 탓인지, 아니면 갈급한 마음이 컸기 때문인지 정확하게 알 수가 없었다.

도영은 해아의 허리를 강하게 끌어당기며 좀 더 깊이 탐했고, 해아의 손이 도영의 어깨를 지나 등에 닿자 두 사람의 가슴이 빈틈없이 맞닿았다.

해아를 만나고 나니 내내 희뿌연 안개 속에 갇혀 있던 걱정과 두려움이 서서히 걷히기 시작했다. 불필요한 상상과 고민에게 잠식당했던 불안한 내면이 치유되는 순간이었다.

맞닿은 가슴 사이로 전해지는 해아의 심장박동을 느끼며, 도영은 해아의 목덜미를 단단히 받치고 더욱더 깊이 해아의 숨을 탐했다. 간신히 뱉어내는 나지막한 신음까지 놓치지 않고 집어 삼켰다.

좀처럼 끝날 기미가 보이지 않는 입맞춤에도 두 사람은 지치지 않았다. 하루 종일 지속되었던 갈증을 채우려는 듯 서로를 놓아주지 않았고, 온종일 허전했던 마음을 뜨거운 숨으로 가득 채웠다.

"다음 주에 촬영 끝난다고?"

무거운 침묵을 먼저 깬 건 강훈이었다. 막 아침 식사를 끝낸 그는 젓가락을 내려놓으면서 해아의 얼굴을 살폈다. 어제 있었던 일로 강훈 역시 해아의 기분을 내내 신경 쓰고 있었기 때문이다.

"네. 오늘부터 사흘 동안 세트 촬영 들어가고, 다음 주에 사흘 동안 야외촬영 하고 나면 다 끝나요."

"고생 많았다. 시원섭섭하겠구나?"

'시원'과 '섭섭' 중 좀 더 큰 비중을 차지하고 있는 건 '섭섭'이었다. 끝이라고 생각하면 벌써부터 아쉽고 마음이 허전하다.

한 계절 동안 하나의 목표를 향해 걸었던 동료들. 함께 촬영하고 지내면서 스태프와 배우 할 것 없이 많이 가까워졌다. 그러느라 지난겨울이 어떻게 지나갔는지 모르고 지냈다.

"도영이랑 열애설은……."

"걱정하지 않으셔도 돼요. 권도영 씨나 권 사장님께 피해 가는 일 없도록 더 신경 쓸게요."

무엇을 염려하는지 알 것 같아서, 해아는 미소를 지으며 강훈을 바라보았다. 아직까지 강훈에겐 정식으로 인사드리지 않은 상황이기에 그 이상의 의미를 담지 않았다.

짝 없는 남녀가 만나서 연애하는 게 왜 이렇게 어려운 건지, 자신을 둘러싼 상황들이 못마땅하고 화가 나기도 했지만 그래도 어제 도영을 보고 난 후 마음이 많이 진정된 상태였다.

어젯밤 도영은 긴 말 하지 않았다. 서로를 뜨겁게 안았을 뿐. 사실 다른 설명은 필요 없었기 때문일 수도 있다. 말로 늘어놓지 않더라도 그의 진심은 충분히 전해졌으니까.

단지, 그에게 쏠린 세간의 관심이 걱정되었다. 그는 언젠가 겪을 일이었다며 대수롭지 않게 여기려 했지만 해아는 그럴 수가 없었다. 이런 식으로는 싫었다.

마치 뭔가 대단히 얽히고 비밀로 감춰진 사이처럼 세상에 비쳐지고 와전되는 게 견딜 수가 없었다.

　후에, 그와 연애 중이었다는 사실이 공개된다면 어제의 반박 기사가 거짓이 될 테지만 해아는 최선의 선택을 해야 했고, 그 선택에 미련을 두지 않기로 마음먹었다.

　대중을 속이고 팬들에게 거짓을 말했다는 것 또한 마음이 쓰이지만 해아에겐 지켜야 할 것들이 많다. 대중 앞에서 늘 솔직하고 당당했던 해아지만, 이번만큼은 물러 설 수 없었다.

　"너도 촬영에만 신경 쓰고, 나머지 일은 회사에 믿고 맡기렴. 행여나 이 모든 게 너 때문에 벌어진 일이라고 자책하거나 그러지 마라."

　"네. 할아버지."

　아마도 드라마 방영 중이 아니거나, 권석현 사장까지 끌어들이지만 않았어도 열애를 인정하고 넘어갈 수도 있었다. 하지만 일단은 조용해지길 기다려야만 했다. 그 사람이 단지 자신과 연애를 한다는 이유만으로 지나간 과거와 가정사까지 까발려질 이유는 없으니까.

　가십거리가 되는 건 자신만으로도 족했다. 그를 끌어들이는 건 참을 수가 없었다. 그를 향해 불편한 관심을 던지는 걸 두고 볼 순 없었다.

　그가 일하는 하늘섬 스튜디오가 불필요하게 언급되는 것도, DBS 방송국에서 공정하게 따낸 편성마저 부자지간의 사적인 영역에서 이루어진 꼼수로 비춰지는 것에도 화가 치밀었다. 그를 영업 왕이라고 농담 삼아 부르긴 했지만, 그가 했던 그간의 노력들이 허접한 상상과 불합리한 의심을 뒤집어쓰고 몇 줄의 기사로 실렸다는 것 자체가 해아를 죄책감에 빠뜨렸다.

　다시 그를 떠올리니, 지금 당장 그의 목소리를 듣고 싶었다. 그의 품에 안기고 싶고, 입 맞추고 싶었다.

서둘러 식사를 끝낸 해아가 수저를 내려놓고 물을 마셨다.

"잘 먹었습니다. 할아버지, 저 먼저 일어날게요."

"그래. 오늘도 수고하고."

2층에 들러 나갈 채비를 마치고 외투와 가방을 집어 들고 집을 나섰다.

집을 나서자마자 해아는 도영에게 전화를 걸었다. 신호음이 반복될수록 가슴이 미친 듯이 뛰었다. 언제 갑자기 그의 목소리가 들려올지 모르기에 긴장이 되었다.

[응. 해아야.]

"아침 먹었어요?"

[늦잠자서 못 먹고 그냥 나왔어.]

"운전 중?"

[응.]

시계를 확인해 보니 그가 평소에 출근하는 시간보다 좀 늦은 때였다.

"샌드위치라도 사다줄까요?"

[괜찮아. 사무실에 가면 먹을 거 많아.]

해아가 다니고 있는 헤어숍이 그의 사무실 인근에 위치해 있어서 그 핑계로 도영의 얼굴 한 번 더 보려고 했는데, 그런 속내를 알 리 없는 그는 단칼에 잘랐다.

"숍 가는 길에 잠깐 들를게요. 그 핑계로 도영 씨 얼굴 한 번 더 보게."

웃음소리가 건너왔다. 감추지 못한 속마음을 솔직하게 털어버리고 나니 살짝 민망하고 부끄러웠지만 한편으론 속이 시원하기도 했다.

사무실 건물 앞에 도착한 해아는 차에 시동을 걸어 미리 차를 데

위놓고 있던 창희와 눈이 마주쳐 손을 흔들며 인사를 건넸다.

"그럼 이따 회사에서 봐요. 운전 조심하고요."

통화를 갈무리하고 차에 올라타자, 운전석에 먼저 앉아 있던 창희가 미소를 감추지 못했다.

"뭐가 그렇게 재밌어?"

"아, 아닙니다. 두 분 애정전선에 이상이 없는 것 같아서 제 기분이 다 좋아서 그만⋯⋯."

"소속 배우 연애하라고 등 떠미는 회사는 우리 회사밖에 없을 거야. 그치?"

"그건 맞습니다. 하하."

그 사이, 은형과 스타일팀도 차에 올랐다.

"어제 잘 잤어?"

은형의 물음에 해아는 단호하게 고개를 가로저었다.

"남자친구 보고 싶어서 한숨도 못 잤어."

"어휴."

은형이 땅이 꺼져라 한숨을 쉬자 다들 키득거리며 웃어댔다.

다행히 분위기가 살아났다. 어제 기사가 터지고 난 후 하루 종일 시달렸을 이들에게 한없이 미안하고, 또 고마웠다.

Rrrr.

또 도영인가 싶어서 휴대폰을 보니 이번 발신자는 애리였다. 해아는 잠시 망설이다가 통화를 연결했다.

"네. 작가님."

[통화 괜찮아요?]

"괜찮아요. 말씀하세요."

[음⋯⋯.]

애리의 흔들리는 숨소리에 해아는 저도 모르게 나지막이 한숨을 쉬었다.

어제 기사로 인해 애리 역시 힘든 하루를 보냈을 거란 걸 알기에, 그녀와 대화를 나눈다는 것만으로도 마음이 무거웠다. 한 가지로 설명할 수 없는 복잡한 감정이 밀어 닥쳤다.

[어제, 언니 만났어요?]

"네. 만났어요. 만나서 얘기 잘 하고 왔어요. 그러니까 작가님 신경 쓰지 마세요."

[미안해요. 해아 씨.]

"작가님이 나한테 왜 미안해요. 작가님 언니가 나유미인 건 작가님도 어쩔 수 없는 일이잖아요. 그러니까 그런 마음 갖지 마요."

애초부터 애리가 선택할 수 있는 선택지는 아무것도 없었다. 그것을 해아 역시 알고 있다. 그녀는 잘못이 없다는 걸.

처음 이 작품을 선택하지 못했던 건, 그녀가 나유미의 동생이라는 사실만으로도 마냥 미워서였다. 그땐 그 마음이 진심이었고, 지금은 이 마음이 진심이었다.

그녀의 잘못이 아니라는 걸 받아들이고 난 후에 갖게 된 마음은 애잔함 그 비슷한 것이다. 애리가 처한 지금의 상황은 '어쩔 수 없었다'가 아니라 아예 '선택 불가능'했던 부분이니까.

그것을 인정하고 받아들이고 나니 더는 그녀를 원망하지 않을 수 있었고, 그녀를 미워하지 않을 수 있었다.

"작가님도 너무 많이 힘들어하지 말아요. 내가 누굴 위로할 상황은 아니지만, 전에 내가 말했죠? 작가님은 나유미 동생이 아니라 그냥 나애리 작가라고. 작가님 스스로 그 굴레를 뒤집어쓸 필요는 없어요."

[……고마워요.]

사랑, 너에게 분다

"사실 그동안 내 가정사가 세상에 낱낱이 공개되고 나면 어떡하지, 하고 내심 불안하고 걱정됐는데 막상 터져 버리고 나니까 오히려 마음이 편안해졌어요. 홀가분하더라고요. 그러니까 작가님도 그만 털어내요. 대놓고 자매간 연 끊으라는 소리 같아서 좀 그렇긴 하지만요."

해아의 말에 그녀가 조용히 웃었고, 그 순간 해아는 왠지 모르게 안도감이 들었다. 이런 식으로라도 공개되고 나니 속이 후련한 부분도 없지 않아 있었다.

나유미 본인의 이야기이기에 자신에게 유리한 시각에서 두루뭉술하게 밝힌 것이지만, 어쨌든 팩트는 류태정 대표와 나유미의 불륜 관계이고, 그것을 본인의 입으로 말한 것이니까.

이제 경진만 마음 독하게 먹고 버텨주면 된다.

언젠가 우리의 입장에서 류태정 대표와 나유미의 관계를 기사화 해볼까, 생각도 했지만 그러지 않는 게 좋겠다는 생각이 들었다. 그러다가 자칫 경진에게 또 한 번의 상처가 될 수도 있기 때문이다.

해아는 경진이 어떤 식으로 지금의 상황을 감당하고 있을지가 가장 염려스러웠다.

[나도 해아 씨한테 할 말 있는데.]

"권도영 씨 얘기요?"

[이 얘긴 꼭 하고 넘어가야 해아 씨 마음 편할 거 같아서요.]

"말씀하세요."

사실 해아는 애리로부터 더 이상의 설명을 들을 필요가 없다고 생각했다. 그에 관해서는 어제 도영과 충분히 이야기를 나누었기에 그 이상의 설명은 불필요했다.

하지만 아주 작은 꺼림칙한 마음도 남기지 말자는 의미에서, 애리의 설명을 들어볼 가치가 있었다.

[십 년도 더 된 해묵은 이야기를 꺼낼 필요조차 없는 관계예요. 류해아 씨가 직접 본 그대로고요. 설명하는 것 자체가 웃긴 거죠.]

"제 생각도 그래요. 십 년 전에 잠깐 사귀었다 헤어진 걸로 꼬투리 잡는 사람들은 연애도 안 해봤나 보다, 그렇게 생각하고 있어요. 작가님도 신경 쓰지 마세요."

[류태정과 나유미, 이 두 사람만 아니었다면 이런 소동도 안 벌어졌을 텐데. 생각할수록 기가 막히네요.]

"모든 악의 근원은 그 둘이죠."

[촬영할 사람한테 아침부터 이런 소리 해서 미안해요. 오늘도 수고하세요.]

"네. 작가님. 조만간 뵈어요."

애리와 통화를 끝낸 후, 해아는 피식 웃으며 고개를 가로저었다. 어제 하루 종일 마음 쓰고 신경 썼던 것이 너무나 후회스러웠다. 삽질하고 땅굴 파느라 흘려보낸 시간들이 아까워서 속에서 욕이 치밀었다.

"김은형 실장님?"

"어? 어. 왜?"

"이번에 나 작품 끝나면 다들 어디로 휴가 가?"

"아직 못 정했지. 왜? 너도 가려고?"

"난 못가지. 나 따라가면 짐이잖아."

다들 '맞아, 맞아' 하며 고개를 끄덕였고 그 모습에 해아는 웃음이 났다. 자신을 짐짝 취급했지만 크게 서운하진 않았다.

"주현이도 같이 가는 거야?"

"갠 벌써부터 신났어. 작품 끝났다고 해외여행 보내주는 회사는 난생 처음 봤대."

해아는 보통 한 작품을 끝내고 나면 소속사 스태프들에게 선물로 휴가를 보내주곤 했다. 촬영 기간 내내 자신보다 두 배, 세 배 더 많이 고생했던 그들을 위해서였다.

비행기를 타기 힘들어하는 해아였기에 늘 동행하지 못했지만, 이번엔 주현이 함께 간다고 하니 다행이라고 생각했다.

"우리 류 회장님 후원으로 제작사에서 드라마 전 스태프들, 배우들 포상휴가 보내주기로 약속했으니까 조금만 기다려 봐요."

"와! 진짜?"

해아가 고개를 끄덕이자 다들 박수치며 환호했고, 해아는 어깨가 으쓱했다. 일전에 시청률 내기에서 해아가 걸었던 소원을 강훈이 들어주기로 한 것이다.

약속은 또 칼같이 지키는 분이라, 최 전무를 통해 벌써 조민철 대표와 이야기가 진행 중이라고 했다.

"기자간담회는 언제예요?"

"다다음주 화요일. 7회 방영 전날이라더라."

"기자들 엄청 오겠다."

"안 그래도 조 대표님이 P호텔 리셉션 홀 빌리셨단다."

드라마 방영 중간에 진행되는 기자간담회.

드라마의 흥행 외에도 해아와 도영의 열애설 때문에 아마 엄청난 수의 취재진이 참석할 것으로 점쳐졌다.

"어떡할 거야? 그날 네 열애설 질문 엄청 쏟아질 텐데."

"그런 자리에서 내 연애 얘기 하는 건 팬들이나 시청자들한테 예의가 아니지. 나중에 팬들한테 제일 먼저 말해주고, 그러고 나서 다시 시기를 보자."

"그럼 질문 자제 요청 해야겠다."

"부탁할게."

해아의 우선순위는 아주 확고했다. 기자간담회라는 본래의 취지를 무색하게 만들고 싶지 않았다.

기자간담회는 시청자와 드라마 팬들을 위해 마련되는 자리이고, 그 주인공 역시 배우의 열애설이 아닌 '드라마' 그 자체이기 때문이다. 프로라면 프로답게 행동해야 했다.

"숍 가기 전에 샌드위치 가게 좀 들르자."

"배고파?"

"아니. 하늘섬 식구들 사다주려고."

"말은 바로하자. 권도영 PD님 보러 가고 싶어서라고."

은형과의 호흡은 언제나 척하면 척. 해아는 엄지를 치켜세웠고, 차는 애초의 목적지였던 헤어숍을 지나 샌드위치 매장으로 방향을 돌렸다.

강훈은 해아가 집을 나서자마자 최 전무와 함께 경진의 집을 찾았다. 대문을 지나 정원을 가로지르는데, 테라스에 나와 볕을 쬐고 있는 경진의 모습이 눈에 들어왔다.

좀 더 가까이 다가가자 인기척을 느낀 그녀가 천천히 눈을 떴다. 못 본새 더 핼쑥해진 모습에 자신도 모르게 탄식하고 말았다.

"아버님 오셨어요?"

"일어나지 마라."

강훈은 경진과 마주보고 앉아 재킷을 벗어두었다. 그 사이 그녀는 흐트러진 머리칼을 정갈하게 정리하며 차 한 모금을 마셨다.

"간밤에 잠은 잘 잤니?"

"네. 아버님. 제가 걱정돼서 아침부터 오신 거지요?"

강훈이 고개를 끄덕이며 웃자 경진도 덩달아 옅게 웃었다. 오랜만

사랑, 너에게 분다

에 보는 그 미소가 무척이나 반가웠다.

"괜찮은 게야?"

"괜찮아요. 생각보다……."

경진은 살집 없는 손으로 팔을 주무르며 마른 입술을 꾹꾹 깨물었다.

강훈은 밤새 잠을 뒤척였다. 갑자기 침실로 최 전무가 뛰어 들어와 경진이 어떻게 됐다는 소릴 할까 봐 내내 가슴이 두근거렸기 때문이다. 깜박 잠이 들었다가 아침에 눈을 떴을 때, 아무 일도 벌어지지 않았다는 사실만으로도 강훈은 안도했다.

"해아는……."

"괜찮다곤 하는데, 워낙에 힘들어도 힘들다 소리를 안 하는 녀석이니 원."

가만히 고개를 끄덕이는 경진의 시선이 어쩐지 서글퍼 보였다.

"해아는 네가 괜찮아야 괜찮은 아이라는 거 알지?"

경진은 대답도 없이 눈꺼풀만 끔벅였다. 그 모습을 보며 강훈은 마음을 단단히 먹었다. 이곳에 올 때부터 준비했던 이야기를 꺼내기 위해서 크게 한 번 숨을 고르고 입을 떼었다.

"이번에 해아랑 기사 났던 권 사장 아들 말이다."

강훈이 넌지시 꺼낸 말에 경진이 강훈을 바라보았다. 그래도 자기 딸의 일이라고 내심 궁금했던 모양이다.

"해아가 많이 좋아하고 있어. 아니, 둘이 서로 많이 좋아하고 있는 모양이야. 나도 해아가 남자한테 마음 주고 정 붙이는 거 처음 봤다."

"그랬군요."

"다정하고 따뜻한 녀석이야. 다른 건 걱정하지 않아도 된다."

경진은 또다시 고개를 끄덕였다. 안도하는 듯한 눈빛…….

자신이 그렇게 믿고 싶은 건지, 아니면 확대해석한 건지 모르겠지만 강훈의 눈엔 그렇게 보였다.

"권 사장이나 나나 그 둘이 잘됐으면 하는 마음인데, 이번에 생각지도 못하게 기사가 나는 바람에 일이 조금 꼬였어. 물론 당사자들이 가장 속상하고 마음 아프겠지. 좋아하는 사람과의 관계를 부정해야 했던 해아의 마음이 어땠을지……."

담담하게 말하려 했는데 마음이 아파서 절로 한숨이 새어나왔다. 강훈은 자신이 걱정할까 봐 내내 괜찮다고 말하던 해아의 얼굴이 떠올라 가슴이 아팠다.

"너도 많이 힘들었겠지만, 그 시간만큼이나 해아도 아프고 힘들었다는 거 너도 모르진 않을게다. 너한테 이런 말하기 미안하지만, 해아 좀 봐주면 안 되겠니? 조금만 덜 아프고 힘들게, 저 좋다는 사람이랑 마음 편히 만나고 실컷 사랑받을 수 있게 도와주면 안 될까? 옆에서 보고 있기 안쓰러워서 그래. 너무 속상하고 가여워서……."

나이가 드니 마음만 약해지고 눈물만 많아지는 것 같았다. 주책없게 며느리 앞에서 눈시울을 붉힌 것이 멋쩍어, 강훈은 고개를 떨군 채 애꿎은 입술만 잘근잘근 씹었다.

"미안하다. 힘든 너한테 이런 소리 해서."

"해아도…… 사랑받고 살아야죠."

초점 없는 눈빛으로 먼 곳을 응시하는 경진의 모습에, 강훈은 천천히 고개를 끄덕였다.

내리사랑인지, 아니면 가까이에서 지켜보고 있기 때문인지 강훈은 경진보단 해아가 아주 조금 더 마음이 쓰였다. 심적으로 많이 힘든 경진에게 이런 말을 꺼낸 것에 대해 미안한 마음도 들었지만, 혹시나 남아 있을지도 모를 모성애에 애원하고 싶었다.

해아 좀 봐주라고. 제발 좀 봐달라고.

"가여운 아이예요……."

그때, 경진의 두 눈에 빠르게 눈물이 차오르더니 뺨을 타고 눈물이 후두둑 떨어졌다. 하염없이 흐르는 눈물을 닦아낼 기운도 없는 건지, 한참 동안 눈물을 뚝뚝 흘리다가 강훈이 건넨 손수건에 그제야 얼굴을 묻었다.

가늘게 떨리는 작은 어깨가 딱했다. 조용히 무너지는 그녀를 차마 다독여 주지 못하고, 강훈은 자리에서 일어섰다. 그녀에게 시간을 주고 싶었기 때문이다.

"가지."

"네. 회장님."

최 전무와 함께 경진의 집을 나서다가 무심결에 고개를 돌려보니, 풀이 돋아난 땅 한쪽이 고르게 골라져 있었다.

걸음을 멈춘 강훈은 뒤를 돌아 경진을 보았다.

흙이 묻은 신발과 한쪽에 포개둔 장갑, 그리고 바닥에 가지런히 놓아둔 호미……. 다시 화단을 가꾸려는 모양이다.

경진에게 일어나고 있는 아주 작은 변화에, 굳어 있던 강훈의 표정에도 서서히 미소가 번졌다.

"최 전무. 오늘부터 좀 더 속도를 내보자고."

홍콩에 거점을 둔 헤지펀드 전문 투자 회사 명의로 제삼자들을 통해 매입한 J미디어의 지분을 한데 모아둔 참이다. 의결권을 확보하는 대로 개인투자자들과 협력하여 본격적인 J미디어 인수 작전을 시작할 예정이었다.

대경그룹 재직 당시 태정이 저지른 배임과 횡령의 공소시효도 이미 지나 버렸고, 타격을 줄 수 있는 건 그 자금으로 세운 J미디어를 태정의 손에서 내려놓게 만드는 것. 태정은 조만간 그의 모든 것이자 유일한 것이었던 J미디어를 제 손으로 잃게 될 것이다.

강훈은 더 이상 참아주지 않을 생각이었다. 어제 일로 강훈은 끝을 봐야겠다고 다짐했다.

자신의 가족을 제 손으로 버리고 간 것으로도 모자라 턱 밑까지 칼을 들이미는 파렴치한에게 그동안 참 오래도 참아줬었다. 이만큼이나 참아준 건, 언젠가 반성하고 참회할지도 모른다는 일말의 기대가 있었기 때문이다. 하나 이젠 아니었다.

차에 올라탄 강훈은 주먹을 불끈 쥐며 눈을 질끈 감았다.

경진은 강훈이 떠난 빈자리를 바라보다가, 다시 목장갑을 끼고 호미를 집어 들었다.

경진이 화단으로 향해 걷는 내내 주변에 둘러 선 메이드들은 위태롭게 걷는 그녀의 모습에 손을 뻗었다. 그러자 경진은 그들에게 안심하라는 듯 손을 흔들며 화단 앞에 쪼그리고 앉아 마저 흙을 골랐다.

메이드들이 화단을 관리해 주긴 하지만, 몇 년째 자신의 손이 닿지 않은 땅이라 어딘가 낯설기도 했다. 풀이 돋아나기 시작한 땅을 호미로 파서 돌부리를 걷어내고 평평하게 다졌다.

십여 년 전 자신은, 자식이고 뭐고 눈에 보이지 않는 상태였다. 본래 마음의 병이 있었지만 태정의 외도로 병증은 손을 쓸 수 없을 만큼 하루가 다르게 심각해졌다. 아니, 어쩌면 애초부터 자신의 모성은 딱 그 정도였을지도 모른다.

해아를 인고 3층에서 뛰어내리고 나서 바닥에 끌린 해아의 얼굴을 보던 그 순간, 그렇게 겁이 날 수가 없었다. 그제야 무슨 짓을 저지른 건지 정신이 번쩍 들었다.

'내 손으로 내 아이를 죽이려 했다니……'

곧 죽을 것처럼 피를 쏟아내며 하얗게 질려가는 딸아이의 모습을 보는 내내 그 어떤 것과도 견줄 수 없는 공포감을 느꼈다. 그래서 다시 해아의 얼굴을 보는 게 두려웠고 무서웠다. 그 아이는 내 고통의 증거였다.

부모에게 충분히 사랑받지 못하고 살아온 해아의 시간들.

꽃처럼, 아니 꽃보다 더 예쁘고 향기로운, 곱디고운 딸 해아. 손대기도 아까울 만큼 작고 여리던 그 아이가 이젠 자신을 지켜줄 만큼 강인하게 자랐다.

그런 해아를 사랑해 주는 좋은 사람이 나타났다고 했다. 해아도 그 사람을 좋아한다고도 했다.

사랑. 그런 감정놀음을 꽤 오랫동안 믿지 않아왔다. 불신에 가까웠다. 하지만 아이러니하게도…… 해아는 사랑받길 바랐다. 원 없이 사랑하고 사랑받으면서 부모에게 받은 상처를 치유받길 바랐다.

그런데 그걸 자신이 가로막고 있었다. 자신으로 인해 해아가 본인의 사랑을 부정했다고 한다. 밤새 잠도 이루지 못하고 길 위를 헤맸다고 했다.

찬 새벽에 이슬을 맞고 걸으며 그 아이는 무슨 생각을 할까. 얼마나 아팠을까.

경진은 주머니에서 휴대폰을 꺼내 강훈에게 전화를 걸었다.

[그래, 나다.]

"아버님. 저…… 이혼할까 봐요."

수화기 너머에서 강훈이 하는 말소리가 귀에 잘 들리지 않았다. 그저…… 길 위를 헤매며 눈물짓는 가여운 해아의 모습이 눈앞에 선연할 뿐.

'행복해야지. 내 딸은 행복해야지.'

태정과 이혼하지 않고 버틴 이유는 그들이 불행하길 바라서였다. 깊은 원망과 슬픔에 잠겨 스스로 고통받기를 자초했고 외롭게 만들었다. 그들의 불행을 바라며, 자신 또한 불행을 자처했다.

그러느라 해아를 보지 못했다. 해아의 행복마저 자신이 앗아갔다는 걸 깨달았던 순간, 외면했는지도 모른다. 그 정도밖에 안 되는 엄마였다.

해아에게 줄 수 있는 건 더 이상 아무것도 없었다. 너무 많이 비워내서 가지고 있는 것이 아무것도 남지 않은 탓이다.

그래도 이번 한 번만, 딱 한 번만…….

'모성애' 같은 그런 거창한 단어를 붙일 것도 없이, 해아 하나만 생각하자.

내가 주지 못한 그 사랑, 누군가 해아에게 줄 수 있다니까. 그들의 불행보다 내 딸의 행복이 더 소중하니까.

경진은 떨림조차 없는 단호한 목소리로 강훈에게 아주 분명한 입장을 전했다. 간절하게 기다려 온 경진의 결심에, 강훈은 주먹을 불끈 쥐었다.

"고맙다. 아가. 정말 고마워……."

경진의 입에서 직접 이혼을 말한 것도, 스스로 이혼을 원한 것도 처음이었다. 강훈은 숨이 넘어가는 순간까지도 버텼던 그녀의 마음을 돌린 건 어쩌면 해아가 아니었을까, 하고 생각했다.

[아버님. 대신 저는 그 사람이 원하는 대로 해줄 생각은 없어요. 그러니 아버님이 도와주세요.]

가장 중요한 건 경진은 태정이 원하는 방식의 이혼은 원하지 않는다는 것이었다. 그것은 강훈 또한 마찬가지였다.

"당연하지. 그건 걱정하지 마라. 우리 유능한 법무팀이 네가 원하는 대로 할 수 있도록 만들어줄 거니까. 그리고 내 나름대로 준비하던 것도 있으니, 조만간 만나서 구체적으로 상의해 보도록 하자. 그래도 괜찮지?"

[네. 아버님. 전 언제든 괜찮아요.]

"그래. 큰 결심 해줘서 고맙다."

[오래 속 썩여서 죄송합니다……]

강훈은 허탈하게 웃었다.

경진의 결정을 기다려 온 지도 벌써 십여 년이 흘렀다. 모든 사람들이 그녀에게 이혼을 권유하라고 할 때도 강훈은 기다려 주었다. 당사자인 그녀만이 스스로 선택할 수 있다고 생각했기 때문이다.

태정을 버릴 수 있는 것도, 태정을 완전히 내치는 것도, 태정에게 욕을 퍼붓고 죗값을 치르게 할 수 있는 사람도 경진이었다. 그 긴 시간 동안 고통 속에 그 작은 몸을 몰아넣고 마음을 갉아먹으며 살아온 딱하고 가여운 그녀만이 할 수 있는 것이었다.

"하고 싶은 말 있으면 생각나는 대로 나나 최 전무한테 전화하거라. 네가 원하는 것들도 찬찬히 정리해 보고."

[네. 아버님. 감사합니다.]

통화를 끝낸 강훈은 긴 한숨을 몰아쉬며 옅게 웃었다. 오랫동안 가슴을 꽉 틀어막고 있던 체증이 쑥 내려가는 것만 같았다.

"사모님께서 이혼하겠다고 하신 겁니까?"

최 전무의 물음에 고개를 끄덕여 답을 대신하자, 최 전무 역시 기쁨의 미소를 감추지 못했다.

"두 사람 이혼, J미디어 인수 시기를 동시에 맞추는 게 어떤가?"

"좋은 생각이십니다. 류태정 대표가 받게 될 타격이 두 배가 되겠지요."

"최 전무, 법무팀에 연락해서 우리나라 최고의 이혼 전문 변호사 섭외해 두라고 해."

"네. 회장님."

"아주 골수까지 쪽쪽 빨아내는 지독한 변호사로. 내 말 무슨 뜻인지 알지?"

"네. 명심하겠습니다."

강훈은 시트에 상체를 묻은 채 눈을 지그시 감았다. 불과 몇 달 전만 하더라도 지금의 결정은 상상도 할 수 없었다. 매 순간이 위태로워 보였던 경진의 앞에서 이혼을 언급하지 않는 건 어느 순간부터 암묵적인 룰이었으니까.

무엇이 경진의 마음을 움직인 건지 알 수 없지만, 강훈은 그녀가 이혼에 대한 의지를 보인 것만 해도 큰 성과라고 생각했다. 강훈은 애초에 목표했던 대로 태정에게 대가를 치르게 할 생각이었다.

자신의 자식이기에 약해질 수도 있었던 마음이지만, 강훈에게는 그런 일말의 동정도 남아 있지 않았다. 지난 십여 년 간 해아와 경진이 어떻게 살아왔는지, 어떤 마음으로 견뎌왔는지 가장 가까운 곳에서 지켜봤기 때문이다.

집을 떠나 회사를 일구고 조용히 사는 동안에는 그나마 참아주었다. 경진이 죽고자 할 때면 최소한의 양심으로 들여다보기라도 했으니까. 하지만 그 계집을 끌고 들어온 걸로도 모자라 자식까지 떡하니 낳았다고 했다. 태정에게는 애초부터 죄책감 같은 것은 없었던 것이다.

속죄하고 용서를 비는 것이 마지막으로 허락된 구제의 길이라는 걸 죽을 때까지도 깨닫지 못할, 딱 그 정도의 인간이 자신의 아들이란 것이 강훈을 절망하게 만들었다.

해아는 은형, 창희와 함께 양손 가득 샌드위치와 생과일주스를 사 들고 도영의 사무실을 찾았다. 예상치 못했던 해아의 방문에 직원들은 그녀를 반겨주면서도 열애설의 주인공인 도영을 연신 힐끔거렸다.

"안 그래도 바쁘실 텐데, 기사 때문에 더 바쁘게 해서 죄송했습니다. 다음에 제가 한 턱 제대로 내겠습니다."

해아의 인사에 직원들은 박수를 보냈고, 어색한 분위기는 금세 풀어졌다.

"근데 두 분 정말 사귀시는 거 아니죠?"

용감한 누군가로부터 질문이 날아들었지만 해아는 태연하게 미소를 지었다.

"기사도 먼저 났겠다, 한번 사귀어볼까 봐요."

농담처럼 꺼낸 해아의 대답이 나쁘지 않았는지, 직원들은 환호를 하며 호응해 주었다.

"잘 어울려요!"

"두 분 정말 잘 어울려요!"

"저희는 찬성입니다!"

직원들의 외침에 손을 흔들어 화답한 후 해아는 대표실로 향했다. 그곳엔 조민철 대표와 도영이 함께 있었다.

"어서 와요. 매번 이리 양손 무겁게 오시면 저야 감사합니다만……."

"신속한 대응, 감사했습니다. 대표님."

해아는 먼저 손을 내민 민철과 악수를 나누고 도영의 맞은편에 앉았다.

"맛있게 잘 먹을게요. 해아 씨."

간지러운 도영의 인사에 해아는 최선을 다해서 표정 관리를 하고 있었다.

급히 출근했다는 말은 거짓인 듯했다. 그는 오늘도 여전히 멋졌다. 해아가 가장 좋아하는 데님 셔츠는 그의 하얀 피부를 더욱더 돋보이게 만들었고, 무심하게 걷어 올린 소매와 단추 두 개를 열어둔 앞섶도 취향 저격이었다.

좋아하는 사람의 입에 먹을 거 들어가는 것만큼 보기 좋은 건 없는 것 같았다. 해아는 그가 샌드위치를 베어 물고 오물거리는 모습에서 눈을 떼지 못했다.

"오늘부터 사흘간 세트 촬영하고 나면 세트 촬영은 끝이죠?"

"네. 그런 걸로 알고 있어요."

"시간 참 잘 간다. 처음에 류해아 씨 캐스팅하려고 갖은 수를 다 쓰던 때가 엊그제 같은데."

민철의 말에 해아와 도영 모두 동시에 웃음이 터졌다. 한창 도영이 자신에게 영업을 하던 때가 떠올랐기 때문이다.

"그러게요. 얼마 안 된 것 같았는데, 지금 생각해 보니까 꽤 많이 왔네요."

그와 처음 만난 이후로 지금까지, 어떻게 시간이 흘렀는지도 모를 만큼 촬영과 연애로 바쁜 나날을 보냈다. 그 어느 때보다 열심히 작품에 임했고, 그와 함께여서 힘든 줄도 몰랐다.

"함께해 주셔서 정말 감사합니다. 해아 씨. 마지막까지 힘내주시고, 앞으로도 잘 부탁드릴게요."

"저야말로 잘 부탁드려요. 좋은 작품 함께할 수 있어서 정말 행복했습니다."

해아는 또 한 번 민철과 악수를 나누었다. 진정성이 느껴지는 그의 말에 해아도 진심으로 답했다.

마음 맞는 좋은 스태프들, 좋은 배우들과 함께 한 작품을 만들면서 많은 것을 느끼고, 배우고, 경험했다. 아마도 배우 생활을 하는 동안 큰 자산이 되어주지 않을까 싶었다.

출연을 결정하기 전에 했던 무수한 고민들이 이젠 아득하게만 느껴졌다. 다시 한 번 똑같은 상황에서 똑같은 선택의 순간이 주어진다면, 이번엔 망설이지 않을 것이다.

"이렇게 말하니까 벌써 다 끝난 거 같네. 하하. 아직 갈 길이 멀었는데 말이야."

촬영은 끝이 보이는 상황이지만 드라마 방영은 한창이었기에 거기에서 오는 묘한 감정이 있었다. 그건 해아뿐 아니라 민철도 마찬가지였던 모양이다.

"일하시는 데 방해되지 않게 저는 이만 일어나겠습니다."

"마음 같아서는 해아 씨 더 잡아두고 싶지만 촬영 가셔야 하니까 놔드릴게요."

민철의 능청스러운 대꾸에 해아는 옅게 웃었고, 해아가 일어나자 두 사람도 덩달아 일어섰다. 해아는 도영을 향해 슬쩍 눈짓을 보냈지만 그는 알아채지 못했는지 고개를 갸웃거렸다.

"매니저 분들은 먼저 내려가셨나?"

"네. 주차장에서 기다리고 있을 거예요. 나오지 마세요, 대표님."

"그래도 그게 아니죠……. 아! 권 PD가 주차장까지 모셔다드리면 되겠다. 그래줄 거지?"

해아는 '내가 원하던 게 바로 이거!'라는 의미를 담아 도영을 빤히 쳐다보았고, 도영은 그제야 알아차린 듯 앞장섰다.

"조심히 들어가십쇼. 잘 먹었습니다!"

민철과 인사를 나누고 대표실을 나와 도영의 서너 걸음쯤 뒤에서 따라 걸었다. 사방에서 인사를 건네는 직원들과도 인사를 한 후에야 사무실에서 빠져나올 수 있었다.

해아는 엘리베이터 앞에 서서 먼저 기다리고 있던 도영의 옆으로 다가가 옆구리를 손가락으로 콕 찔렀다.

"도영 씨."

"응?"

"비상구 계단 어느 쪽이에요?"

"오른쪽 끝에 있는데, 왜?"

"왜긴."

해아는 그를 향해 싱긋 웃으며 도영의 소매 끝을 잡아당겼다. 그가 알려준 비상구 계단 쪽으로 유도하자 도영은 사주경계를 늦추지 않으면서 해아가 이끄는 대로 따라 걸었다.

비상구 계단으로 향하는 문을 열고 들어가자 계단 등이 번쩍 하고 켜졌다. 도영은 아주 조심스럽게 문을 닫고 짤막한 한숨을 내쉬었다. 긴장을 했던 모양이다.

해아는 그런 도영의 모습을 보며 큭큭거리고 웃다가, 생각했던 것보다 너무 크게 목소리가 계단을 울려서 황급히 입을 손등으로 막았다.

"속셈이 다 있었구나?"

"당연하죠."

도영의 품에 푹 파묻히고 싶었지만, 그의 셔츠에 화장이 묻을까 봐 조심스레 안고 고개를 뒤로 물렀다. 아예 인적조차 없는 고요한 곳에 단둘이 있으니 마냥 좋았다.

"심장 떨려서 비밀 연애 그만하고 싶었는데……."

사랑, 너에게 묻다

해아를 지그시 내려다보고 있던 도영은 해아의 말이 끝나기도 전에 고개를 숙여 입을 맞췄다. 해아는 도영의 목을 두 팔로 감으며 그의 부드러운 입술을 받아들였고, 도영은 해아의 등을 두 손으로 감싸 받치며 입을 맞춘 채로 옅게 웃었다.

입술을 떼어내니 그의 입술 위에 해아의 립스틱이 묻어 있었다. 해아는 남아 있는 립스틱 흔적을 엄지로 닦아내며 웃음을 참지 못했다.

숨소리마저 천둥소리처럼 크게 들리는 비상구 계단. 이곳은 꽤 위험한 곳이었다. 괜한 긴장감마저 불러오는 것 같았다.

"나 오늘 저녁에 도영 씨 집에 가면 안 돼요?"

"안 돼."

"아무도 못 알아보게 하고 갈 수 있어요."

"그래도 안 돼."

"모자, 마스크, 선글라스, 스카프까지 다 해도?"

"그게 더 수상할걸?"

"그럼 큰 캐리어나 박스에 날 넣어가지고 들어가요."

그는 기막히다는 듯 웃으며 해아의 이마에 살짝 꿀밤을 놓았다. 해아가 씩씩대며 노려보았지만 그는 꿈쩍도 하지 않았다.

모든 게 자신을 위해서라는 것은 알고 있지만, 단호하게 안 된다고 잘라 말하는 그에게 섭섭한 마음이 드는 것도 사실이었다. 보채고 싶지 않는데, 조심해야 한다고 마음을 먹고 나니 오히려 더 가고 싶고 더 만나고 싶은 청개구리 심보가 되어버렸다.

"우리 집에 꿀 발라놨어? 왜 자꾸 오려고 그래?"

"그걸 몰라서 묻나? 설마 나만 좋아하는 거예요? 도영 씨는 싫은가 보지?"

그는 눈썹을 치켜들더니 이내 고개를 가로저었고, 다시 해아를 안

아주었다.

"그럴 리가. 내가 더 많이 좋아하는데?"

"알아요."

"안다고?"

"알죠, 그럼. 한 번 안으면 날 못 놓잖아."

큭큭대며 웃는 떨림이 고스란히 전해졌다. 해아는 그의 품에서 마지못해 빠져나와 맞잡은 손을 이리저리 흔들었다.

"이제 내려가요."

"조금만 더 있다가 가면 안 돼?"

안 그러던 사람이 왜 이러나 싶었지만 해아 역시 다르지 않은 마음이었기에 고개를 끄덕였다. 두 팔을 활짝 벌려 품을 내어주는 그에게 와락 안긴 채 그곳에서 한동안 그의 고른 숨소리를 가만히 들었다.

조금의 거리감도 싫었다. 그에게서 떨어지고 싶지 않았다.

13. 그때 그의 손을 잡지 않았더라면

    촬영을 마치자마자, 해아는 도영의 집으로 향했다. 안 된다는 그의 단호한 선긋기에도 아랑곳 하지 않고 말이다.

    집으로 가고 있다는 일방적인 통보에 잠시 망설이던 그는 마지못해 허락했고, 해아가 집에 도착했을 땐 저녁 식사까지 차려두고 기다리고 있었다. 그 모습을 확인하자마자 해아는 그의 품으로 뛰어들었고 곧장 키스를 퍼부었다. 당장 그의 품에 안기고 싶어서 견딜 수가 없었다. 당장 그의 사랑을 확인받고 싶어 안달이 났다.

    그를 향해 온종일 들끓었던 뜨거운 마음과 욕심에 지배당한 해아는 곧 폭발해 버릴 것만 같아 무작정 그를 밀어붙였다. 도영은 그런 해아를 밀어내지 않고 품에 안아주었다. 성급한 손길로 달려드는 해아를 다정하게 도왔고, 마구잡이로 입을 맞춰도 그는 차분하게 받아들였다.

    이성을 잃은 사람처럼 앞뒤 분간 못하고 달려든 건 난생 처음 있는 일이었다. 해아는 자기 스스로도 이해가 가지 않을 만큼 적극적으로 굴었다. 그런 해아 때문에 놀라고 당황했을 텐데도 그는 여유를 잃지 않았다.

잠깐 정신이 어떻게 돼버린 게 아닐까 싶을 정도로, 마치 오랫동안 굶주린 사람처럼 그를 탐했다.

감정적으로 힘겨웠던 어제 하루. 아닌 척, 괜찮은 척 굴면서 마음 한구석에 차곡차곡 쌓였던 불안함이 이렇게 표출이 된 건 아닐까 싶었다. 단순한 호르몬의 장난일지도 모르겠지만, 온갖 감정이 한데 뒤섞여 터져 버린 것만 같았다.

한바탕 뜨겁게 뒹굴고 나니 그제야 배가 고팠다. 샤워를 마치고 나온 해아는 그의 로브를 입은 채 식탁 앞에 앉아 허겁지겁 밥을 퍼 먹었다. 그 사이, 안방 욕실에서 샤워를 마치고 나온 그가 해아의 맞은편에 앉아 턱을 괴고 구경하며 웃었다.

제정신이 돌아오고 나니 문득 쑥스러운 마음이 들었다. 해아는 차마 그의 눈을 보지 못하고 고개를 숙인 채 한참을 버텼다.

"밥 많이 식었지? 다시 데워줄까?"

"지금이 딱 좋아요."

적당히 식은 밥이라 그런지 유난히 달았다. 그가 끓인 정체 모를 빨간 찌개와 함께 먹으니 밥그릇은 금세 바닥을 드러냈다.

"안 뺏어 먹을 테니까 천천히 먹어."

그는 컵에 물을 따라주었다. 도영이 옆을 스쳐 지날 때마다 은은하게 풍기는 그의 향기에 다시 머릿속에는 야한 생각들로 가득해졌고 해아는 애써 머리를 흔들며 마지막 한 숟가락을 떠서 입에 넣었다.

"하아. 이제야 살겠네."

부른 배를 쓰다듬으며 만족스럽게 말하자, 그가 웃으며 빈 그릇을 싱크대로 가져갔다. 그 사이 해아는 반찬 뚜껑을 덮어 냉장고에 넣어 둔 후 이를 닦으러 욕실로 향했다.

이를 닦으며 거울에 비친 자신의 모습을 보다가 문득 그런 생각이 들었다. 이 모든 것이 자신의 일상이 되었으면 좋겠다고. 늘 이렇게 그와 함께 지내고 싶다고.

입안을 헹구자마자 해아는 주방으로 뛰어가 한창 설거지 중인 그를 뒤에서 꽉 끌어안았다. 손깍지를 단단히 끼고 허리를 조이자 그가 물에 젖은 손을 양쪽으로 벌리며 뒤로 돌아서서 해아를 내려다보았다.

해아는 그대로 발꿈치를 세워 도영에게 입을 맞췄고, 쪽 소리가 나도록 수차례 반복했다. 미소를 짓고 있어서 말려 올라간 그의 입매가 너무나 사랑스러웠다. 해아는 그의 뺨을 두 손으로 감싼 채 깡충깡충 뛰면서 얼굴 곳곳에 뽀뽀를 퍼부었다.

"좋다. 네가 내 품 안에 있어서."

"정말?"

"아닌 거 알면서도 내심 불안했나 봐. 어제 하루 종일 생각했어. 내가 너한테 어떤 존재일까……."

괜찮다고 말했지만 사실은 그도 괜찮지 않았던 것이다. 그의 솔직한 이야기를 듣고 나니 오히려 마음이 편안했다. 해아는 그를 안은 채 가슴 위에 얼굴을 묻었다.

"당신이 나한테 어떤 존재냐면……. 리스본행 기차표."

"응? 기차표?"

도영이 되묻자 해아가 고개를 들어 그의 눈을 보며 고개를 끄덕였다. 뭔가를 골똘히 생각하던 그가 이내 미소 지었고 해아도 덩달아 웃었다.

도영은 해아에게 '리스본행 야간열차' 속 리스본으로 가는 기차표 같은 존재였다. 그가 아니었다면 자신이 살던 지루한 세상 밖으로 나가보지 못했을 것이고, 지금의 이 행복을 누리지도 못했을 것이다.

해아에게 겪어본 적 없는 새로운 세상을 보여주고 그곳으로 인도한 건 도영이었다. 도영은 해아의 또 다른 세상, 그 자체였다.

"사랑해요."

꼭 해주고 싶었던 말.

꼭 해보고 싶었던 말.

입 밖으로 처음 꺼내본 사랑 고백에 숨이 턱 막혔다. 미동조차 없는 그의 시선은 뜨거운 열기로 가득했다.

해아가 눈을 감자, 이내 그의 입술이 해아의 입술 위에 닿았다. 눈물겹도록 부드럽고 따스한 그의 입술과 하나로 포개어지는 순간, 그를 향해 피어나던 자신의 모든 감정 세포가 깨어나는 것 같았다.

밤 깊은 새벽.

해아는 잠시 침실에서 나와 휴대폰을 꺼내들고 거실로 향했다. 그러곤 소파에 앉아 경진에게 전화를 걸었다. 잠들어 있을 시간이란 걸 알면서도, 지금 꼭 하고 싶은 말이 있어서 전화를 걸 수밖에 없었다.

[여보세요.]

다행히 경진이 전화를 받았다. 잠결인지, 가라앉은 탁한 음성이 건너왔다.

"나야, 엄마."

[……아직까지 안 잔 거니?]

"응."

해아는 떨리는 숨을 골랐다.

"엄마."

[왜.]

"난 행복해질 거야."

답이 건너오지 않았다. 두 사람 사이에는 무거운 침묵만이 전부였다.

"엄마도 같이 행복해졌으면 좋겠어."

경진에게 많은 걸 바라지 않았다. 지금처럼만 자신의 곁에 남아 있어주길. 그거면 충분했다. 하지만 이젠 조금 더 욕심이 생겼다. 그녀 역시 행복을 찾길 바랐다. 누군가를 미워하느라 너무나 오랜 시간 동안 아파하며 시간을 흘려보낸 그녀이기에 안타까웠고, 생각만 하면 서러웠다.

"잘 자. 엄마."

그렇게 일방적인 통화를 끝내고 난 후, 해아는 휴대폰을 빤히 바라보았다. 경진에게 말하고 나니 마음이 후련했다. 내내 입이 안 떨어졌는데, 어쩐 일인지 오늘은 용기가 생겼다.

해아는 다시 침실로 돌아가 이불 안에 파고들어 도영의 품에 안겼다. 등에 닿는 그의 맨가슴이 눈물겹게 따뜻했다. 그가 주는 온기를 느끼며 눈을 감는데, 잠에서 깬 그가 해아를 팔로 감싸 안으며 어깨 위에 입을 맞췄다.

"내가 더 많이 행복하게 해줄게."

작게 한다고 했는데도 통화를 들은 모양이다. 해아는 반대로 돌아누워 그를 마주보았다. 여전히 눈을 감고 있는 그의 얼굴을 손끝으로 매만지며 저도 모르게 웃었다.

'어떻게 이런 남자가 내게 와주었을까. 어떻게 이런 남자가 나를 사랑하게 된 걸까.'

그에게 사랑받을 수 있어서 감사했다. 그를 사랑할 수 있어서 행복
했다.

밤늦은 시간.

애리는 기주의 연락을 받고 단골 해장국 집으로 향했다. 식당 안으
로 들어가니 먼저 와서 기다리고 있던 기주가 애리를 발견하고 반갑
게 손을 흔들었다. 애리는 그의 맞은편에 앉았다.

"저희 콩나물 해장국 둘이요!"

주문을 마친 기주가 능숙하게 소주 한 병과 소주잔 두 개를 챙겨왔
다. 애리는 그런 기주의 모습을 말없이 지켜보았다.

"미국 여행 준비는 잘 돼가요?"

애리는 가득 찬 술잔을 바라보며 옅게 웃었다.

"준비가 길어지는 중이에요."

"왜요?"

"가서…… 안 올지도 모르거든요."

애리의 대답에 그의 눈매가 가늘어졌다.

"그게 무슨……"

"말 그대로예요."

애리는 쓸쓸하게 웃으며 대충 건배를 나누고 술잔을 단숨에 비웠다.
어제 그 사달이 난 후, 쏟아지는 기사를 하나하나 다 읽어보았다. 그
기사들을 읽는 내내, 애리의 머릿속에는 여러 가지 생각들이 가득 찼
다.

자신과 도영의 과거를 캐내어 엮은 것에 화도 냈다가, 정면으로 마
주한 친언니의 부도덕함에 수치스러웠다가, 이 모든 일을 꾸민 사람이
다름 아닌 나유미라는 사실에 절망하기를 반복했다.

애리는 유미가 더 이상 생각나지 않을 만큼 멀리 떨어져 있고 싶었다. 복잡한 생각들을 모두 말끔히 비워낼 수 있을 때까지 이곳에 돌아오지 않을 작정이었다.

무엇보다 해아에 대한 미안함이 가장 컸다. 자신이 나유미의 동생임에도 자신의 작품에 출연해 준 그녀에게 본의 아니게 상처를 준 것에 대한 미안함과, 그런 언니를 둔 부끄러움이 그 이유였다.

"그럼 난?"

"민기주 씨 뭐요?"

"……아닙니다."

그 사이, 콩나물 해장국 두 그릇이 테이블 위에 놓였다. 그는 그 뜨거운 걸 푹푹 퍼서 입에 밀어 넣었다.

아무래도 이 남자가 가장 보고 싶을 것 같았다. 미국에 머물기로 결정하면서도, 실은 기주를 가장 많이 생각했다. 하지만 이런 결심을 하기까지 그리 오랜 시간이 필요하진 않았다.

뒤도 돌아보지 않고 지내온 긴 시간 동안 오직 성공을 위해 열심히 앞만 보고 달려왔다. 그래서 많이 지쳐 있었고, 아무것도 없는 곳에서부터 다시 시작하고 싶은 마음도 있었다. 그렇게 다시 한 번 다 털어내고 글에만 몰두하고 싶었다.

어차피 하늘섬 스튜디오와 계약이 남아 있어서 작품은 계속 써야 했다. 자신이 다시 돌아올 곳이 있다는 생각에, 여전히 비빌 언덕이 있다는 생각에 큰 고민 없이 결정을 내릴 수 있었는지도 모른다.

"정작 사고를 친 작가님 언니는 이곳에 남고, 작가님이 떠난다고요?"

"그 사람은 미안함을 느끼지 못하는 사람이고, 전 해아 씨 볼 때마다 죄책감 들고 미안하더라고요. 그러지 말라고 아무리 말해도, 난 그게 안 돼요. 해아 씨를 가장 가까운 곳에서 지켜봐야 해서 더 그랬나 봐요."

이렇게 얽히지 않았다면 얼마나 좋았을까, 하는 부질없는 생각만 반복하고 있었다.

애리가 본 해아는 자신이 생각했던 것보다 훨씬 더 단단한 사람이었다. 잘해보자며 먼저 손을 내민 것도 그녀였고, 잘하고 있다고 위로를 건넨 것도 그녀였다. 애리는 인간 류해아에 대해 많은 것을 생각하게 되었다. 그녀가 얼마나 아름다운 사람인지, 얼마나 현명한 사람인지를 말이다.

"미국에 아는 사람은 있어요?"

"아뇨."

"아무 연고도 없이 가겠다고요?"

"네."

"와. 작가님 용감하시네."

"그러니 한 살이라도 젊을 때 가야죠."

애리는 웃으며 기주의 빈 잔을 채웠다.

"해아 옆엔 권 PD님이 있으니 나까지 걱정 보태지 않아도 되지만, 작가님은 걱정이 되네요."

"걱정하지 마세요. 그동안 혼자서도 잘 해왔으니까."

"좀 더 씩씩하게 말하면 믿어줄 텐데, 그렇게 기운 하나 없이 말하면 믿어줄 수가 없어요."

전혀 두렵지 않다는 건 거짓말이다. 말도 잘 통하지 않는 먼 나라에 홀로 떨어져 지낼 생각을 하면 가슴이 두근거리기도 했다. 하지만 그렇다고 해서 마음을 고쳐먹을 생각은 없었다. 지금 애리에게는 새로운 시작이 절실하게 필요했다.

"난 민기주 씨가 걱정이네요. 나 가고 나면 같이 해장국 먹어줄 사람 없어서 어떡해요?"

"작가님이야말로 걱정도 팔자시네요. 저 원래 혼자 먹었거든요? 그리고 지금 누가 누굴 걱정합니까?"

발끈하는 그가 귀엽기까지 했다.

"좋은 사람 만나서 연애도 하고 그래요. 혼자 밥 먹지 말고."

"안 그래도 곧 할 거예요."

그의 목소리는 어쩐지 평소보다 퉁명스러웠다. 그래도 애리는 마냥 듣기 좋았다.

"그래요? 잘됐네."

"제가 원래 사람을 곁에 오래두고 지켜보는 스타일이거든요. 이제 충분히 지켜봤으니 연애하자고 말할 겁니다."

좋겠다, 그 사람은. 그 사람이 자신이 되길 바라는 건 욕심이란 걸 알면서도 아쉬웠다.

애리는 기주에게도 고마운 마음이 컸다. 내색하지 않았지만, 그의 따뜻함에 여러 번 감동하기도 했었다. 그래서 감히 욕심이 나는 것 같았다. 사람이 정이 너무 많아서 그런 걸, 자신에게 뭔가 특별한 마음이 있는 게 아닐까 하는 상상까지 하고 말았다.

애리는 더 이상 그의 잘난 체도 밉지 않았다. 그의 말투에서 묻어나던 강한 자존감이 오랫동안 기억이 날 것 같았다.

"다 먹었으면 일어나죠."

애리가 일어서자 기주가 벌떡 일어나더니 잽싸게 계산을 하고 쌩하니 나가 버렸다. 애리는 그의 뒤를 따라 상가 건물을 나섰다. 늦은 시간이라 그런지 길 위에는 사람들이 그리 많지 않았다.

따스한 봄바람이 기분 좋게 부는 밤.

술 때문인지 유독 가슴이 두근거렸다. 깊게 숨을 들이마시자 은은한 꽃향기가 맡아지는 것도 같았다.

"작가님."

"네?"

저만치 앞장서서 걷던 기주가 돌아서더니 성큼성큼 다가오며 거리를 좁혔다. 멍하니 서서 그 모습을 지켜보는데, 그가 갑자기 애리를 와락 끌어안았다. 놀란 애리는 그대로 얼어붙은 채 멍한 표정으로 눈꺼풀만 끔벅였다.

"민기주 씨……."

애리의 부름에 그가 상체를 뒤로 무르며 눈을 맞췄다. 무언가를 말할 것만 같은 망설임이 눈빛으로 고스란히 전해졌다.

그의 복잡한 시선이 애리의 마음도 어지럽혔다. 이 난처한 상황을 무마하려 애리가 먼저 웃으며 그의 팔을 잡고 슬쩍 밀었다.

"고작 소주 몇 잔에 취한 거예요? 얼른 가요."

그는 아무런 말을 하지 않은 채 애리를 품에서 놓아주었다. 애리는 이 상황이 어떤 상황인지를 차분히 정리하며 그의 소매 끝을 잡아당겨 억지로 걷게 했다.

갑작스러웠지만 눈물 나게 고맙고 따뜻했던 그의 품이 여전히 느껴졌다. 그래서 애리는 생각했다.

이 정도면 충분하다고…….

여전히 미친 듯이 뛰고 있는 자신의 심장을 애써 다독이며, 울컥 치미는 눈물을 삼킨 채 아무 일 없었다는 듯 미소 지었다.

해아가 애리에게서 같이 저녁이나 먹자고 연락을 받은 건, 촬영을 마치고 개인 스태프들과 함께 저녁 식사를 하러 가던 때였다. 해아는 그길로 택시를 타고 애리의 작업실이 있는 동네로 직접 찾아왔다. 그런 해아를 데리고 애리가 찾은 식당은 어느 해장국 전문점이었다.

애리는 아주 익숙하게 콩나물 해장국 두 그릇을 주문하고, 음료수 컵에 맥주와 소주를 적정 비율로 따랐다. 해아는 그런 애리의 모습을 말없이 지켜보았다. 아무 이유도 없이 대뜸 같이 저녁을 먹자고 한 것부터 미심쩍었다. 무슨 할 말이라도 있어서 이러나 싶었다.

기분 탓인지 모르겠지만 해아가 느끼기에 요즘 애리가 살짝 기운이 없어 보였다. 패기 넘치던 그녀의 모습이 그립기까지 한 걸 보면, 이번 작품을 하는 동안 그녀에게 미운 정 고운 정이 다 든 모양이다.

해아는 그녀의 술잔을 가져다가 그녀 몫의 소맥을 만들어 건넸다. 두 사람은 별 대화 없이 건배를 나누었고, 해아는 반찬으로 나온 생당근을 깨물어 먹으며 옅게 웃었다.

"작가님 나한테 뭐 할 말 있어요?"

해아의 물음에 애리는 해장국 한 숟가락 크게 떠 넣고 우물거리며 어깨를 으쓱였다.

"류해아 씨한테 내가 밥 한 번 못 사준 거 같아서요."

"새삼스럽게."

"그러게요. 새삼스럽게 그 생각이 나더라고요."

애리가 배시시 웃으며 단숨에 잔을 비우고 빈 잔을 내밀었다. 해아는 그녀의 주문대로 한 잔 더 말아주었고 또 한 번 잔을 비우자 지켜보던 해아의 눈매가 일그러졌다.

"이제 촬영도 다 끝나 가는데, 이때 아니면 내가 언제 또 류해아 씨한테 술을 받아보겠어요?"

"작품 끝나도 같이 마셔줄 테니까 걱정 마요."

해아도 그제야 국물 한 술을 떠 넘겼다. 보기보다 맛이 좋았다.

애리와는 많이 가까워지지도, 친해진 것도 아니지만 별말을 하지 않아도 어색하지 않은 사이 정도는 되었다. 딱 그 정도가 좋은 사이였다.

사소한 이야기를 나누며 같이 밥을 먹고 술잔을 기울일 수 있는 정도의 사이. TV에 나오는 요즘 뉴스거리에 대해 지나가듯 이야기를 나누고, 작품에 대해 의견을 나누는 정도. 육수 뺄 때 대체 뭘 넣었기에 콩나물 해장국이 이렇게 시원할까, 하고 재료를 추리해 내는, 딱 그 정도의 관계.

앞으로 꽤 오랜 시간이 지난 후에, 그녀와의 관계가 어떻게 변할지 그 누구도 예측할 수 없지만 해아는 지금이 딱 좋았다.

못 견딜 줄 알았는데, 막상 닥치니 그것도 나름대로 감내하게 되었다. 어쩌면 무뎌진 것일지도 모르겠다. 애리의 얼굴을 볼 때마다 그녀의 언니와 자신의 부친이 동시에 떠올라 매 순간이 괴로움일 거라 생각했는데, 점점 그 사실마저 옅어지고 있었다.

남들은 절대 알 수 없는 우리만의 공감대. 거기에서 오는 묘한 동질감.

차마 말로 꺼내지 못했지만 서로가 서로를 알기에 느끼는 그 무언가가 있었다. 그것이 그녀와 자신의 관계를 지탱해 주었다.

"해아 씨나 해아 씨 어머니가 상상할 수도 없는 고통 속에 지냈을 거라는 거, 해아 씨를 직접 만나고 나서야 피부에 확 와 닿았어요. 그 전까진 막연하게 머릿속으로 상상했던 그만큼이었죠. 그땐 나도…… 좀 힘들고 지쳐 있었고요."

"당장 내가 힘들어 죽겠는데 다른 사람 걱정할 여력이 어디 있겠어

사랑,너에게분다

요? 어쩌면 그게 당연한 거죠."

해아는 그녀의 말이 진심이라고 생각했다. 그건 자신 역시 마찬가지였기 때문이다.

자신이 몰랐을 애리의 고충과 아픔도 그녀를 만나면서 알게 되었다. 모두가 각자의 상처와 아픔이 가장 크다고 생각하기 때문이다. 피를 나눈 가족의 배신으로 상처를 받은 건 그녀나 자신이나 다르지 않았다.

"복잡하게 얽히고설킨 이 이야기의 끝이 어떤 모습일지 모르니까 내가 이런 말을 해아 씨한테 하는 게 좀 우스울 수도 있는데요……. 난 해아 씨가 아주 많이 행복했으면 좋겠어요. 이건 정말 내 진심이에요."

눈물 어린 애리의 눈을 차마 오랫동안 보고 있을 자신이 없었다. 해아는 웃으며 잔을 비웠다. 마치 사랑 고백이라도 들은 것처럼 가슴이 두근거렸다. 감정이 밀려오는 것이 온몸으로 느껴졌다.

"저도, 작가님이 아주 많이 행복했으면 좋겠네요."

해아의 대답에 그녀는 한참 동안 고개를 들지 못했다. 해아 역시 그녀에게 고개를 들라고 말할 수가 없었다. 애먼 천장을 올려다보다가 곁눈질로 보니, 애리가 냅킨으로 눈가를 닦아내고 다시 말 없이 식사를 이어갔다. 해아도 그제야 다시 식사를 시작했다.

그 후로도 몇 번이나 대화가 끊겼다, 이어졌다가를 반복했다. 그 사이 해장국은 식어버렸고, 그래도 입에 딱 맞았다. 대화의 주제는 자연스레 식어도 맛있는 이 집 해장국의 비법이 무엇인가까지로 흘러갔다.

"이 집, 민기주 씨가 소개해 줬어요."

"아! 그럼 민기주 선배 오라고 전화해 볼까요?"

해아가 휴대폰을 꺼내들자 애리가 손사래를 치며 휴대폰을 빼앗으려 했다.

"왜 그러세요? 민기주 선배가 그렇게 싫어요?"

"아니, 그게 아니라……."

대답을 회피하며 물을 마시는 애리의 뺨이 발그레 달아올라 있었다. 해아는 뺨을 손등으로 누르며 어색하게 웃는 애리의 표정이 무척이나 흥미로웠다.

"그럼 부끄러워요?"

"아뇨! 그런 거 아니에요."

"작가님이 말하는 그 '그런 거'가 뭔데요?"

해아의 집요한 물음에 애리는 결국 두 손으로 얼굴을 가렸고, 해아는 애써 웃음을 삼킨 채 그녀의 손을 떼어냈다.

"뭐야. 둘이 썸 타는 거예요?"

애리는 쉽게 대답하지 않았다.

기주의 마음을 이미 알고 있는 해아의 입장에서는 애리의 생각이 궁금할 수밖에 없었다. 둘 다 같은 마음이라면 적극적으로 밀어줄 의사도 있었다.

"에휴. 좋으면 좋은 거지 뭘 그렇게 망설이시나."

해아는 자기 입으로 그런 말을 하는 게 우스웠다. 다른 사람은 몰라도, 자신을 그런 말할 자격이 없었기 때문이다.

그렇게 오래 망설이면서 도영의 마음을 새까맣게 태운 입장이라 이런 충고를 할 처지가 못되었다. 하지만 애리는 그 사실을 모르고 있으니 조금 더 뻔뻔해지기로 했다.

"작가님. 확실한 건요, 인정은 빠를수록 좋아요. 안 그러면 나중에 흘려보낸 시간이 아까워서 자다가 이불킥 할 날이 옵니다."

사랑, 너에게 묻다

경험에서 우러나온 진심 어린 충고를 아는지 모르는지, 애리는 그저 웃기만 했다.

긍정도 부정도 아닌 웃음.

하지만 해아는 알 수 있었다. 감춰지지 않는 그 마음이 애리의 마음속에도 가득 차오르고 있음이 느껴졌다.

어떤 이유에서 감정을 숨기려 하는지, 왜 망설이는 건지 그것까지 알 순 없지만, 누군가를 좋아하는 감정은 절대 숨겨지지 않는 것이기에 확신할 수 있었다. 기주에게서 보았던 그 설렘을 그녀에게서도 보게 되었다.

"한 잔씩만 더 하고 일어나죠."

"그래요. 해아 씨 집에는 어떻게 가요?"

"남자친구 있잖아요."

해아가 테이블 위에 팔꿈치를 세우고 턱을 괴자, 애리의 입이 떡하니 벌어졌다. 해아는 그녀의 격한 반응에 옅게 웃었다.

"지금이라도 민기주 선배 부를까요?"

"됐습니다. 하나도 안 부럽거든요?"

"아님 말고요."

해아는 마지막 잔을 가득 채워 애리와 건배를 나누고, 깨끗하게 잔을 비웠다.

자정이 넘어 집에 들어온 태정은 불 꺼진 적막한 거실 한가운데에 놓인 소파에 털썩 주저앉았다. 재킷을 벗고 넥타이를 푸는데, 유미가 안방에서 나와 태정에게 다가왔다.

"오늘 많이 늦었네요?"

"술자리가 늦게 끝났어."

"그러다 몸 다 망가져요. 우리 찬이 생각해서 건강 잘 챙기셔야죠."

유미는 다정한 손길로 태정의 어깨를 주물러 주었다. 머릿속엔 박 상무를 통해 들은 충격적인 이야기들로 가득했지만 내색하지 않았다.

유미가 미국에서 알고 지냈던 지인인 마크를 통해 J미디어에 지분을 사들이고 있음을 확인했다. 마크라는 남자는 오래전 태정이 몇 번 만나기도 했던 사람이고, 현재 홍콩의 모 투자사를 운영하고 있었다.

박 상무는 유미가 차명을 이용해 지분을 사들이는 것은 다분히 불순한 의도가 있을 거라고 말했다. 의결권을 가져오고, 후에는 경영권까지 넘보게 될 거라고, 그런 합리적 추론도 가능한 상황이라고 말이다.

만약 아무런 의도가 없다면, 태정에게 먼저 직접 부탁을 했었을 것이라고 짚어냈다. 박 상무의 말이 모두 맞는 말이라고 생각했기에 태정은 반박을 할 수 없었다. 하지만 동시에 그것이 사실일지도 모른다는 걸 믿고 싶지 않았다.

지난 십여 년 동안 자신이 이 회사를 키워내기 위해 얼마나 많은 노력을 쏟아부었는지 뻔히 알면서, 유미가 그것을 탐내고 있다는 건 인정하기 싫었다.

생각만으로도 배신감이 들었다. 자신의 앞에선 이렇게나 천사 같은 얼굴을 하고 있으면서 뒤로는 다른 꿍꿍이를 가지고 일을 꾸미는 건 너무나 소름끼치는 일이었다. 자신의 뒤통수를 치려고 준비하고 있다는 게 도무지 믿어지질 않았다.

'아닐 수도 있어. 그렇게까지 극단적으로 생각하지 말자. 아직 그녀의 입을 통해 아무 이야기도 듣지 못했으니까.'

수도 없이 마음을 고쳐먹어도 한번 생긴 불신의 씨앗은 바람을 타고 불씨를 키워갔다. 그렇기 때문에 확실히 짚고 넘어가야 했다. 더는 미룰 수가 없었다.

"당신 요즘 투자자들을 만난다는 얘기가 들리던데."

"네?"

"사실이야?"

태정의 어깨를 주무르던 유미는 태정이 앉은 소파 팔걸이에 앉아 그를 빤히 바라보았다. 마치 난생 처음 듣는 이야기라는 듯 눈꺼풀을 깜빡거리고 있었다.

"신 이사랑 같이 사람들을 만나고 다닌다는 얘길 들었는데……."

"아아. 이제 회사 일도 시작했고, 당신 이혼하고 나면 안사람 될 거니까 미리 만나서 인사드린 거예요. 혼자 만나기 뭐 하니까 신 이사가 자리 만들어준 거고. 당신, 그 얘기 듣고 신경 썼구나?"

별일 아니라는 듯, 대수롭지 않다는 듯한 그녀의 말에도 태정은 믿음을 가질 수 없었다.

"그러게. 사람들이 오해를 했는지 나한테 그런 얘길 하더라고. 앞으론 나랑 같이 만나. 내가 소개시켜 줄게."

"네. 그래요. 얼른 씻고 자요. 욕실 앞에 옷 챙겨다 뒀어요."

서둘러 이야기를 정리한 유미는 늘 그랬든 예쁘게 웃으며 태정의 옷을 들고 드레스룸으로 향했다. 태정은 셔츠 단추를 풀며 그녀의 뒤를 따랐다.

"혹시…… 지분이 필요한 거라면."

"여보."

태정의 말을 자르고, 유미가 돌아섰다.

"나는 당신 회사 지분 같은 거 관심 없어요. 난 하루 빨리 당신의 아내로, 우리 아이는 당신의 아들로 인정받기만을 바랄 뿐이에요. 만약 사람들이 자꾸 색안경을 끼고 내 진심을 매도하려 든다면, 나 미련 없이 회사 그만둘 수 있어요."

진심으로 억울하다는 눈빛이었다. 유미는 당장에라도 회사를 그만둘 것처럼 단호하게 말했다.

"당신 뜻 잘 알았어. 먼저 들어가서 자."

태정은 그녀의 어깨를 다독여 주고 욕실로 들어갔다. 문을 닫은 후 거울에 비친 자신의 모습을 바라보았다. 대화로 불온한 생각들을 털고 갈 생각이었는데, 오히려 머릿속이 더 복잡해졌다. 차라리 아니라고 펄쩍 뛰었다면 믿음이 갈 텐데, 저렇게 차분하게 나오니 의심은 꼬리에 꼬리를 물고 늘어졌다.

아니, 어쩌면 그녀가 펄쩍 뛰며 아니라고 했다 해도 의심은 계속되었을 것이다. 애초부터 유미의 반응은 크게 상관이 없었는지도 모르겠다.

유미에 대한 정보가 확실한 거냐고, 자리를 걸고 책임질 수 있냐는 물음에 박 상무는 사실이 아니라면 자신이 이 회사에서 나가겠다며 딱 잘라 대답했다.

회사 설립부터 함께해 온 창립 멤버인 박 상무에 대한 태정의 믿음은 단 한 번도 흔들린 적이 없었다. 그렇기 때문에 박 상무를 통해 들었던 이야기들이 단 한 글자도 머릿속을 떠나지 않았다.

태정의 머릿속에는 방금 전에 본 유미의 표정이 어른거렸다. 답을 알고 있으면서도, 이성을 되찾아야 한다는 걸 알면서도 태정의 마음은 정처 없이 휘둘리고 있었다.

❧

경진은 해아와 강훈이 판교로 이사를 한 후 처음으로 본가를 방문했다.

사랑, 너에게 묻다

이 집에 오는 데까지 무려 십 년의 세월이 걸렸다. 참으로 길고도 힘겨웠던 시간을 보냈다. 거울 앞에 선 자신의 모습이 낯설 만큼 많은 것이 변해 있었다.

불안정한 심리 상태로 인해, 해아와 떨어져 지내는 것이 어떻겠냐는 제안을 한 건 강훈이었지만 해아와의 분리는 사실 경진이 더 원했었다. 적어도 그땐 그랬다. 자기 손으로 자기 딸을 죽일 뻔했다는 죄책감은 해아를 볼 때마다 고통을 수반했고, 그래서 해아를 볼 자신이 없었다. 차라리 멀어지는 것을 택할 수밖에 없었다.

그 선택이 옳다고 믿어왔다. 애써 외면하려 했고, 잊고 지내려 했다. 하지만 잊으려 발버둥 칠수록 더욱더 선명해지는 그날의 기억이 잠을 잘 수도 없게 만들고, 목구멍으로 물 한 모금 삼키는 것마저 허락하지 않았다.

죄였다.

하지만 해아는 그런 자신을 어미라는 이유로 안아주었다. 함께 행복해지고 싶다고 말했다. 제 목숨을 끊을 뻔한 뻔뻔하고 나쁜 엄마에게 그 아이는 기어이 손을 내밀었다.

경진은 해아의 방이 있는 2층 계단으로 향했다.

2층에 도착하자 경진의 뒤를 따르던 메이드는 해아가 손수 만든 원목 테이블과 거실 곳곳에 놓인 그림을 가리키며, 마치 자신의 아이를 자랑하듯 흐뭇해했다.

그래도 해아가 다정하고 따뜻한 사람들 사이에서 사랑받고 지냈다는 생각에 안도감이 들었고, 그 때문인지 자꾸만 눈물이 밀려나왔다. 오래전에 말라 굳어버린 줄 알았기에, 너무나 당황스러웠다.

주인 없는 방에 들어가려니 어쩐지 망설여져 문손잡이만 보고 있는데, 고맙게도 메이드가 해아의 방문을 열어주었다.

경진은 해아의 공간으로 조심스레 한 걸음 발을 떼었다. 가장 먼저 눈에 들어온 건 방 한쪽 면에 길게 놓인 책상과, 그 끝에 걸린 아주 작은 창문이었다.

봄 햇살처럼 눈부시던 해아는 아주 어렸을 때부터 바깥 풍경 구경하는 것을 좋아했다. 예전에 살던 집에선 가장 큰 창이 있는 방이 해아의 방이었다.

작은 계집아이는 창문에 매달려 정원과 화단을 내려다보길 좋아했고, 경진이 화단에 앉아 흙을 고르고 있을 때면 창문을 열고 '엄마 도와줄까?'라고 묻곤 했다.

경진은 책상 위에 산처럼 쌓인 책들과 그리다 만 그림을 손끝으로 쓸어보며 길고 아팠을 해아의 밤을 떠올렸다. 잠 못 이루는 밤마다 함께했을 그것들을 보며 손바닥으로 심장 언저리를 지그시 눌렀다.

"여기 있었구나?"

돌아보니 그곳에 강훈이 서 있었다.

"해아가 손재주가 있네요."

"네 딸인데 당연하지. 뭐든 뚝딱거리고 잘 만들고, 잘 가꾼단다. 어렸을 때부터 남다르긴 했지."

애써 잊고 지냈던 해아의 모습들이 하나둘 떠오르기 시작했다. 해아가 자신에게 어떤 아이였는지, 어떤 딸이었는지, 어떤 존재였는지. 엄마는 잊으려 애를 쓰는데, 딸아이는 잊지 말라고 몸부림 치고 있었다.

가슴이 미어졌다. 터져 나오려는 울음을 억지로 집어 삼켰더니 목구멍이 터져나갈 것처럼 조여들어 숨을 쉴 수가 없었다. 입술을 잘근 잘근 깨물며 참고 또 참았다.

"해아가 가꾼 화단 못 봤지? 나 따라 오너라."

사랑, 너에게 분다

경진이 꼼꼼히 두 눈으로 해아의 방 곳곳을 담으며 강훈을 따라 저택 본관을 나오니, 서재관으로 가는 길목에 잘 가꿔둔 화단이 눈에 들어왔다.

"꽃이 아주 예쁘게 폈어."

다양한 색상의 제라늄이 가득 피어 있었다. 그중에서도 경진이 가장 좋아하는 살몬 계열의 품종이 주를 이루고 있었다.

보고 있으니 절로 미소가 지어졌다. 이것들을 가꾸며 해아가 얼마나 정성을 기울였을지, 그 모습이 눈앞에 선연했다.

"나랑 해아, 그동안 이렇게 살았다."

강훈의 그 짧은 말에는 수많은 의미가 담겨 있었다.

"고맙습니다, 아버님. 그리고…… 너무 죄송합니다."

너무 오랜 시간동안 모두를 힘들게 했다. 그걸 알면서도 버텼다. 갈 곳 잃은 미련한 원망이 너무나 많은 사람들을 괴롭혔고 아프게 만들었다.

경진은 묵묵히 기다려 준 강훈에게 너무나 미안했다. 만약 그가 든든하게 뒤에서 버텨주지 않았다면 진작 나가떨어졌을 것이다. 모든 것을 놓고 이미 죽어버렸을지도 모를 일이다.

'이 은혜와 죄를 어떻게 갚아야 좋을까……'

그는 늘 그랬듯이 경진의 어깨를 다독여 주었다. 버릇없고 못난 자신을 위로해 주고 품어주었다. 부모를 잃고 마음에 상처가 컸던 자신에게 손을 내밀어준 것도, 며느리로 받아준 것도 그였다. 아무 잘못 없는 그가 자신에게 갖는 이 미안함은 대체 어쩌면 좋을까.

"회장님."

돌아보니 한 무리의 사람들이 강훈과 경진을 향해 걸어오고 있었다. 경진이 강훈의 뒤로 비켜서자, 그들은 강훈에게 머리 숙여 인사를 건넸다.

"인사하지. 우리 며느리."

"안녕하세요."

"최 전무는 알 테고, 여기는 우리 그룹 법무팀장 윤경호 사장. 전에 본 적 있지?"

"네. 경호 씨 오랜만에 뵙네요."

경진이 조심스레 손을 내밀자 윤 사장이 웃으며 손을 잡았다.

"오랜만입니다. 형수님."

"많이 늦었지만 사장님 되신 거 축하드려요."

"하하. 안 잘리고 여태껏 버티고 있습니다."

윤 사장의 우스갯소리에 낯선 사람들에 대한 긴장감이 조금씩 풀어졌다.

"저랑 함께 온 이분들이 이혼소송 전담해 주실 변호사분들입니다."

윤 사장의 소개에 경진은 그와 함께 온 세 명의 변호사들과 차례로 인사를 주고받았다.

"서재로 가서 마저 얘기하지."

맨 앞에 앞장 선 강훈의 뒤로 경진을 포함한 한 무리의 사람들이 따랐다. 경진은 긴장된 마음을 추스르며 조심스레 걸음을 옮겼다.

이혼 의지를 밝힌 지 고작 며칠밖에 되지 않았는데도 강훈은 금세 변호인단을 꾸렸다. 보나마나 업계 최고의 사람들로 구성했을 것이다.

강훈의 서재관 회의실 테이블이 사람들로 가득 찼다. 경진은 가장 상석에 앉은 강훈의 바로 옆 대각선 자리에 앉아 메이드가 내어준 따뜻한 차를 한 모금 마시며 두근거리는 가슴을 다독였다. 그런 경진의 모습을 보며 강훈은 마치 걱정하지 말라는 듯 옅은 미소를 지어 보였고, 경진은 조금씩 긴장을 내려놓을 수 있었다.

"저……. 먼저 드릴 말씀이 있습니다."

경진이 용기를 내어 가장 먼저 입을 열었다. 동시에 모든 사람들의 시선이 경진에게로 쏠렸다.

"본격적으로 일 시작하기 전에, 제가 먼저 그 사람을 만나보고 싶어요."

"류 대표를요?"

최 전무의 물음에 경진이 고개를 끄덕이며 짧게 한숨을 내쉬었다.

"그 사람이 원해서 이혼해 주는 거 아니고, 내가 원해서 이혼소송하는 거라고 똑똑히 말해줄 거예요. 시작은 제가 먼저 하고 싶어요."

이혼을 결심한 이유가 그를 용서해서가 아니라, 이제는 눈감아주기로 마음먹어서가 아니라, 그들을 인정해서가 아니라는 걸 확실하게 자신의 입으로 말하고 싶었다.

모든 책임은 당신의 외도로부터 시작되었고, 가정을 무참히 버린 것도, 산산조각으로 깨부순 것도 당신이라고, 그 책임을 공개적으로 묻겠다고 선언할 생각이었다.

그렇게나 간절히 원한다던 이 이혼에 태정이 응하는 것은, 이혼의 근본적인 이유가 류태정 본인이라는 걸 인정하는 모습을 지켜볼 작정이다. 자신이 친 덫에 스스로 갇히는 꼴을 곧 보게 될 것이다.

"그럼 최 전무랑 같이 나가는 게 좋겠구나."

"네. 그럴게요."

경진은 그 자리에서 곧바로 태정에게 빠른 시일 내에 만났으면 한다는 메시지를 남겨두었다.

"괜찮겠니?"

"네. 전 준비됐어요."

강훈의 물음에 경진은 입매에 힘을 주어 미소를 지었다.

협의이혼에는 응해줄 마음이 없기에 자연스레 소송으로 진행될 것이다. 그 과정에서 경진이 바라는 것은 하나였다.

이번 소송이 최대한 시끄럽고 요란하게 진행되어, 사람들로부터 주목을 받는 것. 그래서 그 프레임을 류태정과 나유미의 불륜 관계에 맞추는 것이었다.

경진의 요구에 변호단과 법무팀장은 최적의 시기를 상의하기 시작했다. 경진은 그들의 회의를 지켜보면서 강훈이 준비 중이라던 것에 대한 정보도 듣게 되었다. 강훈은 그의 회사마저 빼앗을 계획을 가지고 있었다.

애초에 태정이 세운 J미디어는 대경그룹에서 조성된 불법 자금을 페이퍼 컴퍼니를 통해 세탁해 운영되었기 때문이라고 했다. 한때는 사랑하고 의지했던 사람이 어쩌다가 여기까지 왔을까, 인간적인 안타까움마저 들었다. 자신과 해아를 버리고 나간 그 역시도 결국 자신과 해아에게 버려진 사람이었다.

　　　　　　　　　　💬

사 개월 넘게 진행되었던 촬영도 어느새 거의 막바지에 다다랐다. 세트 촬영은 오늘로 끝이 났고, 다음 주에 있을 야외촬영만 사흘간 하고 나면 정말 모든 촬영이 끝이 날 예정이다.

일련의 기사로 인해 촬영장 분위기가 잠시 싱숭생숭하기도 했지만, 금방 정상화되었다. 무엇보다 기주와 주현의 노력이 컸다. 스태프들도 아무 일 없었다는 듯 해아를 대해주었고, 그녀는 그게 너무나 고마웠다.

촬영이 끝난 뒤에도 해아는 세트를 둘러보며 자리를 떠나지 못했다. 그건 해아뿐 아니라 다른 배우들과 스태프들도 마찬가지였다.

기념으로 남기기 위해 세트 곳곳을 사진에 담았고, 스태프들의 사진 촬영 요청에 해아는 늘 그랬듯이 친절하게 응했다. 세트를 배경으로 한 사람 한 사람과 기념 촬영을 해주고 나니 허전한 마음이 조금이나마 가시는 것 같았다.

"강남역에서 악수회 언제 할 거야?"

기주의 물음에 해아는 웃으며 어깨를 으쓱였다.

'별이 빛나는 밤'은 방송 4회 만에 시청률 20%를 돌파했다. 때문에 해아는 시청률 20% 돌파 공약으로 걸었던 '강남역 악수회'를 지켜야 했다.

"촬영 끝나면 조만간 해야죠. 왜요? 오빠도 같이 하시게요?"

"그러지 뭐. 나도 같이 가줄게."

"진짜? 우와! 민기주 의리 있네."

해아가 치켜세우자 기주는 그리 대단한 일 아니라는 듯 눈썹을 씰룩이며 얄밉게 웃었다.

'별이 빛나는 밤'이 승승장구할수록, 'STARRY NIGHT'는 가파른 하향세를 탔다. 시청률은 결국 4%로 추락했고 드라마의 내용은 점점 산으로 가기 시작했다. 방영 초반, '별이 빛나는 밤'에 기생해서 온갖 기사를 쏟아내더니, 그마저도 통하지 않은 모양이다.

기주는 해아의 어깨를 감싸 안으며 시선을 맞춰왔다. 지난 사 개월 넘게 뜨거운 사랑을 나눴던 또 다른 남자. 그와의 작업은 오래토록 잊지 못할 것이다. 그가 왜 최고의 배우인지, 어떻게 최고의 자리에 올랐는지 한 수 제대로 배웠다.

믿고 보는 로코킹이라는 명성이 과장이 아니었다는 걸 알게 된 시간이었다. 기주와의 찰떡 호흡 덕에 해아의 연기도 날개를 단 것처럼 자유로울 수 있었다.

"고생했다. 나도 고생했고."

"아직 촬영 남았거든요? 인사가 너무 빠른 거 아니에요?"

"센치해서 그래. 기분이 묘하네."

그건 해아도 마찬가지였다. 그래도 이렇게나 든든한 동지를 얻었으니 행복하기도 했다. 해아와 기주는 다정하게 어깨동무를 한 채로 대기실로 향했다.

"수고하셨어요. 다음 주 촬영 때 봐요."

"그래. 조심히 들어가라."

그때, 기주의 대기실 문이 벌컥 열리더니 그곳에서 도영이 나왔다. 갑작스러운 그의 등장에 깜짝 놀란 해아가 자신을 감싸 안고 있던 기주를 밀쳤고, 그 바람에 기주가 벽까지 튕겨나갔다.

기주는 오만상을 찌푸리며 허리를 짚었고 해아가 두 손을 싹싹 비는 시늉을 하자 도영이 가장 먼저 웃었다.

"둘이서 끌어안고 뭐 하고 있었어?"

"고락을 함께한 동료끼리 가볍게 인사 나눈 겁니다. 오해하지 마세요!"

기주의 적극 해명에 해아는 고개를 끄덕이며 동의했다. 도영은 기주에게 다가가 그의 어깨를 툭툭 털어주었다.

"들어가서 얘기 나누죠. 두 분 조심해야 하잖아요?"

기주의 제안에 도영과 해아는 기주의 대기실로 들어갔고, 대기하고 있던 기주의 스태프들은 자연스레 자리를 피해주었다.

"어쩐 일로 오셨어요? PD님 현장에 너무 자주 나오시는 거 아닙니까?"

"오늘 마지막 세트 촬영이라서 와봤죠. 겸사겸사 우리 애인 얼굴도 보고요."

도영의 말에 기분이 좋아진 해아는 웃으며 그의 손을 잡았다.

"밖에서 김은형 실장님 만났어. 먼저 들어가시라고 했는데, 괜찮지?"

"그럼 오늘 저녁에 데이트하는 거예요?"

도영이 고개를 끄덕이자 신이 난 해아가 기주가 있거나 말거나 도영의 팔을 끌어안고 팔짝거리며 뛰었다.

"그러다 조만간에 열애설 또 난다. 사진 또 찍혀!"

"최대한 자제하는 중이에요."

"아닌 거 같은데……."

기주는 해아의 말을 믿어주지 않았다.

"PD님 안 바쁘세요?"

"아무리 바빠도 여자친구 얼굴 볼 시간은 있습니다."

"와, 부럽다. 나도 연애하고 싶다."

누군가 부러워해 주면 기분이 더 좋아지는 것 같았다. 참 못된 심보였다. 마음을 곱게 써야 하는데 말이다.

"그럼 저희는 이만 나가보겠습니다."

"즐거운 시간 보내."

기주의 대기실에서 나오자마자 언제 그랬냐는 듯 도영과 해아는 떨어져서 걸었다. 힐끔 시선이 닿을 때마다 참지 못한 웃음이 새어 나왔다.

"나 먼저 차에 가 있을게요."

"난 인사하고 나갈게."

도영은 세트장 안으로 들어가 스태프들과 인사를 나누었고, 그 사이 해아는 그의 차키를 들고 사주경계를 늦추지 않으며 잽싸게 뛰어가 차에 올랐다.

해아는 음악을 틀고 시트에 상체를 한껏 기댄 채 도영을 기다렸다. 얼마 뒤, 저 멀리서 걸어오고 있는 도영이 보였다.

참 멋진 사람이었다. 눈에 씐 콩깍지를 벗기고 봐도, 이리보고 저리 봐도 말이다. 문득 그를 밀어내려 애쓰던 시간들이 떠올랐고 아찔해 졌다.

만약 그때 그대로 그를 놓쳤다면, 끝내 그의 손을 잡지 않았다면 우린 어떻게 됐을까.

어쩌면 또 다른 모습으로 그와 자신이 만났을지도 모른다고 생각했 다. 다른 모습으로 만나서도 사랑에 빠졌을 것이다. 해아는 그런 무조 건적인 믿음이 생겼다.

"오래 기다렸지?"

운전석에 오른 그가 싱그럽게 웃으며 물었다. 그의 눈매와 입매는 웃을 때 더 환하게 빛이 났다. 해아는 그의 뺨을 감싸며 순식간에 입 을 맞추고, 아무 일 없었다는 듯 다시 자리로 돌아왔다.

"출발하시죠."

간만의 데이트에 마음이 설렜다.

촬영 끝나고 간신히 얼굴만 보는 날이 많았는데 이틀의 휴일이 생 겼다. 그와 뭘 하면서 지낼까. 한 공간에만 있어도, 얼굴만 쳐다보고 있어도 마냥 행복할 것만 같다.

마스크와 모자로 얼굴을 꽁꽁 가리고 만날 수밖에 없는 현실이 안 타까웠지만, 이렇게라도 보지 않으면 도영 또한 버틸 수가 없었다. 황 사와 미세먼지로 많은 사람들의 복장이 지금 해아의 모습과 비슷해서 의심을 덜 받아 그나마 위로가 되었다.

오늘도 프라이빗룸이 갖춰진 레스토랑에서 식사를 하고, 주차장까지는 시간차를 두고 따로 움직이는 노력을 해야 했다. 그마저도 재미있는 경험이라고 웃어넘기는 그녀가 사랑스러웠다.

바로 헤어지기 아쉬워 단골 LP바에 들러 사장의 배려로 사람들의 시선이 잘 닿지 않는 자리에서 따뜻한 뱅쇼 한 잔 마시며 음악을 듣고 이야기 나누었다.

그러고도 아쉬워서 해아는 도영의 집까지 따라왔다. 집으로 가네 마네 실랑이 끝에 내린 결론이었다. 좀 더 적극적으로 말릴 수도 있었지만, 도영은 못 이기는 척 해아를 데리고 왔다.

내일까지 쉬는 날이니 오늘은 일찍 들어가고 내일 아침부터 만나자고 설득했지만 고맙게도 해아는 지금부터 내일까지 내내 함께 있고 싶다 말했다.

비록 지금은 마음에도 없이 그녀를 집에 보내려고 애쓰고 있지만, 아마 드라마가 끝나고 나면 제발 우리 집에 오라고 조르는 날이 오지 않을까 싶었다.

"이맘때는 맛있는 과일이 안 나오는 거 같아요."

도영이 씻고 나온 사이, 냉장고에 있던 청포도를 씻어 따먹고 있던 해아가 그의 입에 한 알 넣어주며 반응을 지켜보았다.

그녀가 먹여주는 건 뭐든 맛이 좋았지만 그녀의 의견에 동조하고 싶어 고개를 끄덕였다.

"도영 씨. 이리와 봐요."

젖은 머리칼을 수건으로 털던 도영은 그녀가 앉아 있는 소파로 향했고, 해아는 휴대폰을 내밀어 화면을 보여주었다.

"이게 팝콘 만드는 기계래요. 이거 살까요?"

"팝콘 좋아하니까 하나 사도 괜찮겠다."

"집에서 같이 영화 볼 때 만들어 먹으면 딱이겠죠?"

"아, 그러네."

영화관 가서 함께 영화 보는 것이 힘들어진 요즘, 해아가 대안을 마련한 것 같았다.

"배송지는 우리 집으로 해."

"그럴까요?"

해아는 신이 나서 주문을 했고, 도영은 귀여운 그녀의 모습을 보고만 있을 수가 없을 수가 없었다. 도영은 해아의 허리를 한 팔로 바짝 잡아당기고 볼에 쪽 소리가 나도록 입을 맞췄다.

"잠깐, 잠깐. 이것도 봐요. 이건 붕어빵 틀이래요. 두 개씩 구워지는 거. 얘도 사고 싶다."

도영이 해아의 팔을 잡아당겨 자신을 바라보게 완전히 돌아 앉혔지만 그녀는 여전히 휴대폰 화면에서 눈을 떼지 못했다. 하는 수 없이 도영은 자신의 허벅지 위에 그녀를 앉혔다. 그러자 해아는 도영의 머리 뒤로 팔을 뻗어 휴대폰을 보았다.

"이야. 좋은 세상이네. 별걸 다 팔아요."

해아는 아랑곳하지 않고 쇼핑에 몰두했다. 도영은 해아의 허리를 두 손으로 감싼 채 고개를 들어 그녀의 턱에 이마를 비비며 관심받고 싶어서 몸부림을 쳤다.

"솜사탕 기계는 없나?"

해아의 진지한 목소리에 도영이 결국 웃음을 터뜨렸다. 집에서 솜사탕까지 만들어 먹을 생각을 하다니, 집 밖으로 나갈 마음이 없는 건가 싶어서였다.

"그거 다 사놓고 맨날 집에만 있으려고?"

"집이 좋잖아요. 편하고."

"너 답답할까 봐 그러지. 데이트라고 해봤자 갈 수 있는 곳도 얼마 없는데, 매번 집에만 있자고?"

"밖에서 만나면 도영 씨가 힘들잖아. 신경 쓸 일도 훨씬 더 많고."

도영은 해아의 머리카락을 귀 뒤로 넘겨주며 뺨을 감쌌다.

그녀가 어떤 마음으로 이런 말을 하는지 알 것 같았다. 남들처럼 마음 놓고 데이트를 하는 것은커녕 만나서 밥 한 번 먹기도 힘든 현실을 미안해하는 것이었다. 하지만 도영은 그녀가 미안해하지 않길 바랐다.

"시간이 조금만 더 지나면, 편하게 다닐 수 있을 거예요. 조금만 기다려 줘요."

"난 어디든 상관없어. 너만 있으면 돼."

아무리 좋은 곳이라도 그녀가 없다면 아무 소용없었다. 집에서만 있게 되더라도 그녀와 함께할 수만 있다면 그곳이 도영에겐 최고의 데이트 장소였다.

"그건 나도 마찬가지예요."

해아가 웃으며 도영의 두 뺨을 자그만 손으로 감싸더니 입을 맞췄다. 도영은 해아의 등을 감싸 바짝 당겨 안았다. 맞닿은 가슴 사이로 두근대는 심장박동이 고스란히 전해졌다.

도영의 뺨을 감싸고 있던 해아의 손이 내려가더니 그의 어깨를 꼭 움켜쥐었다. 크게 숨을 들이쉴 때마다 들썩이는 해아의 작은 어깨가 안쓰러워, 도영의 손도 해아의 어깨와 팔을 스쳤다.

어느새 자신의 공간이 그녀의 흔적들로 가득 차버렸다. 혼자 있어도 그녀가 자신의 집에 머물던 순간들을 떠올릴 때가 많아졌고, 곳곳에 남겨진 그녀의 물건들 때문에 마음이 허전하지 않았다.

해아와 함께한 시간과 순간들이 기억으로 남아 도영을 행복하게 만들었다. 평범할 수 없는 데이트마저도 감사했다. 자신을 안아주던 따스한 품과, 사랑을 속삭이는 부드러운 입술까지도.

하루가 다르게 자라나는 욕심을 수도 없이 꺾고 잘라내도 멈추지 않고 그 자리에 또다시 자라났다. 웃자란 욕심은 마음을 조급하게 만들었고, 그녀와 함께할 미래를 자꾸만 꿈꾸게 했다.

그녀의 미래에 우리는 어떤 모습일까.

할 수만 있다면 미리 가보고 싶었다.

도영은 입을 맞춘 채로 해아를 번쩍 안아 침실로 걸음을 옮겼고, 그리고 그 위에서 자고 있던 수지가 빼앗겼던 소파 위로 뛰어 올라가 몸을 웅크리며 마저 잠을 청했다.

⚬

오지 않을 것 같았던, 까마득하게만 느껴졌던 마지막 촬영.

해아는 '별이 빛나는 밤' 최종화 대본을 손바닥 위에 올려둔 채 한참 동안 바라보았다.

괜한 까탈을 부리느라 스프링 제본으로 해달라고 했더니 마지막 회까지 지켜준 고마운 제작팀과 촬영장을 늘 기분 좋게 만들어주었던 귀여운 막내들이 유독 많았던 연출부, 헤어지는 게 아쉬울 만큼 정이 많이 든 배우들까지…….

한동안 눈에 밟힐 것 같았다.

"모두 수고하셨습니다!"

마지막 신 촬영장인 T 호텔 야외 결혼식장에는 드라마 팬들이 준비해 준 케이크와 샴페인이 한가득이었고 서로가 서로에게 수고했다, 고마웠다, 인사하며 뜨거운 포옹을 나누었다.

해아는 마지막 신을 위해 입었던 웨딩드레스를 부랴부랴 벗고 데님 진에 블랙 셔츠로 갈아입은 후 다시 촬영장으로 나왔다. 해아가 재등장하자 모두의 시선이 해아에게로 쏠렸다.

"우리 윤서 고생 많았다."

극중 해아의 이름을 불러주며 다가온 사람은 해아의 엄마 역을 맡았던 선배 배우였다. 그녀의 말에 해아는 결국 잘 참아왔던 눈물을 터뜨리고 말았다.

"아이구, 왜 울고 그래. 나까지 눈물 나네."

스태프들과 배우들은 이 드라마를 촬영하는 내내 입버릇처럼 말하곤 했다. 온 우주의 기운이 우리를 돕는 것 같다고 말이다.

연출부, 제작팀, 배우 삼박자가 혼연일체가 되어 톱니바퀴처럼 완벽하게 맞물려 돌아가서 좋은 결과를 얻은 것이라고 생각했다. 촬영장에서 단 한 번도 큰 소리 난 적 없었고, 지칠 때면 서로가 서로에게 힘을 주며 함께 으쌰으쌰해서 여기까지 왔다.

누구 하나가 잘해서 이뤄낸 것이 아니었다. 그들의 도움으로 마음 놓고 연기할 수 있었기에, 해아는 데뷔 이래 처음으로 연기력에 대해 호평을 받을 수 있었다.

영상을 책임져 준 한 감독과 센스 있는 연출을 해준 송 감독, 도영이 가장 심혈을 기울여 섭외했다는 정재희 음감에 나애리 작가의 호흡으로 만족스러운 시청률까지 덤으로 얻게 되었다.

해아는 때때로 그런 생각을 했다. 두 번 다시 이런 작품을 할 수 있을까? 하는 생각을 말이다. 이런 생각을 하면 다음 작품 들어가기 힘들다고들 하지만, 한동안 이 기분에 취한 채 지내고 싶었다.

해아가 울자 여기저기서 몇몇 마음 여린 배우들과 스태프들이 눈물지었다. 해아는 서둘러 눈물을 닦아내고 스태프들과 배우들과 차례로 인사를 나누었다.

"감독님, 감사합니다. 저 때문에 고생 많으셨어요."

"고생은 무슨, 말도 안 되는 소리. 고맙다, 해아야. 기대 이상으로 잘해줬어."

송 감독은 해아를 안고 등을 다독여 주었다. 이루 말할 수 없이 고마운 분이었다. 마지막 촬영이라고 울거나 하지 않았는데, 해아는 오늘 유난히 감정 조절이 어려웠다.

아직 현장 메이킹 촬영이 한창인 관계로 메이크업 담당인 민주가 달려와 눈물로 얼룩진 해아의 메이크업을 수정해 주었다.

"민주야, 너도 고생 많았다."

"언니 왜 그래요. 자꾸 울어서 큰일 났네. 우리 언니 울보였어."

민주가 해아를 다독였고, 해아는 웃으면서도 울고 있었다. 그 모습을 지켜보던 해아의 개인 스태프들이 다가왔다.

"다들 진짜 고맙고, 수고했어. 창희, 다영이, 혜정이, 민주, 그리고 우리 김은형 실장님까지 고생 많았어."

해아는 누구보다 가장 가까이에서 고생했던 자신의 스태프 한 사람 한 사람과 포옹을 나누며 고마움을 전했다. 힘들 때, 짜증나고 지칠 때도 늘 곁에서 위로가 되어주었고, 함께 대본 연습도 해주었던 동료이자 친구들이었다.

해아가 여섯 시간 자면 이들은 세 시간을 잤고, 일주일에 네 번 촬영이라도 이들은 다음 촬영 준비를 위해 쉬지 않고 일해야만 했다. 그들의 고마움과 고생을 알기에 눈물이 멈추질 않았다.

이 드라마를 시작하기 전에 해아뿐 아니라 스태프들이 가졌던 망설임과 그로 인한 모두의 불안감을 해아 역시도 알고 있었다. 그렇기에 이제 모든 촬영이 끝났음에도 후련한 마음보다는 어느 것 하나라고 딱 집어낼 수 없는 수많은 감정들이 교차해 해아를 자꾸만 울게 만들었다.

"그만 울고 가서 샴페인이나 터뜨리자."

기주가 해아의 손을 잡고 케이크와 샴페인이 놓인 테이블로 걸어갔다. 해아는 자신에게 박수로 보내주는 사람들을 향해 환한 미소를 지어 보이며 샴페인 병을 하나 집어 들었다.

"이따가 종방연 자리가 있긴 하지만, 막 촬영을 마친 지금 이 자리에서 한 가지만 말씀드릴게요."

기주는 호텔 측에서 제공해 준 마이크를 들고 말했다.

"어……. 드라마의 첫 시작부터 지금까지 고생해 준, 아니 마지막 회가 방영될 그날까지 고생할 우리 스태프들 정말 감사합니다. 그리고 함께 호흡했던 우리 배우 선배님, 후배님들. 함께할 수 있어서 영광이었습니다. 수고 많으셨습니다!"

기주의 말이 끝나는 것을 기다리고 있던 해아가 샴페인을 터뜨렸다. 뿜어져 나오는 샴페인의 절반을 몸에 뒤집어써도 그저 행복하고 웃음이 났다.

긴 여운이 남을 것만 같았다. 그건 보나마나 뻔한 일이었다. 아직 기자간담회, 해외 프로모션이나 인터뷰 등 드라마 관련 스케줄도 아직 많이 남았고 광고나 화보 촬영으로 바쁜 나날들을 보내겠지만 한동안은 못 견디게 허전할 것이다.

그런 상태로 틈 날 때마다 스태프들과 배우들을 만나 시간을 보내게 될 것이다.

그러다가 어느 순간 자연스레 멀어지고, 잊게 될 것이다. 그렇게 이별을 할 생각을 하니 해아는 벌써부터 마음이 아팠다. 아직 드라마 방영은 한창이지만, 그래서 더 기분이 묘한 것 같다.

"해아 씨. 사진 한 장만 같이 찍을 수 있을까요?"

조명팀에 속한 한 막내가 망설임 끝에 건넨 그 한 마디에 해아는 그의 어깨에 손을 얹고 미소를 지었다. 잔뜩 긴장한 듯 굳은 어깨가 귀엽고, 용기 낸 그에게 고마웠다.

해아는 그가 수줍게 내민 대본 위에 사인을 선물했고, 그 뒤로도 사진이나 사인을 요청하는 모든 사람들의 부탁을 흔쾌히 들어주었다. 몇 시간 후에 다시 종방연에서 만날 사람들이지만, 마지막 현장이라는 게 기분을 이상하게 만들었다.

그건 해아뿐이 아닌 모양이다. 다른 배우들도 해아와 마찬가지로 마지막까지 최선을 다하고 있었다. 이 작품으로 인해 얻은 것이 너무나 많았기에, 유독 더 특별한 건지도 모르겠다.

퇴근 시간을 훌쩍 넘겨 텅 비어 있는 회사 주차장.

가장 구석자리에 주차되어 있는 고급 세단 안에는 유미가 있었다. 유미는 홍콩에 있는 투자 담당자인 마크와 전화 통화가 한창이었다. 유미는 마음이 초조했다. 태정이 어디까지 알아차린 건지 알 수가 없어 더욱더 불안했다. 아니라고 잡아떼긴 했지만 계획했던 것보다 일정을 앞당겨야 했다.

"류 대표 움직임이 심상치 않아. 서둘러야 돼."

[류 대표도 문제지만, 지난번에 네가 알아보라고 했던 그 홍콩 투자사가 지금 제일 문제야.]

"뭐?"

[거기가 행동주의 헤지펀드 전문 운용사더라고. 그리고 그곳 실질적인 오너가 한국인이라는 얘기도 있어.]

시기에는 차이가 있었지만 세 사람이 차례로 J미디어의 지분을 사들이더니, 같은 투자사에 지분을 팔아 넘겼다. 그 바람에 10%가 넘는 지분이 단숨에 모 투자사로 넘어간 상황.

유미가 손쓸 새도 없이 벌어진 일이라 가뜩이나 정신이 없는데, 투자사의 정체가 다름 아닌 행동주의 헤지펀드 전문 운용사라는 말에 망치로 한 대 얻어맞은 기분이었다.

"류 대표는 그쪽에서 경영권에는 관심이 없는 걸로 알고 있던데. 그럼 앞뒤가 안 맞잖아?"

[류 대표가 어디까지 알고 있고, 어떤 조건이 오갔는지 모르니까 우리가 섣불리 단정할 순 없지만, 행동주의 헤지펀드 전문 운용사가 회사 경영권에 관심이 없다는 건 말이 안 돼.]

유미가 기존에 알고 있던 행동주의 헤지펀드 전문운용사라면, 일반적인 자본투자가 아니라 의결권을 확보한 후 경영권까지 영향력을 행사하는 그런 투자사였다. 이미 지금 보유 중인 지분의 양도 심상치가 않은 상황이기에 긴장할 수밖에 없었다.

뭔가 잘못되어가는 것이 분명했다. 이렇게 계속 손 놓고 있다가는 엉뚱한 놈에게 회사를 빼앗길지도 모른다는 생각이 들었다. 류 대표가 했던 말들도, 갑자기 튀어나온 홍콩의 헤지펀드사도 유미의 신경을 곤두서게 만들었다.

무엇보다 중요한 건, 조직적으로 접근하는 것이 분명해 보이는 홍콩 헤지펀드사에 대해 태정이 알면서도 묵인을 하는 건지, 아니면 정말 모르고 있는지부터 파악하는 일이었다. 하지만 아무리 시급한 상황이라고 해도 유미가 직접 태정에게 이 사실을 물을 수가 없으니 답답한 노릇이었다. 그걸 어떻게 알았냐고 그가 묻는다면 유미는 할 말이 없기 때문이다.

지분이나 경영 따위에는 관심이 없다고 펄쩍 뛰었던 게 불과 며칠 전의 일이다. 일에서 손을 떼겠다고 호언장담까지 한 참이다. 자충수를 둔 것이다. 이대로 죽 쒀서 바닥에 쏟아버릴 순 없었다. 그동안 들인 공이 얼만데, 이렇게 허무하게 눈뜨고 구경만 하고 있을 순 없었다.

[그리고 한국에서 나에 대해 알아보고 다니는 사람들이 있다는데, 알아봐 줘.]

"내가 그런 것까지 알아봐 줄 정도로 한가하지 않아!"

생각지도 못한 순간 나타난 변수에 쉽게 정리되기 힘들다는 판단까지 더해지니 유미는 극도로 예민해졌다. 자기도 모르게 언성을 높인 유미는 한숨을 몰아쉬며 마음을 다독였다.

[너 마음 불안한 거 아는데, 너 하나 믿고 여기서 고생하고 있는 나한테 그런 식으로 나오면 안 되지. 이럴 때일수록 정신 차리고 서로 도와야 할 거 아냐?]

"미안해. 내가 잠시 흥분했어."

실질적인 투자금을 대는 것이 그였기에, 더는 그를 자극해선 안 되었다. 유미는 들끓는 화를 억누르며 깊게 심호흡을 했다.

"며칠 안에 신 이사랑 홍콩으로 갈게. 그때 자세히 얘기하자고."

통화를 마친 유미는 신경질적으로 휴대폰을 조수석에 던져 버리고, 핸들을 쾅 내려쳤다.

빠른 시일 내에 만나자는 경진의 연락에, 태정은 곧장 답장을 보내왔다. 그 후, 그와 약속을 잡는 건 일사천리로 이루어졌다. 불과 며칠 사이에 한 자리에 마주보고 앉게 되었다.

프라이빗룸을 갖춘 강남의 한 레스토랑.

많이 급했는지, 약속 장소에 먼저 나와 기다리고 있던 것은 태정이었다.

경진이 최 전무와 함께 룸 안으로 들어서자 그는 멍한 표정으로 경진의 얼굴을 뚫어져라 바라보았다. 경진은 그런 그의 시선에 개의치 않은 채 태정의 맞은편에 앉았고, 그 옆자리에 최 전무가 앉았다.

인사도 필요 없었고, 안부를 물을 필요도 없었다. 불필요한 말은 누가 먼저랄 것도 없이 서로의 입에서 단 한 마디도 나오지 않았다.

"이혼해요."

먼저 입을 연 건 경진이었다. 단호한 경진의 말을 그는 믿을 수 없다는 듯 미간을 한껏 구긴 채 최 전무의 눈치를 살폈다.

"최 전무님 볼 거 없어요. 당신이랑 이혼할 사람은 나니까."

"너무…… 갑작스러운 얘기라 그랬어."

"십 년 동안 애타게 기다려 왔던 말일 텐데, 갑작스러웠다고 하는 건 너무 솔직하지 못한 거 아닌가?"

"경진아."

"여기까지 온 마당에, 우리 사이에 숨길 감정이 뭐가 있다고."

경진의 말에 그는 매우 당황한 듯 입을 벌린 채 쉽게 말을 잇지 못했다.

"곧 이혼 청구할 거예요. 당연히 협의는 안 될 거고 소송으로 가겠죠. 가장 시끄럽고 요란한 이혼소송이 될 거예요."

"그게 무슨……! 그렇게 되면 당신이랑 해아까지 곤란해지는 거야!"

"지금, 해아라고 했어요?"

경진은 너무나 기가 막혀서 헛웃음이 터져 나왔다.

"다른 사람은 다 해아 걱정해도, 당신은 그럴 자격이 없어."

"내 말은……!"

"당신이 무슨 자격으로 감히 해아 이름을 입에 올려? 대체 무슨 자격으로?"

움켜쥔 주먹이 바들바들 떨렸다. 옆에 있던 최 전무가 경진을 진정시키려 시선을 맞춰왔지만 눈에 보이는 것이 없었다. 당장에라도 이 테이블을 넘어가 태정의 뺨을 있는 힘껏 후려치고 싶었다.

"아무리 낯짝에 철판을 깔았다고 해도 유분수지, 제 손으로 처자식 버린 걸로도 모자라 자식 앞길까지 막아보겠다고 별짓을 다한 인간이 어디서 자식 걱정이야? 네가 인간이니?"

그의 앞에선 차분하게 굴겠다고 다짐했지만, 해아를 언급하는 순간 평정심이 와르르 무너져 버렸다.

경진이 일어서려 하자 최 전무가 잽싸게 손목을 잡아챘고 간신히 억누를 수 있었다. 경진은 크게 한숨을 내쉬고 눈을 질끈 감았다가 떴다.

"그런 당신은? 해아를 안고 뛰어내린 건 서경진 너였어. 네 손으로 네 자식을 죽일 뻔했던 거 잊었어?"

태정의 그 말에 경진은 온몸의 피가 싸늘하게 식는 것만 같았다. 심장도 굳어버릴 것만 같았다.

"그래. 당신이나 나나 해아한테 자격 없는 사람들이야. 우리의 존재는 늘 해아한테 상처만 주고 고통만 줄 뿐이지. 그래도 난…… 최소한 죄책감은 느껴. 근데 당신은 아니잖아?"

그래서 이제라도 태정과의 관계를 스스로 끊어내겠다고 다짐을 한 것이다. 너무 오랜 시간 해아의 엄마이길 포기했지만, 이렇게라도 용서를 빌고 싶었다.

"나는 이제 해아를 위해서 최선을 다해서 살 거야. 뭐든지 할 거야. 못해준 게 너무 많아서 대체 뭐부터 해야 할지 모르겠는데…… 그래도 난 뭐가 됐든 다 해볼 거야. 그 시작이, 당신이랑 이혼하는 거고."

경진은 고저가 없는 톤으로 또박또박 말을 이어갔다.

"이혼해 주는 거 아니고, 당신이 나한테 이혼당하는 거야. 무슨 뜻인지 알지?"

"이제라도 마음 고쳐먹어서 고맙긴 한데, 나도 너한테 쉽게 뭘 뺏길 사람은 아니야. 법적으로 이혼 사유는 너나 나나 만만치 않아."

"그건 두고 보면 알겠지. 변호사들이 알아서 할 텐데 내가 그런 걱정을 뭐 하러 해?"

경진의 말에 태정이 화를 삭이는 듯 근육이 꿈틀거릴 정도로 세게 입술을 굳게 다물었다.

"이제 당신이 대가를 치를 차례야. 피가 마르고 뼈가 쪼개지는 고통 속에서 몸부림치면서 살아봐. 당신을 바라보는 사람들의 눈빛은 살갗이 타들어가는 것처럼 매섭고 따가울 거야. 그때가 되어서 용서를 빈다 해도 소용없어. 지금까지도 기회는 차고 넘치게 많았으니까."

"……."

"내가 죽고 싶어 했던 것만큼 당신도 죽고 싶어질 거야. 그래도 죽지 마. 내가 당신 못 죽게 할 거니까."

목숨을 내놓으려고 할 때마다 그에게 같은 고통을 느끼게 하고 싶었고, 무너져 버린 자신을 보며 그가 죄책감을 느끼길 바랐다.

이렇게라도 하면 찾아와서 가슴 아픈 표정이라도 지었기에 그가 그런 감정을 느끼는 줄로만 알았다. 하지만 이제와 돌이켜 생각하니 후회만 남는 짓이었다. 이깟 사람 때문에 자신의 목숨을 함부로 내놓으려 하고 해아의 엄마이길 포기하려 했던 것이, 해아와 강훈에게 한없이 부끄러웠다.

태정은 자신이 이혼해 주지 않고 오기로 버틴다고만 생각했을 것이다. 모든 일이 깨끗하게 해결되는 길은 이혼인데, 고집을 부리고 있다고 여겼던 것이다. 제대로 된 용서를 구할 생각도 하지 않은 채 말이다. 그는 정말 나쁜 사람이었다. 한 가정을 꾸릴 자격이 없는 사람이었다.

경진이 자리에서 일어서자 최 전무도 뒤따라 일어섰다.

"다른 핑계, 다른 변명 대지 마. 내가 이렇게 망가진 거 다 당신 때문이야. 내가 알아."

"……."

"그리고 해아를 힘들게 만든 건, 나랑 당신이 같이 한 짓이야. 잊지 마."

그도 그것을 인정했기에 자신이 숨이 끊어지려 할 때마다 찾아왔을 것이다. 자신이 저지른 일에 대해 죄책감은 느끼지 못한다 하더라도, 인정은 할 수밖에 없었을 것이다.

앞으로 주어진 삶이 얼마나 될는지 알 순 없지만, 사는 내내 해아를 아프게 한 것에 대한 죄를 달게 받을 생각이었다.

"우리, 죽어서도 만나지 마요."

너무 고통스러웠던 시간이었다.

돌이켜 보면 행복했던 시간들도 분명히 있었겠지만, 아픔이 너무나 컸기에 행복한 순간들은 흔적도 없이 사라져 버렸다.

만약 그와 자신, 단둘이 서로에게 상처를 내고 힘들어하다가 끝이 났다면 이토록 가슴 저미게 아프진 않았을 것이다. 해아에게까지 미친 아픔이기에 경진은 그 모든 고통이 뼈에 사무치는 듯했다.

경진은 그곳에 태정을 남겨둔 채 미련 없이 룸을 나섰다.

"괜찮으세요?"

순간 중심을 잃고 휘청거리는 경진을 최 전무가 곁에서 잡아주었다.

"그럼요. 아무렇지도 않아요. 고맙습니다. 전무님."

경진은 최 전무의 부축을 받으며 힘겹게 걸음을 떼었다.

경진은 이제부터가 시작이라는 마음으로 그에게 선전포고를 하면서 굳게 먹은 마음을 다시 한 번 바로 세웠다.

제작사 사무실 인근에 위치한 한우전문식당에서 '별이 빛나는 밤'의 종방연이 한창이었다.

DBS 권석현 사장과 드라마국 국장까지 직접 참석했고, 모든 스태프들과 배우들도 빠짐없이 참석해 백여 명이 넘는 인원들로 식당 안은 가득 차 있었다.

배우들이 식당에 도착할 무렵 수많은 취재진들이 식당 입구에서 장사진을 이루었다. 때문에 '별이 빛나는 밤' 종방연과 관련한 기사들이 실시간으로 떴고, 관련 검색어가 실시간 검색어에 오르기도 했다.

드라마와 배우 팬들은 우렁이 각시처럼 일찌감치 식당을 방문해 식당 곳곳에 축하의 인사가 담긴 플래카드를 설치하고, 다양한 축하 케이크와 샴페인, 숙취해소제까지 놓아두었다.

거기다 작품에 기념이 될 만한 다양한 굿즈를 제작해 선물까지 해 주고 홀연히 자취를 감추었다.

모든 사람들이 입을 모아 드라마의 마지막 촬영을 축하해 주고 있었다. 물론 지금도 드라마 방영이 한창이기에 남은 일들이 많았지만 그동안 수고했던 서로를 칭찬하는 자리였다.

해아는 오늘만큼은 마음껏 마시기로 작심했다. 모든 테이블을 돌며 술잔을 받았고, 빈 잔을 채워주며 수고와 감사의 인사를 나누었다.

"힘들지 않아?"

그렇게 한 바퀴를 빠짐없이 돌고 본래 자리로 돌아왔을 때, 도영이 해아에게 가까이 다가와 작은 목소리로 물었다.

해아는 고개를 가로저으며 말갛게 웃었다. 힘들기는커녕 그저 기쁜 마음이었다. 해아는 그의 빈 술잔도 가득 채웠다.

"고마워요. 나 영업해 줘서."

"나야말로 고마워. 넘어와 줘서."

그의 적극적인 영업 수완 덕분에 오늘날까지 온 것이나 다름없었다. 그는 웃으며 술잔을 비웠고, 해아는 그제야 고기 한 점을 입에 넣었다.

'별이 빛나는 밤'과 관련하여 해아에게 공식적으로 남은 행사는 다음 주에 있을 기자간담회와 언론사 인터뷰, 드라마 마지막 회 방영 이후에 있을 해외 프로모션뿐이었다.

기자간담회는 드라마 방영 중간에 작품에 관한 궁금증이나 앞으로의 진행 방향, 그 외의 비하인드 스토리를 나누는 자리고 혼자가 아닌 다른 배우들과 함께하기 때문에 큰 부담은 없었다.

반면, 해아가 단독으로 해내야 할 언론사 인터뷰는 기자간담회의 분위기와 전혀 다르다. 드라마보다 더 드라마틱했던 촬영 과정을 거치는 바람에 벌써부터 매체마다 인터뷰 스케줄을 하루라도 일찍 잡으려고 문의가 쇄도하고 있었다. 때문에 해아는 80여 개에 달하는 매체와 약 일주일에 거쳐 차례로 진행하기로 일정을 잡은 참이다.

그 자리에서는 해아의 가정사에 관한 질문과 열애 기사와 관련된 질문이 쏟아질 게 뻔했다. 그렇기 때문에 그에 대한 적절한 답변도 준비해야 했다. 지나치게 원론적이지 않으면서도, 솔직하고 성실한 대답을 말이다.

그와 동시에 밀린 화보 촬영과 광고 촬영까지 하다 보면 드라마가 종영할 즈음이 된다. 그 후에는 드라마 방영 계획이 잡힌 나라를 방문하며 해외 프로모션 일정을 하게 될 것이다. 촬영만 끝이 났지, 앞으로의 일정도 만만치 않았다.

"두 사람 동반 광고 꽤 들어왔지?"

"다 감독님 덕분입니다."

맞은편에 앉아 있던 송 감독이 해아와 기주를 향해 물었고, 기주가 송 감독의 잔을 채워주며 능청스럽게 대답했다.

"알면 나중에 한 턱 쏴."

"안 그래도 민기주 선배가 막방 하는 날 한턱 제대로 쏜다고 했어요."

해아의 말에 기주가 어깨를 쫙 펴며 으쓱였다. 밥 못 먹여 죽은 귀신이라도 붙었는지, 그는 스태프와 배우들에게 밥 사는 걸 아주 좋아했다. 그 재미로 돈 버는 게 아닌가 싶을 정도였다.

해아와 기주는 드라마 촬영에만 몰입하기 위해 광고 촬영 일정을 드라마 촬영 이후로 최대만 미뤄왔지만, 소속사 대표들은 새로운 광고 계약서에 도장 찍느라 바빴다는 후문이 들리고 있었다.

이번 작품을 통해 주연배우들뿐 아니라 서브 주연과 심지어 부모님 역으로 나온 중견배우들까지 큰 주목을 받고 인기를 얻었다. 해아는 드라마팀 모두의 성공이 너무나 기뻤다.

"다시 편집하러 들어가야 하는데 도통 엉덩이가 안 떨어지네."

"감독님, 오늘은 그냥 하루 째요."

"흐음……. 그럴까, 그럼?"

송 감독은 기주의 유혹에 결국 넘어가고 말았다.

촬영은 끝났지만, 아직 제작진들의 업무 역시 끝나지 않았다. 편집과 후반 작업이 남았으니 마지막 회가 방영되기 전까지 내내 계속 수고해야 했다.

아직 완전한 끝이 아니기에 아쉬운 마음이 큰 것 같았다. 오늘 밤 술자리가 끝나고, 내일 아침에 다시 모여 촬영을 할 것만 같은 기분이었다.

"아아. 식사 맛있게 하고 계십니까? 딱 일 분만 저를 주목해 주시면 감사하겠습니다."

하늘섬 스튜디오의 조민철 대표가 마이크를 쥐었고, 모두의 시선이 그에게로 향했다.

"포상 휴가와 관련해 사무실에서 개별적으로 연락드렸을 건데요. 기자간담회 다음 날부터 5박 6일간 스케줄 조정 부탁드렸죠?"

'네!' 하는 우렁찬 대답이 식당 안을 쩌렁쩌렁하게 울렸다. 포상휴가에 참석하지 못하는 해아도 큰 소리를 대답했다.

"휴가는 어디로 가는 겁니까?"

저 뒤쪽에서 누군가가 외쳤다. 휴가 일정만 공개가 되었고 아직 장소는 공개되지 않은 탓에, 사람들은 모이기만 하면 포상 휴가 장소가 어디일지 추리를 해보곤 했다.

"제가 지금 그걸 말씀드리려고 마이크를 잡은 겁니다. 깜짝 발표를 하면 더 설렐 것 같아서요."

민철이 뜸을 들일수록 다들 애가 타서 빨리 알려달라며 아우성쳤고, 그럴수록 그는 고개를 끄덕이며 환호를 즐겼다.

"우리 '별이 빛나는 밤' 포상휴가 장소는! 바로…… 하와이입니다."

한껏 기대감을 고조시켰던 민철이 목소리를 쫙 깔며 장소를 공개했다. 아주 타고난 진행자였다. 여행지가 공개되자 사방에서 박수와 환호성이 터져 나왔다. 해아 역시 벌떡 일어나 술잔을 치켜들었다.

비행기 티켓과 숙박을 약속했던 강훈이 제대로 한 턱 쏘기로 한 모양이다.

"에이, 부럽다. 가서 내 선물 사와요."

해아의 부탁에 기주가 당연하다는 듯 고개를 끄덕였다.

"뭐 사다 줄까? 말린 망고랑 초콜릿 정도면 되지?"

"그거 사다줄 거면 한 박스씩 사다주고요."

물론 말린 망고를 좋아하긴 하지만 다른 사람도 아닌 민기주에게 말린 망고를 선물로 받고 싶지 않았다. 해아가 발끈하자 기주가 딴청을 부리며 등을 돌려 앉았다.

"우리 작가님 오셨습니다!"

그때, 뒤늦게 애리가 식당 안으로 들어섰다. 다들 자리에서 일어나 '작가님!'을 연호했고, 해아도 애리의 이름을 외쳤다.

이 작품이 탄탄대로를 걸을 수 있도록 만들어준 일등공신인 나애리 작가.

그녀는 사람들의 환영이 쑥스러운 듯 붉게 달아오른 뺨을 감싸며 해아의 뒤편 테이블에 자리를 잡았다. 해아는 뒤로 돌아 앉아 그녀의 어깨를 톡톡 두드려 인사를 건넸다.

"해아 씨 벌써 너무 많이 마신 거 아니에요? 귀까지 빨개요."

"오늘은 끝까지 마실 겁니다. 말리지 마세요."

해아의 대답에, 애리가 거리를 바짝 좁히며 귓속말을 했다.

"권도영 PD 믿고 달리는 거죠?"

"당연하죠."

해아는 윙크를 던지고 그녀의 옆자리로 옮겨가 앉아 가장 먼저 잔을 채워주었다.

"감사했어요, 작가님. 행복하고 즐거웠습니다."

"내가 더 고마워요. 류해아 대표작이 내 작품이 되었으면 했는데, 어느 정도 이뤄진 거겠죠?"

아직 드라마가 끝나지 않아 일찌감치 샴페인을 터뜨리긴 뭐 했지만, 객관적인 지표로만 봐도 해아에게 이번 작품은 많은 것을 가져다주었다. 전문적인 평론가들부터 해아의 연기 인생을 함께해 온 팬들, 그리고 일반 대중들까지 좋은 평가를 해주었기 때문이다.

타인의 평가 말고도, 해아 스스로도 이번 작품이 자신의 대표작이자 인생작이라고 생각했다. 매 회마다 최고 시청률을 갈아치우며 가히 신드롬이라고 부를 만큼 큰 인기를 모으고 있고, 이제야 비로소 연기로 인정을 받게 되었으며, 너무나 좋은 동료들을 만났다. 이보다 더 큰 수확은 없었다.

"해아 씨랑 또 한 번 같이 했으면 좋겠어요."

"저도요. 꼭 불러주세요."

애리도 해아에게 술을 따라주며 엄지를 치켜세웠다.

"최고였어요."

"저도요."

해아는 만감이 교차했다. 애리와의 첫 만남을 떠올려보면, 지금 이렇게 함께 술잔을 기울이며 웃고 이야기할 수 있음이 놀랍기도 했다. 사람의 일이란, 참 한 치 앞도 알 수가 없었다.

잔을 비운 해아가 뒤돌아 기주에게 눈짓을 보냈다. 이쪽으로 와서 앉으라고 신호를 보냈지만 그는 한 번에 알아채지 못했고, 하는 수 없이 일어나 기주에게 다가갔다.

"작가님 테이블로 옮기라고요."

입술을 최대한으로 다문 채 기주에게 속닥이자 그제야 알아들은 기주가 해아가 앉았던 자리로 옮겨 앉았다. 해아는 기주 덕분에 도영의 옆자리를 다시 차지할 수 있었다.

"이제 마음 놓고 어디 한번 먹어볼까요?"

해아의 선언에 도영은 조용히 웃으며 테이블 밑에서 내민 해아의 손을 꼭 잡고 건배를 나눴다.

종방연은 2차 호프집, 3차 이자카야까지 이어졌고, 일부 스태프와 배우들은 기주의 집에서 4차까지 즐겼다.

해아는 애초에 작정한 대로 끝까지 남아서 버텼고, 해아의 스태프들은 아예 그녀를 도영에게 맡기고 가버렸다. 도영은 이대로 뒀다가는 해가 뜰 때까지 마실 것 같아서 해아를 데리고 기주의 집을 나섰다.

다행히도 해아는 술을 많이 마시는 편이 아니었다. 2차에서부터는 한 잔을 받으면 족히 두 시간은 버티며 속도를 조절하는 영리한 구석이 있었다. 인사불성이 될 때까지 취하면 어쩌나 걱정했던 것이 무색해질 정도였다.

도영은 해아를 업고 자신의 집을 향해 걸었다. 기어이 걷겠다고 고집을 부려 집에서부터 멀리 떨어진 곳에서 택시에서 내렸는데, 졸음이 온다 하니 어쩔 수가 없었다.

"내려줘요. 걸을 수 있어."

막 아파트 단지 안으로 들어서는데, 해아가 잠에서 깼다. 하지만 도영은 해아를 내려줄 수가 없었다. 언제 또 변덕을 부릴지 모르기 때문이다. 내려주지 않고 버티자 그녀가 발을 버둥댔고, 하는 수 없이 해아를 내려주고 팔을 붙잡았다. 그러자 해아가 배시시 웃으며 도영의 얼굴을 빤히 보았다.

이러면 안 되는데, 방금 전의 고생이 깨끗이 잊어지고 마음이 눈 녹듯이 녹아내렸다.

"아, 기분 좋다. 오늘 진짜 기분 좋다."

딱 봐도 그래 보였다. 발그레하게 술기운에 달아오른 두 볼이 도영의 눈에는 마냥 사랑스러웠다.

해아는 회식 내내 신나 했고, 분위기를 띄우며 화기애애하게 만들었다. 술이 몇 잔 들어가기 시작한 후로는 작품에 대한 애정을 가감 없이 드러내며 그곳에 있던 모든 스태프들과 배우들에게 사랑 고백을 하기도 했다.

도영은 스태프 한 사람 한 사람 빠짐없이 챙겨주는 해아를 지켜보며 많은 생각이 들었다. 함께 일하는 사람들의 소중함과 고마움을 아는 그녀라서, 오히려 도영이 더 고마웠다.

촬영장 안에서나, 밖에서나 제 역할을 톡톡히 해주었던 두 주연배우들 덕에 좋은 결과를 얻고 있다고 생각했다.

"네가 좋다니까 나도 좋다."

도영의 말에 해아는 또 한 번 예쁘게 웃으며 두 팔로 도영의 허리를 끌어안았다. 자신의 품 안에 쏙 안긴 해아를 볼 때면, 세상의 모든 것을 다 안고 있는 기분이 들어 가슴이 벅차올랐다.

"이 드라마 하면서 내가 얻은 것 중에 가장 소중한 걸 꼽으라면…… 권도영 씨 당신. 고민할 것도 없이 당신이야."

사랑한다는 말보다 훨씬 더 강력한 고백이었다. 자신의 마음과 다르지 않은 상대의 마음을 확인했을 때의 전율은 그 어느 것과 비교할수 없을 만큼 희열을 주었다.

자신을 올려다보는 말간 눈이 너무 예뻐서, 이곳이 길 위란 것도 잊고 입을 맞추었다. 이렇게 자신의 품에 안긴 채 고개를 들어서 바라볼 때면 자동으로 입술이 내려갔다. 키스를 부르는 불가항력적인 마성의 자세였다.

지금 이 세상에, 이 우주 안에, 우리 두 사람만 존재하는 기분. 고요한 길 위에는 시간도 멈추고, 바람도 멈춘 것만 같았다. 지금 이 순간이 영원할 것만 같은 착각마저 불러왔다.

겁도 없이 함부로 감동을 주는 이 여자를 어떻게 하면 좋을까…….

"사랑해."

사랑한다 말하지 않고 도저히 버틸 수가 없는 순간.

몇 번을 참고 참았다가 꺼내는 그 말은 입 밖으로 꺼내지는 순간 마법을 일으키곤 한다. 고작 그 한마디에, 그녀는 그 무엇과도 바꿀 수 없는 예쁜 미소를 지으며 자신을 바라봐 주었다.

사랑한다는 말을 꺼낸 건 자신이지만, 오히려 그녀에게 사랑을 받는 기분. 그녀의 사랑을 확인받는 기분이 들었다.

사랑한다는 말은 어쩜 그렇게 단어마저도 사랑스러운지. 소중한 내 사람을 나의 품에 안을 수 있고, 입을 맞출 수 있고, 마음을 줄 수 있어서 행복했다.

바람을 타고 흩날리는 그녀의 탐스러운 머리칼이 두 뺨을 간지럽혔다. 도영은 해아의 머리카락을 귀 뒤로 넘겨주며 이마에도 입을 맞췄다.

미리 해피엔딩을 알고 시작했던 우리의 드라마처럼, 우리의 연애 또한 그러하길. 드라마의 시작과 끝을 같이 했듯이, 우리의 이야기도 그럴 수 있기를 도영은 간절히 빌었다.

해아와 도영이 가고 난 후, 기주의 집에 남은 사람은 넷. 그중 둘은 소파에서 잠이 들었고, 깨어 있는 건 애리와 기주뿐이었다.

몇 번 느낀 거지만, 애리는 주량이 상당했다. 아침에 해장국에 소주를 반주로 곁들일 때부터 보통이 아니란 것을 직감하긴 했지만 말이다.

기주는 작은 양을 천천히 나눠 마셔서 그런지 크게 취하지 않았고,

술이 센 편인 애리도 정신이 말짱한 편이었다.

거실 한가운데 앉아 기주의 대본을 훑어보던 애리가 옅게 웃었다. 평소 대본을 깨끗하게 보지 않는 편이라 귀퉁이는 헤지고 겉표지는 너덜너덜해져 있었다.

"공부 열심히 하셨네요."

"밑줄 그어가면서 해야 잘 외워져서……. 이거 드세요."

밀려드는 창피함에 애리가 넘겨보던 대본을 빼앗아 다시 테이블 위에 올려두고 숙취해소제를 건넸다. 그러자 애리는 단숨에 한 병을 비우고 일어섰다.

"저도 이제 가볼게요. 곧 해 뜨겠어요."

"바래다드릴게요."

"괜찮아요. 근처인데요, 뭐."

"그러니까 바래다드릴게요."

부담스러워 할까 봐 농담처럼 둘러대자 다행히도 애리가 더 이상 거절하지 않았다.

기주는 반팔 티셔츠 위에 얇은 카디건 하나 걸치고 앞장섰고 애리는 잠든 사람들이 깰까 봐 깨금발로 조심조심 걸어 현관을 빠져나왔다. 그 모습이 왜 그리 귀여운지 지켜보는 내내 웃음이 났다.

길 위로 나와보니, 이제 막 어둠이 걷히고 있었다. 이른 새벽이라 길 위는 한산했고, 불을 밝힌 상점도 많지 않았다.

"작가님, 춥지 않아요?"

"시원하고 좋네요. 술도 깨고."

춥다는 대답이 아니더라도, 추운 기색이라도 보였다면 그녀의 어깨에 걸쳐 주려고 야심차게 챙겨 입은 카디건이 쓸모없어져 버렸다. 시무룩해진 기주는 뒷짐을 진 채 걷는 속도를 서서히 늦췄다.

애리와 함께 걸었던 이 길이 이제 좀 익숙해지나 싶었는데, 그녀가 먼 곳으로 오랫동안 떠나 있을 거라 생각하니 마음이 싱숭생숭했다.

머리카락을 질끈 묶고 편의점 테이블에서 삼각김밥과 컵라면을 먹던 모습도, 해장국에 소주 한잔하며 코끝을 찡그리던 모습도 머릿속을 스쳐 지났다.

기주는 고개를 돌려 옆에 선 애리를 빤히 보았다. 화장기 없는 말간 얼굴은 밤새 술 마신 사람이라고 믿을 수 없을 만큼 환하고 예뻤다.

기주는 저도 모르게 웃고 말았다. 그녀를 바라보거나, 그녀를 생각할 때면 가끔씩 이유 없이 웃음이 났다. 가끔이라기에 민망할 정도로 조금은 자주…….

"고마워요."

"뭐가요?"

"내 인생작에 주인공으로 함께해 줘서."

그녀는 별 뜻 없이 칭찬 삼아 한 얘기일지도 모르지만, 자신의 귀를 지나 머릿속에 도착했을 때는 또 다른 의미를 욕심내게 만들었다.

'함께할 수 있어서 행복했다'라고, 그렇게 믿고 싶었다. 그래서 제멋대로 해석했다.

"앞으로 글 안 쓸 거예요? 벌써 인생작이 나오면 어떡해요?"

"나중은 나중이고, 지금은 이 작품이 제 인생작이거든요. 지금 이 순간이 가장 중요한 거 아니겠어요?"

"그렇다면, 그 인사 받을게요. 작가님이 인생작으로 꼽는 작품의 주인공이 저라서 참 다행이네요."

어떤 의미에서든 그녀의 기억 속에 오래 남을 수 있다면, 특별한 존재로 각인될 수 있다면, 그것도 나쁘지 않았다. 하지만 그것보다, 배우 말고 한 남자로 남고 싶은 욕심이 더 컸다.

　제대로 자신의 마음을 전하지도 못하고 그녀를 떠나보내고 나면 분명 후회하게 될 것이다. 떠날 땐 떠나더라도, 자신의 마음을 솔직히 말해주고 보내는 게 맞다고 생각했다.

　그녀가 어떤 결정을 내릴지 알 순 없지만, 일단 말해야만 했다.

　"바래다줘서 고마워요. 조심히 가세요."

　최대한 천천히 걸었는데도 금세 그녀의 작업실 건물 앞에 도착해 버렸다. 기주는 그 자리에 멈춰 서서 애리의 얼굴을 빤히 바라보았다.

　"집에 안 가요?"

　"작가님. 미국 언제 가요?"

　"그건…… 왜요?"

　"할 말이 있거든요."

　낌새를 눈치챈 건지, 애리는 쉽게 대답해 주지 않았다. 기주는 한 걸음 더 그녀에게 가까이 다가섰다.

　"무슨 얘긴데요? 급한 거면 지금……."

　기주가 웃으며 애리에게 손을 내밀자, 애리는 자신의 손과 자신의 얼굴을 번갈아가며 바라보았다. 그 시선이 무척이나 복잡해 보였다. 기주는 참지 못하고 애리의 손을 슬쩍 잡았다.

　"충분히 지켜봤으니까, 이젠 말을 할까 싶어서요."

　놀란 눈을 한 애리의 입술이 슬그머니 벌어졌다. 잠시 생각에 잠긴 듯 가만히 눈꺼풀을 깜박거리더니, 이내 지난번 해장국집에서 했던 말이 떠올랐는지 아주 작게 '아' 하고 탄성을 뱉었다.

　"나, 작가님 좋아해요."

　기주는 미친 듯이 두근거리는 가슴을 애써 모른 척했고, 떨리는 마음을 숨긴 채 잡고 있던 애리의 손을 조금 더 힘을 주어 꽉 쥐었다.

지금 이 상황에서 더 이상 태연한 척 연기하는 건 너무나 버거운 일이었다. 사납게 뛰어대는 심장이 입 밖으로 튀어나올 것만 같았다.

"미국에 얼마나 오래 있을지 모르겠지만, 기다리고 있을 내 생각해서 조금만 일찍 와줘요."

"기주 씨……."

"지금 당장 나 좋아해 달라거나, 연애하자는 거 아니니까 부담 갖지 말고요. 천천히 생각해 보세요. 기왕이면 나랑 만나보는 쪽으로."

그렇게 말을 마친 기주는 애리의 손을 놓아주고 천천히 뒷걸음질치며 멀어졌다. 여전히 멍한 얼굴로 자신을 바라보고 있던 애리를 향해 손을 흔들어 인사하자, 그녀는 뭔가에 홀린 듯 손을 흔들어주었다.

들어가라고 손짓을 하니 허둥대며 건물 안으로 사라지는 그녀가 무척이나 귀여웠다. 마지못해 돌아선 기주는 긴 한숨을 내쉬며 마음을 다독였다.

"잘했어, 민기주."

기주는 자기 자신을 칭찬했다. 일단 마음을 전할 수 있어서 다행이다 싶었다. 고백도 못 해보고 떠나보내나 싶었는데, 이 정도면 나쁘지 않다고 자평했다.

갑작스러운 고백에 그녀는 꽤나 놀란 듯했지만 그럴 거라 이미 예상했던 부분이었다. 그렇기에 그녀의 무반응에도 크게 상처받지 않을 수 있었다.

그런데 참 사람의 욕심이라는 게 무섭게도, 그녀에게 네가 좋다, 라는 대답을 들을 수 있지 않을까 하는 기대를 내심 하고 있었던 모양이다. 고백을 한 후에 이렇게까지 마음 한구석이 허전한 걸 보면 욕심내고 있었던 게 분명하다.

이제 공은 그녀에게 넘어갔고, 지금부터는 그녀의 결정을 존중하며 얌전히 기다릴 차례였다.

도영은 깊이 잠든 해아를 바라보고 있었다.

시곗바늘은 오전 6시를 향해 거침없이 달렸고, 도영의 고민은 시작되었다. 이쯤에서 깨워서 지금이라도 집에 보내야 하는 건지, 아니면 좀 더 재웠다가 함께 아침을 맞을 것인지 선택해야 했다.

고르게 내쉬는 그녀의 숨이 얼굴에 닿을 때면 도영은 가슴 한구석이 간지러웠다. 도영은 조심스레 손을 뻗어 흐트러진 머리칼을 넘겨주고 부드러운 뺨을 어루만졌다. 그 바람에 깨우려던 마음은 어느새 욕심으로 변해 버렸다.

강훈에게 밉보이지 않으려면 자꾸 외박을 하게 해서는 안 되는데, 그게 생각처럼 잘 되지 않았다. 생각이나 이성을 이기는 건 늘 그것과 반대되는 욕심과 마음이었다.

해아의 얼굴을 보고 있으면 그러한 고민들은 싹 사라지고 만다. 그냥 이대로 곁에 두고만 싶었다. 계속 함께 있고 싶었다. 오롯이 자신의 사람이 되었으면 하는 욕심마저 들었다.

도영은 류해아라는 배우의 진면목과, 류해아라는 사람이 어떤 사람인지를 제대로 알아본 자신의 안목에 자부심이 생겼다.

그 자부심은, 그녀를 알아가면서 점점 커져만 갔다. 그녀가 현장에서 얼마나 최선을 다하는지, 얼마나 멋진 배우인지. 모든 이들에게 인정받고 사랑받을 자격이 충분한 배우라는 걸 자신의 눈으로 직접 확인할 수 있었다.

해아는 이 작품을 하면서 도영을 얻었다고 말했지만, 그건 그가 하고 싶었던 말이었다. 그녀의 노력 덕분에 이 작품은 더욱더 빛날 수

사랑, 너에게 묻다

있었고, 도영 자신은 사랑을 얻을 수 있었다.

가지런한 눈썹과 길게 뻗은 속눈썹을 바라보던 도영이 그녀의 감은 눈 위에 입을 맞췄다.

오랜 시간 함께하며 정들었던 스태프들, 배우들과의 헤어짐에 아쉬워 눈물짓던 그녀의 다정함이 사랑스러웠다. 가족들을 위해 늘 괜찮아야 했고 그래서 쉽게 우는 법이 없었던, 쏟아내지 못한 아픔을 가슴에 꾹 누르고 살다가 연기를 할 때 비로소 속 시원하게 울어본다던 그녀가 못 견디게 가슴 아팠다.

수화기 너머에서 들려오던 그녀의 울음소리에 가슴이 미어졌지만, 한편으론 시원하게 울고 털어내길 바랐다. 서러움과 아픔, 슬픔과 괴로움이 전부였던 그녀의 눈물도, 애정이 담긴 아쉬움과 후련함, 기쁨이 담긴 눈물 모두 도영은 무척이나 반가웠다.

"그만 집적거려요."

"뭐?"

눈을 감고 있던 해아의 입가에 옅은 미소가 어렸다. 해아는 이내 도영의 품 안으로 파고들며 가슴팍 위에 얼굴을 묻었다. 때문에 도영의 허리를 감싸 안고 있던 해아의 두 팔에 힘이 실렸다. 도영은 해아를 더욱더 바짝 당겨 안고 매끈한 어깨 위에 연신 입을 맞췄다.

이대로 해아를 집으로 돌려보내는 건 불가능할 것 같았다.

14. 일상의 공유

　도영은 오랜만에 석현의 집에서 함께 아침 식사를 하게 되었다.

　얼굴을 보는 것도 지난주에 있었던 종방연 이후 처음이었다. 일이 바쁘다는 이유로 자주 찾아뵙지 못했지만, 실은 연애하느라 바빴던 불효자였다. 그 사실을 석현 역시 알고 있을 텐데, 그가 먼저 내색하지 않으니 도영은 더욱더 송구스러웠다.

　"오늘 기자간담회 있는 날이지?"

　"네. 오후에 있어요."

　"그쪽으로 바로 출근하겠구나?"

　"그래야 할 거 같아요. 취재진들이 제작발표회 때보다 더 많이 온다고 해서 장소도 제일 큰 리셉션 홀로 잡았거든요."

　"아들이 성공하니까 좋기는 하다만, 너무 바빠져서 얼굴 보기가 힘드네? 아니면 연애라도 하는 건가⋯⋯."

　지나가듯 건넨 그 말에 정곡을 찔린 도영은 최대한 태연한 척하며 식사를 마치고 물을 마셨다.

"아버지, 커피 더 드릴까요?"

고개를 끄덕여 답을 대신한 석현에게 향긋한 커피를 리필한 후, 도영은 맞은편 자리에 다시 앉았다.

석현과 도영이 부자지간임을 공개하며 하늘섬 스튜디오의 작품이 DBS에 편성되는 과정에서 마치 무언가가 있는 것처럼 프레임을 만들었던 유미의 작전은 통하지 않았다.

석현과 도영의 관계를 몰랐던 대부분의 사람들은 처음 소식을 접한 후 한때 수군대기도 했지만 도영은 개의치 않았다. 떳떳했기 때문이다. 석현 역시 반박 기사를 낸 후로 언급조차 하지 않았다.

드라마는 이미 광고 수익만으로도 일찌감치 제작비를 회수한 상태였고 해외 수출 역시 순조롭게 진행되었다. 동시 방영 중인 해외 여러 국가에서도 반응이 뜨거웠다. 벌써부터 해외 프로모션에 대한 기대감이 하늘을 찌를 지경이었다.

이 상황에서 부당한 절차를 밟아 DBS에 편성이 되었다는 주장은 성립되지 않았다.

그 기대감이 오늘 있을 기자간담회에서 증명될 예정이다. 드라마 촬영을 모두 마친 시점인 데다가 작품이 승승장구하는 와중이기에, 배우들도 편안하게 임할 수 있게 되었다.

단 한 번의 시청률 하락 없이 매 회 최고 시청률을 갈아치우며, 지상파 3사 중 압도적인 시청률을 받아냈다. 작품성과 화제성을 동시에 잡았다는 평가 또한 자연스레 뒤따랐다. 더불어 배우의 재발견이라는 평과 대본과 연출의 힘이라는 평도 늘 함께했다.

총괄 제작PD의 입장에선 자다가도 웃음이 나오는 상황이었다. 작품을 준비하는 내내 힘들었던 모든 것들을 잊을 수 있을 만큼, 매일이 행복했다.

"알아서 잘 하겠지만, 촬영은 끝났어도 한창 방영 중이니까 끝까지 긴장 놓지 말고. 네가 해야 할 일은 아직 많이 남았지?"

"이제 절반 정도 온 거죠."

"그래. 네가 좀 더 고생해라."

석현의 당부에 도영은 고개를 끄덕이며 청포도 하나를 입에 넣고 오물거렸다.

"조만간 류태정 대표 이혼소송 들어갈 거다."

"이혼소송이요?"

"해아 엄마가 큰 결심을 했지. 해아가 알고 있는지는 모르겠는데, 조만간 꽤나 시끄러워질 거야. 그러니 네가 해아 잘 챙겨봐라. 촬영하는 동안 많이 가까워졌으니 그 정도는 해줄 수 있지?"

"그렇긴 한데…… 류해아 씨 어머니는 이혼은 원하지 않으셨잖아요. 그럼 류 대표가 원하는 대로 해주겠다는 건가요?"

"아니. 해아 엄마가 이혼을 해주는 게 아니라, 류 대표가 이혼을 당하는 거지. 최대한 시끄럽고 요란하게, 해아 엄마가 원하는 대로 되도록 준비 중이야."

석현의 부연 설명을 듣고 나니, 그가 말한 '큰 결심'이라는 말의 의미를 좀 더 명확하게 알 수 있었다.

지난번 나유미 측에서 뿌린 보도 이후, 나유미와 류태정 대표 사이의 내연 관계가 세상에 드러났다. 도영과 해아의 열애설을 포함해 동시다발적으로 여러 가지 이야기를 뿌리는 바람에 시선이 분산되긴 했지만, 그중 대중들의 뇌리에 오래 남게 된 것은 내연관계에 대한 부분이었다.

나유미는 그것을 노린 게 아니었겠지만 말이다.

"그리고 류 회장님께서도 준비 중인 게 있었는데 그것도 이혼소송과 동시에 진행될 거라고 하니, 아마 류태정 대표는 혼이 쏙 빠질 거다."

"회장님께서 준비 중이신 건 뭔데요?"

"J미디어 주인이 바뀔 거야. 일단 그 정도로만 알고 있어. 자세한 건 나중에 설명해 줄 테니까."

그렇게 엄청난 이야기를 무덤덤하게 꺼내는 석현의 차분함이 놀라웠다. 대체 일이 어떻게 진행되어 가고 있는 건지 모르겠지만, 느낌상 거대한 태풍이 몰려오는 기분이 들었다.

"해아가 아직 모르는 부분이 많으니까 해아한테는 별 다른 이야기 하지 말고."

"네. 아버지."

"내가 왜 너한테 미리 언질을 주는지 알지?"

도영이 옅게 웃으며 고개를 끄덕이자, 석현 또한 미소를 지었다.

"알면 됐다."

굳이 말로 설명하지 않아도 알 수 있었다. 석현이 왜 이런 이야기를 자신에게 해주는지 역시 단번에 알아차릴 수 있었다.

"조만간 류 회장님하고 류해아 씨랑 다 같이 식사 한번 하시죠."

"난 언제든 콜."

마치 기다리고 있었다는 듯 반기는 석현의 모습이 어쩐지 신나 보이기까지 했다. 도영은 어서 정식으로 인사드려야겠다는 생각을 하며 조금 남아 있던 커피를 마저 비웠다.

해아는 경진의 연락을 받고 서둘러 경진의 집으로 향했다.

오늘 오후에 있을 기자간담회 준비 때문에 바빴지만, 평소에 직접 연락을 한 적이 없던 경진으로부터 온 전화였기에 가지 않을 수가 없었다. 어떻게 될지 몰라서 일단 곧장 기자간담회로 갈 수 있도록 모든 준비를 하고 경진의 집을 찾았다.

"어서 오세요. 아가씨."

현관 밖까지 마중 나온 메이드를 향해 해아는 고개 숙여 공손히 인사를 한 후 빠른 걸음으로 다가갔다.

"엄마는 어디 계세요?"

"거실에서 기다리고 계세요."

"혹시, 엄마가 무슨 일로 절 부르신 건지 아세요?"

해아의 물음에 메이드는 조용히 미소를 지으며 고개를 가로저었다. 해아는 하는 수 없이 일단 집 안으로 들어섰다.

구두를 벗던 해아는 길게 숨을 고르며 어깨 위에서 짓누르던 긴장을 털어내고 거실로 향했다. 그곳에는 거실 창밖을 바라보며 차를 마시고 있는 경진이 있었다.

"엄마, 나 왔어."

경진이 천천히 고개를 돌려 시선을 주었고, 해아는 그제야 말갛게 웃으며 그녀에게 가까이 다가갔다.

"스케줄 있었니?"

"이따가 기자간담회가 있어서. 예쁘지?"

해아는 일부러 원피스의 치맛단을 부채꼴로 넓게 펴며 보여주었고, 경진의 입가에도 잠시 미소가 어렸다.

"바쁜데 내가 불렀구나."

"아냐. 괜찮아."

해아는 경진의 대각선 방향에 앉아 얼굴을 바라보았다. 못 본 사이에 경진의 얼굴이 조금은 편안해진 것 같았다. 그녀에게 매일은 별다를 것 없는 일상이었겠지만, 해아는 그 의미를 찾고 싶었다.

봄이 와서일지도 모르고, 햇볕이 좋아서일지도 모른다. 듣기로 요즘 다시 화단을 가꾸기 시작했다고 했다. 꽃을 좋아하는 그녀였기에, 따뜻한 봄이 그녀에게 좋은 기운을 가져다 준 것은 아니었을까.

해아는 그 봄이 조금 더 길면 좋겠다고 생각했다.

"너한테 미리 말해둘 게 있어서 불렀어."

"뭔데?"

경진은 쉽게 말을 잇지 못했다. 입술을 꾹 다물었다가, 깨물었다가를 반복했고 그러는 동안 해아는 말없이 기다려 주었다. 그녀가 꺼낼 이야기가 무엇일지 짐작조차 되지 않았지만, 그저 너무 아픈 말이 아니기를 바랄 뿐이었다.

"이혼…… 준비 중이야."

그것은 전혀 예상하지 못했던 말이었다. 절대로 이혼해 주지 않겠다고 안간힘을 쓰며 버티던 그녀였기에, 갑작스러운 그녀의 말에 해아는 할 말을 잃었다.

경진의 마음에 변화가 있을 거라곤 전혀 눈치채지 못했다. 그런 결심을 할 때까지도 알아차리지 못했다는 게 너무나 미안했다. 그간 바쁘고 정신없다는 핑계를 대고 있던 자신의 무심함에 면목이 없었다.

"할아버지한테 아무 말도 못 들었지?"

"어. 오늘 아침에도 아무 말씀 없으셨는데……."

"내가 직접 말해주고 싶어서 할아버지한테 부탁했어. 너한테 말하지 말라고."

너무나 낯선 상황이라 어떻게 받아들여야 할지 판단이 서질 않았다. 서늘하고 차가운 경진에게 익숙해진 지 오래라서, 메말랐던 그녀가 아닌 생기가 돌기 시작한 표정과 모습은 어쩐지 다가가기 어려웠다. 그러면서도 동시에 반가웠다. 복잡한 기분 탓에 머릿속이 어지러웠다.

"왜 갑자기 이혼해 주기로 한 건지…… 물어봐도 돼?"

"그 사람이 원하는 대로 이혼해 주는 거 아니고, 그 사람이 나한테 이혼당하는 거야. 엄마, 아주 독하게 마음먹었어. 당분간 꽤 시끄러울 거야."

간신히 버티고 있던 경진의 태세 전환과 더불어 어딘가 홀가분해 보이는 그녀의 눈빛.

해아는 이 단호한 대답이 반가웠다. 엄마에게 생기를 불어넣어 준 것이 혹시 이 결정이 아닐까 싶었다.

"할아버지랑 상의하면서 진행 중이니까, 너는 엄마 이혼하는 거 신경 쓰지 않아도 돼."

강훈이라면 최고의 변호인단을 꾸렸을 것이고, 대경그룹 법무팀까지 나서서 도움을 줄 것이기에, 경진의 말대로 해아가 크게 걱정할 건 없었다.

단지 해아가 염려되는 건 경진이 심적으로 힘들어 하지 않을까, 하는 부분이었다. 오랜 시간을 지나오면서 많이 지친 그녀의 몸과 마음이 또다시 다치게 될까 봐 마음이 쓰였다.

"잘 생각했어, 엄마. 잘했어. 이제라도 다 털어내고 마음 가볍게 살자."

해아는 경진의 앞에 무릎을 꿇고 앉아 두 팔 벌려 그녀를 가득 안았다. 이제 더는 그녀가 갑자기 자신의 곁을 떠나버릴까 봐 불안해하면서 살지 않아도 된다. 밤중 전화에 가슴 졸이지 않아도 된다.

경진이 이혼의 의지를 밝힌 것은 처음이었다. 제 자신을 불행 속에 밀어 넣었던 그녀가 행복해지고자 첫 걸음을 뗀 것이다.

"오늘 정오에 이혼소송 기사 대대적으로 내려고 했는데, 아무래도 시간을 늦춰야겠다. 너 기자간담회 끝난 후로."

개인 스케줄이었다면 어떤 상황이 벌어지든 크게 상관이 없지만, 작품과 관련된 일정이었기에 모든 스태프들과 배우들에게 피해를 줄 순 없었다.

만약 이혼소송 기사까지 뜨고 난 후에 기자간담회가 진행된다면, 이혼소송과 관련된 모든 질문이 해아에게 쏟아질 것이 뻔했다. 생각만 해도 아찔했다.

해아는 웃으며 고개를 끄덕였다.

"미안하다. 너한테 항상 짐이 되어서."

"아냐, 엄마. 난 괜찮아. 난 아무 상관없어."

짐이라니. 당치 않은 말이었다. 진작 이렇게 털고 가는 게 맞았고, 지금이라도 늦지 않다고 생각했다. 그 정도는 자신이 감당할 수 있었다.

부친의 부정함으로 인해 모두가 힘들었던 시간을 보낸 것뿐, 세상 사람들의 시선이나 말들은 해아에게 그리 중요하지 않았다. 그것들이 해아에게 중요했던 적은 단 한 번도 없었다.

"엄만…… 괜찮은 거야?"

"후련해. 아주 좋아."

슬쩍슬쩍 보여주는 경진의 미소가 반가웠다. 해아는 그녀의 손을 꼭 잡고 안도의 한숨을 몰아쉬었다.

"그럼 다행이다."

"해아야. 엄마가 널 너무 힘들게 해서 미안해. 너무 큰 상처를 줘서 미안하고, 많이 늦어서 미안하고."

해아는 차마 그녀의 눈을 바라볼 수가 없었다. 해아는 고개를 숙인 채 입술을 꾹 깨물고 눈물을 애써 삼켰다. 경진의 담담하고 고요한 음성이 가슴을 툭툭 치는 것만 같았다.

'아냐, 엄마. 내가 더 고마워. 내 곁에 있어줘서, 어떻게든 살아 있어줘서 너무 고마워.'

차마 꺼내지 못한 말들이 입안에서만 맴돌았다.

"이제 더는 아파하지 말고, 엄마 걱정하지 말고, 네 생각만 해. 그리고…… 사랑하는 사람이랑 원 없이 사랑하면서 살아. 당당하게 사랑하고 살아."

엄마는 알고 있었다. 자신에게 사랑하는 사람이 있다는 것도, 그 사람을 부정해야 했던 지난날도. 그래서 많이 아팠다는 것도……

잘 참아왔던 눈물이 둑이 무너지듯 터져 버렸다. 해아는 손등으로 입을 막은 채 흐르는 눈물을 그대로 흘려보냈다. 뺨을 타고 흘러내린 눈물이 턱 아래로 후드득 하염없이 쏟아졌다.

그런 해아를 달랠 방법을 알지 못하는 경진은 해아의 어깨를 다독이다가 이내 품에 안아주었다.

너무나 오랜만에 안겨보는 엄마의 품.

까맣게 잊은 줄 알았는데, 하나도 잊지 않은 모양이다. 엄마의 품에 안길 때 맡았던 그녀의 향기와 온몸으로 느꼈던 따스함이 예전 그대로였다.

해아에겐 너무나 감격적인 순간이었다.

도영은 경진의 집 앞에서 해아가 나오길 기다리고 있었다. 그때, 대문이 열리고 해아가 그곳에서 걸어 나왔다. 도영이 먼저 그녀를 발견하고 손을 흔들자, 해아는 긴가민가한 듯 눈매를 찡그리며 서서히 다가왔다.

사랑, 너에게 분다

"어? 진짜 도영 씨네?"

해아는 믿을 수 없다는 듯 환하게 웃었고, 도영은 그런 해아에게 손을 내밀었다.

운 것 같았다. 눈두덩이 빨갛게 부어 있었다.

"다 어디 가고 도영 씨가 여기 있어요? 내가 여기 있는지 어떻게 알았어요?"

도영은 놀라서 질문을 쏟아내는 그녀의 손을 잡은 채, 자신의 차로 걸음을 옮겼다.

"연락이 안 되기에 어머니 만나러 갔나 싶어서 김은형 실장님한테 전화했지. 그래서 너 보러 왔고."

도영이 조수석 차 문을 열어주자 차에 탄 해아가 고개를 절레절레 흔들었다.

"이 사람들 또 나 버리고 간 거예요?"

"나한테 맡기고 간 거지. 내가 좀 믿음직스럽잖아."

별것 아닌 말에도 웃어주는 그녀가 평소와는 조금 달라 보였지만, 도영은 내색하지 않았다. 보닛을 돌아 운전석에 오른 도영은 곧바로 시동을 걸지 않고 해아의 손부터 잡았다.

"어머니랑 얘기는 잘 했어?"

해아는 '어머니'라는 소리에 눈시울을 붉혔고, 이내 입술을 씰룩이며 울먹였다. 채 달래기도 전에 그녀가 눈물을 보였다. 도영은 재킷 안 주머니에서 손수건을 꺼내 건넸고, 앞으로 쏟아진 그녀의 머리카락을 귀 뒤로 넘겨주었다.

이렇게 눈물짓는 해아를 바라봐야 할 때면 도영은 가슴이 시리도록 아팠다. 자신이 해줄 수 있는 것이 아무것도 없어서, 그 어떤 도움도 줄 수 없는 제 자신에게 답답하기도 했다.

그녀의 가정사에 함부로 끼어들 수도 없고, 그 어떤 이야기를 할 수도 없었다. 자신이 나서서 해결해 줄 수 있는 그런 일도 아니었다. 그저 이렇게 우는 그녀를 다독여 주고 안아주는 것 밖에는 해줄 수 있는 것이 없어서 때때로 무력함을 느끼기도 했다.

"미안해."

"고마워요."

해아와 도영의 입에서 동시에 서로 다른 이야기가 나왔다. 해아는 도영의 말이 의아한 듯 미간을 구기며 바라보았다.

"왜 미안해요?"

"내가 아무것도 해주지 못해서. 뭐든 해주고 싶은데, 결국은 위로밖에 해줄 수 있는 게 없어서."

해아가 허탈하게 웃으며 고개 가로저었다.

"도영 씨가 옆에 있어줘서 얼마나 고마운데 그런 말을 해요?"

"차라리, 내가 힘든 게 낫겠어. 이렇게 보고만 있어야 하는 내가 너무 답답하고, 해줄 수 있는 게 없어서 화도 나고."

가만히 듣고 있던 해아가 도영의 어깨에 머리를 기대며 그의 허리를 두 팔로 감싸 안았다.

"도영 씨는 지금처럼 늘 내가 주저앉고 싶을 때마다 거짓말처럼 짠하고 나타나서 날 일으켜 세워줬어요. 가장 절실하게 도영 씨가 필요한 순간에 항상 나타나 줬어. 여기저기 베이고 쓸린 마음을 덧나지 않게 다독여 준 것도 늘 당신이었어."

한 마디, 한 마디 또박또박하게 꺼내는 그녀의 말에 도영은 조용히 웃었다. 고개를 들어 자신을 바라보는 그녀의 눈빛이 그 어느 때보다 반짝반짝 빛났다.

"본인을 과소평가하지 말아요. 난 도영 씨가 이렇게 내 옆에 있어주면 뭐든지 할 수 있는 사람이 돼요. 도영 씨가 이렇게 날 안아주면 세상 그 어느 것도 부럽지가 않아."

이런 사람을 어떻게 사랑하지 않을 수 있을까. 이런 표정을 하고, 이런 말을 건네는 그녀를 어떻게 사랑하지 않을 수 있을까.

도영은 자신을 빤히 바라보고 있는 그녀의 입술 위에 입을 맞췄다. 파르르 떨리며 감기는 그녀의 속눈썹을 바라보며 도영은 거듭 다짐했다. 절대 이 사람의 곁을 떠나지 않겠다고.

오후 4시 30분이 되자, 태정의 비서실로 이혼소송과 관련한 취재 문의가 빗발쳤다. 이 이혼소송이 화제가 될 거라고 생각한 일부 대형 로펌에서도 서로 변론을 맡겠다며 연락을 해오는 통에 비서실은 거의 업무 마비 상태였다.

태정은 모든 언론사와의 접촉을 피한 채, 박 상무를 통해 소개받은 대형 로펌과 상담 약속을 잡고 있었다. 그때, 유미가 급히 집무실 안으로 뛰어 들어왔다.

"네. 그럼 한 시간 후에 사무실에서 뵙겠습니다."

통화를 끝낸 태정은 긴 한숨을 쉬며 의자 등받이에 털썩 기댔다. 머리가 깨질 듯이 조여들어 손가락으로 관자놀이를 꾹꾹 누르며 두통을 진정시켰다.

"표정이 왜 그래요? 그 여자가 먼저 이렇게 나와주면 좋은 거 아닌가?"

조바심이 난 유미의 표정은 어딘가 조금 신나 보이기도 했다. 마치 원하는 무언가를 얻어냈을 때처럼 말이다.

다른 때였다면 유미의 지금 같은 모습이 크게 거슬리지 않았을 것이다. 하지만 지금은 달리 보였다. 정말 자신의 법적인 아내의 신분과 아이를 위하는 마음에 신이 난 건지, 의심스러웠다.

이혼소송도 이혼소송이지만, 그 과정이 어떻게 진행되느냐가 태정에겐 매우 중요한 부분이었다. 경진이 선언한 대로 최대한 시끄럽고 요란하게 진행된다면 태정으로서는 좋을 것이 하나도 없었다.

그런데 유미는 그 부분에 관해서는 아무런 말이 없었다. 마치 그래도 상관없다는 것처럼 보였다. 자신이 지나치게 예민하게 생각하는 게 아닐까 싶으면서도, 한 번 뻗어나가기 시작한 의심은 도무지 멈춰지질 않았다.

"그렇게 간단한 일이 아니야."

긴 말 필요 없이 딱 잘라 말하자, 그녀는 황당하다는 듯 헛웃음까지 터뜨렸다. 때마침 전화가 걸려왔고, 태정이 전화를 받으려 하자 유미는 곧장 집무실을 빠져나갔다.

이혼소송과 관련해서 신경 쓰지 말란 이야기까지 하려다가 꾹 참은 참이었다. 만약 그 말까지 했다면 유미는 서운함을 토로했을 것이다.

경진의 선전포고는 예상했던 것보다 훨씬 강도가 셌다. 아니, 정확하게 말하자면 류 회장과 그들의 변호인단이 세게 나온 것이다. 일련의 구설수가 계속될수록 투자자들과 임원들의 불만이 높아지고 있었다. 이번에 또다시 삐끗하게 되면 정말 위험할 수도 있는 상황이었다.

이번만큼은 휘둘릴 수 없었다. 그 어느 때보다 이성적이어야 했다. 태정은 깊은 심호흡을 하며 휴대폰을 집어 들었다.

"어, 박 상무. 지난번에 얘기했던 거, 차질 없이 진행하고 있지?"

[네, 대표님. 헤이즌 쪽으로부터 긍정적인 답변을 받았습니다.]

가장 믿을 만한 투자사에게 자신의 지분을 조금씩 팔아넘기면서, 경영권 방어에 도움을 달라고 요청한 참이었다. 그쪽에서 긍정적인 의사를 비쳤다니 다행이다 싶었다.

태정은 모든 것을 다 잃게 될 만약의 상황에 대비하고 있었다. J미디어를 잃게 되는 최악의 상황에 닥쳐도 재기가 가능할 수 있도록 방편을 마련 중인 것이다.

박 상무와 통화를 끝낸 태정은 자리에서 일어나 창가로 향했다. 굳은 얼굴로 창밖을 바라보던 태정은 눈을 질끈 감고 턱이 무너지도록 이를 꽉 깨물었다.

유난히 길었던 하루. 강훈은 피곤함에 소파에 기댄 채 눈을 감았다.

"회장님. 사모님 전화 왔습니다."

"어. 이리 줘."

메이드로부터 휴대폰을 건네받은 강훈이 천천히 눈꺼풀을 밀어 올렸다.

"그래. 나다."

[아직 안 주무셨어요?]

"이제 자야지. 그래, 기분은 괜찮고?"

[생각했던 것보다, 후련해요.]

"다행이구나."

강훈의 입가에 옅은 미소가 걸렸다.

[정말 감사합니다, 아버님. 저 때문에 고생 많으셨어요.]

"그동안 네가 마음고생한 것보단 덜했으니 내 걱정은 말고, 네 건강 잘 챙겨라. 긴 싸움이 될지도 모르는데 무엇보다 네가 건강해야지."

[네. 아버님. 노력하겠습니다. 하루 종일 피곤하셨을 텐데 얼른 쉬세요.]

"너도 고생 많았다. 이제 다 내려놓고, 우리 마음 편히 살자."

경진이 큰 결심을 하기까지 수백 수천의 번뇌가 있었을 것이다. 그래도 긴 시간 기다려 준 것에 대한 보답을 받은 것 같아서, 강훈은 묵직했던 마음 한 편이 조금 가벼워지는 것 같았다.

마음을 고쳐먹고 나니 경진의 심신이 점차 좋아지는 것 같아서, 예전처럼 해아와 경진이 다정하게 한 화단을 가꾸는 그런 모습까지도 욕심내게 되었다.

'욕심이 아니라 곧 현실이 되면 얼마나 좋을까. 반드시 그렇게 될 거라고 믿으면 이뤄지려나?'

경진과 통화를 끝내고 막 일어서려는데, 해아가 집 안으로 들어왔다. 해아의 웃는 얼굴을 보니 피곤이 싹 가시는 것 같았다.

"다녀왔습니다. 할아버지, 아직 안 주무셨네요?"

"네 엄마한테 전화가 와서 그거 받느라고. 이제 자야지."

"안 그래도 낮에 엄마 만나서 얘기 들었어요."

"네 엄마가 너한테 직접 말하고 싶다고 해서 그러라고 했다."

해아가 강훈이 앉아 있던 소파 팔걸이에 걸터앉아 할아버지의 손을 꼭 잡았다.

"오늘 기사 때문에 곤란하진 않았니? 네 엄마가 너 기자간담회 끝난 후에 진행하자고 연락을 해와서 최대한 미루긴 했는데."

"저는 지장 없었는데 박 대표님이 고생하셨을 거예요. 그래도 우리 할아버지만큼 고생하진 않았겠죠?"

해아가 조그마한 두 손으로 강훈의 어깨를 주물러 주었고, 덕분에 무거웠던 어깨가 거짓말처럼 가벼워지는 기분이 들었다.

"어이구, 내가 무슨 고생을 해."

"엄마 마음 돌리느라 십 년을 넘게 고생하셨잖아요."

가늘게 떨리는 해아의 목소리만 들어도 가슴이 미어지는 것 같았다. 강훈은 애써 미소를 지으며 해아의 작은 손을 잡아주었다.

"나는 이제부터 다시 시작한다는 마음으로 살 거다. 우리 그렇게 살자. 아프고 힘들었던 시간들이 다 잊어지진 않겠지만, 너나 네 엄마는 앞으로 살아갈 날이 얼마나 창창하니? 과거에 얽매이지 말고, 꿈꾸면서 살아. 더 욕심내면서 살아."

경진이 행복을 욕심냈으면 싶었다. 삶이 간절해지길, 그래서 쉽게 삶을 포기하려 했던 지난날의 실수를 뉘우치고 최선을 다해 살길 바랐다. 자신이 못다 이룬 행복을 해아와 경진이라도 오래토록 누리고 이뤄내길 바랐다.

그러기 위해서는 아직까지 강훈이 해야 할 일들이 남아 있었다. 가정을 끝까지 책임지지 않은 아들을 대신해서 해줄 것이 많았다.

"그나저나, 얼른 맞선을 봐야 하는데. 언제쯤 한가해지니?"

"이번 주말에 볼까요?"

적극적으로 나오는 걸 보니 기다리고 있었던 것 같았다. 강훈은 고개를 끄덕였다.

"그럼 권 사장한테도 내가 연락해 두마."

"네. 좋아요. 어떤 남자가 저랑 맞선을 보게 될지 기대되는데요?"

해아의 능청에도 강훈은 평정심을 유지했다. 이제 서서히 모든 것들이 제자리를 찾아가는 기분이 들었다.

'참 오래 걸렸네…….'

그래도 참 다행이지 싶었다.

자신의 눈으로 그 모습을 지켜볼 수 있고, 자신의 손으로 그것을 거들 수 있으니 말이다.

약속 장소에 먼저 도착해 해아를 기다리던 도영은 식당 출입문 앞에 서서 초조하게 시계를 확인했다. 유리문에 자신의 모습을 비춰보며 몇 번이고 옷매무새를 확인했지만 어딘가 마음에 들지 않았다. 나름 신경 써서 차려입었는데도 말이다.

석현으로부터 주말에 같이 식사를 하자고 연락을 받았을 때 어느 정도 느낌이 오긴 했다.

식사를 할 장소가 강남에 위치한 고급 한정식 집이라고 했을 때, 오늘이 바로 류 회장에게 정식으로 인사드리게 될 날이구나, 하고 확신할 수 있었다. 아니나 다를까, 그 다음 날 바로 해아가 주말에 우리가 맞선을 보게 될 거란 이야기를 하면서 쐐기를 박았다.

식당 안에는 강훈과 석현이 먼저 도착해서 자신과 해아를 기다리고 있는 중이었다. 벌써부터 가슴이 두근거리고 손바닥에 땀이 배어나기 시작했다.

그때, 저 멀리 차에서 내려 걸어오고 있는 해아가 눈에 들어왔다. 해아 역시 도영을 발견한 듯 손을 흔들며 달려왔다. 뾰족한 하이힐을 신고 뛰어오는 그녀가 걱정스러워서, 도영도 해아를 향해 다가갔다.

"뛰지 마. 넘어진다."

"일찍 왔네요?"

반가움에 이곳이 밖이란 것도 잠시 잊은 해아가 자신의 손을 덥석 잡더니 이리저리 흔들었다. 자신을 향해 환히 웃는 그녀에게 표정 관리를 하라고 말해야 하는 서글픈 현실이 원망스러울 따름이었다.

도영이 눈썹을 들썩이며 눈짓을 하자, 그제야 해아가 잡았던 손을 놓고 무표정한 얼굴로 걸음을 옮겼다. 도영의 눈에는 그마저도 예쁘고 사랑스러웠다.

"얼른 들어가자."

사람들의 시선을 피해 서둘러 식당 안으로 들어가자, 기다리고 있던 지배인이 두 사람을 안내했다.

지배인을 따라 식당 안쪽으로 들어가니 커다란 미닫이문이 나왔다. 그 문 너머에는 마주보고 앉아 미소 띤 얼굴로 한창 대화 중인 강훈과 석현이 있었다.

도영은 강훈과 시선이 닿자마자 허리를 굽혀 공손하게 인사했다.

"둘이 어떻게 같이 들어와?"

"그러게요. 주선자도 모르게 맞선 볼 사람들끼리 눈이라도 맞은 건가?"

강훈과 석현의 장난스러운 대화에 분위기가 조금 풀어졌고, 도영은 해아의 손을 꼭 잡고 그들에게 가까이 다가갔다.

"인사가 늦어서 죄송합니다. 회장님."

"어서 와서 앉아. 할애비 고개 부러지겠다."

도영의 말에 강훈은 허허 웃으며 와서 앉으라고 손짓했다. 도영은 석현의 옆자리에, 해아는 강훈의 옆자리에 앉았다.

"해아는 많이 쑥스러운가 봐? 귀가 빨개졌네?"

"할아버지……."

해아가 멋쩍게 웃으며 강훈에게 팔짱을 끼고 한 손으로 얼굴을 감쌌다. 그 모습을 지켜보던 도영이 옆을 슬쩍 보니, 석현 역시 그런 해아를 바라보며 미소를 짓고 있었다.

"이거 아무래도 맞선 자리가 아니라 상견례 자리 같네. 안 그런가, 권 사장?"

"저도 회장님과 같은 생각했습니다."

어떤 말을 먼저 꺼내야 할까, 어떤 식으로 말해야 하나 고민하고 걱정했던 것이 무색할 정도로 강훈과 석현은 자연스럽게 받아들여 주었다. 도영은 그런 두 사람에게 너무나 감사했다.

이미 두 사람의 관계를 눈치채고 있었을 거라 생각은 했지만 그래도 긴장이 되는 건 어쩔 수가 없었다. 묻는 말에 솔직하게 대답하는 것밖에 방법이 없다고 생각하며 마음을 굳게 먹었는데, 지나치게 비장했던 그런 다짐들이 불필요해졌다.

"내 술 한잔 받게."

"네. 회장님."

도영은 강훈이 손수 내린 술을 받았다. 그 후 석현이 강훈의 잔까지 모두 채웠고, 다 함께 건배를 나누었다.

"이 잔 비우고 나면 우리 호칭부터 손보자고."

마음에 든다, 안 든다. 그런 이야기를 꺼내진 않았지만 자신을 못마땅해하진 않는 것 같아서 천만다행이라고 생각했다. 그동안 둘이 몰래 만나면서 인사도 하러 오지 않았다고 꾸짖어도 할 말이 없는데, 그냥 넘어가 주시니 감사하면서도 송구스러웠다. 고개를 돌려 잔을 비운 도영은 연신 싱글벙글한 강훈의 모습에 비로소 안도할 수 있었다.

강훈, 석현과 함께 식사를 하면서 가볍게 몇 잔을 기울인 탓에 도영은 운전을 할 수가 없었다. 하는 수 없이 대리운전을 통해 차를 집에 가져다 달라 부탁한 후, 해아와 함께 걸었다. 택시를 탈 수도 있었지만 두 사람은 걷는 것을 택했다.

한참을 걷다 보니 첫눈 오던 날 영화관부터 회사까지 걸어가던 날이 떠올랐다. 유난히 추웠던 겨울이 지나고, 꽃향기 가득하던 봄을 통과해 어느새 여름 초입에 다가서고 있었다.

여름을 좋아하는 도영에게 초여름은 너무나 반가운 계절이지만, 해아와 데이트를 하는 데 있어서 불편함이 따르다 보니 그리 반갑지만은 않았다. 날이 더워지면 해아가 마스크와 스카프로 얼굴을 가리는 데 한계가 있기 때문이다. 그 생각만 하면 도영은 마음이 무겁고 미안했다.

"아휴, 속이 다 시원하다. 그죠?"

해아가 갑자기 도영의 손을 꼭 잡더니 눈을 맞추며 씨익 웃었다. 초여름의 햇살처럼 싱그러운 그녀의 미소는 보면 볼수록 매력적이었다. 도영은 덩달아 웃으며 맞잡은 그녀의 손에 빈틈없이 깍지를 꼈다. 그러자 해아가 잡은 손을 앞뒤로 신나게 흔들었다.

"이렇게 간단할 줄 알았으면 진작 말씀드릴 걸 그랬어요."

"그러게."

"그리고 생각했던 것보다 두 분 모두 반겨주셔서 너무 신나는 거 있죠?"

해아는 기쁨을 감추지 못했고, 도영의 시야 안에는 오직 해아만이 들어왔다. 다른 사람들의 시선 같은 건 중요하지 않았다.

"지금 몇 시예요?"

도영이 손목을 내밀어 직접 시계를 보여주자 해아는 천천히 고개를 끄덕였다.

"다들 도착했겠다."

오늘은 '별이 빛나는 밤' 팀이 포상 휴가를 마치고 귀국하는 날. 지금쯤 인천 공항을 통해 들어왔을 시간이었다.

"도착하면 연락한다더니, 한 명도 안 오네."

도영의 말에 해아가 또 한 번 웃었다.

서울에 남겨진 해아와 자신을 새까맣게 잊은 듯, 별밤 팀은 포상

휴가 내내 연락이 없었다. 약간 서운하기도 했지만 그동안 고생했던 거 생각하면 신나게 놀고 마음껏 즐겼으면 싶었다.

"나 때문에 하와이도 못 가고."

"대신 오늘 중요한 만남이 있었잖아."

비행기를 타는 걸 힘들어했기에 해아는 포상 휴가를 떠나지 않았고, 도영 역시 드라마 방영이 한창이라는 그럴듯한 이유로 동행하지 않았다.

"우리 오늘 뭐 할까요?"

"영화 보러 갈까? 아니면 뮤지컬? 조용한 데 가서 차 마시면서 애기나 할까?"

도영의 제안을 가만히 듣고 있던 그녀가 갑자기 허공을 향해 손가락을 뻗었다. 그녀의 손끝에 걸린 것은 다름 아닌 대형 마트의 간판이었다.

"맛있는 거 해 먹고 우리 드라마 보면 되겠다."

오늘이 '별이 빛나는 밤' 본방송 하는 날이긴 했지만, 매번 집에만 시간을 보내는 게 아쉽지는 않을까 싶었다.

"집에만 있는 거 답답하지 않아?"

"잊었어요? 나 집순이인 거?"

그랬다. 집에서 꼼지락대는 걸 좋아하는 그녀인데 집이 답답할 리가. 사실 그건 도영도 마찬가지였다. 그런 도영과 해아가 비슷한 구석이 많다고 석현이 말해줬던 게 엊그제 같은데 두 번의 계절이 지났다.

"장 봐서 요리해 줄게요. 매번 얻어먹기만 했으니까, 오늘은 특별히 실력 발휘 한번 해보겠습니다."

"그래. 그러자. 집순이, 집돌이한테 그것보다 더 행복한 게 어디 있겠어."

남들처럼 마음 편히 데이트를 할 수 없는 현실에 불만을 드러낼 만도 한데, 해아는 단 한 번도 내색하지 않았다. 그녀를 더 좋은 곳에 데려가고 싶고, 보여주고 싶었지만 아직은 참아야 할 때였다.

"우리, 나중에 데이트 원 없이 하자."

"나중은 함부로 기약하는 게 아닌데……."

해아가 도영의 팔을 꼭 끌어안으며 미소를 지었다.

"좋아요. 대신 나중에 가서 귀찮다고 빼기 없어요. 못 물러요."

도영이 고개를 끄덕여 대답하자 그녀는 또 한 번 사랑스럽게 웃었다.

도영은 생각했다.

세상에 영원한 것은 없고, 사람의 감정 또한 마찬가지라고. 시간은 계속해서 흐를 테고, 언젠가 그녀와 자신도 지금과는 다른 모습을 하고 있을 것이다.

하루가 멀다 하고 다투는 날도 있을 테고, 사소한 것에 토라져 며칠이 가도록 말 한 마디 섞지 않는 날이 올지도 모른다. 하지만 그런 날이 온다 해도, 그녀를 너무나 사랑했던 지금 이 순간을 떠올리며 변함없이 사랑을 말하겠다고 다짐했다.

얼굴을 꽁꽁 싸맨 해아가 무작정 찾아와 보고 싶었다 말하며 자신을 향해 해맑게 웃던 순간도, 그녀의 마음을 얻기 위해 새벽에 택시를 타고 달려갔던 그 밤도 잊지 않을 것이다.

석현과 강훈은 해아와 도영을 보내놓고 따로 단골 다원을 찾아 향긋한 차 한 잔을 나누었다.

"내가 진즉 이렇게 될 줄 알았지. 하하."

강훈이 시원스레 웃으며 잔을 비웠다.

"자네 아들 말이야. 내 식구가 될 거라고 생각해서인지, 오늘 유독 잘생겨 보이더라고."

"해아가 보는 눈이 높죠?"

"이 사람 자기 자식 자랑하는 거 보게?"

식사하는 내내 서로를 바라보고 연신 웃어대던 해아와 도영을 지켜보면서, 강훈은 밥을 먹지 않아도 배가 부르다는 게 어떤 것인지 경험할 수 있었다.

"자네는 어떨지 모르겠지만, 둘이 같이 이렇게 앉아서 밥 먹는 걸보고 있으니까 마음이 자꾸만 급해지더라고. 이러면 애들이 싫어할 텐데……."

조급하게 마음먹지 않겠다고 무수히도 다짐했지만, 도영과 해아가 함께 있는 것을 보고 나니 욕심이 불쑥 튀어나왔다.

둘이 연애를 시작했고, 보기에는 결혼까지 염두에 두고 진지하게 만나는 것 같아 안심이 되었다. 그러나 사람 마음이라는 게 참 간사하게도 강훈은 자신이 죽기 전에 둘이 가정을 이루는 걸 보고 싶다는 욕심이 생겼다.

"부탁 하나 하세. 내가 훗날…… 떠나고 없더라도, 해아를 잘 좀 돌봐주게."

"그런 말씀 마세요, 회장님. 그리고 해아 옆에 도영이도 있고, 저도 있으니까 염려하지 않으셔도 됩니다. 해아 엄마도 제가 최선을 다해서 돌볼 테니 걱정 놓으세요."

워낙 씩씩하고 똑 부러지는 아이이기에 해아 혼자서도 충분히 잘 지낼 수 있겠지만, 곁에 믿음직한 누군가가 함께할 거라고 생각하니 한결 마음이 놓였다.

강훈은 해아에게 머물던 도영의 따스한 시선에 몇 번이나 울컥하고 가슴에서 뜨거운 것이 올라왔다. 해아 걱정에 죽어서도 눈을 감지 못할 거라 생각했는데, 이렇게 좋은 남자를 만나 사랑을 듬뿍 받고 있으니 걱정할 것이 없었다.

"고맙네. 정말 고마워."

"제가 회장님께 입은 은혜에 다 보답하려면 아직 멀었습니다."

석현의 대답에 그래도 그간 인생 헛살진 않았구나, 하는 생각이 들었다. 하나뿐인 아들자식이 저리 된 후 절망스러웠는데, 더 좋은 인연을 얻었으니 아주 실패한 인생은 아니라는 위안이 생겼다.

"그래도 해아 엄마가 이혼하겠다고 마음먹어서 다행이에요. 해아도, 회장님도 마음이 한결 가벼워지셨을 것 같고요."

"우리 며느리가 딸자식 생각해서 큰 결심했지."

"류 대표는 어쩌고 있습니까?"

"스스로 함정에 기어들어 오고 있어. 철석같이 믿고 있는 건지, 아니면 될 대로 되란 건지 우리 쪽에 지분을 팔아넘기고 있거든."

강훈 쪽에서 움직이고 있는 홍콩 기반의 헤지펀드 운용사 헤이즌이 현재까지 매입한 J미디어 지분은 20%를 넘어섰다. 몇몇 이사진을 움직인다면 손쉽게 대표이사 해임까지 가능한 수준이었다.

이미 영업 실적 저조를 가장 큰 이유로 내세워 대표이사 해임 추진을 준비 중이었다. 적당한 시기를 보고 이사진과 접촉하면서 차기 대표이사로 세울 사람 역시 결정해 둔 상태였다.

"류 대표가 너무 일찍 손을 든 것 같은데요?"

"그놈 아마 다른 꿍꿍이가 있는 걸 거야."

헤이즌에서도, 태정이 가지고 있는 지분 전부를 처분할 가능성을 크게 보고 있었다. 더구나 현재까지 주식을 처분한 자금을 페이퍼 컴퍼니를 통해 빼돌리는 중이었고, 그러한 정황과 사실을 이미 국세청과 검찰 쪽에 정보를 넘기기도 했다.

태정이 대경그룹 내에서 저지른 불법 비자금 조성과 관련된 횡령, 배임 등의 혐의는 이미 공소시효 7년이 지나 법적 처벌이 불가했다. 하지만 J미디어에서 저지른 조세포탈과 드라마 편성이나 영화 투자, 배급 과정에서 불공정한 거래를 미끼로 금품을 제공한 불법 로비에 대한 부분은 일정한 수사를 거치면 시비를 가릴 수 있을 것이다.

"J미디어를 그렇게 쉽게 포기할 사람이 아닌데……. 혹시, 류 대표도 나유미 쪽에서 지분 사들이고 있는 걸 눈치챈 건 아닐까요? 여러 가지 상황이 복잡하게 맞물리다 보니 털어낼 생각을 할 수도 있지 않습니까?"

"으음. 그럴 수도 있겠구먼. 일리가 있어. 그렇다면 나야 고마운 일이고."

유미가 중간에 나서서 분탕질을 하는 덕분에 예상보다 싼 값에 지분을 사들일 수 있었다. 이렇게 될 거라곤 예상 못하고 저지른 일이겠지만 말이다.

"이러다 나유미 정말 개털 되겠네요. 류 대표 해임시키려고 열심히 몰아붙였는데, 류 대표가 자기 지분을 팔아치우고 있는 상태에서 류 대표가 해임되면 J미디어는 완전히 물 건너가는 거 아닙니까?"

"그렇지. 이대로 류 대표 해임되면 빈털터리 되는 거고, 당장 해임되지 않는다 해도 우리가 곧 해임시키고 회사를 가져올 거니까."

결국은 이러나저러나 빈털터리 신세가 되는 것은 변함이 없었다.

"나유미 입장도 난처해지겠어요. 본인 자금도 아니고 어디서 끌어온 자금이었잖아요?"

"그거야 내가 알 바 아니고."

나유미가 지분 매입에 끌어들인 돈은 자신의 것이 아닌 투자자의 돈이었다. 만약 그 투자자의 몫으로 떨어지는 게 없다면, 둘 사이에 꽤나 곤란한 일이 벌어질 것이다.

"태정이랑 그 여자 사이가 제법 많이 벌어졌을 거야. 의심은 늘 더 큰 의심을 부르기 마련이거든."

강훈은 태정과 나유미와의 관계에 의심이 끼어들 수 있도록 몇 가지 장치를 해두었다. 때마침 나유미가 제 꾀에 제가 넘어가 일을 키우고 있으니 더할 나위 없이 완벽했다.

"류 대표가 해임되고 나면, 그 자리에 회장님 쪽 사람을 앉힐 생각이십니까?"

"그래야지. 물밑작업 중인데 반응이 나쁘지 않아. 어차피 지금 J미디어 이사진 내부에서도 분위기 쇄신을 간절히 바라고 있고, 그걸 충족해 줄 만한 사람을 준비해 뒀거든."

"그게 누굽니까?"

강훈은 옅게 웃으며 찻잔을 손에 쥐었다.

"태정이가 유일하게 믿고 의지하는 사람이 한 명 있지."

중간에서 강훈에게 정보를 전달해 주고, 태정과 유미의 관계를 흔들어주는 한 사람. 그 사람이 누구인지 알아챈 석현이 감탄하며 고개를 끄덕였다.

"고맙게도 나유미가 경영에 개입하고 나서 좋지 못한 성과를 내주니, J미디어 투자자들이나 임원들은 거의 벼랑 끝까지 몰린 상황이야. 우리는 그런 것들을 적절하게 이용하는 중이고."

"회장님 대단하십니다."

재계 생태계를 파괴하고 싶지 않았지만, 이렇게 하지 않으면 태정을 끌어내릴 수가 없었다. 오히려 자신의 아들이었기에 강훈이 나설 수 있었다. 모든 것을 바로잡으려면 누군가 강하게 매질을 해야 했고, 이 모든 것을 강훈이 자청하여 떠안은 것이다.

"인생이 원래 그런 거 아니겠는가? 뿌린 대로 거두는 법. 이젠 후회해도 늦었지. 경진이가 이혼을 결심하면서, 그쪽에선 물고 늘어질 것마저 빼앗겼거든. 아무리 방법을 찾아보려고 애써도 안 보일 거야."

덫에 단단히 걸려든 태정과 나유미.

강훈은 이렇게 해서라도 두 사람을 벌 받게 하고 싶었다. 그것이 자신의 몫이라고 생각했다.

"류 대표는 언제 해임시킬 생각이십니까?"

"좀 더 극적인 장면을 위해 기다리고 있는 중이야. 바로 잡아먹으면 재미가 없지 않나."

강훈이 찻잔을 기울이며 조용히 웃자, 석현도 고개를 끄덕였다.

"너무 잔인해 보이는가?"

"아닙니다, 회장님. 류 대표가 했던 짓에 비하면 신사적이십니다."

강훈은 이 모든 걸 자신의 손으로 마무리 지을 수 있어서 다행이라고 생각했다. 그것이 해아와 경진에게 태정의 아버지로서 용서를 구하는 방법이라고 믿었다.

저녁을 배불리 먹고 소화시킬 겸 동네 한 바퀴를 산책하고 돌아온 해아와 도영은 소파에 등을 기댄 채 바닥에 앉아 TV를 보았다.

해아는 자신과 도영 사이에 자리를 잡고 누워 있는 수지의 몽글몽글한 배를 만지며 키득거렸다.

"수지가 뱃살이 더 통통해진 거 같아요."

"네가 간식을 너무 많이 줘서 그래."

도영의 말을 알아들은 건지, 수지는 매우 불만스러운 표정으로 두 사람 사이에서 빠져나와 바닥에 뒹굴던 쥐돌이 장난감을 걷어찼다.

"수지 상처받았잖아요. 어떡할 거예요?"

"하루에도 서른 번 정도 삐쳐."

이골이 난 듯한 그의 나른한 표정에 해아는 웃음이 터졌다.

수지를 많이 봐왔지만 자주 삐치는 줄은 몰랐다. 도영과 사이가 좋은 줄 알았는데, 삐치고 화해하는 사이라고 생각하니 둘 다 너무 귀여웠다.

해아는 고개를 쭉 내밀어 수지의 행동을 지켜보았다. 수지는 이곳저곳을 기웃대다가 드레스룸으로 들어가더니, 해아의 옷 위에 자리를 잡고 앉았다.

수지는 해아의 옷을 좋아했다. 옷의 촉감을 좋아하는 건지, 아니면 해아의 향기를 좋아하는 건지 모르겠지만 반듯하게 개켜둔 그녀의 옷 위에 앉아 있는 걸 좋아했다.

어느 순간부터 그의 옷장 한쪽에는 해아가 갈아입을 평상복이 쌓여 있었다. 그 위에 앉아 식빵을 굽고 있는 수지를 볼 때면, 해아는 아주 뿌듯했다.

그의 일상 안에 파고들수록 비례하는 만족감.

해아는 온 집 안에 자신의 흔적을 남기고 싶었다. 그래서 지금도 해아는 오늘 맞선 겸 상견례 자리에 입고 나왔던 예쁜 원피스를 그의 옷장에 걸어두고, 편안한 옷으로 갈아입은 참이다.

"시작한다!"

광고가 끝나고, '별이 빛나는 밤' 본방송이 시작되었다. 종종 도영과 함께 모니터를 하긴 했지만 그때마다 쑥스럽고 부끄러웠다. TV에 나오는 자신의 모습을 누군가와 함께 보는 일은 좀처럼 적응이 되지 않았다.

"와, 진짜 예쁘다. 둘 다 매력적이야."

도영이 TV 속 류해아와 지금 옆에 앉아 있는 류해아를 번갈아가며 보았다. 쑥스러워하는 걸 알면서도 일부러 짓궂게 구는 것이었다.

해아가 도영의 어깨를 이로 무는 시늉을 하자, 그는 긴 팔로 그녀의 어깨를 감싸 안아버렸다. 그 바람에 해아는 도영의 품 안에 폭 파묻힌 채로 TV를 봐야 했다.

"솔직하게 말해봐. 너도 너 예쁜 거 알지?"

"당연하죠. 그런 자신감도 없이 어떻게 배우를 해요? 내 눈에는 세상에서 내가 제일 예뻐요."

해아의 당당한 대답에 도영이 고개를 끄덕이며 엄지를 치켜들었다. 자존감을 세우기 위해, 어디서든 당당해지기 위해, 해아는 끊임없이 자기 암시를 하곤 했다.

체질인지는 모르겠지만, 카메라 앞에 설 때가 가장 즐겁고 행복하고 신이 났다. 처음으로 간절히 이루고 싶었던 꿈이 배우였고, 하면 할수록 배우로서 성공하고 싶다는 욕심도 생겼다.

배우라는 분야에서 인정받고 싶었고, 칭찬받고 싶었다. 그것이 원동력이 되어 지금까지 쉬지 않고 작품을 하게 만들었다.

"류해아 씨 차기작도 섭외 들어가야 하는데."

"권 PD님 또 영업하시게요?"

"이번 작품으로 꽤 성공했고 배우로서도 자리매김 확실하게 하는 중이니까, 이 시점에 차기작으로 방점을 딱 찍어줘요. 안 그래요? 물 들어올 때 노 저어야지!"

그는 또 한 번 그럴듯한 말로 설득을 하기 시작했다. 그의 말재주는 도무지 당해낼 재간이 없었다. 설득당한 해아는 천천히 고개를 끄덕였다.

"좀 생각해 봅시다. 권도영 PD."

"시나리오 열심히 보내드릴 테니까 꼭 읽어봐 주세요."

해아가 거만하게 눈썹을 치켜들자 도영이 쪽 소리가 나도록 입을 맞췄다. 해아는 지지 않고 달려들어 그의 목을 두 팔로 감싸 안은 채 입술을 향해 돌진했다.

도영이 해아를 떼어내려고 옆구리를 간질여 보지만, 그럴수록 해아는 두 다리까지 그의 허리를 옭아매어 옴짝달싹 못하게 만들며 찰거머리처럼 딱 달라붙었다.

입을 맞추는 동안에도 두 사람의 입가엔 미소가 걷히질 않았고, 입술 사이로 웃음소리가 끊임없이 새어나왔다.

찬이를 재워두고 잠시 발코니로 나온 유미는 휴대폰을 꺼내 신 이사에게 전화를 걸었다. 태정에게 의심을 받고 있는 상황이기에 신 이사와 회사에서 따로 만나 이야기를 나누는 것도 쉽지가 않았다.

의식하지 않으려 할수록 더욱더 신경이 쓰이니, 참으로 답답한 상황이었다.

[여보세요?]

"나야. 지금 통화할 수 있어?"

[어. 괜찮아. 어디야?]

"집이지."

[류 대표는? 전화 통화하는 거도 신경 써야 하는 거 아닌가?]

"아직 퇴근 안 했대. 비서실에 확인했어."

원래부터 J미디어 사옥 건물 관리인을 통해 태정의 퇴근 시간을 챙기긴 했지만, 유미의 일상은 종전보다 조금 더 피곤해졌다. 퇴근하자마자 곧장 집으로 와 외출도 자제하고 있었다. 지금은 잠시 자세를 낮추고 숨을 골라야 할 때였다.

[일이 꼬이고 있어. 류태정 대표가 본인 지분을 매각하고 있는 모양이야.]

"뭐? 그 사람이 지분을 팔고 있다고?"

너무 놀라서 자신도 모르게 큰 소리를 내고 말았다. 유미는 다시 목청을 가다듬었다.

[그 홍콩 헤지펀드 쪽에서 류 대표 지분을 꽤 사들였어. 20%를 넘어섰다고.]

이혼소송이 마무리되기 전에, 적당한 타이밍을 골라 태정을 대표이사직에서 해임하고 헐값에 지분을 매입하려던 애초의 계획은 완전히 틀어지고 말았다.

본래 태정이 보유하고 있던 지분은 27%. 홍콩 헤지펀드 회사가 갑자기 지분을 확보하며 등장한 것으로도 모자라 태정의 지분을 사들이며 20%가 넘는 지분을 확보했다면, 유미의 선택지는 작아질 수밖에 없었다.

지금 유미가 차명을 통해 사들인 지분으로는 태정의 대표이사직 해임은커녕 경영권을 압박하기에도 턱 없이 모자랐다. 이 이상은 시간 낭비, 노력 낭비가 될 가능성이 컸다.

'류태정은 무슨 생각으로 지분을 팔고 있는 걸까. 그것도 위험 수준에 달할 만큼 이미 많은 지분을 보유한 헤지펀드 투자사에……'

움켜쥔 유미의 주먹이 바들바들 떨렸다.

[그 여자가 이혼하겠다고 나서는 바람에 일이 더 복잡해졌어. 이 상황에 류 대표가 대표이사에서 해임이라도 되면, 진짜 개털 되는 거야.]

"말도 안 돼……."

정말 그렇게 된다면, 자신이 직접 내연관계를 까발렸던 기사로 인해 자기 손으로 자기 발등을 내려찍는 꼴이 될 것이다.

[만일에 이번 류 대표의 이혼소송 때문에 회사 이미지가 점점 더 나빠지면 대표이사 해임안이 올라올 거야. 임원들이 꽤 오래전부터 벼른 거 너도 알고 있지?]

반복되는 제작 실패와 회사 이미지의 추락. 누군가는 책임져야 하는 상황.

유미 역시 잘 알고 있었다. 그렇게 만든 것이 자신이었으니까. 이렇게 될 것이라곤 상상도 하지 못하고, 악수(惡手)를 두고 말았다.

[그땐 경영권을 방어할 수 있도록 우리가 도움을 줘야 해. 그렇지 않으면 그 헤지펀드 투자사 아가리에 몽땅 털어 넣게 되는 거라고. 어차피 이혼소송까지 갈 거고 가만 보니 그쪽에서 복잡하고 시끄럽게 가길 바라는 거 같은데, 그쪽에서 시간 끄는 동안 너도 결심하는 게 좋을 거 같다.]

유미는 신 이사의 말뜻을 이해할 수 있었다.

J미디어를 포기하든지, 아니면 일단 태정을 J미디어에서 버틸 수 있도록 도우면서 그의 아내 자리라도 지키든지. 두 가지 모두 유미가 기다려 온 순간과는 거리가 멀었다.

"일단 홍콩에 다녀와야겠어."

유미를 대신해 차명으로 투자 중인 투자자 마크를 만나야 할 듯했다. 그를 만나 조언을 듣고 난 후 서둘러 판단을 해야 할 것 같았다.

[결정 서둘러. 류 대표가 계속 헤이즌에 지분을 팔아넘기면 그 회사가 곧 최대주주가 될 거야.]

"그 사람이 왜 지분을 파는 거지? 난 이해를 할 수가 없어."

[글쎄. 나도 그게 의문이야. 회사에서 손을 떼려고 작정하지 않은 이상 그럴 이유가 없잖아. 아직 해임이 된 것도 아니고.]

"그 사람 절대 회사 포기할 사람이 아니야. 자기가 어떻게 세우고 지켜온 회산데⋯⋯."

만약 헤이즌 쪽에서 J미디어 다른 주주들의 지분까지 사들이거나, 힘을 모아 경영권에 압력을 넣는다면 태정의 입장에서도 모든 것이 틀어지는 상황이었다. 신 이사의 표현대로, 정말 빈털터리가 되어 쫓겨나게 될 것이다.

신 이사와 통화를 끝낸 유미는 곰곰이 생각을 정리했다. 그가 이혼 소송을 진행하는 동안 결단을 내려야 했다. 지난 십 년 동안 J미디어를 손에 쥐기 위해 차근히 계획을 세우며 기다려 왔기에, 유미의 입장에서는 미련이 남을 수밖에 없었다. 여기까지 와서 손을 털고 끝낼 수가 없었다.

'그때 기사를 낸 게 내 발목을 잡을 줄이야⋯⋯.'

후회해 봤자 소용이 없다는 걸 알면서도 유미는 치미는 화를 참을 수가 없었다.

그때 만약 내연관계임을 밝히지 않았더라면⋯⋯. 애초에 그를 흔들고 J미디어를 흔들지 않았더라면 이렇게까지 일이 꼬이지 않았을 텐데. 자신을 벼랑 끝까지 몰고 온 게 자신의 욕심이었을까.

'아냐. 아직 포기하긴 일러. 돌파구를 찾자.'

한편으로는 태정이 속으로 다른 셈을 하고 있었다는 사실이 놀라웠다. 그는 정말 만만한 사람이 아니었다.

'그렇다면, 그가 확보한 자금은 어디로 흘러갔을까.'

J미디어의 경영이나 지분에는 전혀 욕심이 없다고 딱 잡아뗀 마당에 그런 것을 물을 수도 없는 노릇이라, 유미는 가슴이 답답했다.

이른 아침, 태정의 집무실에는 태정과 박 상무가 심각한 표정으로 마주 앉아 있었다.

"이사회 분위기가 심상치 않습니다. 대표이사 해임을 골자로 한 임시이사회 소집을 준비 중이라는 얘기까지 돌고 있어요. 만약의 사태에 대비를 해두는 게 어떻겠습니까?"

박 상무의 조언에 태정은 깊은 한숨을 몰아쉬었다.

"걱정 마. 해임되진 않을 거야."

"대표님, 헤이즌 투자사를 너무 믿진 마세요. 거기도 어디까지나 수익을 내서 챙겨가는 투자사일 뿐입니다."

태정의 지분을 사들이면서 20%가 넘는 지분을 보유하게 된 헤이즌.

태정이 그쪽에 지분을 넘기면서 걸었던 조건이 있었다. 자신의 지분을 모두 팔아 치울 때까지 대표이사 직에서 해임이 되지 않도록 경영권 방어에 나서주는 것. 지분을 팔아 확보한 자금을 안전한 곳에 옮겨둔 뒤의 일은 상관없지만, 일단 지금은 지켜야 할 것들이 있으므로 물러설 수 없었다.

"박 상무. 일은 제대로 처리하고 있지?"

"버진 아일랜드에 있던 컴퍼니는 정리하고, 추가로 네덜란드에 컴퍼니를 설립해서 옮기는 중입니다."

페이퍼 컴퍼니에 대한 국세청의 전방위적인 조사 때문에 예전처럼 자금을 숨겨두는 게 쉽지 않은 상황이었다. 때문에 태정은 유럽 각지에 여러 회사를 세워 자금을 분산하여 은닉하는 것이 좋겠다는 박 상무의 의견을 수용했다.

"그래. 조금만 더 수고해 줘."

"네. 최대한 서두르겠습니다."

박 상무가 집무실을 나서자, 태정은 긴 한숨을 내쉬며 소파에 한껏 기대앉았다.

갑작스레 꼬여 버린 상황의 시작에는 유미의 개입이 있었다. 하지만 지금은 그녀 역시 어쩔 수 없는 상황에 처했고, 자신이 헤이즌 쪽에 지분을 몰아주면서 유미가 차명으로 사들인 지분은 무용지물이 되었다.

거기에 경진과의 이혼소송까지 겹치면서 유미가 앞으로 어떠한 결정을 내리게 될지, 몹시 궁금해졌다.

해아는 도영의 집 거실에 앉아 '별이 빛나는 밤'을 1회부터 다시보기로 연속 시청하면서 레몬생강청을 만들고 있었다.

다음 주에 있을 '별이 빛나는 밤' 마지막 회 방영 날 모든 스태프와 배우들이 다 함께 모여 마지막 회를 보기로 했는데 그날 모두에게 선물해 줄 만한 것을 고민하다가 직접 레몬생강청을 만들기로 결정한 것이다.

장소 제공에 재료 공수, 재료 손질까지 해아는 도영에게 많은 도움을 받았다. 그는 귀찮아 하지 않았다. 호기심 가득한 눈을 반짝이며 재미있어 했고, 해아는 즐거운 마음으로 함께해 주는 그가 너무나 고마웠다.

다른 무엇보다, 그와 무언가를 함께하는 이 순간이 무척이나 즐거웠다. 심지어 그도 즐거워해 주니 더할 나위 없이 행복했다.

"배 안 고파? 점심 먹어야지."

"만들어 먹기 힘드니까 우리 시켜 먹을까요?"

해아의 제안에 도영이 각종 배달음식 광고가 실린 얇은 책을 들고 왔다. 한 장 한 장 넘기며 무엇을 먹을지 신중하게 골랐지만 딱히 입맛을 당기는 것이 없었다.

"아! 집 근처에 뼈 해장국 맛있게 하는 집 있는데."

"그럼 그거 먹어요."

"그 집이 배달을 안 해서, 내가 가서 금방 포장해 가지고 올게."

내색하지 않더니 배가 많이 고팠던 모양이다. 해아가 고개를 끄덕여 대답하자 그가 잽싸게 현관 밖으로 달려 나갔다.

그 사이, 해아는 주방으로 가 식탁 위를 정리하고 수저와 밑반찬을 챙겨놓았다.

하루 종일 그와 함께하고 싶은 욕심은 매일 반복되곤 했다. 이런 얘길 하면 이미 결혼한 선배 배우들은 하나같이 더도 말고 그렇게 딱 일주일만 살아보라고 으름장을 놓았지만, 해아는 그래도 한 번쯤 그렇게 원 없이 살아보고 싶었다.

너무 힘들었던 긴 시간을 지나오면서 오랫동안 혼자였기 때문일까. 누군가와 같이 살게 되는 걸 꿈꿔본 적이 없었는데 도영을 만나면서 생각이 완전히 변했다. 이 남자라면, 일상을 함께 살고 싶었다.

배우로서 어떤 배우가 되고 싶다, 라고 세웠던 꿈과는 또 다른 꿈을 꾸게 되었다. 배우 류해아 말고 인간 류해아가 원하는 삶에 대해서 말이다.

이젠 그와 한 식탁에 마주보고 앉아 밥 먹는 일이 자연스러운 일상이 되었다. 그렇게나 먹기 싫던 밥이, 그와 함께 있을 때는 왜 그리 잘 들어가는지 의문이었다.

그는 직접 요리를 만들어주는 걸 좋아했다. 석현과 영국에서 지낼 때 요리를 못하고 설거지만 했던 게 큰 한이 된 건지, 해아가 그의 집에서 식사를 할 때면 열에 여덟 번은 직접 만든 요리를 내주었다.

그의 요리는 아주 뛰어나다고는 할 수 없지만, 묘하게 중독적이었다. 그가 해아의 입맛에 맞게 요리하는 것이 아니라, 그의 요리에 해아의 입맛이 길들여지고 있었다.

해아는 한참 동안 요리에 관한 생각을 하다가 문득 애리를 떠올렸다. 그녀가 처음으로 자신에게 사주었던 콩나물 해장국이 참 맛있었다는 생각을 하다가 자연스레 애리의 생각까지 미친 것이다.

해아는 생각인 난 김에 애리에게 전화를 걸었다. 무심결에 걸고 나서 생각해 보니, 지금쯤 미국 시간은 자정에 가까울 듯했다. 어쩌면 전화를 받지 않을 수도 있겠다 싶어서, 다섯 번쯤 신호가 흘러도 받지 않으면 그냥 끊을 생각이었다.

[류해아 씨?]

다행히도 애리가 전화를 받았다. 해아는 오랜만에 듣는 그녀의 음성이 반가워서 피식 웃고 말았다.

"오랜만이에요. 작가님."

[그러게요. 잘 지내고 있죠?]

"저야 뭐 늘 잘 지내죠."

[안 그래도 여기서 뉴스 봤어요. 해아 씨 어머니 이혼소송 시작하셨다고…….]

그렇게 먼 곳까지 가놓고, 그녀는 여전히 이곳에 남겨진 많은 것들에 대해 마음을 쓰고 있는 듯했다.

"민기주 선배한테 얘기 들었어요. 미국에서 돌아오지 않을 거라고 했다면서요?"

[안 간다기보단…….]

"그래서, 진짜 안 올 거예요?"

해아가 다그치며 묻자, 그녀의 웃음소리가 건너왔다.

[당분간은 여기서 지내려고요.]

"내가 비행기 잘 못 탄다고 데리러 못 갈 줄 알고 도망친 거죠?"

[그런 거 아니에요. 그냥…… 작품도 끝냈고, 그동안 여러 가지 일 겪으면서 머릿속을 꽉 채웠던 복잡한 생각들도 비우고 싶고 해서.]

말 사이사이에 섞여 나오는 그녀의 한숨에 해아의 마음도 무거워졌다.

[이것저것 정리하면서 느낀 건데, 날 위한 시간이 필요하더라고요. 나한테도 도의적인 책임이 있는 부분도 있고, 그렇게 생각하다 보니 해아 씨한테 미안한 마음도 크고…….]

"아직도 그 생각에 갇혀 있는 거예요? 이제 그만해도 돼요."

원래 생각이란 것이 그런 것 같았다. 하면 할수록 깊어지고, 가지가 자라서 생각이 생각을 만들어내 사람을 지치게 만든다.

그때 이렇게 했더라면, 이렇게 하지 않았더라면, '만약'이라는 가정의 틀에 갇혀 힘든 시간을 보내보았던 해아였기에, 애리의 진심을 어느 정도 이해할 수 있었다.

"다른 생각 말고, 차기작 구상이나 조금 더 하다가 돌아와요."

[여기서 멋진 남자 만나서 자리 잡을 생각이었는데요?]

"에이, 그럼 큰일 납니다. 여기서 기다리고 있는 멋진 남자 생각도 하셔야죠. 말라 죽어가고 있어요."

해아의 과장이 통한 건지, 그 다음 대답이 빨리 건너오지 않았다.

[거짓말……. 얼마 전에 통화했을 때만 해도 잘 지낸다고…….]

"거짓인지, 참인지는 와서 직접 확인하세요. 보기 안쓰러울 지경이니까."

기주가 걱정되긴 했던 모양이다. 마음을 티내지 않으려 애썼지만, 그녀의 어조에서 걱정이 묻어났다. 그때, 도영이 비닐 봉투를 들고 집

안으로 들어왔다.

"그리고…… 나도 기다리고 있을 거예요."

[류해아 씨.]

"다음에 다시 통화해요."

애리와의 짤막한 통화를 끝낸 해아는 도영이 들고 온 비닐봉투 안에서 포장용기에 담긴 국과 밥, 김치를 꺼냈다.

"통화한 사람이 누구기에 기다린단 얘길 해?"

"있어요. 그런 사람."

도영이 황당하다는 듯 헛웃음을 지었지만 해아는 아랑곳하지 않았다. 그가 사온 해장국의 국물을 한 술 떠먹으며 해맑게 웃자 그도 마지못해 숟가락을 집어 들었다.

"어디 멀리 떨어져 있는 사람이야?"

"우와! 여기 국물 진짜 맛있네요. 술도 안 마셨는데 속이 풀리는 것 같아요."

"떠난 지는 오래됐나?"

"이야, 뼈에 살도 엄청 많이 붙었네. 나 이렇게 맛있는 뼈 해장국 처음 먹어봐요."

"통화는 언제 다시 할 건데?"

밥 먹는 내내, 도영은 계속해서 아까 통화했던 사람이 누구였는지를 에둘러 물었다. 하지만 내내 신경 쓰는 그를 조금 더 보고 싶은 욕심에, 해아는 일부러 사실대로 말해주지 않고 계속해서 말을 돌렸다.

"어. 도영 씨 면도해야겠다. 내가 해줄까요?"

"자꾸 말 돌릴래? 그리고 면도는 오늘 아침에도 했거든?"

"아냐. 꼼꼼하게 안 된 거 같아. 내가 다시 해줄게요."

"아휴. 졌다 졌어."

도영의 항복 선언에 해아가 주먹을 불끈 쥐며 기뻐했다.

"통화한 사람 나애리 작가님이에요."

"난 또 누구라고. 그냥 말해주면 되지, 기어이 사람 속을 들었다 놨다……."

"도영 씨 반응이 재밌으니까."

도영이 해아의 뺨을 살짝 꼬집으며 흔들었다.

"근데 면도는 정말 다시 해야 할 거 같아요."

"내가 이따가 할게."

"나 이제 잘하는데……."

해아의 말에 그가 고개를 절레절레 흔들었다.

"어! 지난번에 많이 늘었다고 칭찬해 놓고!"

"그건 그냥…… 했던 말이고."

"그럼 나한테 거짓말한 거예요?"

"거짓말은 아니야. 정말로 늘긴 늘었으니까."

분명히 많이 늘었다고 칭찬해 놓고, 이제 와서 도영이 딴소리를 했다. 멋쩍게 웃는 그가 얄미워서 해아는 밥 먹다 말고 벌떡 일어나 욕실로 향했다. 그러곤 쉐이빙폼과 면도기를 들고 도영의 앞에 섰다.

"그렇다면, 오늘 면도를 완벽하게 마스터 하겠어요."

"굳이 그러지 않아도 되는데."

"아니요. 반드시 마스터 할 거예요. 앞으로 도영 씨 면도는 나한테 맡겨요."

해아의 다부진 선언에, 도영이 해아의 손을 꼭 붙잡고 지그시 바라보았다.

"그럼 네 눈 화장을 나한테 맡겨줄래?"

해아는 단호하게 고개를 저어 거부 의사를 밝혔다.

"마저 식사하시죠."

역시 권도영은 말로 이길 수가 없었다. 분하지만 여기서 물러서야
했다. 해아는 또 한 번의 반격을 꿈꾸며 비장하게 국에 밥을 말았다.

15. 사랑하지 않을 수가 없다

일주일 동안 진행되었던 매체 인터뷰 마지막 날이 되었다

해아는 평소 백여 곳에 가까운 매체를 몇 개의 그룹으로 나눠 한꺼번에 질문을 받고 대답하는 라운드 인터뷰 형식을 선호하지 않았다. 조금은 번거롭더라도 개별적으로 따로 만나 인터뷰를 진행했고, 이번에도 마찬가지였다.

중복되는 질문이 대다수이긴 하나, 질문하는 방식부터 접근하는 시각에서 약간의 차이가 있다 보니 대답하는 입장에서도 일관된 대답을 내놓진 않는다.

그것은 드라마 팬들이나 해아의 팬들이 보내준 응원과 성원에 보답하는 해아만의 방식이기도 했다.

작품에 관한 비하인드 스토리, 촬영장에서 있었던 재밌는 에피소드에 목말라 하는 팬들을 위해 해아는 촬영 기간 동안 있었던 모든 기억들을 끄집어냈다. 가능하면 중복된 에피소드를 꺼내놓지 않기 위해

서다.

드라마 질문 이외에 해아의 가정사에 대한 질문도 꽤 많았다. 최대한 예의를 갖춰 에둘러 묻긴 했으나 질문의 강도가 조금씩 다를 뿐 의도는 하나같았다.

대부분의 질문에 솔직한 대답을 하던 해아도 이 부분에 있어서는 말을 많이 아꼈다. 지극히 개인적인 가정사이고, 현재 이혼소송이 진행 중이기에 원론적인 대답을 반복했다.

"드라마에 관련된 질문은 이쯤에서 끝내고, 개인적인 질문 딱 하나만 더 드릴게요. 지난번에 났던 열애설에 대해서 혹시 하실 말씀 있으신가요? 해아 씨 데뷔 이래 첫 열애설이었잖아요."

별거 아닌 기자의 질문에 해아는 잠시 미소를 지었다. 열애설 앞에 붙은 '첫'이라는 단어 때문이었다. 그 단어에 의미가 부여되는 순간, 머릿속에 수많은 생각이 스쳐 지나갔다. 사실이라고 말할 수 없다는 게 가장 마음이 쓰였다.

"사실 그 기사가 제 열애 기사라기보단, 정체가 애매모호한 기사였죠. 그에 관해서 더 말씀 드릴 건 없고요. 저도 좋은 사람 만나서 연애도 하고, 사랑도 받고 그렇게 살아야죠."

기자는 해아의 말에 담긴 행간의 의미를 어느 정도 읽은 듯 고개를 끄덕이며 자세를 고쳐 앉았다.

"이건 오프 더 레코드로 여쭤보는 건데요. 관계자들 사이에서 나애리 작가님하고 촬영 초반에 불화설이 잠시 돌았는데, 그게 류태정 대표와 나유미의 관계 때문이었나요? 나유미 씨랑 나애리 작가가 자매 사이라서 트러블이 생긴 거죠?"

"네. 아무래도 처음에는 얼굴 보기 불편했죠. 근데 생각보다 금방 털어냈어요. 그 둘의 관계만 아니었다면 작가님과 제가 얼굴 붉힐 이유가 없으니까요."

"그래도 그게 말처럼 쉽지 않았을 텐데. 거기다 J미디어에서 동시간대 편성 들어오면서 해아 씨 입장에선 피곤했을 거 같아요."

"그 일로 여러 사람이 피곤했어요. 제작사도 고생했고, 작가님도 고생했고요. 저는 미안한 마음이 컸던 거고요. 그런 아버지를 둔 나 때문인 거 같고……. 그때 다들 저에게 많은 힘을 줬어요. 참 고마운 분들이죠. 홍 기자님. 이 얘기 기사 내도 괜찮아요."

"정말요? 그래도 될까요?"

"상관없어요. 대신 우리 작품 제작사랑 작가님이 마음고생 많이 했다는 거 부각되게 해주시고요."

"네. 그럴게요."

입이 마른 해아가 차 한 모금을 마셨다.

"그럼 여기까지 하겠습니다. 감사합니다, 해아 씨."

"아닙니다. 홍 기자님 수고하셨어요."

해아는 기자에게 먼저 악수를 청했다.

"그리고 기자님, 이거."

"어? 이게 뭐예요?"

"아이스 텀블러인데요. 우리 드라마 타이틀 제목 제가 직접 쓴 거잖아요. 그거 그대로 인쇄해서 넣은 거예요."

해아가 기자에게 건넨 건, 그녀가 직접 캘리그라피 작업을 했던 드라마 제목 '별이 빛나는 밤'이 적힌 아이스 텀블러였다.

스태프들과 배우들에게 선물하려고 제작해 둔 것인데, 이번 매체 인터뷰를 함께했던 기자들에게도 하나씩 선물을 한 참이다.

"어머! 너무 예뻐요! 해아 씨 손재주는 정말 알아줘야 한다니까요?"

"이제 곧 여름이니까 두고 쓰세요."

"아까워서 어떻게 써요! 집에 고이 모셔둘 거예요. 저도 '별이 빛나는 밤' 왕 팬이었는데, 드라마 주인공이 직접 만든 굿즈를 선물 받다니……. 진짜 행복하네요."

"기자님이 좋아해 주시니까 저도 좋네요."

선물을 받은 기자들마다 기뻐해 주니, 선물을 해주는 입장에서도 덩달아 신이 났다. 은형이 이만 일어나자고 눈짓을 보냈고, 해아가 일어서서 다시 한 번 기자와 악수했다.

"기사가 다음 주 월요일부터 나가죠?"

"네. 저희는 월요일부터 사흘 동안 기획으로 나갈 거예요."

보통 매체 인터뷰를 진행하게 되면 엠바고를 걸어두었다가 한 날한 시에 동시에 풀곤 한다. 단발 기사로 나가기도 하고, 여러 편으로 나눠서 기획으로 나가는 경우도 있었다.

장시간 동안 비슷한 기사가 반복적으로 나가다 보면 대중들의 피로도가 쌓이기에 적당한 간격을 두고 차례로 기사가 나가곤 했다.

"근데 해아 씨, 요즘 만나는 분이 있는 건 맞죠?"

가방을 챙겨 든 기자가 확신에 찬 눈빛으로 슬쩍 물었고, 해아는 고개를 끄덕였다. 아마 어느 정도 정보를 가지고 있는 듯했다.

"나중에 공개 연애 하실 거면 저희한테 정보 좀 주세요. 그럼 예쁘게 잡고 잘 다듬어서 기사 써드릴게요."

"계획 잡히면 연락드리겠습니다."

"저희가 애프터로 결혼 기사까지 완벽하게 써드릴게요. 꼭 부탁드려요."

해아기 웃음으로 무마하려 하자 기자가 좀 더 적극적으로 나왔다. 해아는 은형을 바라보며 도움을 청하자, 그는 적당한 순간 치고 들어왔다.

사랑, 너에게 묻다

"수고하셨습니다, 기자님. 기사 사진은 오늘 중으로 보내드릴 겁니다. 그럼 저희 먼저 가보겠습니다."

은형의 커트로 무사히 기자에게서 벗어날 수 있었던 해아는 안도의 한숨을 쉬며 은형과 함께 카페를 나섰다.

"기사 사진 셀렉했어?"

"어. 어제 삼청동에서 촬영한 거로 보내려고."

기사에 실리는 사진을 취재진이 찍는 경우도 있었지만, 소속사에서 매체에 직접 제공할 때도 많았다. 해아는 어제 삼청동의 예쁜 카페에서 촬영한 사진을 기사에 쓰기로 결정했다.

"거기서 찍은 게 예쁘게 나오긴 했지."

"어디서 찍어도 류해아는 예쁘지."

"김은형 실장님 왜 그러세요? 뭐 잘못 드셨어요?"

해아는 그의 칭찬이 간지러워서 괜히 시비를 걸며 차에 올랐다.

"일주일 내내 인터뷰하느라 고생했다. 집에 가서 푹 쉬어."

"하아. 나도 삼청동에서 날씨 좋은 날 데이트나 했으면 좋겠다."

어제 촬영하면서 보니, 해아의 눈에는 모두들 데이트 나온 연인으로 보였다. 사람들 틈에서 보통의 데이트가 하고 싶기도 했지만 현실적으로 제약이 많이 따랐다.

평소 집순이라 큰 불만은 없지만, 가끔은 나가고 싶을 때도 있었다.

"창희야. 나 하늘섬 스튜디오 지하주차장에 내려줘."

"권 PD님 만나려고?"

은형의 물음에 해아는 고개를 끄덕여 대답을 대신했고, 창희는 그의 사무실이 있는 곳으로 차를 몰았다.

만나기로 약속한 건 아니지만, 문득 떠오른 삼청동의 기억 때문에 그와 데이트를 하고 싶었기 때문이다.

도영은 애리와의 재계약 추진을 위해 재계약 문서를 메일로 보내두고 애리에게 전화를 걸었다.

"나 작가님. 오랜만입니다. 잘 지내시죠?"

도영의 말에 웃음소리가 먼저 건너왔다.

[갑자기 왜 그래?]

"제가 뭘요?"

[왜 그렇게 깍듯하게 구는데?]

"아휴. 제가 언제는 작가님께 안 깍듯했던 적이 있었나요?"

[나 참……. 용건이나 말해.]

도영은 현재 계약된 애리와의 계약서 내용을 들춰보았다. 60회차를 계약한 상태인데, 16부작 두 작품을 했으니 이제 재계약 협상을 해야만 하는 시점이었다.

애리는 하늘섬 스튜디오와 작업했던 두 작품 모두 흡족한 성과를 냈다. 특히 현재 방영 중인 '별이 빛나는 밤'으로 애리는 잭팟을 터뜨렸고, 그녀의 몸값은 점점 오르고 있었다.

"차기작 언제 시작할 거야?"

[작품 끝낸 지 이제 겨우 두 달 됐거든요?]

"내년에 하나 들어가야지. 벌써부터 나애리 작가 신작 문의 많이 들어오고 있어."

[그건…….]

"됐고, 언제 들어올 거야? 만나서 얘기하자."

[좀 걸려.]

애리의 애매한 대답에, 도영은 쥐고 있던 펜을 내려놓았다.

"뭐 얼마나 오래 있을 건데? 여행 간 거 아니었어?"

[기획안이랑 시놉 몇 개 메일로 보낼 테니까 검토해 보고 연락 줘.]

물론 그녀가 외국에 머물고 있다 해도 충분히 진행할 수 있는 일이지만, 어쩐지 분위기가 심상치 않았다. 그녀가 대답을 피했기 때문에 더는 물을 수가 없었다. 애리가 왜 그곳에 더 머물고 싶은지, 왜 돌아오고 싶지 않은지 어느 정도 감이 오긴 했다. 마음이 복잡할 만도 하다고 생각했다.

"알았어. 재계약 조건 정리해서 메일 보내뒀으니까 확인해 봐. 내가 특별히 신경 썼다."

이번 작품의 성공으로 애리와 계약을 하고 싶어 하는 제작사와 방송사들의 러브콜이 쇄도할 것이다. 애리가 만족할 만한 조건을 제시했으니, 잘되길 바랄 뿐이었다.

[꼼꼼하게 확인해 보고 연락드리겠습니다.]

"당연히 그러셔야죠. 아주 흡족하실 겁니다."

도영은 퇴근을 위해 노트북을 닫고 자리 정리를 시작했다.

"아! 제일 중요한 얘길 깜빡했네. 이번 드라마 감독판 블루레이 제작 결정됐어. 유통사에서 특전으로 네 대본 전집을 원한다고 하는데, 그것도 생각해 보고 연락 줘."

드라마 인기의 척도라고도 할 수 있는 감독판 블루레이 DVD 제작이 확정됐고, 송 감독은 이미 재편집을 약속했다. 배우들 역시 코멘터리 녹음이나 부가 영상 제작에 흔쾌히 응하기로 해서, 이제부터 방송사와 세부사항 조율만이 남아 있었다.

방영 도중에 제작 결정이 쉽지 않은데, 드라마 팬들이나 제작사, 방송사에서도 의지가 있었기에 성사될 수 있었다.

[생각해 볼 것도 없어. 전 회 대본 넣어도 돼.]

"오. 쿨하네."

[대본 쓸 때부터 생각했던 거야.]

"알았어. 그렇게 전달할게."

애리와 통화를 끝낸 도영은 노트북과 가방을 챙겨 자리를 벗어났다.

"저 먼저 퇴근하겠습니다. 얼른 퇴근하세요."

직원들과 퇴근 인사를 나눈 도영은 엘리베이터 앞에서 민철과 마주쳤다.

"퇴근 시간 좀 지켜. 네가 사무실에 앉아 있으면 다른 직원들이 퇴근을 못하잖아."

"그건 대표님이 저한테 하실 말씀이 아닌 거 같은데요?"

도영의 날카로운 지적에 민철이 수긍했다.

"정시보다 십 분 일찍 퇴근하려고 했는데, 결재하다 보니까 퇴근 시간이 지나 버렸더라고."

"알람이라도 맞춰드려요?"

마침 도착한 엘리베이터의 문이 열렸고, 두 사람은 엘리베이터에 올랐다.

"작품 준비는 잘 돼가?"

"정 붙이는 중입니다. 이제 겨우 이틀째예요."

바로 어제. 도영은 차기작 기획안 중 하나의 작품을 선택했고, 내년 하반기 방영을 목표로 제작을 확정지었다. 결정된 건 그것뿐이었다. 이제 막 한 걸음 뗀 셈이다.

'별이 빛나는 밤'의 여운이 길게 남아 그런지, 새로운 작품에 정을 붙이고 시작하는 일이 쉽지 않았다. 이번 작품이 유독 더 그런 것 같았다. 몇 번의 작품을 제작하면서 정 붙이고 떼는 일을 반복해 왔지만 좀처럼 적응이 안 됐다.

사랑, 너에게 분다

"부담 갖지 말고 꼼꼼하게 준비 잘 해봐. 뭐, 워낙에 알아서 잘 하지만."

"말이 앞뒤가 너무 안 맞는 거 아니에요?"

"역시 눈치가 빨라. 나 먼저 간다!"

엘리베이터가 지하 2층 주차장에 멈추자, 그는 쏜살같이 사라져 버렸다. 도영은 그런 그의 뒷모습을 보며 자신의 차를 주차해 둔 곳으로 천천히 걸음을 옮겼다.

콧노래를 흥얼거리며 걷는데, 누군가 뒤에 바짝 다가오는 게 느껴졌다. 슬쩍 곁눈질로 주변을 살피다가 주차된 차의 유리에 비친 누군가의 정체를 파악할 수 있었다.

해아였다. 긴장한 표정으로 뒤에 바짝 붙어서 살금살금 걷고 있었다. 도영은 차에 다다를 때까지 모른 척하다가 갑자기 우뚝 멈춰 서서 휙 돌아보았다.

"워!"

"엄마야!"

도리어 놀란 해아가 가슴을 부여잡고 주저앉아 버렸다.

"괜찮아?"

이렇게까지 놀라게 할 생각은 아니었는데 강도가 너무 셌던 모양이다. 도영이 일으켜 주려 하자, 해아는 도영의 팔을 붙잡은 채 안도의 한숨을 내쉬며 허탈한 듯 웃었다.

"나인 줄 어떻게 알았어요?"

"느낌이 오더라고. 온몸의 신경이 곤두서면서 반응을 하던데?"

"말도 안 돼."

"차는?"

"창희가 데려다줬어요."

도영은 시무룩해진 해아의 손을 붙잡아 차에 태우고, 시동을 걸어 주차장을 빠져나왔다.

"기다리고 있다고 연락을 하지 그랬어. 오래 기다린 거 아냐?"

"오래 안 기다렸어요. 한 십 분 정도?"

"인터뷰하느라 힘들었지? 오늘이 마지막이랬나?"

"네. 오늘로 끝. 물 엄청 마셨는데도 입이 바짝바짝 말라요."

"피곤할 텐데 집에 가서 쉬지."

"도영 씨 집에 가서 쉬면 돼요."

해아가 자신의 어깨에 머리를 기대자, 도영은 해아의 손을 잡고 부드러운 손등을 엄지로 슥슥 문질렀다.

해가 지기 시작한 도로 위에는 퇴근을 하려 쏟아져 나온 차들로 가득했다. 신호에 걸린 틈을 타 인도 위를 바라보니, 길 위를 걷고 있는 사람들의 옷차림이 부쩍 가벼워진 듯했다. 5월이지만, 날씨는 초여름에 진입한 지 오래였다.

"오늘도 비슷한 질문 많이 받았겠네?"

"부모님 이혼소송과 관련해서 할 말 없냐, 지난번 열애설에 대해 설명해 줄 수 있냐, 작가님과 불편하진 않았냐, 촬영장 분위기 좋기로 유명했는데 에피소드 몇 개 말해달라, 민기주 씨와의 호흡은 어땠나."

"나도 외우겠다."

도영의 말에 해아가 소리 내어 웃었다.

"나 만나는 사람 있는 거 대부분 알고 있더라고요."

"그럼 기사 나는 건 시간문제네?"

"알면서도 적당한 타이밍을 보는 거죠. 박 대표님한테 딜 많이 들어올 거예요."

애초에 해아와 아무도 모르게 만나는 건 불가능한 일이었던 모양이다. 드라마팀 내부에서도 의심의 눈초리가 많아진 참이다. 나름 최선을 다했는데 보는 눈이 너무 많아 역부족이었다.

"그래서 뭐라고 말했어?"

"나도 좋은 사람 만나서 연애도 하고, 사랑도 받아야 하지 않겠냐고 했죠."

"그랬더니?"

"나중에 공개할 때 정보 좀 달래요. 그럼 예쁘게 만들어서 기사 내준다고. 애프터로 결혼 기사까지 잘 내주겠다고."

"믿을 만한 곳이야?"

"좋은 기사 많이 써준 분이긴 하죠. 왜요? 생각 있어요?"

"기왕이면 기사 잘 써주시는 분이 좋지 않을까?"

혹하는 제안이라 도영은 고개를 끄덕였고 해아는 좀 더 생각해 보겠다며 웃어 넘겼다.

처음 그녀와 열애기사가 났을 때와 비교하자면, 지금은 마음이 많이 편해진 상태였다. 도영은 종종 공개 연애 이후의 후폭풍을 상상해 보곤 했다.

연애 상대가 무려 류해아. 한 차례 열애설을 부인했던 사이.

거기다 그 첫 번째 열애설로 인해 지극히 사적인 부분까지 얽혀 공개가 된 상태라 호사가들의 입에 오르는 건 피할 수 없을 것이다. 그래도 이 사람 하나만 생각하자면 다 참아낼 자신이 있었다. 그녀만 괜찮다면, 도영은 사람들이 자신에게 그 어떤 잣대를 들이밀며 수군대도 상관없었다. 그녀만 괜찮다면 말이다.

드라마 '별이 빛나는 밤' 마지막 회 방영 날.

이번에도 첫 방송 때와 마찬가지로 스태프들과 배우들이 다 함께 모여서 시청하기로 했다.

통 큰 기주는 이번에도 자신이 한턱 쏘겠다고 나섰고, 다시 한 번 기주의 부모님이 운영하는 펜션에서 '별이 빛나는 밤' 단체 티셔츠를 입고 보기로 결정되었다. 드라마의 모든 촬영이 끝난 후로도 기주를 중심으로 모임은 계속 되었고, 드라마팀의 팀워크는 여전히 끈끈했다.

"어! 우리 류 스타 오셨네."

광고 촬영 때문에 가장 늦게 도착한 해아는 기주의 호들갑에 부끄러워 미간을 구기며 등장했다. 해아는 그 와중에도 도영을 가장 먼저 찾아 눈인사를 건넸다.

"아, 왜 이래. 벌써 취했어요?"

"반가워서 그러지."

기주는 일부러 그러는 듯 해아를 덥석 안으며 반가워했고, 해아는 입술을 꾹 다문 채 기주의 등을 퍽퍽 두드렸다.

기주를 품에서 떼어내고 한창 야외 테이블에 모여 식사 중인 사람들에게 돌아다니며 인사를 건넸다. 바로 어제까지도 함께 촬영을 했던 것처럼 자연스러웠다.

"오늘도 바비큐 담당이네요."

모두와 인사를 나눈 후에야 도영의 곁으로 갈 수 있었다. 그는 단체 티셔츠를 입고, 목장갑을 낀 채 고기를 굽고 있었는데, 고기 굽는 게 이렇게까지 멋질 인인가 싶을 정도로 멋있어 보였다.

"배고프지? 얼른 가서 앉아. 내가 맛있게 구워다 줄게."

해아는 고개를 끄덕여 대답을 하고는 뒤로 살짝 손을 내밀어 그의 손을 잡아본 후에야 식사 중인 테이블로 향했다. 해아의 자리를 마련해 둔 주현이 격하게 손짓을 했다. 해아는 주현의 옆자리이자 기주의 맞은편 자리에 앉았다.

"하와이 여행 재밌었어?"

"어우, 말도 마세요. 날씨가 얼마나 좋았는지, 환상적이었어요."

주현의 표정에는 여전히 그날의 행복함이 가득 남아 있었다. 포상휴가 날씨까지 좋았다고 하니, 이쯤 되면 정말 하늘이 돕고 우주가 도운 게 아닐까 싶었다.

"아! 해아야, 네 선물 사왔어."

쌈 하나를 입에 잔뜩 넣고 우물거리던 기주가 해아에게 커다란 종이 쇼핑백을 건넸다. 평소 기주의 씀씀이를 알기에 살짝 기대가 되었지만, 받아 든 쇼핑백이 어쩐지 생각보다 가뿐했다.

"설마 진짜 말린 망고랑 초콜릿은 아니……."

설마 했는데 역시나. 가방 안에는 말린 망고와 초콜릿이 한가득이었다. 기주는 매우 뿌듯한 표정으로 어서 칭찬하라는 듯 기대감에 부푼 두 눈을 반짝이며 해아를 바라보았다.

"잘 먹을게요. 정말 고맙습니다."

"에이, 뭘. 네 생각해 주는 거 나밖에 없다. 잊지 마라."

정말로 그걸 사올 줄은 몰랐지만, 그래도 일단 자신을 생각했다는 마음이 예뻐서 넘어가 주기로 했다.

해아가 주현이 쪼개서 건넨 나무젓가락을 막 집어 들었을 때였다. 때마침 도영이 막 구운 고기를 들고 다가왔다.

"PD님 같이 드세요. 고기 굽느라 아직 못 드셨잖아요."

아니, 이 사람들이 명색이 드라마 총괄 제작PD님이신데! 밥도 안 챙겨 먹이고 고기를 굽게 했단 말이야? 발끈하고 싶었으나, 해아는 일단 한 번 꾹 참고 도영에게 젓가락을 건넸다. 그러자 도영이 젓가락을 받아 기주 옆자리에 앉았다.

"나는 우리 PD님이 구워주는 고기가 세상에서 제일 맛있더라."

도영이 갓 구워온 고기를 한꺼번에 무려 세 점이나 넣어서 쌈을 싸는 기주가 너무나 얄미웠다. 한 마디 해주려는데 먼저 눈치를 챈 도영이 눈짓을 보냈고, 해아는 짤막한 한숨을 내쉬며 고기 한 점을 입에 넣었다.

"저는 민기주 선배님께서 직접, 손수 구워주시는 고기가 먹고 싶은데. 안 될까요?"

해아의 물음에 기주는 눈만 끔벅였다.

"저도요, 저도! 저도 기주 오빠가 구워주는 고기 먹고 싶어요!"

눈치 빠른 주현이 거들자 다른 사람들도 덩달아 거들어주었다. 뺄 수 없게 된 상황이 되자, 기주가 결국 일어나 소맥 한 잔을 단숨에 비웠다.

"알았어. 조금만 기다려."

기주를 기어이 바비큐 그릴 앞으로 보낸 해아는 그제야 속이 후련했다. 적절한 타이밍에 치고 나와 분위기를 몰고 간 주현의 어깨를 다독였다.

"잘했어."

해아가 쌈 하나를 싸서 주현에게 건네자, 주현이 윙크를 하며 넙죽 받아먹었다. 해아는 흡족한 미소를 지으며 고기 접시를 슬쩍 도영의 앞으로 밀어놓았다.

"주현아. 나 대신 해외 프로모션도 잘 하고 와."

"네. 언니. 너무 걱정하지 마세요. 제가 기주 오빠 모시고 잘 다녀올게요."

비행기 타는 걸 힘들어하는 해아를 대신해 주현이 해외 프로모션 일정을 전담하고 있었다. 드라마의 인기만큼이나 주현의 인기도 한껏 치솟은 상태라 국내 스케줄도 바쁠 텐데 고마운 만큼 미안함도 컸다. 주현에 대한 애정이 남달랐던 만큼, 승승장구하는 그녀를 지켜보는 것도 요즘 해아에겐 가장 큰 행복이었다.

그때, 해아의 개인 스태프들이 핸드카트에 커다란 종이 박스를 가득 싣고 마당 안으로 들어오자 다들 뭔가 싶어서 그쪽으로 다가갔다.

"별건 아니고, 직접 만든 레몬생강청인데요. 내일 집에 가실 때 하나씩 가져가세요."

사람들은 식사를 하다 말고 박스 주변으로 모여들었다. 박스 안에는 해아와 도영이 정성으로 담은 레몬생강청이 종이봉투에 하나씩 담겨 있었고, 각 병마다 스태프들과 배우의 이름이 적힌 네임텍이 붙어 있었으며 해아의 자필 카드도 담겨 있었다.

참지 못하고 내용물을 확인한 사람들이 좋아하는 모습을 지켜보니, 해아도 기뻤다. 손가락이 곱아지도록 레몬과 생강을 썰었던 보람이 있었다.

"언니! 이걸 혼자서 다 만든 거예요? 완전 공장 수준인데?"

어느새 자신의 것을 챙겨 온 주현이 환한 미소를 지으며 물었고, 해아는 도영과 눈을 맞추며 웃었다.

"혼자 한 건 아니고, 남자친구가 도와줬어."

해아의 대답에 그녀가 말한 남자친구가 도영임을 어림짐작으로 알고 있는 모든 사람들의 입에서 환호성이 쏟아졌고, 일련의 소란에 저쪽에서 고기를 굽던 기주도 달려왔다.

"뭔데 그래? 나도, 나도!"

오늘 밤 신나게 놀다가 빼놓고 갈까 봐 내일 갈 때 챙겨 가랬더니, 사람들은 벌써부터 자신의 이름을 찾아 하나씩 챙겨 들었다. 기주도 자신의 것을 찾아와 병을 꺼내 이리저리 돌려보았다.

"남자친구가 도와줬다고?"

"네. 이거 만드느라 남자친구가 고생 좀 했어요."

"이야……. 권 PD님 고생 많이 하셨겠네."

어린아이 같은 기주의 철없는 놀림에도 도영은 그저 허허 사람 좋은 미소만 짓고 있었다.

결국 해아가 나서서 기주의 옆구리를 팔꿈치로 쿡 찔렀고, 기주는 애들 놀리듯이 손가락을 배배 꼬며 장난을 걸었다. 드라마 팬들이 실제 해아와 기주의 평소 모습을 보게 된다면 실망할지도 모를 일이다.

드라마 내에서는 절절한 사랑을 나누고, 꿀 떨어지는 눈빛으로 서로를 바라보던 사이가 맞나 싶을 정도로 만나기만 하면 투닥거리기 때문이다. 거의 연년생 친남매 수준이었다.

"방송 삼십 분 전입니다! 식사 서두르세요!"

조연출의 외침에 이미 식사를 끝낸 사람들이 자리를 정리하기 시작했고, 해아와 도영은 좀 더 빠르게 식사를 이어갔다.

"밥도 안 먹고, 혼자서 이 많은 걸 다 굽고 있었어요? 하여간 미련해."

해아의 공격에 가만히 듣고 있던 도영이 어이가 없다는 듯 웃었다. 하지만 해아는 진심으로 속상했다.

"오면 같이 먹으려고 그런 거지."

"내가 늦는다고 말했잖아요. 속상해 죽겠어. 매번 회식 때마다 혼자서 고생 다 하고."

"알았어. 다음부턴 안 그럴게."

도영의 미소에 울컥했던 마음이 조금은 가라앉았다. 그 모습을 바로 옆에서 지켜보던 주현이 놀란 표정을 감추지 못했다.

"저기……. 두 분 지금 공개 연애 아닌 거 알고 계시죠?"

주현의 지적에 해아는 고개를 끄덕였다.

"흠흠. 알고 계시면 사랑 싸움은 자제하세요. 조마조마하니까요."

"우리 열애설 나면 네가 제보한 걸로 알게."

"말도 안 돼! 이렇게 티 다 내고 다니면서! 현장에 두 분 비밀 연애 중인 거 모르는 사람이 없는 거 알고 계시죠?"

억울해하는 주현이 귀여워서 쌈 하나를 더 싸서 건넸다.

"드라마 시작하겠다. 얼른 먹고 들어가자."

그 핑계 삼아, 도영에게도 쌈을 하나 싸서 입에 넣어주었다.

마지막 회 방송을 본 후, 해아는 잠시 건물 밖으로 나왔다. 마음이 이상했다. 진짜로 모든 게 끝났다는 아쉬움과 말로 다 표현할 수 없는 허전함이 가슴을 가득 채웠다. 그동안 여러 작품을 해왔지만 이토록 마음이 공허한 건 처음 겪는 일이었다.

펜션 마당 한편에 놓인 벤치에 앉아 고개를 젖혀 하늘을 바라보았다. 달조차 걸리지 않은 어두운 하늘, 그래서 더 존재감이 드러나는 수많은 별들이 반짝이며 빛을 냈다. 깊게 숨을 들이쉬니 상쾌한 밤공기가 은은한 풀 향과 동시에 폐부 깊숙이 파고들었다.

마지막이라는 단어가 가지고 있는 무게가 유난히 무거웠다. 오늘 밤이 조금 더 천천히 지났으면 하는 바람도 있었다.

띵동.

손에 쥐고 있던 휴대폰에 메시지 알림음이 울렸다.

〈마지막 회 잘 봤어. 수고 많았다.〉

메시지는 경진이 보낸 것이었다. 해아는 그제야 웃을 수 있었다. 그녀에게 인정받은 기분이 들어 설레기도 하고, 지켜보고 있었다고 생각하니 쑥스럽기도 했다.

해아는 휴대폰 속 메시지를 몇 번이나 읽고 또 읽다가, 손끝으로 글자 하나하나를 만져보기도 했다. 한참을 그렇게 망설이다 답장을 적었다.

〈엄마. 나 엄마한테 소개해 줄 사람 있는데, 한번 만나볼래?〉

경진에게 메시지를 보내고, 다시 답장을 기다리는 내내 가슴이 두근거렸다.

'싫다고 하면 어쩌지? 꼭 소개해 주고 싶은데……. 내가 사랑하는 사람이라고, 참 좋은 사람이라고 자랑하고 싶은데. 그 사람 참 괜찮더라, 하는 말도 듣고 싶은데.'

〈그래. 그러자.〉

경진의 답장을 받은 해아는 너무 기뻐서 하마터면 소리를 지를 뻔했다. 구체적으로 언제 만나자고 당장 약속을 잡은 건 아니었지만, 그래도 좋았다.

한편, 해아를 찾기 위해 건물 밖으로 나온 도영은 단번에 해아를 찾아냈다.

"여기 있었네?"

벤치에 앉아 있던 해아가 도영의 목소리를 듣고 웃으며 손짓했다. 도영은 카디건을 해아의 어깨 위에 얹어주고 옆자리에 앉았다.

"뭐 하고 있었어?"

"그냥…… 마지막 회 보고 나니까 마음이 허전해서요."

도영의 마음도 해아와 크게 다르지 않았다. '지금까지 별이 빛나는 밤을 시청해 주셔서 감사합니다'라는 자막과 다음 드라마의 예고편을 보고 난 후라 그런지 괜히 마음이 싱숭생숭했다.

"제작자 입장에서는 마지막 회 본 소감이 어때요?"

"아쉽기도 하고, 허전하기도 하고. 배우 입장에서는 어떤데?"

"나도 마찬가지예요. 근데 이번 작품이 유난히 더 각별한 거 같아요. 권도영 씨를 만나서 그런가?"

"나도 그래서 그런가 보다."

고맙게도 해아가 정답을 말해주었다.

"요즘 대본 책이랑 시나리오 책 많이 들어오지?"

"많이 들어오긴 하는데, 아직 안 열어보고 있어요. 열어볼 마음이 안 생겨."

도영은 자그만 해아의 손을 꼭 잡았다.

"이렇게 아쉬울 줄 알았으면 좀 더 열심히 할걸."

"이것보다 어떻게 더 열심히 해. 넌 최선을 다했고, 결과가 그걸 증명하고 있잖아."

"그래도 후회돼요."

"최고였어. 정말 멋졌어."

도영의 말에 해아가 쑥스러운 듯 웃었다.

도영은 해아의 성장을 가장 가까운 곳에서 지켜볼 수 있어서 누구보다 행복했다. 그녀가 현장에서 얼마나 많은 노력을 했는지 얼마나 많은 애정을 가지고 임했는지 잘 알기에, 그녀에게 향하는 좋은 평가들이 도영까지도 기쁘게 했다.

해아가 도영의 어깨에 머리를 기댔고, 도영은 해아의 어깨를 감싸 안았다.

"도영 씨. 우리 엄마 만나볼래요?"

"어머니? 나야 좋지."

"어느 정도 알고 있겠지만, 우리 엄마가 마음의 병이 깊어서 보통의 엄마들과는 조금 달라요. 그리 편하지는 않을 거예요."

"걱정 마. 그 어떤 상황에서든 최선을 다할 거니까. 예쁨받을 자신 있어."

도영의 자신감 넘치는 대답에 해아가 활짝 웃었다.

가끔씩 딸인 해아도 경진의 말에 상처를 받아올 정도이기에 긴장이 되는 건 도영도 마찬가지였다. 담담한 척했지만 실은 벌써부터 가슴이 두근거렸다. 하지만 경진과의 만남이 걱정되는 동시에, 기대가 되는 것도 사실이다. 해아가 자신을 엄마에게 소개해 주고 싶다는 마음을 가졌다는 것만으로도 기뻤기 때문이다.

"전에 바로 이 자리에서 나한테 아픈 말로 상처 줬던 거 기억 나?"

도영의 말에 해아가 그의 허벅지를 찰싹 때리며 눈을 흘겼다.

"더 말하지 마요. 창피하니까."

"어떻게 너 좋다는 남자한테 다른 여자를 만나라고 말할 수가 있어? 너 그때 진짜 나빴어."

"아유, 난 모르겠다. 기억 하나도 안 나는데요?"

해아는 고개를 흔들며 현실을 부정했다.

"도영 씨 생각보다 뒤끝이 있네. 그때 얘길 지금 왜 해요?"

"이 자리에서 다시 좋은 기억으로 바꿔달라고."

이제 이곳을 떠올릴 때마다 그때의 기억이 떠오르지 않도록. 결국은 우리가 이렇게 사랑을 하고 있으니 좋은 기억으로 아팠던 기억을 덮고 싶었다.

해아가 천천히 고개를 들어 도영의 눈을 바라보았고, 도영 역시 해아에게서 시선을 떼지 못했다.

"사랑해요."

숨을 고르고, 한참 만에 꺼낸 그 말에 도영은 저도 모르게 웃고 말았다. 사랑. 대체 그게 무엇이기에 이리도 가슴을 녹아내리게 만드는지, 참 기가 막혔다.

바로 뒤 건물 안에 스태프들과 배우들이 있다는 것도 새까맣게 잊고, 도영은 그대로 해아에게 입을 맞췄다. 자신의 두 볼을 부드럽게 감싸는 그녀의 손길에 또 한 번 심장이 녹는 기분이었다.

"좋다……."

지금 사랑하는 사람이 내 품 안에 있고, 그녀가 내게 사랑을 말하니 이보다 더 좋을 순 없었다.

세상을 모두 얻은 기분. 그 무엇과도 바꿀 수 없는 고백이었다.

객관적으로, 이번 드라마는 실패였다. 태정은 긴 한숨을 내쉬며 독한 술을 스트레이트로 비웠다.

광고도 다 채우지 못했고, 3%대 시청률은 내내 조롱거리가 되었다. 시작부터 삐걱댔기에 어느 정도 예상 가능했던 상황이라 입이 더 썼다.

작가, 감독, 배우, 제작사, 방송사 할 것 없이 서로가 서로를 향해 책임을 돌렸고, 몇몇 배우들과 스태프들은 SNS에 후기를 빙자한 불만글을 올리며 내분을 촉진시켰다. 점점 진흙탕이 되어가더니 결국 이런 결말을 맞이하게 되었다.

해외 수출 역시 불투명해졌다. 첫 제작 기획이라며 열을 올리던 유미와 신 이사도 슬그머니 발을 뺐고, 누군가 이 상황을 책임져 주길 바라고 있는 것 같았다.

"대표님. 괜찮으십니까?"

"어. 박 상무. 같이 한잔하지."

박 상무가 맞은편에 앉아 태정이 건네는 잔을 받았다.

"종방연은 어떻게 됐나?"

"비공개로 진행 중이라고 합니다. 근데 주연 배우들이 안 와서……."

남자주인공인 홍정우는 시작부터 끝까지 속을 썩였다. 소속사가 지랄 맞은 건 둘째 치고, 홍정우 본인도 만만치가 않았다.

마음 같아서는 이 모든 책임을 유미에게 묻고 싶었지만 임원들의 반발에도 불구하고 끝까지 그녀를 밀어주었던 건 태정 자신이었다.

애초에 시작부터가 잘못이었다. 이 회사를 설립한 이래로 가장 명청하고 한심한 결정이었다. 이제 와 그런 후회들은 다 소용 없는 짓이었다.

"다음 주 월요일에 임시이사회 소집된 거 알고 계시죠?"

"알고 있지."

"대표이사 해임안이 올라올 확률이 큽니다."

태정의 입에서 또 한 번 깊은 한숨이 새어나왔다. 올해로 삼 년째, 영화와 드라마에 걸쳐 연타석 삼진을 당한 것이나 다름없었다. 외부적인 상황은 둘째 치더라도, 자신의 안목이 이렇게까지 엉망이 된 건가 하는 생각에 자신감마저 떨어지고 있었다.

대표이사 해임 건에 대해 어느 정도 예상은 했고, 그에 맞춰 차근히 준비를 하고는 있었지만 씁쓸함은 감출 수가 없었다. 이 회사를 세우고 십여 년에 걸쳐 최고의 자리까지 올려놓았는데 쫓겨날 신세로 전락하다니, 기가 막힐 노릇이었다.

"헤이즌에서 경영권 방어에 의결권을 행사하겠다고 약속했습니다."

박 상무의 말도 그리 반갑지는 않았다. 일시적 유예일 뿐, 해임은 머지않은 일이기 때문이다. 이번 한 번은 헤이즌의 도움으로 넘긴다 해도, 다음번에도 헤이즌이 도움을 줄 거라고 기대하는 건 바보 같은 짓이었다. 그에 대한 대비를 철저히 하는 것밖에는 방법이 없었다.

"헤이즌 쪽으로 계속 지분 팔아 넘겨."

"대표님. 이렇게 그냥 회사 놔버리실 겁니까?"

"다음 기회를 만들려면 어쩔 수 없지."

"그럼 처음부터 다시 시작해야 하지 않습니까. 대표님이 세우고 키워온 회사인데……."

"너무 미련 갖지 말자고."

생각하면 답답하고 막연하긴 하지만, 처음 J미디어를 세웠을 때처럼 다시 시작하면 된다고 마음을 다잡고 있었다. 십여 년을 해왔기에 그때보다 더 수월하게 성공할 수 있을 거라는 어느 정도의 계산도 있었다.

그러기 위해서는 일단 자금을 안전하게 확보해야만 했다. 지분이 더 헐값이 되기 전에 서둘러 정리하는 편이 옳았다.

자신의 손으로 버린다는 게 남들이 보기에는 냉정해 보일지도 모르겠지만, 더 이상 도움이 되지 않는다면 단칼에 끊어내는 게 옳다고 믿어왔다. 태정은 평생을 그런 마음으로 살아왔기에 망설일 이유가 없었다.

❧

작업실 문을 열고 안으로 들어선 애리는 조명을 켜 생기를 잃었던 공간에 숨을 불어 넣었다.

"휴우."

돌아오지 않을 거라며 기세 좋게 떠나놓고서 결국 두 달도 채우지 못하고 이곳으로 돌아왔다. 단단히 마음을 먹고 살던 집도 정리하고 떠났던 탓에, 돌아올 곳이 작업실밖에 없었다. 애리는 작업실 한쪽에 짐을 세워두고 창가로 가 블라인드를 걷어 올렸다. 어둠을 밝히는 불빛들이 어지럽게 떠다니고 있었다.

모두 내려놓고 싶었다. 할 수만 있다면 놓아버린 것들을 잊고 싶었다. 괜찮다고 감싸 안는 해아에게 너무나 미안한 것들이 많아서 가능하면 다시 돌아오고 싶지 않았다. 나유미의 동생 나애리가 아닌, 그저 나애리의 삶을 시작하고 싶었다.

하지만, 결국 다시 이곳으로 돌아왔다. 해아에게 가졌던 미안함은 어느 날 갑자기 사라질 수 있는 것이 아니기에, 미안함을 마음 한쪽에 남겨둔 채 사는 게 맞다고 생각했다.

언니에 대한 미움 역시 그냥 가져가는 게 맞고, 떠난다고 해서 없던 일이 되는 것도, 해결되는 것도 아니라는 걸 깨달았다. 새로운 시작은, 바로 여기서부터 시작되어야 한다고 생각했다.

애리는 책상으로 가 뽀얗게 쌓인 먼지를 손바닥으로 걷어냈다. 그러곤 책장에 가지런히 꽂힌 대본책을 훑어보았다. 제목을 스치던 애리의 손끝이 '별이 빛나는 밤'을 지나치지 못하고 그 자리에 멈췄다.

다시 돌아오기로 마음먹었던 가장 큰 이유는, 어쩌면 내내 머릿속을 떠나지 않고 부유하던 기주에 대한 생각과 그날의 고백일 것이다.

"미국에 얼마나 오래 있을지 모르겠지만, 기다리고 있을 내 생각해서 조금만 일찍 와줘요."

기주는 지난 두 달 동안 자신에게 단 한 번도 연락을 하지 않았다. 기다리겠다던 그 말이 진심이었던 모양이다. 하지만 결국 기다리고 있던 건 애리였다.

늘 혼자였던 그녀에게 손을 내밀어준 유일한 사람. 자신을 기다리고 있겠다고 말하던 사람.

그 사람을 다시 한 번 만나고 싶었다.

기주는 단골 해장국 집에서 저녁을 먹고, 애리의 작업실 방향으로 걸었다.

가는 길에 편의점에 들러 아이스크림 하나를 입에 물고 작업실 건물 근처까지 갔다가, 다 먹고 나면 집으로 돌아가곤 한다. 이런 패턴은 두 달째 반복되고 있었다.

"어?"

어쩐 일로 그녀의 작업실에 조명이 들어와 있었다. 혹시 짐을 빼는 건가 싶어 가슴이 철렁 내려앉았다.

"정말 안 돌아올 생각인가……"

깊은 한숨을 내쉰 기주는 그대로 발길을 돌리려다가, 혹시나 하는 마음에 애리에게 전화를 걸어보았다. 그녀가 떠난 후로, 단 한 번도 전화를 걸지 않았다. 그녀가 조금 더 일찍 돌아오지 않을까 하는 희망이 있었기 때문이다.

[여보세요?]

그렇게나 듣고 싶었던 애리의 목소리를 들으니 괜히 마음이 울컥했다. 이렇게 좋을 줄 알았으면 진작 전화해 볼걸, 하는 후회가 머릿속을 빠르게 스쳐 지나갔다.

그녀를 재촉하고 싶지 않았고, 그녀 스스로 자신에게 와주길 바라던 그런 마음들이 어쩌면 오만한 생각은 아니었을까, 하는 후회도 들었다. 그 잠깐 사이에 수많은 후회와 아쉬움이 기주의 마음을 무겁게 만들었다.

"작업실 뺐어요?"

기주의 물음에 답이 빨리 건너오지 않았다. 혹시 전화를 끊은 건가 싶어서, 기주는 마음이 초조했다.

[……아뇨.]

아니면 됐다, 싶었다. 마음이 한결 놓였다.

그녀가 생각 날 때나 보고 싶을 때, 그리울 때 그녀의 작업실을 찾는 것으로 마음을 달래곤 했는데, 이마저도 잃게 될까 봐 마음을 졸였던 것이다. 기주는 희게 웃으며 괜히 애꿎은 길바닥을 발끝으로 툭툭 찼다.

[그건 왜 물어요?]

"불이 켜져 있기에."

부담되게 괜한 소릴 한 건가 싶어서, 대답하자마자 바로 후회했다.

"잘, 지냈어요?"

[그럭저럭.]

잘 지내고 있다는 대답보다 그럭저럭 지낸다는 대답이 반가운 이유는 내가 속 좁은 인간이기 때문일까.

"나는 잘 지내지 못했어요. 안 물어볼까 봐 미리 말하는 거예요."

작은 웃음소리가 건너왔다. 어쩐지 그녀가 가까이에 있는 것 같다는 기분이 들어, 기주는 따라 웃었다. 기주는 그녀의 작업실을 뒤로하고, 다시 자신의 집을 향해 걸었다.

"오늘따라 되게…… 보고 싶네요."

화장기 없는 얼굴로 머리카락을 질끈 묶고 트레이닝복에 두꺼운 패딩 차림으로 나타나 해장국에 소주를 먹던 모습이 그리웠다. 편의점 테이블에 앉아 삼각김밥과 라면을 열심히 먹던 모습도 보고 싶었다. 이 길 위를 함께 걷던 그 봄밤도 자꾸만 기억났다.

"나도요."

기주는 자신의 눈을 의심하며 멈춰 섰다. 기주의 앞을 막아선 사람, 그리고 생생하게 들리는 목소리의 주인은 다름 아닌 애리였다. 기주는 할 말을 잃고 멍하니 애리를 바라보았다.

"나도…… 민기주 씨 보고 싶었어요."

기주는 한참 동안 눈꺼풀을 깜빡이다가 손을 뻗어 그녀의 손을 잡아보았다. 분명 사람이 맞았다. 헛것을 본 게 아니었다.

한 걸음 더 바짝 다가가 볼을 만져 보았다. 그러자 그녀가 환하게 웃으며 기주에게 좀 더 가까이 다가섰다.

"근데 민기주 씨는 나 보고 싶었던 거 맞아요? 왜 연락 한 번을 안 했어요?"

기주는 애리의 말이 끝나기도 전에 그녀를 품에 안았고, 입맞춤으로 대답을 대신했다.

❦

해아와 도영은 '별이 빛나는 밤' 팀이 모여 있다는 연락을 받고 그쪽으로 가는 길이었다. 나애리 작가의 귀국에 한껏 신이 난 기주가 루프탑 바 건물을 통째로 빌려 버린 것이다.

약속장소가 마침 둘이 자주 다니는 단골 LP바 근처라서, 일찌감치 만나 그곳으로 함께 걸어가고 있었다.

"조금 더 빨리 걸을까?"

저녁 시간대라 그런지, 길 위에는 사람들이 아주 많았다. 마스크와 안경으로 얼굴을 가리긴 했지만 젊은 사람들이 대다수라 그런지 해아를 쉽게 알아보았다. 그냥 지나치는 사람도 있었고, 알은체할 타이밍을 놓치는 사람도 있었다.

걱정스러운 마음에 꺼낸 도영이 제안에 해아는 고개를 가로저으며
도영의 손을 더욱 꽉 잡았다.

비밀 연애 육 개월이 넘어가니, 사람들이 많은 곳을 무조건 피하지
않고 그 안에서 자연스럽게 데이트하는 방법을 나름 터득한 참이다.
말 걸 틈 없이 아주 빠르게 걷는 게 그 방법 중 하나였다.

팬들이나 일반 시민들 사이에서 해아와 도영의 목격담이 SNS를 타
고 암암리에 소문이 나고 있긴 했지만 아직까지 기사화가 되진 않고
있었다. 박 대표의 선방이거나, 그간 해아와 유대관계를 쌓아왔던 기
자들의 배려일지도 모르겠다.

"또 열애설 날까 봐 걱정돼요?"

"난 상관없지만 네가 곤란해질까 봐."

"나도 상관없어요. 드라마도 끝났겠다, 곤란해질 게 뭐 있어?"

해아의 말도 일리 있긴 했지만, 공식적으로 한 번 부인했던 사이이
기에 더욱 조심스러운 것도 사실이다. 어떤 방법으로 유연하게 공개를
하면 좋을지, 시기를 보고 있었다.

"다 솔직하게 말할 거예요. 그땐 아니라고 할 수밖에 없는 상황이
었다는 것까지 모두 다. 그때 내가 얼마나 속상했는데……."

해아의 다짐에 도영은 마음 한 구석이 짠했다. 자신과의 관계를 부
정하는 걸 너무나 많이 미안해했던 그녀였다. 돌이켜 보면 결코 쉽지
않은 결정이란 걸 누구보다 잘 알기에, 도영은 해아가 더 이상 그때
일을 미안해하지 않으면 했다.

그 사이 약속장소에 도착한 해아와 도영이 건물 안으로 들어가자
먼저 온 일행들이 2층에 있다며 안내해 주었고, 두 사람은 여전히 손
을 잡은 채 계단을 올라갔다.

사랑, 너에게 묻다

"어서 와요!"

해아와 도영을 가장 먼저 맞이한 건 주현이었다. 2층 바에 들어서자마자 낯익은 사람들이 눈에 들어왔고, 그들은 해아와 도영을 반겨 주었다.

마치 파티를 연상케 하는 시끌벅적한 분위기가 낯설었다. 테이블마다 칵테일, 와인, 스파클링와인, 맥주, 양주 등 다양한 주종이 뒤섞여, 오늘 술자리가 길어지면 만만치 않겠다는 생각이 가장 먼저 들었다.

"민기주 선배는?"

"옥상에 있어요."

"인사하고 다시 올게."

해아와 주현이 인사를 나눈 후, 도영과 해아는 다시 옥상으로 한층 더 올라갔다. 옥상은 2층 분위기와는 전혀 달랐다. 차분한 분위기 속에서 대화를 나누며 술보단 차를 즐기고 있었다. 도영은 애리와 마주 보고 앉아 대화 중이던 기주를 발견하고 그쪽으로 향했다.

"어떻게 둘이 같이 와?"

기주의 물음에 도영과 해아가 서로를 바라보다가, 마치 짠 듯이 맞잡고 있는 손을 들어보였다. 그러자 주변에 있던 일행들이 박수를 치며 환호를 보냈다.

"자자! 두 분도 한잔하세요."

어느새 뒤 따라 올라온 주현이 달콤한 열대 과일향이 매력적인 노란빛깔의 칵테일 잔을 건넸고, 도영이 그것을 받아 하나는 해아에게 건넸다.

도영과 해아는 난간에 등을 기대고 서서 건배를 나눴다. 저 멀리 보이는 남산과 노을 진 하늘을 바라보며 한 모금 마시니, 미간이 구겨질

만큼 짜릿했다. 도영과 해아는 서로에게서 눈을 떼지 못한 채 잔을 끝까지 비웠다.

"난 여기가 마음에 드는데, 도영 씨는 어때요?"

"나도."

"그럼 우리 내려가지 말고 여기 있어요."

술보다는 분위기를 택한 두 사람이 비어 있는 테이블로 향하자, 기주와 애리도 그곳으로 왔다.

"작가님 드디어 오셨네요."

해아가 악수를 청하자 애리가 그에 응했다.

"네. 돌아왔어요."

"잘하셨어요. 사람 하나 살리신 겁니다."

"저 없는 사이에, 두 사람은 공개 연애하기로 한 거예요?"

"아는 사람은 알고 모르는 사람은 모르는, 반공개 연애쯤 되겠네요."

해아의 대답에 도영이 고개를 끄덕이며 수긍했다. 아주 적절한 표현이었다.

"기주 씨 차기작 결정하셨다는 기사 봤습니다. 엄청난 대작이던데요?"

"기사가 좀 요란하게 났죠? 워낙 출중한 배우들이 많이 나와서 얹혀가는 겁니다."

기주는 차기작으로 영화를 선택했다. 영화와 드라마 모두에서 흥행이 되는 몇 안 되는 배우 중 한 사람이기에 도영 역시 그의 차기작이 기대되었다. 함께 작품을 했기에 성공을 바라는 마음도 더욱 컸다.

"해아는 차기작 아직이야?"

"저는 시놉 검토도 안 하고 있어요."

"물올랐을 때 계속 달려야지! 너…… 아직도 '별이 빛나는 밤'에서 못 빠져나왔다는 그런 말 같지도 않은 소리는 할 생각 마라."

"시나리오랑 대본책 들어오긴 하는데, 아직 눈에 안 들어와요. 이쯤에서 자리매김 확실하게 하려면 제대로 잘 골라야 할 것 같아서 부담도 되고요."

도영은 들어보지 못한 해아의 고민이었다. 같은 일을 하는 동료이자 선배이기에 털어놓는 진심 같았다. 그런 고민을 하고 있을 거라 막연히 생각한 적은 있지만, 그녀의 입을 통해 직접 들으니 그 무게감이 느껴졌다.

"꼼꼼하게 잘 선택하는 것도 좋지. 근데 너무 길어지면 안 돼. 해보고 싶은 장르나 배역 같은 건 없어? 그 정도는 생각해 봤을 거 아냐."

"그냥 마음 비우고 있는 중이에요. 방향을 결정하고 시놉을 보면 선입견이 생기니까. 뭐가 좋을 거 같아요?"

"내 생각에는……. 치명적인 격정 멜로."

예상치 못했던 기주의 대답에 애리, 해아, 도영 모두 기가 막힌다는 표정을 지었다. 특히 해아는 마치 못 들을 말을 듣기라도 한 것처럼 눈썹을 찌푸리며 진심으로 어이없어 했다. 그런 해아의 모습에 도영은 웃음이 터져버렸다.

"반응이 왜 이래? 이런 건 객관적인 눈으로 봐야지! 이 사람들이 사적인 관계에 얽혀서 보는 눈이 멀었네."

누가 봐도 도영을 놀리려고 한 말이었다. 도영은 고개를 가로저으며 온더록 잔에 얼음을 가득 채우고 양주를 따랐다. 웬만하면 오늘 술을 마시지 않으려고 했는데, 지나친 농담에 목이 타서 어쩔 수 없었다.

"특히 권도영 PD님!"

"저요?"

"류해아랑 연애하면서 그 정도도 각오 안 했습니까?"

애리가 기주를 향해 벌써 취했냐고, 왜 행패냐고 말렸지만 그는 약 올리기로 작정한 듯 계속해서 도영을 자극했다.

"사실 제 생각도 그래요. 다른 장르도 잘 어울리지만, 해아가 멜로에 최적화된 배우라는 건 부정할 수 없죠."

"진심이에요?"

"일이니까 존중해야지. 뭐…… 속은 좀 쓰리지만."

도영의 대답에 해아가 진심으로 놀란 듯 되물었고, 도영은 솔직하게 대답했다.

"흐음. 그럼 저는 결심했어요."

해아는 뭔가를 단단히 결심한 듯 결연한 표정을 지으며, 도영이 따르고 있던 술을 빼앗아 가더니 단숨에 잔을 비웠다.

"진짜 치명적인 격정멜로 할 거야?"

기주가 한껏 기대감에 찬 표정으로 해아에게 물었고, 모든 시선이 해아의 입술로 향했다.

"장르물 할 거예요. 러브라인 전혀 없는 작품으로. 요즘 장르물이 대세잖아요. 작가님, 장르물 쓰실 생각 없으세요?"

"안 그래도 권 PD가 차기작 내놓으라고 성화인데, 한번 생각해 보죠."

도영은 속으로 쾌재를 불렀고, 기주는 실망감을 감추지 못했다.

해아는 자신의 팔에 팔짱을 끼며 칭찬을 바라는 얼굴로 도영을 올려다보았다. 그에 도영은 빙긋 웃었다. 속 좁게 굴고 싶지 않았는데, 미안하게도 해아의 그 말이 너무나 듣기 좋았다.

해아는 잔뜩 긴장한 얼굴로 차창에 비친 자신의 모습을 몇 번이고 확인했다.

오늘은 경진에게 도영을 소개하기로 한 날. 외출을 힘들어하는 그녀였기에 도영을 경진의 집으로 초대하려 했는데, 그녀가 나오겠다고 했다. 집이 아닌 곳에서 경진과 시간을 보내는 것 자체가 너무 오래전의 일이라, 그 마지막이 기억조차 나질 않았다.

경진의 집 앞에서 기다리고 있던 해아는 그녀가 대문을 열고 밖으로 나오자 달려가 반겼다.

"엄마."

"오래 기다렸니?"

"아니."

경진의 모습은 평소와는 전혀 달랐다. 머리도 신경 써서 만졌고, 말갛던 얼굴에 옅은 화장도 한 상태였다. 단정한 원피스에 카디건, 거기에 구두까지 신고 나타났다.

"왜? 이상해?"

"아니. 너무 예뻐서. 눈이 다 부시다."

해아의 말에 경진이 옅게 웃으며 고개를 절레절레 흔들었다.

"가자."

해아는 조수석 문을 열어 경진을 먼저 태우고, 운전석에 올랐다. 운전하는 내내 해아는 곁눈질로 경진을 살펴보았다. 조금 긴장한 표정이긴 했지만 기분은 괜찮은 것 같아 마음이 한결 놓였다.

경진은 작은 손거울을 꺼내 수시로 얼굴을 살피며 한숨을 내쉬었다.

"너무 생기 없어 보이지 않니?"

"아냐. 보기 좋아."

"안 하던 화장을 했더니 영 어색하고 이상하네."

해아는 경진이 도영과의 첫 만남에 많은 신경을 쓰고 있다는 것만으로도 기분이 좋았다.

해아의 기억 속에 경진은 늘 지쳐 보이고 서늘하고 차가웠다. 하지만 오늘은 전혀 달랐다. 그 어느 때보다 따뜻해 보였고, 입가에는 미소가 자주 걸렸다. 경진 스스로도 자신감이 생긴 것 같았다. 남에게 보여주기 위해서 조금씩 변화하고 있는 게 아니라, 자기 자신을 위해 변화를 선택한 게 아닐까 싶었다.

"도착했습니다."

해아가 주차장에 차를 세우고 먼저 차에서 내렸다. 한 발 늦게 내린 경진은 여전히 가슴이 떨리는지 왼쪽 가슴 위에 손바닥을 얹고 심호흡을 했다.

"그렇게 떨려?"

"그럼. 당연히 떨리지. 처음으로 딸 남자친구 소개받는 건데."

'딸'이라는 지칭도, '딸의 남자친구'라는 표현도 해아는 너무나 듣기 좋았다. 해아는 경진의 손을 꼭 잡았다.

"그 사람, 분명 엄마 마음에 들 거야."

해아는 자신이 사랑하는 사람에 대한 자부심이 있었기에 자신할 수 있었다. 내가 사랑하는 사람이 이렇게나 멋진 사람이라고, 경진에게 어서 보여주고 자랑하고 싶었다.

도영이 신경 써서 예약한 한식당 안에 경진과 해아가 나란히 들어섰다. 지배인의 안내를 받아 도착한 곳의 문을 열자, 먼저 와서 기다리고 있던 도영의 모습이 보였다. 앉아 있던 그가 벌떡 일어나 다가왔다.

"안녕하세요. 어머니. 처음 인사드립니다. 저는 권도영이라고 합니다."

도영이 고개를 숙여 정중하게 인사하자, 경진도 덩달아 고개를 숙이며 인사를 받았다.

"반가워요. 나는 해아 엄마예요."

쭈뼛대며 내민 경진의 손을 도영이 감싸 쥐었다. 악수를 나누는 사이, 두 사람 사이에 느껴지는 숨 막히는 어색함마저 반가웠다.

해아는 자신이 중간에서 인사시킬 새도 없이 급히 인사를 나눈 두 사람을 바라보며 귀엽다고 생각했다.

"어머님, 이쪽으로 앉으시죠."

도영의 안내를 받아 해아와 경진이 나란히 앉았고, 그 맞은편에 도영이 자리했다.

단정한 슈트 차림의 그는 아직까지 긴장한 상태였다. 해아는 그런 도영에게 재킷을 벗고 편하게 있으라고 눈짓과 손짓으로 전달했다.

"권석현 사장님 아드님이시라고 들었는데."

"네. 어머님. 말씀 편하게 하세요."

"그래도 처음 본 사이인데 덥석 말을 놓기가……."

"그럼 어머님 편하신 대로 하십쇼. 전 언제든 괜찮습니다."

또 한 번 숨 막히는 어색함이 찾아왔다. 해아는 적절한 타이밍에 요리를 주문했고, 도영은 물 한 컵을 단숨에 비웠다.

그렇게 말 잘하던 그가, 영업 왕이라고도 불리는 그가 오늘은 영 맥을 못 추고 있었다.

"아! 어머님 드리려고 작은 선물 하나 준비해 왔는데."

"내 선물이요?"

도영이 식탁 아래에서 넓적한 종이봉투를 꺼내 경진에게 건넸다.

경진이 봉투 안을 살피자 해아 역시 참지 못하고 슬쩍 고개를 내밀었다.

"어머님이 꽃을 좋아한다고 하셔서 꽃다발을 사오려다가, 화분으로 사왔습니다. 좀 더 오래 두고 볼 수 있을 거 같아서요."

"어머나…… 너무 예쁘네요."

그가 건넨 꽃은 듀란타라는 꽃이었다. 줄기가 길게 늘어지면서 계속해서 진보랏빛의 꽃이 피는, 은은하게 나는 초콜릿 향이 매력적인 다년생 화분이었다.

도영의 선택은 성공적이었다. 해아가 꽃다발보다는 화분이 좋겠다는 짤막한 조언을 해줬을 뿐인데, 결과물이 아주 훌륭했다.

"제가 원예에 대해서는 아는 게 없어서 꽃집 주인분께 도움을 받았는데, 마음에 드세요?"

"마음에 쏙 들어요."

"다행이네요. 화분에 물 주실 때, 가끔씩 제 생각도 해주시면 어떨까 싶은데……."

"어쩌지? 이 식물은 한 달에 한 번 정도밖에 물을 주지 않는데?"

"아…… 정말요?"

도영의 깊은 탄식에 땅이 꺼질 것만 같았다. 망연자실한 그의 표정을 보며 경진이 웃음을 지었다.

"농담이에요. 얘는 물 엄청 좋아하는 애예요. 가까이 두고 시선 닿을 때마다 생각할 테니, 너무 상심하지 말아요."

도영은 그제야 미소를 되찾았다. 너무나 진지했던 경진의 농담이었지만, 그 덕분에 그 후로 분위기가 조금 더 말랑해졌다.

해아는 혹시나 하는 마음에 꽃의 이름을 검색해 보았다. 꽃말은 '사랑을 위해 멋을 부린 남자'. 어느 꽃집인지, 꽃집 사장님의 기가 막힌 센스에 해아는 감탄하지 않을 수가 없었다. 지금 그의 모습과 꼭 닮은 꽃이었기 때문이다.

식사가 시작된 후로, 도영은 경진에게 여러 가지를 물었다. 해아가 나온 이번 드라마는 챙겨 봤는지, 해아가 TV에 나오는 걸 보면 기분이 어떤지 등, 해아가 궁금했던 것까지 물어봐 준 덕에 경진의 속마음을 알 수 있었다.

도영은 식사가 마무리 될 때쯤부터는 해아와 처음 만났을 때부터, 교제 시작 전까지 속 썩였던 일들에 대해서도 미주알고주알 털어놓았다. 해아가 그만하라고 몇 번이나 눈치를 줘도, 그는 작정한 듯 경진에게 일러바쳤고 그런 이야기를 들으며 경진은 즐거워했다.

해아는 경진에게 살갑게 구는 도영에게 너무나 고마웠다. 싹싹하고 상냥한 그래서, 다정하고 자상한 그가 자신의 연인이라서 감사하고 행복했다.

식사를 마치고 식당을 나선 세 사람은 주차장에서 인사를 나누었다.

"조심히 들어가세요. 어머니."

"오늘 만나서 반가웠어. 다음에는 해아랑 같이 집에 놀러 와."

"조만간 찾아뵙겠습니다."

도영은 결국 경진이 말을 놓게 만들었고, 집 초대까지 받아냈다. 놀라운 성과였다. 경진이 먼저 조수석에 탔고, 도영은 해아가 탈 운전석 문을 열어주었다.

"운전 조심히 하고. 도착하면 전화해."

"알았어요. 도영 씨도 조심히 들어가요."

헤어짐이 아쉬운 건 해아만이 아니었다. 눈빛으로 전해지는 그의 마음이 자신과 크게 다르지 않음을 알기에 조금은 덜 아쉬웠다.

해아는 그에게 손을 흔들었고, 그는 해아와 인사를 나눈 후 또 한 번 경진을 향해 고개 숙여 인사했다. 차가 주차장을 빠져나와 도로 위에 올라올 때까지, 그는 그 자리에 서서 해아의 차를 바라보고 있었다. 경진도 사이드 미러로 그런 그의 모습을 끝까지 지켜보았다.

"엄마 피곤하지?"

"아냐. 아직 괜찮아."

경진은 여전히 그곳에서 시선을 떼지 못한 채, 도영이 아주 작은 점처럼 보일 때까지 바라보았다.

"어땠어?"

"좋았어. 아주 많이."

생각지도 못했던 극찬이 나오자 해아는 너무나 감격스러웠다. 기쁨을 감출 수가 없었다.

"근데 내가 많이 서툴러서 그 친구가 당황한 거 같아. 오해하지 말라고 전해줘."

"알았어. 꼭 전해줄게."

"다음번에 만나면 좀 더 편해지겠지……."

한숨 섞인 경진의 혼잣말에, 해아는 조용히 웃었다.

"엄마. 오늘 고마웠어."

"나도 고마웠다."

"그 사람…… 마음에 드는 거지?"

해아의 물음에 경진이 고개를 끄덕였다. 그거면 충분하다고 생각했다. 혹시나 하고 염려했던 것들이 눈 녹듯이 싹 사라졌다.

"널 보는 눈빛에 사랑이 많아서 좋았고, 행동 하나 손짓 하나 다정해서 좋았고, 말투가 상냥하고 친절해서 좋았고, 적어도 널 상처 주지 않을 사람 같아서 좋았어. 그리고 무엇보다…… 네가 그 사람을 많이 좋아하는 것 같더라. 네가 좋으면 나도 좋아."

"그 짧은 사이에…… 많이도 봤네."

경진은 담담하게 말했지만 해아는 목이 메었다. 금방이라도 눈물이 날 것 같았다.

"네 표정, 그 친구 표정 보면 그 누구라도 알 거야. 서로 얼마나 많이 사랑하고 있는지. 그런 건 숨겨지지가 않거든."

그게 다른 사람들 눈에 보였다는 것도, 그중에서도 엄마가 알아봐 줬다는 것도 감동이었다.

"엄마. 나…… 그 사람이랑 결혼하고 싶어."

단 한 번도 결혼을 생각한 적 없었다. 자신의 인생에 결혼이란 없다고 단언하기도 했다. 좋지 못한 결말을 맞이한 부모의 결혼 생활을 누구보다 가장 가까이서 지켜봤던 해아였기에 더욱 그랬다. 하지만 그를 만난 후로 처음으로 결혼을 꿈꾸게 되었고, 모든 순간을 함께하고 싶은 걸 넘어서서 그와 가정을 이루고 일상을 공유하고 싶은 꿈이 생겼다.

그의 아내가 되고, 그와의 사이에서 낳은 아이의 엄마가 되고 싶은 마음까지 커져 버렸다. 이런 마음이 든 건 난생 처음이었다.

"엄마 생각은 어때?"

"네 결정이 가장 중요한 거겠지. 난 네 결정을 믿어. 네 믿음대로 가."

"고마워, 엄마."

가장 듣고 싶었던 답이 그녀의 입에서 나왔다. 해아는 미소를 감추지 못했다.

경진을 바래다주고 집으로 돌아온 해아는 씻자마자 침대에 누워 천장을 바라보고 있었다. 오늘 하루가 마치 꿈만 같아서, 지금 이게 현실이 맞는 건지 끊임없이 확인하게 되었다.

해아는 도영에게 전화를 걸었다. 당장 그의 목소리가 듣고 싶었기 때문이다.

[어. 집에 도착했어?]

"네."

[어머니는 잘 모셔다드렸고?]

"네."

[휴우. 오늘 고생했어. 중간에서 마음 많이 졸였지?]

그는 언제나 자신의 걱정이 먼저인 사람이었다. 오늘 가장 많이 마음을 졸인 사람이 자신을 걱정해 주니 웃음이 났다. 이런 게 바로 고양이 쥐 생각이라는 건가, 싶었다.

"우리 엄마 만난 소감이 어때요?"

[아쉬워.]

"뭐가 아쉬운데요?"

[실수를 많이 한 거 같아서.]

"실수 전혀 안 했는데요?"

[아냐. 실수 투성이였어.]

말도 안 되는 소리였다. 내내 지켜본 입장에서, 그는 오늘 하루 종일 최선의 노력을 쏟아부었다. 그랬기 때문에 엄마의 마음에도 쏙 든 것이다.

"그 반대였어요. 엄마가 도영 씨 마음에 든대요."

[진짜? 정말?]

시무룩하게 가라앉았던 목소리 톤이 한껏 높아졌다. 도무지 사랑하지 않고 버틸 수가 없는 남자였다.

[다음에 뵐 땐 좀 더 완벽하게 준비해서, 어머님 마음에 쏙 들도록 노력할게.]

"지금도 충분하다니까요."

그는 욕심도 많은 남자였다. 대체 얼마나 더 경진의 관심과 애정을 독차지하려는 건지, 이러다 경진을 사이에 두고 그와 경쟁을 해야 하는 건 아닌지 걱정이 될 정도였다.

해아는 경진과 도영의 대화를 지켜보면서, 그와 함께할 미래 속에 경진의 모습도 함께 그려보았다. 행복하게 웃고 있을 그녀를 상상하니 마음이 뭉클했다.

"피곤할 텐데 일찍 자요. 내일 아침에 또 일찍 일어나야 하잖아."

[알았어. 자기도 일찍 자.]

자기라니. 갑자기 여기서 자기라니! 불쑥 튀어나온 그의 다정한 호칭에 어김없이 마음이 설렜다.

도영과 통화를 끝낸 해아는 침대에 엎드려 발을 동동 구르며 소리 내어 '자기'라고 불러보았다.

⟡

요리에 재미를 붙인 해아는 오늘 아침도 장 실장을 도와 함께 식사를 준비했다. 제철 맞은 올갱이에 얼갈이배추와 부추를 넣어 시원한 된장국을 끓이고, 고춧가루 양념으로 버무린 오이김치를 만들어 식탁에 내었다.

요리에 관심을 갖게 된 후에야 비로소 얻게 된 음식에 대한 관심은, 해아의 식습관 개선에도 많은 영향을 끼쳤다.

식사를 마치고 메이드가 내어준 차로 입가심을 하던 해아는, 오늘 만든 요리의 레시피를 머릿속으로 다시 한 번 되짚었다.

"어제 네 엄마랑 식사는 잘 했니?"

"네. 다음에 집으로 놀러오라고 초대도 받았어요."

"그게 정말이냐?"

해아의 말에 강훈은 믿을 수 없다는 듯 놀라워했다.

"할아버지도 믿기 힘드시죠? 근데 진짜예요."

"집에 초대를 하다니……. 도영이가 꽤 마음에 들었나 보구나. 하긴, 어딜 가도 예쁨받을 만하지."

강훈이 도영을 인정해 주니, 어깨가 절로 으쓱했다. 도영은 모든 이에게 친절한 사람이었고, 사람을 구분지어 가리는 법이 없었다. 다정하고 따뜻한 사람이라서 고맙고 자랑스러웠다.

어딜 가든 예쁨받는 사람이기에, 그와 함께 있으면 덩달아 좋은 사람이 되는 것 같아 조금은 양심에 찔리기도 했다. 그런 마음이 들수록, 그의 옆에 섰을 때 어울리는 사람이 되고 싶은 욕심이 생겼다.

"엄마가 많이 변한 거 같아요."

"어쩌면 예전 모습으로 돌아오고 있는 건지도 모르지."

해아의 기억 속에 남아 있는 경진은 늘 무기력해 보였고, 서늘하고 차가웠다. 하지만 그 이전에 보았던 또 다른 모습들도 기억 속에 존재했다.

다정하게 책을 읽어주고 인형 옷도 직접 만들어주던 엄마의 모습이나, 자신의 자그만 손을 잡고 함께 정원을 거닐며 꽃 이름을 알려주던 그녀의 모습까지. 또렷하진 않지만, 분명히 기억하고 있었다.

강훈은 늘 해아에게 말해주었다. 그날의 사고 이후, 경진이 제 몸을 해하려 하고 자신을 밀어내려 하는 것은 죄책감과 괴로움 때문이라고. 너를 미워해서 그러는 것이 아니니 너무 마음 아파하지 말라고. 여전히 그녀는 너를 사랑하고 있다고.

혹시나 자신이 먼저 지쳐서 엄마를 미워하게 될까 봐, 포기하고 멀어지려 할까 봐, 강훈은 중간에서 마음을 졸였던 것이다.

"다 할아버지 덕분이에요. 감사합니다."

"아니다. 네 엄마는 네 노력 덕에 닫았던 마음을 연 거야."

강훈의 노력을 알고, 경진의 진심 또한 알고 있다. 해아 역시 경진이 마음을 걸어 잠근 이유는 사고의 후유증이었을 뿐이라고 생각해 왔다.

때론 지치기도 하고, 너무 마음이 아파서 다 포기해 버리고 싶었지만 그래도 끝까지 경진을 놓을 수 없었던 건 강훈 때문이었다. 경진의 변화 역시 강훈의 노력이 크게 작용했을 것이다.

자기 손으로 직접 자기 자식을 내쳐 가면서까지 돌봤던 분이니까. 분명 쉽지 않은 결정이었을 텐데, 잔인하다는 세간의 손가락질에도 아랑곳하지 않고 버텨냈다.

"둘이 결혼 생각도 있는 거지?"

"생각은 있는데, 아직 구체적으로 얘기해 본 적은 없어요."

"그럼 딱히 계획을 세우지도 않았겠구나?"

"네."

해아의 대답에, 어쩐지 강훈은 섭섭한 표정을 지었다. 지난번 소개 자리에서 따로 결혼을 종용하진 않았지만, 어느 정도 기대치는 있었던 모양이다.

"그래. 뭐…… 결혼은 두 사람이 알아서 결정할 일이지. 요즘 세상에 집안 어른들이 나서서 밀어붙인다고 될 일도 아니고. 나는 예전에도 그랬지만, 해아 네가 원하는 대로 살길 바랄 뿐이다. 우리 손녀만 행복하다면 나는 아무래도 상관없어. 이 할애비 말 무슨 뜻인지 알지?"

그런데 왜 자꾸 결혼을 서두르라는 얘기로 들리는 걸까. 해아는 고개를 끄덕이며 옅게 웃었다.

"에휴……. 근데 걱정이다. 나이가 드니까 이유 없이 여기저기가 아픈 게, 하루하루가 달라."

"어디 편찮으세요?"

"나이 들어서 그런 거지 뭐. 정확히 어디가 딱 아프다고 꼬집을 수가 없어."

농담 반, 진담 반의 푸념에, 해아는 강훈의 뒤로 가 어깨를 꾹꾹 주물렀다.

"할아버지. 건강하게 오래오래 사셔야 돼요. 저 결혼식 날 손도 잡아주셔야 되고, 증손주도 보셔야 되잖아요."

"증손주?"

"네. 증손주요."

이내 강훈의 입가에 환한 미소가 어렸다.

"흠흠. 그때까지 살 수 있을지 모르겠다만, 최대한 노력은 해볼게."

"그렇다고 운동 너무 무리해서 하시진 말고요."

"알았다."

해아는 다시 자리로 돌아와 남은 차를 마저 마셨다.

"해아야."

"네?"

"내 너한테 해줄 말이 있는데……."

"말씀하세요, 할아버지."

무슨 이야기인지, 강훈은 잠시 망설였다.

"간단한 얘기가 아니라서……. 조만간 얘기해 주마."

사뭇 진지해진 강훈의 표정에 해아는 덩달아 긴장했다. 주변에 벌어진 일들이 너무 많아 무엇에 관련된 이야기일지 쉽게 짐작할 수 없어서 더욱 마음이 쓰였다.

"네. 할아버지 편하실 때 말씀해 주세요. 기다리고 있을게요."

해아는 노트를 집어 들고 의자에서 일어섰다.

"할아버지 오늘 저녁에 모임에 가신다고 하셨죠?"

"어. 그래. 조금 늦을 거야."

"술 많이 드시면 안 돼요. 절대로 안 돼요!"

"걱정마라. 최 전무가 옆에서 도끼눈을 뜨고 감시해서 한 잔 이상은 마실 수가 없어."

최 전무와 함께라면 해아도 안심이었다.

"저도 오늘 저녁에 행사장에 다녀와야 해서 늦을지도 몰라요."

"근데 너희들은 둘 다 그렇게 바빠서 데이트할 시간은 있니?"

"시간을 쪼개고 쪼개서 만드는 거죠."

"하긴. 전쟁 통에도 사랑은 있었지."

강훈의 입에서 나온 로맨틱한 말에, 해아를 비롯해 메이드들까지 웃음을 참지 못했다.

행사장에 도착한 해아는 포토라인에 서서 취재진들의 촬영에 응한 후 행사장 안으로 들어갔다.

해아가 전속 광고모델을 맡고 있는 명품 의류 브랜드에서 새로운 브랜드 라인을 런칭했는데, 이 브랜드의 전속모델이 바로 민기주였다. 기주는 신규 브랜드 런칭의 황태자라고 불릴 만큼 수많은 신규 브랜드를 성공하게 만든 전력이 있었다.

"해아야. 여기."

신규 런칭 브랜드의 전속 디자이너를 비롯한 업체 관계자들과 함께 있던 기주는 해아를 발견하자마자 반갑게 손을 흔들었다. 해아는 그들에게 다가가 인사를 나누고, 자연스레 기주와 그 무리에서 따로 떨어져 나왔다.

"휴우. 네가 날 살렸다."

수다스럽기로 유명한 사람들 틈에 둘러싸여 있던 기주는 해아가 오기만을 기다렸던 모양이다. 어쩐지 너무 반가워하더라니 싶었다. 안도의 한숨을 쉬는 그가 안쓰럽기까지 했다.

"그나저나, 자꾸 나랑 세트로 다닐 거예요?"

"내가 뭘?"

"동반 광고가 세 개, 잡지 화보도 두 번이나 같이 찍었잖아요. 어휴 지긋지긋해. 어떻게 된 게 드라마 촬영이 끝나도 변한 게 없지?"

대중들에게 폭발적인 인기를 얻었던 드라마답게, 주인공이었던 해아와 기주를 함께 찾는 광고주들이 많았다. 광고 촬영과 화보 촬영을 끝내고 난 후 이제 끝인가 싶었는데, 일적인 관계로 엮여 계속 만나게 되니 드라마 촬영 때만큼이나 자주 보게 되었다.

사석에서 만나는 횟수까지 더하면, 일주일 동안 도영보다 더 많이 만나기도 했다.

"누가 할 소릴! 지겨운 건 나도 마찬가지거든? 근데…… 만나면 왜 이렇게 반갑냐?"

기주의 말에 해아는 결국 웃고 말았다. 사실 그건 해아도 마찬가지였다. 촬영 기간 내내 미운 정 고운 정이 들어버려 서로에게 의지하게 되었다. 그런 기주와 해아를 보고 사람들은 친남매 같다고 할 정도였다.

해아는 기주가 건넨 샴페인이 든 잔을 건네받아 한 모금 마셨다.

"어? 저게 누구야?"

기주의 말에 고개를 돌려보니, 그곳에 홍정우가 있었다.

기주와 해아가 주연을 맡았던 '별이 빛나는 밤'과 동시간대 편성했던 드라마 'STARRY NIGHT'의 주연이었던 홍정우.

그는 드라마를 거하게 말아먹은 뒤, 기사와 SNS를 통해 입에 거품을 물고 작가와 감독, 제작사에게 그 이유를 떠넘기다가 역풍을 맞아 한동안 잠잠하게 지냈다. 하지만 협찬을 찾아 떠도는 하이에나답게, 행사장에는 어김없이 찾아온 것이다.

"정우야!"

기주는 기어이 그를 부르며 손을 흔들었고, 기주를 발견한 홍정우의 입가에서는 미소가 점점 사라졌다.

"오랜만이다. 잘 지냈어?"

"뭐, 그럭저럭."

정우는 두 사람을 어색한 미소로 맞이했다.

"안녕하세요, 선배님."

"그래. 반갑다."

해아는 정중하게 고개를 숙여 인사했고, 지난번 일 때문인지 정우는 멋쩍어 하며 살짝 고개를 끄덕여 인사를 받았다.

"드라마가 잘돼서 좋겠다. 광고도 많이 찍고."

"광고야 뭐 부수적인 거고. 좋은 작품 만나서 많은 걸 얻었지. 작가님, 감독님, 스태프들, 동료 배우들……. 손에 다 꼽을 수도 없어."

정우가 예의상 건넨 말에 기주는 디테일한 대답을 꺼내놓았다. 기주가 으쓱할수록 정우의 낯빛은 어두워졌다.

"너희 작품도 초반에는 대본 잘 나왔다고 그러지 않았나? 네가 그때 대본 재밌다고 했던 거 같은데."

"내가 그랬나?"

"너무 기죽어 지내지 마. 시청률 잘 나올 때도 있고, 안 나올 때도 있는 거지. 대진운이 나빴다고 생각해라."

기주는 아주 작정한 듯 훈계에 가깝게 약을 올렸다. 정우의 주먹은 바들바들 떨렸고, 턱 근육이 씰룩거릴 정도로 이를 악다문 채 화를 참고 있는 듯 보였다.

"아! 그리고 SNS 적당히 해. 너는 다 좋은데 가끔씩 말이 너무 세. 그거 고치는 게 좋아. 필터링하는 습관을 들이든지, 자제를 하든지."

"야, 민기주."

"무조건 남 탓으로 돌리는 것도 보기 안 좋더라. 어쨌거나 작품의 주연을 맡았으면 너도 끝까지 최선을 다해야지. 앞으론 그러지 마. 파이팅이야!"

기주는 기어이 정우 앞에서 파이팅 포즈까지 취하며 머리끝까지 약을 올렸다. 옆에서 지켜보기 조마조마할 정도였다. 결국 그가 먼저 자리를 떠났고, 해아는 웃으며 기주의 팔을 툭 쳤다.

"와. 진짜 못됐다. 어쩜 그렇게 아픈 곳만 골라서 찔러요?"

"지난번에 너 저 자식한테 당하고 있을 때, 내가 말 한 마디 못 거들어준 게 한으로 남아서 이날만을 기다리고 있었어."

"그걸 여태껏 마음에 담아두고 있었던 거예요?"

고개를 끄덕이는 기주의 위풍당당한 표정은 혼자 보기 아까울 정도였다.

"아우, 속 시원해."

후련해하는 그를 보고 있으니 해아도 속이 시원했다. J미디어와 홍정우 소속사 측에서 조직적인 언플로 총공세를 펼치는 동안 얼마나 속을 썩었는지, 그동안 당했던 걸 생각하면 기주가 한 복수는 복수 축에도 끼지 못할 것이다.

드라마의 흥행 성적으로 코를 납작하게 눌러줬으니 망정이지, 비등비등했다면 엄청난 스트레스를 받았을 것이다.

"아휴. 철없는 이 오빠를 어떡하면 좋을까."

"앞으로 너 괴롭히는 놈 있으면 오빠한테 얘기해. 내가 다 복수해 줄게!"

"이 오빠 말고 다른 오빠한테 부탁할 건데요?"

"다른 오빠 누구? 아……. 근데 그 오빠는 이 오빠처럼 대신 복수 같은 거 안 해줄 양반인데?"

"제 걱정은 마시고, 오라버니 걱정이나 하세요."

솔직히 내심 기주가 든든하다고 생각됐지만, 해아는 끝까지 아닌 척했다.

기주는 같은 일을 하고 있는 동료이자 선배이기에, 도영과는 또 다른 방식으로 의지가 되고 도움을 주는 사람이었다. 배우로서 갖게 되는 고민에 대해 이야기 나누는 것은 도영보단 기주가 편했다. 굳이 오빠가 되어주겠다고 하니 사양은 않겠지만, 해아는 왠지 동생이 하나 생긴 것 같은 기분이 드는 건 기분 탓이겠거니 생각하기로 했다.

한낮에는 여름과 다름없는 이른 더위가 찾아왔지만, 밤이 되니 선선한 바람이 불어 상쾌했다. 작업하기 딱 좋은 날씨였다.

집에 돌아온 해아는 간만에 도구를 챙겨 들고 길 위로 나선 참이다. 오늘도 해아의 주변에는 일정 거리를 두고 경호원 세 명이 함께했다.

지난 3월에 파종을 하고, 두 달간 정성껏 육묘를 해 지난달에 이곳에 옮겨 심은 페튜니아와 메리골드가 생각보다 잘 자라지 못하고 있었다. 이식하고 정식하는 내내 쏟아부었던 애정을 생각하니, 가슴이 아팠다.

이 길을 지나는 모든 사람들과 함께 보고 싶은 마음에, 지난겨울 부지런히 땅을 고르고 거름을 줬지만 봄 가뭄이 길어서인지 땅이 많이 말라 있었다. 때문에 오늘은 화단에 물을 줄 생각이었다. 끌고 온 핸드카트에는 물병이 한 가득이었다.

해아는 자신에게 식물을 살려내는 능력이 있다고 생각했다. 남들이 죽었다고 버린 화분을 주워와 살린 적도 많고, 식물이 자라기 힘든 땅이라고 방치된 곳도 해아가 다듬고 거름을 주면 식물이 곧잘 자라곤 했다.

그래서 더 화단 가꾸기에 정성을 쏟게 되는 것 같다. 물이 없으면 없다고, 아프면 아프다고 말을 할 수 없는 식물에게 유독 정이 많이 갔다.

Rrrr.

물뿌리개에 물을 가득 담고 있는데 도영에게서 전화가 왔다. 해아는 장갑을 벗고 전화를 받았다.

"미팅 끝났어요?"

[어. 끝나고 집에 가는 중.]

도영은 요즘 한창 새로 들어가는 작품 때문에 밤낮없이 바빴다. 한창 캐스팅 작업 중이라 거의 매일 저녁마다 미팅이 잡혀 있어 얼굴 보기 힘들 정도였다.

그런 그를 볼 때면, 자신을 캐스팅할 때도 저렇게 바쁘고 분주했겠지 싶어 미안한 마음이 들었다. 그래도 그가 끝까지 포기하지 않은 덕에 인생작과 연인을 얻게 되었으니 고마울 따름이다.

해아는 그가 보고 싶지만 보고 싶다고 말을 하면 보러 오겠다고 할 것 같아서 꾹 참기로 했다. 만나는 시간을 쪼개서라도 그가 조금이나마 쉴 수 있다면, 당분간은 참아볼 생각이었다.

[행사장은 잘 다녀왔어?]

"네. 민기주 선배도 만나고, 홍정우도 만났어요."

[홍정우? 이번엔 별일 없었지?]

"저는 별일 없었는데, 홍정우는 별일이 있었죠. 민기주 선배가 아주 작정하고 약 올리더라고요. 웃겨 죽는 줄 알았어요."

[아……. 민기주 씨가 작정하고 약 올리면 진짜 대책 없는데…….]

"멘탈 탈곡기가 따로 없어요."

다시 생각하니 또 웃음이 났다. 해아는 물뿌리개를 들고 일어나 옆 화단으로 향했다.

"집에 가서 얼른 쉬어요. 피곤하겠다."

[그래야지. 나 보고 싶어도 조금만 참아. 캐스팅 마무리하면 여유 생기니까.]

"거짓말. 그러고 나면 또 촬영 준비해야 하니까 똑같이 바쁘잖아요."

수화기 너머로 듣기 좋은 웃음소리가 건너왔다.

"도영 씨 보고 싶으면 한가한 내가 보러 갈게요. 그러니까 너무 마음 쓰지 마요."

[내가 보고 싶으니까 그렇지. 얼마나 보고 싶으면 지금 내 눈 앞에 있는 것처럼 헛것이 다 보일까?]

"술 많이 마셨어요?"

[아니. 한 잔도 안 마셨어.]

해아는 그의 투정이 반가워서 자꾸만 웃음이 났다.

어느새 물이 바닥난 물뿌리개에 물을 채우기 위해 물병을 가지러 걸음을 옮기는데, 그곳에 거짓말처럼 도영이 서 있었다. 너무 놀라서 걸음이 떨어지질 않았다.

"도영 씨."

차에 기대 서 있던 그가 해아를 향해 다가왔고, 해아도 그를 향해 빠르게 걸었다.

"오면 온다고 말을 하지. 화장 다 지웠는데……."

"그래도 예뻐."

"아까는 더 예뻤다고요."

해아의 말에 그는 웃으며 그녀를 안아주었다. 그의 토닥임은 언제나 해아에게 안정감을 선물했다.

"왜 안 자고 나왔어? 또 잠이 안 와?"

"아뇨. 잠깐 물 주러 나온 거예요. 근데 도영 씨 진짜 갑자기 웬일이에요? 내가 그렇게 보고 싶었나?"

"어. 하루라도 안 보면 못 견디겠더라고."

"나야 좋긴 한데, 다시 집까지 운전해서 돌아가려면 피곤하잖아요."

"부산이 아니라 판교라서 참 감사한 일이지."

도영의 긍정적인 대답에 해아는 또 한 번 웃었다.

"얼굴 봤으니까 이제 갈게. 너도 얼른 들어가서 자."

아쉬운 마음에 붙잡은 손을 놓을 수가 없었다. 해아는 대답하지 않고 맞잡은 손만 이리저리 흔들었다. 도영은 그런 해아를 달래려는 듯 머리카락을 쓰다듬어 주며 따스한 눈길로 바라봐주었다.

"헤어지기 싫어."

마음을 울컥하게 만드는 그의 눈빛 때문에, 해아는 결국 속마음을 꺼냈다. 문득 그런 생각을 했다. 데이트하고 나서 헤어지기 싫어서 결혼하고 싶단 생각이 들었다던 그 말이 거짓이 아니구나, 하는 생각.

뭘 그 정도 마음 가지고 결혼을 결심하는 건가 싶었는데, 해아는 지금 이 순간 그들의 말에 격하게 공감할 수 있었다. 그런 사소한 것들이 욕심을 부채질하는 것 같았다.

"도영 씨 따라갈까?"

"꼬시지 마. 당장 보쌈해 가고 싶은 거 참고 있는 중이니까."

"참지 마요. 얼른 나 좀 데려가."

"저 뒤에서 경호원분들이 다 지켜보고 계시거든?"

해아는 웃으며 도영의 옷매무새를 다듬어주었다.

"우리 경호팀도 다 알아요. 도영 씨가 날 데려가길 원하고 있을지도 몰라."

도영이 고민에 빠진 듯, 복잡한 표정으로 해아를 바라보며 어깨를 쓰다듬었다. 조금만 더 설득하면 넘어올 것 같은 희망이 보였다.

"이대로 도영 씨 보내고 나면, 잠 안 올 거 같아. 꼬박 밤샐지도 몰라."

그는 이내 결심을 굳힌 듯 천천히 고개를 끄덕였다.

"음……. 그럼, 내가 셋까지 세면 바로 차에 타는 거다."

도영의 말에 한껏 신이 난 해아가 격렬하게 고개를 끄덕였다.

"하나, 둘, 셋!"

도영이 셋을 외침과 동시에, 해아는 뒤도 돌아보지 않고 곧장 그의 차에 올랐고 도영도 서둘러 운전석에 올라타 급히 차를 몰았다.

길 위에 덩그러니 남겨진 경호원들은 갑자기 벌어진 상황에 어리둥절한 표정으로 멀어져가는 도영의 차를 바라보았다. 해아가 창밖으로 손을 내어 흔들자, 그들은 얼떨결에 손을 흔들어 인사를 받아주었다.

하늘섬 스튜디오 소회의실에서는 도영과 마주보고 앉은 애리가 계약서를 꼼꼼히 읽고 있었다. '별이 빛나는 밤'의 성공으로 여러 제작사로부터 러브콜을 받았지만, 그녀는 하늘섬 스튜디오와의 재계약을 결정했다.

"자."

애리가 사인한 계약서 한 부를 건넸고, 도영은 다시 한 번 서류를 확인했다.

"앞으로도 잘 부탁드립니다. 나애리 작가님."

"나야말로 잘 부탁드려요. 권 PD님."

두 사람은 악수를 나누었다.

"지난번에 보내준 기획안이랑 시놉들 다 확인했는데, 그중에서 네가 제일 마음에 드는 건 어떤 거야?"

"내 마음에 든다고 그게 제작되는 것도 아닌데 뭐. 그런 건 제작PD가 판단하고 결정해야지."

"그래도 이왕이면 작가가 가장 즐겁게 작업할 수 있는 게 중요하니까. 그래야 대본도 빨리 나오잖아."

해외 수출이 잘 될 만한 배우를 캐스팅해야 광고와 제작 지원이 잘 붙고, 그래야만 방송사로부터 편성받는 것이 수월하다. 그렇다 보니 천편일률적인 작품들 위주로 제작되고, 다양성을 잃어가고 있는 실정이다.

도영은 잘 될 만한 소재의 드라마도 좋지만, 다양한 장르의 좋은 드라마를 만들고 싶었다. 하늘섬 같은 탄탄한 제작사에서 이제는 흐

사랑, 너에게 분다

름을 바꾸어야 한다고 생각했고, 그것은 조민철 대표가 지향하는 바이기도 했다.

"나는 이거."

테이블 위에 놓아두었던 애리의 기획안 서류 중 그녀가 고른 건 첩보 액션 스릴러 장르물이었고, 도영과 민철이 가장 마음에 들어 하던 기획안이기도 했다.

"근데 이런 장르는 시청자층 폭이 좁으니까 지상파에서 편성받기도 어려울 거고, 케이블이나 종편으로 가면 배우들 캐스팅이 어렵잖아. 그럼 제작 지원받기 힘들고, 광고도 안 붙고, 수출도 힘들고."

"그런 걱정은 제작PD인 내가 할 테니까, 이 작품 일단 시작해 봐."

"진짜?"

"사실 조 대표님하고 나도 이 작품이 가장 마음에 들었거든."

"정말 괜찮을까?"

"웰메이드로 가면 승산 있어. 요즘 장르물도 성적 나쁘지 않아."

현재 도영이 제작을 맡고 있는 작품 역시 법의학 장르물이었다. 우려했던 것과 달리 준비 과정은 순조로웠다. 제작 지원이나 협찬도 잘 붙고, 영순위 캐스팅 후보였던 배우들에게 보낸 대본 반응도 좋았다.

애리의 작품 역시 전작 성공 버프까지 받고 있는 상황이라 나쁘지 않을 것 같았다.

"혹시 생각해 둔 배우는 있어?"

"당연히 있지."

"누구?"

"류해아."

애리의 입에서 해아의 이름이 나오자 도영은 놀랄 수밖에 없었다. 이 작품은 실질적으로 여자주인공 원톱물이었고, 첩보 액션물의 주인공답게 무려 특수부대 출신이라는 설정까지 가지고 있었다.

"왜 그렇게 놀라."

"아니 그게 아니라……."

"캐스팅 해낼 자신 없나 봐?"

"그걸 말이라고……!"

"멜로에 최적화된 배우이긴 한데, 지난번에 출연했던 영화 보니까 몸도 잘 쓰더라고. 액션도 잘할 거 같더라."

"진심이야?"

"당연히 진심이지. 캐스팅 자신 없으면 내가 한 번 만나볼까?"

캐스팅할 자신이 없냐니. 도영은 어이가 없었다. 도영이 놀란 이유는 단지, 주인공에 해아를 염두하고 있다는 것이었다.

"대본 나오면 다른 데 돌리지 말고 류해아 씨한테만 넣어줘. 죽어도 안 한다고 하면 그때 다른 배우한테 넣어."

"일단 알았어. 참고할게."

영업 왕이라는 자부심이 있긴 했지만, 살짝 걱정이 되는 것도 사실이었다. 아직 해아는 차기작 생각이 없는 것으로 알고 있기 때문이다. 일단 시간적인 여유가 있으니 그나마 다행이었다.

"조만간에 기획회의 진행해 보자. 나름 구체적으로 생각해 둔 그림이 있는 거 같은데, 그때 좀 더 자세히 얘기하는 걸로 해."

"알았어. 그 사이에 나는 대본 초고 진행하고 있을게."

"자료 조사할 게 많을 거 같은데, 혼자서 괜찮겠어? 보조 작가 알아볼까?"

"그래주면 나야 고맙고."

"두 명 정도 구하면 되겠지? 작업실도 지금 지내는 곳보다 조금 더 큰 곳으로 얻어줄게."

"갑자기 이렇게까지 대우가 좋아지나? 이야, 역시 성공하고 볼 일이 야."

물론 이렇게 진행을 하다가 도중에 엎어지는 경우도 있지만, 이번 작품은 느낌이 좋았다.

국내에서 흔히 볼 수 없던 장르와 캐릭터. 스케일을 크게 잡고 웰메이드 제작으로 방향을 맞춘다면 정말 역대급 작품이 탄생하지 않을까 하는 기대감도 있었다.

그 작품 속 주인공이 될 해아의 모습을 상상하니, 가슴이 두근거렸다.

"점심 먹고 갈래?"

"아니. 약속 있어."

"혹시…… 민기주 씨?"

애리는 쑥스러운 듯 대답을 거부한 채 가방을 챙겨 일어섰다.

"기주 씨 요즘 영화 들어가서 바쁘지?"

"그렇지 뭐."

"배우랑 연애하는 거, 쉽지 않아. 선배로서 조언해 주는 거다."

도영은 애리에게 진지한 충고를 해주며 회의실 문을 열어주었다. 그러자 애리가 먼저 나섰다.

"간다. 나오지 마."

"데이트하느라 작업 소홀하면 안 된다."

애리는 움켜쥔 주먹으로 도영의 팔을 툭 치고는 손을 흔들며 사무실을 나섰다.

도영은 회의실을 정리하고 서류와 노트북을 챙겨 자리로 돌아가 앉자마자 휴대폰을 꺼내 배경화면으로 저장해 둔 해아의 사진을 먼저 보았다.

남이 데이트하러 간다고 하니, 도영도 덩달아 해아가 보고 싶었다. 오늘 저녁에 석현과 함께 저녁 식사를 하기로 했지만, 벌써부터 보고 싶어서 견딜 수가 없었다.

유미는 'STARRY NIGHT'의 해외 프로모션을 핑계로 홍콩에 다녀오는 길이었다. 태정에게 의심을 사지 않기 위해 하루 만에 귀국했다.

현재 J미디어는 대표이사 해임 임박설과 연달은 작품 투자, 제작 실패로 인해 지분이 헐값이 되어갔다. 때문에 유미를 믿고 거액을 투자한 마크 입장에서는 당연히 불안할 수밖에 없었다.

마크의 입장은 회의적이었다.

태정의 지분을 흡수하며 보유 지분율이 25%가 넘어선 헤지펀드 운용사 헤이즌이 가장 위협적이라고 했다. 헤이즌이 최대 주주인 지금 이 상황에서, 태정을 대표이사직에서 끌어내리는 건 너무나 간단한 일이기 때문이다.

그렇게 되면 한 번은 크게 요동칠 것이고, 그 이후의 상황은 예측하기 힘들어진다. 태정을 해임한 후, 헤이즌이 J미디어를 존속시킬지 아니면 헐값에 팔아치워 공중분해를 해버릴지 알 수가 없는 상황에 닥치게 되는 것이다.

유미의 고민은 계속되었다. 어차피 태정도 지분을 팔아 치우고 있는 상황이고, 신 이사를 통해 들은 정보에 의하면 조만간 대표이사 해임이 확실시되어 가고 있었다.

그렇다면 태정의 자금은 어디로 흘러들어갈 것인가. 만약에 대비해, 유미는 그것부터 알아내야 했다. 그래야만 태정이 경진과 이혼한 후 계속해서 그와 함께 갈 것인지 결정할 수 있을 것 같았다.

'내가 얼마나 애타게 기다려 온 기회인데. 이렇게 허무하게 날려 버

리다니……'

유미는 생각할수록 분했다. J미디어를 손에 쥐기 위해 견뎌온 지난 십 년의 세월을 떠올리면 자다가도 벌떡 일어날 정도였다. 이런 상태에서 태정과 J미디어, 둘 다 쉽게 포기할 순 없었다.

마크는 계속해서 결정을 종용했지만 유미는 도무지 답이 떨어지지 않아 섣불리 움직일 수 없었다. 조금만 더 고민해 보자고 간신히 설득하고 돌아온 길이다.

유미는 태정의 입장을 들어보고 싶었다. 그가 어떤 생각을 가지고 있는 건지 알고 싶었다. 어떻게 해야 자연스럽게 물을 수 있을지, 고민만 깊어지고 있었다.

막 사무실 문을 열고 들어서는데, 자신의 자리에 앉아 서류를 보고 있는 태정이 눈에 들어왔다. 순간 멈칫했지만, 태연하게 그에게 다가갔다.

"홍콩은 잘 다녀왔어? 피곤할 텐데 집에 가서 쉬지."

"그래도 출근은 해야죠. 마무리할 일도 있고. 여긴 어쩐 일이에요?"

"확인할 게 있어서."

유미는 의자에서 일어나 자신을 향해 다가오는 그에게서 왠지 모를 위압감을 느꼈다. 타들어가는 긴장감에 마른침을 삼킬 수밖에 없었다.

"홍콩에서 프로모션 행사 마치고, 마크를 만났던데."

"간 김에 잠시 만났어요. 당신이 그걸 어떻게 알았어요?"

"다 아는 수가 있지."

심장이 빠르게 뛰기 시작했다. 자신의 얼굴을 빤히 쳐다보는 날 선 시선에 꼼짝없이 얽매이고 말았다.

"그냥 오랜만에 만나서 저녁 식사한 게 전부예요. 미국에서 지낼 때부터 친한 친구였잖아요."

"맞아. 둘이 아주 가까운 사이였지. 근데…… 재산을 공유할 정도로 가까운 사이인 줄은 미처 몰랐어."

"그게 무슨……."

태정은 한 걸음 더 바짝 다가왔고, 유미는 자기도 모르게 뒤로 주춤 물러섰다.

"마크 앞세워서 회사 지분 사들이는 거 알고 있어."

"뜬금없이 그게 무슨 소리예요? 대체 무슨 근거로 그런 말을 하는 거예요?"

"신 이사랑 손잡고 뒤에서 주주들 만나고 다닌 것도 알고 있고."

"여보!"

"나 아직 이 회사 대표야. 나도 눈이 있고 듣는 귀가 있다고. 정말로 내가 모르고 있다고 생각한 거야?"

유미는 머릿속이 하얘지는 것만 같았다. 어떤 말을 해야 할지 정리가 되지 않았다. 이날을 대비해 머릿속에 정리해 뒀던 말들이 하나도 떠오르질 않아 당황스러웠다.

"나는…… 마크한테 투자를 제안한 것뿐이에요. 그 사람 자금으로 그 사람이 산 거지, 나랑은 아무런 관계가 없다고요."

유미는 간신히 입을 뗐고, 그 말을 듣던 태정은 헛웃음을 지었다.

"나나 회사에 위기가 닥쳐서 주가가 떨어질 때마다, 아니…… 마치 주가가 떨어질 거라는 걸 이미 알고 있었다는 듯이 때맞춰서 지분을 사들이던데. 그것도 역시 우연일 뿐인 건가? 마크가 하필이면 그때만 골라서 싼 값에 지분을 산 거고?"

"마크는 투자 전문가예요. 그 정도 분석은 본인이 알아서 한 거겠죠. 나는 정보 제공한 적 없어요."

"그럼 당신이 신 이사랑 같이 투자자들 만나고 다닌 건? 지분을 아주 의욕적으로 사들였다고 하더군. 근데 정작 그 지분을 매입한 건 마크라던데, 이건 어떻게 설명할 거지?"

대체, 이 사람은 어디서부터 어디까지 알고 있는 걸까. 숨통이 점점 조여드는 것만 같아서, 유미는 아무 말도 하지 못했다.

"당신은 마크의 자금을 가지고 J미디어 지분을 사들였어. 근데, 일부러 회사 상황을 악화시키고 내 자리를 흔들어가면서 주가를 헐값으로 만들어서 매입한 거지. 일정 수준의 지분을 확보하고 나면 나를 대표이사 자리에서 해임하고 회사를 갖고 싶었던 거야. 그치?"

"……"

"그런데, 갑자기 나타난 헤이즌에서 지분을 20% 넘게 갖게 되니 마음이 조급해진 거야. 이 상태에서 지분을 더 매입하는 건 무의미한 일이고, 그렇다고 다 포기하자니 그동안 들인 공이 아깝고. 그래서 어제 홍콩으로 가 마크를 만나서 상의를 했겠지."

마치 모든 것을 다 꿰뚫고 있었다는 듯, 태정은 표정 변화 없이 무덤덤한 얼굴로 얘기를 이어갔다. 유미는 아무 말도 할 수가 없었다. 그저, 이 얘기가 어디서 어떻게 새어나간 것인지 곰곰이 생각했다.

"그래서 결론은 어떻게 내렸나? 마크가 조언해 줬을 거 아냐."

"당신이 어디서 무슨 얘길 듣고 온 건지 모르겠는데, 난 정말 모르는 일이에요. 이게 다 무슨 얘긴지 이해도 안 된다고요."

유미는 계속해서 우길 수밖에 없었다. 이에 태정은 긴 한숨을 내쉬며 고개를 끄덕였다.

"알았어. 어차피 지금 당장 내 앞에서 모든 걸 다 인정하고 시인할 거라곤 기대하지 않았으니까. 당신이 어떤 결정을 내릴지, 기대하고 있을게."

어깨를 다독이며 옆을 스쳐 지나가는 태정의 모습은 지독하게 차가웠다.

"이건 내가 당신에게 주는 마지막 기회라는 거 잊지 마. 찬이를 생각해서라도 옳은 결정을 내리길 바랄게. 당신이 모든 걸 솔직하게 털어놓는다면, 모두 다 없던 일로 할 거야. 약속해."

태정이 사무실을 나가고 나서야 유미는 거친 숨을 뱉을 수 있었다. 바들바들 떨리는 손으로 신 이사에게 가장 먼저 전화를 걸었다. 신호음이 길어질수록 유미는 걷잡을 수 없는 감정에 휩싸였고, 결국 휴대폰을 바닥에 집어던졌다.

한편, 유미의 사무실을 나선 태정은 엘리베이터 앞에 서서 두 눈을 질끈 감았다.

어제 저녁, 홍콩에 간 유미가 마크와 만나고 있다는 이야기를 듣는 순간 피가 거꾸로 솟는 것만 같았다. 그제야 비로소 빈 칸으로 남았던 퍼즐이 제자리를 찾았다. 그간 박 상무가 여러 가지 물증을 들이밀어도 애써 외면해 왔지만, 이제 더는 모른 체할 수가 없었다. 설마 했던 믿음은 산산조각 나버렸고, 배신감에 휩싸여 온몸이 떨렸다.

자신이 캐물으면 유미가 잘못했다고, 다신 그러지 않겠다고 매달리길 바랐는지도 모르겠다. 저렇게 끝까지 모르쇠로 일관할 줄 알면서도 바보처럼 그래주길 바랐다.

그 긴 시간 동안 모든 비난을 감수하면서까지 유미와 아이를 한국으로 데려오기 위해 애썼던 태정의 모든 노력이 물거품이 되었다. 유미가 이렇게 뒤통수를 칠 거라곤, 그것도 이렇게까지 철저하게 준비했을 거라곤 예상하지 못했다.

차라리 그녀가 먼저 회사 지분을 원한다고 했다면 진즉에 일정 부분 떼어줬을 것이다. 이 회사가 자신에게 어떤 의미인지 알면서도, 이렇게까지 회사 전체를 쥐고 흔들어 버린 그녀를 도저히 용서할 수가 없었다.

태정은 재킷 안주머니에서 휴대폰을 꺼내 박 상무에게 전화를 걸었다.

[네. 대표님.]

"내가 전에 사람 하나 알아봐 달라고 했던 거 있지 않나."

[그 마크라는 사람 말씀이십니까?]

"어. 그 사람. 나유미와의 관계를 중심으로 부탁할게. 미국에서 지낼 때부터 지금까지, 전부 다 알아봐 줬으면 좋겠는데."

[네. 대표님. 그렇게 하겠습니다.]

마크와 유미는 미국에서부터 이어져 온 사이였다. 회사를 욕심낸 건 그렇다 쳐도, 자신에 대한 마음까지는 의심하고 싶지 않았지만 확실히 짚고 넘어가야만 했다. 최악의 상황까지 상상하기 싫었기에, 그러기 위해선 몇 가지를 확인하는 게 맞았다.

통화를 마친 태정은 욱신거리는 머리를 손으로 꾹꾹 누르며 깊은 한숨을 내쉬었다. 회사일과 이혼소송만으로도 충분히 벅찬데, 엎친 데 덮친 격으로 유미까지 일을 더하니 답답해서 가슴이 터질 것만 같았다.

기댈 곳 하나 없는 자신의 신세가 너무나 처량했다.

해아와 도영이 자주 찾는, 프라이빗룸을 갖춘 프렌치 다이닝 레스토랑에서 석현과의 저녁 식사가 약속되어 있었다. 도영은 일이 조금 늦어져 이제야 출발했다고 연락이 왔고, 하는 수 없이 해아와 석현이 먼저 식사를 시작하기로 했다.

"도영이가 사는 거니까 비싼 거 먹자."

"그럴까요? 그럼 제일 비싼 코스로 먹어야겠다."

석현의 부추김에 해아는 못 이기는 척하며 가장 비싼 코스를 주문했고, 석현은 무척이나 만족스러워했다.

"스파클링 와인도 한잔할까?"

"도영 씨 계산서 보고 기절하겠는데요?"

"이럴 때 아니면 아들한테 언제 비싼 밥 얻어먹겠니."

스파클링 와인도 한 병 주문하자, 식전 빵과 함께 와인을 먼저 가져다주었다. 해아와 석현은 사이좋게 서로의 잔을 채워주었다.

"우리끼리 건배하자."

"네. 아버님."

해아의 입에서 '아버님' 소리가 나오자, 석현은 어색하게 웃으며 잔을 입으로 가져갔다.

지난번 맞선 겸 상견례 자리에서 강훈의 주도로 호칭 합의가 이루어졌다. 회장님, 사장님 같은 직책은 빼고 도영은 강훈에게 할아버님으로, 해아는 석현에게 아버님으로 부르기로 결정했다.

아직까지 호칭이 입에 붙지 않아 어색했지만 자꾸 불러봐야 적응이 될 것 같아서, 해아는 쑥스러움을 감수한 채 석현에게 아버님이라 부르고 있었다. 부르는 사람이나, 듣는 사람이나 아직은 낯설지만 조만간 익숙해지지 않을까 싶었다.

"둘 다 바빠서 만날 시간도 없지?"

"아무리 바빠도 연애할 시간은 있더라고요."

사랑,너에게 분다

주변에서 다들 걱정했다. 둘 다 그렇게 바빠서 연애할 시간은 있겠냐고.

없는 시간을 쪼개어 데이트하는 재미도 나름 쏠쏠했다. 그래서 더 애틋한 건가 싶었다.

"도영이가 혹시라도 네 마음에 안 드는 구석이 있으면 고쳐 가면서 쓰고, 잘 안 고쳐지면 그땐 나한테 보내. 내가 정신개조까지 싹 해서 보낼 테니까."

석현의 말에 해아는 웃음을 터뜨렸다. 권도영을 구성하고 있는 부품 하나하나 모두 다 완벽해서 손 댈 곳이 없었다. 대체 아버지가 누구기에 이렇게 잘 자랐는지 신기할 정도였다.

"지금도 이미 훌륭해요."

"속 썩이는 건 없어?"

"그런 일 전혀 없어요. 다 좋아요. 전부 다."

"그건 네가 너무 좋게만 봐서 그런 거야. 말 안 듣고 말썽부리면 바로 얘기해. 알았지?"

"네. 아버님한테 전부 다 이를게요."

해아의 대답에 석현이 그제야 고개를 끄덕이며 웃었고, 그런 그를 바라보고 있으니 마음 한구석이 든든했다.

"도영 씨 어렸을 땐 어땠어요? 지금이랑 똑같았죠?"

"아니. 완전 말썽꾸러기였어. 대체 뭘 하고 노는 건지 매일같이 무릎이고, 팔꿈치고 전부 까져서 들어오고. 바지 벗어둔 거 거꾸로 털면 모래가 한 줌씩 나온다고 제 엄마가 매일 혀를 찼지."

"엄청 활기찬 아이였나 봐요."

"어. 초등학교 입학하기 전까진 아주 골목대장이었어. 말도 못해."

석현은 마치 그때의 도영을 떠올린 듯 고개를 절레절레 흔들며 몸

서리까지 쳤다. 해아는 머릿속으로 꼬마 권도영의 모습을 상상해 보았다.

"초등학교 입학하자마자 제 엄마 떠나보내고, 그때부터 조금씩 변한 거 같아. 옆에서 지켜보기 무서울 정도로 차분해져서 걱정이 많았어. 그 무렵엔 나도 견디기가 많이 힘들어서 겸사겸사 해외로 발령 신청을 냈는데, 회장님께서 영국으로 보내주신 거지."

"어머님 돌아가시고 나서, 아버님 혼자 고생 많으셨겠어요."

"새롭게 시작해 보려고 떠났는데, 참 막막하더라고. 그 어린 녀석 데리고 단둘이 살려니 이게…… 생각처럼 안 되는 거야."

"……"

"나도 회사에 적응하기 바쁘고, 그놈도 학교 적응하기 바쁘고. 어린 거 굶길 수 없으니 뭐라도 해 먹여야 하는데 할 줄 아는 건 없고. 처음 몇 달은 매일 밤마다 끌어안고 울었어. 서로가 안쓰러워서……"

듣기만 해도 코끝이 찡해졌다. 이른 나이에 어머니의 부재로 일찍부터 철이 들었던 그도, 타지에서 어린 아들에게 의지하며 버텨낸 석현도 안쓰럽고 안타까웠다.

"내가 그때 지금 도영이 나이쯤 됐겠다. 하, 신기하네."

해아는 아버지를 세상에서 가장 존경한다던 도영의 말에 백퍼센트 공감할 수 있었다. 그는 존경받아 마땅한 사람이었다.

넘치는 사랑 속에 자랐기 때문에 타인을 사랑할 줄 아는 사람이라고 생각했다. 늘 상대방을 먼저 배려하고, 다정하게 다가가는 그의 성품이 타고난 것인 줄로만 알았다.

물론 타고난 것도 있겠지만, 조금 일찍 어른이 되어야만 했던 그가 낯선 곳에서 살아남기 위해 기울였던 노력도 녹아들어 있을 것이다. 그 모든 경험들이 모여 지금의 권도영을 만든 것은 아닐까.

"이렇게 멋진 남자로 잘 키워주셔서 감사합니다."

해아의 인사에 그는 쑥스러운 듯 웃으며 손사래를 쳤다. 해아는 석현의 빈 잔을 또 한 번 채웠다.

해아는 도영이 자랑스러웠다. 잘 자라줘서 흐뭇했고, 그 모습으로 자신의 앞에 나타나 줘서 고마웠다. 그는 사랑하지 않을 수 없는 사람이었다.

"저 왔습니다."

때마침 그가 헐레벌떡 룸 안으로 들어왔다. 도영은 어깨가 들썩이도록 숨을 몰아쉬면서도 환한 미소를 지었다.

도영은 해아의 옆자리에 앉으면서 석현이 내민 손을 영문도 모른 채 잡았다.

"갑자기 웬 악수예요, 아버지?"

"아들 손 한번 잡아보고 싶어서 그런다. 왜?"

"아유, 그러시면 닳을 때까지 만지세요."

그의 능청에 해아와 석현이 동시에 웃음을 지었다.

"차 많이 막히죠?"

"금요일 퇴근시간대에 강남역 진입은 무리수인 것 같아서 지하철 타고 왔어."

"잘 했어요. 주문은 내가 알아서 했는데."

"오, 고마워. 배고팠는데 잘됐다."

식전빵을 허겁지겁 집어먹는 모습을 지켜보다가 석현과 눈이 마주쳤고, 해아는 입술을 꾹 다문 채 웃음을 참았다.

"분위기가 이상한데."

"뭐가요?"

"혹시…… 내 욕하고 있었던 건 아니지?"

"역시 눈치가 빠르네. 조금 했어요, 아주 조금."

도영은 황당하다는 눈빛으로 해아와 석현을 번갈아가며 바라보았다. 조금은 억울한 그의 표정마저도 사랑스러웠다.

해아는 그때 생각했다.

반드시 이 남자와 결혼을 해야겠다고. 이 남자와 가정을 꾸리고, 이 사람과 평생을 함께하겠다고.

그 어떤 이유를 만들어낼 필요도 없었다. 단지 그런 생각이 가슴에 담겼을 뿐이고, 너무나 당연하게 받아들여진 것뿐이었다.

식사를 마친 후, 감사하게도 석현이 자신의 차로 도영의 집까지 바래다주었다.

해아는 매니저가 데리러 온다고 해도 한사코 거절한 채, 며칠 전에 먹다 남기고 간 아이스크림 케이크를 반드시 오늘 먹어야겠다는 이유로 도영을 따라 집으로 왔다.

도영의 집에 들어서자마자, 해아는 직접 만들어온 수지의 간식부터 꺼냈다. 최근 그녀는 수지의 간식을 만드는 데 재미가 들었는데, 다행히 수지도 그 정성을 아는지 넙죽 잘 먹어주었다.

해아는 손재주가 정말 남다른 것 같았다. 손으로 만드는 건 뭐든 금방 배워서 뚝딱 만들어내곤 했다.

샤워를 마치고 나온 도영은 주방으로 가 냉장고에서 생수를 꺼내 마셨다. 슬쩍 거실의 동태를 살펴보니, 해아는 아이스크림을 먹으며 '별이 빛나는 밤' 후속으로 방영 중인 드라마를 시청하고 있었다.

"맛있어?"

도영의 물음에 해아는 아이스크림을 크게 떠 입에 넣어주었다. 도영은 소파에 등을 기대고 앉은 해아의 옆에 자리를 잡았다.

"이 드라마도 재밌네요. 나도 다음번에 메디컬 장르를 한번 해볼까요? 메디컬 쪽은 대사도 어려운 데다가 분량도 장난 아니라던데."

"흰 가운 입으면 잘 어울리겠다. 꼭 해줘."

"제복 입는 건 어때요? 경찰이나 군인, 이런 역."

"그것도 멋있겠다. 그것도 해줘."

"아니면 사극을 해볼까요? 쪽진 머리가 나름 봐줄 만한데. 지난번에 특별출연 했을 때 반응 괜찮았거든요."

"오! 사극 괜찮겠다. 그거 좋다!"

"아, 뭐야……. 다 좋다고 하면 어떡해요."

해아의 볼멘소리에 도영이 웃으며 그녀의 뺨에 입을 맞췄다.

"우리 류 배우, 하고 싶은 거 다 해."

해아가 도영의 다리를 베고 누워 늘씬한 다리를 위로 쭉 뻗더니, 허공에서 자전거를 타듯이 다리 운동을 했다.

"하고 싶은 작품 다 하면, 우리 연애는 언제하고?"

"틈틈이 하면 되지. 나는 그래도 마냥 행복할 거 같아."

"자주 못 봐도 괜찮다고요?"

"나는 네가 더 높은 곳까지 올라갔으면 좋겠어. 이런 게 팬심인가?"

높이 들고 있던 다리를 털썩 내린 해아가 벌떡 일어나 앉더니 도영을 바라보았다.

"그건 제작자 마인드 아닐까요?"

"제작자 마인드라기보다, 팬의 마인드지. 난 네가 배우로서 이루고 픈 꿈을 꼭 이뤘으면 좋겠어. 배우 류해아를 진심으로 아끼고 응원하는 팬으로서, 그걸 바라는 것뿐이야."

가만히 듣고 있던 해아가 고개를 갸웃거리며 미간을 구겼다.

"권도영 씨."

"어?"

"도영 씨는 나 욕심 안 나요?"

서운해 보이는 표정으로 보아, 어떤 의도가 담긴 물음인지 알 것 같았다. 도영은 그녀의 자그만 손을 꼭 잡았다.

"욕심나. 근데, 나는 네 꿈도 욕심나. 배우 류해아가 가지고 있는 그 꿈이 이뤄지는 과정을 가장 가까운 곳에서 지켜보고 싶어. 같이 기뻐하고, 같이 고민하고, 도움이 되고 싶어."

배우로서 이루고자 하는 목표가 분명한 그녀였기에, 자신의 곁에만 묶어두기보다 배우로서 자유로웠으면 싶었다. 어느 한곳에 갇히지 않고, 지금까지 그랬던 것처럼 마음껏 연기 생활을 하길 바랐다.

"너의 그 모든 순간에 나도 같이 있었으면 좋겠어. 난 그게 가장 욕심나."

연기할 때 가장 행복해하고, 가장 빛이 나는 그녀였다. 배우로서의 류해아 인생 또한 중요했기에 끝까지 존중할 생각이었다.

지금처럼 배우 류해아의 모습을 벗어던진 후에는 늘 함께하고 싶었다. 뭔가 대단하고 특별한 것을 하지 않더라도, 소소한 일상을 공유하며 시간을 보내고, 늘 곁에 머물고 싶었다.

그녀에게 힘이 되어주고 싶었고, 그녀가 힘들 때면 기댈 수 있는 넓은 사람이 되고 싶었다. 도영은 적어도 자신 때문에 그녀가 힘들어지는 일이 없길 바랐다.

그녀에게 행복한 순간들을 더 많이 선물해 주고 싶었고, 그 욕심 끝에 결혼이 있었다. 그녀와 가정을 이뤄, 해아가 보고 자랐던 비틀린 결혼 생활의 상처를 완전히 지워주고 싶었다.

물론 결혼만이 사랑의 완성이라고 생각하진 않는다. 한때는 도영도 비혼주의자에 가까웠다. 하지만 해아를 만나면서 생각이 완전히 바뀌었다.

"그럼…… 다음 작품 같이 골라줘요. 제작PD 시선으로 보는 건 다를 테니까."

"얼마든지."

해아는 다시 도영의 다리를 베고 누워 TV를 보았다. 자신의 손끝을 꼭꼭 누르는 그녀의 습관마저 좋았다.

스스로를 가두었던 마음의 벽을 깨고 나와 자신에게 와준 해아를 지켜보면서, 도영은 마음으로부터 시작되는 변화의 힘을 믿게 되었다. 그녀는 자신이 돌보고 지켜야만 하는 연약한 존재가 아니라, 그 누구보다 강인하고 단단한 사람이었다. 그는 그런 그녀를 사랑하지 않을 수가 없었다.

해아는 저택으로 돌아오자마자 사무실로 향했다. 해아의 갑작스러운 방문에 꽤나 놀란 듯, 다들 그녀의 얼굴만 빤히 쳐다보았다.

"이 시간에 웬일이야?"

가장 먼저 입을 뗀 건 은형이었다. 뒤이어 성하가 자리에서 벌떡 일어나 다가왔다.

"시놉 보러 나왔구나? 내가 그럴 줄 알고 다 챙겨……."

"공개 연애로 전환하자."

해아의 선언에 주섬주섬 대본책을 챙기던 은형이 멈칫했고, 해아에게 다가오던 성하도 우뚝 멈춰 섰다. 해아는 은형과 성하의 손목을 붙잡아 소파에 앉히고 자신도 앉았다.

"안 되겠어. 더는 내가 못 버티겠어. 솔직하게 털어놓고 마음 편하게 만날래."

"권 PD님하고 상의는 한 거야?"

"그 사람은 언제든 상관없다고, 전에 나한테 말했어."

은형과 해아의 대화를 가만히 듣고 있던 성하가 고개를 끄덕였다.

"좋아. 네가 원하는 대로 하자."

성하의 시원한 결정에 오히려 해아가 놀랐다.

"류해아가 행복해야 배우 류해아도 행복할 테고, 우리가 바라던 것도 그거였으니까. 그럼 이제 더는 마음 졸이지 않아도 되는 거지?"

성하의 진심에 해아는 코끝이 찡할 정도로 울컥했다. 가장 가까운 곳에서 위태로운 자신을 지켜봐 주고 지켜주었던 사람들. 해아는 그들이 자신의 행복을 바랐다는 것에 진심으로 고마웠다.

"대신 차기작 검토 좀 해줘. 이 많은 대본과 시나리오 어떡할 거야? 가부를 빨리 결정해서 알려주는 것도 좋은 배우라는 거 알지?"

"알았어. 내일부터 읽어볼게."

그렇게 해아와 성하 사이에 딜이 성사되었다. 성하가 먼저 자리에서 일어섰고, 뒤따라 해아가 일어나자 은형이 붙잡았다.

"너 혹시…… 결혼 준비라도 하는 거야?"

"아직은 아냐."

"아직이라는 단서가 붙은 걸 보면, 조만간 할 수도 있다는 얘기네?"

"뭐. 그럴 수도 있지."

은형은 진심으로 놀란 듯 손바닥으로 입을 틀어막으며 눈을 동그랗게 떴다.

"요즘 주현이가 나 대신 갈고리로 싹 다 긁어오고 있잖아? 뭐가 걱정이야?"

"그건 그렇지만……."

"걱정 마. 우리 실장님 밥 줄 안 끊기게 계속 열일할 거니까."

"치."

"오빠 걱정하는 거 나밖에 없지?"

"그래. 내 생각해 줘서 엄청 고맙다."

해아는 은형의 어깨를 다독여 주며 일어섰다.

"팬들한테는 다음 주에 있을 팬미팅 때 내가 직접 얘기할게요. 기사만 잘 부탁해요."

"알았어. 단독 보도할 만한 매체 찾아서 회의 진행할게."

성하의 확답을 들은 해아는 직원들을 향해 손을 흔들어 인사를 건네고 가벼운 발걸음으로 사무실을 나섰다.

해아는 그 어떤 소식이든 가장 먼저 팬들에게 전하곤 했다. 어쩌면 이번에 전하게 되는 소식을 듣고 서운해할지도 모르겠지만, 그래도 가장 먼저 알려주고 싶었다. 농담처럼 했던 '나 연애하면 가장 먼저 너희들한테 말할게'라는 약속을 진짜로 지키게 될 줄은 몰랐다.

언니도 이제 연애 좀 해야 하지 않겠냐고, 혹시 모쏠이냐고 놀리던 팬들이 이 소식을 듣게 되면 꽤 놀랄 것 같아서, 벌써부터 기대가 되었다.

16. 파국

박 상무가 보내온 메일을 확인한 태정은 두 손으로 얼굴을 감싸며 괴로워했다. 그가 보낸 메일에는 여러 장의 사진이 첨부되어 있었고, 마크와 유미의 시작이 어디서부터였는지 알 수 있었다.

서재를 나선 태정은 곧바로 1층 거실로 향했다. 그곳에서 아이와 놀아주고 있던 유미를 발견하고 다가서다가, 아이의 얼굴을 가만히 바라보았다.

찬이는 의심할 여지없이 자신의 아들이었다. 자신을 쏙 빼닮았다. 하지만 한 번 시작된 의심은 기어이 불신에까지 이르고 만다.

"찬이를 왜 그렇게 봐요?"

유미가 날 선 반응을 보이며 아이를 안아 들었다.

"나랑 얘기 좀 해."

그녀는 아이를 보모의 품에 안기고 다시 돌아왔다.

"무슨 얘기요?"

"아직 결정을 못 내렸나?"

유미는 입술을 질끈 깨물며 긴 한숨을 토해냈다.

"그래요. 당신이 충분히 오해할 만한 소지가 있었다는 거 인정할게요. 하지만 당신이 내게 했던 말은 전부 다 터무니없는 추측일 뿐이라고요. 당신이야말로 찬이를 생각한다면 나한테 이러면 안 되는 거 아니에요? 어떻게 하면 내 말을 믿어줄래요?"

너무나 억울해하는 그녀의 표정을 가만히 보고 있으니, 그래서 더 거짓으로 다가오는 것 같았다. 그녀의 모든 행동에 숨은 의도가 있는 것만 같았다. 계속해서 자신을 기만하고 속이려는 듯했다.

목구멍 저 아래에서부터 뜨거운 무언가가 끓어오르기 시작했다

"솔직하게 털어놓길 바랐는데, 어쩌면 그래줄 거라고 믿었는데…….
내가 당신을 과대평가했군."

"……"

"넌 처음부터 이런 사람이었지. 지난 십 년 동안 참 오래도 버텼네."

자신의 앞에서는 달콤한 말로 눈과 귀를 멀게 하고, 뒤에서는 뒤통수 칠 궁리를 했다. 유미가 갖고 싶었던 건 류태정의 법적 아내의 자리가 아니라, 자신이 가진 것들이었다.

"이 회사는…… 내가 가족을 버리고 너를 선택한 대가로 모든 걸 잃은 후에, 내 목숨을 걸고 일궈낸 회사야. 다시 재기하기 위해서 죽을힘을 다했다고. 네가 함부로 탐내고 장난질을 할 그런 곳이 아니라고."

참으로 허무했다. 지난 노력을 떠올리면 어김없이 가슴이 무너지는 듯했다. 지금의 이 상황을 받아들이고 싶지 않았다. 하지만 놓아야만 그 다음이 있기에 놓을 수밖에 없었다. 또다시 처음부터 시작해야 한다고 생각하면 아득하기만 했다.

"네가 조금만 더 기다려 줬다면, 그런 조악한 술수를 쓰지 않았더라면, 이 회사가 아니라 정말 내 아내가 되고 싶었던 거라면…… 이런 결말을 맞지 않았겠지. 내가 자초한 일이고, 네가 자초한 일이야."

왜 진작 보지 못했을까. 이렇게까지 파고들 때까지 왜 깨닫지 못했을까. 어디서부터 잘못된 걸까.

사실 답을 알고 있었지만 태정은 인정하고 싶지 않았다. 그런 건 지금 상황에서 전혀 도움이 되지 않으니까.

"내가 너를 내 옆으로 데려오기 위해 아등바등하는 동안, 너는 그 자식의 집을 제 집 드나들 듯이 드나들었더군."

"그게 무슨……!"

"찬이, 내 아이가 맞긴 맞아?"

짝!

태정의 따귀를 때린 유미가 바들바들 떨리는 손을 힘겹게 움켜쥐었다.

"어떻게 그런……! 당신이 어떻게 그런 말을 할 수가 있어요?"

하얗게 질린 유미의 얼굴에서 왜 자꾸 확신이 깊어지는 건지 이유를 알 수 없었다. 불신의 골은 점점 더 깊이 파고들었고, 가장 약한 부분을 밀고 들어와 나약한 마음을 좀먹기 시작했다.

"너와 이런 얘기를 해야 한다는 게 소름 끼치고 기분 더럽지만, 난 반드시 확인을 해야겠어. 내 눈 보고 똑바로 얘기해. 찬이, 내 아들 맞냐고!"

"입에 올리고 싶지도 않은…… 그런 더러운 얘기 다신 내 앞에서 꺼내지 말아요!"

유미는 자리를 떠나려 했지만 태정은 그녀의 어깨를 강하게 움켜쥔 채 꼼짝달싹 못하게 만들었다.

사랑, 너에게 묻다

"피하지 말고 대답해! 당장 내 눈 똑바로 보고 대답하라고!"

"당신 미쳤어? 이거 놔!"

"내가 지금 제정신이게 생겼어? 최대한 이성 붙잡고 묻는 거니까 똑바로 말해. 그 자식이랑 무슨 사이인지 말해!"

"지금 당장 찬이 얼굴 보고 와서 얘기해요. 누가 봐도 당신 아들이야! 그런 찬이가 어떻게 당신 아이가 아닐 수 있겠어요? 어떻게 그런 더러운 생각을 할 수 있냐고!"

거칠게 몸부림치는 유미를 그대로 놓아버렸더니, 그녀는 결국 바닥에 주저앉아 버렸다. 그 자리에서 흐느끼고 있는 유미를 남겨둔 채, 태정은 다시 서재로 발길을 돌렸다.

우리 관계의 시작이 그러했기 때문일까. 한 번 시작된 의심은 걷잡을 수 없이 폭주했다. 너무나 빠른 속도로 이성을 잠식해 버리는 분노는 태정이 감당하기 버거울 정도였다.

J미디어 대표이사 해임안을 상정하기 위해 진행될 예정이었던 비공개 이사회의가, 최대 주주인 헤이즌과 태정 측 인사들의 반대로 결렬되었다.

일단 급한 불을 끄긴 했지만, 태정은 자신에게 주어진 시간이 그리 길지 않다는 걸 체감할 수 있었다. 이번에야 헤이즌의 도움으로 넘어갈 수 있었지만, 다음번에도 도움을 받을 수 있을 거라 장담할 수 없는 일이었다.

"대표님."

고개를 들어보니, 어느새 박 상무가 집무실 안으로 들어와 있었다.

"알아봤나?"

"말씀하신 부분, 알아보고는 있는데 헤이즌 측에서 쉽게 공개를 하지 않을 것 같습니다."

"흐음……."

태정은 긴 한숨을 쉬며 자리에서 일어나 창가로 다가갔다. 처음 헤이즌 측에 10%가 넘는 지분을 동시에 넘긴 투자자 세 명의 신원을 알고 싶었다. 유미는 유미대로 마크를 앞세워 지분을 사들였고, 그 시기에 유미가 경영 일선에 합류한 후 투자자 셋이 등장했기 때문이다.

아직 다 채우지 못한 퍼즐 몇 조각을 찾지 못해 상황 파악이 더뎠다.

"죄송합니다. 대표님."

"아니야. 가뜩이나 일 많은데 자꾸만 짐을 얹어줘서 미안하네."

"아닙니다. 대표님. 그런 말씀 마세요."

박 상무는 이제 태정이 이 회사에서 믿고 있는 유일한 사람이자 누구보다 의지하는 사람이었다. 대경그룹에서 나올 무렵, 해외에 페이퍼 컴퍼니를 세우고 자금을 세탁하는 등의 궂은일을 도맡아 처리해 준 최측근이었다.

"자네는 끝까지 나와 함께해 줄 건가?"

"대표님과 함께하겠습니다."

태정은 그의 다짐에 천천히 고개를 끄덕였다.

이제는 꼼짝없이 회사를 정리해야 할 시점에 도달했다. 지분 정리는 순조롭게 진행 중이고, 해외에 설립해 둔 페이퍼 컴퍼니에 투자금 형식으로 송금하여 안전하게 자금을 이동한 참이다.

"마크와 나유미 실장님의 관계에 대해 추가 자료가 있는데……."

"있는데?"

평소답지 않게 박 상무가 말끝을 흐렸고, 망설이는 그를 보고 있으니 심장이 세차게 쿵쾅거리기 시작했다.

"이걸 대표님께 보여드리는 게 과연 옳은 일인가, 한참을 고민했습니다."

그가 드디어 결심한 듯, 들고 있던 하얀 서류 봉투를 내밀었다. 태정은 말없이 그것을 바라보다가 건네받았고, 자리로 돌아가 앉았다.

차마 꺼내볼 자신이 없었다. 대체 이 안에 무엇이 들었기에 박 상무가 주저한 것인지, 어느 정도 감이 왔기 때문이다. 박 상무의 침통한 표정만으로도 이미 내용물을 본 것 같은 기분마저 들었다.

"이 안에 든 것이, 내가 본다면 상황을 되돌릴 수 없게 될 정도인가?"

"죄송합니다."

박 상무의 대답에, 눈을 질끈 감았던 태정은 손에 들고 있던 서류 봉투를 다시 그에게 건넸다.

"그렇다면 본 것으로 하겠네."

"대표님!"

"자네가 이렇게 말할 정도면 안 봐도 알겠어. 난 이미 마음을 정했으니 더 볼 것도 없고."

그날 이후로 태정과 유미는 단 한 마디의 말도 주고받지 않았다. 태정이 유미를 피하고 있는 것이나 다름없었다. 거짓으로 일관된 주장과 반복되는 모르쇠에 화만 돋을 뿐이었다. 더 이상 그녀의 입장을 듣는 건 무의미하다고 생각했고, 더 들을 필요도 없다고 판단했다.

어느새 유미마저 마음속에서 놓아버렸다. 한 번 타오르기 시작한 불신은 이제 그 어떤 것으로 잠재울 수 없을 만큼 맹렬히 타오르고 있었고, 의심의 증거는 차고 넘쳤다. 그 어떤 이야기도 지금은 귀에 들어오지 않았다.

그럴 때면, 우습게도 경진과 해아, 강훈이 떠올랐다. 그들이 자신에게 느꼈을 배신감과 분노, 원망을 이제야 조금 어림짐작할 수 있었다. 부메랑이 되어 자신에게 날아온 이 감정들을 어떻게 해야 좋을지, 방법을 찾을 수가 없었다.

　서재관 집무실에 나온 강훈은 최 전무가 통화를 끝내고 다가오자 마른침을 삼켰다.

"어떻게 됐나?"

"말씀하신 대로 진행했다고 합니다."

　오늘 오전, J미디어 대표이사 해임안 상정을 위해 비공개 이사 회의가 진행될 예정이었지만, 헤이즌 측에서 반대 입장을 밝히고 일부 주주들이 동의를 하지 않아 무산되었다.

　그 모든 그림을 만든 건 다름 아닌 강훈이었다. 강훈은 엷게 웃으며 따뜻한 찻잔을 손에 쥐었다.

"일단 한숨 돌렸겠구먼."

"자극 받았으니, 자금 움직임은 더 빨라질 겁니다."

"흐름 놓치지 말고 세심하게 체크하게."

"네. 회장님."

　강훈의 목적은 바로 그것이었다. 단번에 숨통을 끊지 않고 숨이 깔딱깔딱 넘어갈 만큼 한 번씩 움켜쥐는 것.

　그래서 결국 실수를 하게 만들고, 증거를 남기게끔 유도하는 것이었다. 자금의 흐름을 파악 중인 검찰과 국세청에게 자료를 입에 떠 넣어준 것이나 다름없었다.

"아까 들어오다 보니까 권도영 PD랑 해아가 경비동 근처에서 경호원들과 배드민턴 치고 있던데. 회장님 보셨습니까?"

"응. 봤지. 쉬는 날이라고 도영이가 아침 일찍부터 와서 해아랑 놀아주더라고."

"하하. 한창 데이트할 때인데, 밖에서 만나는 게 쉽지 않은 모양입니다."

"에휴. 그러게 말이야."

강훈은 창가로 가 경비동 쪽을 바라보았다. 연애마저도 쉽지 않으니 안쓰러울 따름이었다. 본인들은 괜찮다고 말하지만, 곁에서 지켜보는 입장에서 마음이 편치 않았다.

"내 욕심인 거 알지만, 하루 빨리 결혼해서 한 가족이 되었으면 좋겠어."

둘이 함께 있는 모습만 봐도 마음이 흐뭇하고, 둘이 눈만 마주치고 있어도 괜히 눈물이 났다. 둘 다 선뜻 결혼을 하겠다고 나서질 않으니 강훈의 입장에서는 애가 타기도 하지만, 제대로 연애할 시간도 없는 두 사람에게 결혼을 재촉하는 건 미안한 일이었다.

"회장님. 법무팀 이효정 변호사 오 분 후에 도착한다고 합니다."

최 전무의 말에 강훈은 조용히 고개를 끄덕였다. 오늘, 만일에 대비해 유언장을 다시 작성하기로 했다. 자신이 떠나고 난 뒤 남겨질 사람들을 위해서, 자신이 살아 있는 동안 할 수 있는 건 뭐든 다 해줘야 했다. 강훈은 그것까지가 자신의 몫이라고 생각했다.

주말이 되어서야 비로소 하루 종일 그와 함께 보낼 수 있는 시간이 주어졌다. 아침 일찍부터 집에 찾아와 준 그와 함께 아침 식사를 하고, 경호원들과 2:2로 배드민턴을 치고 나니 금세 오전이 지나 버렸다.

"아이고, 죽겠다."

팔이 후들거릴 정도로 승부욕을 불태웠지만, 경호원 둘을 상대하기에는 역부족이었다. 해아는 소파에 털썩 주저앉아 욱신대는 팔뚝을 꾹꾹 주물렀다.

주말을 맞아 텅 빈 소속사 사무실은 도영과 데이트하기에 더할 나위 없이 좋은 장소였다. 해아와 도영은 사무실 소파에 늘어져 앉아 시원한 맥주를 마시며 시시콜콜한 이야기를 나누고 있었다.

"도영 씨."

"응?"

"나 다음 주 금요일에 사고 칠 거니까, 마음 단단히 먹어요."

"그게 무슨 소리야? 사고라니? 왜?"

해아의 말에 놀란 도영이 허리를 꼿꼿이 세웠고, 해아는 그런 도영을 향해 완전히 옆으로 돌아앉았다.

"다음 주 금요일이면, 팬미팅 날이잖아?"

"맞아요. 그날 팬들한테 먼저 연애 중이라고 공개하고, 바로 기사 낼까 생각 중이에요. 괜찮죠?"

그가 웃으며 고개를 끄덕였다.

"너만 괜찮으면 난 다 괜찮아."

머리카락을 넘겨주며 뺨을 어루만지는 그의 손길과 따스한 눈빛에 마음이 간질거렸다.

"오래 기다리게 해서 미안해요. 더는 참을 수가 없었어."

첫 열애설이 났을 때, 반박 기사를 내면서 그를 부정하고, 그와의 관계를 부정했던 게 여전히 마음에 남아 있었다. 그는 그럴 수밖에 없었던 상황이라며 마음 쓰지 말라고 했지만, 그게 말처럼 쉽지 않았다.

연애 중이라고, 사랑하는 사람이 있다고 밝히고 싶었다. 그래서 마음 편히, 남들 눈치 보지 않고 그와 손을 잡고 싶었다. 손님 많은 맛집에 가서 밥도 먹고 싶었다. 사람들의 시선을 피해 쫓기듯 자리를 피하거나 비밀 접선하듯 만나는 것도 그만하고 싶었다.

기꺼이 불편함을 감수해 준 도영의 배려가 아니었다면, 둘의 연애는 쉽지 않았을 것이다.

"기사는 꽤 자세하게 나갈 거예요. 지난번 열애설 때 반박 기사 냈던 부분에 대한 해명도 포함될 거고요."

"나한테 취재 요청 들어오면 어떻게 대답할까? 대답 맞춰둬야 하지 않아?"

"통용되는 정답 있잖아요. '좋은 감정으로 만나고 있다', 이거 써먹어요."

"미리 녹음해 둘까 봐."

도영이 웃으며 해아의 손을 꼭 잡고 엄지로 손등을 살살 쓰다듬었다.

"추측성 후속 기사는 박 대표님이 막아줄 거예요. 너무 신경 쓰지 않아도 돼요."

"혹시 나도 졸업사진 같은 거 다 털리는 거 아냐? 아, 그건 좀 곤란한데."

"학교 동창들이 가장 무서운 적이에요. 조심하세요."

"나 살던 동네가 한인들이 많이 살던 동네라 조금 위험하긴 하다."

지난번 열애설 때 도영의 신상정보가 상당 부분 공개되었기에 이번에는 잠잠하게 넘어가도록 해아가 부탁했고, 박 대표도 그것을 참고해서 가이드라인을 잡은 참이다.

"차기작 검토는 시작했어?"

"당분간 실컷 연애나 하면서 쉴 생각이었는데, 박 대표님이 공개 연애를 걸고 딜을 하니 어쩔 수 없이 시작했죠. 시간 날 때 나랑 같이 봐줘요."

그는 테이블 위에 쌓아둔 대본책과 시나리오책, 기획안 서류들을 쓱 훑어보았다.

"우리도 곧 프리 프로덕션 들어가는 작품 있는데. 기획안 넣어볼까?"

"어떤 작품인데요?"

"나애리 작가 차기작."

"오."

"편성 목표는 내년 여름이나 가을쯤. 장르는 첩보 액션 스릴러. 시놉시스가 꽤 좋아."

"오오!"

해아가 관심을 보이자 그가 흐뭇한 표정을 지었지만, 사실 해아는 나애리 작가가 장르물을 준비 중이라는 게 놀라워서 그런 반응을 보인 것이었다.

"무엇보다. 나애리 작가가 류해아의 캐스팅을 간절히 원하고 있어. 오직 류해아 캐스팅만 생각하며 대본 집필 중이지."

"으음……."

해아가 거만한 표정으로 팔짱을 낀 채 고개를 핑그르르 돌리자, 도영이 다급하게 해아의 어깨를 주무르며 생글생글 웃었다.

"사전 촬영할 거예요?"

"아마도."

"편성은 자신 있어요?"

"류해아 씨만 오케이 하면 편성은 문제없습니다."

"제작PD는 누가 맡으시나요?"

"적임자는 아무래도 제가 아닐까 싶습니다만……."

"권도영 PD님은 지금 다른 작품 하고 있잖아요?"

"그래도 제가 최선을 다해서 챙겨보겠습니다. 우리 류 배우님이 원하신다면 이 작품 끝나는 대로 합류할 수도 있고요."

그의 깍듯한 대접에 웃음이 났지만, 최대한 담담함을 유지했다.

"대본 나오면 생각해 볼게요. 일단 기획안 보내보세요."

해아의 허락에 그가 대뜸 뺨에 입을 맞추었다.

"꼭 같이 합시다, 류해아 씨."

"아니, 이분 공과 사의 구분이 없는 분이네. 그리고! 고작 이런 뽀뽀로 날 캐스팅할 수 있을 거라고 생각했어요?"

도영은 해아의 말이 끝나기가 무섭게 또 한 번 뺨에 입을 맞추더니 이어서 입술을 포개었다. 그러곤 해아를 번쩍 안아 자신의 허벅지 위에 앉히더니 해아의 등을 바짝 끌어안으며 숨 쉴 틈 없이 몰아붙였다.

해아는 그의 목을 두 팔로 감은 채 조금 더 깊이 그의 숨을 탐했다.

"자꾸 이런 식으로 영업하면…… 나야 너무 좋지."

입술을 맞댄 채 말을 하니, 입술 사이에 오고가는 자잘한 떨림이 고스란히 전해졌다.

그의 이런 달달한 영업 방식이 오히려 반가워서, 해아의 입장에서는 참으로 곤란한 일이었다. 그렇다고 그가 말도 안 되는 수준의 작품을 들이밀거나 제작을 하는 사람은 아니니 그 부분이 염려되는 것은 아니지만, 앞으로 이런 식으로 영업을 해오면 거절하기가 쉽지 않을 것 같기 때문이다.

해아는 그의 아랫입술을 장난스럽게 콕콕 깨물었고, 도영은 해아의 옆구리를 간질이며 괴롭혔다.

그의 간지럼을 피하기 위해 이리저리 허리를 돌리다가 상체가 뒤로 젖혀지는 바람에 드러누운 꼴이 되었는데, 그는 그 틈을 놓치지 않고 위로 올라와 두 손을 머리 위로 끌어 올려 옴짝달싹 못하게 만들었다.

점점 상체를 숙이며 다가오는 도영을 빤히 바라보며 눈을 감는 그 순간.

Rrrr.

야속한 휴대폰 벨소리가 울렸다.

도영이 짧은 한숨을 내쉬며 일어나더니 테이블 위에 올려두었던 해아의 휴대폰을 집어 들었다.

"안 받으면 안 돼요?"

먼저 발신자를 확인한 도영은 단호하게 고개를 저으며 휴대폰을 건넸고, 해아는 입술을 삐죽이며 통화를 연결했다.

"네. 최 전무님."

발신자는 다름 아닌 최 전무였고, 그는 다 함께 점심 식사를 하자고 말했다. 통화를 끝낸 후, 아쉬움에 입맛을 다시던 해아는 마지못해 소파에서 일어나 도영의 손을 잡아당겨 일으켜 세웠다.

"갑시다. 점심 먹으러."

"그래. 가자."

그는 못 이기는 척 일어나 해아의 어깨에 팔을 둘렀고, 해아는 도영의 허리를 감싸며 사무실을 나섰다.

일단 밥부터 든든히 먹고, 그 다음을 생각해야 할 것 같았다.

팬미팅을 마친 후, 해아는 경진의 집으로 이동했다. 차창 밖을 바라보는 해아의 입가에서는 미소가 떠나질 않았다.

"후련해?"

"어. 너무 너무 후련해."

은형의 물음에 해아는 연신 고개를 끄덕이며 대답했다.

가슴이 뻥 뚫린 것처럼 시원했다. 꽤 많은 팬들이 SNS를 타고 돌던 목격담이나, 촬영장 스태프들 사이에서 돌던 이야기를 들어 이미 눈치챈 상태였다. 서운해하는 팬들도 많았지만, 직접 이야기해 줘서 고맙다고 해준 팬들도 많았다.

기쁠 때나 힘들 때나 늘 함께해 온 팬들은 이번에도 어김없이 힘을 보내주었다. 농담 삼아 질투가 난다고 하면서도 축하를 해줬고, 더 열심히 작품 하겠다는 약속에 기뻐해 주기도 했다.

내가 뭐라고, 이렇게까지 큰 사랑을 받아도 되는 걸까 하는 생각을 종종 하게 된다. 그들에게 줄 수 있는 게 많지 않은데, 그들은 자신에게 너무나 많은 것을 주기에 늘 고맙고 미안했다.

"기사 반응은 어때?"

"마음고생 많았겠다고, 축하한다고, 그런 글들이 많아."

첫 만남부터 지금까지, 상세하게 기사를 낸 탓인지 몰라도 반응이 나쁘지 않은 듯했다. 한 차례 반박 기사로 인해 흐름이 어떻게 될지 예측하기 힘들었는데 다행이었다.

모두에게 그가 얼마나 좋은 사람이고, 얼마나 많이 나를 변화시켰는지 말해주지 못해 안타까울 따름이었다. 아마 그 사실을 알게 된다면 더 많은 사람들이 자신의 선택을 이해해 주지 않을까, 하고 생각했다.

"도착했습니다."

"수고했어, 창희야."

차에서 먼저 내린 은형의 뒤를 따라 해아가 내렸다.

"근처에서 밥 먹으면서 기다리고 있을게. 전화해."

"다 같이 맛있는 거 먹고 먼저 들어가."

"집에 안 갈 거야?"

"엄마 집에서 자고 가려고."

"어머니께서…… 허락하실까?"

"비벼봐야지. 내 걱정 말고 얼른 가."

은형은 걱정이 되는지 몇 번이나 돌아보았고, 해아는 그런 은형을 억지로 차에 태워 보내 버렸다.

해아는 경진의 집 대문 앞에 서서 초인종을 누르고 기다렸다. 이내 묵직한 대문이 열리고, 해아는 집 안으로 걸음을 옮겼다.

정원을 가로질러 현관 쪽으로 향하는데 꽃이 한 가득 피어 있는 화단이 해아의 눈길을 사로잡았다. 오랫동안 휑하게 비어 있던 화단에 생기가 돌았고, 그것을 지켜보는 해아의 입가에도 미소가 떠나질 않았다.

화단 근처에서 떨어질 줄 모르는 발걸음을 간신히 옮긴 해아는 현관 앞에 마중 나와 있던 메이드를 발견하고 고개 숙여 먼저 인사를 건넸다.

"안녕하세요."

"사모님께서 내내 기다리셨어요."

"정말요?"

메이드의 말에 놀란 해아의 두 눈이 커졌다.

오늘 저녁때쯤 가겠다고 연락을 했을 뿐인데, 엄마가 내내 기다리고 있었다니……. 해아는 서둘러 현관문을 열고 들어갔다.

"엄마. 나 왔어."

복도를 따라 거실로 향한 해아는 그곳에서 자신을 기다리고 있던 경진을 마주하자마자, 반가운 마음에 웃음이 먼저 났다.

"저녁은 먹었니?"

"아니. 지금 막 팬미팅 마치고 오는 길이라 아무것도 못 먹었지. 뭐 좀 먹을 거 있어?"

"같이 밥 먹자."

놀라움의 연속이었다.

경진의 집에서 식사를 하는 건 흔치 않은 일이었다. 밥 때가 되어 메이드가 차려준 밥을 대충 먹고 나온 적은 몇 번 있었지만, 경진과 마주보고 앉아서 밥을 먹는 건 그녀와 떨어져 산 이후로 처음 있는 일이었다.

해아는 경진의 뒤를 따라 주방으로 향했다.

"우와! 맛있겠다! 잔치했어?"

해아의 말에 경진은 조용히 웃기만 했다. 마주보고 앉은 해아와 경진의 얼굴에는 꼭 닮은 미소가 얹어졌다.

식탁 위에는 해아가 좋아하는 음식이 가득했다. 소고기를 넣어 끓인 미역국과 간장양념에 졸인 고등어무지짐. 향긋한 미나리나물과 부추잡채, 거기에 갓 버무린 겉절이까지. 완벽한 잔칫상이었다.

해아는 숟가락부터 들고 미역국을 한 입 떠먹었다.

"입에 맞니?"

"응. 엄청 맛있어."

"천천히, 많이 먹어."

"응. 엄마도 많이 드세요."

해아는 경진의 밥 위에 그녀가 가장 좋아하던 고등어 살을 발라 올려주었다.

"아까 기사 났던데."

"엄마도 봤구나? 그동안 그 사람한테 미안한 마음이 컸거든. 더는 미루고 싶지 않아서 공개해 버렸어."

"잘했다. 남녀가 만나서 연애하는 게 나쁜 일도 아닌데, 숨어서 만날 이유가 없지. 이제 엄마도 그 사람이랑 이혼하고 나면, 복잡하게 얽혔던 관계가 단조로워질 거야. 마음 편하게, 너 하고 싶은 대로 하고 살아."

"응. 그럴게, 엄마."

경진이 제법 담담하게 말했지만, 그녀가 그 결심을 하기까지 얼마나 오랜 고민을 했는지 잘 알기에 마음 한 구석이 찡했다.

"전에 도영 씨가 준 화분은 잘 기르고 있어?"

경진이 거실 쪽을 손가락으로 가리켰고, 해아의 시선이 그곳으로 향했다. 가장 햇볕이 잘 드는 거실 창가에 도영이 선물한 듀란타가 놓여 있었다. 그 사이 예쁜 화분으로 분갈이까지 해둔 것을 확인할 수 있었다.

"그 사이에 꽃이 많이 폈다. 엄마가 관리 열심히 했구나?"

경진은 별다른 대답 없이 그저 옅은 미소를 띤 채 식사만 이어갔고, 해아는 기쁜 마음을 숨길 수가 없었다.

"겪을수록 참 좋은 사람 같더라."

"도영 씨?"

"마음 씀씀이가 예뻐."

경진에게 듣는 그의 칭찬은 생각했던 것 이상으로 듣기 좋았다. 특히 예쁘다는 그 표현이 도영과 묘하게 잘 어울리는 듯했다.

"아침마다 문자가 와. 잘 주무셨냐고. 좋은 하루되시라고. 날이 아주 좋다고."

"정말?"

해아가 놀라서 묻자, 경진이 고개를 끄덕이며 휴대폰을 꺼내 내밀었다. 해아는 조심스레 메시지 어플을 열어 그가 보내온 메시지를 읽기 시작했다.

그는 정말로 매일 아침마다 경진에게 안부 인사를 보내주었다. 그 사실을 전혀 눈치채지 못했던 해아였기에, 말로 표현할 수 없을 만큼 감격스러웠다.

가슴이 뭉클했다. 경진에게 다가가기 어려웠을 텐데, 먼저 살갑게 굴어준 그가 너무나 고마웠다.

"이 사람이 진짜."

이렇게 함부로 감동 주는 법이 어디 있어, 눈물 나게. 해아는 코끝을 손끝으로 꾹 누르며 감정을 다독였다.

"엄마. 내가 남자 보는 눈은 엄마보다 훨씬 낫지?"

"얼른 밥이나 먹어!"

이대로 가다간 눈물이 쏟아질 것 같아서 던진 우스갯소리에 경진이 발끈했고 그 모습을 보며 해아는 일부러 더 환하게 웃었다.

"엄마. 나 오늘 여기서 자고 가도 돼?"

"그래. 자고 가."

만약 허락받지 못한다면 어떤 핑계를 대서라도 오늘 밤은 눌러 앉으려고 했는데, 경진이 흔쾌히 허락했다. 머릿속으로 대사까지 준비했는데 필요 없게 되자 해아는 너무나 신이 났다.

경진의 집에서 하룻밤을 보내고 아침 일찍 저택으로 돌아온 해아는 이른 시간부터 저택 화단을 가꾸는 중이었다.

올해는 화단에 프렌치 메리골드와 아프리칸 메리골드를 골고루 심었는데 지난겨울 열심히 흙을 고른 탓인지, 아니면 올 봄에 유독 햇빛이 좋아서인지, 화단은 활짝 핀 꽃들로 그 어느 해보다 풍성했다.

웅크리고 앉아 잡초를 뽑던 해아가 고개를 들어 하늘을 바라보았다. 비 예보가 있었는데 그냥 지나가려는지, 구름 사이로 눈부신 햇살이 쏟아지고 있었다.

한참 만에 일어선 해아는 찌뿌둥한 허리를 쭉 펴고 흙먼지를 툭툭 털어내며 장갑을 벗었다. 그때, 본관 저택을 나서 서재관으로 향하는 강훈과 최 전무가 시야에 들어왔다.

"서재 가시는 거예요?"

"해아 여기 있었구나? 바쁘니?"

"아뇨. 다 했어요."

"그럼 할애비랑 얘기 좀 할까?"

"네."

해아는 선뜻 그를 따라 서재관으로 향했다.

"니들 공개 연애하니까 내 속이 다 시원하더라. 어제 간만에 모임에 나갔더니 다들 너랑 도영이 얘기를 묻더라고."

"그래서 뭐라고 말씀하셨어요?"

"곧 결혼할 거라고 했지."

"류해아 최측근 발, 결혼 기사까지 나겠는데요?"

해아의 말에 강훈이 허허 웃었다.

"손녀 사윗감 자랑도 하셨어요?"

"당연하지! 입에 침이 마르도록 자랑하고 왔다. 어찌나 부러워하던지. 권 사장 아들 하나 더 있으면 자기 딸 시집보내고 싶다는 사람들이 수두룩했어."

해아는 너무나 흐뭇하고 뿌듯했다. 아마 도영을 실제로 만나고 겪어봤다면, 그들은 더 많이 부러워했을 것이다.

"니들 나중에 결혼하면, 이 집은 너희에게 줄 생각이다."

"아니에요, 할아버지."

"잔말 말고 받아. 할애비가 너에게 주는 유일한 유산이니까."

"할아버지……."

본래 상속과 관련된 강훈의 유언장에는 해아의 바람대로 단 1원도 상속받지 않기로 기재한 참이다. 가진 만큼 베푸는 것을 원칙으로 삼았던 강훈은 전 재산을 재단에 환원하겠다는 의사를 늘 밝혀왔고, 유언장에도 그렇게 적시가 되어 있었다.

해아는 자신이 그동안 벌어둔 돈으로도 차고 넘치기에 애초부터 강훈의 재산은 욕심내 본 적이 없었다. 그룹의 일에는 관심도 없었고, 단 한 주의 주식도 가지고 있지 않았다. 회사의 주인은 직원들이라는 강훈의 생각에 전적으로 동의했고, 그게 당연하다고 생각했다. 그랬기에, 강훈의 그 말이 해아를 당황하게 만들었다.

"내가 죽고 나면 복잡해질 것 같아서 살아 있을 때 해치울 생각이야. 그러니 얼른 결혼하고, 세금은 니들이 내라."

무엇보다 해아는 벌써부터 주변정리를 하는 강훈 때문에 마음이 무거웠다.

해아는 강훈의 손을 잡으며 그의 거친 손을 바라보았다. 언젠가 이 손을 놓아야만 하는 날이 오게 될 거라는 생각과 함께, 자신이 과연 그 슬픔을 감당할 수 있을지 벌써부터 걱정이 되었다.

서재에 도착하자마자, 해아는 직접 차를 준비해 강훈과 최 전무의 앞에 놓아두었다.

"최 전무. 그 서류 해아 보여줘."

강훈의 말에 최 전무가 얇은 종이 서류를 해아에게 건넸다. 해아는 그가 건넨 서류를 조심스레 들춰보았고, 놀란 눈으로 두 사람을 차례로 바라보았다.

영문으로 빼곡하게 적힌 서류는 강훈에게 올라온 내부 보고서 형식의 문건이었다. 자신에게 왜 이런 걸 보여주는 건지, 의도를 파악할 수 없었다.

"이게 다 뭐예요?"

"내가 태정이에게 내린 벌."

해아는 다시 천천히 문건의 내용을 읽어보았다. 헤이즌이라는 한 투자 회사가 J미디어의 최대 주주가 되기까지의 간략한 과정과, 현재 J미디어의 전체 지분 보유 현황을 담고 있었다.

최 전무가 해아에게 또 한 장의 서류를 건네주었는데, 그것은 강훈의 유언장이었다.

"이건 내가 죽고 난 후에 혹시 일어날지 모를 불상사에 대비한, 너와 네 엄마에게 남기는 보험."

강훈이 가지고 있는 주식, 채권, 부동산, 예금 등의 모든 재산을 사망 직후 대경그룹 사회재단에 기부하고, 유사시 모든 권한은 해아와 최 전무에게 공동으로 일임한다는 내용이었다. 그리고 뒷장에는 태정이 서명한 '인지 청구의 소'를 절대 제기하지 않겠다는 각서와 '상속 재산 협의 분할 계약서'가 첨부되어 있었다.

강훈 사후에 태정이 상속에 관한 소송을 제기하지 않겠다는 내용이 골자를 이루었고, 날짜를 보니 그가 강훈에게 내쳐질 무렵에 작성한 듯했다.

그동안 강훈이 태정을 집에서 완전히 내쳤다고 말했을 때, 이렇게 문서 형식으로 못을 박았을 거라고는 예상하지 못했다. 강훈의 단호한 의지가 엿보이는, 아주 놀랍고도 무서운 문서였다.

"간단히 설명하자면, 류 대표는 J미디어 대표이사직에서 해임될 거야. 그렇게 될 수밖에 없도록 움직였고, 성공했고."

최 전무의 설명에 해아는 놀라움을 감추지 못했다.

"J미디어 최대 주주가 된 헤이즌이라는 홍콩 헤지펀드 운용사를 움직인 건 우리 쪽이고, 류 대표가 해임되고 나면 우리 쪽 사람이 대표이사직에 오르게 될 거야."

"와……"

"J미디어를 탐냈던 나유미는 오도 가도 못하는 신세가 됐지. 만에하나라도, 그 여자가 아이를 무기 삼아 회장님의 유산에 눈독들이지 못하도록 모든 법적인 조치는 마무리가 된 상태고."

느긋하게 차를 마시고 있는 강훈의 모습을 보고 있으니, 해아는 어쩐지 묘한 기분이 들었다. 평소에도 빈틈이 없는 분이라는 걸 잘 알고있었지만, 생각했던 것보다 훨씬 더 대단하다고 느껴졌다.

"오래전, 류 대표가 대경에서 나가면서 불법 자금을 조성해 해외 페이퍼 컴퍼니를 설립해서 빼돌렸던 적이 있었어. 그 자금으로 J미디어를 설립한 거지. 공소시효가 지나서 법적으로 조치를 할 수 없었는데, 이번에도 똑같은 방식으로 자금을 옮기는 중이야. 이 일은 검찰과 국세청에서 해결해 줄 거니까 우리가 더 이상 신경 쓸 건 없고."

최 전무는 또 다른 종이 한 장을 내밀었는데, 그것은 경진과 태정의 이혼소송에 관한 문서였다.

"류 대표에게는 위자료를 청구하고, 나유미도 불륜 가담자이기 때문에 별도로 손해배상을 청구할 계획이야. 법적으로 빠져나갈 수 있는 구멍은, 없어."

최 전무의 단호한 말에 해아는 가슴이 철렁 내려앉았다.

"그래서 결론은, 곧 모든 게 끝날 거야. 그동안 고생했다, 해아야."

"최 전무님이야말로…… 정말 고생 많으셨어요."

최 전무는 옅게 웃으며 고개를 가로저었다.

"해아야. 나 죽고 나서도 최 전무한테 잘해야 한다. 알지? 최 전무는 내 아들이나 다름없다는 거."

"알죠. 아들도 못 하는 걸 최 전무님이 다 해주셨잖아요."

해아 역시 그간 최 전무의 노력을 알고 있었다. 평생 강훈의 가장 가까운 곳에서 그를 보필했고, 집안의 온갖 궂은일도 마다하지 않고 모두 해결했던 분이었다. 해아와 강훈은 물론이고, 이 집에서 일하는 직원들까지도 그에게 많은 부분을 의지하고 있었다.

"제가 회장님께 받았던 은혜를 생각한다면, 이 정도는 아무것도 아닙니다."

두 사람의 인연은 무려 사십 년 전으로 거슬러 올라가야 만날 수 있다. 천에 고아였던 가난한 중학생은 대경그룹의 임원이 되었고, 그를 후원했던 젊은 사업가는 대경그룹의 총수가 되었다.

해아에게 최 전무는 실질적으로 아버지의 빈자리를 대신해 채워준 분이기도 했다. 몸과 마음이 아팠던 엄마를 대신해서 학교에 상담하러 와준 사람도, 졸업식 날 꽃다발을 사들고 찾아와 준 사람도 최 전무였다. 덕분에 든든했고, 쓸쓸하지 않았다.

"최 전무님 은혜는 제가 잊지 않고 보답할 테니까, 걱정 마세요. 할아버지."

이제 정말 길고 길었던 고통의 시간이 끝이 날 모양이다. 끝이 보인다고 생각하니, 이제야 한결 마음이 놓였다.

사람에게 받은 상처는 사람으로부터 치유된다는 말이 맞는 모양이다. 주변의 좋은 사람들 덕분에 견딜 수 있었고, 그들 덕분에 아프고 힘겨웠던 시간들이 아득하게만 느껴졌다.

　　　　　　　　　　　ぬ

　무더위가 절정에 다다른 8월.

　낮과 밤을 구분하는 게 무의미할 정도로 하루 온종일 불볕더위가 이어지고, 불쾌지수는 연일 최고치를 기록하고 있었다. 근처에 사람이 다가오기만 해도 짜증부터 나는 날씨였지만, 사람들로 가득한 스튜디오 안은 화기애애 그 자체였다.

　감독판 블루레이 DVD에 포함될 배우들의 코멘터리 녹음을 위해, 오랜만에 '별이 빛나는 밤' 팀이 뭉쳤다. 어제는 해아와 기주가 커플 코멘터리 녹음분을 촬영했고, 오늘은 단체 코멘터리 녹화가 있었다.

　드라마를 사랑해 준 팬들의 성원에 보답하고자 팬들이 명장면으로 꼽은 두 시간 분량의 영상에 코멘터리를 녹음하게 될 예정인데, 주로 배우들이 직접 털어놓는 당시 촬영현장 비하인드가 담기게 된다.

　코멘터리 녹음 현장 촬영을 위한 카메라 세팅도 완료되었고, 배우들이 함께 볼 코멘터리 영상 재생용 모니터의 설치도 끝났다.

　해아와 주현을 비롯한 세 명의 배우와 송 감독이 테이블에 둘러 앉아 아직까지 도착하지 않은 기주를 기다리고 있었다.

　"늦었습니다. 죄송합니다."

　때마침 기주가 허겁지겁 스튜디오 안으로 들어왔다. 모든 배우들과 스태프들에게 공손하게 인사를 한 기주가 해아의 옆자리로 와서 앉았다.

　"십 분 후에 녹화 들어가겠습니다."

　감독판 블루레이 DVD 제작사 측 스태프의 안내에, 해아는 옆으로 돌아앉아 지각한 기주를 나무랄 준비를 시작했다.

"아휴, 배고프다. 이것 좀 먹어도 되죠?"

눈치 빠른 기주가 슬금슬금 해아를 피했지만 순순히 놓아줄 해아가 아니었다.

"왜 늦었어요?"

"길이 너무 막히더라고."

"평일 낮에 길이 막혀봤자……. 잠깐만, 얼굴 이쪽으로 돌려봐요."

"얼굴? 왜?"

해아는 기주의 턱을 살짝 손가락으로 밀어 얼굴을 돌려 확인한 후, 바짝 다가가 한껏 목소리를 낮추며 속삭였다.

"입술에 묻은 립스틱 자국이나 지우고 거짓말해요."

"뭐?"

해아의 말에 깜짝 놀란 기주가 휴대폰 화면을 거울 삼아 얼굴을 확인하며 한숨을 푹푹 내쉬었다.

"야."

"거짓말인데."

"너 이씨!"

"속는 거 보니까 뭘 하고 오긴 하고 왔구만?"

정곡을 찔렸는지 기주는 아무 말 못한 채 귀가 새빨개지기 시작했다. 기주 놀리기에 성공한 해아는 흐뭇하게 웃으며 생수 한 모금을 마셨다.

"막간을 이용해서 사인 좀 부탁드릴게요."

스태프가 건넨 건 감독판 블루레이 DVD 구매자들에게 증정될 '별이 빛나는 밤'의 실제 대본책들과 드라마 공식 포스터였다. 맨 오른쪽에 앉은 주현부터 순서대로 사인을 해 넣었다.

"해아야. 너무 궁금해서 그런데, 뭐 하나만 물어봐도 돼?"

"우리 감독님께서 뭐가 궁금하실까."

손으로는 부지런히 사인을 하면서 눈으로는 송 감독을 바라보았다.

"권 PD랑 대체 언제부터 만난 거야?"

"음……. 드라마 촬영 들어가기 바로 직전이요."

해아의 솔직한 대답에 다들 놀라워했다.

해아와 도영이 연애를 하는 것 같다는 분위기는 드라마 촬영 중반부터 소문이 돈 것으로 알고 있었다. 대부분의 스태프들과 배우들이 해아와 도영 사이의 수상한 분위기를 감지했지만 그 시작이 언제인지는 눈치채지 못했던 것이다.

비밀 연애를 성공적으로 해낸 해아는 괜히 뿌듯했다.

"거 참 신기하네. 우린 왜 몰랐을까?"

"저는 알고 있었습니다."

송 감독의 혼잣말에 기주가 불쑥 하지 않아도 될 이야기를 꺼냈다. 해아는 그 얄미운 입에 쿠키를 밀어 넣어 더 이상 말을 못하게 입막음 했다.

"한창 드라마 방영할 때는 민기주랑 류해아가 진짜 사귀는 거 아니냐고 소문 돌았는데. 기자들이 현장 스태프들한테 은근히 많이 물어봤다고."

"하지만 현장에서는 친남매, 아니 친형제가 아니냐는 의혹이 제기됐었죠."

송 감독과 주현의 대화에 다들 격하게 공감했다. 기주와 해아는 드라마 속에서는 죽고 못 살 정도로 뜨겁게 사랑했던 사이였으나 실제 촬영 현장에서는 서로에게 못살게 굴기 바빴다.

워낙 둘 사이의 케미가 좋아서 드라마의 팬들은 둘이 쳐다만 봐도 멜로가 뚝뚝 흐른다고들 말했지만 드라마 팀 그 누구도 기주와 해아 사이를 의심조차 하지 않았다.

스태프와 배우들 모두에게 즐거웠던 추억으로 남은 촬영 현장. 다들 그 시간들을 떠올리며 행복한 미소를 지었다. 해아는 그들에게 좋은 추억으로 남을 수 있어서 다행이라고 생각했다.

해아는 기주를 바라보았다. 늘 티격태격했지만 실은 고마워서 그랬던 것이다. 진심을 전하는 게 어쩐지 쑥스러워서 반대로 행동했다. 그의 도움이 무척이나 컸고, 그래서 그를 미워할 수 없었다.

"왜 또."

"그냥 좀 봤어요."

"난 네가 날 쳐다보면 심장이 쫄려."

"내가 뭘 어쨌다고?"

"그냥 쫄려. 권 PD님은 어떻게 너랑 연애를 하는지…… 참 신기하단 말이야."

"나도 연애할 땐 윤서 같이 사랑스럽거든요?"

해아의 말을 듣자마자 기주는 동의할 수 없다는 듯 격렬하게 고개를 가로저었고, 해아는 그런 그의 반응을 이해할 수 없었다. 일부러 저렇게 과장된 반응을 보이는 것이라는 걸 알면서도 결국 그에게 낚여 발끈하고 말았다. 그와 티격태격하게 되는 패턴은 늘 이랬다.

"녹화 시작하겠습니다!"

이런 기분으로 코멘터리 녹화를 진행한다면 매 장면마다 민기주에 관한 뒷담화를 하게 될 것 같아서 최선을 다해 마음을 다독였다.

코멘터리 녹화를 모두 마치고 근처 식당으로 가 간단하게 회식을 했다. 보통 2차, 3차까지 갔지만 오늘은 1차에서 거하게 먹고 깔끔하게 끝이 났다.

해아는 회식이 끝날 무렵 근처로 데리러와 준 도영과 함께 인근 한강공원으로 산책을 나섰다.

늦은 밤이지만 연일 계속되는 열대야에 잠을 이루지 못하고 강변으로 나온 시민들로 북적였다. 해아를 알아보고 힐끔거리는 시민들도 있었지만 다행히 다가오는 사람은 극히 드물었다. 해아와 도영이 주변의 시선을 의식하지 않고 거닐 수 있을 정도였다.

공개 연애를 시작한 후로 조금씩 변화가 생겼다. 들키지 않아야 한다는 심적인 부담감을 떨쳐 낼 수 있어서인지, 마음가짐이 달라진 게 가장 큰 변화 중 하나였다.

해아는 도영의 손을 꼭 잡고 다른 한 손으로는 아이스크림을 든 채 여유롭게 걸었다.

"도영 씨가 보기에 나 어때요?"

"사랑스럽지."

그는 마치 기다렸다는 듯 숨 한 번 안 쉬고 준비된 대답을 꺼내놓았다.

"아니 그게 아니라, 연애할 때 내 모습이 어떤 것 같냐고요."

"내 눈에는 네 행동, 말투 모든 게 다 사랑스럽고 예뻐서 다르게 표현할 방법이 없어."

단호한 그의 대답에 해아는 안도의 한숨을 내쉬었다.

"그 정도면 됐어요."

"갑자기 그게 궁금했어?"

"아니……. 아까 민기주 선배가 내가 자길 쳐다보면 심장이 쫄린다고, 도영 씨가 대체 어떻게 나랑 연애를 하는 건지 신기하다고 그러잖아요."

남자친구에게 이르는 모양새가 된 것 같아서 자신이 생각해도 조금 유치했지만, 도영은 해아의 투덜거림을 너그러이 받아주며 어깨를 감싸 안았다.

"이렇게 사랑스러운 사람이 세상에 또 어디 있다고 그런 얘길 해? 민기주 씨 안 되겠네!"

"마음 넓은 도영 씨가 참아요."

막상 그가 발끈하며 편을 들어주니 마음이 사르르 녹는 것만 같았다. 해아는 그의 어깨에 머리를 기대고 아이스크림을 크게 한 입 베어 물었다.

"우리가 연애하기 전과 비교하자면 말랑말랑해진 부분은 있지."

"도영 씨가 나를 그렇게 만든 거예요."

"와, 내가 그렇게 대단한 사람이었다니……."

도영 덕분에 변한 것일 수도 있고, 도영 덕분에 발현된 것일 수도 있다.

그는 늘 해아가 감정을 끌어내도록 곁에서 끊임없이 도왔고, 그 덕에 그녀는 자신도 모르고 있던 또 다른 자신의 모습을 발견하곤 했다. 외면하려 했던 것까지 모두 말이다.

서로를 향한 마음에 대해 돌려 말하는 법이 없게 된 것은 그에게서 배운 것들이다. 처음부터 직진이었던 이 남자 덕분에 해아도 자연스레 솔직해졌다.

도영과는 밀고 당기는 것이 없었다. 그런 것에 재주가 없기도 했지만 시간 낭비를 하고 싶지 않은 마음이 크기도 했다. 좋으면 좋은 거니까. 애태우고 마음 졸이는 건 싫었다.

해아와 도영은 한참을 걷다가 벤치에 자리를 잡았다. 강에서 불어오는 시원한 강바람이 뺨을 간지럽혔다.

그와 함께 있을 때면 시간을 붙잡아두고 싶어진다. 지금 이 순간에도 이대로 시간이 멈추길 바라고 있었다.

"아참. 엄마가 도영 씨 집으로 초대하셨어요."

"정말?"

"엄마가 집으로 누굴 초대하는 게 거의 처음 있는 일이라 저도 살짝 긴장되기는 한데, 너무 부담 갖지는 말아요."

말해놓고 보니 전혀 앞뒤가 맞지 않았다. 그럼에도 그는 진지한 표정으로 고개를 끄덕였다.

"어머님 뭘 좋아하시지?"

"당연히 화분이죠. 지난번에 도영 씨가 선물해 준 화분을 아주 정성껏 기르고 계세요."

"또 화분을 선물해 드릴 순 없는데……."

"엄마는 이미 도영 씨를 마음에 쏙 들어 했기 때문에, 뭘 선물해도 좋아하실 거예요."

고민에 빠진 그는 연신 고개를 갸웃거리며 골똘히 생각했다.

"공연 같은 거 안 좋아하시나?"

"밖에 나가는 걸 별로 안 좋아하시니까. 그리고 같이 보러 다닐 분도 없어요."

"내가 같이 가면 되지."

"음. 그럼 얘기가 달라지겠네요."

답이 보이기 시작했는지, 그가 만족스러운 미소를 지었다.

"하루만 어머니께 나 양보해 줘. 어머니랑 데이트 한번 해야겠다."

"그런 이유라면 얼마든지요."

경진과 친해지기 위한 그의 노력이 너무나 고맙고 사랑스러웠다. 도영과 경진이 함께라면 해야도 안심이 되었다.

"그래도 그날은 빈손으로 갈 수 없으니까 자그만 선물 하나 따로 준비해야지. 어머니 그림 좋아하셔? 내 친구 중에 그림 그리는 친구가 있는데 몇 점 사주기로 약속했거든."

"그림 괜찮겠다. 엄마가 좋아할 거 같아요."

"좋아. 그림으로 결정. 그림 보러 같이 가자. 어머니 집에 어울릴 만한 걸로 골라줘."

"그래요."

그는 휴대폰을 꺼내 누군가에게 보낼 메시지를 입력했다. 아마도 그 화가 친구인 것 같았다. 어쩐지 설레어 보이기까지 하는 그를 곁에서 지켜보고 있자니 덩달아 해아의 마음도 설레는 것 같았다.

경진이 도영에게 마음을 여는 것도, 그가 경진의 마음을 열고 다가가는 것도 쉽지 않을 거라고 예상했다. 그랬기에 이런 날이 올 거라고 상상조차 하지 못했다.

그는 사람의 마음을 열고 다가가는 것에 확실히 재주가 있었다. 맨 처음 자신에게 뚜벅뚜벅 걸어 들어왔던 것처럼 말이다.

"참 신기해."

"뭐가?"

"내가 아는 사람들 중에, 도영 씨를 좋아하지 않는 사람이 없어."

"왜 없어? 있을걸? 말을 못해서 그렇지 꽤 많이 있을 거야."

남자로서의 매력뿐 아니라, 그는 인간 자체의 매력이 넘치는 사람이었다. 닮고 싶을 정도로 멋진 사람. 모두에게 허락된 다정함과 친절함에 때로는 질투가 나기도 했지만, 이제 더 이상 그렇게 생각하지 않는다.

"도영 씨랑 있다 보면 나도 좋은 사람이 되고 싶어져요. 닮고 싶어져."

그는 쑥스러운 듯 웃으며 잡고 있던 해아의 손을 괜히 만지작거렸다.

해아는 늘 그에게 좋은 기운을 받고 있었다. 그로 인해 자신이 조금씩 변화하고 있다는 게 느껴졌다. 나를 좀 더 사랑할 수 있게, 내가 나를 안아줄 수 있게, 더는 도망치지 않고 받아들일 수 있게 되었다. 돌이켜 보면 정말 많은 것이 달라졌구나 싶었다.

단 한 사람이 자신에게 끼친 영향력이 이렇게나 클 줄은 예상하지 못했다.

해아는 고개를 돌려 그를 바라보았다. 사랑이 뚝뚝 떨어지는 눈빛으로 자신을 바라보고 있는 그가 참 아름다워 보였다. 가로등 불빛이 후광을 내려주는 것 같은 착각마저 들었다.

해아가 웃으며 입술을 모아 내밀자 그가 못 이기는 척 살짝 입을 맞춰주었다. 그러곤 멋쩍어 하며 강을 바라보았다. 해아도 그가 바라보는 곳으로 시선을 옮겼다.

해아는 그와 같은 곳을 보고, 함께할 수 있음에 진심으로 감사했다. 앞으로도 이 모든 순간을 그와 함께하고 싶었다.

　

대만 출장에서 돌아온 태정은 공항에 도착하자마자 황급히 회사로 향했다. J미디어 대표이사 해임안이 기습 상정되어 방금 전에 통과되었다는 연락을 받았다.

이사회를 소집하고, 임시총회소집이 결의 되고, 총회에서 해임안이 의결되기까지 단 이틀이 걸렸다. 이렇게 졸속으로 처리하는 동안 단 한 사람의 반대도 없이 신속하게 진행된 것이다.

어느 정도 예상하고 있던 순간이지만 정면으로 마주하니 화가 끓어오르는 건 어쩔 수가 없었다. 이 회사를 처음 설립하고 운영해 온 지난 십여 년의 노력이, 동고동락했던 이사진들과의 유대관계가 한 순간에 물거품이 되었다는 생각에 견디기 힘들 정도로 허무했다.

다시 시작하면 된다고 굳게 마음먹으며 괜찮을 거라고 스스로를 위로했지만, 지금 이 순간에는 그 위로가 전혀 통하지 않았다.

고통스러웠다. 자신이 직접 모든 걸 내려놓는 것이 아니라 끌려 내려온 것이기에 더더욱 그러했다. 늘 자신을 믿어주고 힘을 주던 자들이 꽂아버린 비수에 마음이 너덜너덜해졌다.

회사에 도착한 태정은 임시총회가 열리고 있다던 대회의실로 향했다. 엘리베이터에서 내려 그곳으로 발길을 잡는데, 막 회의를 마치고 쏟아져 나오는 임시총회 참여 인원들과 정면으로 마주하게 되었다.

태정을 못 본 척하며 지나치는 사람도 있었고, 인사만 건네고 눈치를 보며 피해 가는 사람도 여럿 있었다. 이루 말할 수 없이 참담한 심정이었다.

"대표님."

그 순간 태정의 앞에 다가선 사람은 박 상무였다. 박 상무의 주변에 몰려 있던 사람들이 웅성거렸고, 태정은 이게 무슨 상황인가 싶었다.

"박 상무, 일이 이렇게 진행되는 동안 자네는 뭘 하고 있었어! 박 상무는 나한테 진작 연락을 줬어야지."

"죄송합니다."

입으로 죄송하다고 말하는 그의 표정은 그다지 죄송스러워 보이지 않아 태정은 의아했다. 태정은 설마 하는 마음에 사람들을 헤치고 대회의실 안으로 들어갔다.

"이게 대체……."

사랑, 너에게 묻다

대회의실 벽면 스크린에 선명하게 띄워진 'J미디어 신임 대표이사 선출안'이라는 글자.

대표이사 해임과 동시에 신임 대표이사를 선출한 것이다. 움켜쥔 태정의 주먹이 부들부들 떨렸다.

"대표님도 아시다시피 회사 상황의 여의치 않아, 곧바로 대표이사를 선출했습니다."

"그래서, 누가 됐나?"

망연자실한 태정을 바라보며 박 상무가 알 듯 말 듯한 묘한 미소를 지었고, 그 순간 온몸의 피가 식는 것 같은 기분이 들었다. 벌어진 입에서는 차마 그 다음 질문이 나오지 않았다. 그가 자신이 생각한 대로 대답할까 봐 덜컥 겁이 났다.

"설마……."

"그동안 고생 많으셨습니다. 류태정 대표님."

"말도 안 돼."

"갈 길이 아주 멉니다. 마음 단단히 먹고 계세요."

그 어떤 말보다 충격적이었다.

박 상무는 대경그룹에 있을 때부터 지금까지 늘 자신의 수족처럼 함께해 왔기 때문에 말로 설명할 수 없는 배신감이 뒤통수를 강하게 후려쳤다. 태정은 가슴 깊은 곳에서부터 울컥 치미는 묵직한 무언가가 목구멍을 콱 틀어막아 아무 말도 할 수 없었다.

그는 아주 공손하게 인사를 건네며 돌아섰고, 태정은 차마 손을 뻗어 잡을 수도 없었다.

그 자리에 얼어붙어 버린 태정은 거친 숨을 토해내며 심장 언저리를 주먹으로 쾅쾅 내려쳤다. 머릿속을 스쳐 지나가는 생각들이 뒤죽박죽으로 얽혀 사고마저 정지시켜 버렸다.

등잔 밑이 어둡다고 했던가. 일이 이 지경이 되도록 왜 아무것도 눈치채지 못했을까. 박 상무의 배신보다 더 치가 떨리는 건 자신의 우매함이었다. 의심할 여지없이 그에게 믿고 맡겼던 수많은 일들이 하나둘 떠올랐다.

자신의 모든 허물과 비리를 알고 있는 유일한 사람.

칼자루를 쥐고 있는 자가 바로 박 상무였다. 어디서부터 어디까지라고 한정 지을 수 없을 만큼, 그의 손을 빌리지 않은 것이 없었다.

그 순간 태정에게 문득 의문 한 가지가 들었다. 이 모든 일을 박 상무 혼자서 기획하고 진행할 수는 없었을 것이다. 박 상무의 위치에서 헤이즌이라는 헤지펀드 운용사를 움직이는 것도 불가능하다. 누군가 그를 도운 것이다.

그 정도 도움을 줄 수 있는 사람은 단 한 사람.

'결국 그에게 휘둘린 것인가.'

대회의실을 나서는 태정의 걸음이 크게 휘청거렸다.

자신의 사무실로 돌아온 박 상무는 휴대폰을 꺼내 강훈에게 전화를 걸었다.

"회장님. 지금 막 임시총회 마쳤습니다."

[고생 많았어, 박 상무. 아니, 이제 박 대표라고 불러야지?]

강훈의 웃음소리에 박 상무의 얼굴에도 잠시 미소가 어렸다.

[태정이는 만났나?]

"네. 방금 만나고 온 길입니다."

[그놈 얼굴이 사색이 되는 걸 내 눈으로 봤어야 하는데……. 그건 좀 아쉽구먼.]

"일 마무리하는 대로 찾아뵙겠습니다."

사랑, 너에게 묻다

[그래. 수고했네. 앞으로 해야 할 일들도 수고해 주게.]

"걱정 마십쇼. 회장님."

강훈과의 간단한 통화를 마친 박 상무는 넥타이를 느슨하게 풀고 뻐근한 목덜미를 손으로 꾹꾹 주물렀다.

처음 강훈에게 제안을 받고 꽤 오랫동안 고민했다. 태정과의 오랜 인연 때문이었다. 하지만 강훈의 진심 어린 설득에 결국 마음을 돌릴 수밖에 없었다.

박 상무의 인생에 있어서도 J미디어는 너무나 중요한 한 부분을 차지하고 있었다. 이 회사가 이만큼 성장하기까지 십 년의 세월을 고스란히 바친 것이나 다름없었다.

태정이 회사의 얼굴이었다면, 박 상무는 실질적인 업무를 관장하는 브레인 역할을 해왔다. 그런 회사를 내연녀에게 눈이 먼 태정과 욕심에 눈이 먼 내연녀가 털어먹도록 그냥 보고 있을 순 없었다.

강훈의 계획대로, 시작은 태정과 유미 사이를 흔드는 것부터였다. 조금만 건드려도 우수수 쏟아지는 증거 덕분에 근거로 댈 만한 물증은 많았고, 태정과의 신임 관계 때문인지 그는 박 상무의 의견을 적극 수용했다. 그 다음은 자연스럽게 헤이즌 쪽으로 지분을 팔도록 유도했고, 자금을 페이퍼 컴퍼니를 통해 빼돌리는 것까지 진행했다.

그 모든 증거는 고스란히 박 상무의 손에 떨어졌다. 가장 중요한 무기를 쥐게 된 것이다.

그때, 메시지 한 통이 도착했다. 발신자는 대경그룹 법무팀장인 윤경호 사장이었다. 오늘 모든 자료를 넘기기 위해 만나기로 약속을 했는데, 약속시간 확인 차 보낸 메시지였다.

박 상무는 다시 넥타이를 반듯하게 고쳐 매고 슈트 재킷을 걸쳤다. 이제부터 자신에게 주어진 일들을 차례대로 해야 할 순간이었다.

해가 뉘엿뉘엿 넘어가기 시작한 늦은 오후.

강훈은 최 전무와 함께 저택 본관 테라스 테이블에 마주 앉아 차 한 잔을 나누고 있었다.

"오늘 J미디어 주가는 어땠나?"

"대부분의 주주들이 이미 알고 있던 상황이라 큰 변동 없이 마감됐다고 합니다. 시장에서는 오히려 J미디어의 불안정한 요소가 제거되어 차츰 오를 거라는 평가가 나오고 있습니다."

태정의 개인사가 드러나고, 최근 삼 년간 잇단 투자 실패로 인해 J미디어가 경영난 초읽기에 들어갔다는 소문이 돌던 참이었다. 하지만 태정이 대표이사에서 해임이 되고, 대경그룹 기획조정실 출신의 경영 전문가 박 상무가 대표이사에 오르면서 이사회나 투자자들 사이에는 긍정적인 평가가 이어졌다.

헤이즌으로부터 그동안 사들인 지분은 대경지주회사를 통해 매입하게 될 예정이고, 대경지주회사가 최대 주주가 될 예정이다. 모든 것이 계획대로 마무리되었다.

"태정이 날 찾아올 때가 됐는데……. 아, 마침 저기 오는군."

강훈의 말이 끝나기가 무섭게, 태정의 차가 저택 안으로 거칠게 밀고 들어왔다. 차에서 내린 태정은 빠른 걸음으로 다가왔다.

"최 전무. 잠깐 자리 좀 비켜줘."

"할 말 있으면 그냥 해."

"아버지!"

"그렇게 흥분해서 대드는데, 겁나서 어디 최 전무를 보낼 수 있겠니?"

씩씩대던 태정이 긴 한숨을 내쉬더니 눈을 질끈 감았다.

"박 상무 뒤에, 아버지가 계셨던 거 맞죠?"

다행인지, 불행인지 태정의 감은 꽤 나쁘지 않았다. 바보처럼 영영 눈치채지 못하면 어쩌나 했는데 말이다.

"아무리 생각해 봐도, 박 상무 혼자서는 이렇게까지 일을 진행할 수 없어요. 솔직하게 말씀해 주세요."

"어디서부터 설명을 해줘야 하나. 어떻게 설명을 해야 네가 무릎을 꿇고 내 앞에서 반성의 눈물을 흘릴까?"

뜨악한 표정의 태정의 모습은 꽤 볼만했다.

"대경그룹에서 내쳐질 때 자금을 빼돌렸더구나. 그 자금을 해외에 설립해 둔 페이퍼 컴퍼니로 옮겨두고, J미디어를 설립할 때 외국인 투자 형식으로 우회해서 탈세를 했지?"

"그걸 어떻게……."

"근데 그건 공소시효가 지났으니 어쩔 수 없는 거고. 문제는 지금부터야. 지난번과 똑같은 수법으로 작업 중이라지?"

거칠게 흔들리는 태정의 눈동자가 조금은 안쓰럽기도 했지만 강훈의 마음을 흔들지는 못했다.

"그래. 박 상무를 움직인 건 나다. 헤이즌을 통해 J미디어의 지분을 매입한 것도 나고."

"아버지가 왜, 대체 왜요?"

"그때 네가 빼돌린 거 되찾아온 것뿐이다. 앞으로 회사는 박 상무가 잘 운영할 테니 걱정 말아라."

망연자실한 태정은 두 손으로 머리를 감싸 쥐며 괴로워했다.

"조만간 검찰과 국세청에서 조사가 들어갈 거다. 변호사 선임은 따로 해두는 게 좋겠지?"

"아버지가 어떻게 이러실 수 있습니까? 자식을 사지로 내모는 부모가 세상천지에 어디 있냔 말입니다!"

"그리 오래전 일도 아닌데 새까맣게 잊은 모양이구나. 네가 해아와 경진이에게 저지른 몹쓸 짓을."

"아버지……."

"이혼소송도 함께 진행하려면 바쁠 거야. 정신 똑바로 차리고."

강훈은 자리에서 일어나 태정을 남겨둔 채 저택 안으로 들어갔다. 자신의 잘못은 전혀 기억하지 못하고 억울해하는 태정을 보니 화가 치밀어 심장이 두근거렸다. 남들은 이런 자신을 향해 잔인하다고, 자식에게 어쩜 이럴 수 있냐고 말할지 몰라도 강훈은 자신의 선택을 후회하지 않았다. 역시나 잘한 일이라고 생각했다.

죄를 지었다면 벌을 받는 게 마땅하다고 믿었다. 태정은 그동안 지어온 죄에 비해 너무 오랜 시간을 떳떳하고 당당하게 살아왔기에 이제라도 벌을 받는 게 옳았다.

태정이 대표이사에서 해임되었다는 연락을 받은 후 초조하게 거실을 서성이던 유미는 손톱을 연신 물어뜯으며 신 이사의 전화를 기다리고 있었다.

대표이사 자리에 태정의 최측근인 박 상무가 올랐다고 했다. 박 상무가 강훈과 손을 잡고 태정을 밀어낸 것이다. 투자 철회를 결정한 마크는 지분을 팔기 시작했고, 유미는 곧장 회사에 사직서를 냈다. 모든 계획은 수포로 돌아갔고 유미의 손엔 그 어떤 것도 남지 않았다.

Rrrr.

기다리던 신 이사에게 전화가 왔다.

"알아봤어?"

[하아……. 큰일 났다.]

"왜? 무슨 일인데?"

[핫라인 통해서 겨우겨우 알아봤는데, 류 대표 조만간 검찰 조사 받게 될 거야.]

"그게 무슨 소리야? 검찰 조사라니?"

[뿐만 아니라 세무조사도 받게 생겼어.]

"알아듣게 설명해 봐! 무, 무슨 혐의로? 무슨 근거로?"

대답 대신 긴 한숨이 건너왔다.

[자세한 건 나도 잘 모르는데, 지분 팔아서 마련한 자금을 해외에 설립해 둔 페이퍼 컴퍼니로 빼돌린 모양이야. 그 일을 박 상무가 도맡아 했기 때문에 증거는 차고 넘친다더라고.]

유미는 그대로 주저앉았다.

"이제 어떡하지?"

[너도 참고인 조사 받을 수도 있어.]

"내가 왜?"

[방송사 편성이랑 영화 배급 과정에서 불법 로비 의혹이 제기될 확률이 높대.]

머리가 지끈지끈 아파왔다.

[출국 금지당하기 전에 어서 떠나. 류 대표 저렇게 됐는데, 너도 더 이상 여기 남아 있을 이유가 없잖아.]

"이렇게 빈손으로 돌아갈 순 없어. 내가 어떻게 여기까지 왔는데."

[그러다 너 진짜 큰일 나!]

유미는 신 이사의 말을 더 이상 듣지 않고 통화를 끊어버렸다.

정신 똑바로 차리자고 아무리 다독여 봐도 흥분은 가라앉지 않았다. 이대로 가면 진짜 모든 걸 다 잃고 빈털터리가 되는 상황에서 이성을 찾는 건 불가능한 일이었다.

유미는 곤히 잠든 아이의 얼굴을 바라보며 다짐했다. 이 아이를 위해서라면, 살아남기 위해서라면 못 할 것이 없다고 말이다.

도영은 해아와 함께 내일 저녁 경진의 집을 방문할 때 선물할 그림을 함께 고른 후, 그녀를 집까지 바래다주었다. 조금만 더 함께 있고 싶은 욕심에, 차를 대문과 멀리 떨어진 곳에 주차하고는 저택으로 향하는 긴 길을 함께 걸었다.

"내일 시간 맞춰서 데리러 올게."

"그러지 말고 곧장 엄마 집으로 와요. 기다리고 있을게요."

헤어짐이 아쉬워서 도영과 해아는 잡은 손을 쉽게 놓지 못했다.

"얼른 가요. 한참 가야 하잖아."

"현관 앞까지 바래다줄게."

해아는 웃으며 고개를 끄덕였고, 정원 사이로 난 길을 따라 그대로 걷지 않고, 주변을 빙빙 돌다가 저택으로 올라가는 계단으로 향했다.

그때, 저택 근처에 서 있던 태정이 보였다. 막 차에 오르려던 태정도 해아를 발견한 듯 멈칫했다. 그는 잔뜩 화가 난 얼굴로 미간을 구긴 채 해아를 향해 다가왔다.

태정은 해아의 앞에 서자마자 대뜸 그녀의 어깨를 붙잡아 흔들었다.

"너도 알고 있었지?"

"뭘요?"

거칠게 뿌리치며 되묻자, 그는 긴 한숨을 내쉬며 팬츠 주머니에 두 손을 꽂아 넣고 차가운 시선으로 해아를 훑어보았다.

"네 할아버지가 날 망가뜨리는 걸 구경하는 동안 꽤 재미있었겠구나."

"망가뜨리다니요. 제가 알기로는 자멸하신 걸로 알고 있는데요?"

해아의 대답에 태정이 그녀의 손목을 덥석 움켜잡았고, 그 순간 옆에 있던 도영이 태정의 손을 떼어내며 등 뒤로 해아를 보냈다.

"뭐하는 거야? 감히 누구 앞에서 네까짓 게 껴들어?"

"나유미 손에 이리저리 끌려 다니면서 딸 앞길 막고, 회사에 먹칠하고. 회사 지분 팔아 치운 자금은 페이퍼 컴퍼니로 빼돌리고……. 그게 어떻게 류 회장님 탓이겠어요? 본인이 결정하고, 본인이 저지른 일이겠죠."

"뭐야?"

이번에는 태정의 손이 도영의 얼굴을 향해 올라왔고, 도영은 거침없이 그의 손을 막으며 꽉 움켜쥐었다.

손등의 모든 힘줄이 바짝 올라서도록 강하게 움켜쥔 채 태정의 코앞까지 바짝 다가서서 얼굴을 마주했다. 그 모습을 지켜보고 있던 해아는 심장이 터져 버릴 것만 같았다.

"나유미가 뒤에서 해아한테 무슨 짓을 꾸미는지 다 알면서도 눈감아 준 분이, 여기서 이러시면 안 되죠. 그게 자식한테 할 짓은 아니었잖아요?"

처음 보는 도영의 서늘한 모습에 해아는 할 말을 잃었다. 중간에 끼어들 수도 없을 만큼 낯선 모습이었다.

"조용히 돌아가세요. 그리고 다신 해아 앞에서 이런 모습 보이지 마시고, 말씀도 함부로 하지 마세요. 그동안 상처 줬던 걸 생각해서라도 아버지로서, 자식에 대한 최소한의 예의는 갖추셨으면 좋겠습니다."

도영은 한 걸음 뒤로 물러서서 태정을 향해 고개 숙여 인사를 했다. 당황한 그의 표정은 꽤 봐줄 만했다.

"저는 머지않아 해아와 결혼할 사람입니다. 대표님께서 해아와 해아 어머님께 남겼던 상처와 고통을 걷어낼 수 있도록 열심히 노력해서 행복한 가정을 꾸릴 생각입니다."

"건방진 자식이······."

"결혼식 때는 못 뵐 것 같아서, 아니 어쩌면 오늘 뵙는 게 처음이자 마지막이 될 것 같아서 인사드리는 겁니다. 그럼 이만 가시던 길, 마저 가시죠."

분노에 바들바들 떨던 태정이 해아와 도영을 번갈아가며 죽일 듯이 쏘아보다가 그대로 차를 타고 사라졌다.

해아는 상황이 정리되었다는 사실에 안도의 한숨을 내쉬었고, 도영은 계속해서 잡고 있던 그녀의 손에 힘을 주었다.

"도영 씨."

"들어가자. 해아야."

그는 마치 아무 일도 없었다는 듯 뒤를 돌아보며 해아를 향해 미소를 지었지만 해아는 자신 때문에 듣지 않아도 될 험한 소리를 듣게 한 것 같아 마음이 아팠다.

"미안해요."

"뭐가?"

"나 때문에 듣지 않아도 될 이야기를 들었잖아."

도영은 잡고 있던 해아의 손을 끌어 당겨 품 안에 안고 등을 다독였다.

"내 딸 빼앗아 간 천하의 도둑놈 소리 정도는 들을 줄 알았는데, 네 까짓게나 건방진 자식 정도면 뭐."

우습게도, 그의 웃음소리가 듣기 좋았다. 해아는 두 팔로 그를 꼭 끌어안은 채 눈을 감았다.

"도영 씨 화내는 거 처음 봤어요."

"그런가? 평소에 화낼 일이 잘 없어서……."

"도영 씨는 화나면 엄청 냉정해지는 거 같아요. 무섭던데요?"

"나도 모르게 류 대표님한테 감정이 많이 쌓였었나 봐, 그런 식으로 말한 거 보면. 나 너무 예의 없었지? 말 세게 하는 거 별로 안 좋아하는데 조절이 안 되더라."

"내 눈엔 예의가 넘쳤어요."

도영은 해아를 품에서 떼어내고 눈을 바라보았다. 걱정이 가득 담긴 그의 눈빛은 무척이나 따스했고, 머리칼을 쓸어 넘겨주는 손길에선 다정함이 묻어났다.

"고마워요."

늘 혼자 상대해 왔고, 상대하고 난 후에는 아무렇지 않은 척 버텼다. 베이고 할퀴어 성할 날이 없었던 마음이지만 늘 괜찮아야 했다. 하지만, 이제 더 이상 혼자 아등바등하지 않아도 되려나 보다. 이제 정말 혼자가 아니구나 싶었다.

이 사람이 이렇게나 가까이에 있었구나, 하는 생각에 해아는 왈칵 눈물이 날 것 같았다.

❧

먼저 경진의 집 앞에 도착한 해아는 도영을 기다리고 있었다. 그때 마침 저 멀리서 그의 차가 다가왔고, 손을 흔들자 그도 창문을 내리고 손을 흔들어 인사했다.

차에서 내린 그는 차창에 자신의 모습을 비춰보며 옷매무새부터 가다듬었다. 깔끔한 네이비 컬러의 슈트에 화이트 셔츠, 노타이까지 모든 것이 완벽했다.

"먼저 들어가 있지. 더운데 기다리고 있었어?"

"혼자 들어오려면 도영 씨 떨릴까 봐."

도영의 얼굴에는 긴장감이 역력했다. 그는 뒷좌석에서 해아가 골라준 그림을 꺼내 차 지붕에 올려두었고, 그 뒤로도 뭔가를 자꾸만 꺼냈다.

"이건 뭐예요?"

"아버지가 주신 선물. 좋은 날에는 샴페인 한잔해야 한다면서 주시더라고."

해아는 석현의 센스에 또 한 번 감탄했다. 샴페인이 담긴 검은색 종이 가방에 이어 이번에는 유명 컵케이크 브랜드의 상자도 등장했다.

지난번 만남 때, 경진이 지나가는 말로 달달한 디저트를 좋아한다고 했는데 그 말을 놓치지 않고 기억했던 모양이다. 그의 자상함은 역시 석현을 닮아 있었다.

"자. 이제 들어가 봅시다."

해아의 말에 그는 여전히 떨린 듯 짧게 숨을 몰아쉬더니 고개를 끄덕였다.

도영은 한 손에는 그림을, 다른 한 손에는 샴페인이 든 종이가방을 들었고 해아가 컵케이크 박스를 들고 앞장섰다. 초인종을 누르자 기다렸다는 듯 대문이 활짝 열렸다. 해아가 먼저 문을 열고 들어가 그가 들어올 수 있도록 공간을 만들어주었다. 그는 그렇게 경진의 집에 첫발을 내디뎠다.

"와……. 이 꽃들은 전부 어머님께서 심으신 거야?"

"최근까지는 메이드 분들이 돌봐주셨는데, 올해는 엄마가 직접 심었다고 하더라고요."

도영은 경진이 가꾼 화단을 신기한 눈으로 바라보았다. 품종, 색상, 개화 시기별로 구성한 경진의 화단은 해아가 감히 넘볼 수 없을 만큼 감각적이었다.

특히 토양의 산성도에 따라 꽃의 색상이 결정되는 수국은 단연 시선을 사로잡기에 충분했다. 분명 같은 꽃인데 화단의 위치에 따라 꽃의 색이 달랐다.

"덥다. 얼른 들어와."

기다리고 있던 경진이 참다못해 거실 창을 열고 소리쳤다.

도영은 그런 그녀를 향해 고개를 꾸벅 숙여 대뜸 인사부터 했고, 해아는 손을 흔들었다. 서둘러 집 안으로 들어가니 경진이 현관까지 마중을 나왔다.

"어머님, 안녕하셨어요."

"그럼요. 잘 지냈죠?"

둘 사이에 어색한 인사가 오가자 해아는 중간에서 웃음을 참을 수 없었다. 고개를 돌려보니, 지켜보고 있던 메이드들도 흐뭇한 미소를 짓고 있었다.

"지붕 안 무너지니까 일단 앉죠."

"네. 어머님."

손에 든 게 뭐냐고 경진이 먼저 물어주길 바랐는데, 이런 상황이 익숙하지 않은 경진은 일단 앉자는 말부터 꺼냈다. 그 바람에 도영은 양손 가득 선물을 든 채 거실 소파에 앉았다.

"엄마. 도영 씨가 엄마 선물 가져왔어."

"정말?"

해아의 중재에 드디어 도영이 선물을 하나씩 내놓았다.

"이건 제 친구가 직접 그린 그림인데, 마음에 드실지 모르겠습니다.

어머님 집에 어울릴 만한 분위기의 그림으로 해아가 직접 골랐어요."

경진이 성급한 손길로 종이 포장을 풀어 그림을 확인하더니 이내 미소를 지었다.

"와. 정말 멋진 작품이네요. 마음에 아주 쏙 들어요."

"다행이네요.

"저쪽 벽에 걸어두면 되겠다. 고마워요."

경진의 반응에 안도하는 그가 너무나 귀여워서, 해아는 끼어들지 않고 더 지켜보기로 했다.

"그리고 이건 아버지께서 기분 내라고 보내주신 샴페인이고요, 이 건 컵케이크입니다. 컵케이크로는 가장 유명한 맛집이라고 해서 사와 봤어요."

"아이구. 뭘 이렇게 많이 준비해 왔어요. 난 줄 것도 없는데."

"이미 제게 가장 귀한 걸 주셨으니, 더 주지 않으셔도 됩니다."

도영의 능청에 경진이 결국 소리 내어 웃었고, 뒤에 있던 메이드들 도 키득거리며 웃었다. 해아는 도영의 어깨에 이마를 기댄 채 터져 버 린 웃음을 참으려 입술을 꾹 깨물고 끅끅거렸다.

"너무 감동적인 말이네요."

경진의 화답에 해아는 눈이 동그래졌다. 둘이 이렇게나 코드가 잘 맞았나 싶었다. 아련해진 그녀의 눈빛에 오히려 당황스러울 정도였다.

"사모님. 식사 준비 다 되었습니다."

"배고플 텐데 일단 식사부터 하죠."

메이드의 말에 경진이 먼저 일어섰고, 해아와 도영이 그 뒤를 따라 다이닝 룸으로 향했다.

식탁 위에 차려진 요리는 닭백숙이었다.

"혹시 씨암탉……"

"얼마 전에 말복이기도 했고. 해아한테 뭐 좋아하냐고 물어보니까 닭 좋아한다고 하기에……. 일부러 부담 주려고 준비한 건 아니에요."

도영의 물음에 경진의 구체적인 변명이 뒤따랐다. 별 의미 두지 말라고 하는 말이었지만 더 의미를 두게 만드는 변명이었다.

"저는 다 좋습니다. 잘 먹겠습니다."

도영은 수저를 들기 전에 요리를 해준 메이드와 경진에게 인사부터 건넸다. 싹싹한 그의 인사에 경진과 메이드들의 입가에선 미소가 걷히질 않았다.

경진은 해아와 도영의 앞 접시에 굵직한 닭다리를 뚝 떼어 놓아주었고 전복도 먹기 좋게 잘라 건넸다. 해아는 너무나 오랜만에 보는 그녀의 다정한 모습이 놀랍기도 하고, 반갑기도 해서 만감이 교차했다.

"해아도 많이 먹어."

해아와 눈이 마주치자 오래전 그날처럼 경진이 싱긋 미소를 지었다. 살점을 떼어 입에 넣는데 목이 메었다. 오래된 낡은 기억이 떠올라, 상상 속에서나 그려보았던 그 모습이 현실이 되니 감정이 북받친 것이다.

"다음에는 할아버지랑, 권 사장님이랑 다 같이 식사 한번하자."

"응. 내가 시간 한번 맞춰볼게."

경진이 먼저 꺼낼 거라곤 생각한 적 없는 제안이라 해아는 그저 감동스러울 뿐이었다.

그런 해아의 마음을 읽었는지, 도영이 식탁 아래로 손을 내밀더니 해아의 손을 꼭 잡아주었다. 그의 따뜻한 온기 덕분에 울컥하던 마음도 서서히 평온해지는 것 같았다.

"어머님은 공연 보는 거 좋아하세요?"

"공연?"

"뮤지컬, 오페라, 연극, 콘서트, 연주회 그 외에 기타 등등이요. 아! 작품 전시회나 발레, 무용 공연도 포함해서요."

"직접 가서 본 적은 거의 없는데……. 왜요?"

"저랑 같이 가보실 생각 없으세요?"

경진은 고민이 되는 듯 눈을 깜빡였고, 도영은 주눅 들지 않고 다시 한 번 어필했다.

"보고 싶은 마음 생기면 언제든 말씀하세요."

"그래요. 언제 한번 같이 보러 가요."

도영은 경진을 어려워하면서도 싹싹하게 대했다.

해아는 그런 도영과 경진이 나누는 대화를 지켜보는 내내, 끊임없이 노력해 주는 그가 고마웠고, 마음을 열기 위해 노력하는 경진에게도 감사했다.

뭐든지 첫 걸음을 떼는 것이 가장 어려운 것 같다. 그러나 그 다음은 첫 걸음보다 수월할 것이다. 하루아침에 갑자기 가까워질 거라곤 전혀 기대하지 않았기에, 해아는 지난번 만남 때보다 지금이 훨씬 편안해 보이는 두 사람을 지켜보는 것만으로도 행복했다.

ᴥ

첫 변론 기일.

모두가 예상했던 대로 협의는 이뤄지지 않았고, 태정 측과 경진 측의 입장 차이만 확인하게 되었다. 변론 역시 주로 서면으로 대체했기에 오래 걸리지 않아 끝이 났다.

태정과 경진 모두 소송대리인들이 이혼 절차를 진행 중이지만 경진은 오늘 일부러 가정법원을 찾았다. 첫 변론기일인 만큼 취재진들이 많이 찾아왔고, 그들의 눈에 띄기 위해서였다.

의외였던 건 태정 역시 참석한 것.

대표이사직에서 해임되어 정신이 없는 와중에도 여기까지 나온 걸 보면 뭔가 할 말이 있나 싶었는데, 아니나 다를까 그는 경진에게 잠시 이야기를 나누자고 했다.

경진과 태정은 가정법원 근처에 위치한 어느 조용한 카페에 마주 앉았다. 경진은 무심한 표정으로 창밖을 바라보았다. 찌는 듯한 무더위 탓에 길 위는 한산했다.

"할 말 있으면 하세요. 당신 얘기 들어주는 건 이번이 마지막이니까."

태정은 흠흠 헛기침을 하며 목을 가다듬었다.

"적당한 선에서 합의하지. 길게 끌고 가서 좋을 거 없잖아?"

"협의에 관해서는 전적으로 변호사에게 일임했으니까 그쪽에 얘기하세요. 그리고 이 이혼은 내가 원하는 방향으로 끌고 갈 거니까 허튼 기대 말고요."

여지를 두지 않고 단칼에 잘라 버린 경진은 차 한 모금을 마시며 긴 숨을 뱉었다.

끝장을 볼 생각으로 결심한 이혼이었다. 적당한 합의는 있을 수 없는 일이었다. 위자료 청구는 물론이고 유미에 대한 손해배상 청구까지 진행 중이다. 경진은 그가 원하는 방식의 이혼을 진행할 생각은 추호도 없었다.

"아직도 미련이 남은 건가?"

태정의 되도 않는 말에 경진이 피식 웃었다. 애초에 이혼을 거부했던 건 태정에게 미련이 남아서가 아니라, 남 좋은 꼴 만들지 않으려고 버틴 것이었다. 그러느라 해아와 강훈을 힘들게 했고, 자기 자신을 병들게 했다.

"당신, 내가 해아 가졌을 때 항상 퇴근 전에 전화해서는 뭐 먹고 싶냐고, 가는 길에 사다주겠다고 했던 거 기억해요?"

그는 아무 말도 하지 않았다. 아마 기억하지 못할 것이다. 설사 기억하고 있다 해도 잊고 싶은 것일지도 모른다.

"열두 시간 넘게 허리 틀어서 해아 낳았을 때, 내 얼굴 보자마자 막울었잖아요. 죽는 줄 알았다고, 무사해서 다행이라고."

경진은 그날의 기억을 떠올리며 나지막이 웃었다.

"해아 여섯 살 때였나? 당신이랑 해아랑 화단에 가득 핀 사루비아 꽃송이 따서 꿀 따먹다가 허벅지에 벌 쏘이고 그랬는데. 그때 얼마나 놀랐는지."

태정은 더 이상 듣고 싶지 않은 듯, 이마를 감싸 쥐며 눈을 질끈 감았다.

"나 대신 밤마다 해아 재워주고, 동화책 읽어주고, 이놈이 자라서 나중에 남자 만나면 어떡하냐고 걱정하고 그랬었지."

"다 지난 얘기를 왜 자꾸 꺼내는 거야?"

"내 기억은 거기까지거든요."

경진의 대답에 태정은 의아한 눈길로 바라보았다.

"해아를 끔찍하게 아끼고 사랑했던 내 남편에 대한 기억만 남겨두고 다 지웠어요. 당신은 이제 내게 아무런 의미도 없는 사람이에요. 원망할 필요도 없고, 용서할 필요도 없는 완벽한 타인."

수많은 시간들과 수많은 기억들을 도려냈고, 앞으로도 계속 그럴 생각이었다. 한껏 굳은 표정을 한 태정을 바라보며, 경진은 다시 한 번 입술을 떼었다.

"미련이 남았냐고요? 전혀요. 처음엔 당신이 더 많이 아프고 고통스럽길 바랐는데, 이젠 그런 마음마저도 안 생기네요. 행복했던 기억마저 지워 버리면 내가 느꼈던 행복마저 지워지니까 남겨두는 것뿐이에요."

경진은 가방을 들고 자리에서 일어섰다.

"해아한테 우리는 똑같은 죄인이에요. 나도 나빴고, 당신도 나빴어. 난 이제부터라도 해아에게 좋은 엄마가 될 거예요. 당신은 좋은 사람으로 기억될 기회조차 없겠지만."

경진이 태정을 향해 손을 내밀었다.

"다신 볼 일 없을 테니까 여기서 마지막 인사 나누죠."

여기까지 오는 동안, 참 오랜 시간이 걸렸다. 때론 행복했고, 때론 사랑했고, 때론 가슴이 뛰었다. 그리고 아팠고, 슬펐고, 상처였고, 괴로움이었다.

그는 결국 경진의 손을 잡지 않았다. 하지만 경진은 개의치 않았고, 그를 그곳에 남겨둔 채 걸음을 옮겼다.

지난 삼십 년의 시간이 허공으로 흩어졌다. 말로 설명하기 힘든 낯선 감정이 가슴 속으로 파고들었지만, 경진은 쓰게 한 번 웃고 말았다.

하늘섬 스튜디오 대표실에 도영과 민철, 애리가 둘러앉았다. 애리의 차기작 'ETERNITY'의 제작을 확정 짓고, 첫 번째 기획회의가 한창이었다.

오늘 오전, 애리가 'ETERNITY'의 1, 2회 대본을 전달해 주었다. 회의 직전 민철과 도영은 대본을 읽은 후 감히 성공을 확신했다. 머릿속으로 영상을 상상하며 읽으니 마치 한 편의 영화처럼 스펙터클한 장면이 그려졌다. 이 상상을 카메라에 담을 수 있다면 정말 짜릿할 것 같았다.

애리의 대본 작업은 순조롭게 진행 중이었다. 이대로라면 대략 틀을 잡아둔 대로 11월 프리 프로모션 시작, 내년 1월 첫 촬영, 9월 방영이 가능할 것 같았다.

장르가 첩보 액션 스릴러인 만큼 완성도를 위한 사전제작은 반드시 필요하다고 생각했고, 민철과 애리도 이견이 없었다.

"그럼 총괄은 권 PD가 맡고, 신정혁 PD가 제작 진행하기로 하자."

도영이 직접 제작에 나서고 싶었지만 현재 작업 중인 작품의 방영과 일정이 겹칠 가능성이 커 합류할 수가 없었다. 하지만 작품 제작 전반에 걸친 최종 결정은 늘 그랬듯이 도영이 하게 될 예정이다.

"류해아 씨 소속사에 대본 보냈지?"

"네. 아마 지금쯤 검토 중일 거예요."

해아가 과연 출연을 결정할 것인지 궁금했다. 소화하기 쉽지 않은 장르지만 해아가 최적의 캐스팅이라고 모두가 입을 모으고 있었다. 도영 역시 팬의 입장에서도, 제작자의 입장에서도 새로운 변신이 기대되기에 그녀가 욕심났다.

"UTV 쪽에서 내년 9월 금, 토 저녁 시간대 편성 제안하더라고요."

가장 적극적으로 편성 의사를 밝힌 방송사는 케이블 채널 UTV였다.

케이블 채널이긴 하지만 동시간대의 지상파 방송을 통틀어 가장 시청률이 잘 나오는 중이다. 거기다 그간 편성했던 작품의 완성도 역시 지상파 드라마를 가뿐히 뛰어넘었다는 평가가 따르고 있었다. 독특하고 파격적이고 실험적인 작품의 편성도 개의치 않았다. 장르에 구애받지 않는 다양한 작품 편성으로 꾸준한 사랑을 받고 있는 방송사였다.

"UTV 금, 토 저녁이면 웬만한 지상파 미니 자리보다는 낫지. 분량

이나 수위도 자유로울 거고. 나는 나쁘지 않은 거 같다. 작가님 생각
은 어떠세요?"

"저도 대표님이랑 같은 생각이에요. 요즘 배우들도 UTV드라마 서
로 하려고 하잖아요."

민철과 애리 모두 긍정적인 반응을 내놓았다.

"연출 감독님을 얼른 정해야 프리 프로모션을 시작하는데……. 권
PD. 생각해 둔 감독님 있어?"

"저는 송 감독님 연출에 한 감독님 촬영으로 한 번 더 갔으면 좋겠
는데, 지금 작품 하고 계셔서 연락은 못해봤어요. 한 감독님이야말로
이 작품의 영상미를 극대화해 줄 적임자라고 생각합니다. 송 감독님
의 연출은 두말하면 입 아프고요."

"지금 하고 계신 작품은 언제쯤 끝나지?"

"11월에는 끝날 텐데, 그럼 곧바로 우리 작품 시작해야 하니까 준비
기간이 너무 짧죠."

"그래도 적극적으로 컨택해 봐. 기왕이면 '별이 빛나는 밤' 팀이 다
시 모여서 또 한 번 멋지게 해내는 것도 그림이 좋잖아?"

도영이 웃으며 고개를 끄덕였다.

"일단 제작팀 구성하면서 연출팀 컨택 진행하겠습니다."

"제작팀 꾸려지면 바로 캐스팅 시작하자고."

"네. 대표님."

도영이 서류를 챙기며 일어서는데, 테이블 위에 놓아둔 휴대폰이
진동했다.

도영은 대표실을 나서서 자리로 향하는 동안 전혀 예상치 못했던
발신자의 이름을 확인하고는 깜짝 놀랐다.

"여보세요?"

[나 해아 엄마예요. 일하는 데 방해한 건 아닌지 모르겠어요.]

"아닙니다, 어머니. 곧 퇴근 시간이라 정리하던 참입니다. 근데 어쩐 일이세요?"

[전에 말했던 공연, 오늘 같이 볼래요?]

"네? 공연이요?"

[혹시 선약 있으면…….]

"아니에요. 갈 수 있어요. 저 시간 많습니다."

도영은 귀와 어깨 사이에 휴대폰을 끼우고 서둘러 자리를 정리한 후 가방을 챙겨 사무실을 나섰다.

"제가 지금 집으로 모시러 갈게요."

[그럴 것 없어요. 나 지금 예술의전당 근처에 있거든요. 예매도 내가 해둘 테니까 천천히 와요.]

"네. 그럼 그쪽으로 가겠습니다."

경진과 통화를 끝내자마자 엘리베이터에 오른 도영은 고개를 갸웃할 수밖에 없었다. 갑작스러운 통화에 이어 공연이라니, 도영은 자기도 모르게 웃고 말았다.

도영은 거울에 비친 자신의 모습을 바라보며 옷매무새를 가다듬었고, 이럴 줄 알았으면 슈트로 쫙 빼입고 올 걸 그랬다고 잠시 후회했다.

도영은 경진과 함께 피아노 연주회를 보고 난 후, 인터넷 서핑으로 급하게 찾아낸 파인 다이닝 레스토랑에서 저녁 식사를 했다. 하늘이 도왔는지, 레스토랑의 분위기와 음식 맛 모두 경진은 흡족해했고, 도영은 안도할 수 있었다.

"내가 갑자기 불러내서 놀랐죠?"

"아닙니다. 불러주시니 저야 감사하죠. 어머님이랑 어떻게 빨리 친해질 수 있을까 고민했는데, 먼저 연락 주셔서 좋았습니다."

도영의 대답에 경진이 미소를 지었다.

"오늘, 첫 변론 재판이 있었어요."

"아……."

"재판 끝내고 나오는데 날이 너무 좋아서 그냥 집으로 들어가고 싶지 않더라고요. 때마침 그때 했던 얘기가 생각이 나서 실례인 줄 알면서도 연락했네요."

"잘하셨어요, 어머니. 오늘은 어머니가 보여주셨으니까, 다음엔 제가 보여드릴게요."

경진은 쑥스러운 듯 와인 한 모금을 마시며 창밖으로 시선을 옮겼다. 그녀 또한 용기를 내는 중인 것 같았다. 도영은 그런 그녀의 걸음에 자신이 미약하게나마 도움이 될 수 있다면, 그래서 해아가 덩달아 더 행복해질 수 있다면 그 무엇이든 도울 생각이었다.

"이런 부탁 조금 주제넘지만, 해아 잘 부탁해요. 내가 해아를 너무 많이 아프게 해서 이런 말할 자격은 없는데, 나도 꼴에 엄마라고 그런 욕심이 드네요."

"최선을 다 하겠습니다. 어머니. 믿어주십쇼."

죄인이라도 되는 듯, 서글픈 그녀의 표정에 도영은 가슴이 아팠다.

"너무 오랜 시간 동안 해아를 제대로 돌봐주지도 못하고 상처만 줬어요. 그 부분은 변명할 여지조차 없죠."

"그래도 해아는 어머니를 아주 많이 사랑하고 있어요. 늘 엄마 먼저 생각하고, 엄마 먼저 걱정하고 그래요. 그런 해아를 생각해서라도 마음 굳게 드시고 기운 내세요."

경진은 웃으며 고개를 끄덕였지만 눈시울은 점점 붉어지고 있었다.

"아들 하나 얻는다 생각하시고, 이제는 말씀 편하게 하세요. 이러다가 영영 존댓말하실까 봐 겁나요."

그녀가 또 한 번 웃었다. 해아와 꼭 닮은 아름다운 미소였다.

"아직은 좀 어색하지만…… 한번 해볼게."

"도영아, 하고 이름도 한번 불러보세요."

경진은 고개를 가로저었다.

"빨리요."

도영이 보채자 경진이 마지못해 입술을 달싹였다.

"도영아."

"네, 어머니."

"얼른…… 먹자."

"네!"

도영의 씩씩한 대답에 경진은 웃음을 참지 못했다. 도영은 혹시나 그녀가 더 어색해할까 봐 최선을 다해 분위기를 끌어 올렸다. 자신이 생각해도 지금 무슨 얘길 하는 건지 모를 정도로 생각나는 대로 아무 말이나 막 꺼냈지만 그녀는 연신 웃어주었다.

아직까진 어색하고 쑥스럽지만 이렇게 조금씩 거리를 좁히면 된다고 생각했다. 그러다 보면 한 가족이 될 테고, 그렇게 그녀의 든든한 아들이 되어가고 싶었다.

도영은 서서히 시작된 이 변화로 인해, 경진과 해아의 마음에 남은 상처가 옅어지길 바라고 또 바랐다.

해아는 사무실에 나오자마자 하늘섬 스튜디오에서 보내온 'ETERNITY'의 시놉시스와 1, 2화 대본을 모두 읽었다.

일단 소속사 내부 반응이 뜨거웠다. 한 번도 해본 적 없는 장르였고, 근래 보기 힘든 여배우 원톱물이었기에 욕심이 나는 것도 사실이었다.

"아까 권 PD님이 말씀해 주신 계획은 제작팀과 연출팀 구성하는 대로 캐스팅 시작하고, 11월부터 본격적으로 프리 프로덕션 들어갈 예정이래. 촬영은 1월부터, 편성은 내년 9월이 유력하고."

성하의 보충 설명에 해아는 고개를 끄덕였다.

도영이 전달해 준 계획대로라면 일정은 넉넉한 편이었다. 물론 계획대로 순조롭게 진행된다는 가정 하에 말이다.

"제작 총괄은 권 PD님이 하실 건데, 제작 담당은 신정혁 PD님으로 정해졌다고 하더라."

"그래?"

꼭 같이 하기로 약속했지만 일정이 여의치 않으니 어쩔 수 없는 노릇이었다. 아쉬웠지만 해아는 크게 내색하지 않았다.

"만약 이 작품 하게 되면 바로 액션 스쿨부터 다녀야겠다."

"벌써부터 의욕을 불태우는 거야?"

"아니 뭐 꼭 그렇다기보다, 생각이나 한번 해보는 거지."

해아의 말에 은형이 웃으며 대본을 뒤적였다.

"근데 해외 촬영 괜찮겠어? 시놉시스만 봐도 해외 촬영 분량이 상당한 거 같은데?"

"작가님은 해외 로케이션 부분을 최대한으로 조정해 주겠다고 하시는데, 아무래도 그림상 현지 촬영이 가장 좋을 것 같아. 극의 흐름에서도 빠져서는 안 되는 부분이고."

성하가 무엇을 염려하는지 해아 역시 잘 알고 있었다. 해아도 그 부분이 가장 마음이 걸렸고, 선택에 있어서 조금은 부담으로 작용하기도 했다.

"오빠. 나 윤 교수님 상담 예약 좀 잡아줘. 일단 상담부터 받아보고."

"알았어. 최대한 빠른 시일 내로 잡아달라고 할게."

은형은 흔쾌히 고개를 끄덕이며 휴대폰을 들고 사무실을 나섰다.

윤 교수는 해아의 정신과 주치의였다. 요즘 들어 심적인 부분이 많이 평온해져 예전보다 상담 받는 횟수는 줄었지만 완전해졌다고는 볼수 없었다. 그래도 불면증은 거의 사라졌고, 강박도 현저히 줄었다. 불안감으로 작용하던 크고 작은 공포증도 많이 사라진 상태였다.

해아는 만약 이 작품을 하게 된다면, 애초의 기획대로 해외 촬영을 진행해야 한다고 생각했다. 작품의 완성도를 위해 반드시 필요했기 때문이다.

얼마나 많이 비행기를 타야 하는 건지 정확히는 알 수 없으나, 자신이 할 수 있는 선에서는 최선을 다해 준비를 해둘 생각이었다. 마음을 다잡을수록, 작품에 출연하는 쪽으로 마음이 점점 기울고 있었다.

해아는 좀 더 자세한 설명을 듣고자 그에게 전화를 걸었다. 평소에는 다섯 번 이상 신호가 흐르기 전에 전화를 받던 그가 어쩐 일인지 도통 전화를 받지 않았다. 혹시 일이 많이 바쁜가 싶어서 끊었다가 다시 한 번 걸어보니 그제야 통화가 연결되었다.

"많이 바빠요?"

[아니, 괜찮아.]

"어디예요? 사무실? 촬영장?"

[어…… 나 지금 데이트 중인데.]

"그게 무슨 소리예요? 내가 여기 있는데 누구랑?"

그의 뜬금없는 소리에 자신도 모르게 언성이 높아졌다. 그러자 성하가 놀란 눈으로 해아를 쳐다보았다.

[미안. 그렇게 됐어.]

"진짜 여자랑 같이 있는 거예요?"

[전화 바꿔줄 테니까 인사 나눠.]

이 남자가 지금 뭐라는 건지. 해아는 황당해서 헛웃음을 터뜨리고 말았다.

[류해아 씨?]

뭐라고 확 쏘아붙이려다 가만히 생각해 보니, 어쩐지 귀에 익은 목소리였다.

[여보세요? 류해아 씨? 나예요, 나.]

"하아……. 엄마! 놀랐잖아!"

목소리의 주인공은 다름 아닌 경진이었다. 너무 놀란 나머지 해아는 자리에서 벌떡 일어섰다.

"둘이 어떻게 같이 있어? 어디서 만났어?"

[같이 연주회 보고 저녁 먹고 있는 중이야.]

"뭐야! 우연히 만난 게 아니라 진짜로 둘이서 데이트하는 거야?"

[다시 도영이 바꿔줄게.]

수화기 너머에서 깔깔대는 웃음소리가 건너왔고, 해아도 그제야 웃음을 되찾았다.

그나저나, 경진이 그를 '도영이'라고 부르는 걸 보니 오늘 데이트를 통해 가까워진 것 같아 마음이 한결 놓였다. 앞으로 계속 존댓말을 하면 어떻게 하느냐며 진지하게 염려하던 도영의 고민이 해결된 모양이다.

[저녁은 먹었어?]

"이제 먹으러 가려고요. 도영 씨는 엄마랑 맛있는 거 먹었어요?"

[어머니가 비싼 코스 요리 사주셨어. 어머니 엄청 화끈하신데?]

경진에게 화끈하다고 표현하는 사람은 도영이 난생 처음이라 해아로서는 웃지 않을 수가 없었다.

"아주 신나셨네. 두 분 좋은 시간 보내요."

[그래. 이따 다시 통화하자.]

두 사람의 오붓한 시간을 방해할 수 없었던 해아는 서둘러 통화를 끝냈다. 자신도 모르는 사이에 대체 무슨 일이 벌어지고 있는 건지, 해아는 아직도 어안이 벙벙했다. 동시에 흐뭇했다.

❧

아직 해도 뜨지 않은 이른 새벽.

서재에서 꼬박 밤을 지새운 태정은 어제 경진을 만나 나누었던 말을 몇 번이나 곱씹었다. 이 난관을 어떻게 헤쳐 나가야 할지 고민하기도 벅찬 시간에 이미 늦어버린 후회를 하고 있었다.

생각을 털어내기 위해 서재를 나선 태정은 주방으로 가 커피를 내렸다. 그때, 유미가 주방으로 들어오더니 냉장고에서 생수를 꺼냈다.

"언제 들어왔어요?"

"자정 조금 지나서."

"일찍 들어와요. 어제 찬이가 아빠 한참 찾았어요."

머그컵에 커피를 따르던 태정은 순간 멈칫했다. 순간 화가 울컥 치밀었지만 최대한 냉정함을 유지했다.

"친자 확인 검사 신청했어. 오전에 샘플 채취하러 올 거야."

태정의 말에 유미가 손에 쥐고 있던 생수병을 거칠게 내려놓고 성큼성큼 다가오더니 태정의 뺨을 사정없이 후려쳤다.

"당신 지금…… 뭐라고 했어요? 뭘 신청했다고요?"

"나 더 이상 당신 의심하고 싶지 않아. 협조해 줘."

"당신 정말 끝까지!"

"자꾸 의심하게 만드는 건 너야. 원망하지 마."

"좋아요! 해봐요, 어디!"

큰 소리를 치고 돌아서던 그녀가 다시 돌아와 태정의 앞에 섰다.

"당신이 어떻게 나한테 이럴 수 있어요? 당신이 어떻게……."

결국 그녀는 눈물을 보였고, 움켜쥔 주먹으로 태정의 가슴을 내려치며 하염없이 흐느꼈다.

"너야말로 어떻게 나한테 그럴 수가 있어? 내가 어떻게 일궈낸 회사인지 다 알고 있으면서, 어떻게 그런 짓을 꾸밀 수가 있냐고!"

감히 배신을 하려 했다니. 생각할수록 분하고 화가 났다. 유미와 아이를 이곳에 데려오기 위해 노력했던 지난 시간들을 떠올리면 도무지 참을 수가 없었다.

적어도 이 관계를 유지하기 위해서는 최소한의 절차가 필요하다고 판단되었다. 더는 그녀를 의심하지 않을 절차, 그녀를 믿을 수 있는 무언가가 지금 이 순간 태정에겐 절실히 필요했다.

"당신은 늘 나를 불안하게 만들었어요."

"날 믿지 못했다는 뜻이야?"

"그건 지금도 마찬가지예요. 당신…… 아직도 나한테 말하지 않은 거 있죠?"

"그런 거 없어."

"정말 없어요?"

"없어."

어디까지 알고 있기에 이런 말을 꺼내는지는 모르겠지만, 태정은 유미에게 섣불리 말할 수 없었다. 지금은 그녀에 대한 믿음이 분명하지 않기 때문이다.

유미는 태정의 단호한 대답에 허탈하게 웃으며 고개를 가로저었다.

"난 당신에게 이 정도밖에 안 되는 사람이었군요. 잘 알았어요. 검사하고, 결과 나오면 다시 얘기하죠."

미련 없이 돌아서는 그녀의 차가운 모습에 가슴이 내려앉는 것 같았다. 이상하리만치 당당한 그녀의 태도에 혼란스러운 것도 잠시, 여전히 태정의 머릿속은 불신이 지배적이었다.

그동안 자신을 속이기 위해, 눈가림을 하려 했던 행동들이 차례로 떠올랐고, 그것은 불신의 근원이기도 했다. 좀처럼 벗어나기 힘든 의심의 늪에 갇혀 버려 꼼짝할 수가 없었다.

해아는 일찌감치 도영의 집으로 향했다.

오늘 새벽, 강훈을 위해 제철 맞은 전복과 자연산 송이를 넣어 죽을 끓였는데 너무 맛있게 만들어진 것이다. 간을 보는 순간, 이건 꼭 먹여서 출근시켜야겠다는 생각이 들어 급히 운전해서 온 참이다.

띵동.

초인종을 누르고 기다리는데, 한참 만에 현관문이 열렸다. 그 틈새로 얼굴을 빼꼼 내민 도영과 눈이 마주쳤다. 통통 부은 눈두덩과 헝클어진 머리칼이 해아의 눈에는 마냥 귀여웠다.

"어?"

"아침 배달 왔습니다."

해아가 도시락이 담긴 종이가방을 내밀며 흔들자, 그가 웃으며 현관문을 열어주었다. 해아는 집 안으로 들어가 자신을 반겨주는 수지를 한 번 안아주고 곧장 주방으로 향했다.

"내가 너무 일찍 왔나?"

"아냐. 나도 지금 막 일어나려던 참이었어."

해아는 가방에서 죽이 담긴 보온병과 어제 장 실장과 함께 만든 소고기 장조림, 백김치를 차례로 꺼냈다.

"이게 뭐야? 죽?"

"이건 그냥 죽이 아니에요. 자연산 송이랑 자연산 전복 넣어서 끓인 거예요."

"직접?"

해아는 고개를 끄덕여 대답한 후, 그릇에 죽을 옮겨 담고 한 숟가락을 떠서 내밀었다. 그러자 맛을 본 그가 눈을 크게 뜨며 만족스러운 듯 웃었다.

"향이 기가 막히죠?"

"오……."

엄지를 치켜드는 도영의 뺨에 입을 맞춘 해아는 그를 의자에 앉혔다.

"같이 먹자."

"할아버지랑 아침 먹고 왔어요. 도영 씨 먹어요."

"아침 일찍부터 죽을 다 끓이고. 요즘 요리에 완전 꽂혔구나?"

해아는 종이 가방에서 신문지에 돌돌 말아온 자연산 송이와 미리 만들어온 기름소금도 꺼냈다. 그러곤 자연산 송이를 먹기 좋게 죽죽 찢어 접시에 담아 내주었다.

"이것도 먹어봐요."

기름소금장에 콕 찍은 자연산 송이를 건네자 그가 냉큼 받아먹었다.

"송이는 냉장고 아래 칸에 넣어둘 테니까 하나씩 꺼내 먹어요. 죽은 한 번 먹을 양으로 나눠서 냉동실에 넣어뒀으니까 아침에 데워 먹고 출근해요."

챙겨온 음식을 냉장고에 넣어두고 나서야, 해아는 도영의 맞은편에 앉았다.

"진짜 맛있다. 이러다 나중에 주방 뺏기겠는데?"

그는 지나가는 말로, 결혼하면 요리와 설거지는 본인이 하겠다고 약속을 한 참이다. 그때만 하더라도 해아는 요리에 큰 관심이 없을 때라 잘하는 사람이 하는 게 맞다고 생각해서 다행이라고 여겼는데, 요즘 들어 해아의 생각이 바뀌고 있었다.

"아침부터 만드느라 고생했어. 고마워."

해아는 머리를 쓰다듬어 주는 그의 손길에 절로 웃음이 났다.

"어제 미모의 중년 여성분과 했던 데이트는 즐거웠어요?"

"어. 아주 즐거웠지. 집에 와서 전화하려고 했는데 피곤해서 잠들어 버렸어. 미안."

"괜찮아요. 안 그래도 그럴 것 같아서 나도 전화 안 한 거니까. 근데 부럽다. 나도 좀 끼워주지."

"안 그래도 어머님이 다음에는 너 끼워주신댔어."

해아는 인심 쓰듯 말하는 그의 숟가락 위에 장조림을 올려주었다.

"엄마랑 가까워졌어요?"

"드디어 말을 놓으셨어. 엄청난 성과야."

"오래 걸릴 줄 알았는데 다행이네요. 도영 씨가 먼저 보자고 한 거예요?"

"아니. 퇴근할 때쯤 어머니한테 전화가 온 거야. 같이 공연 보자고."

경진이 먼저 제안을 했다는 건 의외였다. 믿을 수 없을 정도로 아주 많이 의외였다. 아주 가까운 주변 사람들이 아니고서는 대화도 잘 나누지 않는 그녀였기에 놀랍기까지 했다. 어째서 그를 부른 건지 짐작할 수 없었다.

"어제가 첫 변론기일이었대. 알고 있었어?"

"알고는 있었는데……. 엄마가 직접 법원에 가신 건가?"

"그러신 거 같더라고. 자세히는 말씀 안 해주셨는데 류 대표님도 만나신 모양이야. 그냥 집에 들어가기에 아쉬울 만큼 날이 너무 좋아서 날 부르셨다고 하더라고."

경진의 마음을 전부 다 이해할 순 없었지만, 그녀는 그 순간에 기분 전환이 필요했던 모양이다.

"고마워요. 엄마랑 같이 있어줘서."

"내가 한 건 아무것도 없는데 뭐."

"같이 공연 봐주고, 같이 밥 먹고, 같이 얘기하고, 그게 제일 고마운 거죠."

그 순간에 도영이 함께해 줬다는 게, 그 순간에 경진이 도영을 떠올렸다는 게 참 다행이다 싶었다.

"해아 잘 부탁한다고 나한테 신신당부하셨어."

"정말요?"

"못해준 게 너무 많아서 미안하다고 하시더라. 그래서 절대 그런 마음 갖지 마시라고 말씀드렸어. 해아가 어머니를 아주 많이 사랑한다고도 전해드렸고. 나 잘했지?"

해아는 고개를 끄덕이며 그의 옆자리로 옮겨 앉았다.

"엄마랑 딸 사이를 이어주는 큐피트네?"

도영은 어깨를 으쓱이며 흐뭇해했다.

그는 참 고마운 사람이다. 이 사람으로 인해 자신뿐 아니라 주변의 사람들에게까지 좋은 기운으로 물들게 만들었다. 이 남자를 사랑할 수 있어서, 이 남자에게 사랑받을 수 있어서 해아는 매일이 행복했다.

"대본은 다 읽어봤어?"

"네. 역시나 재미있더라고요."

"할 거지?"

도영의 물음에 해아는 고개를 갸웃하며 웃음으로 무마했다.

"내일 작가님 만나서 좀 더 얘기 들어보고 결정할 거예요."

"나애리 작가가 너한테 딱 맞는 작품이라면서 자신감이 아주 대단해."

"자꾸 어필하지 말고, 식기 전에 얼른 먹어요."

"알았어."

그는 여봐란 듯이 빠른 속도로 먹기 시작했다.

해아 역시 하루 빨리 도영과 애리에게 확답을 주고 싶었다. 그래서 오늘 오후에는 정신과 주치의와 상담 예약도 해둔 참이다.

"도영 씨. 만약에 해외 촬영 하게 되면, 도영 씨도 같이 가줄 수 있어요?"

"무리하지 않아도 돼. 국내 촬영으로 최대한 대체하면 되니까."

"그럼 완성도도 떨어지고, 무엇보다 그림이 안 예쁘잖아. 요즘 시청자들 눈높이가 얼마나 높은데. 기왕이면 가장 멋지게 찍어서 보여줘야죠. 난 내 작품 절대로 대충 안 해요."

만약 하게 된다면 제대로 하고 싶었다. 단지, 그가 곁에 함께해 주면 조금 덜 불안할 것 같아서 그에게 부탁을 하고 싶었던 것이다.

"그렇다면 무조건 같이 갈게."

그의 확답에 출연하는 쪽으로 한 발 더 마음이 기울었다.

지나치게 그에게 의존하는 건 아닐까 때론 걱정이 되기도 하지만, 그래도 도영 덕분에 꽤 많은 변화가 생겼기에 자꾸만 욕심이 생겼다. 언젠간 자신에게도 모든 것에 아무렇지 않게 될 날이 오지지 않을까 하는 욕심 말이다.

해아가 애리의 작업실에 직접 찾아온 건 보조 작가들이 취재를 나 갔을 때였다. 근처에서 만나기로 했는데 새 작업실을 구경하고 싶다기 에 그러라 한 참이다.

애리는 직접 차를 끓여 해아에게 대접했다.

"이전 작업실보다 훨씬 넓고 쾌적하네요. 글이 술술 나오겠어요."

"글이 술술 나오면 뭐해요. 내가 원하는 배우가 출연 결정을 안 해 주는데."

노골적인 애리의 저격에 해아가 웃으며 찻잔을 손에 쥐었다.

"보내주신 대본 잘 읽었어요. 전작과 분위기는 180도 다르지만, 작 가님 대사는 여전히 좋더라고요. 그래서 더 좋았어요."

"고마워요. 하는 김에 칭찬 조금 더 해봐요."

"시놉 읽으면서 느낀 건데, 작품을 관통하는 굵직한 줄거리가 아주 마음에 들었어요. 탄탄하다는 느낌도 받았고요. 스케일도 아주 커서 잘만 만들면 진짜 역대급 작품이 될 것 같아요."

"그 작품 주인공이 탐나지 않으세요?"

"작가님 빈틈이 없으시네."

해아는 고개를 절레절레 흔들며 연신 미소를 지었다.

"작품 준비는 얼마나 하신 거예요?"

"예전에 작업하다가 엎어졌던 작품이에요. 그땐 이런 장르가 잘 안 먹혔거든요. 권도영 PD가 심폐소생 해준 거죠. 큰 뼈대는 그대로 두 고 다시 작업하는 중이에요. 류해아 씨 맞춤옷으로요."

"반드시 저를 주인공에 앉히고야 말겠다는 작가님의 의지가 느껴집 니다."

"제 진심이 전달됐다니 다행이군요."

해아가 찻잔을 내려놓고 일어서더니 작업실을 구경하기 시작했다.

애리를 포함한 세 명의 작가가 함께 작업하는 세 개의 책상과 한쪽 벽에 놓인 커다란 책장을 지나, 세 개의 책상 사이에 놓인 인물관계도가 적힌 화이트보드를 한참 들여다보았다.

그러곤 발길을 옮겨 책장 반대편 벽면을 빼곡하게 메운 종이메모를 바라보았다. 거기서 멈추지 않고 느린 걸음으로 취재한 자료들을 잔뜩 쌓아둔 테이블까지 꼼꼼히 확인했다.

"편성은 UTV가 유력하다고 알고 있어요. 제 생각에도 그 채널이 가장 적당할 것 같아요. 분량이나 수위도 자유로운 편이고, 요즘 UTV에서 방영되는 드라마들이 지상파 다 바르고 있잖아요."

"UTV 좋죠. 요즘 가장 핫하고, 홍보도 빵빵하고. 1화부터 총격신이랑 카 스턴트가 나오던데 그 뒤로도 그런 장면 자주 나오나요?"

"그럴 생각이에요. 그중에서도 주인공의 액션을 가장 돋보이게 할 거고요."

해아는 벽에 붙여둔 종이 메모 앞으로 가더니 프린트 한 사진을 손가락으로 가리키며 눈을 동그랗게 떴다.

"이거…… 제가 배워야 하는 거죠?"

애리는 고개를 쭉 내밀어 그녀가 손가락으로 가리키고 있는 곳을 보았다. 그곳에는 러시아 KGB에서 사용하는 특공무술 시스테마와 이스라엘 특공무술 크라브마가에 관한 자료가 붙어 있었다. 고개 끄덕여 대답하자 해아가 허탈하게 웃으며 '와' 하고 작게 감탄했다.

"결정하게 되면 이거부터 빨리 배워야겠네요."

"액션 신 힘들 거 같으면 무리하지 말고 대역 배우에게 맡기세요."

"아주 위험한 장면 빼고는 직접 해야죠. 제가 의외로 몸 쓰는 걸 잘

해서."

해아는 '별이 빛나는 밤' 이전 작품에서도 고난이도의 액션신을 꽤 훌륭하게 소화했었다. 일단 몸의 움직임이 어색하지 않고 자연스러워서 좋았다. 애리가 이 작품의 주인공으로 해아를 점찍은 것도 그 이유가 가장 컸다.

애리는 그녀가 의욕을 내보이는 것 같아 내심 안도했고, 한편으로는 기대감이 점점 커졌다.

"언젠가 성공하게 되면, 내 작품에 내가 원하는 배우를 꼭 캐스팅해보고 싶었어요. 그 처음이 류해아 씨예요."

불과 일 년여 전만 하더라도 해아의 캐스팅을 못마땅해하며 꼭 성공해서 자신이 원하는 대로 반드시 캐스팅을 하겠다고 다짐했는데, 아이러니하게도 애리가 지금 가장 원하는 배우는 해아였다.

운명일까, 아니면 인연일까.

애리는 이번에는 진정 자신이 원해서 이 작품에 반드시 그녀를 주인공으로 캐스팅하고 싶었다.

"이건 좀 셌다."

"같이 하시죠."

애리가 손을 내밀자 해아는 가만히 그녀의 손만 바라보았다. 애리는 기다렸다. 그리고 진심을 담아 그녀의 눈을 바라보았다.

"그 처음이 저라서 영광입니다. 작가님."

해아가 손을 잡아주었다. 그 순간, 전신에 전류가 흐르는 것처럼 머리끝부터 발끝까지 짜릿했다. 여자랑 손을 잡았는데 이렇게까지 소름 끼치게 좋은 건 왜일까 싶을 정도였다.

"지금부터 본격적으로 작품 얘기 해볼까요?"

애리의 제안에 해아가 고개를 끄덕였다. 애리는 데뷔작의 기획안을 프레젠테이션 하는 기분으로, 설렘을 가득 안은 채 그녀에게 자신의 작품에 대해 이야기하기 시작했다.

&

결과가 나왔다는 소식에 유미는 직접 업체를 찾아가 친자확인서를 받아왔다.

어제 하루가 유미에게는 마치 십 년처럼 느껴졌던 하루였다. 말도 안 되는 의심을 하는 태정이 원망스러웠고, 아무것도 모르는 아이에게 수치스러움마저 느꼈다.

결과를 받아 집에 돌아온 유미는 거실에 앉아 있던 태정을 발견하고 그에게 다가가, 친자확인서가 담긴 종이봉투를 집어 던졌다.

"뭐하는 짓이야?"

"열어봐요."

그의 차가운 표정에 또 한 번 상처받은 유미는 주먹을 움켜쥔 채 숨죽여 기다렸다. 봉투에서 문서를 꺼내어 읽기 시작한 그를 바라보는 내내 심장이 터질 것처럼 뛰었다.

"당신이 나랑 우리 찬이한테 무슨 짓을 저질렀는지, 이제 알겠어요?"

아이는 의심할 여지없이 99.99% 류태정의 친자.

당황한 기색조차 없는 그의 표정에 다시 한 번 상처를 받은 유미는 지금 자신에게 벌어진 이 상황을 믿기 힘들었다. 대체 어떻게 그런 더러운 상상을 할 수가 있는지, 모멸감에 치가 떨렸다.

"십 년 동안 미국에 처박혀서 당신이 나를 불러주길 기다렸어요. 하지만 당신은 계속해서 기다리라고만 말했죠. 그래서 기다렸어요. 한

사랑, 너에게 묻다

참 만에 찬이가 생겼을 때, 아 이제 됐구나 싶었어요."

태정은 아무 말 없이 종이만 뚫어져라 보았다.

"만약 나였다면, 그 여자가 죽거나 말거나 이혼 밀어붙였을 거예요. 당신이 망설이고 주춤하는 동안 내가 얼마나 상처받았는지 알아요? 맞아요! 나 J미디어 갖고 싶었어요. 그렇게라도 보상받고 싶었어요!"

하지만 이제 그것마저도 남지 않았다. 수사가 임박했다고 했으니, 태정 역시 조만간 빈손이 될 것이다. 이런 상황에서 이제 신뢰마저 잃어버린 그의 곁에 계속 남고 싶지 않았다.

어떻게든 살아남아야 했다. 지금껏 버텨왔던 것이 아까워서라도 이대로 물러설 수 없었다. 무엇이든 붙잡아야 했다. 그래서 유미는 어제 길었던 밤을 지새우며 최후의 결정을 내렸다.

"우리 여기까지만 해요."

"나유미!"

"이렇게 서로를 믿지 못하는데 어떻게 계속 같이 살아요? 당신 얼굴 볼 때마다 나를 의심했던 지금 이 순간이 계속 생각날 텐데. 난 그렇게 못 살아요. 정리해요, 우리."

"그런 말 섣불리 꺼내지 마. 이번 일은 내가 잘못했어. 정황상 의심하지 않을 수가 없었어."

그의 목소리는 소름 끼칠 정도로 차분했다.

"미국에 가 있어. 여기 일 정리하는 대로 나도 그리로 갈 테니까."

"난 분명히 정리하자고 말했어요."

"내 회사를 통째로 날려먹어 놓고 고작 이런 일로 고집부리지 마. 나도 최선을 다해서 참고 있으니까."

"누가 참으래요? 참지 말고 헤어지자고요!"

"내가 너랑 찬이까지 버릴 순 없잖아?"

"왜 못 버려요? 전처랑 딸도 버렸으면서."

유미의 일갈에 태정이 코웃음을 치며 서재로 가버렸다. 더는 상대하지 않겠다는 의도가 분명해 보였다.

'당신이 이렇게 나와도 소용없어. 조만간 검찰조사 받을 거라고 했으니까 그때 떠나면 돼.'

유미는 그가 두고 간 서류를 집어 들고 다시 집을 나섰다.

유미는 강훈의 앞에 무릎을 꿇고 앉아 있었다.

그는 자신이 건넨 친자확인서를 읽어본 후 최 전무라는 사람을 불러달라는 말을 끝으로, 십 분이 넘도록 아무 말을 하지 않았다. 긴 침묵은 견디기 힘들 정도로 무거웠다. 그를 마주하고 있다는 것만으로도 손끝이 떨릴 만큼 긴장되고 두려웠다. 강훈을 직접 마주한 거 처음이었다. 그는 존재만으로도 사람을 압도하는 무언가가 있었다.

"회장님."

"이리와 앉게."

그때, 비서쯤으로 보이는 한 남자가 서류 봉투를 들고 나타나 유미의 맞은편에 앉았다.

"이걸 들고 나한테 온 이유가 뭐지?"

"찬이, 회장님 핏줄입니다. 인정해 주세요."

"그래. 인정하는 거야 어렵지 않지. 인정해 줄게."

그는 고개를 끄덕이며 별거 아니라는 듯 친자확인서를 테이블 한가운데로 툭 밀어놓았다.

"원하는 게 더 있는 모양인데, 우리 최 전무가 아주 바쁜 사람이야. 할 얘기 있으면 빨리 하고 돌아가."

유미는 떨리는 마음을 가라앉히며 강훈과 최 전무라고 불린 남자의 눈을 차례로 바라보았다.

자신이 처한 위기를 생각하며 용기를 쥐어짰지만 차마 입술이 떨어지질 않았다. 그들의 차가운 시선에 절로 몸이 자꾸만 움츠러들 뿐이었다.

"자꾸 그렇게 뜸만 들일 거면 내가 먼저 얘기하지. 최 전무."

강훈의 말에 최 전무가 들고 왔던 서류 봉투 안에서 종이를 꺼내 건넸다.

"류찬 군은 회장님의 손자이긴 하나 단 한 푼의 재산도 상속받을 수 없습니다. 그에 관련한 증빙서류 확인하시죠."

날벼락도 이런 날벼락이 없었다. 하늘이 무너지는 것만 같았다. 그가 유미에게 건넨 것은 강훈의 유언장이었다.

강훈이 보유하고 있는 모든 재산을 사망 직후 대경그룹 사회재단에 기부하고, 유사시 모든 권한은 해아와 최 전무에게 공동으로 일임한다는 내용이었다.

그 뒷장에는 태정이 직접 서명한 '인지 청구의 소'를 절대 제기하지 않겠다는 각서와 '상속 재산 협의 분할 계약서'가 첨부되어 있었다. 그 어떤 이유에서도 태정이 상속에 관한 소송을 제기하지 않겠다는 내용이 핵심이었다.

"예상했던 것보다 이혼소송 진행이 순조로워서, 자네 아들과 우리 며느리 사이에 진행할 예정이었던 '친생자관계부존재확인소송'은 생략하기로 했네. 이혼하고 나면 자네 아이가 가족관계증명서에 올라가 있든 말든 우리 며느리와는 상관없는 일이니까. 다만 류태정의 아들인 건 변함이 없으니 훗날 해아가 번거롭지 않도록 손은 써두었지. 알다시피 우리 회사 법무팀이 일을 참 잘하거든. 자네가 태정이랑 재혼을 하든, 헤어지든 자네 아들은 내게서 아무것도 얻지 못할 거야. 거

참 안타깝게 됐구먼."

유미는 할 말을 잃었다.

"난 내 아들을 버린 지 오래야. 그놈이 처자식을 버리고 너에게 갔을 때 끊어냈지. 그건 그놈의 선택이었어."

"……"

"노파심에서 하는 말인데, 우리 회사에는 아주 유능한 법무팀이 있으니 앞으로도 아이를 앞세워서 뭘 어떻게 해보겠다는 지저분한 술수는 쓰지 않는 게 좋을 거야. 아무것도 기대하지 말게. 이건 협박이 아니라 자네한테 조언을 해주는 거야."

강훈이 자리에서 일어섰다.

"돈을 챙기고 싶으면 태정이랑 둘이 알아서 해결해. 해아나 경진이에게 접근했다간 아주 험한 꼴을 보게 될 거야. 물론 법적으로. 아, 이건 협박이야. 이 정도면 잘 알아들었을 거라고 생각하겠네."

유미는 입도 떼지 못한 채 눈물만 흘렸다. 미처 계산하지 못했던 강훈의 치밀함에 마지막으로 남아 있던 희망의 불씨마저 꺼져 버렸다.

지금 이 상황을 인정하고 싶지 않았다. 아니, 인정하기 싫었다. 당장 강훈의 다리라도 붙잡고 애원해 볼까 생각도 했지만, 그래봤자 아무런 소용없을 거란 생각에 꼼짝할 수가 없었다.

유미는 연신 울려대는 휴대폰을 간신히 꺼내보았다. 발신자가 신이사임을 확인하고는 숨 한 번 크게 몰아쉬고 전화를 받았다.

"여보세요?"

[왜 이렇게 전화를 안 받아! 지금 큰일 났어!]

"무슨 일인데?"

[J미디어 사무실하고 류태정 대표 자택에 압수수색 들어갔어! 류

대표는 검찰에 소환됐고 너도 참고인으로 소환됐다고! 유미야, 내 말 듣고 있어? 나유미!]

　휴대폰을 쥐고 있던 유미의 손에 힘이 빠져 버렸다. 그 바람에 휴대폰은 바닥에 떨어져 나뒹굴었고, 유미는 두 손으로 얼굴을 감싼 채 괴로워했다.

17. 봄을 기다리며

　유난히 더웠던 여름도 결국은 지나가 버릴 하나의 계절이었다. 10월에 접어들자 서늘한 가을바람이 때를 잊지 않고 찾아왔다. 하염없이 길 위를 걷고 싶은 그런 날이었다. 한낮에 햇빛을 받으며 걷고 싶었다.

　해아는 언젠가 TV에서 보았던 멋진 낙엽 길을 도영과 함께 걸으며 데이트의 기쁨을 만끽했다. 맛있는 음식을 먹고 분위기 좋은 카페에 들러 차 한 잔을 나누는 이 시간들이 왜 이리 빛이 나는 건지 알다가도 모를 일이었다.

　그와 함께하는 모든 시간들이 그러했다. 그는 존재만으로도 여전히 해아의 마음을 들뜨게 하고, 가슴을 설레게 했다.

　어떻게 지났는지도 모를 그와 함께했던 일 년의 시간. 힘들었던 순간이 기억나지 않는 걸 보면, 어지간히도 그를 좋아한 것 같다. 그는 늘 자신과 가장 가까운 곳에 있어주었고, 마치 이렇게 사랑하는 거라고 알려주듯이 사랑해 주었다.

사랑, 너에게 묻다

한 여자로서, 누군가에게 사랑받는 기분이 어떤 것인지를 오롯이 알게 해준 유일한 사람이었다.

그는 지금 자신의 옆에 앉아 한 통의 아이스크림을 퍼 먹으며 순간을 함께 보내고 있었다.

단 거 맛있는 줄 모르겠다던 그는 어느새 해아가 가장 좋아하는 아이스크림을 좋아하게 되었고, 해아 역시 그가 응원하는 축구팀을 아무런 이유 없이 응원하게 되었다.

단지, 내가 좋아한다는 이유로.

단지, 그가 좋아한다는 이유로.

그렇게 그와 자신의 일상은 닮아갔다.

"하아…… 이 컷 다음에 키스신이지?"

해아와 도영은 며칠 전에 발매된 '별이 빛나는 밤'의 감독판 블루레이 편집본으로 드라마를 다시 보는 중이었다.

차마 키스신은 못 보겠다던 도영은 여태까지 기주와 해아의 키스신을 보지 않았고 오늘 드디어 처음으로 보게 된 것이다. 그는 무척이나 심각한 표정으로 한숨을 쉬었다.

"오 분 건너뛰기 할까요?"

"오 분이나 돼?"

그의 기함한 표정은 볼 때마다 웃음이 났다. 해아는 리모컨을 들고 그의 결정을 종용했다.

"아니면 8배속?"

"아냐. 언제까지 피할 순 없지. 보자. 어디 한 번 보자! 얼마나 잘했나!"

방영 당시 탈지상파급 수위라며, 한국 드라마 키스신의 한 획을 그었다며 모두가 극찬했던 농도 짙은 키스신이었다. 그는 이제 와 대수로울 것 없다는 듯 어깨를 쫙 폈지만, 연신 주먹을 오므렸다 폈다가를 반복하며 긴장감을 감추지 못했다.

도영은 TV에서 시선을 떼지 못했고, 해아는 도영에게서 시선을 떼지 못했다.

"와! 나온다!"

TV 화면 속 기주와 해아가 심상치 않은 분위기 속에서 대사를 주고받았고, 곧이어 키스신이 등장했다.

해아는 영혼을 갈아 넣은 듯 너무나 아름다운 한 감독의 영상미에 나지막이 감탄하는 동안, 도영은 마치 자기 몰래 다른 남자와 키스하는 여자친구를 발견한 듯한 표정으로 TV를 노려보았다.

"못 볼 거라도 봤어요? 표정이 왜 그래요?"

해아가 놀렸지만 그는 숨을 참은 채 아직까지도 끝나지 않은 키스신을 몰입해서 보았다. 드디어 길고길었던 키스신이 끝나고, 그는 그제야 숨을 몰아쉬며 아이스크림을 크게 떠서 입에 밀어 넣었다.

"뭐, 별거 아니네."

어울리지 않게 도영이 허세를 부리자 해아는 웃음을 참을 수가 없었다.

"솔직하게 말해봐요. 나애리 작가님한테 이번 작품에서는 키스신 없게 해달라고 부탁했다, 안 했다?"

해아의 물음에 도영은 무척 단호히 고개를 가로저었으나 해아는 믿을 수가 없었다.

"했다, 안 했다?"

다시 한 번 되묻자, 그는 잠시 눈을 깜빡이며 망설이다가 0.3초 정도 고개를 재빠르게 끄덕이고 딴청을 부렸다.

"근데 그건 부탁했다기보다 총괄 제작PD로서 의견을 낸 거지. 나 그렇게 공과 사 구분 못하는 아마추어 아니야."

변명이 제법 그럴싸하니 넘어가 줘야겠다 싶었다.

드라마 출연을 결정지은 해아는 요즘 체대 입시생 저리가라 할 정도로 일주일 내내 거의 운동을 하고 있었다. 애리가 말했던 두 가지의 특공 무술과 액션 스쿨뿐 아니라, 기존에 하고 있던 피트니스에 체력 유지를 위한 웨이트 트레이닝까지 겸했다.

애리의 신작 'ETERNITY'는 가장 적극적으로 러브콜을 보냈던 UTV에서 내년 9월 편성을 확정지었다.

아직까지 'ETERNITY'의 제작과 관련된 그 어떤 기사도 나지 않은 상황이다. 너무 일찍 발표를 하고 나면 관심도는 떨어지고 피로도는 쌓이기에, 적당한 시점에 제작 관련 기사를 내는 것이 중요했다.

때문에 해아의 캐스팅 확정 기사 역시 나지 않은 상태이다. 일찌감치 보도되면 김이 빠져 버리기 때문이다. 드라마의 제작과 방송사 편성 확정 기사가 날 즈음에 캐스팅 기사 역시 나가게 될 예정이었다.

"드라마 촬영 시작하기 전에 여행 다녀오자."

"좋아요. 어디로 갈까요?"

해아의 물음에 도영이 싱긋 웃으며 해아의 위로 올라왔다. 그 바람에 해아는 뒤로 점점 물러서다가 결국 바닥에 누워버렸고, 그는 여전히 위에서 해아를 빤히 보았다.

"리스본 가자. 우리."

리스본.

그토록 가보고 싶었던 그곳.

잠시 생각에 잠겼던 해아의 입가에 점차 미소가 번지자, 그의 입술이 거리를 좁히며 다가왔다.

리스본은 도영과 자신을 이어준 '리스본행 야간열차'의 배경이고,

작품의 주인공인 그레고리우스 교수처럼 전혀 다른 세상으로 무작정 뛰어들고 싶었던 해아의 소원이 담긴 꿈의 도시였다.

해아는 그의 목을 두 팔로 감싸 안으며 입을 맞추었다.

"좋아요."

그와 함께라면, 그 어떤 낯선 세상도 두렵지 않을 것만 같았다.

❧

강훈의 저택을 찾은 경진은 바쁜 해아를 대신해 저택 화단을 손봐주었다. 몇 달 전의 모습과는 비교도 할 수 없을 만큼 생기를 되찾은 경진을 볼 때면, 강훈은 그저 흐뭇했다. 그녀가 덜어낸 마음의 짐이 얼마나 무거운 것이었는지, 비로소 느낄 수 있었다.

염려했던 것보다 빠르게 이혼 판결이 났다. 경진이 원하던 대로 이혼소송은 순조롭게 진행되었고, 태정은 항소하지 않았다.

"아버님. 차 드세요."

테라스 테이블에 나와 바람을 쐬던 강훈에게 경진이 직접 따서 말린 메리골드 차와 직접 만든 금귤정과를 내왔다.

"고맙다."

경진은 강훈의 맞은편에 앉아 따뜻한 차를 호호 불어 한 모금 마셨다.

"그 사람, 내일이 1심 공판이라면서요?"

"어떻게 알았니?"

"아까 뉴스에 짤막하게 나오더라고요."

태정은 일단 확실한 증거가 확보된 역외탈세 부분은 특정범죄 가중처벌 등에 관한 법률 중 해외 계좌의 신고 의무를 위반한 혐의로 구속기소가 되었다. 불법 로비나 횡령, 배임 부분에 대해서는 추가로 혐의가 입증되는 대로 계속 죄목이 늘어갈 것으로 예상하고 있었다.

"죄를 저질렀으니 벌을 받게 되겠지. 하지만 그 벌이라는 게 어디까지나 법적인 부분만 해당이 되니 아쉬울 뿐이야."

해아와 경진, 그리고 자신에게까지 남긴 상처에 대한 벌은 살아가면서 차차 받게 될 것이라고 생각했다. 가장 믿었던 사람들에게 배신을 당하는 것으로, 그 벌은 시작된 게 아닐까 싶었다.

"그가 모든 걸 다 잃게 되었는데도 마음이 후련하지 않더라고요. 그래서 계속 생각해 봤어요. 어떻게 해야 이 허전한 마음이 채워질까, 하고요."

"……"

"생각보다 답은 간단했어요. 더 행복해지기로 마음먹고 나니까 속이 후련해지더라고요. 그러니 이제 다른 이의 불행에는 더 이상 관심 갖지 말아요. 아버님."

경진의 깊은 뜻에 강훈은 고개를 끄덕일 수밖에 없었다.

"내가 여기서 더 행복해지는 방법은 딱 하나야."

"그게 뭔데요?"

"해아가 도영이랑 가정을 이루는 것."

경진이 수긍하며 미소를 지었다.

"나는 내 살아생전에 해아가 사랑하는 사람과 함께 가정을 이뤄 원 없이 사랑하고 사랑받고 사는 걸 본다면, 그것보다 더 행복한 건 없을 것 같아."

"그건 저도 그래요. 그 아이에게 지은 죄가 너무 많아서 무언가를 감히 바랄 수 없다는 걸 알지만, 그래도 딱 한 가지 욕심나는 건 해아가 행복해지는 거예요."

경진에게는 고통의 시간이 존재했다. 딸을 외면하려 애쓰던 시간이 있었고, 때문에 죄책감에 괴로워 몸부림치던 시간도, 너무나 아픈 상처를 준 것에 후회하던 시간도 있었다.

해아는 그럴수록 경진을 부둥켜 안아주던 아이였다. 강훈은 그런 해아를 생각만 해도 가슴이 시리고 억장이 무너졌다.

이제 그 아이가 사랑하는 사람을 만나 사랑을 받고, 위로를 받으니 강훈에게 이보다 더 행복한 일은 없었다.

"해아, 내일 밤 비행기로 떠난다죠?"

"여행 준비한다고 한껏 신이 나서 일주일 내내 방방 뛰어다녔어. 어지간히 좋은 모양이야."

"일하러 가는 거 아니고 남자친구랑 함께 가니 오죽 좋겠어요."

"촬영 때문에 가끔 한 번씩 비행기 탈 때마다 너무 많이 힘들어 했는데……. 참 다행이지."

주치의에게 상담 치료를 받고 신경 안정제를 비롯한 여러 가지 약물에 의지한 채 간신히 비행기에 오르곤 했다. 다녀오고 난 후에는 긴 후유증에 아파하는 해아를 지켜보며 강훈은 차마 괜찮냐고 물을 수도 없었다. 보나마나 괜찮다고 대답할 게 뻔하기 때문이다.

그런 해아가 이번 상담에서 주치의로부터 큰 무리가 없을 것 같다는 이야기를 들었다며 무척이나 기뻐했다. 게다가 도영이 동행한다고 하니 강훈도 걱정이 덜했다.

"여러모로 도영이가 복덩이네요."

"그런 의미에서 권 사장한테 밥 한번 사."

"밥으로 안 될 거 같은데요?"

경진의 말에 강훈이 큰 소리로 웃었다.

"해아랑 도영이 여행 마치고 돌아오면 아버님께서 자리 한번 만들어주세요. 말 나온 김에 다 같이 식사나 하시죠."

"좋은 생각이네. 그 자리를 상견례라 하고, 바로 날 잡지 뭐."

"아이들이 알면 기겁하겠어요."

"그런가? 하하. 내가 마음이 너무 급했구먼."

이런 사소한 대화가 이리도 행복할 줄이야.

강훈은 달콤한 금귤정과를 입에 넣은 채 미소를 지었다.

유미는 구치소에 수감 중인 태정을 면회했다. 주어진 시간은 단 십 분이었다. 수의 차림의 그를 마주하는 순간 억장이 무너지는 것 같았다. 대체 어쩌다가 여기까지 오게 된 건지, 알 수 없는 감정이 울컥 치밀었다.

친자확인검사 결과가 나왔던 그날 이후, 약 한 달여 만에 만난 그의 모습은 그전과 별반 다르지 않았다. 조금 피곤한 기색이었지만 오랜만에 만난 자신을 그다지 반가워하지도 않았다.

"찬이는?"

태정의 입에서 가장 먼저 나온 말은 아이의 안부였다. 유미는 깊은 한숨부터 토해냈다.

다행히도 유미는 아이 덕에 불구속기소가 되었다. 그렇다고 해서 딱히 잘된 일이라고는 할 수 없다. 단지 태정보다는 조금 나은 처지라는 것뿐이다.

지난 한 달여간, 유미는 경황이 없었다. 태정의 혐의에 대한 참고인 조사를 받았고, 경진이 제기한 손해배상 청구 소송은 한창 진행 중이다. 며칠 후 첫 변론기일이 잡혔는데, 이 소송이 끝날 때까지는 꼼짝없이 한국에 발이 묶이게 된 상황이다.

"잘 있으니 신경 꺼요."

유미가 단칼에 잘라 말하자 그의 표정이 싸늘하게 굳었다. 하지만 유미는 아랑곳하지 않고 준비했던 말을 꺼내기 위해 다시 한 번 숨을 골랐다.

"지금, 여기서 끝내요."

"뭐?"

"법적인 부부가 아니었으니 이혼 절차도 필요 없고, 나눌 거라고는 재산은커녕 죄밖에 없잖아요. 우리가 헤어지는 과정은 너무나 간단하더군요."

허무했다. 이런 결말을 맞이하려 여태껏 이 악물고 버텨 온 건가 싶었다. 차라리 빈손이 되는 편이 나았다. 이제 자신의 두 손에 빚만 가득 남게 되었기 때문이다.

"나는 소송 마무리하는 대로 미국으로 돌아갈 거예요. 류태정 대표의 상간녀라는 꼬리표를 달고 더는 이곳에서 살 수가 없으니까요."

한국으로 돌아와서 했던 일 중 가장 후회가 되는 일은, 자신의 입으로 자신의 존재를 밝혔던 그 일이었다. 류해아를 세게 밀어버리기 위해 스스로 벼랑 끝에 섰고, 그 선택은 결국 자신을 벼랑으로 밀어 버렸다.

"내가 여전히 J미디어의 대표이사였다면. 아니, J미디어를 한입에 털어 넣을 계획이 순조롭게 진행되었다면 이런 선택은 하지 않았겠지."

냉정한 그의 시선에 또 한 번 화가 들끓었다. 십 년 동안 이혼을 미루며 자신을 방치해 둔 것도 그였고, 몰래 자금을 빼돌리려 한 것 역시 그였다.

누가 누굴 탓할 자격이 없었다. 서로가 서로를 배신하려 들었던 우스운 시간마저, 우리가 함께 지나온 세월의 기록이란 사실이 참으로

기가 막히고 눈물겨울 뿐이다

"난 이제 당장 먹고사는 것을 걱정하게 됐어요. 당신이 날 이렇게 만들었다고!"

"날 이렇게 만든 건 너야. 때문에 너도 그 지경이 된 거고. 그러게 날 믿고 기다렸어야지!"

불필요한 다툼이란 걸 뻔히 알면서도 기어이 반복되는 원망. 이젠 지긋지긋하다. 유미는 얼굴을 감싸며 자리에서 일어섰다.

"이제 와서 이런 얘기가 다 무슨 소용이야……. 다 끝났어요, 류태정 씨. 다…… 끝나 버렸어."

태정을 그곳에 남겨둔 채 유미가 돌아섰다. 울고 싶지 않았는데, 자존심으로 간신히 틀어막고 있던 눈물이 기어이 뺨을 타고 흘렀다.

유미의 연락을 받고 작업실 건물을 막 나선 애리의 시야 안으로 초조하게 서성이던 유미가 들어왔다.

그녀는 애리를 발견하자마자 빠른 걸음으로 다가왔다. 초췌한 몰골이 말이 아니었다. 단 한 번도 본 적 없는 모습이기에 낯설기까지 했다.

"갑자기 무슨 일이야?"

"너무 차갑게 그러지 마, 애리야."

나긋나긋한 유미의 말투에 애리는 저도 모르게 헛웃음을 터뜨렸다.

"할 말 있으면 빨리 하고 가. 나 바빠."

"올라가서 얘기하면 안 돼?"

애리가 미간을 찌푸리자, 그녀는 어색하게 웃으며 입맛을 다셨다. 보고 있자니 참 기막힌 광경이었다.

기사를 통해서 종종 유미의 근황을 접할 수 있었다. 갑작스레 여기까지 찾아온 이유는 어쩌면 무언가를 부탁하기 위해서일 듯했다. 아니면 이제 와 자신을 비빌 언덕쯤으로 생각했을 수도 있고.

'냉정하게 이용해 먹을 땐 언제고……'

그녀에게 자신은 너무 쉬웠던 거다.

그래도 하나뿐인 가족이라는 미련을 비운 건 꽤 오래전의 일이었다. 그녀에게 일말의 동정심도 남지 않았다.

"언니가 많이 밉지?"

애리는 팔짱을 낀 채 무표정한 얼굴로 유미를 빤히 보았다.

"누군가를 오래 미워하게 되면, 네 마음만 안 좋아져."

유미가 가까이 다가오더니 애리의 손을 슬쩍 잡았다. 눈물이 그렁그렁한 애처로운 눈빛으로 자신의 눈을 바라보는데, 더는 두고 봐줄 수가 없었다.

"나 그 사람이랑 완전히 끝냈어. 그러니까 마음 풀고, 너한테 속죄하는 마음으로 너한테 잘 할……"

"아직도 정신 못 차렸구나."

애리는 유미의 손을 거칠게 쳐냈다.

"네가 그러고도 인간이니?"

"애리야."

"인간이 아니니까 그런 소릴 지껄일 수 있는 거겠지. 넌 최소한의 양심조차 없는 쓰레기야. 쓰레기라고 부르는 것조차 쓰레기한테 미안할 만큼 최악이라고!"

언성을 높이던 애리는 그녀에게 자신의 감정을 소모하는 것마저 아까워서 숨을 몰아쉬며 마음을 다독였다.

"나한테 이런 소리까지 듣고 싶어서 찾아온 거 같으니까 실컷 해줄게. 정신 차려, 나유미. 나 네 동생 아니야. 나, 네가 이용해 먹고 뱉어버린 나애리야. 기억 안 나?"

"……"

"너한테 수많은 기회가 있었어. 한국으로 돌아올 생각이었으면 그때라도 류태정 대표 정리하고, 류해아 씨 가족들에게 무릎 꿇고 빌었어야 했어. 주는 벌 달게 받고 참회했어야 했다고. 근데 너 돌아오자마자 무슨 짓 저질렀니? 그건 기억나? 그 사람들 가슴에 대못 박는 걸로도 모자라 나한테까지……"

애리는 다시 한 번 분노가 치밀었지만, 긴 한숨을 토해내며 마음을 가라앉혔다.

"내 마음은 내가 알아서 할 테니까, 너나 똑바로 살아. 다신 보지 말자."

이런 말을 쏟아낸다고 해서 반성할 사람도 아니고, 정신 차릴 사람은 더더욱 아니기에 이쯤에서 그만두기로 한 애리는 유미를 그곳에 두고 건물 안으로 들어와 버렸다.

애리에게 유미는 자격지심의 근원이었고, 자존감 도둑이었다. 그 못난 자격지심으로 못난 짓을 저질렀던 자신을 떠올릴 때면 여전히 쥐구멍에라도 숨고 싶었다.

유미에게 전화를 받고 나올 때만 하더라도, 솔직히 혹시나 하는 기대가 있었다. 이제라도 죄를 달게 받겠다거나, 그동안 미안했다는 최소한의 사과라도 하는 건 아닐까 하는 헛된 기대.

사람은 그리 쉽게 변하지 않는다는 걸 간과했다. 오히려 그녀는 자신에게 마음을 고쳐먹으라고 말했다. 황당 그 자체였다. 이렇게까지 엉망인 사람이었나 싶었다. 나는 대체 이런 사람에게 뭘 바랐던 걸까, 하는 생각에 스스로가 한심했다.

최소한의 양심조차 바라서는 안 되는 사람이었다. 그런 그녀가 한때나마 자신이 가장 믿었던 가족이라는 게, 이제는 비참하기까지 했다.

❧

도영은 이번 여행을 위해 열심히 정보를 수집하고 꼼꼼하게 계획을 세웠지만, 포르투갈에 도착한 순간부터 큰 계획을 제외하고는 자유롭게 움직였다.

여행의 시작은 평화로운 도시 포르투부터였다. 포르투에서 두 사람은 해아가 그토록 가고 싶어 했던 렐루 서점에도 다녀오고, 도루강 유람선 투어도 했다.

첫 여행지에서부터 도영과 해아에게 포르투갈은 좋은 인상을 남겨주었다. 이곳 시민들은 낯선 이방인에게도 무척이나 친절했고, 유럽의 주요 관광 도시에서 느껴보지 못한 정감 어린 분위기마저 느껴졌다.

그 다음으로 찾은 도시는 대서양과 맞닿은 절벽 마을, 포르투갈의 산토리니라고 불린다는 아제냐스 두마. 고요한 마을을 무척이나 마음에 들어 하던 해아를 위해 예정보다 하루 더 머물면서 원 없이 해산물을 먹어 치웠다.

아제냐스 두마를 떠나 리스본에 도착한 넷째 날부터는 사흘 내내 그곳에 머물렀고, 본격적으로 느린 여행이 시작되었다.

일정이 없는 게 일정이 되었고, 발길이 닿는 대로 걸었다. 유쾌한 리스본의 사람들과 세계 각국에서 이곳으로 여행을 온 사람들까지 금세 친구가 되었다. 서로에게 서슴없이 다가갔고, 유쾌한 그들과 어울리는 동안 매일이 신세계였다.

리스본에서의 첫날, 해아와 도영이 가장 먼저 향한 곳은 해아가 너무나 가보고 싶어 했던 영화 '리스본행 야간열차'에 등장한, 주황색 지붕이 한눈에 내려다보이는 언덕이었다. 그곳에 오르자 해아는 언덕 위를 밟고 선 것만으로도 아이처럼 신나 했다.

다음 날에는 28번 트램을 타고 구시가지 구경에 나섰고, 여행객들이 많아 가는 곳마다 긴 기다림이 필수였지만 그녀는 힘들어 하는 기색 없이 그것마저도 즐거워했다.

벨렝지구에서 내려 제로니무스 수도원을 둘러보고 원조 에그타르트를 맛본 후, 커피 한 잔을 사들고 마치 바다처럼 넓고 푸른 테주강변을 산책하며 몇 번이나 감탄했는지 모른다.

포르투갈에서의 마지막 날.

내일 오전 출국을 앞둔 두 사람은 리스본에서의 나른한 오후를 만끽하고 있었다.

골목이 아름다운 알파마 지구에서 늦은 점심을 먹고, 젤라또 아이스크림을 하나씩 사 들고 넝쿨 그늘이 드리워진 계단에 걸터앉아 시간을 보냈다.

도영은 해아와 함께 포르투갈로 여행을 온 건 정말 잘한 일이라고 생각했다. 여행 내내 매 순간마다 행복해하는 그녀의 표정을 보는 것만으로도 너무나 감격스러웠다. 게다가 포르투갈의 어느 곳을 가든 말도 안 되게 새파란 하늘이 두 사람을 반겨주니 매일이 선물 같았다.

"다음에는 우리 여기서 한 달 정도 살아보자."

"와…… 그거 진짜 죽이는 생각이다!"

아이스크림 스푼을 입에 문 해아가 환히 웃으며 고개를 끄덕였다.

"그러다가 한국으로 돌아가기 싫어지면?"

"그럼 계속 여기서 사는 거지."

"난 무조건 콜인데, 도영 씨 정말 그럴 수 있어요?"

"난 어디든 상관없어. 너랑 같이 있는 곳이라면 다 좋거든."

장소는 중요하지 않았다. 누구와 함께하느냐가 중요할 뿐. 다만, 그 장소가 그녀가 가장 좋아하는 곳이라면 그보다 더 좋을 뿐이다.

"계속 생각해 봤는데, 도무지 멋진 프러포즈가 안 떠오르는 거야."

도영의 말에 해아가 살짝 놀란 듯한 눈빛으로 도영을 바라보았고, 도영은 싱긋 웃으며 계단에서 일어나 그녀의 앞에 섰다.

"그래서 가장 클래식한 방법을 선택했어."

"도영 씨."

도영은 재킷 안주머니에서 주얼리 케이스를 꺼냈다.

"네가 가장 좋아하는 곳에서, 네가 가장 행복한 순간에 말하고 싶었어."

주얼리 케이스를 열자, 도영이 서울에서부터 지금 이 순간을 위해 가져온 반지가 모습을 드러냈다.

도영은 해아의 앞에 한쪽 무릎을 접고 앉아 눈높이를 맞춘 후 그 반지를 꺼내 그녀의 넷째 손가락에 끼웠다.

"해아야. 나랑 결혼해 줄래?"

좀 더 멋진 곳에서 프러포즈를 할까 생각하기도 했었다. 전망이 좋은 호텔방에 꽃과 풍선으로 가득 채우고 촛불 길을 만들어 낭만적인 분위기 속에서 해볼까도 진지하게 고민했다. 하지만 지금 이 순간 그녀에게 이 말을 꼭 하고 싶었다. 반드시 지금 이 순간이어야 했다.

지금이 아니면, 지금 자신이 느끼고 있는 이 간절함이 고스란히 전달되지 않을 것만 같았다. 작위적으로 분위기를 조성해 포장을 덧입히고 싶지 않았다.

대답을 기다리는 그 잠깐의 순간이 억겁의 시간처럼 더디게 흘렀다. 심장은 귀가 윙윙 울릴 정도로 미친 듯이 쿵쾅거렸고 입술이 바짝 타들어가는 것만 같았다.

그때, 해아의 눈시울이 서서히 젖어들더니 이내 입가에 예쁜 미소가 걸렸다.

"좋아요."

기다리던 대답이 해아의 입에서 나왔고, 해아는 곧장 도영에게 가까이 다가가 입을 맞추었다. 그 바람에 해아가 먹던 달콤한 바닐라 아이스크림의 향이 도영의 입안에도 가득 퍼졌다.

늘 마음의 준비를 하고 있었지만 결혼하잔 그 말 한 마디가 입안에서만 맴돌 뿐 생각처럼 쉽게 입 밖으로 나오질 않았다. 좀 더 멋진 장소에서, 해아에게 큰 감동을 줄 수 있는 멋진 말을 준비하고 싶은 욕심이 앞섰기 때문인지도 모른다.

가장 중요한 건, 결국 진심.

이런 보잘 것 없는 간소한 고백에도 그녀가 당연하다는 듯 결혼을 승낙해 준 건, 자신의 꾸밈없는 진심이 그녀에게 고스란히 전달되었기 때문이라고 생각했다.

그래서 도영에게 지금 이 순간은, 모든 것이 말도 안 되게 완벽한 순간이었다.

호텔로 돌아와 샤워를 마친 해아는 젖은 머리칼을 수건으로 꾹꾹 누르며 발코니로 나와 야경을 내려다보았다. 테주강이 내려다보이는 숙소를 구하다 보니 아담한 객실에서 머물게 되었는데, 그마저도 좋았다.

해아가 하늘을 향해 왼손을 활짝 펴서 내밀었다. 길목을 밝힌 가로

등 불빛에 반사되어 반짝이며 빛나는 반지를 벌써 몇 번째 보았다.

결혼해 달라고 말하던 그의 모습이 여전히 눈앞에 선했다. 약간은 긴장되어 보이던 그의 눈빛과 옅게 웃고 있던 입매, 사방에서 불어오던 따뜻한 바람과 그 바람을 타고 흩날리던 머리카락까지……. 한 컷의 사진이 되어 그녀의 머릿속에 남았다.

자신이 가장 좋아하던 이 나라, 이 도시에서 자신이 꿈꾸고 상상했던 것 이상으로 완벽했던 프러포즈를 해주었기에, 감동은 배가 되었다. 마치 영화 속 주인공이 된 기분마저 들었다.

혹시나 꽃과 풍선을 가득 채운 호텔에서 하거나 사람 많은 곳에서 무릎을 꿇고 낯선 사람들의 구경거리가 될 법한 그런 낯간지러운 프러포즈를 하면 어쩌나 걱정했는데, 다행히 그런 참사는 일어나지 않았다. 해아는 또 한 번 그의 센스에 감격할 수밖에 없었다.

"감기 걸릴라."

뒤이어 샤워를 마치고 나온 도영이 뒤에서 해아를 감싸 안았다. 해아는 자신의 허리에 얹어진 그의 팔 위에 자신의 손을 포개어 꼭 끌어안았다.

"이 멋진 야경을 두고 돌아가려니까 너무 아쉽다……."

"아예 여기서 살까?"

도영은 해아의 한숨 섞인 푸념에도 어김없이 맞장구를 쳐 주었고, 해아가 고개를 끄덕이며 웃자 도영은 해아의 어깨 위에 턱을 살며시 얹은 채 따라 웃었다. 그 탓에 도영이 숨을 내쉴 때마다 해아는 목덜미가 간질거렸다.

"또 오자."

"정말?"

"응. 매년 올까?"

"진짜죠?"

해아가 다시 한 번 묻자 그는 이번에도 고개를 끄덕였다.

"다음엔 진짜 한 달 동안 살아보고 싶어요."

"그러자 우리."

"무조건 다 오케이네?"

해아는 도영을 향해 완전히 돌아서서 뺨에 입을 맞춘 후, 그의 목을 두 팔로 감은 채 슬쩍 상체를 뒤로 젖혀 두 눈을 빤히 바라보았다.

오늘을 평생토록 기억하게 될 것 같은 예감이 들었다. 해아의 기억 속에 영원히 남게 될 포르투갈에서의 모든 순간들은 행복 그 자체가 될 것이다. 만약 이곳에 혼자 왔더라면, 이토록 가슴 벅차게 감동적이진 않았을 것이다. 그와 함께이기에 모든 것이 가능했다.

"왜 그렇게 빤히 봐?"

"잘생겨서."

해아의 직설적인 대답에 그가 웃음을 참지 못하며 고개를 가로저었고, 해아는 다시 뒤돌아 야경을 감상했다.

"내일 아침에 일찍 일어나서 해 뜨는 것도 볼래요?"

"음……. 해뜨기 전에 일어날 수 있으려나."

도영이 장난스럽게 대답하면서 잘 여민 가운 옷깃 사이로 손을 밀어 넣더니, 해아의 맨 허리를 부드럽게 쓸었다.

"그런 분이 속초에서는 그렇게 철벽을 치셨나?"

"그땐 어쩔 수 없었어. 나도 엄청난 내적 갈등을 겪었다고."

"아니, 그 상황에서 갈등하는 게 이상한 거지……. 얼마나 얄미웠는지 모르죠?"

가운 안에서 슬금슬금 돌아다니던 그의 못된 손이 쑥 올라오더니 가슴 위에 닿았고, 그 순간 해아는 어깨를 움찔하고 말았다.

"내일 아침에 해 뜨는 거 보려면…… 지금부터 서둘러야 할 거 같은데."

"누구 맘대로?"

해아가 노려보자 그는 애처로운 눈빛으로 바라보며 입술을 삐죽였다. 해아가 못 이기는 척 입을 맞추자 도영이 해아를 번쩍 안아 들고 침실로 발길을 잡았다.

아무래도 내일 아침에 눈 뜨자마자 공항 가기 바쁠 것 같았다. 해아가 알고 있는 도영은 쉽게 품에서 놔줄 사람이 아니기 때문이다. 긴 밤 동안 얼마나 자신을 못살게 굴고 괴롭힐지 누구보다 잘 알고 있었기에 두려우면서도 기대가 되는 이상한 마음이 들었다.

침대에 도착하기도 전에 이미 두 사람의 가운은 바닥에 아무렇게나 널브러졌고, 불이 꺼진 후에는 누구 입술에서 새어나왔는지 알 수 없는 달뜬 숨소리와 뜨거운 열기가 방 안을 가득 메웠다.

❧

오늘은, 도영과 해아가 함께 맞이하는 두 번째 크리스마스 겸 그녀의 생일날이었다. 해아는 조촐한 파티를 열어 단둘이 아닌 가족들과 함께 오늘을 기념하기로 했다.

강훈의 저택에는 경호에 필요한 최소 인원만 남고 대부분의 근무자들이 휴가를 떠났다. 때문에, 오늘 파티에 필요한 음식을 준비한 건 해아와 도영이었다.

해아는 그동안 장 실장에게 배웠던 요리를 뽐낼 수 있는 절호의 기회를 잡아 신이 났다. 흘러나오는 캐럴을 콧노래로 흥얼거리며 분주하게 움직였다.

해아는 여섯 가지에 달하는 핑거 푸드와 세 가지의 샐러드, 케이크를 대신할 사과 파이와 디저트로 차와 함께 낼 머랭쿠키도 구웠고 단골 LP바 주인에게 직접 배운 뱅쇼까지 준비 중이었다.

바비큐의 달인으로 통하는 도영이 메인 요리인 안심스테이크와 로브스터구이를 담당했고, 틈틈이 해아의 요리에 필요한 재료 준비를 돕거나 설거지를 해주기도 했다.

"이제 다 된 거죠? 빠진 거 없죠?"

해아가 머리 위로 두 손을 번쩍 들며 요리로 가득 찬 다이닝 테이블을 꼼꼼히 살폈다. 커트러리도 제자리에 놓여 있고, 해아가 혼신을 다해 접은 냅킨도 가지런히 놓여 있었다.

"레몬 드레싱."

"아, 맞다!"

도영이 숨은 그림을 찾아주었다. 해아는 냉장고에 넣어두었던 드레싱을 꺼내 샐러드 위에 끼얹었다.

"이거만 올리면 진짜 끝."

그렇게 모든 준비를 끝내고 해아와 도영이 만족스럽게 웃으며 하이파이브를 나눴다. 한 가득 차려진 테이블을 바라보기만 해도 뿌듯했다.

"제가 모시고 올게요."

해아는 거실에 둘러 앉아 한창 이야기를 나누고 있던 강훈과 석현, 경진과 최 전무를 향해 다가갔다.

"식사 준비 다 됐습니다!"

해아의 말에, 다들 기다렸다는 듯이 일어나 다이닝 룸으로 걸음을 옮겼다.

"맛있는 냄새가 진동을 해서 참기 힘들었다."

"기대하셔도 좋아요, 할아버지."

강훈이 가장 상석에 앉고, 대각선 방향에는 최 전무와 석현, 도영이 차례로 앉았다. 그 맞은편에는 경진과 해아가 자리 잡았다.

도영은 디캔터를 들고 일어나 모든 사람의 잔에 와인을 따랐다.

"회장님께서 한 말씀 해주시죠."

최 전무의 제안에 강훈이 헛기침을 하며 목소리를 가다듬고 와인 잔을 들었다.

"내 생에 이렇게 근사한 크리스마스 파티는 처음이구면. 다들 맛있게 먹고, 즐겁게 보내자고."

해아는 전체 건배 후 바로 옆에 앉은 경진과 한 번 더 건배를 나눴고, 맞은편에 앉은 도영과는 시선만 맞췄다.

와인을 한 모금씩 마신 후, 식사가 시작되었다. 도영과 해아는 사람들의 섭시에 직접 음식을 담아 건넸다.

"해아야. 스테이크를 아주 잘 구웠어. 정말 맛있다."

"감사합니다, 아버님. 근데 그거 도영 씨가 한 건데……."

"아, 그래? 스테이크뿐 아니라 이것도 맛있고, 이것도 맛있어."

석현은 미안해하며 해아가 만든 핑거 푸드 두어 개를 연거푸 입에 밀어 넣었고, 그 바람에 그의 볼이 빵빵하게 부풀었다. 그 모습을 지켜보던 경진과 최 전무가 웃음을 참지 못했다.

"엄만 어때? 입에 맞아?"

"응. 맛있어. 보기에도 아주 예쁘고."

해아는 경진의 칭찬에 가장 기분이 좋았다.

"전무님. 많이 드세요."

"고맙다, 해아야. 너도 어서 먹어."

해아는 최 전무가 가장 좋아하는 연어 샐러드를 접시에 담아 건네고 나서야 포크를 들었다.

다들 맛있다고 해주니 말로 설명할 수 없이 기분이 좋았다. 하루 온종일 손이 퉁퉁 붓도록 재료를 손질하고 열심히 요리한 보람이 있었다.

해아는 맞은편에 앉은 도영을 바라보며 싱긋 웃었다. 그가 아니었다면 혼자서는 절대 해낼 수 없었을 것이다. 새벽부터 함께 시장을 보고, 한 주방에서 요리를 하는 모든 과정들이 해아에겐 전부 다 설레는 순간이었다.

오늘 이 자리를 마련한 가장 큰 이유는 모두에게 해야 할 말이 있어서였다. 어느 정도 식사가 진행되었을 무렵, 도영은 목소리를 가다듬으며 시선을 모았다.

"드릴 말씀이 있습니다. 식사하시면서 편하게 들어주세요."

도영이 무슨 이야기를 하려는 건지 다 알면서도 해아는 괜히 수줍었다. 냅킨으로 입을 가린 채 도영을 바라보았다.

"저희, 결혼하겠습니다."

단도직입적인 도영의 선언에 다들 놀라서 아무 말도 하지 못했다. 모든 사람들의 시선이 제각각의 방향으로 빠르게 움직였다. 그때, 최전무가 가장 먼저 박수를 보냈고, 뒤이어 석현과 강훈도 큰 소리로 웃었다. 경진은 해아의 손을 꼭 잡으며 미소를 지은 채 고개를 끄덕였다.

"아니 근데. 결혼 허락해 주세요, 가 아니라 결혼하겠다고 통보하는 거지, 지금?"

석현의 물음에 도영이 아차 싶었는지 강훈과 경진의 눈치를 살폈다.

"솔직히, 여기서 저랑 도영 씨가 결혼할 줄 몰랐던 분 있으세요? 다들 이미 알고 계셨으면서……."

해아의 당돌한 말에, 유쾌한 웃음소리가 또 한 번 다이닝 룸을 가득 메웠다.

"결혼은 언제 하고 싶은데?"

"내년 늦가을 정도 생각하고 있습니다, 어머님. 해아 새로 시작하는 드라마 종방 때 즈음이요."

"그럼 11월 되겠네?"

"네. 어머님. 아무래도 그럴 것 같아요."

도영과 경진의 대화를 가만히 듣고 있던 강훈이 뭔가 못마땅한 듯 고개를 절레절레 흔들며 손에 쥐고 있던 포크를 내려놓았다. 모두의 시선이 동시에 강훈에게 향하는, 긴장된 순간이었다.

"차라리 봄은 어떤가?"

강훈은 석현과 경진에게 동의를 구하듯 뜨거운 시선을 차례로 보냈다.

"제 생각에도 봄이 좋겠네요."

"제 생각도 그래요, 아버님."

만족스러운 대답이었는지, 강훈이 고개를 끄덕였다.

"도영이는 어떻게 생각해?"

석현의 물음에 도영이 손끝으로 눈썹을 쓸었다.

"저는 괜찮은데, 그렇게 되면 해아가 작품 촬영 도중이라서……."

"해아는?"

도영의 대답이 마음에 들지 않았는지, 석현이 이번에는 해아에게 물었다.

"저는 좋아요."

해아가 기다렸다는 듯 고개를 끄덕이자, 도영이 놀란 표정으로 해

사랑, 너에게 묻다

아를 바라보았다. 아마도 예상하지 못했던 대답인 듯했다.

사실 해아는 하루라도 빨리 결혼을 서두르고 싶었다. 그는 작품 도중이라며 염려했지만, 출연하게 될 작품이 로코나 멜로물이 아니기에 흐름에 지장이 없다고 판단했다.

해아에게는 배우 류해아의 삶만큼이나, 한 사람으로서의 류해아의 인생 또한 너무나 소중했다. 자신의 인생에 있어서 이보다 더 중요한 선택의 순간은 없다고 생각했다.

"도영 씨가 뭘 걱정하는지 잘 알아요. 하지만 결혼을 한다고 해서 내가 달라지는 건 아니니까. 만약 내 주변 상황들이 달라진다면…… 그것도 괜찮아요. 변화를 받아들일 준비는 늘 하고 있었어요."

배우 생활이 끝나는 날까지 늘 한 자리를 지키고 있는 것은 불가능한 일에 가까웠다. 올라가는 날이 있으면 내려오는 날도 있고, 내려오다 보면 다시 올라가는 날도 온다는 걸 알고 있었다.

그런 것들에 대한 불안함이나 두려움은 없었다. 그 어떤 순간에도 자신은 늘 배우 류해아기 때문에. 사랑하는 사람과의 결혼으로 인해 감수해야 할 부분이 생긴다면, 기꺼이 감수할 생각이다.

미혼일 때보다 대중의 관심이나 시장의 선호도 역시 줄어들 테지만, 그러한 변화 역시 자연스럽게 받아들이기로 단단히 마음을 먹었다.

요즘은 결혼 이후에도 별 무리 없이 활동하는 배우들도 많고, 변함없이 사랑받는 배우들 또한 많으니 큰 부담은 없었다.

"그럼 봄에 올리기로 하고. 결혼식은 어떻게 하고 싶니?"

"허락해 주신다면, 가까운 분들만 모시고 하우스 웨딩으로 하면 어떨까 싶습니다."

강훈의 물음에 도영은 준비된 대답을 꺼내놓았다.

"권 사장, 어떻게 생각해? 그래도 하나밖에 없는 아들 결혼식인데."

"저는 결혼 주인공들이 원하는 대로가 가장 좋다고 생각합니다."

"해아 엄마는?"

"요즘 젊은 사람들 그렇게 많이 하더라고요. 저도 두 사람이 좋을 대로 하는 게 맞는 것 같아요. 근데, 아버님은 어떠세요?"

"어차피 그런 건 다 형식에 불과한 거지. 너희 둘이 결혼을 약속하는 자리이니까, 너희가 하고 싶은 대로 하자."

대한민국에서 손꼽히는 그룹의 총수 가문이고, 두 집안 모두 하나뿐인 자녀의 결혼식이기에 해아와 도영의 의견과 다를 수도 있다고 생각했다. 그런데 예상 외로 자신들의 뜻대로 흔쾌히 허락을 해주시니 너무나 감사했다.

"감사합니다. 할아버지."

"자, 식기 전에 마저 식사합시다!"

해아의 인사에 강훈이 흐뭇한 미소를 지으며 그녀를 바라봐 주었고, 도영을 향해서는 엄지를 치켜세워 주었다.

어른들께 어떻게 말씀을 드려야 하나 며칠 동안 고민했던 것이 무색할 정도로, 결혼에 관한 중요한 사항들이 일사천리로 결정이 되었다.

해아는 상상했다.

꽃피는 봄 날, 우리의 결혼식. 얼마나 아름다울까. 그는 또 얼마나 멋질까. 사랑하는 사람들에게 축하를 받으며, 새하얀 버진 로드를 따라 걷는 기분은 어떨까.

생각만 해도 웃음이 나고, 가슴이 두근거렸다.

해아의 집에서 식사를 마치고 도영의 집으로 이동한 둘은 이제야 오붓한 시간을 보낼 수 있었다.

TV에서는 해아가 가장 좋아하는 영화 '러브 액츄얼리'가 방송 중이었다. 매년 겨울마다 보고 또 봐도 어쩜 그리 질리지 않고 재미있는지 모르겠다고 재잘대는 해아 때문에 도영은 어김없이 웃고 말았다.

크리스마스트리 아래에는 수지가 잠들어 있고, 러그 위에는 해아와 도영이 앞뒤로 나란히 누워 영화를 보았다.

"결혼식은 어디서 하는 게 좋을까?"

도영의 물음에 해아가 돌아누워 도영을 바라보았다. 고민이 가득한 표정이었다.

"생각해 봤던 그림 없어?"

"음. 있죠."

의미심장한 미소로 보건데, 그려본 결혼식이 있는 듯했다.

"영화 '어바웃 타임' 같은 결혼식이요."

그렇다면 말 그대로 하우스웨딩, 집 앞마당에서의 결혼식이었다. 가장 익숙한 곳에서, 가장 가까운 사람들의 축하를 받는 결혼식.

영화 속에서는 결혼식 도중에 폭우가 쏟아져 집 안으로 뛰어 들어가기도 했는데, 결혼식 하다 말고 함께 모여 TV를 보기도 하는 유쾌한 결혼식이었다.

평범하고 소소하지만, 그래서 더 특별한 웨딩.

도영은 그 모습을 상상하며 저도 모르게 웃었다.

"그게 별로면…… 트와일라잇처럼 숲속에서 하는 건 어때요?"

그것도 나쁘진 않지만, 도영은 '어바웃 타임' 쪽으로 이미 마음이 기울었다.

"난 어바웃 타임."

"콜?"

"콜!"

해아는 주먹을 불끈 쥐며 기뻐했다.

"생각해 보니까 판교 저택 정원이 워낙 예뻐서 결혼식 하기에 딱인 거 같아."

"그 정원을 제가 가꿨잖아요."

해아는 양손가락을 모두 쫙 펴서 턱 아래 살랑살랑 흔들며 애교를 부렸다. 흔히 볼 수 없는 귀한 모습에 도영은 감격스러웠다.

"이번엔 엄마한테 좀 도와달라고 해야겠다. 더 예쁘게 만들어줘야 겠어요."

하나씩, 하나씩 결정을 할 때마다 이래도 되는 건가 싶을 정도로 마냥 설레고 행복했다. 먼저 결혼한 친구들 이야기를 들어보면 준비 하다가 엄청나게 다툰다던데, 아직까지는 의견 조율이 무난했다.

혹시, 우리도 다투게 될까?

도영은 궁금했다. 아직까지 다퉈본 적이 없어서인지 쉽게 상상이 되지 않았다.

웬만해선 해아와는 다툴 일이 없었다. 도영이나 해아 모두 고집이 없고, 상대방의 의견에 쉽게 수긍하는 편이었다. 돌려 말하거나 밀고 당기면서 시간 낭비하는 것을 좋아하지도 않았다. 여러모로 둘은 잘 맞았다.

"신혼집은 아무래도 도영 씨 출근 문제도 있으니까, 여기로 해요."

"연말 지나고 나면 집부터 알아봐야겠다. 어디가 좋겠어?"

도영의 말에 고개 갸웃거리던 해아가 손사래를 쳤다.

"아뇨. 내 말은 여기로 하자고요. 지금 살고 있는 이 집이요."

"이 집?"

여기라고 하기에 서울을 말하는 줄 알았는데, 해아는 지금 도영이 살고 있는 이 집을 말한 것이라고 했다. 도영은 놀라서 되물었고, 그녀는 당연하다는 듯 고개를 끄덕였다.

"좁지 않을까? 이 집이 네 방 거실보다 작은데?"

"좁다니요! 난 더 좁았으면 좋겠는데요?"

해아의 능청스러운 말에 웃음이 나긴 했지만, 그래도 뭔가 아쉬웠다.

"할아버지가 저랑 도영 씨 결혼하면 판교 저택 물려주신다고 했거든요. 세금은 우리보고 내라고 하셔서 그 세금 다 내고 나면 우리 넓은 집으로 이사 갈 돈 없어요."

이건 또 무슨 얘기지? 결국 도영이 벌떡 일어나 앉았다.

"나중에 판교 저택으로 들어가기 전까진 서울에서 지내야 되는데, 우리한텐 이 집이 딱이에요. 안 그러면 판교에서 서울로 매일 출퇴근할래요?"

매일 왕복 두 시간씩 운전해서 출퇴근하는 건 살짝 부담스러운 일이었다. 해아의 설득에 넘어간 도영은 결국 고개를 끄덕일 수밖에 없었다.

"그러니까, 여기서 더 큰 집으로 이사 갈 생각 말아요."

"알았어. 그럼 옷만 챙겨서 들어와."

"나 혼수 안 해와도 되는 거예요?"

"그 돈으로 세금 내야지."

"와, 신난다!"

해아가 발을 동동 구르며 도영의 팔을 잡아당겨 다시 눕게 만들었다. 도영은 도로 해아의 뒤에 누워 허리를 꼭 끌어 당겨 안았다.

그래도 명색이 신혼집인데, 조금씩 손을 봐야 할 것 같았다. 해아를 위해 하나 남은 빈방은 해아의 작업실로 만들어주고, 침실은 침대만 바꾸면 될 것 같고, 서재의 짐을 줄여 드레스룸으로 단장하면 될 듯싶었다.

하는 김에 거실 인테리어와 욕실도 손을 보고, 주방도 해아가 쓰기 편하게 고치면…… 꽤 큰 공사가 될 것 같은 예감이 들었다.

"메이크업이나 헤어는 늘 숍에서 하니까 집에 따로 공간 필요 없어요. 도영 씨 서재 한쪽에 내 책상 하나만 더 넣어주면 돼요. 취미생활은 판교 저택에서 할 테니까 신경 안 써도 돼요. 어차피 사무실이 그쪽에 있어서 자주 가봐야 하니까."

"어? 어……."

"괜히 여기저기 인테리어 손보지 말아요. 나는 내가 늘 봐왔던 이 집 이대로가 가장 좋아요."

해아는 마치 도영의 생각을 훤히 들여다보고 있는 것처럼 말했다. 도영은 일단 놀라지 않은 척 고개를 끄덕였다.

영화를 보기 위해 TV 방향으로 돌아눕던 해아가 다시 도영을 빤히 바라보았다. 어깨에 손을 얹은 채 만지작거리며 눈을 떼지 않았다.

"왜 그렇게 봐?"

"오늘 유난히 더 멋있어 보인단 말이지."

해아의 뜬금없는 고백에 웃음이 터져 버렸다.

"사랑해."

"내가 더요."

도영은 웃고 있는 해아의 입술 위에 입을 맞췄다. 해아의 작은 손이 도영의 뺨을 감싸고 이내 목을 지나 어깨를 스치며 등에 닿자, 전신에 힘이 들어갔다.

도영은 다리로 해아의 다리를 감싸 얽으며 빈틈없이 끌어 당겨 안았다. 그러곤 좀 더 깊은 숨을 빼앗으며 흐트러진 머리카락을 가만히 쓰다듬었다.

입술 새로 흘러나오는 해아의 나지막한 숨소리에 가슴 한구석이 간지러웠다. 천천히 입술을 떼어내고 그녀의 말간 눈을 바라보았다.

잠깐의 침묵.

해아의 입술이 짓궂게 움찔거렸고, 이내 그녀의 못된 손이 티셔츠 안으로 스멀스멀 들어왔다.

"여긴 추워서 안 돼."

도영의 말에도 해아는 좀처럼 포기하지 않았다. 하는 수 없이, 도영은 해아를 번쩍 안아 들고 침실로 향했다.

✦

성하와 은형은 해아에게서 결혼 소식을 전해 듣고, 처음에는 아무런 말도 하지 못했다.

"결혼할 거라는 건 이미 알고 있었는데도, 막상 이렇게 직접 들으니까 놀랍다."

"미안해. 미리 말 못해줘서. 근데 결정한 지 얼마 안 돼서 미리 말해줄 수도 없었어."

성하가 해아를 안아주며 등을 다독였다.

"축하한다, 해아야. 정말 축하해."

살짝 흔들리는 성하의 목소리에 해아도 코끝이 찡했다. 그동안 가까이에서 자신을 지켜봐 왔던 그였기에, 그가 지금 느끼는 기분을 조금은 알 것 같았다.

"서운해?"

"아니. 좋아. 근데 내 친동생 시집간다고 할 때보다 기분이 더 묘해. 만감이 교차한다는 게 무슨 뜻인지 이제야 알 것 같아."

해아는 웃으며 성하의 등을 다독였다.

"오빠보다 먼저 가기 있냐?"

"여자부터 만나고 그런 얘길 해."

늘 그랬듯이 은형은 진심을 농담에 담아 건넸고, 해아는 그런 은형과도 포옹을 나누었다.

"정확히 봄 언제쯤 할 건데?"

"4월 말이나 5월 초? 더워지기 전에, 꽃 예쁘게 필 때."

해아의 대답에 은형이 고개를 끄덕이며 웃었다.

"축하는 이 정도 받고, 이제 현실로 돌아오자."

해아는 두 사람의 손을 잡고 소파에 앉았다.

"어떤 식으로 결혼 사실을 공개하면 좋을지, 생각 해 봤어?"

"일단 팬들한테 가장 먼저 알리고, 그 다음에는 지난번에 단독으로 결혼 보도 약속했던 매체랑 단독 인터뷰 기사를 내는 게 어떨까 싶어."

해아의 제안에 성하가 잠시 고민했다.

"그럼 결혼식 2, 3주 전쯤에 단독 인터뷰 진행하고, 결혼식 임박해서 기사 푸는 걸로 하자. 결혼식에 대해서 이런저런 말 안 나오게 꽤 구체적으로 인터뷰하는 게 좋을 거 같아."

"좋아. 그리고 결혼식 사진 몇 장은 공개하는 거 어때? 우리 웨딩 촬영 따로 안 할 거거든."

"그거 좋은 생각이다. 소속사 홈페이지랑 SNS에 일부 공개하는 걸로 하자."

성하가 빠르게 결정을 내렸고, 은형은 옆에서 부지런히 메모했다.

"촬영 중이라 신혼여행은 나중에 가기로 했으니까 드라마 촬영 일정에는 지장 없을 거야. 결혼식 앞뒤로 하루씩만 비워줘."

"프로네."

은형이 엄지를 치켜세웠다.

"결혼 준비는 얼마나 됐어?"

"생각나는 대로 하나씩 정하는 중이야. 결혼식은 요 앞 정원에서, 신혼집은 도영 씨 지금 사는 집이고, 신혼여행은 드라마 촬영 후로 미뤘고, 웨딩촬영이랑 혼수, 예단 생략. 커플링만 하려고. 말하고 보니까 준비 많이 됐네?"

"하아. 우리 해아가 진짜 시집을 가나 보다."

성하는 기특하다는 듯 해아의 뒤통수를 쓰다듬었다.

"서울에서 지내면 이제 사무실 자주 안 나오겠구나?"

"아니. 자주 올 건데? 할아버지도 여기 계시고, 내 취미생활에 필요한 건 다 여기 있잖아."

"그러지 말고 우리가 서울로 가는 건 어때? 대표님. 우리 회사도 서울로 올라갑시다!"

"안 돼! 나중에 나 다시 내려올 거란 말이야. 여기 꼼짝 말고 있어."

해아의 단호함에 은형은 금세 시무룩해졌다.

"다영이랑 혜정이는 위에 있나? 상의할 거 있는데."

"위에서 작업 중일 거야. 요즘 드레스 손본다고 바빠. 주현이 거도 같이 준비해야 하니까 두 배 더 바쁜가 봐."

이틀 뒤로 다가온 DBS 연기대상.

스타일팀인 다영과 혜정은 이번에 해아와 주현이 입게 될 드레스를 직접 제작하는 중이었다. 대부분 해외에서 공수하기도 하지만, 중요한 행사 때는 거의 매번 직접 제작하고 있었다.

해아는 자신이 입게 될 웨딩드레스 역시 다영과 혜정에게 부탁할 생각이었다. 그들의 도움을 받아 함께 만들어볼까 싶었다.

"나 무슨 상 줄 거래? 그런 귀띔 안 해줘?"

"요즘 그런 거 없고, 일단 오래."

"궁금한데……. 설마, 가서 아무것도 못 받고 오는 건 아니겠지?"

"설마! DBS에서 '별이 빛나는 밤'을 그렇게 대우할 리가?"

올해 초대박을 터뜨리긴 했지만, 방영 시기가 상반기인지라 약간 미심쩍은 부분도 있었다. 홀대나 소외까지는 아니겠지만 주요시상에 후보로만 이름을 올리고 정작 수상은 하지 못할 가능성도 높았다.

"다른 상은 몰라도 '베스트 커플상'은 받지 않을까?"

"그치? 사실 그게 제일이지 뭐. 우린 그거 하나만 노리고 간다!"

성하의 예상에 해아가 격하게 고개를 끄덕이며 수긍했다.

사실 기주와 해아가 노리는 건 '베스트 커플상' 오직 하나였다. 명색이 올해 최고의 멜로 드라마였는데, 다른 드라마에서 '베스트 커플상'을 가져가는 건 상상도 할 수 없는 일이었다.

❝❞

DBS 연기대상이 열리는 상암동 DBS 사옥에는 수많은 팬들과 취재진들이 모여 있었다.

기주와 해아가 벤에서 내리자 가장 큰 환호가 터져 나왔다. 해아는 기주의 에스코트를 받으며 그의 팔짱을 낀 채 다정하게 레드카펫을 걸었다.

두 사람이 포토라인에 서자, 수 십대가 넘는 카메라에서 플래시가 터졌다. 해아가 어깨 위에 살짝 걸치고 있던 재킷을 벗자 불꽃이 튀듯 더 많은 플래시가 쏟아졌다. 눈을 뜨고 있기 버거울 정도였지만 이런 상황에 익숙한 기주와 해아는 여유로운 표정으로 흐트러짐 없이 정면을 주시했다.

해아가 입은 드레스는 실크와 레이스가 적절히 배치된 화이트 드레스였다. 잘록한 허리라인과 가녀린 쇄골이 부각되는 어깨 라인, 볼륨감 넘치는 머리칼이 우윳빛 맨 어깨를 부드럽게 감싸 여성스러움을 배가시켰다. 조금씩 움직일 때마다 빛에 반사된 비즈 장식이 물결처럼 흐드러졌고, 바디 라인을 따라 자연스레 떨어지는 실루엣이 우아했다.

포토라인에서 사진 촬영과 간단한 인터뷰를 마친 기주와 해아는 다정함을 유지한 채 대기실로 향했다. 해아가 문을 열고 대기실 안으로 들어가자, 스타일팀 전원이 붙어 해아의 옷과 헤어, 메이크업 수정을 시작했다.

"숨 쉴 만큼은 공간 남겨줘."

"조금만 참으세요. 신인상 시상 마치고 나면 풀어드릴게요."

DBS 연기대상의 첫 번째 시상인 신인상 시상을 해아와 기주가 맡게 되었다. 신인상 시상을 마친 후에는 드라마팀대로 나눈 배우석에 앉을 수 있게 된다.

시상을 위해 무대 위를 걸어 나오는 그 찰나의 순간에도 자신을 돋보이게 하려고 노력하는 스타일팀이기에, 옷핀으로 등과 허리를 사정없이 찔려도 묵묵히 참고 있었다. 혜정이 빈틈없이 옷핀을 꽂은 탓에 조금 움직이는 것도 쉽지 않았다.

그런데 기주는 그런 해아를 약 올리려고 작정한 듯 해아의 바로 눈앞에서 제작진이 준비해 둔 커피와 빵을 마구 먹어댔다.

"그만 먹어. 살쪄."

"영화 촬영 끝나서 살쪄도 되거든?"

아, 얄미워!

해아가 주먹 움켜쥐며 때리는 시늉을 하자, 그제야 웃으며 소파에 앉았다.

"민기주 씨, 류해아 씨. 신인상 시상 준비해 주세요."

진행 스태프의 외침에 기주와 해아는 곧장 대기실을 나섰다. 팔꿈치로 서로의 옆구리를 찔러대며 연신 티격태격하는 두 사람의 유치한 모습에, 지켜보던 스태프들이 키득거렸다.

"잠깐 대본 먼저 확인해 주세요."

스태프가 무대 뒤에서 스탠바이를 하던 두 사람에게 큐카드와 수상자가 적힌 카드를 건네주었다. 언제 봐도 어색한 시상 전 대화 대본을 보며 입을 맞춰보았다.

"DBS연기대상 신인상 시상에는, 올 한 해 뜨거운 사랑을 받았던 작품이죠? '별이 빛나는 밤'의 두 배우, 민기주 씨와 류해아 씨가 수고해 주시겠습니다."

두 사람을 부르는 MC의 멘트에, 기주와 해아는 언제 그랬냐는 듯 자연스러운 미소를 입에 머금은 채 팔짱을 끼고 무대 위로 나갔다. 박수와 환호가 쏟아지는 객석을 향해 상냥하게 인사를 건네며 마이크 앞에 섰다.

기주의 시선을 느낀 해아가 그와 눈을 마주보았다. 기주는 무척이나 다정한 표정으로 해아를 바라보고 있었다. 기가 막혔지만, 해아 역시 사랑을 담아 그를 보았다.

"안녕하세요. 배우 민기주입니다."

"안녕하세요. 류해아입니다."

"해아 씨, 오늘 정말 아름다우시네요."

"네. 감사합니다. 민기주 씨도 오늘 아주 멋지세요."

"눈이 부셔서 제대로 쳐다볼 수가 없을 정도예요. 만약 봄이 사람으로 태어난다면 이런 모습이 아닐까, 싶네요."

"아……."

이 남자가 왜 이럴까.

해아는 입을 꾹 다물고 웃으며 그만하라고 눈으로 욕을 했지만 그는 그만둘 생각이 없어 보였다. 해아는 일단 대본대로 멘트를 진행하기로 했다.

"선배님은 처음 신인상 받았을 때 기억하세요?"

"그럼요. 당연히 기억하죠. 정확히 십 년 전에, DBS 연기대상 신인상을 받았습니다. 그때 너무 떨려서 수상소감도 울먹거리면서 했던 기억이 나네요."

"저도……."

"해아 씨도 DBS에서 신인상 수상하셨죠? 그때 자료화면이 준비되어 있습니다. 함께 보시죠."

전혀 예상치 못했던 기주의 말에 놀라 뭐라고 말을 하기도 전에, 무대 뒤편 대형 화면에서 해아의 신인상 수상 VCR 화면이 나오기 시작했다. 갑작스레 벌어진 상황에 해아의 입이 떡 벌어졌다.

트로피를 쥔 손을 바들바들 떨며 엉엉 우는 앳된 모습의 자신에 해아는 쥐구멍에라도 숨고 싶었다. 객석과 배우석은 축제 분위기였지만, 해아는 부끄러워서 고개를 들 수가 없었다.

"와. 해아 씨 저때 정말 귀여웠네요."

"부끄럽습니다. 어떻게 이런 걸 다 준비하셨을까요?"

"신인상 수상이란 설렘 이상의 떨림과 감동, 감격 그 자체인 것 같습니다. 오늘 수상하시게 될 신인 배우분들에게도 영원히 잊지 못할 소중한 순간이 될 것 같아요. 그렇죠, 해아 씨?"

언제 그랬냐는 듯 얌전을 떨며 묻는 기주를 보며, 해아도 지지 않고 재빠르게 평정심을 되찾았다.

"첫사랑이나 첫 키스처럼, 처음이라는 건 늘 마음을 두근거리게 만드는 것 같아요. 신인상도 마찬가지죠. 단 한 번뿐인 신인상. 후보가 발표되고, 수상 결과가 나올 때까지 후보 배우분들의 심장이 마구 두근거릴 텐데요. 이 기분을 오랫동안 간직하시길 바랍니다."

"그럼, 후보 먼저 보시죠."

후보 VCR이 나오자, 해아는 기주가 건넨 생수를 한 모금 마시고는 옆구리를 꽉 꼬집었다.

"저 영상 준비된 거 왜 나한테 말 안 했어요?"

"알고 보면 재미없잖아."

"난 모르고 봐도 하나도 재미없거든요?"

"나름 귀여웠어."

해아는 복수를 다짐하며 다시 흥분을 가라앉혔다.

DBS 연기대상은 모든 부문에 공동수상이 없고 장르를 세분화하여 나눠주기 시상을 하지 않는 공정한 시상식 중 하나였다. 인기상과 베스트 커플상을 제외하고는 인기투표 형식으로 수상을 결정짓지도 않는다.

신인상 역시 그 해 방영된 DBS의 모든 드라마 중 남녀배우 딱 한 명씩에게만 주어지는 상이었다.

"DBS연기대상 신인상, 남자부문과 여자부문 차례로 발표하겠습니다. 먼저, 남자부문입니다. '푸른 달 붉게 부는 바람'의 조은성 님."

기주가 호명하자 한 남자배우가 동료들에게 축하를 받으며 자리에서 일어나 객석을 향해 손을 흔들었다.

해아는 자신이 발표할 여자 신인상 수상자 카드를 열어 반가운 이름을 확인하고는 미소를 지었다.

"DBS연기대상 신인상, 여자부문 수상자는 '별이 빛나는 밤'의 김주현 님. 축하합니다."

주현이 깜짝 놀라서 일어서자 같은 테이블에 앉아 있던 '별이 빛나는 밤' 팀 배우들이 일어나 박수를 쳐 줬다.

두 사람의 수상에 대한 안내 멘트가 흘러나오는 동안 해아는 주현을 향해 어서 올라오라고 손짓했다. 기주와 해아는 두 사람에게 꽃다발과 트로피를 각각 전달했고, 남자배우가 먼저 수상 소감을 말하는 동안 여전히 어안이 벙벙한 주현을 해아가 직접 다독였다.

주현에게는 데뷔 육 년 만에 받아드는 신인상이었다. 얼마나 놀라고 긴장했는지, 손에 땀이 배어날 정도였다.

"울지 말고 또박또박 얘기해. 안 그러면 나중에 나처럼 후회한다."

해아의 조언에 주현이 옅게 웃으며 고개를 끄덕인 후 곧이어 마이크 앞으로 걸어 나갔다.

해아는 뒤에서 지켜보는 자신이 왜 눈물이 나는지 그 이유를 알 수 없었다. 기주 역시 주현을 향해 엄지를 치켜들며 마치 자신의 수상처럼 기뻐했다.

"어, 무슨 말을 먼저 해야 할지⋯⋯. 정말 감사합니다. 좋은 작품에 함께할 수 있어서 행복했고요, 한 가족처럼 친하게 지냈던 감독님 이하 모든 스태프분들과 많이 부족한 저를 늘 예뻐해 주시고 많은 가르침을 주셨던 연기자 선배님들 너무너무 감사했습니다. 특히⋯⋯."

잘 참고 버티던 주현이 결국 울음을 터뜨렸다.

"오늘 제게 이 상을 건네주신 류해아 선배님. 제가 길을 잃지 않고 여기까지 올 수 있도록 곁에서 함께해 주셨어요. 언니, 진짜 고마워요. 사랑해요."

뒤를 돌아 자신을 바라보며 건네는 진심에, 해아는 있는 힘껏 미소를 지으며 박수를 보냈다.

"아낌없는 응원과 사랑을 보내주는 팬 여러분들과, 사랑하는 우리 가족, 마지막으로 제 든든한 울타리가 되어주는 솔라 컴퍼니 식구들에게 감사하다는 말 꼭 전하고 싶습니다. 감사합니다. 더 열심히 하는 배우가 되겠습니다."

흐뭇했다. 자신이 키워낸 배우도 아니고 그저 곁에서 지켜봤을 뿐인데도 마냥 기뻤다. 주현과 다시 한 번 포옹을 나누다 결국 해아도 눈물이 터져 버렸다.

다행히 화면 컷이 MC에게 넘어갔고, 해아는 기주의 도움을 받으며 무대에서 내려올 수 있었다. 우습고도 민망한 상황에, 해아와 주현은 서둘러 대기실로 들어갔다.

"나 진짜 주책이다. 왜 이러니?"

"난 류해아가 신인상 받은 줄 알았어."

기주의 우스갯소리에 그제야 웃음을 되찾을 수 있었다.

민주는 해아의 메이크업을 다시 꼼꼼하게 손봐주었고, 혜정은 인정사정 봐주지 않고 찔러두었던 옷핀 몇 개를 빼내 해아에게 마음껏 숨 쉴 자유를 허락해 주었다.

"이제부터가 진짜 고문이야. 세 시간 가까이 꼼짝없이 저 자리에 앉아 있어야 한다고."

기주가 손가락으로 가리킨 건 TV화면에 잡힌 배우석이었다. 벌써부터 허리가 뻐근해지는 것 같았다.

"우리 드라마 후보에 엄청 많이 올라갔던데요?"

"어떻게 알아?"

"MC 큐시트 몰래 훔쳐봤거든요."

어느새 울음을 그친 주현이 귀엽게 웃으며 해아의 손을 덥석 잡았다.

"그렇다면, 열심히 호응해서 카메라에 많이 잡히자. 우리 팬들 신나게."

기주의 말에 동의하며, 세 사람은 다시 대기실을 빠져나갔다.

친구들과의 연말 모임을 일찌감치 끝내고 집에 돌아온 도영은 경건한 마음으로 TV 앞에 앉아 수지와 함께 해아가 나오는 시상식을 지켜보았다.

'별이 빛나는 밤' 팀은 시청률만큼이나 상복도 제대로 터졌다. 해아는 그토록 고대하던 베스트 커플상뿐만 아니라 인기상까지 손에 쥐게 되었다.

올 한해 방송된 DBS의 드라마 중 최고 시청률을 기록해서인지, 유난히 '별이 빛나는 밤' 팀 배우석이 자주 카메라에 잡혔다. 그 덕에 해아의 사소한 리액션이 자주 나와주니 시청자 입장에서는 마냥 좋았다.

[DBS 연기대상, 최우수상 여자부문 후보 먼저 보시죠.]

최우수상.

왠지 감이 좋았다. 방금 전, 남자부문을 기주가 수상했기에 기대감은 한층 더 높아졌다.

잠시 귤을 가지러 주방에 갔던 도영은 '별이 빛나는 밤 류해아'라는 성우의 멘트에 잽싸게 달려와 TV 앞에 섰다. 후보에 오른 해아의 열연 VCR이 짧게 지나갔지만, 심장은 미친 듯이 두근거렸다.

[그럼 수상자를 발표하도록 하겠습니다. DBS 연기대상 최우수상! '별이 빛나는 밤'의 류해아 씨. 축하합니다!]

도영은 너무 기쁜 나머지 두 주먹을 불끈 쥐고 주저앉아 버렸다. 다시 벌떡 일어나 방방 뛰자 수지가 놀란 눈으로 바라보았다.

해아는 별밤 팀의 축하를 받으며 무대 위로 올라갔고, 꽃다발과 트로피를 건네받고서는 한참을 웃다가 마이크 앞에 섰다. 무슨 말을 해야 할지 생각하는 듯 이리저리 흔들리는 눈동자마저 귀엽고 사랑스러웠다.

[감사합니다. 이렇게 과분한 상을 주셔서 어쩔 줄을 모르겠네요. 정말 감사합니다.]

가슴에 손을 얹고 긴 한숨을 몰아쉬는 그녀의 모습에서, 그녀가 지금 느끼고 있을 긴장감이 고스란히 전달되었다.

[먼저 우리 드라마를 최고의 작품으로 연출해 주신 송대현 감독님, 멋진 영상으로 담아내 주신 한정욱 감독님, 매 회 기가 막힌 대본을 써주셨던 나애리 작가님, 그 외에 모든 스태프분들 고맙고 사랑합니다. 부족한 저를 뒤에서 밀어주고 앞에서 끌어주었던 우리 드라마의 선후배 배우분들 모두 감사하고요. 최고의 파트너였던 우리 민기주 선배. 사랑합니다.]

무대 바로 아래 맨 앞 테이블에 앉아 있던 '별이 빛나는 밤' 팀의 모든 배우들과 송 감독이 일어나 그녀에게 박수를 보냈고, 해아는 그들에게 손 키스로 화답했다.

[언제나 저와 함께해 주는 고맙고도 미안한 우리 팬들 정말 많이 사랑하고, 늘 고생하는 솔라 컴퍼니 식구들. 박 대표님, 김은형 실장님, 우리 창희, 다영 팀장님, 민주, 혜정이, 내가 사랑하는 거 알지?]

화려한 스포트라이트 뒤에서 늘 묵묵히 함께해 주는, 지금 대기실에서 TV로 지켜보고 있을 그녀의 든든한 동지들.

[지금 집에서 이 모습을 TV로 지켜보고 계실 할아버지, 그리고 엄

마……. 나 상 받았어! 앞으로 우리 행복하게 살자. 지금보다 더 많이 행복하게 해줄게.]

늦은 밤까지 잠도 이루지 못하고 흐뭇한 표정으로 지켜보고 있을, 해아의 가장 소중한 가족들.

[그리고 마지막으로, 영업 왕 권도영 씨. 그때 내 손 잡아줘서 정말 고마워요. 사랑해요.]

TV화면 속 해아의 시선이 마치 자신을 보고 말하는 것만 같았다.

'나야말로 그때 내 손 잡아줘서 고마워.'

도영은 화면 속 해아를 향해 손을 흔들었다.

[감사합니다. 앞으로 더 열심히 하는 배우 류해아가 되겠습니다.]

해아가 인사를 하고 무대에서 내려간 후에도 도영은 그 자리에 선 채 꼼짝하지 못했다. 말로 표현할 수 없는 감동과 떨림을 조금만 더 간직하고 싶었기 때문이다.

해아와 도영은 담요 하나를 어깨에 덮고 TV에서 해주는 연말 특선 영화를 보며 키득거렸다.

불과 한 시간여 전만 해도 멋진 드레스를 입고 무대 위에 서 있던 그 배우와 지금 자신의 옆에 있는 사람과 동일인물이라는 게 너무 신기했다.

"왜 자꾸 봐요?"

"아까 TV에서 봤던 여자랑 많이 닮아서."

귤을 까서 입에 넣던 해아가 웃으며 고개를 끄덕였다.

"자세히 보면 내가 더 예쁘지 않아요?"

"아까 그 여자도 예뻤……."

도영의 말이 끝나기도 전에, 해아가 입술로 도영의 입을 막아버렸다. 두 손으로 도영의 뺨을 단단히 감싼 채 쪽 소리가 나도록 몇 번이고 반복해서 퍼부었다.

"이제 내가 더 예쁘죠?"

"어, 비교가 안 돼."

아까 그 여자는 TV화면 안에서나 존재하는 사람이고, 이 여자는 만질 수 있고 입 맞출 수 있으니 당연한 것이었다.

이번엔 도영이 해아에게 입을 맞췄다. 상큼한 귤 향이 입안에서 팡팡 터졌고, TV 화면에서는 폭죽이 팡팡 터졌다.

⁂

바로 어제, UTV 20부작 금토드라마 'ETERNITY'의 제작과 편성, 캐스팅에 관한 공식 기사가 동시다발적으로 보도되었다. 이미 지난해 11월부터 프리 프로모션을 진행해 왔지만, 공식 보도와 함께 본격적인 촬영 일정이 시작된 것이다.

'ETERNITY'의 첫 촬영을 사흘 앞두고 대본 리딩이 잡혔다. 다른 드라마 제작으로 바쁘지만, 'ETERNITY'의 총괄 CP인 도영은 첫 미팅이나 다름없는 중요한 자리에 빠질 수가 없었다.

리딩 현장은 화기애애함 그 자체였다. '별이 빛나는 밤' 때 함께했던 스태프들과 배우들이 많아서인지, 해아와 도영이 한 자리에 있어도 수군대는 사람이 극히 드물었다.

"성운 씨. 다 좋은데요, 대사 톤을 조금만 더 능글맞고 여유 있게 부탁해요."

"네. 작가님."

1, 2회 차 대본 리딩을 끝내고 주어진 쉬는 시간에, 애리는 신인 남

자배우의 부족한 부분을 집어냈다.

사방에 선배 배우들뿐이라 가뜩이나 긴장한 신인 배우는 목덜미까지 붉게 달아올라 어쩔 줄 몰라 했다.

"성운 씨 너무 기죽지 마. 나애리 작가님이 원래 좀 까칠해. 나도 '별이 빛나는 밤' 리딩 때 나 작가님한테 많이 당했어."

해아의 위로에, 그날을 기억하고 있던 사람들의 입에서 웃음소리가 터져 나왔다.

"현장 가면 잘할 거예요. 우리 성운이 기죽이지 마요, 작가님."

"내가 언제 기를 죽였다고 그래요?"

애리가 톡 쏘자, 해아는 못 들은 척하며 성운을 감싸고돌았다. 그 모습에 또 한 번 웃음바다가 되었고 애리만 중간에서 억울해했다.

첫 촬영 전임에도 불구하고 이미 10회까지 대본이 나온 상태였고, 트리트먼트 작업은 이미 20회까지 끝낸 상태였다. 애리는 3월 안으로 탈고할 수 있다고 자신했다.

워낙에도 손이 빠른 애리였지만, 두 명의 보조 작가가 더해지니 날개를 단 것이나 다름없었다. 방대한 양의 자료조사까지 하면서 어떻게 이런 속도가 가능한 건지 믿을 수가 없었다.

"해아 씨, 훈련은 잘 하고 있어요?"

애리의 물음에 해아가 당연하다는 듯 고개를 끄덕였다.

"일주일 내내 운동 중이에요. 오늘은 새벽부터 사격훈련 하고 왔습니다."

해아뿐 아니라 주요 출연진들은 사격, 무술, 액션 훈련을 받고 있었다. 일주일 내내 운동을 한다는 해아의 말은 과장이 아니었다.

해아는 이번 작품을 통해 많은 것들을 새롭게 도전하는 중이다. 무언가를 새로 배우는 걸 기꺼이 즐겁게 받아들여 다행이긴 한데, 근육

통과 멍까지 얻어오니 도영은 마음이 아팠다.

해아에게 가장 큰 도전은 2월 한 달간 진행될 해외 로케이션이다. 한 달간 호주, 터키, 사이판의 해외 촬영이 확정되었다. 해외 촬영 소화를 위해 해아는 의지를 불태우며 만반의 준비를 하는 중이다. 도영은 그런 그녀의 의지를 응원하고 힘을 실어주면서, 도움이 되기 위해 함께 노력했다.

옆에서 마냥 걱정만 한다고 해결될 일도 아니고, 그녀에게 심적으로 전혀 도움이 되지 않기 때문이다.

"이거 드시면서 하세요. 본부장님이 쏘시는 겁니다!"

여러 명의 스태프들이 박스를 안고 들어왔다. 박스 안에는 투명 케이스에 포장된 샌드위치와 과일 등이 담겨 있었고, 또 다른 박스에는 테이크아웃 해온 커피가 한가득이었다.

UTV의 적극적인 협조로 회당 제작지원비가 7억 원이 책정되어 역대 드라마 제작비 사상 최고가를 경신했다.

드라마 제작 본부장과 편성국장과의 몇 차례 미팅을 통해 뜨거운 애정을 확인하기도 했고, 올 하반기 최고의 기대작으로 꼽으며 확실한 홍보를 약속하기도 했다.

게다가 제작지원사와 협찬사 대부분이 예상을 웃도는 투자를 결정하면서, 제작비는 당초 계획보다 넉넉해졌다. 순조로운 시작 덕에 예감이 좋았다.

"아, 맞다. 나 작가님한테 할 말 있는데."

"뭔데요?"

해아가 물로 목을 축이며 애리에게 가까이 다가갔다. 애리의 뒷자리에 앉아 있던 도영도 무슨 얘길 하려는 건가 싶어서 고개를 쭉 빼고 보았다.

"저, 결혼해요."

해아가 아주 작게 속삭였고, 뒤에서 그 말을 들은 도영은 입술을 꾹 깨물며 웃음을 참았다.

애리는 해아와 도영을 한 번씩 쓱 보더니 어깨를 으쓱였다.

"어? 왜 안 놀라지?"

"두 사람 결혼할 거라는 거, 가까운 사람들은 이미 다 알고 있거든 요? 너무 당연한 소식이라 하나도 안 놀라워요."

김이 샌 해아가 아쉬워하자, 애리가 해아의 어깨를 감싸 안으며 쓰다듬었다.

"축하해요."

"고마워요, 작가님."

"결혼식은 언제예요?"

"4월 말이요."

"날짜는 안 정했어요?"

"4월 어느 날, 날이 가장 좋은 날 하려고요."

"오. 그거 멋지다!"

애리의 칭찬에 해아가 흐뭇한 표정으로 도영을 바라보았다. 오늘 대본 리딩을 시작한 이래로 처음 시선이 닿은 참이라 괜히 가슴이 설렜다.

딱히 결혼 날짜를 정하지 않고, 날씨를 봐서 가장 좋은 날로 결정하기로 했다. 영화 '어바웃 타임' 속 결혼식처럼 식 도중에 비가 내리면 나름 추억이 되긴 하겠지만, 그건 어디까지나 영화 속 이야기이므로 실제 비가 내리는 것은 원치 않았다.

도영과 해아의 결혼에 관해서는 민철을 비롯한 하늘섬 스튜디오 관계자들과 UTV 측 담당자들은 이미 알고 있었다.

방영 전이긴 하지만, 촬영 중간에 결혼식을 올리는 것이라 그들에게 미리 고지를 해야만 했다. 다행히도 흔쾌히 축하를 해주었다.

"십 분 후에 3, 4회 리딩 들어가겠습니다."

담당 프로듀서의 외침에 해아는 애리와 도영에게 손을 흔들며 제자리로 돌아갔고, 도영도 눈인사를 건넸다.

도영은 문득 '별이 빛나는 밤'의 리딩 날이 떠올랐다. 그날, 해아와 애리가 크게 다툴까 봐 리딩 내내 가슴이 떨렸는데, 오늘은 그와는 다른 이유로 가슴이 떨렸다.

좀 더 정확하게는 가슴이 두근거렸다.

'ETERNITY' 팀 전체 회식이 한창인 식당 안은 분위기가 무르익고 있었다.

해아의 테이블에는 애리와 송 감독, 한 감독이 앉아 이런저런 대화를 나누었다. '별이 빛나는 밤' 때를 회상하기보다는 새로운 작품에 대한 의견을 나누며 의기투합 중이었다.

"안녕하세요."

그때, 무척이나 귀에 익은 목소리가 들렸고, 뒤를 돌아보니 목소리의 주인공은 기주였다. 뜬금없이 등장한 기주는 여러 테이블을 돌며 살갑게 인사를 건넨 후 굳이 의자를 끌어와 굳이 해아의 테이블에 자리를 잡았다.

"여긴 어쩐 일이에요?"

"왜. 내가 오면 안 돼?"

해아의 물음에 기주는 능청스럽게 되물으며 해아의 소주잔을 빼앗아갔다. 어이가 없어서 애리를 보는데, 그녀의 귀가 빨갛게 달아올라 있었다.

사랑, 너에게 묻다

하필이면 사무실에 급한 일을 처리하기 위해 도영이 자리를 비웠을 때 나타나서 유치하게도 괜히 샘이 났다. 해아는 기주가 들으면 부러워서 배가 아플 만한 이야기를 꺼내기 위해, 사이다 한 잔을 시원하게 들이켰다.

"감독님. 저 결혼해요."

"어? 진짜?"

해아가 같은 테이블에 앉은 사람들만 들을 수 있도록 작게 이야기했기에, 얘기를 듣고 놀란 사람들도 그녀의 테이블에 앉은 사람들뿐이었다. 미리 해아에게 얘기를 들었던 애리만이 미소를 지었다.

"미리 말씀 못 드려서 죄송해요."

"아니야, 아니야. 정말 축하해! 날은 잡았어?"

"4월 말쯤이요. 촬영에는 지장 없을 거예요. 신혼여행은 드라마 끝나고 가기로 했고요. 결혼식도 집에서 조촐하게 할 거거든요."

"와! 멋지다, 류해아. 권 PD는 밥 안 먹어도 배부르겠어!"

송 감독의 말에 해아는 목덜미를 만지작거리며 쑥스러워했다.

"아, 부러워……."

가장 듣고 싶었던 그 말이 드디어 기주의 입에서 나왔다. 해아는 만족스럽게 웃으며 그의 등을 다독여 주었다.

"힘내요."

"내가 먼저 하고 싶었는데……."

잔뜩 기가 죽은 게 어쩐지 짠했다. 그간 얄미웠던 게 싹 씻겨 내려가기에 충분할 정도였다.

"어? 그럼 기주 씨도 연애 중이야?"

"그럼요. 진지하게 연애 중입니다."

한 감독의 물음에 기주는 너무나 진지한 표정으로 대답했고, 애리의 귀는 점점 더 붉어졌다.

"다들 저한테 너무 무심하시네요. 드라마 끝났다 이겁니까?"

"에이, 설마! 그럼 기주 씨도 곧 결혼하려고?"

"해아가 결혼한다고 하니까 의욕이 샘솟네요."

기주는 의미심장한 눈길로 해아와 애리를 번갈아보았다.

"그래서, 결혼 발표는 언제 할 건데?"

"결혼식 임박하면 그때 하려고요. 일찍 발표하면 촬영장에 취재진들 모여서 촬영에 지장을 줄 수도 있고, 너무 늦게 발표하면 팬들이 서운하니까."

"잘 생각했네. 나도 나중에 그렇게 해야겠다."

기주는 이미 결심을 굳힌 것 같았다. 물론 혼자서.

"권 PD가 언제 오려나? 축하주 한잔해야 하는데."

송 감독의 말이 끝나기가 무섭게 도영이 식당 안으로 들어섰다. 모두 아까 리딩 때 만난 사람들이지만 그는 테이블을 돌며 인사를 빠짐없이 건넨 후에야 해아의 테이블로 다가왔다. 해아는 애리에게 바짝붙어 앉아 그가 앉을 공간을 만들어주었다.

"권 PD. 방금 소식 들었어. 축하해!"

"아, 감사합니다. 감독님."

도영은 송 감독이 건넨 술을 받고 단숨에 비웠다.

"결혼식 올리고 해아가 한턱 쏴야겠네."

"제가 한턱 제대로 쏘겠습니다."

도영의 대답에 한 감독이 허허 웃으며 엄지를 치켜들었다.

"우리 권 PD와 류해아의 결혼을 진심으로 축하하면서, 다 같이 건배합시다! 우리 드라마 마지막 촬영하는 날까지 다치는 사람 없이 무사히 끝낼 수 있도록. 파이팅!"

송 감독은 다른 테이블에서 혹시라도 들을까 봐 결혼 축하 건배사는 아주 작게, 그 뒤는 아주 큰 소리로 외쳤다.

건배를 하고 잔을 비우자마자, 도영은 늘 그랬듯이 해아의 입안에 안주 삼을 고기 한 점을 넣어주었다. 그러자 기주가 노골적으로 야유를 보냈고, 해아는 어깨를 으쓱이며 다시 한 번 그를 약 올렸다.

18. Because of you

　기주가 주연으로 출연한 영화 시사회장에 도착한 해아는 포토라인에 서서 사진 촬영과 응원 인터뷰에 응한 후 상영관으로 들어섰다.

　상영관에 들어서자마자 해아는 도영부터 찾았다. 맨 뒤편에 자리를 잡은 도영을 확인한 해아가 서둘러 걸음을 옮겼다.

　"오래 기다렸죠?"

　"아니. 근데 왜 이렇게 예쁘게 하고 왔어? 민기주 씨 기 세워주려고?"

　"아뇨. 도영 씨 보라고요."

　남의 남자 기 세워주는 건 아까 포토라인이 끝이었다. 내 남자 보기 좋고, 나 기분 좋으라고 간만에 신경 써서 힘주어 입은 참이다.

　"푹 쉬었어?"

　"한 이틀 동안 계속 잠만 잔 거 같아요. 내가 안 놀아줘서 심심했죠?"

해아의 물음에 도영은 고개를 끄덕이며 서운함을 감추지 않았다. 그래서 더 기분이 좋았다.

해아는 지난 2월, 한 달간의 해외 촬영을 마치고 엊그제 돌아왔다.

도영은 그녀와 약속한 대로, 바쁜 일정을 쪼개가며 해외 촬영 일정 내내 동행해 주었다. 해아가 비행기에 오를 때마다 늘 곁에 있어주었고 불안해할 때면 손을 잡아주었다. 그는 한 달 내내 자리를 비울 수가 없어서, 해아를 촬영지까지 바래다주고 다시 한국으로 돌아가길 반복했다. 그의 수고로움은 고맙다는 말로 표현할 수 없을 만큼 컸다.

그가 함께해 준 덕분에, 모두가 염려했던 것보다는 제법 씩씩하게 해낼 수 있었다. 마지막 촬영지였던 사이판에서 한국으로 돌아올 때는 도영의 도움 없이 비행기를 타기도 했다.

완전한 극복이라고 볼 수 없을지도 모른다. 비행기를 타야 한다는 생각을 하면 여전히 긴장이 되고 가슴이 두근거리니까. 하지만 당장 죽을 것처럼 숨을 쉴 수 없거나 견디기 버거울 만큼은 아니었다.

약간의 괴로움은 여전히 남아 있지만 그래도 약물의 도움이나 의료진의 동행이 필요 없을 정도는 되었다. 여기까지 온 것만으로도 해아는 굉장한 발전이라고 생각했고, 담당 주치의도 그렇게 말했다.

남들의 눈에는 여전히 유난스러워 보일 수도 있겠지만, 높은 곳에 올라서면 누군가 자신을 안고 뛰어내릴 것만 같은 막연한 불안감이 사라진 것만으로도 살 것 같았다

"권 PD님."

한껏 멋을 낸 기주가 다가와 인사를 건넸다.

"이야, 오늘 선배 되게 멋지다."

"권 PD님보다 더?"

"그건 아니고."

해아의 빠른 대답에 기주가 눈을 흘겼지만 해아는 괘념치 않았다.

"두 분 다 바쁜데 와줘서 고마워요."

"우리가 안 오면 삐쳐서 한 달은 괴롭힐 거잖아요."

"당연하지."

"오늘 작가님은 못 오시는 거예요?"

"요즘 바빠서 전화통화도 제대로 못 해."

"보고 싶으시겠어요."

"피가 마른다. 아주."

기주의 하소연에 해아와 도영은 마냥 웃을 수가 없었다. 애리가 바빠서 기주와 데이트를 못하는 게 자신들의 탓은 아닌데도, 한배를 타고 있는 입장이라 괜히 미안한 마음이 들어서였다.

"저 앞에서 다들 민기주 씨만 찾는 거 같은데, 어서 가봐요."

"하아. 이놈의 인기란……. 이따 다시 올게요."

도영의 말에 그는 급히 돌아서서 스크린 쪽으로 내려가며 해아에게 손을 흔들어주었다.

"영화 대박 났으면 좋겠다."

"그렇게 되면 잘난 척이 더 심해질 텐데……. 그래도 성공하는 편이 낫겠죠?"

해아는 도영의 어깨에 머리를 기댄 채 분주히 움직이는 기주를 바라보았다.

사람의 인연이라는 게 참 무서운 것이다. 한 편의 작품으로 만난 기주와 이토록 끈끈한 동지애를 갖게 될 줄 누가 알았을까. 늘 마음이 쓰이고, 이유 없이 응원하게 된다. 진짜 친오빠라도 되는 것처럼 말이다.

지난 작품에서는 기주가 앞장서서 이끌어줬다면, 이번 드라마에서는 해아가 이끌어 나가야 했다. 그 과정을 거치면서, 해아는 이제야 비로소 그가 그때 얼마나 힘들었을지, 얼마나 많은 노력을 했을지 조금이나마 알게 되었다.

기주를 비롯한 주연배우들이 스크린 앞에 일렬로 나란히 서서 짤막하게 인사를 했다.

기주 순서가 되자, 혹시나 저 난다 긴다 하는 배우들 사이에서 기가 죽을까 봐 해아와 도영은 가장 큰 환호와 박수를 보냈다. 물론 민기주가 어디 가서 기죽고 그럴 사람은 아니지만 말이다. 적어도 해아의 눈에는 가장 여유 넘치고 빛나 보였다.

드디어 영화가 시작되고, 해아는 도영의 손을 꼭 잡았다.

시사회가 끝난 후, 뒤풀이 자리까지 같이 가자고 기주가 꼬드겼지만 해아는 장기간의 해외 촬영으로 인해 피곤하다는 핑계를 대고 도영과 빠져나왔다.

실은 자신에게 집중되는 취재진들의 관심을 피하기 위해서였다. 도영은, 해아와 나란히 앉아 영화를 보는 내내 연신 힐끔대는 사람들의 시선을 느낄 수 있었다.

호기심 가득한 눈으로 자신과 해아를 바라보는 사람들의 시선이 그리 불편하진 않았다. 다만, 오늘의 주인공은 기주여야 했기에 피하는 게 맞다고 생각했다.

곧장 집으로 가기 아쉬워서, 해아와 늘 손을 잡고 걷던 그녀의 집 근처 한적한 길을 함께 걸었다.

3월의 밤은 여전히 겨울 같았다. 한낮에 햇살은 조금 따뜻해졌지만, 밤바람은 여전히 차가웠다. 이러다 어느 세월에 꽃피는 봄이 오나 싶을 정도였다.

옆을 돌아보니 해아의 코끝이 빨개진 것이 눈에 들어왔다. 도영은 코트를 벗어 해아의 어깨에 걸쳐 주었다.

"어, 괜찮은데."

"코가 빨개졌어."

해아가 멋쩍어 하며 웃었다.

도영은 문득 호텔에서 처음 해아를 만났던 그날을 기억했다. 그날도 도영은 제가 입고 있던 재킷을 벗어 해아의 어깨 위에 걸쳐 주었었다. 금방이라도 바스러질 듯 위태로워 보였던 해아의 모습도, 그런 그녀를 보며 어쩔 줄 몰라 하던 어수룩한 자신의 모습도 생생하게 떠올랐다.

"무슨 생각하기에 혼자 웃어요? 나도 같이 웃고 싶은데."

해아의 말에 도영은 잠시 망설였다. 그녀에게는 그날의 기억이 그다지 좋은 기억이 아닐 수도 있기 때문이다.

"우리 처음 만났을 때 생각했어. 그때도 내가 옷 걸쳐 줬잖아."

"아, 그때."

해아도 그날을 기억하고 있는지, 옅게 웃으며 고개를 끄덕였다.

"그때…… 너무 따뜻했어요. 눈물 날 정도로."

해아의 말에 도영은 그 자리에 우뚝 멈춰 섰다. 해아는 도영과 마주 보고 서서 두 팔로 그의 허리를 감싸 안았다.

"아무래도 나 도영 씨한테 그때 딱 반한 거 같아. 그렇지 않고서야 도영 씨한테 그렇게 쉽게 마음을 열 수가 없어요."

"딱히 노린 건 아니었어."

어깨를 으쓱이며 대답하자, 해아가 품 안에 쏙 안겼다. 도영은 그런 해아를 안고 가만히 등을 다독였다.

"그랬던 우리가, 결국 결혼까지 하네요. 진짜 드라마다."

"한 편의 인간승리 드라마지."

"장르는, 휴먼 멜로?"

"아니, 스펙터클 멜로. 우리 주변에서 아주 다이내믹한 많은 일들이 있었잖아."

"와, 진짜 그러네요. 별일 다 있었죠."

해아에겐 상처가 되는 일이 많이 벌어졌고, 그 시간들을 함께 이겨 내기도 했다. 그 과정을 지나면서 해아와 도영을 비롯한 주변의 사람들에게도 많은 변화가 일어났다.

그중에서도 가장 큰 변화는 경진이었다.

"요즘 엄마가 거의 매일 오셔서 화단에 열과 성을 다하고 계세요."

"기대된다."

"저도요. 날이 좋아야 꽃이 예쁘게 필 텐데."

결혼식을 올리게 될 저택 정원에, 경진이 매일같이 찾아와 화단을 가꾼다는 이야기를 전해 들었다. 그 이야기를 전할 때면 해아의 표정은 더할 나위 없이 설레어 보였다.

조촐하게 가족과 가까운 지인들만 모시는 결혼식이라며 크게 준비할 것 없다고 생각했지만, 준비하다 보면 끝도 없이 늘어나는 것이 결혼식인 듯했다.

도영은 근 한 달여간 아파트 인테리어 공사 중이라 석현의 집에서 지내고 있었다. 해아가 아무리 손대지 말라 한들, 명색이 신혼집인데 살던 그대로 해아만 들어오는 건 아니라고 생각해서 욕심을 부렸다.

그 외에도, 두 사람의 결혼식을 위해 해아와 도영의 주변 사람들 역시 준비할 것들이 많아졌다. 저택의 요리를 담당하는 장 실장은 벌써부터 피로연 음식 준비가 한창이라 했고, 경진은 정원 관리에 정성을 쏟는 중이었다.

결혼식 스냅 사진 촬영을 자처한 민철은 틈나는 대로 다시 카메라를 들었고, 해아의 스타일팀은 웨딩드레스와 턱시도 제작에 바빴다. 축가를 부르기로 한 주현과 은형은 아이돌 연습생 저리가라 할 양의 연습을 소화하고 있다고 했다. 모두의 노력 덕분에 계획보다 풍성해질 결혼식이 벌써부터 기대가 되었다.

그들의 노력을 생각해서라도 정말 행복하게 잘 살아야겠다고 다짐하게 된다. 모든 이들의 축복을 받으면서 결혼을 준비하는 것 역시 행운이라고 여겼다.

"아참. 내일 반지 찾으러 오랬는데."

"내가 다녀올게."

해아가 직접 디자인하고 주문 제작한 첫 커플링이자 결혼반지. 세상에 단 하나밖에 없는 반지가 드디어 내일 완성된다.

도영은 같은 모양의 반지를 낀다는 것 이상의 의미를 부여하게 되는 것 같다. 그 반지가 서로의 마음을 연결하는 무언가인 것 같은 기분이 들었다. 그런 생각을 할 때면, 그녀의 남편으로서의 책임감도 좀 더 확고해지는 듯했다.

도영은 해아의 손을 잡아보았다. 가늘고 하얀 손가락에 끼워질 반지를 상상하며, 자신의 손바닥 위에 해아의 손을 올려놓고 가만히 감상했다.

그때, 해아가 빈틈없이 손깍지를 끼며 예쁘게 웃었다. 도영은 단단하게 얽힌 손 위에 입을 맞추며 다시 걸음을 옮겼다.

도영은 오랜만에 민철과 함께 저녁 식사를 하는 중이었다. 연애를 시작한 후로 도통 함께 밥을 먹지 않는다며 투덜대는 그를 달래기 위해서였다.

결혼식 날 스냅사진 포토그래퍼를 자처했으니 한턱 낼 겸 해서 그가 가장 좋아하는 한우를 원 없이 구웠다.

"결혼식 준비는 잘 돼가?"

"네. 워낙 많은 분들이 도와주셔서 순조롭게 진행 중이에요."

민철이 젓가락을 놓으며 소주잔을 비웠다.

"에이, 부러워. 넌 이제 진짜 다 가졌구나?"

그의 말에 도영이 웃었다.

"그런가요?"

"신부가 류해아인데 끝판왕인 거지."

그건 인정해야 할 것 같았다. 류해아를 신부로 맞이하는 건 오직 나뿐이니까.

도영은 그의 빈 잔에 술을 가득 채웠다.

"류해아 씨 결혼 후에도 작품은 계속하는 거지?"

"물론이죠. 열심히 외조할 겁니다."

"너 질투난다고 중간에서 멜로물 다 커트하고 그러면 안 된다. 그거 재능낭비야!"

그런 생각을 해본 적이 있다. 비록 극중이긴 하지만, 자신의 아내가 다른 남자와 애정 신을 촬영한다면 기분이 어떨까? 하는 생각.

지금은 지켜볼 자신이 없지만, 조금 더 시간이 지나면 받아들이기 수월해지지 않을까? 계속 질투하는 것도 좀 우습고, 배우인 그녀를 존중해야 한다며 마음을 다잡곤 했다.

민철의 말대로, 해아는 멜로 장르와 무척이나 잘 어울렸다. 그 어떤 남자배우와 작품을 해도 케미가 사는, 드라마 팬들 사이에서는 일명 케미 요정이라고 불릴 정도였다. 그런 그녀가 멜로를 하지 않는 건, 민철의 말처럼 재능낭비일지도 모른다.

"저도 드라마 만드는 사람인데 설마 그러겠어요?"

"어."

"에이, 걱정 마세요."

도영은 손사래를 치며 술잔을 비웠다.

"둘이 진짜 잘 만났어. 되게 잘 어울려. 그런 말 많이 듣지?"

"네."

민철은 본인이 먼저 물어봐 놓고 도영이 사실대로 대답하니 미간을 찌푸렸다. 도영은 억울했다.

"류해아 씨 보고만 있어도 그저 좋지?"

"당연하죠."

"에휴. 어련하실까. 내가 괜한 걸 물었다."

보고만 있어도 좋고, 생각만 해도 좋고, 목소리만 들어도 좋고.

류해아가 류해아라서 좋고, 그녀가 내 옆에 있으면 더 좋고.

그녀에 관해선 세상에 온통 좋은 것 천지였다.

"어제도 'ETERNITY' 세트 촬영장 다녀왔다면서?"

"오후에 잠깐 다녀왔어요. 9, 10화 촬영 중이더라고요."

"현장 분위기는 어때? 장르가 장르인지라 고생이 많지?"

"그래도 분위기는 화기애애해요. 작품이 잘 나올 수밖에 없죠."

현재 도영이 제작을 담당하고 있는 작품 또한 막바지 촬영에 접어들어, 해아의 드라마 촬영 현장을 직접 챙기진 못하고 있었다. 시간이 나면 가끔씩 촬영 현장에 다녀오는 것이 전부였다.

"도영아. 우리 꽤 성공한 거 같지 않냐? 투자 못 받아서 쩔쩔 매고,

협찬사 찾아다니면서 사정하던 게 엊그제 같은데, 이제는 제작 들어 간다고만 해도 알아서 연락이 오잖아. 어떨 땐 진짜…… 믿어지지가 않는다."

술에 취한 건지, 민철이 감상에 젖어들었고 도영은 그의 말에 고개를 끄덕이며 수긍했다.

작품 보는 안목이 남달랐던 민철을 믿고 무작정 드라마 제작에 뛰어들었던 게 엊그제 같은데, 벌써 시간이 이렇게나 흘렀다.

이젠 하늘섬 스튜디오 제작 드라마라고 하면 일단 믿고 봐주는 고정 시청자들도 많아졌고, 방송사에서도 서로 편성을 받겠다고 하는 일도 생겼다.

그것을 기반으로 좀 더 다양하고 색다른 장르물을 시장에 내놓을 수 있어서 기뻤다. 한정된 장르만 성공한다는 편견을 여봐란 듯이 깨고 있으니 뿌듯하기도 했다.

"우리, 앞으로 더 멋지게 해내자. 자만하지 말고……."

"매너리즘에 빠지지 말고, 뻔한 거 하지 말고, 늘 도전자의 자세로."

민철의 말을 이어받아 도영이 줄줄 읊자, 그가 다시 한 번 건배를 제안했다.

그가 처음 도영에게 했던 말은 '어디다 내놔도 부끄럽지 않은, 쪽팔리지 않는 작품을 만들자'였다. 그렇기에 그와 자신이 생각하는 성공이라는 것은, 큰돈을 버는 것보다 사람들의 기억 속에 오랫동안 남을 수 있는 멋진 작품을 만드는 것이었다.

그 목표를 이루기 위해 들였던 노력들이 결코 헛되지 않다는 것에 감사했다. 지금보다 얼마나 더 많이 성장할 수 있을지 알 수는 없지만, 다시 한 번 초심을 되새기며 술잔을 비웠다.

모처럼 드라마 촬영이 없는 날, 해아는 간만에 경진을 도와 정원을 손보고 있었다.

4월에 접어들자, 봄은 화단에 가장 먼저 찾아왔다. 3월 초에 심었던 수선화 구근이 무럭무럭 자라 꽃송이를 맺었고, 4월 중순이 되면 활짝 필 모양새였다.

지난겨울에 심었던 겹튤립 구근 역시 꽃송이를 쏘아 올려 4월 중순에는 블루밍을 시작할 것 같았다. 노란 튤립과 수선화가 한가득 피어날 정원을 떠올리면, 해아는 벌써부터 가슴이 설렜다.

해아는 요즘 이 정원을 지날 때마다 결혼식을 상상하곤 한다. 마치 영화 속 한 장면처럼, 정원 위로 여러 개의 하얀 차양 천을 늘어뜨리고 화단 사이로 하얀 버진 로드를 만든 후 그 양옆에 하객들이 앉을 의자를 놓을 예정이었다.

"해아야, 저기 그늘에 가서 앉아 있어. 얼굴 탄다."

어깨를 가릴 만큼 챙이 넓은 모자를 쓰고 선크림까지 꼼꼼히 발랐는데도 경진은 내내 걱정했다. 해아는 마지못해 테라스 테이블로 향했다.

"엄마도 빨리 와."

해아의 재촉에 경진도 장갑을 벗으며 테라스로 다가왔다. 해아는 그녀가 앉을 의자를 빼주고 시원한 물을 컵에 따라 건넸다.

"고마워 엄마. 엄마 덕분에 결혼식장이 너무너무 예뻐졌어."

경진은 수줍게 웃으며 물을 마셨다.

"엄마가 부케도 만들어줄게."

"진짜?"

"너 좋아하는 라넌큘러스로. 예쁘게 될진 모르겠다."

감격스러웠다. 엄마가 직접 가꾼 정원에서 결혼식을 올리는 것만으로도 가슴이 벅찬데, 직접 만든 부케까지 들게 되다니……. 상상도 못했던 일이 현실이 되어가고 있었다.

해아는 경진의 옆자리로 옮겨 앉아 그녀의 자그만 어깨를 감싸 안았다.

"엄마. 나랑 여행가자."

"여행? 어디로?"

"가보면 알아. 분명 엄마도 엄청 좋아할 거야."

"그래 그럼. 가보자."

경진이 흔쾌히 허락을 하자 해아는 그녀의 목덜미에 뺨을 비비며 한껏 숨을 들이마셨다. 엄마의 향기는 꽃향기보다 더 달콤했고, 마음을 사르르 녹아내리게 만들었다.

먼저 결혼을 한 주변 사람들이, 결혼 전에 엄마랑 여행을 다녀오라며 조언을 해주곤 했다. 해아 역시 경진과 좀 더 많은 시간을 보내야겠다고 생각했던 참이었고, 혹시나 거절하면 어쩌나 고민하다가 꺼낸 말이었다.

"엄마."

"응?"

"오늘 나랑 자고 가."

용기를 얻은 해아가 욕심껏 어리광을 부려보았다. 어렸을 때 못 해본 게 한이 된 건지, 자꾸 그녀 앞에서는 어린아이처럼 굴게 되었다. 그럴 때면, 경진은 싸늘한 시선 대신 따뜻한 품을 내어주곤 했다.

"그래. 엄마가 오늘은 해아 방에서 자고 갈게."

경진이 해아의 손등을 가만히 쓰다듬어 주었다. 해아는 울컥했지만 좋은 날이니까 눈물을 보이고 싶지 않아서 최선을 다해 삼켰다.

이제 정말 결혼까지 얼마 남지 않았다는 게 실감이 났다.

4월 22일.

결혼식 날이 최종 결정되었다.

결혼식까지 정확히 일주일을 남겨두고, 해아의 소속사 사무실에서 단독 인터뷰가 진행 중이었다. 본래 결혼식 2, 3주 쯤 전에 인터뷰를 미리 해두려 했지만, 결혼식 날짜를 확정 지을 수 없어서 계속 미뤄졌다.

지난주에는 내내 비가 내렸고 당분간 흐린 날씨가 반복될 거라는 예보에 5월 초로 결혼식을 미뤄야 하나 고민했다. 하지만 다행히 다음 주 초부터는 맑은 날이 계속될 거라는 일기예보 변동에 날짜를 확정 지은 참이다.

지난주에 내린 비 덕분에 화단의 꽃송이들도 본격적인 블루밍이 시작되었다. 일주일 내내 결혼식 날짜를 두고 마음 쓴 것에 대한 보상이 아닐까 싶었다.

"해아 씨. 결혼식까지 이제 일주일 남았는데, 지금 기분 어떠세요?"

기자의 질문에 해아는 미소를 지었다.

"설레기도 하고, 긴장되기도 하고⋯⋯. 무엇보다 그날 비가 올까 봐 가장 걱정이에요"

"결혼식 준비는 다 마친 건가요?"

"가족들과 가까운 지인들만 참석하는 자리라 거창하게 준비한 건 없어요. 온 식구들이 힘을 모아서 모든 준비를 마친 상태예요."

"그래서 더 뜻깊을 것 같아요. 많은 분들이 하우스 웨딩, 스몰웨딩을 꿈꾸는데 사실 실천하는 것도 쉽지 않잖아요."

"가족들의 동의가 가장 중요하죠. 그런 면에서, 저희가 원하는 대로 결혼식을 진행할 수 있도록 양해해 주신 가족들에게 너무나 감사하게 생각하고 있습니다."

분명 어른들 입장에서는 쉽지 않은 결정이었을 텐데, 처음부터 끝까지 도영과 해아를 믿고 맡겨줘서 감사했다.

"웨딩 촬영도 생략하셨다면서요?"

"결혼식 당일에 많이 찍으면 되니까요. 현장 분위기를 고스란히 담는 게 더 의미 있을 거 같아요."

"그럼 저희가 받게 될 결혼식 사진은 그 스냅사진인가요?"

"네. 소속사에서 결혼식 마치고 나서 기자님께 따로 사진 보내드릴 겁니다."

"너무 기대되네요."

비공개로 진행되는 예식이라, 팬들을 위해서라도 사진 일부를 공개하기로 결정한 참이다.

"결혼하신 후에도 배우 활동은 계속 하실 거죠?"

"그럼요. 변함없이 활동할 예정이에요."

"2세 계획도 여쭤봐도 될까요?"

"서두르고 싶진 않아요. 부모가 될 준비가 되면, 그때 다시 생각해 보려고요."

그 부분에 있어서만큼은 해아와 도영 모두 신중하게 생각하고 있었다. 구체적인 일정까지 따로 세우진 않았지만, 부부로서의 생활이 익숙해지고 난 후에 다시 생각해 보기로 상의했다. 그것은 해아의 배우 활동과는 별개였다.

"예비신랑분이 어떤 분인지, 자랑 한번 해주세요."

"모든 사람에게 친절하고 마음이 따뜻한 사람이에요. 누구에게나 인사 잘하고, 그래서 어딜 가든 예쁨받는 사람이고요. 같이 있으면, 그 사람이 가지고 있는 좋은 기운이 저한테도 고스란히 전해져요."

자신에게는 모든 것이 완벽하고 마냥 좋은 사람이라서, 적당히 수위 조절을 해가며 객관적인 시각에서 다른 사람에게 그를 소개하는 일은 생각처럼 쉽지 않았다. 이번에도 결국 칭찬 일색이 되어버렸다.

"해아 씨 표정만 봐도 그분을 얼마나 많이 사랑하고 있는지, 고스란히 느껴지네요."

"그게 감춰지지가 않더라고요. 감추고 싶지도 않고요. 그 사람 자랑이라면 밤새 할 수도 있어요."

해아의 푸념에 기자가 소리 내어 환하게 웃었다.

원 없이 사랑하고, 원 없이 사랑받고 있다고 자랑하고 싶지만 최대한 참는 중이었다.

"마지막으로 한 가지만 더 여쭐게요. 어떤 순간에 결혼을 결심하게 되셨나요?"

"같이 TV를 보다가 문득, 같이 밥을 먹다가 문득, 같이 손을 잡고 걷다가 문득……. 어느 순간부터 그렇게 시도 때도 없이 그 사람이랑 결혼하고 싶더라고요. 정말 이해할 수가 없어요."

그 사람만 생각하면서 하루 종일 아무것도 하고 싶지 않을 만큼 마음이 커져 버려서, 라고 말해야 하나. 아니면, 그를 사랑하는 마음이 자라나는 속도만큼, 그와 일상을 함께하고 싶은 욕심 또한 빠른 속도로 자라나기 때문이라고 해야 하나.

말로는 설명하기가 어려운 부분이었다. 결혼을 결심한 건, 해아 자신이 생각해도 여전히 놀라운 일이니까.

"그동안 해아 씨랑 수많은 인터뷰를 해왔지만, 오늘이 가장 행복해 보여요."

사랑, 너에게 묻다

"감사합니다."

"결혼 진심으로 축하드려요. 진짜 약속 지켜주실 거라고는 생각도 못했는데, 저희 매체를 통해서 단독 인터뷰 해주셔서 정말 감사드립니다."

해아는 기자와 악수를 나누었다.

"기사 잘 부탁드릴게요."

"박 대표님께는 아까 말씀드렸는데, 인터뷰 기사는 내일 오전 10시 정각에 나갈 거예요. 해아 씨는 팬 홈페이지에 글 언제쯤 남기실 건가요?"

"기사 공개 한 시간 전에 올릴 생각이에요."

"그럼 저희 쪽에서 해아 씨 글 확인하는 대로 단독 인터뷰 안내 겸 홍보 기사 업로드 하겠습니다. 정말 감사합니다, 해아 씨."

기자는 노트북과 녹음기를 챙겨 소파에서 일어났다.

"기자님, 수고하셨어요."

"빈말이 아니라 오늘 해아 씨 표정이 너무 행복해 보여서 저도 덩달아 기분이 좋네요."

"마음이 홀가분해서 그런가 봐요."

해아의 입가에서는 미소가 떠나질 않았다. 이렇게 홀가분할 줄 알았으면 더 빨리 결혼 발표를 할 걸 그랬나 하는 생각이 들 정도로 마음이 가벼웠다.

❦

오전 10시를 기해 결혼 공식 발표와 해아의 단독 인터뷰가 공개된 후, 도영에게는 하루 종일 수백 통의 연락이 쏟아졌다. 축하 인사를 받느라 업무를 보지 못할 정도였다.

어느 정도 마음의 준비를 하고는 있었지만, 살면서 이렇게까지 많은 관심을 받아보는 건 처음이라 당황스러운 건 어쩔 수가 없었다. 덕분에 자신과 결혼할 사람이 배우 류해아라는 걸 또 한 번 실감하게 되었다.

길었던 하루 일과를 마치고 뻐근한 목덜미를 꾹꾹 주무르며 지하 주차장에 내려온 도영은 차를 주차해 둔 곳으로 느리게 걷고 있었다.

"권도영 PD님! 한 말씀만 해주세요!"

귀에 익은 음성이라고 생각하면서도, 오늘 하루 종일 너무나 많이 들었던 말이라 깜짝 놀라 뒤를 돌아보니 그곳에 모자를 푹 눌러쓴 해아가 있었다.

"하아. 깜짝이야."

어설픈 목소리 변조에도 속아 넘어갈 만큼 정신이 하나도 없었다. 도영은 해아를 향해 손을 내밀었다.

"오늘 고생 많았어요."

해아는 두 팔을 활짝 벌려 도영을 품에 안은 채 등을 다독여 주었다. 그 손길만으로도 하루의 피곤이 싹 사라지는 것 같았다.

"유명인사 간접 체험한 기분이야. 근데 진짜 걱정이다."

"뭐가요?"

"내 졸업사진 누가 올리는 거 아니겠지?"

도영의 말에 해아가 웃으며 고개를 들어 도영과 눈을 맞췄다.

도영은 혹시라도 이런 상황에 대해 해아가 미안해할까 봐 그게 가장 신경이 쓰였다. 사람들에게 시달리고 전화 받는 건 그 다음 문제였다.

"이 기사 봤어요?"

해아가 휴대폰에서 포털사이트에 뜬 기사 하나를 보여주었다. 무척이나 낯이 익은 한 남자의 사진이 눈에 확 들어왔다.

"어?"

다름 아닌 석현의 기사였다. 'DBS 권석현 사장 전격 인터뷰!'라는 헤드라인까지 걸린 기사였다. 어떤 매체와 전화통화로 인터뷰를 한 모양인데, 기사의 내용은 처음부터 끝까지 해아에 대한 칭찬이 나열되어 있었다.

해당 기사를 확인한 해아의 표정은 더할 나위 없이 흐뭇해 보였다.

"너무 칭찬만 해주셨어. 부끄럽게."

말은 그렇게 했지만 기분이 무척 좋아 보였다. 도영은 해아의 어깨를 감싸 안으며 차로 향했다.

"내 칭찬은 없어?"

"네. 없어요."

"치."

해아가 도영의 허리를 와락 끌어안으며 팔에 기댔다.

"대신 내가 자랑 많이 했잖아요."

해아가 자신을 어떤 사람으로 생각했는지에 대해 활자로 읽으니 기분이 더욱 묘했다.

해아는 도영이 본인에게 좋은 기운을 주는 사람이라고 말했지만, 도영의 생각은 그와 반대였다. 그녀야말로 자신에게 가장 좋은 기운을 주는 사람이었다. 지금처럼 자신의 품에 안겨 사랑스럽게 웃고 있는 그녀를 보는 것만으로도 도영은 너무나 행복하고 감격스러웠다.

단골 LP바 안으로 들어가자, 사장이 가장 먼저 두 사람을 미소로 반겨주었다.

"두 분 결혼 축하드립니다! 특히 PD님, 축하드립니다."

"감사합니다. 사장님."

도영과 해아는 사장과 차례로 악수를 나누었다.

"어서 앉으세요."

사장의 안내를 받아 늘 앉던 자리에 자리를 잡았다. 가게 안에는 손님들이 그리 많지 않았지만, 다들 해아와 도영을 보며 속닥속닥 대화를 나누었다.

"이제 류해아 씨 사인 가게에 걸어둬도 되겠죠?"

"그럼요. 얼마든지요."

그는 오늘도 해아가 가장 좋아하는 따뜻한 뱅쇼 한 잔을 먼저 내어주었다.

"그동안 사장님 덕분에 마음 놓고 비밀 연애할 수 있었어요. 감사해요."

"두 분 결혼 기사 보고 제가 괜히 다 뿌듯하더라고요. 진짜 축하해요."

이제와 생각해 보면, 참 유별난 연애를 했구나 싶었다. 도영과 연애를 하는 동안, 주변에서 신경 써주고 챙겨주었던 고마운 사람들이 참 많았다.

"사장님. 이거 제가 사장님께 드리는 선물이에요."

"이게 뭡니까? 뭔데 이렇게 커요?"

해아를 대신해서 도영이 그에게 종이로 포장한 선물을 건넸다. 그러자 그의 눈이 휘둥그레졌다.

"지금 열어봐도 돼요?"

해아가 고개를 끄덕이자 그가 급히 리본을 풀고 종이포장을 열었다. 포장지 안에는 해아가 직접 그린 해바라기 그림이 담겨 있었다.

"해바라기 그림이 행운을 불러온다고 해서요. 제가 직접 그린 겁니다."

"세상에나!"

그림을 바라보며 진심으로 기뻐하는 그의 모습에, 해아도 덩달아 기뻤다.

"이거 진짜 저 주시는 거예요?"

"아주 잘 그린 그림은 아니지만 이곳 생각하면서 그린 거니까 받아주세요."

"그림 볼 줄 모르는 제가 봐도 이렇게 멋진데 무슨 말씀이세요! 너무너무 마음에 들어요! 입구 정면에 걸어둬야겠다."

신이 나서 그림을 품에 꼭 안고 돌아서는 그의 모습에 웃음이 났다.

"사장님 되게 기분 좋으신가 봐. 주문도 안 받으셨어."

"마음에 들어 하셔서 다행이에요."

직접 그린 그림을 선물하는 일은 극히 드물었다. 뭐든 만들어서 선물하는 건 좋아하지만, 그림은 왠지 자신의 감정과 기분, 생각이 고스란히 담기는 것 같아서였다.

그렇기에 이곳을 떠올리며 새로 그린 그림이었다. 우리에게 소중한 기억들을 많이 만들어준 소중한 곳이기에, 이곳에 머무는 모든 사람들에게 좋은 일이 많아지길 바라는 마음을 가지고 그린 것이다.

"이건 제 결혼 축하 선물입니다."

사장이 두 잔의 칵테일을 들고 다시 등장했다.

그가 건넨 칵테일은 선명한 붉은색이 매력적인 시 브리즈(sea breeze), 영화 '프렌치 키스'에서 맥 라이언이 주문해서 유명해진 바로 그 칵테일이었다.

"고맙습니다."

해아의 인사에 그가 웃으며 다시 자리를 떠났고, 도영은 자연스레 해아의 옆으로 옮겨 앉았다. 해아는 늘 그랬듯 도영의 어깨에 머리를 기댄 채, 그의 손을 꼭 잡고 흘러나오는 음악을 흥얼거렸다.

"어?"

때마침 흘러나온 곡이 영화 '프렌치 키스' OST인 'dream a little dream of me'였다.

도영과 해아는 건배를 나누고 시 브리즈를 한 모금 마신 후 다시 음악에 귀를 기울였다.

기주는 근 열흘 만에 애리의 얼굴을 보았다. 그마저도 바빠서 못 볼 뻔했으나, 기주가 몸살감기에 걸렸다는 소식에 애리가 죽을 끓여 집으로 찾아와 줘서 만날 수 있었다.

"뜨거워. 조심히 먹어."

"먹여줘."

'아' 하고 입을 벌리자 애리가 입술을 꾹 깨물며 경고했지만, 기주는 포기하지 않고 최대한 가여운 표정을 지었다. 애리는 결국 숟가락으로 죽을 조금 떠서 호호 불어 기주의 입에 넣어주었다.

입안이 깔끄러워서 물을 삼킬 수 없을 정도였는데, 이상하게도 애리가 끓여온 죽은 입에 쫙쫙 붙었다. 기주는 이때가 기회다 싶어서 마음껏 애리에게 치댔고, 애리는 묵묵히 참아주었다. 기주가 아프지 않았다면 그녀는 벌써 작업실로 돌아갔을 것이다.

"요즘 너무 무리하는 것 같더라니……. 눈도 퀭해졌어."

"그건 네가 너무 보고 싶어서 그런 거야."

"나 먹는 거 챙겨줄 게 아니라 본인 먹는 것 좀 잘 챙겨 먹어. 냉장고에 먹을 거 하나도 없더라."

"너 먹는 거만 봐도 배불러."

"아휴, 진짜! 말이나 못하면."

기주의 영화는 개봉 한 달 만에 800만 관객을 돌파하며 승승장구 중이었다. 덕분에 기주의 스케줄은 무척이나 바빠졌고, 홍보 일정을 모두 끝내고 나니 몸이 푹 퍼져 버린 것이다.

"나 대본 작업 끝나기만 해봐. 옆에서 계속 잔소리 할 거야."

"나는 그 잔소리도 듣기 좋은데, 어떡하지?"

"나야말로 진짜 너를 어떡하지?"

애리가 피식 웃으며 기주의 이마를 짚어보았다. 기주는 때를 놓치지 않고 애리의 손을 붙잡아 자신의 뺨에 가져다대었다.

"권 PD님이랑 해아 결혼 발표하는 거 보고 뭐 느끼는 거 없었어?"

"응. 없었어."

"난 엄청 부러웠는데."

기주의 말에 애리가 슬쩍 자리를 피하려 했지만 기주는 그녀의 허리를 두 팔로 끌어안으며 침대 밖으로 빠져나가지 못하도록 만들었다.

"나랑 언제 결혼해 줄 거야?"

애리는 기주의 눈을 빤히 바라보기만 할 뿐, 아무런 말도 하지 않았다.

"오해하지 마. 이거 지금 프러포즈하는 거 아니고 의견을 묻는 거야. 네 의견 들어보고 나서 프러포즈 계획 짤 거야."

혹시나 단번에 거절할까 봐 마음이 급해진 기주가 말을 쏟아내는 동안, 애리는 또 한 번 웃으며 기주의 얼굴을 부드러운 손길로 어루만졌다.

"생각해 보고."

무슨 뜻일까? 일단 거절은 아닌 게 확실한 것 같은데……. 기주의 머릿속에는 오만가지 생각들이 차올랐지만 일단 복잡하게 생각하지 않기로 결심했다.

"그럼, 나 지금부터 프러포즈 계획 세워도 되는 거야?"

"마음대로 해."

기주는 분명 거절이 아닐 거라 믿어버리기로 했다.

애리는 여전히 미소를 지은 채 기주가 뚝딱 비운 죽 그릇을 들고 침실을 빠져나갔다. 기주는 다시 침대에 누우려다가 애리의 뒤를 따라 침실을 나섰다.

그녀가 끓여준 죽 한 그릇에 몸살이 씻은 듯이 나은 것 같았다. 아니, 나은 게 분명했다.

❧

결혼식 하루 전날, 경진은 해아와 함께 밤을 보내기로 했다.

저녁 식사를 마친 후 경진은 강훈과 따뜻한 차를 마시며 대화를 나누었다.

"허전하지 않겠어?"

강훈의 물음에 경진은 옅게 웃었다.

"제가 그럴 자격이 있나요."

해아가 엄마를 필요로 했던 순간, 경진은 해아의 곁에 있어주지 못했다. 아니, 오히려 내치고 마음의 문을 닫기까지 했다. 그때의 미안함이 여전히 남아 해아를 볼 때면 마음 한 구석이 시큰거렸다.

"이제 더는 그런 생각하지 말거라."

"그래야죠."

사랑, 너에게 분다

경진은 차 한 모금을 마시며 나지막이 한숨을 내쉬었다.

"사랑하는 사람에게 사랑 듬뿍 받고 살 거라고 생각하니, 마음이 놓여요. 이래도 되나 싶을 정도로요."

"그건 나도 마찬가지야."

강훈은 도영을 처음 보는 순간 마음에 들어 손녀사위를 삼겠다고 다짐을 했단다. 경진은 그의 안목에 절이라도 하고 싶었다.

해아는 엄마 노릇도 제대로 못 해준 자신을 원망하거나 미워하지 않고 오히려 붙들고 끌어안았다. 경진을 살아 있게 만든 것은 해아였다.

경진은 이제라도 마음을 단단히 먹고, 그동안 자신의 곁을 지켜준 고마운 딸을 위해 누구보다 열심히 살아보겠다고 다짐했다.

"회장님."

"어, 최 전무. 어서 와."

최 전무가 집 안으로 들어왔고, 경진과는 가볍게 인사를 나누었다.

"최 전무님 아직 퇴근 못 하셨네요."

"이제 해야죠."

꽤 오래전부터 최 전무를 볼 때마다 느낀 거지만, 웃을 때는 인상이 선해지고 무표정일 때는 찬바람이 쌩쌩 불 정도로 차가워 보였다. 하지만 그는 본래 친절하고 다정한 사람이었다.

"저녁 식사는 하셨어요?"

"오는 길에 간단히 먹었습니다."

"그럼 차 한 잔 드릴까요?"

"감사합니다."

경진은 최 전무에게 대접할 따뜻한 차를 준비하기 위해 다이닝 룸으로 향했다. 찻물을 새로 끓이고, 밤이니 향긋한 캐모마일 허브티를 준비했다.

"내일이 판결 선고 기일이지?"

"네. 오후에 열린다고 합니다."

거실과 다이닝 룸 사이의 거리는 꽤 멀찍했지만, 강훈과 최 전무의 대화가 제법 또렷하게 들렸다. 우연히 태정의 소식을 접한 경진은 쓰게 웃었다.

지난 수개월간 진행되었던 공판 끝에, 드디어 내일 1심 선고가 나오는 모양이다.

최근에 있었던 결심공판에서 검찰로부터 징역 오 년과 수십억대의 추징금을 구형받았던 태정이다. 그는 아마 어떤 결과가 나오더라도 항소를 할 것이다.

"왜 하필 내일인지……."

강훈이 짜증스럽게 한숨을 내쉬었다. 아마도 내일이 해아의 결혼식이기 때문에 그러한 반응을 보인 것 같았다. 경진은 그런 강훈의 마음을 조금은 이해할 수 있었다.

경진이 차를 준비해 내가자, 강훈은 분위기를 전환하려는 듯 헛기침을 하며 목소리를 가다듬었다.

"회장님. 내일이 해아 결혼식인데, 기분이 어떠세요?"

"오늘 밤에 잠이 안 올 것 같아."

"너무 좋아서요?"

"좋기도 하고, 긴장이 돼서 말이야. 그 녀석 손잡고 걸을 생각을 하니 왜 이렇게 가슴이 뛰는지……."

최 전무의 물음에 강훈은 대답을 하며 멋쩍게 웃었다.

내일, 강훈은 해아와 함께 버진 로드를 걸어 도영에게 해아의 손을 넘겨주게 된다. 누구보다 해아와 도영의 결혼을 기다렸던 강훈이지만,

막상 자신의 손으로 떠나보낸다 생각하니 부쩍 생각이 많아진 것 같아 보였다.

아까 저녁 식사 전에 워킹 연습을 하는 해아와 강훈의 모습을 보며, 경진은 몰래 눈물을 훔치기도 했다.

"사모님은 어떠세요?"

"저도 설레고, 긴장되고 그래요. 저 결혼할 때도 이만큼은 안 떨렸던 것 같은데, 이상하게 떨리네요."

경진의 농담에 강훈과 최 전무가 소리 내어 웃고 말았다.

"하아. 나는 이제 다 이뤘네. 이제는 정말 여한이 없어."

감격스러운 듯한 강훈의 표정에 경진도 고개를 끄덕였다.

"조만간 회사에서도 완전히 손 뗄 생각이네."

강훈의 갑작스러운 선언에 놀란 경진이 최 전무를 바라보았지만, 그는 이미 어느 정도 알고 있었는지 입술을 굳게 다문 채 찻잔 손잡이를 만지작거렸다.

"그게 무슨 말씀이세요, 아버님?"

"사실상 지금도 손을 떼고 있는 상태이긴 하지. 다들 워낙에 유능한 사람들이라 나 없이도 잘 해주고 있어. 내가 사람 보는 눈이 보통이 아니지 않은가? 하하."

강훈은 자연스럽게 말을 돌렸다.

강훈의 말대로, 그의 주변에는 인재로 넘쳐났다. 보는 눈이 있었기 때문이다. 그가 발탁한 사람들은 그룹 내 계열사의 요직을 지키며 회사 경영을 책임지고 있었다.

사실상 대경그룹은 이미 오래전에 계열사 분리와 경영전문가 체제로 개편되었다. 때문에 경영공백은 없었다. 강훈이 대경그룹의 회장직을 유지하고 있던 건 상징적인 의미가 컸다.

강훈이 온전히 그들에게 회사를 맡기고 완전히 경영에서 손을 떼는 건 자연스러운 과정이었다. 나이나 체력의 문제라기보다, 모두 내려놓고 이제부터 진짜 마음 편히 지내고 싶어서일 것이다.

"최 전무가 내 뒤를 이어줄 거라서 난 아무 걱정이 없어."

"아닙니다, 회장님."

"자신을 과소평가하지 말게. 자네를 가장 아껴서 하는 말이 아니라, 자네의 능력을 누구보다 잘 알기 때문에 하는 소리야. 앞으로 더 고생할 일만 남았으니 각오 단단히 하고."

"네. 회장님. 명심하겠습니다."

최 전무의 능력이라면, 경진 역시 아주 오래전부터 보고 들어왔기에 의심의 여지가 없었다. 강훈이 경영 일선에서 물러나면서 실질적인 회장직 업무를 수행했던 것도 최 전무였다. 지금까지 그래온 것처럼, 앞으로도 그가 잘해낼 것이 분명했다.

"자! 나는 이만 쉬어야겠어. 최 전무도 어서 퇴근하게."

"네. 회장님. 푹 쉬십쇼."

"조심히 가. 내일 보자고."

강훈이 먼저 일어나 방으로 향했고, 경진도 뒤따라 일어나 최 전무와 인사를 나누었다.

"차 잘 마셨습니다."

"들어가세요."

최 전무가 저택을 나선 후 경진은 2층 해아의 방으로 걸음을 옮겼다.

거실에는 내일 해아가 입을 웨딩드레스가 걸려 있었다. 경진은 조심스레 만져 보며, 내일 이 드레스를 입고 환하게 웃을 해아를 상상해 보았다. 상상만 해도 절로 미소가 지어졌다.

방 안으로 들어가 보니, 해아는 마스크 팩을 얼굴에 붙인 채 스트레칭이 한창이었다.

"배고프지 않아? 과일이라도 가져다줄까?"

"아냐, 엄마. 전혀 생각 없어."

해아는 오늘 입맛이 없다며 하루 종일 굶다시피 했다. 내색하진 않지만, 결혼식을 앞두고 긴장되어 그런 것 같았다.

"엄마, 침대에 누워봐. 내가 팩 붙여줄게."

해아가 경진의 손을 끌어다가 침대 위에 눕히더니 팩 마스크 시트를 얹고 그 위에 직접 만든 팩을 발라주었다.

"이거 붙이면 예뻐지는 거야?"

"엄마. 그런 마법은 세상에 존재하지 않아."

해아는 경진의 마스크 시트 위에 스패츌러로 꼼꼼히 팩을 발라주고는 자신도 그 옆에 벌러덩 드러눕더니 두 다리를 위로 곧게 뻗고 자전거 페달을 밟듯 움직였다.

"큰일이네. 내일 엄마가 나보다 예뻐 보이면 안 되는데."

"으이그, 말도 안 되는 소리."

듣기 좋으라고 능청스럽게 꺼낸 해아의 말에 경진이 헛웃음을 터뜨렸다.

경진은 옆으로 살짝 돌아누워 해아를 바라보았다.

"해아야."

"응?"

"결혼 축하한다."

"새삼스럽게……."

"너와 네가 사랑하는 모든 사람들을 위해서, 엄마가 늘 기도할게."

해아가 두 다리를 털썩 침대 위에 떨어뜨리더니 경진을 향해 고개를 돌린 채 손을 꼭 잡아주었다.

"나도 엄마를 위해서 기도할게. 오늘보다 내일이, 내일보다 모레가 더 행복해지라고……."

해아의 예쁜 그 말에, 잘 참아왔던 눈물이 기어이 비집고 나왔다. 다행히 마스크 팩을 뒤집어쓰고 있어서 해아에겐 들키지 않을 수 있었다.

"엄마 휴대폰 줘봐."

경진이 주머니에서 휴대폰을 꺼내 건네자, 해아가 카메라 어플을 열고 팔을 높이 뻗었다.

"사진 찍게?"

"이런 건 남겨놔야 해. 셋에 찍는다? 하나, 둘, 셋!"

찰칵.

마스크 팩을 쓰고 나란히 누운 모녀의 사진.

해아에게 휴대폰을 건네받은 경진은 그 사진을 한참 동안 바라보았다.

경진 자신이 마음속에 지었던 감옥 안에 갇혀 지내는 동안, 보통의 엄마와 딸 사이 해볼 법한 것들을 해보지 못했다. 하지만 경진은 그것을 마냥 아쉬워하지 않기로 했다. 앞으로 하나씩 해아와 해볼 생각이었다. 못해본 게 너무 많아서, 함께 해볼 것이 많이 남아 있었다.

경진은 자신의 품에 안겨오는 해아를 두 팔로 감싸 안고 등을 다독여주었다. 무서운 꿈을 꾸었다며 자신의 품 안으로 파고들던 어린 해아를 안아주었던 그날 밤처럼…….

경진이 잠든 사이 잠시 방을 나온 해아는 정원으로 향했다.

이제 결혼식까지 채 열두 시간도 남지 않았다.

경진이 정성으로 돌본 튤립과 수선화의 꽃송이가 탐스럽게 피었고, 해아와 스타일팀이 함께 만든 웨딩드레스와 턱시도도 완성이 되었으며, 은형과 주현의 하모니도 제법 훌륭했다.

날씨만 좋으면 된다. 더는 바랄 것이 없었다.

해아가 오후 내내 의자 등받이에 정성껏 묶은 레이스 리본이 바람을 따라 하늘거리며 휘날렸다. 해아는 그 의자에 앉아 하늘을 올려다보다가, 도영에게 전화를 걸었다.

[아직 안 잤어?]

"잠이 안 와."

해아의 대답이 끝나자마자, 듣기 좋은 그의 웃음소리가 건너왔다.

[큰일이네. 네 시간 후면 아침 해가 뜰 텐데.]

"신부 얼굴이 달덩이 같다고 하객들이 놀리는 건 아니겠죠?"

[별 소릴 다 한다. 어디야? 지금 밖에 나와 있지?]

"어떻게 알았어요? 완전 귀신이구만."

[감기 걸려. 얼른 들어가.]

"잠깐 바람만 쐬고 들어가려고 정원에 나왔는데, 밤하늘이 너무 예뻐서 발이 안 떨어져요. 하늘에 구름 한 점도 없고, 날이 너무 좋아서 눈물 날 것 같아."

딱 어떤 기분이라고 정확하게 꼬집어낼 수 없이 만감이 교차했다. 이 기분을 어떻게 설명해야 좋을지, 표현력에 한계를 느꼈다.

[내가 지금 갈까?]

"아뇨. 그냥…… 지금 이 기분도 나쁘지 않아요."

만감이라고밖에 표현할 길이 없는 그 단어 안에는 설렘과 떨림, 두근거림과 긴장감, 시시각각 교차하는 수많은 감정들이 한데 뒤엉켜 있었다.

기분이 묘하게 좋았다. 술 한 잔을 마신 것처럼 몽롱하면서, 괜히 웃음이 났다.

"나 내일 예식 중간에 울면 어쩌지?"

내일 결혼식에서는 주례사를 양가 어른들의 축하 인사로 대신하기로 했다. 때문에 해아는 아무래도 눈물샘이 터질 것만 같아서 벌써부터 걱정스러웠다. 경진과는 눈이 마주치자마자 눈물이 쏟아질 것 같았다.

[울어도 예뻐.]

"맨날 예쁘대."

[맨날 예쁘니까.]

남들이 들으면 작작 좀 하라고 한 마디 할지도 모르겠지만, 좋은 건 어쩔 수가 없었다. 해아는 그의 듣기 좋은 말에 옅게 웃었다.

[보고 싶다.]

"몇 시간만 기다려요."

[시도 때도 없이 보고 싶어서 큰일이야.]

진지한 도영의 하소연에 해아는 해줄 말이 없었다. 시도 때도 없이 보고 싶은 건 자신도 마찬가지기 때문이다.

"그래도 도영 씨 목소리 듣고 나니까 마음이 좀 편안해진다. 이제 잠들 수 있을 거 같아요."

[다행이다. 서너 시간이라도 푹 자.]

"알았어요. 도영 씨도 어서 자요."

[그래. 조금 이따 보자?]

통화를 끝낸 해아는 아쉬움에 휴대폰을 연신 만지작거리다가, 가슴에 손을 얹고 깊이 숨을 들이쉬었다.

"지금부터, 신랑 권도영 군과 신부 류해아 양의 결혼식을 진행하도록 하겠습니다."

혹시 영화 '어바웃 타임' 속 결혼식처럼 비라도 쏟아질까 봐 조마조마했는데, 쓸데없는 걱정이었다. 날씨는 눈부시도록 화창했다. 구름 한 점 없이 시리도록 파란 하늘이 두 사람의 결혼을 축하해 주는 것만 같았다.

정원을 가로지르며 하객석 위로 길게 드리워진, 수 개의 하얀 천이 그늘막이 되어 한 폭의 그림과 같았다.

버진로드 양옆으로는 해아가 정성껏 맨 레이스 리본이 묶인 나무 의자가 나란히 놓여 있고, 그 바로 옆에는 노란 수선화와 노란 겹튤립이 심어진 화단이 자리하고 있었다. 꽃송이가 활짝 피어 온 저택에 꽃향기가 진동했다.

"신랑, 입장."

결혼식 사회를 맡은 성하가 큰 목소리로 신랑을 불렀고, 하객들은 전부 일어나 새신랑을 맞이했다.

가족과 가까운 지인만 초대하여 조촐하게 한다고 했는데도 인원이 꽤 많았다. 해아의 소속사 식구들과 저택의 근무자들, 그리고 양가 가족과 신랑 신부의 지인들까지, 하객석을 꽉 채우고도 자리가 모자라, 서 있는 하객들의 수도 제법 있었다.

"신랑이 아주 씩씩하게 걸어오고 있습니다. 아주 잘생겼죠?"

도영의 예복은 해아가 직접 디자인한 턱시도였다. 블랙 턱시도에 보타이를 맨 그는 클래식한 포마드 헤어스타일로 정점을 찍었다. 모두의 시선을 사로잡을 만큼 매력적인 그의 모습에 다들 '멋있다'며 박수를 보내주었다.

도영은 버진 로드를 따라 씩씩하게 걸으며 하객 모두에게 시선을 맞추며 인사를 건넸다. 그의 여유롭고 당당한 뒷모습이 무척이나 듬직해 보였다.

버진 로드 끝에 다다른 도영이 뒤로 돌아서서 해아를 바라보았다. 마주한 시선에는 기쁨과 설렘이 가득했다. 해아는 자신을 바라보며 환히 웃고 있는 그를 향해 미소를 전해주었다.

"신부, 입장."

해아는 강훈의 손을 꼭 잡고 버진 로드를 따라 천천히 걸음을 옮겼다. 자신을 기다리고 있는 도영을 향해 한 발 한 발 내딛는데, 심장이 미친 듯이 뛰기 시작했다.

"봄 햇살만큼이나 눈부시게 아름다운 신부를 향해, 큰 박수 부탁드립니다."

성하의 멘트에 아까보다 더 큰 박수와 환호가 하객들에게서 터져나왔다.

해아의 드레스는 해아가 디자인 초안을 그리고 스타일팀에서 만들어준, 세상에서 하나뿐인 웨딩드레스였다. 바디라인을 고스란히 드러내는 머메이드 스타일의 튜브톱 드레스 위에 네크라인과 소매에 비딩 레이스를 얹어 단아함과 우아함을 극대화했다. 예쁘게 꼬아 올린 머리 위에 베일을 대신해 라넌큘러스 모양의 헤어 코사지를 꽂아 장식했는데, 코사지 역시 해아가 직접 만든 것이었다.

버진 로드 끝에 다다르자, 그곳에 먼저 도착해 해아를 기다리고 있던 도영과 마주보게 되었다.

강훈은 해아와 포옹을 나눈 후, 도영에게 해아의 손을 건네주었다. 해아는 도영의 손을 잡은 채 그와 마주보고 섰고, 해아를 도영에게 보내준 강훈은 경진과 석현의 옆에 앉았다.

해아의 손에는 해아가 가장 좋아하는 순백의 라넌큘러스로 경진이 만들어준 부케가 들려 있었고, 도영의 턱시도 재킷 플라워 홀에도 경진이 같은 꽃으로 만든 부토니아가 꽂혀 있었다.

"그 자세로 잠시만! 아주 좋아요!"

민철이 도영과 해아의 바로 앞에서 열정적인 예술혼을 불태우며 스냅사진 촬영을 하는 중이었다. 그의 뜨거운 열정 덕분에 긴장이 조금 풀렸다.

"오늘 결혼식은 신랑과 신부 가족들의 축하 인사로 성혼선언과 주례사를 대신하도록 하겠습니다. 가장 먼저, 신부 할아버님께 부탁드릴게요."

성하가 강훈에게 마이크를 건넸다.

강훈이 의자에서 일어나 해아를 바라보았고, 해아와 도영도 손을 잡은 채 강훈을 향해 돌아섰다.

"먼저, 아이들의 결혼식에 참석해 주셔서 진심으로 감사합니다."

강훈의 인사에 하객들은 박수를 보냈다.

"권도영 군은 제가 처음 봤을 때부터 해아 짝으로 탐을 냈던 청년입니다. 반듯한 성품과 따뜻한 마음씨, 다정한 말투와 빛나는 눈빛까지 모든 게 다 마음에 들었어요. 이 친구라면, 눈에 넣어도 아프지 않을 우리 해아를…… 더 많이 행복하게 해주지 않을까 생각했습니다."

살며시 흔들리는 강훈의 음성에, 해아의 눈시울이 금세 붉어졌다.

"두 사람이 나란히 앉아 있는 것만 봐도 뿌듯하고, 두 사람이 눈을 맞추며 웃을 때면 더할 나위 없이 행복합니다. 두 사람…… 지금처럼 앞으로도 많이 웃고, 서로 많이 사랑해 주면서 즐겁게 살아. 단 한 번 사는 인생인데, 불타는 사랑도 한 번 해봐야지! 결혼 축하한다."

강훈은 도영과 해아를 차례로 안아주었다.

"감사합니다, 할아버지. 사랑해요."

"나도 사랑한다, 해아야. 행복하게 잘 살아라."

해아를 품에서 놓아준 강훈이 서둘러 돌아섰다. 그는 손등으로 눈물을 닦아내었고, 그런 강훈의 뒷모습을 지켜보며 해아는 울지 않으려 입술을 꾹 깨물었다.

"다음은, 신랑 아버님께서 해주시죠."

마이크를 받아든 석현이 의자에서 일어서자마자 해아를 바라보며 미소를 지었다.

"감격스럽네요. 꼬마 아가씨 때부터 지켜봐 왔던 해아가 아리따운 숙녀로 자란 것도. 그 숙녀가 사랑하는 사람의 손을 잡고 버진 로드를 걷는 걸 지켜보는 것도. 무엇보다…… 해아의 손을 잡고 있는 멋진 남자가 제 아들이라는 것도, 모든 게 다 감격스럽습니다."

석현의 말에 도영이 짓궂게 고개를 숙이며 다가와 해아와 눈을 맞췄다.

"원 없이 사랑했으면 합니다. 훗날 후회하는 일이 없도록, 사랑하고 또 사랑하면서 살았으면 좋겠어요."

예고 없이 찾아오는 이별에 가슴 아파봤던 그였기에, 후회 없는 사랑을 당부했다.

석현의 말을 듣고 난 후, 해아는 오래전 도영이 '그때 그럴걸' 하고 후회하는 미련한 짓은 하고 싶지 않다고 말하던 것이 떠올랐다. 해아는 석현의 당부를 마음 안에 담아 넣으며 다짐했다. 지금 이 순간, 최선을 다해 사랑하겠노라고.

"그리고 많이 싸우세요. 가슴에 담아두지 말고, 미련하게 참지 말고, 속상한 거, 서운한 거 있으면 툭 털어놓고 솔직하게 대화하세요.

못난 마음 오랫동안 쥐고 있지 말고, 그 시간에 서로 사랑하세요.”

‘기승전사랑’인 석현의 이야기에 또 한 번 박수가 쏟아졌다. 역시 피는 못 속인다고, 사랑꾼에게서 사랑꾼이 탄생한 것 같았다.

“두 사람, 진심으로 결혼 축하해. 사랑한다!”

석현도 해아와 도영을 차례로 안아주었다. 도영만큼이나 따뜻한 그의 품에, 아버지가 생긴 기분이 들었다.

“마지막으로, 신부 어머님께서는 딸에게 보내는 편지를 준비하셨습니다.”

성하가 경진에게 다가가 마이크를 건넸고, 마이크를 받아든 경진은 긴장한 듯 깊은 숨을 몰아쉬며 꾸깃꾸깃한 종이를 꺼내 조심스레 펼쳤다.

해아는 차마 그녀를 바라볼 수 없었다. 눈이 마주치기라도 하면 눈물이 왈칵 쏟아질 것만 같아서였다.

“나의 딸 해아에게.”

경진의 그 말에 해아는 결국 눈물을 터뜨렸다. 끅끅대며 울음을 삼키자, 곁에 있던 도영이 손을 꼭 쥐며 다독여 주었다.

“어떤 말로 시작해야 좋을지 몰라서, 이 짤막한 편지를 몇 번이나 고쳐 썼는지 모르겠다. 가슴 속에서는 수백 가지의 축복의 말이 떠오르는데, 입 밖으로 내는 건 왜 이리 어려운지……. 글재주도 없고 말재주도 없어서, 네 결혼식에 해줄 수 있는 거라고는 네가 가장 좋아하는 꽃으로 부케를 만들어주는 것뿐이었다.”

해아는 그녀가 만들어준 부케를 가슴에 안았다.

“어느 날 사랑하는 사람이 생겼다고, 정말 좋은 사람이라고 말하던 그날이 떠오르는구나. 벅차오르는 설렘을 감추지 못하고 말갛게 웃던 네 모습이 너무 예뻐서…… 엄마는 몰래 울었어.”

경진의 울먹임에 해아는 하염없이 눈물을 흘렸다.

"해아야. 엄마는 네게 늘 미안했고, 늘 고마웠어. 힘들고 아팠던 시간은 모두 잊고, 앞으로 행복한 일들만 가득하도록 엄마가 항상 기도할게. 사랑한다, 해아야."

해아는 곧장 경진에게 다가가 그녀의 품에 얼굴을 묻고 소리 내어 울고 말았다. 결혼식 날 너무 울면 사연 있는 것 같아 보일까 봐 최대한 참아보려 했는데, 그게 마음대로 되지 않았다.

"그만 뚝 해. 네가 우니까 하객들도 울잖아."

간신히 마음을 추스른 해아는 고개를 들어 하객석을 둘러보았다. 경진의 말대로 몇몇 감성적인 하객들이 눈물을 훔치고 있었다. 때마침 메이크업 수정을 해주기 위해 혜정이 출동했고, 그녀의 손길에 해아는 웃음을 되찾았다.

"고마워 엄마. 나도 사랑해."

경진이 있는 힘껏 미소를 지었고, 그런 경진에게 도영이 넙죽 절을 했다. 경진은 그런 도영의 손을 잡으며 어깨를 다독였다.

"해아 잘 부탁해."

"걱정 마세요, 어머니. 행복하게 살겠습니다."

경진과 도영이 포옹하는 모습을 지켜보는데, 뜨거운 무언가가 가슴속에서 확 번지는 것 같았다.

"신부 어머님의 편지로 인해 눈물바다가 된 예식 분위기를, 신나는 축가로 한 번 바꿔보겠습니다."

성하의 말이 끝나기가 무섭게 은형과 주현이 알아서 앞으로 나왔다. 해아와 도영이 옆으로 비켜서자, 그 맞은편에 두 사람이 마이크를 쥐고 섰다.

"안녕하세요. 저희는 오늘 두 분의 결혼식을 축하하기 위해 축가를 준비한 김주현!"

"김은형입니다!"

두 사람은 인사부터 찰떡 호흡을 과시했고, 다행히도 하객석에서 뜨거운 반응을 보내주었다.

"시작하기 전에 신랑 신부에게 부탁드릴 게 있습니다. 그게 뭐죠, 주현 씨?"

"노래 가사에 '사랑해'가 나올 때마다 뽀뽀를 해주시면 됩니다. 볼 뽀뽀? 아니죠! 입술에 부탁합니다!"

마치 음악 프로그램 같은 두 사람의 만담에 결국 박수가 터져 나왔다. 반응이 이렇게 뜨거운데 차마 거절할 수가 없어서, 해아와 도영은 오케이 사인을 보냈다.

그들이 준비한 축가의 MR이 흘러나오고, 주현이 두 팔을 높게 들며 박수를 유도하자 홍 넘치는 하객들이 자리에서 일어섰다. 열정적인 그들의 무대 매너에 눈물바다에서 순식간에 축제가 되었다. 아이돌 연습생 저리가라 할 정도로 노래 연습을 하더니, 가수 못지않은 가창력을 뽐내기도 했다.

해아와 도영도 리듬에 맞춰 박수를 보내다가, 약속한 대로 '사랑해'라는 가사가 나올 때마다 입을 맞췄다.

그런데 문제는 '사랑해'라는 단어가 너무 자주 등장한다는 것. 후렴구에서는 계속 입술을 붙이고 있어야 할 정도였다. 덕분에 분위기는 더욱더 후끈하게 달아올랐다. 민철은 이 순간을 놓치지 않고 연신 카메라 셔터를 눌러 담았다. 단 한 컷도 놓치지 않겠다는 일념이 엿보였다.

축가가 끝이 난 후, 사방에서 앙코르 요청이 이어질 정도로 은형과 주현은 환상의 호흡을 선보였다. 그들이 큰 박수를 받으며 자리로 돌아간 후, 해아는 도영의 입술에 묻은 립스틱을 닦아주며 웃음을 참지 못했다.

"다음은, 혼인서약서 낭독이 있겠습니다. 두 분 이쪽으로 오세요."

성하가 도영과 해아를 한가운데에 세우고 혼인서약서 케이스를 건넸다.

도영과 해아는 그 서약서를 함께 들고 직접 준비한 내용을 한 글자 한 글자 정성을 다해 읽었다.

"본인 권도영은 류해아를 아내로 맞아 행복한 가정을 일구고, 그 안에서 평생 동안 서로 사랑하며 살아갈 것을 굳게 맹세합니다."

"본인 류해아는 권도영을 남편으로 맞아, 서로를 존중하고 아끼면서 생이 다하는 그날까지 사랑할 것을 맹세합니다."

서약을 마친 후, 해아와 도영은 커플링을 하나씩 나눠 끼웠다. 여기저기서 '키스해!'라는 거친 외침이 들려왔고, 도영과 해아는 빼지 않고 입을 맞췄다.

"더 하실 말씀 있으면 하세요."

성하의 제안에 도영이 다시 마이크를 잡았다.

"바쁘신 와중에도 저희 결혼식에 참석해 주신 내빈 여러분께 감사하다는 말씀 먼저 드리겠습니다. 새로운 시작점에 선 저희 두 사람에게 진심 어린 응원과 축하를 보내주셔서 너무나 감사하고요. 실망하시지 않도록 최선을 다해서 잘 살아보겠습니다. 감사합니다."

해아도 도영에게 마이크를 건네받았다.

"예식 내내 사연 많은 사람처럼 너무 많이 울어서 부끄럽네요. 기쁘고 행복해서 운 거니까 소문내지 말아주세요. 여러분 모두 사랑하고요! 감사합니다!"

해아의 씩씩한 외침에 모두들 따뜻한 박수를 보내주었다.

오늘만큼은 세상 모든 사람을 사랑할 수 있을 만큼 사랑이 넘치도록 샘솟는 날이었다. 해아는 진심 어린 축복을 보내주는 고마운 사람들을 향해 사랑을 고백했다.

"마지막으로, 신랑 신부의 행진을 진행하겠습니다. 신랑 신부, 행진!"

도영과 해아가 각각 따로 걸어왔던 버진 로드를, 이제는 함께 걷게 되었다.

새로운 시작을 하는 두 사람을 향해 사람들은 종이꽃잎을 뿌려주며 잘 살라며 행복을 기원해 주었다. 해아는 그들의 축하를 가슴 깊이 새기며, 한 사람 한 사람과 빠짐없이 눈을 맞추며 감사의 인사를 전했다.

"뽀뽀해! 뽀뽀해!"

버진 로드의 끝에 다다랐을 때, 하객들은 또다시 키스를 요청했다. 이제 와서 부끄러워하기에는 오늘 너무 많이 키스를 나누었기에 몸을 사릴 수가 없었다. 도영이 해아의 허리를 한 팔로 감싸 안으며 슬쩍 당겼고, 해아는 그대로 그에게 다가가 입을 맞췄다.

두 사람은 입가에 미소를 띤 채로 한참 동안 키스를 나누었다.

본식 후 조촐한 피로연이 열렸다. 다 함께 식사를 할 수 있을 정도로만 장 실장에게 부탁을 했는데, 그는 작정한 듯 제대로 실력 발휘를 했다.

저택에 함께 모여 식사를 한 후 어르신들은 강훈의 서재관에서, 젊은 사람들은 해아 소속사 사무실에서 가볍게 술을 마시며 못다 한 이야기를 나누었다.

"권도영과 류해아의 결혼을 축하하면서, 건배 한번합시다!"

기주의 제안에 모두 샴페인 잔을 높이 들었다.

"건배사는 새신랑이 하시죠?"

성하가 도영을 일으켜 세웠다.

"오늘 결혼식에 와주셔서 정말 감사합니다. 행복하게 잘 살겠습니다!"

전체 건배를 하고 난 후, 해아와 도영은 따로 건배를 하며 달콤한 샴페인 한 모금을 마셨다.

"정신이 하나도 없지?"

은형이 묻자 해아와 도영이 동시에 고개를 끄덕였다.

"두 사람 다 고생했어. 오늘 밤에 푹 쉬어."

"에이. 첫날밤인데 어떻게 푹 쉬어요."

주현이 은형의 말에 반기를 들면서 음흉한 미소를 짓는 바람에, 환호가 터져 나와 소란스러워졌다.

"어제 잠은 잘 잤어요? 설레서 못 잤죠?"

"한숨도 못 잤어요."

애리의 물음에 해아는 고개를 절레절레 흔들며 대답했다. 결국 밤을 꼬박 지새운 해아였다. 본식 때는 워낙 정신이 없어서 피곤한 줄도 몰랐는데, 이제 다 끝났다고 생각하니 물먹은 솜처럼 몸이 축 늘어졌다.

"근데 이 부케, 정말 제가 가져도 되는 거예요?"

"당연하죠."

오늘 해아의 부케는 애리가, 도영의 부토니아는 기주가 받았다. 엄마가 직접 만든 부케인데 괜찮냐는 물음 속에는, 그녀가 만든 부케를 정말 자신이 가져도 괜찮냐는 물음도 포함되어 있었다.

경진은 이미 애리가 부케를 받을 거라는 걸 알고 있었다. 그 때문에

사랑, 너에게 분다

경진은 똑같은 부케를 하나 더 준비해 준 참이다

"엄마가 두 개를 만들어주신 이유가 있겠죠?"

애리는 옅게 웃으며 부케 손잡이를 만지작거렸다.

"만약 한 개뿐이었다면 줬다 도로 받아 올 생각이었어요."

"고마워요. 해아 씨."

해아는 애리의 빈 잔에 샴페인을 따라주고 건배를 했다.

"우리 중에, 두 사람 사이가 심상치 않다는 거 누가 제일 먼저 눈치챘을까요?"

민철의 물음에 기주와 은형, 주현이 동시에 손을 번쩍 들었고, 해아는 도영의 어깨에 머리를 기댄 채 그들을 지켜보았다.

"나는 현장에서 딱 잡았지. '별이 빛나는 밤' 촬영 초기에, 세트 촬영장에서 둘이 꽁냥대다가 몰래 손을 잡더라고. 그날 딱 느낌이 왔어. 둘이 뭔 일이 나도 나겠구나, 하고."

기주의 말에 해아는 그날의 기억을 떠올렸다. 불쑥 나타나 어깨동무를 하더니, 자기는 입이 무겁다고 말했다. 그는 정말 입이 무거웠고 그 사실을 아무에게도 말하지 않았다. 물론 공개 연애를 하기 전까지는 놀리고 약 올려댔지만 말이다.

그때, 주현이 당당하게 나서서 손사래를 치며 앞으로 치고 나왔다.

"죄송하지만 선배님보다 제가 먼저 눈치챈 것 같은데요? '별이 빛나는 밤' 촬영 전에 가평 펜션으로 단합대회 갔었잖아요. 그날 언니랑 권 PD님 포옹하는 거, 제가 다 봤어요."

주현의 말에 놀란 해아가 도영과 시선을 맞췄다. 그날이라면, 나 말고 좋은 여자 만나라고 말했던 날인데……. 아무도 못 봤을 줄 알았는데 목격자가 있었을 줄이야.

"아휴. 이를 어쩌면 좋죠? 저는 그전에 이미 눈치챘는데."

은형은 거드름을 피며 아주 자신만만하게 나섰다.

"대본 리딩 전날 전체 회식 때, 사실 해아가 응급실에 실려 갔거든요. 아무도 모르셨죠?"

"해아야, 진짜야?"

기주의 물음에 해아는 고개를 끄덕였다.

"그날, PD님이 사색이 돼서 해아를 안고 달려 나오셨어요. 병원에서는 또 어땠게요? PD님께서 해아한테 했던 말들은 분명 잔소리인데, 말투가 어찌나 다정하고 따뜻하던지……. 둘이 얼마나 애틋했는지 몰라요."

도영에 대한 마음을 해아 자신도 미처 깨닫지 못했을 때, 은형은 이미 눈치를 채고 있었던 모양이다.

그의 다정한 말 때문에, 그날 밤 얼마나 가슴이 두근거렸는지……. 모든 것이 생생하게 떠올랐다.

가만히 듣다 보니, 주변 사람들 대부분이 낌새를 채고 있었다는 게 웃음이 났다. 나름 열심히 비밀 연애를 한다고 했는데, 아무도 속지 않은 것 같았다.

판정승을 거둔 은형이 주먹을 불끈 쥐었고, 기주와 주현은 쉽게 인정해 주지 않았다.

시끌벅적한 그들의 대화를 지켜보며, 해아는 도영과 손깍지를 꼭 낀 채 오붓하게 건배를 나눴다.

우리의 모든 역사를 아는 사람들과, 같은 추억을 지닌 이들과 지난날을 이야기하는 것이 마냥 즐거웠다. 우리의 결혼을 진심으로 축복해 주는 사람들과 함께 있어서, 참 감사했다.

첫날밤은 해아의 방에서 보내게 되었다.

샤워가운 차림으로 욕실에서 나온 도영은 해아의 곁으로 다가갔다.

"뭐해?"

"팬 페이지에 글 남기는 중이에요."

먼저 샤워를 마치고 나온 해아는 책상 앞에 앉아 노트북을 열고 자신의 팬 페이지에 직접 글을 남기고 있었다.

도영은 해아의 뒤에서 그녀의 어깨 너머로 모니터를 바라보았다. 뭐 하고 있는 건지 보기만 할 생각이었는데, 해아에게서 나는 달콤한 향기 탓인지 가슴이 두근거려 난감했다.

"맥주 한 잔 더 할래?"

"좋죠."

도영은 거실에 나가 냉장고에서 맥주 두 캔을 들고 돌아왔다. 캔을 열어 그녀에게 건넸지만 그녀는 모니터에 시선을 고정한 채 손만 내밀었다.

관심받고 싶었던 도영은 해아의 손에 닿지 않게 계속해서 캔을 살짝 뒤로 밀어두었고, 뭔가 이상하다는 걸 눈치챈 해아가 도영의 어깨를 무는 시늉을 하며 캔을 손에 쥐었다.

얌전히 기다리기로 마음먹은 도영은 책상 위에 놓인 그녀가 읽던 책을 뒤적였다.

"어! 메일 왔다!"

무슨 메일인가 싶어서 힐끔 보니, 민철이 그녀에게 보낸 메일이었다. 메일 안에는 오늘 그가 촬영했던 사진들이 첨부되어 있었다.

"이것 봐요."

해아는 도영과 거리를 좁히며 다가와 노트북을 끌어당겼고, 도영은 그녀의 어깨에 턱을 얹은 채 민철이 촬영한 사진을 보았다.

"와! 대표님 사진 정말 잘 찍으시네요? 취미 수준이 아닌데?"

"장비가 좋아서 그런 거야. 장비 욕심이 좀 있거든."

도영이 민철의 실력을 폄하하자 해아는 그의 등을 찰싹 때리고는 다시 사진을 한 장 한 장 넘겼다.

사진 속에는 결혼식에 있었던 모든 장면이 담겨 있었다. 그 사진들을 보는데, 도영은 왠지 기분이 묘했다. 불과 몇 시간 전의 일인데도 마치 오래전의 일인 것처럼 아득하게 느껴지기도 하고, 꿈처럼 느껴지기도 했다.

"아, 진짜…… 누구네 집 신랑인지 무지하게 멋있네."

해아가 무심결에 도영의 허벅지 위에 손을 툭 올려놓으며 고개를 옆으로 돌렸고, 도영의 입술이 자동적으로 그녀의 뺨을 스쳤다.

"해아야."

도영의 부름에 해아는 딴청을 부리며 맥주 캔만 만지작거렸다. 도영은 그런 해아의 손에서 캔을 빼앗아 책상 위에 내려두고 얼굴을 빤히 보았다.

"왜 그렇게…… 빤히 쳐다봐요?"

"좋아서."

머리카락을 쓸어 넘기는 도영의 손길에, 해아의 입가에는 옅은 미소가 어렸다. 도영은 그녀에게 가까이 다가가 입을 맞췄다. 말캉한 입술이 포개어지자, 마음의 심지에 불이 확 당겨진 것처럼 뜨겁게 타올랐다.

도영은 해아를 번쩍 안아 들고 그녀의 침대로 향했다. 두 팔로 자신의 목을 감싸 안은 채 가슴이 들썩이도록 숨을 몰아쉬는 그녀를 침대 위에 반듯하게 눕히고 그 위에 올랐다. 맞닿은 입술 너머에서 달고 뜨거운 숨결이 넘어올 때면 심장이 조여드는 것만 같았다.

도영의 커다란 손이 그녀의 가는 목선과 쇄골을 타고 어깨에 닿았다. 작은 어깨를 감싸고 있던 샤워가운을 조금 뒤로 젖히며 매끈한 어깨 위에도 입을 맞췄다.

"하아……."

해아의 나지막한 숨소리에 심장박동은 점점 더 빨라졌다. 마음속에서는 조급증이 일었지만 모든 인내심을 끌어 모으며 참고 또 참았다.

도영은 그녀의 맨 어깨와 목덜미 사이에 얼굴을 묻고 욕심껏 숨을 들이쉬며 가볍게 입을 맞췄다. 그러자 해아의 자그만 손이 도영의 어깨를 꽉 움켜쥐었다.

도영은 그런 그녀의 눈을 바라보며 이마 위에 입을 맞췄다. 반짝이며 빛나는 짙은 눈동자에 빨려 들어갈 것만 같았다. 아름다운 그녀의 모습을 두 눈에 담고, 가슴에 담으며 다시 입을 맞췄다.

샤워가운을 헤치고 들어온 그녀의 작은 손이 조심스레 도영의 등을 감쌌다. 느리게 움직이는 그녀의 손끝에 온통 신경을 빼앗겨, 머릿속은 하얘져 버렸다.

아주 느긋하게, 좀 더 깊이 그녀를 탐할수록 마음 한구석이 빈틈없이 채워져 갔다. 지금의 이 느낌을 하나도 빠짐없이 모두 다 기억하고 싶어서, 도영은 서두르지 않았다.

해아와 처음 만났던 그날 이후로 지금까지, 모든 순간이 좋았다.

그녀의 마음속으로 무작정 밀고 들어가 자리를 잡았고, 그 끝에 그녀에게 사랑을 받을 수 있었고, 오늘…… 그녀가 자신의 아내가 되었다.

앞으로 얼마나 더 많이 사랑한다고 말을 해야, 한없이 차오르는 그녀에 대한 자신의 사랑을 모두 전할 수 있을지 알 수가 없었다.

그녀에게 꺼내 보이는 것보다 훨씬 더 빠른 속도로 자라나는 마음 때문에 때때로 숨이 막히도록 벅차올라 가슴을 움켜쥐게 된다.

내 세상의 중심이 되어버린 그녀.

누군가를 이토록 온 마음을 다해 사랑할 수 있음에, 도영은 세상 모든 것에 감사했다.

사랑, 너에게 분다

19. 사랑, 너에게 분다

이른 아침, 먼저 눈을 뜬 건 도영이었다.

도영은 자신의 옆에 누워 곤히 잠든 해아부터 확인하고 안도의 한숨을 몰아쉬었다.

혹시나 아침에 눈을 뜨면 모든 것이 꿈일까 봐, 몇 번이나 잠에서 깨 옆자리를 확인했다. 잠들었다 다시 깨기를 수차례 반복하면서 잠든 해아를 손으로 만지고 품에 끌어안았다. 도영이 뒤척일 때마다 해아는 잠결에 귀찮다는 듯 자꾸만 도망쳤지만, 도영은 놓아줄 수가 없었다.

도영은 눈 뜨자마자 잠든 해아의 모습을 실컷 감상했다. 좋은 꿈이라도 꾸고 있는지, 옅은 미소가 걸린 입매가 사랑스러웠다. 도영은 해아의 뺨에 입을 맞추고 일어나 앉아서도 해아에게서 시선을 거두지 못했다. 베개 위에 흐트러진 머리카락마저 사랑스러웠다.

한참 동안 자리를 떠나지 못하던 도영은 이불을 어깨까지 폭 덮어

주고 난 후, 겨우 침대에서 빠져나와 욕실로 향했다.

한편, 해아는 도영이 완전히 침대 밖으로 나간 것을 확인한 후에야 한쪽 눈꺼풀을 조심스레 밀어 올렸다.

"휴우."

해아는 가슴을 쓸어내리며 일어나 앉았다. 어둑한 새벽에 잠에서 깬 해아는 잠든 그의 얼굴을 욕심껏 매만졌었다. 그는 무척이나 피곤했는지 쉽게 잠에서 깨지 않았다.

눈썹도 만져 보고, 머리카락도 만져 보고, 귀도 만지고, 코도 만지고, 입술도 만지고. 푸릇하게 수염이 돋아나기 시작해 까슬한 턱을 만지며 키득거리기도 했다.

그렇게 한참을 만지고 있는데 그가 몸을 뒤척였고, 깜짝 놀란 해아는 다시 자는 척을 해버렸다.

그 순간 왜 그런 결정을 한 건지 본인 스스로도 이해할 수 없었다. 잘 잤냐며 아침인사를 하면 되는 일인데, 함께 맞는 아침이 처음도 아닌데도 왜 그리 떨렸는지 이유를 알지 못했다.

해아는 머리카락을 하나로 모아 둘둘 말아 올려 묶고서 침대 밖으로 나왔다. 그를 놀라게 할 생각에 살금살금 걸어 그가 있는 욕실로 향했다.

"하나, 둘……."

문손잡이를 쥔 채 타이밍을 잡던 그 순간, 갑자기 문이 벌컥 열렸다.

"워!"

"엄마야!"

예상치 못했던 그의 선제공격에 너무 놀란 해아가 바닥에 주저앉아 울상을 지었고, 그 광경을 지켜보던 도영이 웃으며 손을 내밀었다.

"세수하자."

작전에 실패한 해아는 시무룩한 얼굴로 도영의 손을 잡았다. 그가 이끄는 대로 욕실로 들어가 거울 앞에 나란히 서서 양치를 시작했다. 거울에 비친 서로의 모습을 보다가 아무런 이유도 없이 웃음이 터졌다.

"내가 밖에 있는 건 어떻게 알았어요?"

"원래 귀가 밝아."

"혹시…… 잠귀도 밝아요?"

"아까 내 얼굴을 아주 신나게 만지작거리던데?"

그럼 그때부터 깨어 있었다는 거야?

황급히 입을 헹구고 욕실을 빠져나가려던 해아는 결국 그의 손에 붙잡히고 말았다.

"모닝키스로 상쾌하게 하루를 시작하는 건 어때?"

"그것 참 좋은 생각이네요."

도영의 제안에 흔쾌히 승낙한 해아는 그의 뺨을 두 손으로 감싼 채 입을 맞췄다. 상쾌한 민트향이 입안에서 감돌자, 정신이 맑아지는 기분이었다.

"오늘 아침밥은 우리가 하자."

"안 그래도 오늘 장 실장님 푹 쉬시라고 말씀드려 놨어요."

어제 그 많은 요리를 준비하느라 힘들었을 장 실장을 대신해, 해아가 아침을 하겠다고 나섰다. 그런데 마침 도영도 자신과 같은 생각을 했던 모양이다.

해아는 도영과 함께 1층 주방으로 내려와 불을 환히 밝혔다. 그러곤 마치 짠 것처럼 각자의 자리에서 요리를 준비했다.

도영은 쌀을 씻고, 해아가 국을 끓였다. 장 실장이 기어이 어제 퇴근하면서 반찬거리와 아침 국거리를 준비해 둔 덕에 할 일이 많지 않았다.

혹시나 달그락거리는 소리에 강훈과 경진이 깰까 봐 조심조심 움직였다. 마치 소꿉놀이를 하는 기분이라, 눈이라도 마주치면 아이처럼 키득거렸다.

"둘이 아침 하는 거야?"

"어? 엄마 일찍 일어났네?"

식사 준비가 거의 끝났을 무렵, 경진이 먼저 방에서 나왔다. 도영은 그녀에게 고개를 숙여 깍듯이 인사를 건넸다.

"안녕히 주무셨어요, 어머님?"

"응. 아주 잘 잤지. 두 사람은 푹 쉬었어?"

"네. 저희도 푹 쉬었습니다."

쉬기는. 거짓말도 잘하네.

해아가 옆구리를 쿡 찌르자 그가 어색하게 웃었다.

"앉아, 엄마. 밥만 푸면 돼. 참고로 밥은 엄마 사위가 했어."

"그래. 어디 한 번 사위가 해준 밥 먹어보자."

해아는 식탁 위에 수저를 챙겨놓았고, 도영은 국과 밥을 그릇에 담아냈다.

"바지락냉이국이네? 할아버지 좋아하시겠다."

"할아버지 모시고 올게요."

막 주방을 떠나려는데, 때마침 강훈도 방 밖으로 나왔다.

"할아버지, 안녕히 주무셨어요?"

"그래. 아주 잘 잤다. 너희들도 잘 잤니?"

"네. 할아버지, 식사하세요."

"오늘 아침은 둘이서 한 거야?"

"장 실장님이 거의 다 준비를 해놓고 가셔서, 도영 씨가 밥만 했어요."

"그래? 그럼 밥부터 한 번 먹어봐야겠구나."

식탁 앞에 앉은 강훈이 수저를 들자 뒤이어 모두 식사를 시작했다. 온 가족이 식탁에 모여 앉아 식사를 하는 게 너무 오랜만의 일이라 조금은 낯설기도 하고 반갑기도 했다.

해아는 경진과 강훈을 번갈아보며 연신 웃었다. 불과 일 년여 전만 하더라도, 어쩌면 다시 이런 날이 오지 않을 거라고 생각했기에 감격스러웠다. 게다가 자신과 가장 가까운 곳에 도영이 있었다.

이 모든 것을 가능하게 만들어준 사람과의 결혼 후 첫 번째 아침 식사는 평생을 두고도 잊지 못할 것 같았다.

강훈의 저택에서 점심까지 먹고 난 후, 도영과 해아는 둘만의 신혼집으로 올 수 있었다.

"와! 우리 집이다!"

도영이 두 팔을 활짝 벌리며 빙그르르 돌았고, 해아는 마중 나온 수지를 번쩍 안고 집 안으로 들어갔다.

그와 함께 밥을 먹고 잠을 자고 일상을 함께할 공간. 나의 집, 그리고 우리의 집.

자주 왔던 곳인데도 새삼 기분이 달랐다. 결혼이라는 것의 의미와 무게를 점점 깨닫게 되어가는 것 같았다.

편한 옷으로 갈아입고 나오자마자, 해아는 거실 커튼과 창을 활짝 열고 쏟아지는 봄볕을 만끽했다. 따뜻한 햇살과 시원한 바람이 온몸을 스쳤다. 해아는 몽글몽글한 구름이 가득한 하늘을 바라보며 작게 콧노래를 흥얼거렸다.

세상 모든 것이 다 아름다워 보였다.

수지도 기분이 좋은지, 햇빛이 가장 많이 쏟아져 들어온 곳에 웅크리고 앉아 꾸벅꾸벅 졸았다.

"아버지랑 저녁 약속 잡았어."

"아버님 댁으로 안 가고요?"

"집이 엉망이라고 다음에 놀러 오래. 오늘은 밖에서 먹자."

오늘 저녁, 석현과 함께 식사를 하고 나면 내일부터는 다시 촬영장으로 돌아가야 한다. 훌쩍 흘러간 사흘의 시간이 너무나 아쉬웠다. 이럴 줄 알았으면 한 이틀 더 쉴걸, 하는 후회가 들었다.

해아는 도영의 허리를 끌어안은 채 그에게 몸을 기댔다.

"누구 때문에 이틀 내리 제대로 못 잤더니 졸리다."

해아의 투덜거림에 도영이 웃으며 해아를 품 안으로 끌어당겨 안았다.

"낮잠 한숨 잘까?"

잠으로 이 귀중한 시간을 흘려보내는 건 아까웠지만, 지금은 견딜 수 없이 졸음이 쏟아져 어쩔 수가 없었다.

두 사람은 거실 러그 위에 나란히 누웠다. 해아는 도영의 얼굴을 바라보았고, 도영은 그런 해아의 머리카락을 만지작거리며 느리게 눈꺼풀을 끔벅였다.

아무것도 하지 않아도 마냥 좋았다. 이 여유가 너무나 행복했다, 함께 시간을 흘려보내는 게 이렇게까지 좋을 일인가, 싶을 정도였다.

"근데, 계속 도영 씨라고 부를 거야?"

"그럼 뭐라고 불러줄까요?"

해아가 되묻자, 그는 듣고 싶었던 대답이 있는 사람처럼 슬쩍 웃었다.

"오빠라고 불러줄까요?"

"오빠 좋지."

"여보라고 불러줄까요?"

"그것도 좋고."

"아니면, 자기라고 부를까?"

"다 좋아."

"맨날 다 좋대."

도영은 해아의 뺨을 엄지로 부드럽게 쓰다듬으며 시선을 맞췄다.

"나는 네가 뭐라고 부르든 다 좋아. 개똥이라고 불러도 좋아."

개똥이라니. 해아는 결국 소리 내어 웃고 말았다.

해아도 그에게 어떤 호칭을 붙여야 하나 고민을 했던 적이 있다. 이름을 부르는 것에 대해 주변 사람들은 거리감이 느껴진다고 말했지만, 해아는 그의 이름이 너무 좋았다. 특히 그의 이름을 소리 내어 부를 때가 가장 좋았다.

앞으로도 그의 이름을 부르고 싶었다. 권도영이라는 이름을 가진 한 남자가 나에게만 특별한 의미가 되는 것 같아서 계속 그의 이름을 부르게 될 것 같았다.

근데 생각해 보니, 애칭 정도로 개똥이도 고려해 볼 만했다.

"그래도 개똥이보단 도영이가 낫지 않을까요?"

"그렇긴 하네."

해아는 도영에게 조금 더 바짝 다가가 안기며 입을 맞췄다.

"앞으로 내가 뭐라고 부르든 찰떡같이 알아듣고 대답해요. 알겠죠?"

그는 고개를 끄덕여 대답했고, 해아는 그의 허리를 꼭 끌어안은 채 낮잠을 청했다.

"PD님 결혼 축하드려요!"

나흘 만에 출근한 도영이 사무실 안에 들어서자 사방에서 축하 인사가 쏟아졌다. 도영은 직원들에게 손을 흔들어주며 자리로 향했다.

담당했던 작품의 촬영이 지난주에 모두 끝나면서, 오늘부터 'ETERNITY' 팀의 제작 업무를 본격적으로 시작하게 되었다. 두 작품의 방영 시기가 비슷해서 동시에 진행해야 하는 부담감이 있었지만 이러한 경우가 종종 있었기에 그리 복잡할 것은 없었다.

가장 먼저 현재 'ETERNITY' 제작을 담당하고 있는 PD로부터 진행 상황을 보고받았다. 그동안 꾸준히 챙기긴 했지만 혹시나 놓친 부분이 있을까 봐 좀 더 꼼꼼히 챙기기로 했다.

"권 PD님, 잠깐 나 좀 봅시다."

자신을 부르는 목소리에 뒤를 돌아보니 민철이 파티션에 매달린 채 웃으며 손짓을 하고 있었다. 도영은 그의 뒤를 따라 대표실로 향했다.

"무슨 일이에요?"

"일은 무슨. 차 한잔하자고 불렀지. 앉아."

그가 내주는 차라고 해봤자 병에 담긴 유자차를 뜨거운 물에 섞어 주는 정도였으나, 도영은 그 유자차를 감사히 받았다.

"유부남이 된 소감이 어떠신가?"

"음……. 제가 이걸 설명해 드린다고 해서 대표님이 이해하실 수 있을지 모르겠네요. 이건 결혼해 본 사람들만 알 것 같은데."

"와, 재수 없어! 너 지금 내 앞에서 장가갔다고 잘난 척하냐?"

발끈하는 민철을 외면하며 차 한 모금을 마셨다.

"해아가 대표님이 찍어주신 사진 보고 엄청 감동했어요. 되게 좋아하더라고요."

"그래? 마음에 든다니 다행이네."

달래주니 또 금세 풀려서 으쓱하는 게 귀엽기까지 했다.

"내가 잘 찍은 것도 있지만, 무엇보다 모델이 훌륭했지."

민철의 말에 도영은 격하게 공감했다. 신부가 류해아인데, 더 이상의 설명은 필요가 없었다.

"고생해 주신 분들 모셔서 식사 한 번 대접하려고요."

"집들이하는 거야?"

"아뇨. 밖에서 사드릴 거예요."

"어차피 집들이 할 거잖아. 한꺼번에 해!"

"집들이 안 할 건데요?"

한창 드라마 촬영 중이라 바쁜 와중에 집들이라니! 그건 절대 불가능했다. 도영은 허락할 수 없었다.

"매정하네. 가까운 사람들 신혼집에 초대해서 같이 밥도 먹고, 얘기도 나누고, 제수씨 노래도 좀 들어보고, 술도 마시고 해야지."

"안 돼요. 요즘에 해아 촬영하느라 바빠요. 아니, 그 작품 제작사 대표님이 그걸 몰라서 하는 소리예요?"

"알았어, 알았어. 그럼 제수씨 귀찮게 안 할 테니까, 권 PD가 다 준비하면 되겠다. 오랜만에 권 PD 노래도 한 번 들어볼까?"

"아, 진짜!"

"솔직히 말해서, 나는 두 사람 결혼에 지분이 좀 있다고 생각하거든? 내 덕분에 두 사람이 만난 거나 다름없잖아."

"저희가 만난 게 왜 대표님 덕이에요?"

"우리 회사 작품의 제작PD와 배우로 만났으니까!"

"그 작품 기획 제가 했고요, 캐스팅도 제가 발로 뛰어서 한 거거든요?"

그의 터무니없는 주장에 도영은 헛웃음이 터졌다.

"그리고, 저희는 어차피 만날 사이였어요."

꼭 그때가 아니었다 하더라도 언젠가는 만날 사람이었고, 만났다면 분명 사랑하게 되었을 것이다. 도영은 그것을 자신했다. 해아와는 어떻게든 지금과 같은 결과를 맺을 수 있었을 거라고 생각했다.

"아주 천생연분 만나셨어. 잘났다, 그래. 결혼해서 좋겠다!"

민철의 유치한 투덜거림에 도영은 어깨를 다독이며 달래주었다.

"그나저나, 본격적으로 사진이나 배워볼까?"

"회사는 어쩌고요?"

"회사에는 네가 있잖아."

민철은 천연덕스럽게 도영을 지목하며 해맑게 웃었고, 도영은 고개를 가로저었다.

"저 이제 바빠요. 앞으로 칼 퇴근할 거고요, 휴가도 다 챙겨 쓸 거예요. 육아휴직도 삼 년 쓸 겁니다."

"그래. 다 써. 내가 권 PD한테 그 정도 못 해줄까 봐? 해달라는 거다 해줄게. 대신, 집들이는 하자."

좀처럼 포기를 모르는 끈기의 사내였다. 도영은 한숨을 쉬며 단숨에 유자차를 다 마셔 버린 후 자리에서 일어섰다.

"저 일하러 갑니다."

"오늘부터 'ETERNITY' 팀에 합류하는 거야?"

"네."

"부부가 한 팀에서 일하니 얼마나 좋아! 제수씨 힘나겠는데?"

"힘은 제가 나죠."

"어으!"

진저리를 치는 민철을 남겨둔 채 도영은 대표실을 나섰다.

"PD님, 잘 마실게요!"

"어?"

"류해아 씨 정말 스윗하시네요."

"어……."

손에 테이크아웃 종이컵을 든 직원들이 도영에게 잘 마시겠다며 인사를 건넸다.

이게 대체 무슨 일인가 싶어 주변을 두리번거리다가 한 무리의 사람들이 모여 있는 소회의실로 향했다. 그곳에서는 커피 케이터링 업체 직원들이 하늘섬 직원들에게 음료와 커다란 종이가방을 손에 쥐어주고 있었다.

"커피 드릴까요?"

"아, 네. 아메리카노 한 잔 주세요."

얼떨결에 주문을 한 도영의 눈에 종이컵 슬리브가 눈에 들어왔다. 슬리브에는 어디선가 많이 보았던 글씨체로 짤막한 메모가 적혀 있었다.

행복하게 잘 살겠습니다. - 신랑 권도영과 신부 류해아 드림

해아의 손글씨였다. 케이터링 역시 그녀가 보낸 것이었다. 대체 이런 것들을 언제 다 준비한 걸까.

"아메리카노 나왔습니다."

커피를 건네준 직원이 도영의 손에도 종이봉투를 쥐어주었다. 그것을 일단 건네받은 도영은 자리로 돌아가 서둘러 봉투를 열어보았다.

종이봉투 안에는 샌드위치와 과일이 담긴 도시락과 비단 보자기로 감싼 길쭉한 상자가 들어 있었다. 특히 비단 보자기는 풀기 아까울 정도로 아름다운 매듭이 지어 있어, 대부분의 직원들이 인증샷 찍기에 열을 올리고 있었다.

도영은 조심스레 매듭을 풀고 상자를 열어보았다. 그 안에는 고운 색이 든 오색국수가 담겨 있었다. 잔칫날 국수 한 그릇 대접하지 못한 게 마음에 걸린다고 말하던 해아가 답례품으로 국수를 준비한 것이었다.

도영은 그녀의 섬세함에 한 번, 자신의 회사 직원들까지 챙겨주는 마음 씀씀이에 또 한 번 감동했다.

해아에게 전화를 하려던 도영은 혹시나 촬영 중일까 봐 메시지를 남겼다.

〈언제 이런 걸 다 준비했어? 정말 고마워. 직원들이 엄청 좋아한다. 오늘 촬영 열심히 하고, 이따 저녁에 봐.〉

메시지를 보낸 후, 도영은 휴대폰 배경화면에 띄워놓은 결혼사진을 바라보며 미소를 지었다. 벌써부터 해아가 보고 싶었다.

사흘간의 휴가를 마치고 촬영에 복귀한 해아는 가벼운 발걸음으로 세트 촬영장에 들어섰다.

결혼식 후 첫 촬영이다 보니 세트 촬영장 밖에는 수많은 취재진들이 모여 있었고, 해아는 그들에게 간단히 인사만 건넨 후 곧장 안으로 들어왔다.

"아이고, 우리 새색시 오셨네!"

송 감독의 말에, 다른 스태프들도 해아에게 결혼 축하 인사를 보냈다. 해아는 그들에게 손 키스를 날리며 인사를 한 후 송 감독에게 다가갔다.

"저 혼자 오면 섭섭해하실까 봐, 반가운 분이랑 같이 왔습니다."

해아의 말이 무슨 뜻인가 싶어 다들 어리둥절해할 무렵, 해아의 뒤로 커피 케이터링 업체가 들어왔다. 스태프들은 아까 해아를 반겨준 것보다 더 큰 박수를 보내며 반가워했다.

"난 또 권 PD랑 같이 왔다는 줄 알았네."

촬영 일정 때문에 결혼식에 참석하지 못한 송 감독이 서운해하자, 해아는 휴대폰을 꺼내 결혼식 사진을 보여주었다. 갤러리 폴더에 가득 담긴 웨딩 사진을 한 장씩 넘겨가며 보여주는데, 한 감독도 다가와 함께 보았다.

"안 그래도 기사에 난 결혼식 사진 봤어. 엄청 예쁘더라."

"감사합니다. 감독님."

"두 사람 너무너무 잘 어울려. 결혼 진심으로 축하해."

"행복하게 잘 살겠습니다."

해아는 한 감독과 악수를 나누며 그의 축하 인사를 받았다.

"저 들어가서 준비하고 나올게요!"

촬영 준비를 위해 해아는 대기실로 향했다.

해아는 먼저 들어와 기다리고 있던 스타일팀 몫의 음료가 없는 걸 확인하고 창희를 불렀다.

"창희야. 스타일팀 커피 좀 챙겨다 줘."

"네. 커피 주문 받겠습니다."

해아의 말에 다들 원하는 커피를 주문했고, 주문을 받은 창희가 대기실을 빠져나갔다.

커피가 오는 동안, 해아는 의상을 갈아입고 메이크업을 꼼꼼하게 수정했다.

"큰일이다."

"왜요?"

"도영 씨가 너무 보고 싶어."

"아……. 진짜."

민주가 깊은 한숨을 쉬며 고개를 절레절레 흔들었지만 해아는 진지했다. 아까부터 계속 도영이 보고 싶었다.

잠든 그를 남겨두고 이른 새벽에 집을 나서면서, 어찌나 발이 안 떨어지던지. 마음 같아서는 그를 깨우고 싶었지만, 그 역시 오늘부터 출근을 하기에 차마 깨울 수가 없었다. 요 며칠 많이 피곤했을 그이기에 조금이라도 더 재우고 싶었기 때문이다.

"그렇게 좋아요?"

"좋은 정도가 아니지. 이건 말로 표현이 안 돼."

요즘 종종 어휘력에 한계를 느끼고 있었다. 머릿속에서 표현하고 싶은 지금의 감정과 마음속에서 차오르는 감정에 대해 표현하고 싶은데 적절한 단어를 찾을 수가 없어 답답했다.

언젠가 시간이 흐르면 뜨겁게 요동치는 지금의 이런 감정들도 변할지 모르기 때문에, 해아는 지금 이 순간을 만끽하고 싶었다. 그가 말했던 것처럼, 나중에 가서 후회하지 않으려면 오늘이 마지막인 것처럼 매 순간 최선을 다해 사랑하기로 마음먹었다.

"다 됐어요."

다영이 옷매무새를 마지막으로 만져 주고 손에 대본을 쥐어주었다. 그만하고 어서 나가라는 뜻이었다. 해아는 웃으며 대본을 받아 들고 다시 세트로 향했다.

"안녕하십니까, 선배님."

세트 근처에서 대본을 보고 있던 성운이 벌떡 일어나 90도로 허리를 굽히며 인사를 건넸다. 아직까지도 자신을 많이 어려워하는 그가 해아의 눈에는 마냥 귀여웠다.

해아는 들고 온 커피를 그에게 건넸다.

"오랜만이다, 성운아. 나 없는 동안 촬영 잘 했어?"

"열심히 했습니다. 선배님, 결혼 축하드려요."

"고맙다. 너도 부지런히 연애하고 사랑해라."

해아의 당부에 성운이 쑥스러운 듯 웃었다.

이제 갓 데뷔한 신인배우인 그에게는 꿈같은 일일 것이다. 그래도 마음껏 사랑하고 연애하라고 말해주고 싶었다. 그것들이 좋은 자양분이 되어, 그가 배우 생활을 하는 데 있어서 분명 많은 영감과 영향을 줄 것이다.

"대사 한 번 맞춰보자."

"네. 선배님."

기주가 현장에서 그러했던 것처럼, 해아도 성운이 같은 배우들에게 의지할 수 있는 좋은 선배가 되어주고 싶었다.

촬영장에 도착하기 전까지만 해도 며칠 더 도영과 쉬고 싶은 마음에 걸음이 떨어지질 않았는데, 막상 오고 나니 의욕과 활기가 넘쳤다. 다들 각자의 자리를 지키며 하나의 작품이 완성되기까지 최선을 다하는 그들의 모습에서, 해아는 매번 좋은 자극을 받곤 했다. 오늘도 꾀부리지 말고 열심히 해야겠다고 다짐하며 성운과 함께 오늘 촬영할 신의 대사를 맞춰보았다.

⁂

기주를 만나러 가던 애리는 옷차림이 신경 쓰여 몇 번이고 자신의 모습을 확인했다. 유리나 거울을 발견하면 그냥 지나치지 못하고 이리 저리 모습을 비춰보았다.

간만에 짧은 스커트에 블라우스를 꺼내 입고, 헤어숍에 가서 머리도 새로 하고, 돈 주고 메이크업도 받았다. 익숙하지 않은 옷차림이 조금은 불편했지만, 자신을 보고 기주가 어떤 반응을 보일지를 상상하면 참을 만했다.

본래 3월 탈고를 예상했으나 예상보다 늦어져 4월 말이 되어서야 집필을 마칠 수 있었다. 유난히 오래 걸렸던 대본 작업을 끝내고 난 후, 애리는 오랜만에 말끔한 사람의 모습으로 기주를 만날 수 있게 되었다.

그와 만나기로 약속했던 레스토랑에 도착하자마자 애리는 또다시 유리에 비친 자신의 모습을 확인하고 나서야 안으로 들어갔다.

"나애리로 예약했는데요."

"이쪽으로 오십시오."

"아, 죄송한데 여기 화장실이 어디에 있죠?"

"복도 끝에서 오른쪽으로 돌아보면 있습니다."

애리는 서버가 안내해 준 곳을 향해 빠른 걸음으로 걸어갔다. 약속 시간까지 아직 십 분 정도 남아 있으니, 그전에 화장을 다시 한 번 확인하기 위해서였다.

화장실에서 화장을 수정한 애리는 거울을 바라보며 입매에 힘을 줘 미소를 지어보곤 밖으로 나왔다. 아까 그 자리에서 자신을 기다리고 있던 서버에게 다가가자, 그녀는 애리를 예약석으로 안내해 주었다.

"어?"

그런데 그곳에 이미 기주가 먼저 와 있었다. 창밖을 바라보다가 인기척에 무심결에 고개를 돌린 기주는 애리와 눈이 마주치자 아무 말 없이 그녀를 빤히 쳐다보기만 했다.

"일찍 왔네?"

애리가 먼저 인사를 건네며 자연스럽게 앉았지만 그는 여전히 애리를 바라보았다. 낯선 모습에 조금 놀란 것 같아 보이기도 했다.

"왜 그렇게 빤히 봐?"

"나 눈 돌아가라고 작정한 거지?"

"무슨 소리야."

"왜 그렇게 예쁘게 하고 나왔어?"

그가 꺼낸 여러 개의 단어 중에 유독 '예쁘다'라는 말이 귀에 콕 박혔다. 애리는 태연한 척 미소를 지으며 테이블 위에 놓인 메뉴판을 뒤적였다.

"나도…… 좋아하는 사람한테 예뻐 보이고 싶으니까."

매번 해장국 집에서 반주와 함께 식사를 하고, 편의점에서 컵라면에 삼각김밥을 먹는 모습만 보여주고 싶은 여자가 세상에 어디 있을까. 트레이닝복 차림으로 그를 만나는 건 더 이상 하고 싶지 않았다.

"내 눈에는 늘 예뻤어. 어제도 예뻤고, 그제도 예뻤고, 물론 오늘도 예쁘고."

몇 번이나 반복해서 예쁘다고 말해주니, 하루 종일 치장한 보람이 있었다.

"배고프지? 얼른 주문부터 하자."

애리가 메뉴판을 건넸지만 기주는 좀처럼 애리에게서 시선을 거두지 못했다.

"그만 쳐다봐. 민망하다."

"나 보라고 그렇게 예쁘게 하고 왔는데, 내가 봐야지 누가 봐?"

"알았으니까, 일단 메뉴판부터 보고 다시 봐."

"애리야."

"응?"

"나랑 결혼해 주라."

뜬금없는 타이밍에, 전혀 예상하지 못한 순간 너무나 갑작스럽게, 깜박이도 켜지 않고 무작정 결혼을 들이미는 기주 때문에 애리는 말문이 턱 막혔다.

"이렇게 갑자기?"

"뭐가 갑자기야. 내가 맨날 졸랐는데."

기주의 말대로, 그는 해아의 결혼식에 다녀온 후로 더욱더 적극적으로 결혼하자고 제안했다. 눈만 마주치면 어르고 달래고 꼬드기고 설득했다.

애리는 입술을 꾹 깨문 채 기주의 손을 잡고 눈을 맞췄다.

"난 솔직히…… 아직은 자신이 없어. 좋은 아내가 될 자신도 없고, 좋은 엄마가 될 자신도 없어."

자신이 결혼을 망설이는 이유에 대해, 이런저런 핑계를 대는 것보단 솔직하게 말을 해줘야 할 것 같았다. 어느 순간부터 자연스레 결혼에 대한 마음을 스스로 놓아버렸고, 그 이유에 유미의 영향이 전혀 없다고는 할 수 없다.

기주는 애리의 손등 위에 자신의 손을 포개며 꼭 잡아주었다. 그의 진지한 눈빛에 애리는 가슴이 두근거렸다.

"좋은 아내, 좋은 엄마가 되어달라고 결혼하자는 거 아냐. 내가 결혼하고 싶은 사람은, 내가 평생을 함께하고 싶은 사람은 지금의 너니까. 그 모습 그대로면 돼."

그의 진심 어린 말에 애리는 할 말을 잃어버렸다. 가슴 깊은 곳에서부터 울컥 뜨끈한 것이 치밀어 아무런 말도 할 수가 없었다.

눈시울이 점점 뜨거워졌다.

"내가 사랑하는 건 그런 나애리니까."

이 남자라면…… 곁에 있고 싶었다. 욕심이 생겼다.

그와 한 집에서 지내며 한 침대에서 자고, 한 식탁에서 밥을 먹고, 투닥거리며 살고 싶었다. 그런 소소한 일상을 꿈꿔본 적 없다면 그건 거짓이다. 수도 없이 상상했고, 그와 동시에 지레 포기했었다.

"그러니까…… 나랑 결혼해 줘, 애리야."

결국 애리의 눈에서 눈물이 흘러 내렸다. 기주는 꽉 움켜쥐고 있던 애리의 손을 놓아주며, 애리를 향해 손바닥을 펴 보였다. 그의 손바닥 위에는 반지가 빛나고 있었다.

애리는 고개를 들어 기주를 바라보았다. 간절한 그의 진심이 고스란히 전해졌다.

"딱 한 번만 욕심내야겠다. 딱 한 번만……."

애리가 손끝으로 눈물을 닦아내며 미소를 짓자, 기주가 애리의 옆자리로 자리를 옮겨와 그녀를 품에 안고 다독여 주었다.

자신에게는 과분한 사람이었다.

그동안 그에게 보여준 자신의 마음은 너무 작고 연약했지만, 앞으로는 그를 더 많이 사랑하고, 더 많이 표현하기로 마음먹었다. 아끼지 말고, 후회하지 말고 원 없이 사랑하기로 다짐했다.

✤

집으로 가는 길의 풍경이 아주 많이 달라졌다. 창희는 해아를 판교가 아닌 도영의 집에 바래다주는 것이 아직까지는 낯설다고 말했고,

은형은 맞장구를 치며 기분이 묘하다고 호들갑을 떨었다.

그들을 뒤로하고 집에 도착한 해아는 온종일 보고 싶었던 도영을 떠올리며 서둘러 집 안으로 들어갔다. 가장 먼저 해아를 반긴 건 수지였다.

"수지 오늘 잘 놀았어?"

머리를 쓰다듬어 주니, 가릉거리는 소리를 내며 꼬리를 바짝 세우고 자신의 다리에 몸을 문질렀다.

"일찍 왔네?"

수지에 이어 도영도 해아를 반겼다.

주방에 있던 도영이 고개를 빼꼼 내밀어보더니 이내 가까이 다가왔고, 해아가 두 팔을 활짝 벌리자 그가 번쩍 안아 들고는 쪽 소리가 나도록 입을 맞췄다.

늘 그 자리에서 자신을 기다려 주는 누군가가 있다는 것은 해아에게 굉장한 안정감을 가져다주었다. 하루의 피곤함이 눈 녹듯이 사라지게 만드는 힘을 가지고 있었다.

"오늘 하루 종일 너무너무 보고 싶었어요."

"나도 보고 싶었어."

해아는 도영의 가슴에 얼굴을 파묻은 채 벅차오르는 행복감을 마음껏 누렸다. 방금 샤워를 했는지, 그에게서 향기로운 바디로션 향이 났다.

"씻고 나와. 밥은 내가 해뒀어."

"진짜?"

"뭐가 먹고 싶을지 몰라서 밥만 해둔 거야."

"아, 진짜 예뻐 죽겠네."

해아가 도영의 엉덩이를 손바닥으로 팡팡 두드리자, 그는 어이가 없다는 듯 웃었고 해아는 그 틈을 타 고개를 들어 다시 한 번 입을 맞췄다.

"너무 행복하다."

"밥 해주는 신랑 있어서?"

"신랑이 자꾸 예쁜 짓만 골라 해서."

기가 찼는지 도영이 고개를 절레절레 흔들며 해아의 손을 잡고 욕실 쪽으로 걸음을 옮겼다.

"갈아입을 옷 가져다놓을게."

"이거 봐. 자꾸 예쁜 짓만 하잖아. 우리 개똥이가."

"술 마셨어? 왜 이렇게 까불지?"

짐짓 엄한 표정을 지으며 목소리를 잔뜩 낮췄지만, 해아는 전혀 기죽지 않았다.

"같이 씻을래요?"

"나 아까 씻었는데."

"지금 그 말 후회 안 하죠?"

해아의 제안을 별 뜻 없이 지나쳤던 도영의 두 눈이 순간 번쩍였다.

"그럼 나 혼자 씻을게요."

욕실 안으로 들어간 해아가 손을 흔들며 문을 닫으려 하자, 그의 손이 조금 더 빨랐다.

"잠깐, 잠깐."

"버스 떠났습니다. 개똥이 님."

해아가 두 손으로 문을 잡아당겼지만 그의 힘을 이겨내기에는 역부족이었다. 그는 결국 문을 비집고 욕실 안으로 들어와 환하게 웃었다. 도무지 사랑하지 않고는 견딜 수가 없는 사람이었다.

배불리 저녁을 먹고 산책을 나선 도영과 해아는 아이스바를 하나씩 입에 물고 손을 꼭 잡은 채 아파트 단지 근처를 걸었다.

날이 좋아서인지 늦은 밤에도 산책 나온 사람들이 적잖았다. 운동 삼아 나온 어르신도 보이고, 유모차에 아이를 태워 나온 부부도 보이고, 반려견과 산책을 나온 아이들도 눈에 띄었다.

늘 혼자서 어두운 새벽길을 걸었던 해아에게, 사람들로 가득한 길 위를 도영과 함께 걷는 건 그 자체만으로도 위로였다. 고요함을 좋아하는 해아였지만, 시끌벅적한 산책길도 그 나름대로의 운치가 있었다.

익숙한 길을 따라 걷다 보니 저절로 아파트 단지 주변의 작은 시민 공원 안으로 향했다. 공원 안에는 길 위보다 더 많은 사람들이 있었다.

가로등을 조명 삼아 배드민턴을 치는 엄마와 아들, 딸아이에게 자전거 타는 법을 가르쳐 주는 자상한 아빠……. 단란한 그 가족에게 해아의 시선이 고정되었다.

"도영 씨는 자전거 탈 줄 알죠?"

"응."

"나도 가르쳐 주면 안 돼요?"

"자전거 탈 줄 몰라?"

해아가 고개를 끄덕이자 그가 놀란 듯 눈썹을 치켜들었다.

"카 스턴트는 하는 사람이 자전거는 못 탄다……. 알았어. 가르쳐 줄게."

도영은 흔쾌히 수락했고, 해아는 너무나 기뻤다. 사실, 그와 함께하면 뭐든 기쁠 것 같았다.

가로등 아래 벤치에 자리 잡은 해아와 도영은 별다른 대화 없이 한참을 앉아 있었다.

아무 생각 없이 앉아 시간을 흘려보내는 그 기분도 꽤 좋았다. 아무것도 하지 않을 때의 즐거움이란, 해보지 않은 사람은 결코 알지 못할 매력과 중독성이 있었다.

그때, 노란 탱탱볼이 통통 뛰어 와 해아의 발끝에 툭 걸렸다. 해아는 그것을 들고 주인을 찾기 위해 두리번거리는데, 네다섯 살 쯤 돼 보이는 작은 여자아이가 쭈뼛거리며 다가왔다.

"이거 네 꺼야?"

"네."

"자, 받아."

해아가 가볍게 던져 주자, 아이는 두 팔을 쭉 내밀어 가슴 쪽으로 품듯이 안았다.

"감사합니다."

인사도 어쩜 저렇게 예쁘게 하는지. 해아는 아이에게 손을 흔들어 주고 난 후에도, 그 아이가 또래의 남자아이와 공놀이를 하는 모습을 계속해서 지켜보았다.

해아는 자신이 아이를 그다지 좋아하지 않는 편이라고 생각했다. 딱히 관심을 가진 적도 없었고, 아무리 예쁜 아역배우들도 한 오 분쯤 예뻐하면 끝이었다. 특별히 아이들과 가깝게 지낼 일이 없어서 더 그러했는지도 모르겠다. 오히려 그 또래 아이들은 대하기가 어려웠다.

해아는 슬쩍 고개를 들어 도영을 바라보았다. 그 역시 아이들에게서 좀처럼 눈을 떼지 못했다. 아이들을 바라보는 그의 표정은 무척이나 다정하고 따뜻했다. 자신을 바라볼 때와는 또 다른 느낌의 따스함이었다.

흐뭇하게 웃고 있는 그를 보고 있는데, 심장이 빠르게 뛰었다. 아주 찰나였지만, 그를 닮은 아이가 이 세상에 존재하는 상상을 했다.

얼마나 사랑스러울까. 잠시 동안 상상한 것뿐인데도, 여전히 가슴이 두근거렸다.

❦

7월부터 시작된 무더위는 8월 중순이 되어가도록 도통 꺾일 줄을 몰랐다.

연일 찌는 듯한 무더위가 기승을 부리는 가운데, M호텔의 리셉션 홀 안에는 UTV 금토드라마 'ETERNITY'의 제작발표회에 참석한 취재진들로 가득했다.

"드라마 'ETERNITY'에서 베일에 싸인 재이 역을 맡은 배우 류해아 씨 무대 위로 올라와 주세요. 박수로 환영해 주시기 바랍니다."

오늘 제작발표회의 진행을 맡은 MC의 멘트에 해아가 무대 위로 올라섰다. 무대와 취재진 콘솔 사이에 서 있던 촬영기자들이 연신 셔터를 누르며 해아를 반겼다.

"오른쪽부터 왼쪽까지 시선 부탁드릴게요."

해아는 MC의 부탁대로 아주 천천히 돌아서며 미소를 지었다.

해아가 가장 먼저 개인 촬영을 하고, 다른 배우들의 개인 촬영을 위해 잠시 무대 아래로 내려온 해아는 그 다음 차례로 무대에 오르기 위해 대기 중이던 성운에게 다가갔다. 잔뜩 긴장한 그의 어깨를 다독이며 응원을 건넸다.

"예쁘게 웃어주고 내려와."

"네. 선배님."

MC의 부름에 그가 무대 위로 올라가고, 해아는 무대 아래에서 그를 흐뭇한 표정으로 지켜보았다.

'ETERNITY'의 첫 방송까지 남은 시간은 2주.

이미 지난주에 4차에 걸친 티저 영상이 공개되었고, 이번 주부터 본 예고편이 공개될 예정이었다.

첫 본방송 당일에는 바로 앞 시간대에 비기닝 프로그램을 편성해, 드라마의 전체적인 스토리라인과 캐릭터 설명, 하이라이트 영상을 미리 선보일 예정이다.

UTV의 적극적인 홍보와 화끈한 편성으로 벌써부터 큰 관심을 모으고 있었다. 지난주에 공개한 티저 영상 역시 높은 조회수를 기록하며 화제가 되었다.

호주, 사이판, 터키를 오가며 촬영한 아름다운 영상과 류해아의 원톱 액션 물이라는 것에 호기심을 느끼는 시청자층뿐만 아니라, '별이 빛나는 밤'의 주역들이 다시 한 번 모였다는 것에 기대하는 사람들도 많았다.

주요 출연진들의 사진 촬영이 모두 끝난 후, 12분에 달하는 하이라이트 영상이 먼저 공개되었다. 해아 역시 넋을 놓고 영상을 감상했다.

촬영할 때 기억들이 새록새록 떠올랐다. 긴 준비기간을 거쳤음에도 이번 작품을 촬영하면서 처음으로 체력적인 한계를 느꼈고, 적당히 찍고 싶은 유혹도 자주 느꼈다. 그럴 때마다 할 수 있다며 힘을 북돋아주던 스태프들 덕분에 무사히 끝마칠 수 있었다.

후반 작업과 음악 작업까지 완성된 최종본을 보고 나니 심장이 두근거렸다. 역대급으로 멋진 작품을 만들어낸 것 같아서 한껏 자신감이 차올랐다.

이어 본격적인 기자회견이 시작되었고, 해아와 성운을 비롯한 주요 출연진과 송 감독이 함께했다.

취재진들의 질문은 대체로 100% 사전 제작에 대한 기대와 염려의 비중이 컸고, 해아의 개인 질문 중에서는 이 작품을 선택한 이유와 액션 촬영 중 있었던 비하인드를 묻는 게 대다수였다.

인터뷰에 능숙한 해아가 주로 마이크를 잡았고, 질문이 자신에게만 집중되지 않도록 대답 중간중간 성운의 대한 언급도 빼놓지 않았다.

해아가 의도한 대로, 질문은 이제 갓 데뷔 한 신인배우 주성운에게로 향했다. 걱정과 달리 성운은 기자들의 질문에 또박또박 대답했고, 그 모습을 지켜보던 송 감독과 해아는 서로 눈이 마주칠 때마다 흐뭇하게 웃기도 했다.

"류해아 씨에게 질문하겠습니다. 이번 작품의 CP 역시 남편 분이신 권도영 PD인 걸로 알고 있는데요. '별이 빛나는 밤'에 이어 두 번째로 함께하셨는데, 어떠셨나요?"

질문이 자연스레 해아의 결혼으로 옮겨갔다. 결혼 후 첫 드라마이자, 촬영 도중에 결혼식을 올렸기 때문에 결혼에 관한 언급을 피해갈 순 없었다.

"한 작품을 함께한다는 것만으로도 심적으로 의지가 되고 좋았습니다."

"액션 장르이다 보니 걱정을 많이 하셨을 것 같은데요?"

"이 작품 해보지 않겠냐고 먼저 제안했던 게 그분이셨어요. 몸 다칠까 봐 걱정하는 것보다, 제가 더 멋진 모습을 보여주길 원해줘서 더 고마웠습니다. 배우 류해아를 무척이나 존중해 주거든요."

대답을 마치고 마이크를 내려놓으며 무심결에 무대 아래를 보는데, 그곳에 서 있는 도영이 눈에 들어왔다. 오늘 이 자리에 참석하지 못할 거라고 말했기에, 그의 깜짝 등장이 그 어느 때보다도 반가웠다.

도영은 해아를 향해 살며시 손을 흔들어주었고, 해아는 그에게 미소를 보낸 후 다시 기자석을 바라보았다. 지금 이 순간에도 그와 함께라고 생각하니 더욱 힘이 났다. 그에게 배우로서 멋진 모습을 보여주고 싶은 욕심도 생겼다.

대경그룹은 올 하반기를 기점으로 40여 년 넘게 지속 되었던 류강훈 회장의 시대를 끝내고, 최승규 체재로 전환했다.

오늘, 최 전무는 대경그룹 부회장으로 승진함과 동시에 대경지주회사의 사장으로 취임했다. 최 전무가 추진해 온 그룹 내 대대적인 인사구조 개편으로, 지나치게 무거웠던 지배구조가 사라지면서 그룹은 좀 더 캐주얼해지고 젊어졌다는 평가가 뒤따랐다.

"최 사장. 축하해."

"감사합니다. 회장님."

"그동안 고생 많았어."

"아닙니다. 이제부터 시작인걸요. 열심히 하겠습니다."

강훈은 승규의 잔에 술을 가득 따라주고는 그를 바라보며 흐뭇하게 웃었다.

이번 인사구조 개편은 강훈이 경영 일선에서 물러난 뒤, 만에 하나 벌어질지도 모를 임원들 간의 알력 다툼에 대비한 것이었다.

지나치게 편중된 일부 임원들의 권한을 축소하고, 부서 개편을 통해 힘을 분산시켰다. 불필요한 부서는 통합, 폐지하고 몸집이 커진 부서는 세분화하여 전문 인력을 보강했다. 강훈의 지원을 받아 오랫동안 준비해 온 승규 덕분에, 일부 임원들의 반발에도 불구하고 매끄럽게 처리할 수 있었다.

강훈이 실무에서 완전히 손을 떼어 그룹 내 총수직이 공석이 된다 하더라도, 대경그룹을 비롯한 계열사들은 철저히 시스템으로 움직이기 때문에 큰 무리가 없었다. 이제는 승규가 강훈의 공백을 메우며 그룹의 구심점이 될 것이다.

"류태정 대표 오늘 항소심 선고 받았습니다."

"안 그래도 법무팀장한테 연락 받았네."

"오늘 업무가 많아서 직접 보고드리지 못했습니다. 죄송합니다."

"아니야, 아니야. 이제 태정이나 나유미 일에서도 손 떼게. 이제 최 사장은 더 중요한 일을 해야 할 사람이지 않나. 그리고 이제 거의 다 끝나가니, 나도 더는 신경 쓰지 않으려고."

태정은 항소심에서도 패소하고 말았다. 최근 경제사범에 대한 법의 잣대가 엄격해진 탓인지 검찰이 구형한 대로 선고를 했다. 태정이 다시 재심을 청구할지, 아니면 포기를 할지 알 순 없지만 너무나 확실한 물증과 증인들의 증언 탓에 빠져나갈 구멍은 없었다. 머지않아 현실을 받아들이게 될 것이다.

반면에, 소송에서 패소했던 유미는 항소를 포기했다. 추가 재판에 필요한 경제적인 문제에 발목을 잡혔다고 했다. 그녀는 결국 경진에게 위자료 지급을 명령받았고, 그녀를 대신해 다른 사람이 대신 변제한 것으로 알고 있었다.

"나유미는 지난주에 아이를 데리고 홍콩으로 출국했다고 합니다. 주변 정리까지 싹 해서 떠났습니다."

"홍콩?"

"마크라는 사람이 데려갔답니다. 그자가 그동안 소송을 도왔고, 위자료까지 대신 변제했다는군요."

"마크라면, 지난번에 나유미 대신 J미디어 지분을 사들였던 그 투자자 말인가?"

"네. 그 사람이 나유미와 미국에서 지낼 때부터 친밀한 관계였는데, 이번 J미디어 투자로 어마어마한 손실을 입었다더라고요."

강훈은 혀를 끌끌 찼다.

"그런데도 나유미를 받아줬단 말이야? 흐음……. 보통 사이가 아닌가 보군."

승규가 답을 덧붙이진 않았지만, 충분히 짐작 가능한 상황이었다. 나유미는 결국 미국으로 돌아가는 걸 포기하고, 또 다른 남자의 곁에 머물기로 한 것이다. 그것도 참 기구한 인생이었다.

결국 태정과 유미의 관계도 이렇게 끝나 버린 모양이다. 둘 중 누구 하나 제정신이 아니었고, 어리석은 선택의 대가를 톡톡히 치른 셈이다. 특히 제 손으로 가족을 끊어낸 태정은 끝내 모두에게 버려져 아무것도 남지 않게 되었다.

이번 일 역시 승규가 중간에서 가장 많은 고생을 했다. 궂은일도 마다하지 않는 그의 노고를 강훈은 그 누구보다 잘 알고 있었다.

"최 사장. 회사 업무 적응하고 나면, 일 좀 줄이고 여유를 가져. 그동안 너무 앞만 보고 달려오지 않았나. 지치지도 않아?"

"저는 일하는 게 쉬는 겁니다."

"에이, 재미없는 인간."

강훈의 타박에 승규는 조용히 웃었다.

"자네, 혼자 된 지 얼마나 됐지?"

"십오 년 됐습니다."

"아……. 시간이 벌써 그렇게나 됐구먼."

일찍이 아내와 사별을 하고 혼자가 된 그는 그래서인지 더욱더 일에 매달렸다. 남겨진 자식조차 없어서 때론 쓸쓸해 보였던 그는 강훈이 유독 마음을 쓰는 사람 중 하나였다.

"사모님 오셨습니다."

메이드의 말에 고개를 들어보니 경진이 집 안으로 들어왔다. 오늘 경진과 함께 저녁 식사를 하기로 한 참이었다.

"저 왔어요, 아버님. 최 전무님도 계셨네요?"

"이제 최 전무 아니야. 오늘부로 대경지주회사 사장 겸 대경그룹 부회장으로 승진했어."

"축하드려요."

경진의 나지막한 축하 인사에 승규가 머쓱해하며 미소를 지었다. 찔러도 피 한 방울 안 나올 것 같은 차가운 외모와 꼼꼼하고 섬세한 성격에 감춰져 있던 그의 인간적인 모습이 강훈은 무척이나 반가웠다.

"그럼 저는 이만 일어나겠습니다."

"가긴 어딜 가? 저녁 먹고 가."

승규가 일어서자 강훈이 붙잡았다.

"괜찮습니다."

"저녁 약속 있으신 거 아니면 같이 드시고 가세요."

경진까지 덩달아 나서서 만류하니, 승규는 난감한 표정을 지으며 도로 자리에 앉았다.

"저녁 먹고, 갈 때 해아 엄마 집까지 좀 바래다줘."

"아니에요, 아버님. 저 차 가지고 왔어요."

"그럼 해아 엄마가 최 사장 집까지 바래다주든지. 흠흠. 가서 식사합시다."

강훈이 먼저 일어나 다이닝 룸으로 향했고, 그 뒤를 경진과 승규가 따랐다. 지금 둘의 표정이 어떨지 못내 궁금했지만, 강훈은 끝까지 돌아보지 않았다.

제작발표회를 마친 후, 해아와 도영은 애리에게 함께 밥을 먹자고 연락을 했는데 덤으로 기주가 따라 나왔다. 그 바람에 오늘도 네 사람이 함께 모였다.

네 사람이 만나면 식사에서 그치는 법이 없었다. 결국 술자리까지 이어졌다. 기주와 애리의 단골이라는 루프탑 펍으로 가 맥주 한 잔을 마시며 시시콜콜한 이야기를 나누었다.

더위에 지쳐 나가떨어질 때쯤, 해가 지고 나니 조금 견딜 만했다.

해아는 자신의 입안에 안주를 넣어주는 도영을 보며 기주가 한껏 미간을 구기자 공격에 나섰다.

"왜, 또 무슨 트집을 잡으려고 인상을 써요?"

"아냐. 보기 좋다고."

애리를 바라보며 어색하게 웃는 게, 어쩐지 기주도 뭔가를 바라는 듯했다. 가만히 지켜보던 애리가 마지못해 기주의 입에 안주를 넣어주자 좋다고 헤헤 웃는 모습이 영락없는 천생연분이었다.

"우리 결혼하기로 했어."

기주의 선언에 해아와 도영이 동시에 애리를 바라보았다.

"축하해요, 작가님."

"고마워요"

그녀에게 부케를 선물한 보람이 있었다. 해아가 애리의 손을 꼭 잡으며 진심으로 축하를 건넸다.

"날짜도 잡았어요?"

"12월에 할까 생각 중이야."

"일찌감치 가을에 해버리지?"

"나도 그러고 싶은데, 나애리 작가님께서 그건 불가하시단다."

서운함이 가득 담긴 기주의 말투에 애리가 고개를 절레절레 흔들며 웃었다.

"작가님 왜요?"

"작업실에 틀어박혀서 글만 썼더니 제 꼴이 말이 아니잖아요. 운동도 좀 하고, 피부 관리도 받으면서 차근차근 준비하고 싶어서요."

한 번뿐인 결혼식이기에 최대한 완벽한 모습을 갖추고 싶어 하는 애리의 입장을 이해할 수 있었다. 아름다운 신부가 되고 싶은 마음은 누구나 마찬가지니까.

물론 기주의 눈에는 그 어떤 모습이어도 아름다워 보이겠지만 말이다.

"우리는 호텔에서 하기로 했어."

"오!"

"제일 좋은 호텔, 제일 큰 홀에서 하객 잔뜩 초대해서 시끌벅적하고 화려하게 하려다…… 가장 작은 홀에서 가족들하고 가까운 지인들만 초대해서 하려고."

"잘 생각했어요. 손님 많으면 정신만 없고 바쁘기만 하지. 가까운 사람들만 초대해서 오붓하게 하니까 너무 좋더라."

"가평 펜션에서 하고 싶었는데, 12월이라 추워서 안 되겠더라. 그날 꼭 와. 꼭 와요, PD님."

누구보다 가장 멋지고 화려한 결혼식을 치르고 싶어 하는 기주의 마음 역시 이해할 수 있었다. 하지만 애리에겐 가족이 아무도 남지 않았으니, 혹시라도 그녀에게 부담이 될까 봐 최소한의 하객을 모시기로 결정한 듯했다.

"작가님 부케는 내가 만들어줄게요."

"정말요?"

"결혼식 준비하다가 궁금한 거 있으면 언제든 연락해요. 스몰웨딩 선배로서 얼마든지 도와줄 테니까."

"고마워요, 해아 씨. 사실 안 그래도 어디서부터 뭘 얼마나 준비해야 하나 걱정했는데."

평범하지 않은 인연으로 만난 그녀와 자신.

처음 만났을 때만 하더라도 여기까지 올 거라곤 상상조차 하지 못했기에, 더욱더 특별하게 느껴지는 것 같았다. 한껏 가시를 세웠던 게 언제 적 일인지, 이제는 까마득하다.

"권 PD님은 뭐 해주실 거예요?"

"뭐 해드릴까요?"

"아휴, 뭐든 좋죠."

기주의 말에 도영은 순순히 고개를 끄덕였다.

"사회 봐주면 되겠네. 그 정도면 되죠? 아니면 내가 축가라도 불러줄까요?"

"아니야, 그건 됐어. 권 PD님, 사회로 부탁드립니다."

해아가 중간에서 커트를 하고 나섰더니, 기주가 도끼눈을 뜨고 원망스럽게 바라보았다.

"두 사람은 아직 2세 계획 없어요?"

"네. 천천히 준비하려고요."

"우리는 지금부터 열심히 준비 중인데."

기주의 말에 애리가 그의 팔뚝을 찰싹찰싹 때리며 민망해했다.

"내 나이도 있고 해서 서두르려고요. 해아 씨는 아직 어리니까 급하지 않잖아."

"저도 아주 어리진 않아요."

해아의 대답에 애리가 아직 멀었다는 듯 손사래를 치며 웃었다.

"상상만 해도 신나. 우리 둘을 꼭 닮은 아이가 생기면 얼마나 기쁠까? 그죠, PD님?"

"네. 그렇겠네요."

"PD님은 그런 상상해 본 적 없어요? 어떤 아빠가 되고 싶다, 그런 마음의 준비는 미리 해둘수록 좋은 거잖아요."

"물론 있죠. 그런 로망은 누구나 다 갖고 있지 않을까요?"

도영은 해아의 표정을 살피며 적당히 대화를 마무리 지으려 했다. 혹시나 그녀에게 부담이 될까 염려하는 것이었다.

"그나저나, 해아 너 당분간은 계속 바쁘겠다?"

"첫 방송 전까지는 홍보 일정이 꽉 찼어요."

드라마의 촬영은 끝이 났지만, 아직 소화해야 할 홍보 일정이 많이 남아 있었다.

"해아 씨 고생 많았어요. 이번 작품은 더 힘들었죠?"

"몸이 고생하는 건 역시 익숙지가 않아서 적응하는 데 오래 걸리긴 했지만, 그래도 무사히 끝나서 다행이에요."

"이번 작품의 성공을 위해서 건배 한번합시다."

애리의 제안에 다들 맥주병을 집어 들었다.

"우리 CP님께서 한 말씀 하시죠."

기주가 도영에게 공을 넘겼다.

"촬영하는 내내 우리 배우님도 고생 많았고, 밤낮없이 작업하느라 작가님도 고생 많으셨어요. 좋은 결과 있을 겁니다. 모두 고생하셨어요."

건배를 하고 맥주 한 모금을 마신 해아는 도영의 입에 호두 하나를 넣어주며 미소를 지었다.

"와……. 하늘 색깔 죽인다."

기주의 말에 세 사람이 동시에 고개를 들어 하늘을 바라보았다. 해질녘, 분홍색으로 물든 구름과 하늘이 인상적이었다.

오후 7시가 넘도록 지지 않는 여름의 해. 해가 산 뒤로 완전히 몸을 숨겼는데도 세상은 여전히 한낮처럼 밝았다.

도영이 해아의 어깨를 감싸 안았고, 해아는 자연스레 그에게 기댔다.

집으로 돌아온 도영과 해아는 도영의 서재 겸 해아의 작업실에 서로 등을 돌리고 앉아 각자의 일을 하고 있었다.

해아는 성하가 꼭 한 번 읽어보라고 챙겨준 영화 시놉시스를 읽는 중이었고, 도영은 노트북 앞에 앉아 오늘 있었던 제작 발표회 기사를 꼼꼼히 체크 중이었다.

"시놉은 어때? 재미있어?"

"그냥 그럭저럭."

반응이 심드렁한 걸 보니, 썩 마음에 들진 않은 모양이다. 도영은 노트북을 닫고 해아를 향해 돌아앉았다.

"읽고 싶을 때 읽으면 재밌을 거 같은데, 의무감에 읽는 거라 그런지 지금은 별로 눈에 안 들어와요."

"그럼 그만 읽고 나랑 놀자."

도영의 제안이 마음에 들었는지 해아가 격하게 고개를 끄덕이며 돌아앉았다. 도영은 그런 그녀가 귀여워서 양쪽 뺨을 두 손으로 감싼 채 쪽 소리가 나도록 입을 맞췄다.

"뭐하고 놀아줄까요?"

해아가 의자에서 일어나더니 도영의 허벅지 위에 올라와 앉았다.

샤워한 지 채 한 시간도 지나지 않아 그녀의 살결은 유난히 촉촉했고, 향기로운 바디로션 향이 자꾸만 머릿속을 어지럽혔다. 뭔가 격렬한 방법으로 놀고 싶은 욕망이 솟구치려 할 무렵, 해아가 싱긋 웃으며 다리에서 내려갔다.

"왜?"

좀 더 있지 왜 그냥 내려가냐는 물음을 줄여서 '왜'라고 물었더니, 그녀가 장난스럽게 도영의 얼굴을 조물조물 만졌다.

"눈빛이 위험해서."

그게 티가 났구나.

도영은 해아의 손을 잡아당겼고, 앉지 않으려고 버티는 그녀를 자신의 무릎과 무릎 사이에 가둬 당겨 안았다. 그녀의 가는 허리를 한 팔로 끌어안은 채, 배 위에 얼굴을 묻었다. 그러자 해아가 도영의 뒷머리를 살살 쓰다듬더니 머리카락을 손가락으로 배배 꼬며 장난을 쳤다.

"도영 씨."

"응?"

"도영 씨도 아이 갖고 싶어요?"

급하게 서두르지 말고 여유 있게 신혼을 즐기자고 이미 얘기가 마무리된 부분이었다.

그런 그녀가 먼저 아이 이야기를 꺼내는 이유는, 아까 기주가 빨리 아이를 갖고 싶다고 했을 때 자신이 표정 관리를 제대로 하지 못했기 때문인 듯했다. 나름 자연스럽게 질문을 피해갔다고 생각했는데, 자신의 대답을 신경 쓰고 있었던 모양이다.

도영은 고개를 들어 해아를 바라보았다.

"갖고 싶지."

"근데 왜 말 안 했어?"

"아직은 준비가 안 된 것 같아서."

"누가. 내가?"

도영은 고개를 가로 저었다.

"아니. 내가."

"치. 거짓말……."

해아의 말에 도영은 그저 미소만 지었다.

당연히 아이를 갖고 싶었다. 그녀를 꼭 닮은 아이를 원했다. 그 아이에게 해주고 싶은 것도 많고, 함께 해보고 싶은 것도 많았다.

그렇게 되면 자연스레 둘의 관계에도 많은 변화가 생길 것이다. 그 변화 역시 도영은 반가울 것 같았다.

가정을 이룬다는 것. 그녀가 엄마가 되고, 자신이 아빠가 되는 것은 상상만 해봐도 벌써부터 웃음이 났다. 하지만 직접 출산을 해야 하는 해아가 결정해야 할 부분이 있고, 그 부분에 대해 자신이 부담을 주고 싶지 않았다.

해아의 의사가 가장 중요하다고 생각하기에 얼마든지 기다릴 생각이었다. 서두르고 싶지 않았다.

"우리…… 아이 가질까요?"

해아의 물음에 도영은 쉽게 대답할 수가 없었다. 그녀의 진심을 확인하는 것이 먼저였다. 그 순간 대답을 망설이고 있는 도영의 마음을 읽기라도 한 듯, 해아가 웃으며 고개 숙여 입을 맞췄다.

"정말?"

도영이 되묻자 해아는 고개를 끄덕였다.

"너무 궁금하지 않아요? 우리 아이는 어떤 아이일지. 자기랑 내가 어떤 부모가 될지. 우리 가족은 어떤 모습일지. 나…… 그런 것들이 너무 궁금해졌어."

해아가 나긋나긋한 목소리로 말하며 도영의 눈을 빤히 쳐다보았다.

"자기도 궁금하죠?"

도영은 대답 대신 그녀에게 입을 맞추고 두 팔로 끌어안았다. 상상 속에서나 그려보았던 것들이 하나둘씩 현실이 되어가고 있다. 그녀와 연애를 하고 결혼을 하는 것을 상상했고, 그것을 현실로 만들었다.

하지만 아이를 갖는다는 것은 상상보다 훨씬 더 무겁고 진지하게 임해야 하는 현실 그 자체였다.

도영은 그 무게가 어쩐지 반가웠다.

과연 잘해낼 수 있을지 조금은 두렵기도 하지만 그보다는 설렘이 더 컸다. 한 생명을 책임져야 한다는 막중한 책임감이 도영의 가슴을 뜨겁게 만들었다.

20. 둘이 아닌 셋

12월 24일.

이 좋은 날, 해아는 스튜디오에서 화보 촬영을 하고 있었다.

여자주인공을 원톱으로 내세운 액션 장르물은 흥행이 힘들 거라는 편견을 깨고 드라마는 성공리에 막을 내렸다. 매 회마다 UTV 개국 이래 최고 시청률을 갈아치웠고, 모든 케이블 채널을 통틀어 역대 시청률 1위를 기록하며 큰 인기를 거두었다.

그 덕에 드라마가 종영한 지 한 달이 지난 지금까지도 해아는 연일 인터뷰와 광고, 화보 촬영 등의 바쁜 일정을 소화하는 중이다.

'별이 빛나는 밤'에 이어 'ETERNITY'가 연달아 흥행하면서 배우 류해아의 입지도 점차 넓어졌다. 이제야 비로소 배우로서 자리매김할 수 있었다.

"마지막 컷입니다!"

여섯 시간 가까이 진행된 화보 촬영에 드디어 끝이 보였다.

마지막 컷까지 집중력을 잃지 않고 최선을 다한 해아는 포토그래퍼의 마지막 셔터 음을 듣자마자 두 팔을 높이 뻗어 박수를 쳤다.

"수고하셨습니다, 해아 씨."

"다들 수고하셨어요!"

해아는 곧장 포토그래퍼에게 다가가 촬영본을 확인했고, 이내 만족스러운 미소를 지었다.

"보정 예쁘게 해줘요, 작가님."

"아유! 해아 씨가 보정할 데가 어디 있어요? 이미 이렇게 완벽한데. 조금만 손볼게요, 아주 조금만."

해아는 포토그래퍼가 듣기 좋으라고 건넨 칭찬에 손사래를 치며 대기실로 향했다.

"해아 씨, 오늘 고생했어. 고마워."

오늘 화보 촬영을 진행한 매거진의 담당 편집장이 직접 해아에게 찾아와 인사를 건넸고, 해아는 그녀와 가볍게 포옹을 나누었다.

"인터뷰는 촬영 중간에 했지?"

"촬영 다 끝나고 하면 기운 떨어질까 봐 미리 했어요."

"잘했어, 잘했어. 불편했던 건 없고?"

"그런 거 없어요. 지난번에도 같이 작업했던 스태프들이라 낯설지도 않고, 편집장님이 얼마나 신신당부를 했는지 엄청 잘 챙겨주셨어요."

"그랬다면 다행이다. 자긴 결혼하더니 피부가 더 좋아졌어. 비결이 뭐야? 남편이 매일 밤 팩이라도 해주나?"

"팩보다 더 좋은 걸 해주죠."

"어머! 자기 결혼하더니 능글맞아졌다. 하하하!"

그저 사랑을 많이 받고 있다는 말을 하고 싶었던 건데 편집장은 전혀 다른 의미로 받아들인 것 같았다. 말을 바로잡자니 괜히 멋쩍어서, 해아는 웃어넘기기로 했다.

"오늘 저녁에 기주 씨 결혼식 있다며? 자기 오늘 거기 가지?"

"네. 저밖에 가줄 사람이 없어서요."

"크리스마스이브 저녁에 결혼식 올리는 심보는 대체 뭘까? 하여간 민기주답다니까."

"제 말이요."

기주의 자기중심적인 결정이 얄밉기도 했지만, 이제 막 새로운 시작을 하게 될 두 사람에게는 더할 나위 없이 특별한 크리스마스이브가 될 테니 축하해 주기로 마음먹었다.

"저희 신랑이 결혼식 사회를 보기로 해서 안 갈 수도 없어요."

"만나서 내 축하 인사도 좀 전해줘."

"그럴게요."

"차 막히기 전에 서둘러서 출발해야겠다. 시간 날 때 전화해. 우리 회사 근처에 분위기 끝내주는 레스토랑 생겼거든. 밥 한번 먹어야지."

"편집장님 연말까지 바쁘실 테니까, 1월 첫 주에 시간 한번 내볼게요."

"고마워. 자기야 진짜 사랑해."

편집장이 다시 한 번 포옹을 나눈 뒤 대기실을 나섰고, 해아는 옷을 갈아입었다.

촬영을 마치고 곧바로 결혼식장에 가야 하는데, 마침 메이크업과 헤어가 완성이 되어 있으니 준비 시간을 단축할 수 있어서 좋았다.

"도영 씨 근처에서 만나서 같이 가기로 했으니까 곧장 퇴근해. 오늘 다들 수고했어."

해아는 개인 스태프들에게 인사를 건네고, 클러치 백과 휴대폰만 챙겨 든 채 대기실을 나섰다.

함께 촬영을 했던 스태프들과도 일일이 눈을 맞춰 인사를 한 후에 스튜디오를 벗어난 해아는 건물을 빠져나오자마자 하늘을 올려다보았다. 금방이라도 눈이 쏟아질 것처럼 구름이 가득하고 어둑했다. 눈 예보가 있긴 했지만 비 예보와 비슷한 확률이었기에 큰 기대는 할 수 없었다.

크리스마스이브답게 길 위에는 데이트 나온 커플들이 제법 많았다. 해아는 선글라스를 쓰고 목도리로 얼굴의 절반 이상을 둘둘 감은 채, 사람들 틈으로 들어갔다.

가게마다 흘러나오는 발랄한 캐럴에 가슴이 두근거렸다. 언제 들어도 신나고 반가운 음악 덕분에 콧노래가 절로 나왔다.

Rrrr.

코트 주머니에서 휴대폰을 꺼내보니 발신자는 도영이었다. 해아는 서둘러 통화를 연결했다.

"어디예요?"

[학동역 근처야. 거의 다 왔어.]

"나도 지금 막 스튜디오에서 나와서 큰길 쪽으로 가는 중이에요. 삼 분 안에 도착 예정."

[천천히 와. 기다리고 있을게.]

"부케는 잘 챙겨 왔죠?"

[당연히 챙겨왔지. 좀 이따 봐.]

도영과 통화를 끝낸 해아의 발걸음이 무척이나 빨라졌다.

자신이 알고 있던 그 나애리와 민기주가 맞나 싶을 정도로, 신부는 무척이나 아름다웠고 신랑은 생각보다 훨씬 듬직해 보였다.

사람의 인연이라는 게 참으로 묘했다. 한 작품을 함께하며 일적으로 얽혔던 사이에서, 인생에서 가장 중요하다고 할 수 있는 서로의 결혼식을 함께한 사이가 되었으니 말이다.

그들의 행복한 결혼식을 지켜보는 동안 해아는 몇 번이나 지난봄, 자신의 결혼식을 떠올렸다. 그날 자신이 느꼈던 감정을 그들도 느낄 거라 생각하니 덩달아 긴장이 되기도 했다.

"약 사가지고 들어갈까?"

"그 정도는 아니에요. 집에 가서 쉬면 괜찮을 거 같아요."

"오늘 피곤할 만했지. 가는 동안 눈 좀 붙여."

간단한 예식이 끝난 후 다 함께 저녁 식사를 하게 되었지만, 해아는 속이 좋지 않아 애를 먹었다. 결국 물만 마시다가 일찌감치 일어서야 했다. 좋은 날인데 끝까지 함께 있어주지 못해서 미안한 마음이 컸다. 촬영이 아주 고된 것도 아닌데, 몇 시간 사이에 컨디션이 영 좋지 못했다.

도영은 운전하는 내내 해아의 손을 잡은 채 연신 만지작거렸다.

"나 때문에 식사도 제대로 못하고……. 내가 가서 맛있는 거 해줄게요."

"괜찮습니다. 아프지나 마세요."

그의 다독임에 기분이 좋아진 해아는 옆으로 기대 앉아 운전하는 그의 모습을 지켜보았다.

"내일은 스케줄 없지?"

"응."

"놀자고 안 할 테니까 하루 종일 푹 쉬어."

"그래도 크리스마스인데."

"크리스마스가 아니라 크리스마스 할아버지라도 자기 건강이 우선이야. 우리 실컷 잠이나 자자."

쉬는 날이면, 집순이와 집돌이도 부지런히 집에서 놀았다. 함께 책을 읽고, 영화를 보고, 요리를 만들고, 시시콜콜한 이야기를 나누고, 함께 시간을 보내며 뒹굴뒹굴 놀았다. 물론 집 근처에 산책을 다니거나 맛집을 찾아다니기도 하지만, 그래도 집이 가장 좋은 건 어쩔 수 없었다.

"나 아까 낮잠 자는데 이상한 꿈 꿨어."

"무슨 꿈인데요?"

"우리 전에 포르투갈 여행 갔을 때 들렀던 바닷가 마을 있잖아? 아제냐스 두 마. 자기랑 같이 거길 다시 갔는데, 대구 요리 맛있게 먹었던 그 식당 주인아주머니가 자길 주려고 물고기를 잡았다는 거야."

"그래서요?"

"수조에 담아뒀다고, 와서 보라고 해서 갔는데 세상에……. 그 애니메이션에 나오는 니모 있잖아? 그렇게 생긴 열대어가 바글바글 들어 있더라고. 근데 더 웃긴 건 뭔지 알아? 그걸 자기가 막 뜰채로 떠서 커다란 양동이에 옮겨 담는 거야. 한국에 가져가겠다면서."

"내가 그랬어요? 하하."

"너무 웃기지 않아? 날생선 싫어서 회도 잘 안 먹는 사람인데 말이야. 그 물고기가 힘이 얼마나 좋은지, 펄떡펄떡 뛰어서 양동이 밖으로 뛰어나가더라고. 자기는 정신없이 주워 담고. 꿈인데도 너무 웃겼어."

그는 아직도 그 꿈이 생생한지 연신 웃었다.

"뭘까. 왜 그런 꿈을 꿨지?"

"포르투갈에 또 놀러가고 싶어서 그런 거 아닐까요?"

"그럴 수도 있겠다. 아니면 태몽인가?"

도영이 무심코 던진 그 말에 해아와 도영은 동시에 얼음이 되어버렸다.

그 순간, 해아는 순간적으로 마지막 생리일을 떠올렸다. 가끔씩 몸이 피곤할 때면 일주일 정도 왔다 갔다 했기에 그냥 넘어가려 했지만, 자꾸 뭔가가 마음에 걸렸다.

신호에 걸린 틈을 타 도영이 해아를 바라보았다. 해아는 그의 눈을 바라보며 가만히 눈꺼풀을 깜박였다.

"설마······?"

도영의 물음에 해아는 고개를 갸웃거렸다. 확실하지 않은 상태에서 뭐라고 말하기 곤란했기 때문이다. 괜한 기대를 했다가 실망했던 적이 몇 차례 있었기에 신중할 수밖에 없었다.

아이를 갖기로 결심한 후 마음을 조급하게 갖지 않으려 노력하고 있었지만 그게 말처럼 쉽지 않았다.

"약국 들렀다갈까?"

"아뇨. 안 들러도 돼요."

"그런 꿈이 꼭 태몽을 의미하는 건 아니겠지. 내가 요즘 회가 먹고 싶어서 그런 꿈을 꿨나 봐. 신경 쓰지 마."

전에 사둔 임신테스터기가 아직 남아 있어서 한 말이었는데, 도영은 다른 뜻으로 이해한 건지 부담을 주지 않으려고 애를 썼다. 해아는 그런 도영의 바라보며 잡고 있던 그의 손을 꼭 움켜쥐었다.

도영은 자신의 팔을 베고 쌔근쌔근 잠이 든 해아의 얼굴을 가만히 내려다보았다. 아까 괜한 소릴 꺼낸 건가 싶어 내내 후회했다.

본격적으로 아이를 갖기 위해 노력을 하는 동안, 해아는 종종 부담을 느끼는 것 같았다. 두 번 정도 기대감에 설렜다가 식었다가를 반복하면서 지쳐 보이기도 했다.

"난 너만 있으면 돼."

아이가 금방 와주지 않는다 해도 도영은 상관없었다. 지금처럼 그녀가 자신의 곁에만 있어준다면 더는 바랄 것이 없었다. 물론, 선물처럼 와준다면 너무나 고마운 일이지만 말이다.

도영은 해아의 이마에 입을 맞춘 후 눈을 감고 잠을 청했다.

크리스마스 연휴 다음 날.

해아는 도영이 출근하자마자, 혼자서 산부인과 병원을 찾아가 검사를 받았다.

그저께 도영으로부터 꿈 이야기를 듣고 난 후, 그날 밤 혹시나 하는 마음에 임신테스트기로 테스트를 했다. 결과는 임신. 혹시나 하는 마음에 세 번이나 반복했지만 모두 같은 결과가 나왔다.

해아는 어제 하루 종일 병원에 가고 싶어서 미치는 줄 알았다. 도영의 앞에서 애써 여유를 부렸지만 빨리 검사를 받아보고 싶어서 마음이 초조했다.

"축하합니다. 임신 6주 되셨네요."

의사의 그 말에, 해아는 두 손으로 얼굴을 감싼 채 한동안 아무 말도 하지 못했다.

그토록 기다려 온 아이가 드디어 우리에게 찾아와 준 것에 대해 한없이 감사했다. 아이가 없어도 괜찮다고 생각했던 건 진심이 아니었던 것처럼, 마냥 반갑고 기뻤다.

해아는 자신의 이름이 적힌 산모 수첩을 받아 들고 가장 먼저 누구에게 이 소식을 전해야 좋을지 한참을 고민했다.

고민 끝에 경진을 가장 먼저 찾아가 할머니가 된 걸 축하했고, 그녀는 결국 눈물을 보였다. 할머니가 되는 것이 뭐가 그리 기뻐서 우냐며 농담을 건넸지만 그녀는 꽤 오랫동안 눈물을 흘렸다.

그 다음으로 석현과 강훈에게 차례로 전화를 걸어 임신 소식을 전했다. 좀 더 안정기에 접어든 이후에 말씀을 드려야 하나 잠시 고민했으나, 두 분이 기뻐하는 모습을 보고 싶어서 참을 수가 없었다. 함께 기뻐해 주는 가족들 덕분에 해아는 오늘 하루 너무나 행복했다.

도영과 둘이서 조촐하게 축하 파티를 하고 싶은 마음에, 집으로 돌아오는 길에 며칠 전부터 먹고 싶었던 딸기 생크림 케이크와 그가 먹고 싶다던 회도 포장했다.

해아는 새까만 점으로밖에 보이지 않는 아이의 초음파 사진을 몇 번이나 보고 또 보며 도영이 퇴근하기만을 손꼽아 기다렸다.

띠띠띠띡.

그때, 애타게 기다리던 도영이 도어락 비밀번호를 누르며 문을 열고 안으로 들어왔고, 해아는 냉큼 현관으로 달려 나갔다.

"개똥이 퇴근했습니다."

해아가 두 팔을 활짝 벌리고 기다리자, 그는 늘 그랬듯이 해아를 번쩍 안아 입을 맞췄다.

"내가 그렇게 보고 싶었어?"

"보고 싶어 죽는 줄 알았어요."

해아의 엄살에 그가 웃으며 등을 다독여 주었다. 그의 품을 빠져나온 해아는 외투를 받아 들고 도영의 뒤를 쫄래쫄래 따라갔다.

"개똥이가 좋아하는 회 사가지고 왔는데."

"진짜?"

도영이 감격스러운 표정을 지으며 주방으로 향했고, 식탁 위에 놓인 회와 케이크를 보며 고개를 갸웃했다.

"근데 웬 케이크?"

"그냥. 먹고 싶어서."

"깜짝 파티네? 얼른 씻고 올게."

해아는 드레스룸으로 가서 그의 외투를 정리하고, 그가 갈아입을 옷을 챙겨 욕실 앞에 놓아두었다.

식탁 앞에 앉아서도 해아는 연신 초음파 사진과 산모수첩을 바라보았다. 볼 때마다 신기해서 웃음부터 났다. 이렇게 갑자기 거짓말처럼 불쑥 생겨났다는 게 아직도 잘 실감이 나지 않았다.

그가 이 사실을 알면 뭐라고 말할까. 해아는 도영에게 어떻게 말을 꺼내야 할지 몰라, 수십 번도 더 연습을 하며 적당한 말을 골랐다.

"퇴근하는데 대표님이 회 먹으러 가자고 꼬드겼거든. 안 따라가길 잘했다."

샤워를 마치고 나온 그는 젖은 머리칼을 손으로 빗어 넘기며 해아의 맞은편에 앉았다. 그러다 뭔가 허전했는지 주변을 두리번거렸다.

"한잔 안 하고?"

"자기만 마셔. 나는 별로 생각 없어요."

"그럼 나도 안 마셔야지."

도영이 생글생글 웃으며 젓가락을 집어 들었고, 해아는 케이크부터 포크로 한 입 떠먹었다.

"밥 안 먹고 케이크부터 먹는 거야?"

"며칠 전부터 계속 먹고 싶었거든요."

"나보고 사오라고 하지."

"나 도영 씨한테 할 말 있는데."

"뭔데?"

집안 어른들에게는 신이 나서 말했는데, 막상 도영에게 하려니 입이 안 떨어졌다. 해아는 몇 번이나 입술을 달막거리다가 괜히 도영의 손가락 하나를 붙잡고 손끝을 꾹꾹 눌렀다.

"무슨 얘긴데 그렇게 망설여? 궁금하네."

해아는 자신의 무릎 위에 올려두었던 산모수첩과 초음파 사진을 테이블 위에 올리고 그의 앞으로 쓱 밀어놓았다. 그러자 도영은 해아가 건넨 것들을 가져가 빤히 쳐다보았다.

산모수첩 맨 앞 장에 적힌 해아의 이름을 한참이나 보더니, 초음파 사진도 계속 들여다보았다. 그제야 해아가 하고 싶었던 말이 뭔지 알아차린 도영은 해아의 손을 덥석 움켜잡았다.

"그저께 그 꿈이…… 우리 아기 꿈이었구나?"

해아는 고개를 끄덕여 대답을 대신했고, 그가 결국 해아의 옆으로 와 바닥에 앉은 채 해아를 끌어안았다.

"애기가 아빠한테 먼저 인사한 건가 봐요."

해아가 그의 너른 어깨를 쓰다듬으며 이마위에 입을 맞췄다. 도영은 그런 해아의 손을 잡아 자신의 심장 위에 얹어놓고 눈을 질끈 감았다.

"어떡하지? 나 너무 좋아서 심장이 터질 것 같은데."

좋아해 줘서, 기뻐해 줘서 고마웠다. 어쩔 줄 몰라 하는 것마저 못 견디게 사랑스러웠다.

"걱정 마요. 그 정도로 심장 안 터져."

"다음 검진 때 나도 데려가. 우리 아이 심장 뛰는 소리 같이 듣고 싶어."

"알았어요. 꼭 같이 가요."

"고마워, 해아야. 고마워."

해아는 웃으며 도영의 뺨을 두 손으로 감싸고 고개 숙여 입을 맞췄다.

아이를 갖기로 결심한 후로, 어떤 부모가 되어줄 수 있을지 꾸준히 고민해 왔다. 그러면서 마음의 준비도 해왔는데, 막상 현실로 닥치니 정신이 하나도 없었다.

류해아의 인생에 또 한 번의 변곡점이 찾아왔다. 한 아이의 부모가 된다는 것. 설레고도 두렵지만, 그와 함께라면 잘해낼 수 있을 거란 근거 없는 자신감마저 생겼다.

현관문 닫히는 소리에 눈을 떠 시계를 보니 오전 8시가 넘어 있었다. 지금 막 도영이 집을 나선 듯했다.

잠에서 깬 해아는 침실을 빠져나와 욕실로 향했다. 간단히 세수와 양치만 하고 나와 머리 위로 두 팔을 길게 늘이며 기지개를 켠 후, 물을 마시기 위해 주방으로 향했다. 무심결에 식탁을 바라보니, 그곳에는 도영이 차려둔 아침 식사가 놓여 있었다.

"시도 때도 없이 자꾸 감동을 주네, 이 남자."

해아는 그에게 감사 인사를 하기 위해 전화를 걸면서, 그가 만들어 두고 간 프렌치토스트와 어제 먹다 남은 딸기 생크림 케이크를 챙겨 거실로 향했다.

[일어났어?]

"아침부터 바빴겠어요. 난 왜 모르고 계속 잤지?"

듣기 좋은 그의 웃음소리가 수화기 너머에서 건너왔다.

"잘 먹을게요."

[먹고 싶은 거 있으면 얘기해. 퇴근할 때 사가지고 들어갈게.]

"응. 생각나는 거 있으면 말할게요."

[오늘은 뭐 할 거야?]

"집에서 뒹굴뒹굴 할 거예요. 책이나 읽을까?"

해아는 책장 앞에 서서 손끝으로 책 표지에 적힌 제목을 쓰윽 훑다가 '리스본행 야간열차' 앞에서 멈칫했다.

"뭐 읽을지 골랐어요."

[뭘 골랐는데?]

"리스본행 야간열차."

그와 자신을 연결해 주었던 그 작품.

그는 기꺼이 자신의 리스본행 기차표가 되어주었고, 또 다른 세상을 보여주었다.

해아는 자신에게 특별한 의미를 가진 그 책을 꺼내 들고 다시 소파로 향했다. 그런데 그때, 도어락 비밀번호를 누르는 소리가 들리더니 이내 문을 열고 도영이 들어왔다.

"도영 씨!"

뛰어 온 건지, 그가 가쁜 숨을 몰아쉬며 곧장 다가와 해아에게 입을 맞췄다. 제대로 숨을 고르지도 못해 거친 숨이 건너왔지만, 해아는 그런 그를 부드럽게 당겨 안고 천천히 자신의 숨을 나누었다.

"생각해 보니까, 사랑한다는 말을 못 하고 가서."

핑계도 어쩜 이렇게 감동적일까. 출근길에 나섰다가 되돌아온 게 한두 번 있었던 일이 아니기에, 해아는 이번에도 적당히 속아 넘어가 주기로 했다.

"사랑해."

"내가 더 많이 사랑해요."

이번에는 해아가 먼저 다가가 입을 맞췄고, 그는 두 팔로 해아의 허리를 단단히 감싸 안았다.

그는 내게 선물이었다.

첫 만남부터 그는 나의 세상에 거침없이 밀고 들어와, 자신이 있는 세상으로 오라며 손을 내밀었다. 따뜻한 품을 내어주며 괜찮지 않아도 괜찮다는 말로 사람 마음을 가차 없이 흔들어놓았고, 욕심나게 만들었다.

바람이 불 듯 내게 불어 들어와 마음을 훔쳐 달아난 다정하고 따뜻한 내 남자.

함께한 시간보다, 함께할 시간이 더 많다는 것에 그저 기뻤다. 그를 사랑할 수 있어서, 그에게 사랑받을 수 있어서 더할 나위 없이 기뻤다.

* *

삼 년 후.

하늘섬 스튜디오 내 회의실 안에서는 오늘도 어김없이 도영이 주재한 회의가 한창이었다.

"남양주 운당 세트 스케줄부터 잡아야 할 것 같습니다. 내년 상반기에 편성된 사극이 두 편이나 돼서 올 하반기에는 스케줄 잡기 쉽지 않을 거 같아요."

"송 감독님 답사 마치는 대로 다시 회의해 봅시다."

"네, 대표님."

민철이 본격적으로 사진을 배워보겠다고 나서면서 도영은 이 년 전 하늘섬 스튜디오의 공동 대표가 되었고, 그 사이 회사도 많은 성장을 이뤘다.

성공을 거듭할수록 유혹의 손길도 많이 받았다. 영화, 예능 제작에 나서는 것은 어떠겠느냐, 배우 매니지먼트를 인수 합병해 종합 엔터사로 거듭나는 것은 어떠냐는 등 셀 수도 없었다.

그럴 때마다 완성도와 작품성, 대중성을 모두 갖춘 최고의 드라마를 제작하자는 민철의 회사 설립 이념을 떠올리며 흔들리지 않았다. 시류에 편승하지 않는 다양한 장르의 작품을 제작하면서 믿고 보는 제작사로서 입지를 굳혔다.

작년에는 회사 사무실을 강남으로 확장 이전하기도 했다. 직원도 30% 넘게 늘었고, 한 해에 제작하는 작품의 수도 배 가까이 늘었다.

현재 제작회의가 한창인 작품은 나애리 작가와 송 감독이 함께하는 세 번째 작품이었다.

애리는 결혼한 그 이듬해에 출산을 했고 복귀작으로 사극 장르를 선택했다. 시놉시스만 가지고 내년 상반기 DBS에 편성을 받을 정도로 스토리가 좋았다. 빠르면 8월, 늦어도 9월부터는 촬영에 들어갈 예정이라 지난달부터 프리 프로모션을 시작했다.

송 감독과 한 감독은 요즘 촬영지 현장 답사에 여념이 없었고, 애리도 대본 작업에 속도를 높이고 있었다. 삼 년여 만의 복귀 작이라 그런지 열의가 남달랐다.

"조 실장님. 다음 주부터는 캐스팅 회의 들어가도 되겠죠?"

"네. 안 그래도 후보군 추리는 중입니다. 그것보다 대표님. 작가님께서 류해아 씨 복귀작은 반드시 내 꺼, 라고 하시면서, 무슨 수를 써서라도 캐스팅해 오라고 하셨어요."

캐스팅 디렉터의 말에 도영은 한숨을 쉬며 미소를 지었다. 일찌감치 남자주인공 자리를 꿰찬 기주도 해아를 내놓으라며 난리였다.

"사실, 류해아 씨 캐스팅은 저보다 대표님이 가장 빠르게 해오실 수 있잖아요."

"제가 소문난 영업 왕이긴 하죠."

"복귀작 고르고 계시다면서요. 저희 대본도 슬쩍 한번 넣어봐 주세요."

안 그래도 작품에 관해 귀띔을 해준 적은 있었다. 나애리 작가 최초의 사극이자 복귀작이고, 송 감독과 한 감독이 합류했다는 최소한의 정보를 전하자 그녀는 관심을 보이긴 했다.

해아는 광고 이외의 활동을 접은 채 아이 양육에만 몰두했다. 최근에서야 복귀 의지를 보여 소속사에서도 많은 대본과 시나리오를 전달하고 있단 말을 들은 참이다.

"일단 소속사 쪽으로 보내보세요. 그 후에 제가 영업해 볼게요."

"감사합니다. 대표님."

"저 먼저 일어납니다."

자리에서 일어난 도영은 서류와 노트북을 챙겨 들고 자신의 집무실로 향했다.

사방이 유리창으로 되어 있어 프라이버시가 전혀 보호되지 않는 집무실이었다. 그 때문에 차라리 이전 사무실에 있을 때처럼 파티션으로 공간을 나눠두는 게 낫겠다 싶은 생각을 가끔씩 하곤 했다.

띵동.

막 책상 앞에 앉는데, 해아가 보낸 메시지가 도착했다.

〈한 시간 후에 출발할 거예요. 이따 봐요.〉

해아와 만나기로 약속한 시간은 오후 6시. 아직까지 두 시간가량 시간이 남아 있었다. 오늘 저녁에 오랜만에 해아와 데이트를 하기로 한 참이라, 도영은 지금 당장 퇴근을 하고 싶은 마음이 굴뚝같았다.

도영과 해아의 데이트는 연애하던 때와 크게 다르지 않았다. 단골 돈부리 식당에서 식사를 하고, 근처 대형 서점에서 책 구경을 하고, 그 근처 한적한 카페에서 차 한 잔을 한 후 단골 LP바로 향했다.

그곳에서 두 사람은 음악을 들으며 사소한 대화를 나누었다.

"요즘 대본 많이 들어온다고 했지?"

"뭐, 적당히 들어오고 있어요. 왜요?"

"내가 지난번에 말했던 나애리 작가 신작 있잖아. 오늘 1,2회 대본이랑 시놉시스 정리해서 사무실로 보내뒀어. 한번 읽어봐."

최대한 담백하게 이야기를 꺼내는 그가 귀여워서 해아는 웃고 말았다.

"그냥 집으로 가져오지 뭐 하러?"

"그래도 절차는 밟아야지. 박 대표님 서운해한다."

그의 말도 일리가 있었다. 보통 성하와 은형이 먼저 읽어보고 상의한 후에 해아에게 건네주곤 했다.

"대표가 핫라인으로 주는 것도 나쁘지 않은데. 알았어요. 그거 먼저 읽어볼게요. 안 그래도 궁금하더라."

그는 안도의 한숨을 내쉬었고, 해아는 못 본 척하며 그의 어깨에 기댔다.

"내일 저녁에 주현이 영화 시사회 가는 거 안 까먹었죠?"

"아……. 깜빡했다."

"내가 어제도 말해줬잖아요. 그걸 잊어버리면 어떡해. 설마 다른 약속 있어요?"

"제작 지원사 미팅이 있긴 한데, 얼추 시간 맞출 수 있을 거 같아."

"주현이가 형부랑 꼭 같이 오라고 신신당부했는데……. 시간 애매할 거 같으면 내가 먼저 가 있을게요."

"그래. 먼저 가 있어. 미팅 끝내는 대로 바로 갈게. 미안해, 해아야."

진심으로 미안해하는 도영의 모습에 해아는 고개를 끄덕여 그의 마음이 너무 무겁지 않게 해주었다.

해아가 활동을 쉬는 동안, 주현은 영화와 드라마를 넘나들며 승승장구했다. 전속모델 계약 한번 해보는 게 소원이라던 주현은 요 몇 년 사이에 원 없이 광고를 찍고 있었다.

해아는 주현의 성공이 마냥 기뻤다. 오랫동안 불안하고 힘든 시기를 보냈던 그녀라는 걸 알기에, 유독 마음이 쓰였던 것 같다.

"지금쯤 식사 마치고 차 한잔하고 계시겠지?"

"해늘이 우쭈쭈 해주면서 즐거운 시간 보내고 계실 거예요."

아들 해늘이의 이름은 웃는 모습이 마치 해님 같다며 강훈이 직접 지어주었다. 그 이름처럼 해늘이는 늘 방실방실 잘 웃었고, 모든 사람들의 사랑을 독차지했다.

도영은 분명 태몽이 딸 태몽이었다며 딸이 태어날 거라고 자신했다. 실제로 임신 육 개월에 접어들 때까지 의사의 소견도 딸이었다.

초음파 촬영 때마다 교묘하게 그 부분을 손으로 가렸기 때문에 모두가 깜빡 속은 것이다. 뒤늦게 아들이란 사실을 알았지만, 다행히 아이 옷을 분홍색이나 하늘색이 아닌 흰색으로 준비한 덕에 혼란을 피할 수 있었다.

오늘 경진이 해늘이를 돌봐주러 저택을 찾았고, 해늘이가 가장 좋아하는 석현도 저녁 때 합류하기로 했다. 그 덕에 해아는 아주 오랜만에 도영과 데이트를 할 수 있게 되었다.

"해늘이 오늘 신나겠다. 할아버지도 보고, 할머니도 보고."

"오늘도 아버님한테서 안 떨어지려고 울며 보채면 안 되는데……"

"그러지 말고 우리 모두 다 판교에 모여 살까 봐."

"정말 그래야 할까 봐요."

일 년여의 달콤한 신혼생활을 보내고, 출산할 때 즈음 해아와 도영은 판교 저택으로 이사를 했다.

본래 강훈이 서재관으로 쓰던 건물을 도영과 해아의 집으로 싹 리모델링을 하고, 강훈의 서재는 해아의 방이 있던 저택 본관 2층으로 옮겼다.

판교로 이사를 하는 바람에 도영의 출퇴근길이 고될 뻔했으나, 다행히 그 무렵에 회사가 강남으로 확장 이전을 하게 되어 그전보다 출퇴근 시간이 단축되었다.

판교 저택에서 해늘이를 낳아 기르게 되어 메이드들의 도움도 많이 받았지만 도영도 육아에 적극적으로 참여했다. 통상적인 엄마와 아빠의 업무를 기준으로 나누지 않고, 각자가 잘할 수 있는 것을 도맡아 효율적으로 돌봤다.

"이제 우리 어디 갈까?"

"집에 가야죠."

"어머님이 주무시고 가신다고 오늘 마음껏 자유 시간 보내라고 하셨어!"

"그래도 집에는 들어가 봐야죠. 이것만 마시고 일어나요."

해아의 말에 도영은 하늘이라도 무너진 듯 망연자실한 표정을 지었다

"그 표정은 뭐예요?"

"내 표정이 어때서."

"해늘이 보고 싶어서 맨날 칼 퇴근하는 사람이, 오늘은 해늘이 안 보고 싶어요?"

"자기랑 단둘이 있고 싶은 날도 있어."

"일 년에 서너 번?"

"에이. 그건 아니지. 일 년에 삼백일 정도?"

그는 해늘이와 많은 시간을 함께 보내려고 늘 노력했다. 공동 대표직을 맡게 되면서 처리해야 할 업무도 많이 늘었을 텐데 6시 정각이되면 칼같이 퇴근을 했다. 그 때문에 하늘섬 스튜디오에 야근이 사라졌다는 소문이 돌았다.

"내가 이렇게 매달리는데도 지금 들어갈 거야? 어?"

간절한 그의 눈빛에 해아의 마음이 흔들렸다. 그걸 눈치챘는지, 도영이 해아의 손을 꼭 잡으며 대답을 재촉했다.

"권도영이야, 권해늘이야? 선택해."

가혹한 선택지 앞에서 해아는 갈등했다. 사실 생각해 보면 이렇게까지 갈등할 일이 아닌데, 그 와중에 이걸 또 진지하게 고민하고 있는제 자신이 우스꽝스러웠다.

강훈과 석현, 경진은 함께 저녁 식사를 한 뒤 거실에 둘러앉아 차를 마셨다.

"해늘이 지금 자면 이따 밤에 잠 안 잘 텐데. 깨울까요, 아버님?"

경진의 물음에 강훈이 손사래를 쳤다.

"내둬라. 푹 자고 쑥쑥 크게."

간만에 석현을 만나 신나게 놀더니 초저녁에 일찌감치 밥을 먹고잠들어 버렸다. 벌써 두 시간 가까이 자고 있어서 정작 밤에는 잠을자지 않을까 봐 경진은 염려가 되었다.

해늘이는 도영과 해아를 적절하게 빼닮은, 웃는 모습이 꼭 해님처럼 어여쁜 아이였다. 잘 깎아놓은 밤톨처럼 어찌나 잘생겼는지, 보는 사람마다 꼭 한 마디씩 했다.

돌이 지나도록 걸음마를 떼지 않아 마음을 썼는데, 요즘은 쫓아다니는 아이를 붙잡는 것도 쉽지 않을 정도로 날쌨다. 말은 또 얼마나 잘하는지. 일찌감치 말문이 트인 해늘이는 비슷한 개월 수의 아이들보다 구사할 수 있는 문장이 꽤 많았다.

"할모이."

"해늘이 일어났어?"

뒤에서 들려온 해늘이의 목소리에 깜짝 놀란 경진이 일어나 아이에게 다가갔다.

해늘이는 잠들 때도 별다른 잠투정을 하지 않았고, 자다가 도중에 깨도 울며 보채지 않았다. 발을 잡고 떼굴떼굴 구르며 혼자서도 잘 놀았다. 세상에 이런 순둥이가 없었다.

경진은 불안한 시선으로 주변을 두리번거리는 해늘이를 안고 소파에 자리를 잡았다.

"아빠 하라부지 오디 가써?"

해늘이는 강훈과 석현을 각각 엄마 할아버지와 아빠 할아버지로 구분했다. 그중 오랜만에 만난 석현이 일찌감치 가버렸을까 봐 잠에서 깨자마자 석현부터 찾는 것이다.

"할아버지 여기 있네!"

경진은 석현에게 해늘이를 안겨주고 다시 앉아 차를 한 모금 마셨다.

"아주 애교 덩어리야."

"보고 있으면 시간 가는 줄 모르겠어요."

강훈의 말에 경진은 전적으로 동감했다. 거기에 덧붙여, 모든 대화의 중심이 아이 위주로 돌아가다 보니 해늘이에 관한 이야기가 한 번 시작되면 한도 끝도 없었다.

아까 저녁 식사 때도 세 사람은 내내 해늘이의 이야기만 했다. 할머니, 할아버지만 알아보는 아이의 사소한 행동과 말에 대해 온갖 의미를 부여하며 끊임없이 이야기했다.

"최승규 사장님 오셨습니다."

메이드의 뒤를 따라 들어온 승규가 강훈과 석현, 경진에게 차례로 인사를 건넸다.

"사장 하라부지!"

"해늘이 안녕?"

승규를 발견한 해늘이가 석현의 품에서 뛰어 내려오더니 승규의 품에 척하니 안겼다.

워낙 저택에 근무하는 사람이 많다 보니, 해늘이는 낯을 가리지 않고 사람을 너무 좋아했다. 오다가다 말을 걸어주는 사람도 많아서 말문이 일찍 트인 것 같기도 했다.

"회장님. 말씀하신 서류입니다."

승규는 해늘이를 안은 채 들고 온 서류 봉투를 강훈에게 건넸다.

"이걸 또 직접 들고 왔어? 최 사장. 앞으로 이런 건 사람을 보내."

"겸사겸사 회장님도 뵙고, 해늘이도 보고 싶어서요."

"하유. 사람 참……."

내쉬는 한숨에 진심이 담겨 있었다. 승규를 특별히 아끼는 강훈에게서 그에 대한 미안함과 고마움이 고스란히 느껴졌다.

경진은 그를 위해 차를 준비해 내어왔다.

"해늘이 저녁 먹었어?"

"물꼬기하고 김하고 머거써여."

"우와! 맛있었겠다!"

"사장 하라부지 밥 머거써여?"

"응. 할아버지도 밥 먹고 왔어."

승규의 품에 안긴 채 재잘재잘 떠드는 해늘이의 모습을 지켜보며 경진은 연신 웃었다. 해늘이가 태어난 후로 이 저택 안에서는 수시로 웃음꽃이 피었다. 해늘이는 고요하기만 하던 모두의 일상에 생기를 불어넣어 준 천사 같은 아이였다.

"누구 닮아서 저렇게 수다스러운지 모르겠어. 해아는 안 그랬던 거 같은데, 도영이가 그랬나?"

"도영이는 해늘이보다 더했죠."

강훈의 물음에 석현이 순순히 수긍했다. 경진은 그 순간 해늘이의 모습에서 도영이의 어린 시절을 얼핏 그려보았다. 이 아이가 아빠를 꼭 닮아, 아빠처럼만 자라준다면 더 바랄 것이 없었다.

도영은 세상에 이런 아빠가 또 있을까 싶을 정도로 아이에게 정성을 다했다. 해늘이가 해아의 뱃속에 있을 때부터 지금까지, 많은 시간을 함께 보냈다.

경진은 승규의 무릎 위에 앉아 서너 단어의 문장만으로 어떻게든 대화를 이어가는 해늘과 그걸 또 정성껏 들어주는 승규에게서 눈을 떼지 못했다.

"해늘아, 이중에서 어느 할아버지가 제일 좋아?"

강훈의 물음에 해늘이가 고민에 빠졌다. 강훈과 석현, 승규를 차례로 바라보며 고개를 갸웃거리다가 배시시 웃었다.

"몰라."

아이는 꽤 현명한 대답을 내놓았다. 아이에게 사랑받고 싶어 하고, 사랑을 확인받고 싶어 하는 어른들의 마음을 전혀 모르는 해늘이는 그저 해맑았다.

해아와 도영은 일찌감치 집에 돌아왔다.

해아는 결국 권도영이 아닌 권해늘을 선택했고, 진심으로 서운해하는 그를 어르고 달래야 했다. 아이를 그렇게 예뻐하는 이 남자가 설마 아들을 질투하는 건가 싶은 생각도 들었다.

데이트를 실컷 즐기지 못하고 돌아온 두 사람을 안쓰럽게 여긴 경진이 오늘 밤 해늘이를 본인이 데리고 자겠다고 말했고, 도영은 그제야 미소를 지었다.

초저녁에 두 시간 정도 잠을 자서 그런지, 해늘이는 자정이 다 되어 가도록 도통 잘 생각을 안 했다. 결국 해아와 도영이 해늘이를 안고 저택 인근의 길로 산책을 나섰다.

"해늘이 잠들었다."

"진짜?"

한 삼십 분쯤 걸었을까. 도영의 품에 안겨 있던 해늘이가 드디어 잠이 들었다.

밤마다 산책을 데리고 나오곤 했더니 습관이 들어서인지, 아니면 이 길을 자주 걸어서인지 해늘이는 이 길을 유독 좋아했다.

산들바람이 부는 초여름의 밤.

매일 밤마다 잠을 이루지 못하고 이 길 위를 거닐며 수많은 꽃을 심었던 때가 이제는 까마득하게만 느껴졌다. 이제 옆을 돌아보니 사랑하는 사람이 가까이에 있고, 그의 품에는 아이가 안겨 곤히 잠들어 있었다.

많은 것들이 변했고, 그 변화로 인해 공허했던 마음 안에 사랑이 가득 담겼다. 그 시작에는 권도영, 이 남자가 있었다.

"팔 아프죠? 내가 안을까요?"

"아니. 하나도 안 아파."

삼십 분이나 아이를 안고 있었으면서도, 그는 눈도 깜짝하지 않고 거짓말을 했다.

"팔은 안 아픈데, 자기 손을 잡을 수가 없어서 너무 안타깝다. 유모차 태울걸, 괜히 힘자랑했어."

말 한 마디를 해도 어쩜 이렇게 예쁘게 하는지. 해아는 조용히 감탄했다.

"사실 해늘이보다는 자기를 더 안고 싶어."

"품에 안겨서 얌전히 잠들 때 실컷 안아줘요. 조금만 더 크면 우리 품에 안겨 있지 않으려고 할 거예요."

"말도 안 돼……. 진짜, 우리 해늘이한테도 그런 날이 올까?"

해아는 상상했다. 해늘이가 아빠처럼 무럭무럭 자라는 과정을.

언젠가 그의 앨범에서 보았던 모습처럼 해늘이도 자라게 될 거라 생각하니 어쩐지 웃음이 났다.

"그게 자연스러운 거니까."

"그래서 어른들이 자식 키워봤자 아무 소용없다고 하나 봐."

벌써부터 서운해하는 그가 귀여웠다.

"앞으로 줄 잘 서야겠다."

"무슨 줄?"

"류해아 줄 꼭 붙잡고 있어야겠어."

도영이 입술을 쭉 내밀며 다가오자, 해아는 순순히 입을 맞추었다. 아까 못다 한 데이트를 대신한 것이었다.

"아빠가 돼서 못 하는 말이 없어. 해늘이 알면 서운해하겠다."

"자기는 우선순위가 나보다 해늘이지? 아까도 내가 그렇게 붙잡고 매달렸는데 뿌리치고."

해아는 다시 한 번 그에게 입을 맞췄다.

"나야 항상 권도영 씨가 먼저죠. 해늘이는 다 크면 우리 품을 떠나겠지만, 권도영 씨는 죽을 때까지 날 안아줄 사람이잖아."

해아의 말에 그가 당연하다는 듯 고개를 끄덕이며 또다시 입술을 내밀었다. 그리고 하필이면 그때, 해늘이가 한쪽 눈을 찡그리며 눈꺼풀을 밀어 올렸다.

"자자, 해늘아. 자자. 엄마랑 아빠 뽀뽀 한 번만 더 하게 코 자자."

도영은 아주 능숙한 솜씨로 해늘이의 등을 다독였다.

"할모이랑 잘래. 할모이……."

잠결에 한 해늘의 말을 듣고, 도영의 얼굴에는 환한 미소가 어렸다.

"해늘이가 뭘 좀 아는구나. 우리 아들 효자야, 효자."

그는 자면서도 할머니를 찾는 아이가 무척이나 기특했던 모양이다.

"얼른 집에 가자."

도영은 발길을 재촉했다. 그 속도가 거의 달리기 수준이었다.

"천천히 가요!"

해아가 도영의 허리를 두 팔로 붙잡으며 말리자, 그제야 해아와 걷는 속도를 맞춰주었다.

오늘따라 유독 환한 달빛을 가로등 삼아, 둘이 아닌 셋이 고요한 길 위를 걸었다. 해아는 발 앞에 길게 드리워진 세 사람의 그림자를 가만히 바라보다가, 고개를 들어 해늘과 도영의 뺨에 차례로 입을 맞추었다.

먼 곳에서부터 불어온 싱그러운 바람이 손끝을 스쳤다.

에필로그 1. 판교 사랑꾼

장장 칠 개월 동안 진행된 드라마 '파각-세상의 끝'의 마지막 촬영은 세트 촬영이었다.

"컷, 오케이!"

"수고하셨습니다!"

송 감독의 오케이 사인에 해아가 큰 소리로 외치며 머리 위로 팔을 뻗어 모두에게 박수를 보냈다. 그러자 다들 서로가 서로에게 박수를 치며 수고했단 인사를 주고받았다.

무더웠던 늦여름에 시작되었던 촬영이 기어이 봄을 보고나서야 끝났다.

아홉산 대나무숲의 늦여름과, 억새꽃으로 가득했던 민둥산의 가을. 설매재의 겨울과 광양 매화마을의 이른 봄까지. 사계절의 비경을 한 작품 안에 모두 담을 수 있었으니 행운이었다.

"고생 많았어."

"감독님도 고생 많으셨어요."

밝은 표정으로 배우와 스태프 한 사람 한 사람과 손을 잡고 인사를 나누던 해아는 송 감독과 마지막 포옹을 나누다가 울컥하고 말았다.

추위와 더위, 벌레와 싸웠던 지난 칠 개월 모든 순간들이 머릿속을 스쳐 지나가는데 저도 모르게 코끝이 찡했다. 너무 힘든 여정이었기에 마냥 후련할 줄 알았지만 정들었던 사람들과의 이별을 생각하니 마음 한구석이 허전해 시큰거렸다.

그동안 해왔던 작품들과는 비교할 수 없을 만큼 체력적으로 힘들었던 촬영이었다. 계획했던 대로 무사히 촬영을 마친 것만으로도 안도감이 들었다.

"언니!"

이대로 있다가는 사람들 앞에서 눈물을 쏟을 것 같아 대기실로 향하는데, 저만치에서 귀에 익은 목소리가 들려왔다. 오늘도 역시 주현이었다. 어제 먼저 마지막 촬영을 끝낸 기주도 함께였다.

"또 왔어?"

"언니 마지막 촬영인데 제가 당연히 와야죠. 수고 많았어요."

본인이 감격에 겨워 눈시울을 붉히며 울먹이는 주현의 모습이 마냥 귀여웠다. 해아는 그런 주현의 어깨를 다독여 주었다. 평소 주현은 바쁜 와중에도 해아의 촬영장에 종종 찾아오곤 했다. 그런 주현에게 사람들은 성공한 해아 덕후라고 불렀다.

"회식 내일 저녁인데 선배는 왜 왔어요? 어제 인사 다 하고 갔다면서요."

"보고 싶어서 왔지."

"내일 어차피 다 만날 건데 뭐."

"너 진짜 냉정하다. 한두 달도 아니고 무려 칠 개월을 함께했는데,

다들 정이 들어서 보고 싶어서 온 사람한테 그게 할 소리야?"

해아는 시무룩한 표정을 지으며 자신을 몰아붙이는 기주도 넓은 마음으로 안고 다독였다. 두 사람의 깜짝 등장으로 쏟아지려던 눈물이 쏙 들어가 버렸으니 차라리 잘된 일이었다.

"알았어요, 알았어. 잘 오셨습니다. 고작 하루 안 봤을 뿐인데, 저도 선배가 무척 보고 싶더라고요."

"볼 때마다 느끼는 거지만 넌 그 옷이 참 잘 어울린다. 평소에도 그러고 다녀라."

흰 치마저고리 차림에 나무비녀를 꽂은 쪽머리. 드라마 후반부에 접어들어서 해아는 늘 한결같은 차림이었다. 기주가 한걸음 뒤로 물러서더니 팔짱을 낀 채 해아의 머리부터 발끝까지를 쭉 훑어보며 말했다.

"칭찬으로 들을게요."

해아의 대답에 기주가 웃으며 엄지를 치켜들었다. 평소 같았다면 한마디 했겠지만 좋은 날이기에 웃어넘기기로 했다.

"여기서 이러지 말고 대기실로 들어가죠."

마지막 촬영 후 인사를 나누느라 혼잡해진 촬영장을 뒤로하고, 해아는 두 사람을 데리고 자신의 대기실로 향했다.

"와⋯⋯. 이게 다 뭐야?"

대기실 한가운데에 놓인 테이블 위에 아까는 보지 못했던 커다란 꽃바구니와 해아가 가장 좋아하는 딸기 생크림 케이크가 놓여 있었다.

"전부 권 대표님이 보내셨어요."

창희의 대답에 다들 부러움이 가득 담긴 환호를 쏟아내며 박수를 쳤다. 깜짝 선물에 감격한 해아는 꽃바구니에 꽂힌 카드를 꺼내 열어

보았다.

해아의 얼굴에 미소가 번지자 옆에서 힐끔거리며 훔쳐보던 기주가
카드를 가져가더니 다른 사람들과 돌려보았다.

"아이고, 판교 사랑꾼 나셨네!"

"이리 내놔요."

기주에게 카드를 돌려받은 해아는 다시 한 번 카드 내용을 꼼꼼히
읽었다. 도영의 목소리가 저절로 귀에 들리는 듯해 마음이 설렜다.

"형부는 어쩜 이렇게 다정할까요?"

주현의 말에 해아는 어깨를 으쓱이며 꽃향기를 맡아보고 잘라놓은
케이크도 한 입 먹어보았다.

마치 세상을 다 얻은 것만 같았다. 이보다 더 행복할 순 없었다. 그
와 함께였다면 더 좋았겠지만, 이렇게 늘 세심하게 신경 써주는 것만
으로도 감사했다.

"다른 스태프들하고도 나눠 먹어야 하는데."

"에이, 권 대표님이 어떤 분인지 아시면서. 다른 배우분들하고 스태
프들 몫으로 조각케이크랑 음료 세트 다 돌리셨어요. 지금쯤 다들 받
았을 테니까 걱정 마세요."

창희의 부연설명에 해아는 '역시 권도영답다'라고 생각했다. 상대가
권도영인데 참 쓸데없는 걱정을 했구나 싶었다.

"혹시 이 케이크가 해늘이 가졌을 때 일주일에 한 번씩 사다 먹었다던 그 케이크야?"

"어? 선배가 그걸 어떻게 알아요?"

"어떻게 알긴. 전에 너랑 애리가 얘기하는 거 설거지하면서 들었지."

기주의 말에, 대기실 안에 있던 모든 사람들의 시선이 동시에 그에게로 향했다.

"왜 그렇게 봐? 다들 집에서 설거지도 안 하고 사는 거야?"

"이분 주부 겸 배우셔."

뒤이어 들려온 해아의 말에 다들 놀라움을 금치 못했다.

사실 해아도 처음에는 직접 빨래와 설거지 그리고 청소까지 한다는 기주의 말을 쉽게 믿지 못했다. 하지만 자신의 두 눈으로 직접 보고 난 후로는 백퍼센트 믿게 되었다.

그런 부분은 도영과 크게 다르지 않았다. 물론 집에 메이드들이 상주하긴 하지만, 해아가 촬영하는 동안 도영은 육아와 집안 살림을 거의 도맡아 했다고 봐도 무방했다.

워낙에 그는 '집안일'이란 남자가 여자의 일을 돕는 게 아니라 부부가 함께하는 것이라고 생각하는 사람이어서 해아의 부담을 많이 덜어 주는 편이었다. 그렇다 보니 비슷한 생각을 가진 도영과 기주는 공통된 관심사에 자연스레 가까워졌고, 서로의 정보를 공유하는 일이 많아졌다.

"나는 집안일이 적성에 맞는 거 같아."

"제가 보기에도 그런 것 같아요."

"그래서 생각해 봤는데, 애 초등학교 입학할 때까지 내가 집에서 살림하고 그 사람이 대본 쓰면 어떨까 싶어."

"진심이에요?"

"어."

웃어넘기기에는 그의 눈빛이 너무나 진지했다. 전에 애리로부터 아이가 엄마인 그녀보다 아빠인 그를 더 잘 따르고, 살림도 기주가 더 꼼꼼하게 한다던 말을 들은 적이 있었기에 그것도 나름 잘 어울리겠다 싶었다.

"하아. 나도 기주 선배나 권 대표님 같은 다정한 남자 만나서 결혼하고 싶다."

결혼에 대한 환상을 심어주고 싶진 않았지만, 주현의 주변에는 기주와 도영 같은 멋진 남자만 있으니 어쩔 수가 없었다.

그런 주현의 넋두리에 해아의 여자 스태프들도 다들 '나도 그랬으면 좋겠다'라며 동조했고 그 모습을 지켜보던 기주는 무척이나 흐뭇하게 웃었다.

"주현아. 너도 연애도 좀 하고 그래. 그게 다 밑거름이 되어서 네 연기 인생이 도움이 되는 거야. 물론, 나 같은 남자를 만나는 건 쉽지 않겠지만."

'어휴, 어련하실까.'

으쓱하는 기주의 모습에 해아와 주현이 눈을 맞추며 웃었다.

해아는 권도영 같은 남자를 찾기 힘들 거라는 말을 솔직하게 해주려다가, 그들의 부푼 희망을 깨고 싶지 않아 입을 꾹 다물었다.

경진은 강훈이 기거하는 저택 본관 1층 거실 창가에 자리한 흔들의자에 앉아 해늘을 품에 안고 동화책을 읽어주고 있었다. 그러다 귓가에 들려오는 고른 숨소리에 고개를 숙여보니, 자기가 잠들면 할머니가 가버릴까 봐 자고 싶지 않다고 잠투정을 하던 해늘이 어느새 곤히 잠들어 있었다.

경진은 한 손에 쥐고 있던 책을 조심히 내려놓고 고개를 숙여 잠든 아이의 얼굴을 바라보았다.

보면 볼수록 신기했다. 이목구비는 도영을 꼭 빼닮았지만 정확히 어느 곳이라고 딱 집어내기 어렵게 해아의 흔적 또한 함께 가지고 있으니 말이다. 아이는 엄마와 아빠의 모습을 묘하게 골고루 닮아 있었다.

해늘이가 세상에 태어나던 날. 말로 다 설명할 수 없는 행복과 기쁨에 온 가족이 함께 울고 웃었다.

처음 자신을 바라보며 웃어주었을 때, 자신을 향해 기어오고, 자신의 손을 잡고 걷고, 할머니라고 불러주던 그 모든 순간들을 선명하게 기억하고 있었다. 맨 처음 '할머니, 사랑해'라고 또박또박 말해주었을 때의 그 벅찬 감동은, 죽는 그 순간까지 잊지 못할 것이다.

이 아이가 자라는 과정을 지켜보는 것은 경진에게 또 한 번의 삶을 시작하는 기분마저 갖게 해주었다.

경진은 말랑말랑하고 뽀얀 찹쌀떡 같은 해늘의 뺨을 조심스레 쓰다듬으며 머리 위에 입을 맞췄다.

"녀석. 할머니 갈까 봐 소매를 꼭 붙들고 자네."

강훈을 만나기 위해 왔던 승규가 강훈의 서재에서 다시 거실로 나왔다. 승규의 말에 해늘의 손을 만져 보니 정말로 자신의 카디건 소맷자락을 움켜쥐고 있었다. 메이드가 다가와 해늘이를 받아가려 했지만 경진은 고개를 가로저었다.

승규는 자연스레 다가와 경진의 옆자리에 앉았고, 쌔근쌔근 잠이 든 해늘이를 보며 미소를 지었다.

"어째 두 사람 다 귀가가 좀 늦네요?"

"오늘 해아 마지막 촬영이라고, 간만에 데이트할 거라면서 해늘이 봐달라고 부탁하더라고요."

"언제 가실 거예요?"

"승규 씨 먼저 들어가세요. 저는 애들 오면 보고 갈게요."

경진은 일주일에 한두 번가량 판교 저택을 찾는데, 그때마다 승규
와 만나곤 했다.

강훈이 경영일선에서 완전히 물러난 후로는 판교 저택을 자주 찾을
이유가 없는데도 그는 꾸준히 이곳을 찾았고 돌아가는 길에 경진을
바래다주는 일도 잦았다.

그것이 우연인지, 필연인지 구분 짓는 건 무의미했다. 몇 달을 그렇
게 지내다 보니 자연스레 친구가 되었고, 강훈이 직접 나서서 호칭 정
리까지 해주는 바람에 사장님, 사모님 같은 호칭 대신 서로의 이름을
부르는 사이가 되어 한결 편해졌다.

작년 가을에는 승규가 경진이 살고 있는 동네로 이사를 오게 되었
고 이웃사촌이 된 후로 그가 가끔씩 산책을 하자며 그녀를 불러내곤
했다. 함께 차를 마시자고도 하고, 등산을 가자고도 하며 자꾸만 그
녀를 집 밖으로 끌어냈다. 그 덕에 경진의 활동반경이 점점 넓어지고
있었다.

"이 집에 해늘이 돌봐줄 사람 잔뜩 있으니까 걱정 말고 들어가거
라."

뒤늦게 서재에서 나온 강훈이 경진에게 말했다.

"아니에요, 아버님. 저 괜찮아요."

"잔말 말고 최 사장 가는 길에 얹어서 가. 밤길 운전 위험하다.
응?"

강훈까지 나서니 어쩔 도리가 없었다. 경진은 메이드에게 해늘이를
안겨주고 일어나 옷을 챙겨 입었다.

"아버님. 그럼 저 이만 가보겠습니다."

"그래. 하루 종일 해늘이랑 놀아주느라 힘들었을 텐데, 가서 푹 쉬어."

해늘의 넘치는 에너지와 활동량을 따라가기가 점점 버거웠지만, 이렇게 해늘이와 한바탕 놀아주고 돌아가면 밤에 깊은 잠을 푹 잘 수 있어서 오히려 좋았다.

"네. 아버님도 푹 쉬세요."

"회장님, 저도 가보겠습니다."

승규와 함께 인사를 건네자 강훈이 웃으며 손을 흔들어주었다.

그를 뒤로하고 집을 빠져나온 경진은 밖에서 미리 대기 중이던 승규의 차로 다가갔다. 운전기사가 뒷좌석 문을 열고 기다리고 있어서 차마 거절할 수 없었다.

"타시죠."

"열에 아홉 번은 차를 못 가져가는 거 같아요."

경진의 말에 승규는 옅게 웃었다. 밤이 늦었다는 이유로 가져온 차를 놓고 가는 날이 지나치게 많아지고 있다 보니 경진은 조금 민망하기도 했다.

경진과 승규가 나란히 뒷좌석에 오르자 이내 차가 출발했다. 저택으로부터 멀어지자 경진은 아쉬움에 뒤를 한 번 돌아보았다.

"힘들지 않아요?"

"해늘이랑 놀아주는 거요? 전혀요."

"그게 아니라, 너무 애쓰는 거 같아서……. 해아나 회장님께 최선을 다하려는 것 같아 보여서요."

"그래 보였어요?"

승규가 고개를 끄덕였고, 정곡을 찔린 경진은 조용히 웃었다.

“맞아요. 너무 늦었지만, 이제라도 최선을 다해보는 중이예요. 엉망이었던 저를 끝까지 놓지 않고 기다려 줬잖아요. 그 미안함과 고마움을 이렇게라도 갚고 싶었어요.”

　떠올리고 싶지 않은 과거의 실수에 대한 회한에 갇혀 후회만 하며 허송세월을 보내는 짓은 두 번 다시 반복하고 싶지 않았다. 그러니 덤으로 얻은 것이나 마찬가지인 남은 생은 최선을 다해 살아볼 작정이었다. 후회 따위 남지 않도록, 상처와 아픔으로 기억되지 않도록 말이다.

　“그동안 해아와 아버님 곁을 든든히 지켜줘서 정말 고마워요. 승규 씨.”

　“해야 할 일을 한 것뿐입니다. 그동안 회장님께 받았던 은혜에 비하면 아무것도 아니죠.”

　“너무 면목이 없어서 감사하단 인사도 제때 못 했어요. 미안해요.”

　“미안할 것도 많으시네요. 이제 다 털어내고 새 삶을 살아요. 제가 곁에서 지켜봐 드릴게요. 우리…… 친구하기로 했잖아요.”

　친구.

　친구라는 관계가 이토록 마음을 따뜻하게 만드는 것인 줄 미처 알지 못했다. 그 이름이 가진 의미가 조금 쑥스럽기도 했지만 한편으로는 가슴을 설레게 만들었다.

　그 설렘이 낯설고 부끄러웠지만 싫지 않았다. 친구가 되자고 먼저 손을 내미는 그의 제안을 거절하지 못했고, 결국 그 손을 덥석 잡아 버린 것이다.

　경진은 차 유리창 밖으로 시선을 옮겼다. 그러나 웃고 있는 그의 모습이 차 유리창에 비쳤고, 시선이 자꾸만 그곳에 머물렀다. 그걸 아는지 모르는지, 그는 연신 웃고 있었다.

도영과 해아는 간만에 서울 야경이 한눈에 내려다보이는 분위기 좋은 레스토랑에서 단둘이 오붓한 저녁 식사를 했다.

"우리 류 배우, 고생 많았어."

해아는 어깨를 으쓱이며 와인 한 모금을 마셨다.

사극이라는 장르의 특성상 준비할 것도 많았고 촬영 기간 역시 다른 장르에 비해 길었다. 촬영도 전국 각지를 돌며 해야 했기에 많은 고생을 할 수밖에 없었다.

체력적으로도 많이 힘들었을 텐데, 현장에서 늘 스태프들과 배우들을 살뜰히 챙기고 촬영장 분위기가 처지지 않도록 힘든 내색도 하지 않았던 그녀다. 도영은 그런 배우 류해아를 제작사 대표로서, 팬으로서, 남편으로서 진심으로 존경했다.

"작품 잘 되겠죠?"

"당연하지! 왜, 다 찍어놓고 나니까 걱정돼?"

"아니……. 나는 확신을 가지고 열심히 했으니까 자신은 있는데, 뚜껑은 열어봐야 아는 거잖아요. 운이라는 것도 무시할 수 없고."

"운은 항상 우리 편이야. 걱정 마."

"와. 우리 대표님이 너무 자신만만해하는데?"

동시간대에 편성된 타사 작품들 역시 만만치 않은 것은 사실이다. 한창 방영 중인 작품은 동시간대 시청률 1위를 기록 중이고, 동시에 첫 방송이 예정된 작품 역시 스타작가와 한류톱스타 캐스팅으로 연일 화제를 모으고 있었다.

만만치 않은 라인업이지만 도영은 자신 있었다. 촬영 현장에서 최선을 다했던 배우들과 스태프들을 위해서, 제작사가 할 수 있는 모든 노력을 기울여 반드시 흥행하게 만들 것이다.

"나 촬영하는 동안 도영 씨도 고생 많았어요. 회사 일도 바쁜데 나 대신에 집안일까지 거드느라 애썼어."

"그게 왜 네 대신이야? 내가 해야 할 일을 한 것뿐인데. 난 너무 좋았어! 육아가 체질인가 봐."

지방 촬영이 많아 해아가 집에 들어오지 못할 때가 많았지만, 도영은 그녀의 공백을 메우기 위해 최선을 다했다. 특히 해늘에게 가장 많은 신경을 썼다.

해아는 늘 그것을 고마워했지만, 도영은 어디까지나 자신이 해야 할 일을 한 것뿐이라고 생각했다. 가정을 꾸려 나가는 일은 어느 한 사람의 몫이 아니라 함께하는 것이니까.

"당분간은 시놉이나 대본 하나도 안 보고 그냥 쉴 거예요. 그동안 못했던 엄마 노릇, 아내 노릇 하면서 봄맞이 화단 정리나 해야겠어."

"그게 과연 가능할까?"

해아는 단호하게 고개를 끄덕였지만 작품 욕심이 있는 해아였기에 마냥 손을 놓고 있진 않을 거라고 도영은 생각했다.

도영은 해아가 배우 류해아의 삶도 놓치지 않았으면 했다. 그녀의 배우 활동을 적극 지원하는 것 역시 그에게 가장 중요한 일이었다.

"주말에 해늘이랑 동물원 갈까요?"

"주말에 사람 많을 텐데……. 내일은 어때?"

"내일 회사 안 나가봐도 돼요?"

"직원들한테 양해를 구해야지 뭐."

"어쩌면 직원들은 대표님이 늦게 나오는 걸 원할 수도 있어요."

PD직에 있을 때를 생각해 보니 해아의 말도 일리가 있었다. 도영은 고개를 끄덕이며 수긍했다.

"저녁에 드라마팀 전체 회식 있으니까 오전에 다녀오자. 평일 오전은 조금 한가하겠지."

"좋아요! 그럼 내일 아침에 일찍 일어나서 도시락 싸야겠다."

"해늘이 엄청 좋아하겠네."

동물원이라면 자다가도 벌떡 일어나 춤을 추는 해늘이기에, 내일 동물원에 간다고 말해주면 무척 좋아할 것이다. 거기다 아주 오랜만에 해아와 함께하는 소풍이라 도영 역시 벌써부터 신이 났다.

둘이었다가 셋이 되고 나니 한 사람 몫의 행복이 더 늘어났다. 그것은 둘이었을 때는 미처 겪어보지 못했던 또 다른 모습의 행복이었다.

"쉬는 동안 나하고도 데이트 자주 해줘."

도영의 말에 해아가 새끼손가락을 내밀었고, 도영은 그녀와 새끼손가락을 걸었다.

"약속한 거다?"

"여부가 있겠습니까."

해늘이가 태어난 후로, 단둘이 보내는 시간이 반의반으로 줄어들어 너무나 아쉬웠지만 차마 내색할 순 없었다. 유치하게 아들을 샘내는 아빠로 보이고 싶지 않았기 때문이다.

아이의 엄마 아빠가 아닌, 한 여자와 남자로서의 관계도 놓고 싶지 않았다. 해아는 여전히 자신을 설레게 만드는 유일한 존재였고, 자신도 그녀에게 늘 그런 존재가 되고 싶었다.

"지금 몇 시예요?"

"이제 막 여덟시 지났어."

"그럼…… 오랜만에 이태원 가서 딱 한 잔만 더 하고 들어갈까요?"

"좋아."

자리에서 일어난 도영은 해아의 손을 잡고 걸음을 옮겼다. 계산을 마치고 레스토랑을 빠져나온 두 사람은 곧장 차에 오르지 않고 레스토랑 주변 골목길을 조금 걷기로 했다.

해아가 자신의 팔을 감싸 안고 올려다보며 미소를 짓는데, 당장 입을 맞추고 싶을 만큼 너무나 아름답고 사랑스러웠다. 와인 두 잔에 발그레해진 두 뺨이 예뻐서 눈을 뗄 수가 없었다.

"어머님한테 좀 늦는다고 전화드려야겠다."

"이미 말씀드렸죠."

"오늘 밤에 집에서 주무시고 내일 가시면 좋겠는데."

"아마 최 사장님이 집까지 바래다주실 거예요. 그거 알죠? 엄마가 집에 올 때마다 최 사장님도 할아버지 뵈러 오는 거."

"자기도 알고 있었어?"

"그럼요. 두 분이 절친한 사이가 되었다는 것도 이미 알고 있었죠."

해아가 그동안 두 사람의 관계에 대해서는 자신에게 전혀 언급하지 않았기에 모르고 있는 줄 알았다.

도영은 그에 관해 해아가 먼저 말할 때까지 기다리고 있었는데, 경진과 승규에 대해 이야기를 하며 편안한 표정을 짓는 해아의 모습에 조금 마음이 놓였다. 적어도 불편한 입장은 아닌 것 같아 보여 다행이라고 생각했다.

"자기 생각은 어때? 이런 말 어떨지 모르겠지만…… 난 두 분 잘 어울리는 것 같다고 생각하는데."

도영이 조심스레 의견을 묻자, 해아가 아까보다 좀 더 환하게 웃으며 도영을 올려다보았다.

"저도 비슷한 생각이에요. 엄마가 좋은 분 만나서 같이 즐거운 시간도 보내고, 연애도 했으면 좋겠어요. 앞으로의 인생은 류해아 엄마 말고, 서경진의 인생을 사는 것도 좋을 것 같아요."

그녀의 말은 진심일 것이다. 그 누구보다 경진의 행복을 바랐던 그녀이기에. 한때는 그녀를 너무나 아프고 힘들게 했지만, 지금은 그런 것들을 걷어내고 서로에게 소중한 존재라는 것만 생각하며 지내고 있었다.

두 사람을 지켜보고 있으면 도영은 가슴 한 구석이 아릿하면서도 따뜻했다. 해아의 바람대로 승규와 경진이 좋은 관계로 발전하게 된다면, 도영 역시 마음이 한결 놓일 것 같았다.

"두 분 가까워지는데 우리 해늘이가 한몫한 것 같지 않아요? 해늘이 보러 엄마가 자주 판교에 오시면서 두 분 만나는 횟수도 늘었잖아요."

"그럼 해늘이가 큐피트인 건가?"

도영의 말에 해아가 고개를 끄덕이며 그의 허리를 끌어안았다. 도영은 그런 그녀의 어깨를 감싸 안은 채, 조금 더 이 시간을 붙잡고 있고 싶어서 최대한 느리게 걸었다.

에필로그 2. 닮았다

"엄마, 악어 보러 가자! 악어!"

동물원 소풍 소식을 접한 후로, 해늘은 연신 악어 타령을 하는 중이다. 도시락을 싸던 해아는 식탁 옆에 서서 두 눈을 초롱초롱하게 빛내며 자신을 바라보는 사랑스러운 아들에게 미소를 지어 보였다.

"조금만 기다려. 다 됐어."

도시락 용기에 김밥을 옮겨 담는데, 이미 아침을 먹은 해늘이 까치발을 들어 김밥 하나를 꺼내가더니 오물오물 거렸다.

"해늘아, 김밥 더 먹고 갈까?"

"아니. 이거는 동물원 가서 악어랑 같이 먹을 거야."

평소 아침을 잘 먹으려 하지 않던 해늘인데, 아마도 소풍을 앞두고 마음이 들떠서 김밥에 관심이 간 모양이다.

주현이 선물해 준 악어 인형 모양의 작은 가방을 등에 매고 집안 곳곳을 뛰어다니는 해늘의 모습을 보고 있자니, 자주 나들이를 다니지 못했던 것이 미안해졌다.

해아가 도시락을 준비하는 동안 해늘을 씻기고 옷을 입힌 도영이 이제야 외출 준비를 마치고 내려왔다.

"난 뭐 할까?"

"빠진 거 없나 한 번 챙겨봐 줘요."

"도시락 여기 있고, 마실 거 아이스박스에 넣어뒀고, 돗자리 차에 실어뒀고."

"선글라스랑 모자는 챙겼어요?"

"어. 해늘이 선크림도 발라줬어."

"역시!"

워낙 꼼꼼한 사람이라 무엇을 맡겨도 척척 해내다 보니 걱정이 없었다.

"과일은 내가 담을게. 가서 옷 갈아입고 와."

마지막으로 과일을 썰어 담으려는데 도영이 씻어둔 과일과 칼을 먼저 집어 들었다. 해아는 그런 도영의 뺨에 입을 맞추고 서둘러 드레스룸으로 향했다.

온종일 완연한 봄 날씨일 거라는 기상청의 예보에, 해아는 캐주얼하게 입기로 결정했다. 옅은 베이지색 니트와 데님 스키니진을 입고 평소에 잘 신지 않던 운동화를 꺼냈다. 셔츠에 니트 차림을 한 도영과도 잘 어울릴 것 같았다.

"우와! 해늘아, 엄마 좀 봐. 엄청 예쁘다. 그치?"

"우와와와!"

도영의 말에 해늘이 눈썹을 한껏 치켜들며 과장된 표정으로 자신을 반겨주었다. 호들갑스러운 부자의 모습에 해아는 고개를 절레절레 흔들며 현관으로 향했다.

"출발합시다. 빨리 와요."

요즘 뭐든 스스로 하는 것에 재미가 든 해늘이 혼자서 운동화를 낑낑대며 신는 동안, 해아는 가만히 기다려 주었다.

해늘이 운동화를 신고 난 후, 해아와 도영은 아이의 손을 하나씩 붙잡고 집을 나섰다.

"할아버지!"

도영의 차로 달려가던 해늘이 강훈을 발견하고는 방향을 바꿔 우다다다 뛰어가 폴짝 안겼다.

"해늘아. 그렇게 뛰어가자마자 안기면 할아버지 힘들다고 엄마가 말했지?"

"아이고, 괜찮다."

강훈이 괜찮다며 손사래를 치자, 해아의 꾸중에 놀라 시무룩했던 해늘이 강훈의 목을 조그만 두 손으로 끌어안으며 가슴팍에 폭 안겼다.

"동물원 간다고 잔뜩 신난 애를 왜 혼내고 그래. 해늘아, 할아버지 괜찮아. 걱정하지 마."

"할아버지, 나는 할아버지가 좋아서 그런 거예요. 아프게 해서 미안해……."

해아에게까지 다 들리는 줄도 모르고, 해늘은 강훈에게 귓속말로 재잘거렸다. 그 모습을 지켜보는데 웃음이 났다.

일찍 말문이 트인 해늘은 금세 말이 늘어 또래 아이들보다 언어 구사력이 남달랐다. 제법 문장을 갖추어 말을 하는 덕에 별 무리 없이 대화가 가능할 정도가 되었다. 하루가 다르게 자라는 아이의 모습을 보고 있으면 매 순간이 놀라움의 연속이었다.

"해늘이 가서 악어도 보고, 사자도 보고, 기린도 보고 와. 엄마 아빠 잃어버리지 않게 손 꼭 잡고 다니고. 알았지?"

"네. 할아버지."

깎아놓은 밤톨처럼 동그란 해늘의 머리를 연신 쓰다듬는 강훈의 얼굴에는 미소가 가득했다.

"다녀오겠습니다."

"그래. 재밌게 놀다와."

도영이 해늘을 안고 인사를 하자, 강훈이 손을 흔들어주었고 해늘이도 고사리 같은 작은 손을 열심히 흔들었다.

뒷좌석 카시트에 해늘이를 앉히고 해아가 그 옆에 앉은 후, 도영이 마지막으로 운전석에 올랐다.

"자, 이제 동물원으로 갑니다."

차가 출발하자 해늘이가 좋아서 어쩔 줄을 몰라 했다. 엉덩이를 들썩이며 '악어 떼'를 불렀다.

"아빠! 악어가 해늘이를 앙! 하고 물면 어떡하지?"

"아빠가 지켜줄게. 걱정하지 마."

"아빠! 그럼 악어가 엄마를 앙! 물면 어떡하지?"

"엄마도 아빠가 지켜줄 거야."

"우와아아아! 우리 아빠 최고다!"

도영과 해늘은 늘 쿵짝이 잘 맞았다. 지켜보고 있으면 마냥 흐뭇했다. 꼭 닮은 둘이서 똑같은 행동을 하니 너무나 사랑스러웠다. 해아는 도영과 함께라서 참 다행이라고 생각했다. 자신의 부족함을 채워주는 그래서, 사랑이 넘치는 그래서 든든하고 고마웠다.

동물원은 동물을 좋아하는 해늘에게 모든 것이 완벽한 꿈의 공간이었다. 해늘은 그림책에서 보았던 동물과 실제 동물의 모습을 맞춰보며 무척이나 즐거워했다.

수많은 동물 중 해늘이 가장 좋아하는 동물은 악어인데, 실물을 처음 보고는 살짝 충격을 받은 것 같았다. 귀여움이라곤 찾아보기 힘든 모습에 당황한 것도 잠시, 그래도 여전히 악어가 좋다고 말했다.

세 시간가량 동물원 곳곳을 부지런히 누비고 다니던 해늘은 일찌 감치 도시락을 까먹은 후 피곤함을 견디지 못하고 잠들어 버렸다. 결국 잠든 해늘을 유모차에 태운 채, 도영과 나란히 걸었다. 선글라스에 야구모자를 푹 눌러써서 얼굴을 가렸지만 간혹 알아보는 사람도 있었다.

가족 단위로 나들이 나온 사람들이 대부분이다 보니 자신에게 별 관심이 없는 건지, 아니면 해아의 가족을 배려한 건지, 감사하게도 대부분의 사람들은 해아에게 선뜻 다가오지 않았다.

"이제 회사 가봐야 하는 거 아니에요?"

"오늘 못 들어간다고 연락해 뒀어. 되게 좋아하는 거 같더라."

"거봐요. 내 말이 맞죠? 직원들도 대표님이 가끔씩 늦게 출근해 주고, 자리 비워주길 바라고 있을 거예요."

회사일도 열심히, 집안일도 열심히, 뭐든 열심히 하는 도영을 대표를 둔 직원들의 고생도 이만저만이 아니었을 것이다. 오늘 하루만큼은 직원들이 마음 편히 일할 수 있지 않을까 싶었다.

"해늘이 집에 바래다주고 바로 회식하러 가면 될 거 같아."

"이제 집으로 갈까요?"

"해늘이 아직 기린을 못 봤잖아. 깰 때까지 조금만 더 기다려 보자."

해아는 고개를 끄덕이며 유모차를 밀고 있는 그의 팔에 팔짱을 걸었다.

기상청의 예보는 정확했다. 완전한 봄 날씨였다. 쏟아지는 햇살과 훈훈한 봄바람을 타고 옅게나마 봄 향기가 맡아졌다.

도영과 몇 번의 계절을 함께 보내는 동안, 그는 늘 한결같이 그 자리를 묵묵히 지키고 있었다. 언제든 돌아보면 보이는 그곳에서 자신을 기다려주었고, 자신을 안아주었다.

비어 있던 자신의 마음을 차곡차곡 채워주던 그가, 평생을 함께하겠다고 약속해 주었다.

그를 꼭 닮은 내 아이의 아빠가 되어주었고, 그 아이와 함께 봄 소풍을 다닐 수 있으니 이제 더는 바랄 것이 없었다.

"아빠! 기린!"

어느새 잠에서 깬 해늘이 손을 쭉 뻗으며 기린을 향해 손가락으로 가리켰다. 해아는 아이를 유모차에서 내려주었고, 해늘은 신이 나서 기린 우리를 향해 달려갔다.

"해늘아. 우리 기린 앞에서 사진 찍자."

"좋아!"

도영이 해늘을 번쩍 들어 목마를 태웠고, 해아는 휴대폰을 꺼내 두 사람의 모습을 화면에 담았다. 웃는 모습이 꼭 닮아 너무나 예뻤다.

"찍는다! 하나, 둘, 셋!"

기린이 잘 나오도록 이리저리 방향을 맞추며 몇 번이나 같은 사진을 찍은 후, 그들에게 다가갔다.

"엄마도 같이 찍어."

"그래. 이번엔 엄마랑 같이 찍자."

이번에는 도영이 해아와 해늘을 함께 찍어주기 위해 아까 해아가 섰던 곳으로 향했다.

"죄송하지만, 저희 사진 한 장 찍어주실 수 있을까요?"

도영은 때마침 근처를 지나던 아기 띠를 한 부부에게 촬영을 부탁했고 그들은 흔쾌히 허락했다.

해아가 얼굴을 가리고 있던 모자와 선글라스를 벗는 사이, 도영이 다시 해늘을 번쩍 들어 목마를 태웠다. 해아를 알아본 부부가 놀라워하자 해아는 그들에게 고개 숙여 인사를 건넸다.

"찍겠습니다! 하나, 둘, 셋!"

"감사합니다."

해아가 그들에게 먼저 다가가 다시 한 번 공손하게 인사를 하며 휴대폰을 건네받았다.

"이번엔 제가 찍어드릴까요?"

"엇! 정말요? 아, 감사합니다! 영광이에요!"

해아는 그들이 기린 앞에 자리를 잡는 동안 기다려 주었다가 그들이 다정한 포즈를 취하자 사진을 찍어주었다. 부부의 표정이 무척이나 밝아서, 해아도 덩달아 기분이 좋았다.

그들 가족이 자리를 떠난 후, 해아는 촬영한 사진을 확인했다.

"나도 같이 봐."

"엄마 나도."

도영과 해아, 해늘이 옹기종기 머리를 모아 촬영본을 확인하다가, 도영이 가장 먼저 웃음을 터뜨렸다.

"셋이 어쩜 이렇게 똑같이 생겼을까."

"그쵸? 거 참 신기하네."

해늘이가 도영과 자신을 닮은 건 자식이니까 당연한 것이라 치더라도, 왜 도영과 자신이 닮아 보이는 건지 무척이나 의아했다.

같은 환경 속에서 오랫동안 살아온 부부가 점점 닮아간다는 이야기를 들은 적은 있지만 아직 그 정도로 오래 살진 않았으니 그 이유는 아닐 것이다. 이목구비도 분명한 차이가 있는데, 보면 볼수록 어딘가 묘하게 닮아 있으니 참으로 신기한 일이었다.

✤

4월 첫째 주 목요일, 드라마 '파각-세상의 끝'의 제작발표회가 열렸다. 첫 방송까지 단 4일을 남겨둔 드라마팀은 제작발표회 후 전체 회식을 가졌다.

오늘 회식에는 나애리 작가까지 단 한 명의 인원도 빠짐없이 참석한 참이다.

"다 같이 건배합시다! '파각-세상의 끝' 대박을 위하여!"

"위하여!"

DBS 드라마 국장의 건배사에 이어 모두가 함께 술잔을 들고 건배를 나눴다. 해아는 자신의 테이블에 둘러앉은 송 감독과 한 감독, 애리와 기주, 도영과 차례로 다시 한 번 더 건배를 나눴다.

'파각-세상의 끝'은 제작 초기부터 방송가와 관계자들 사이에서 큰 기대를 모으고 있는 작품이었다.

류해아-민기주 주연에 나애리 작가의 극본, 거기다 송 감독의 연출과 한 감독의 촬영까지 '별이 빛나는 밤'에 이어 또 한 번 최고의 조합을 갖췄기 때문이다.

거기다 러브라인이 거의 필수였던 기존의 사극과는 차별화된, 고착화된 성 역할을 벗어던진 남녀주인공간의 극렬한 대립 구도 역시 화제였다.

2주에 걸쳐 공개한 티저 영상과 공식 예고편으로 대중의 관심도가 높아진 상태에서, 오늘 공개한 하이라이트 영상 역시 반응이 좋았다.

물론 뚜껑을 완전히 열어봐야 알기에 섣불리 샴페인을 터뜨릴 순 없지만, 잘될 것 같다는 느낌을 갖기에는 충분했다.

"해아야 고생했다."

"선배도 고생 많았어요."

"내가 사랑하는 거 알지?"

"아유, 그럼 알죠. 저도 사랑합니다."

기주와 해아는 다정하게 서로의 빈 잔을 채워주며 키득거렸다.

한때, '별이 빛나는 밤'에서는 서로를 뜨겁게 사랑했던 두 사람이 이번에는 팽팽한 대결 구도로 만나 촬영 내내 눈만 마주치면 날을 세우고 으르렁거렸다.

"해아랑 기주 사이에 사랑 고백이 오가도 두 사람은 눈도 깜짝 안 하네?"

송 감독의 물음에 도영과 애리가 동시에 웃으며 손사래를 쳤다.

"두 사람 관계는 워낙 특별하기 때문에 저희도 존중해 주기로 했어요."

"저도 마찬가지입니다."

애리의 대답에 도영이 거들었고, 해아는 그런 도영의 입에 잘 구운 갈비 한 점을 넣어주었다.

기주와 해아는 두 작품을 함께한 단순한 동료 배우를 넘어선, 친남매 같은 가까운 관계로 발전했다. 가장 든든한 조력자이자 동시에 선의의 경쟁자. 믿고 보는 최고의 호흡을 만들어내는 환상의 파트너가 되었다.

해아는 기주 같은 배우가 되고 싶었고, 그와 가깝게 지내는 동안 많은 것을 보고 배울 수 있었다. 물론 투닥거리며 쓸모없는 소모전을 벌일 때가 대부분이긴 하지만 말이다.

"우리 여행 언제 가지? 이제 슬슬 계획 세워야 하지 않나?"

기주의 말에 도영이 고개를 끄덕였다. 드라마 방영이 끝난 후, 두 가족이 함께 여행을 가기로 약속한 참이다. 술자리에서 즉흥적으로 꺼낸 제안이 약속이 되어버렸다.

"난 당분간 활동 쉴 거라 선배 일정만 맞추면 돼요."

"7월 초에 방영 끝나면 9월까지는 바쁠 테니까…… 10월이나 11월 어때?"

"우린 괜찮아요. 나라는 포르투갈로 확정한 거죠?"

도영과 해아는 매년 포르투갈에서 휴가를 보내곤 했다. 두 사람의 포르투갈 찬양에 기주와 애리가 함께 가자며 먼저 제안을 했고 두 사람은 흔쾌히 받아들였다.

"우리도 드디어 포르투갈 가보는 건가?"

"얼마나 좋은지 한번 보자."

기주와 애리의 말에 해아가 미소를 지었다.

매번 포르투갈 찬양을 하는 해아에게 기주는 늘 그 정도면 포르투갈 명예 홍보대사라도 해야 한다며, 포르투갈에 지분이라도 있는 거냐고 말하곤 했다.

"가보면 작가님 거기서 살고 싶어질 거예요. 새 작품 아이디어도 마구 떠오를걸요?"

"그 정도예요? 빨리 가보고 싶다."

"좋은 글 써서 또 한 번 대박 내주세요. 우리 권 대표님 떼돈 벌게."

해아의 말에 애리가 웃음을 참지 못했고, 해아는 그녀의 빈 술잔을 가득 채워주었다.

"안 돼. 우리 애리도 당분간 쉴 거야. 우리 둘째 갖기로 했거든."

기주의 갑작스러운 둘째 선언에 가장 놀란 건 애리였다. 애리는 기주의 입을 손바닥으로 틀어막으며 어쩔 줄 몰라 했다.

"와, 대단하다. 요즘 둘 키우기 힘들다던데 큰 결심하셨네요. 서윤이한테는 허락받았어요?"

해아의 물음에 애리가 고개를 끄덕였다.

"서윤이가 동생 낳아달라고 하도 졸라서 생각해 보기로 한 거예요. 가지면 좋고, 안 되면 어쩔 수 없고요."

"그래요. 작가님 부담 갖지 말고 마음 편히 준비하세요."

"해늘이는 동생 낳아달라는 말 안 해요?"

"아직 그런 얘긴 안 하더라고요."

"둘째 생각은 있어요?"

"글쎄요."

해아는 슬쩍 웃으며 도영과 눈을 맞췄다.

결혼 초, 힘닿는 데까지 낳아보자며 호기롭게 약속했지만 현실을 마주하고 나니 그 약속은 온데간데없이 사라져 버렸다.

다행히 다른 맞벌이 부부에 비하면 아이 키우기 좋은 환경에서 살고 있지만, 하나 키우는데도 이렇게 못해주는 게 많은데 둘이나 셋이 되면 더 많은 애정을 쏟아붓지 못할까 봐 염려가 되었다.

"우리도 해늘이한테 물어보자. 동생 갖고 싶냐고."

"그럼 동생 낳아달라고 할걸요? 해늘이가 아기들을 워낙 좋아하잖아요. 자기도 하나 더 있었으면 좋겠어요?"

"사실 둘째 갖고 싶긴 한데, 최종 결정은 당신이 하는 거니까. 낳아주면 내가 최선을 다해서 키울 자신 있어."

도영의 눈이 반짝반짝 빛이 났다. 안 물어봤으면 서운해했을 것이다. 도영은 해아가 먼저 묻기 전에 먼저 둘째 이야기를 꺼내지 않는 편이다. 내심 둘째 아이를 원하면서도 임신과 출산을 직접 겪어야 하는 해아가 부담을 느낄까 봐 절대로 먼저 내색하지 않는 사람이었다.

"가족계획은 집에 가서 마저 세워보기로 하죠."

해아의 말에 도영이 한껏 기대감에 부푼 표정으로 고개를 끄덕였다. 그러곤 해아 앞에 놓여 있던 술잔을 가져가더니 음료수가 담긴 잔을 건넸다.

이것이 뭘 의미하는지 파악하는 데에는 그리 긴 시간이 필요하지 않았다.

강훈이 지내는 본관 저택 거실 TV 앞에 온 가족이 둘러앉아 드라마 첫 방송을 기다리고 있었다.

평소 자신의 작품을 가족들과 함께 보지 않는 편이지만, 어쩌다 보니 다 함께 저녁 식사를 하게 되었고 마치 기다렸다는 듯 TV 앞에 모여 앉아 해아는 피할 수가 없었다.

드라마 타이틀 영상이 나오자 해아는 마른침을 꿀꺽 삼켰다. 슬쩍 옆을 보니 도영과 강훈, 경진과 석현 모두 한껏 집중해서 TV를 바라보고 있었다.

"해늘아, 엄마다 엄마."

"엄…… 마?"

석현의 무릎 위에 앉아 있던 해늘이 TV 화면 속의 류해아와 거실에 앉아 있는 류해아를 번갈아가며 보았다. 낯선 차림에 낯선 머리모양을 한 해아의 모습이 어색했는지, 해늘이 고개를 갸우뚱거렸다.

"차 드실래요?"

광고가 나오는 사이, 쑥스러움을 견디지 못한 해아가 벌떡 일어서자 경진이 손을 붙잡아 도로 앉혔다.

"어머, 얘 손이 왜 이렇게 차? 긴장했니?"

"아니, 뭐 그런 건 아니고……."

경진이 농담처럼 건넨 말에 해아는 머쓱하게 웃으며 쿠션을 끌어안았다. 그러곤 소파 가장 구석자리로 슬금슬금 이동했다.

"오! 시작한다!"

도영이 TV를 손가락으로 가리키자, 모든 시선이 다시 TV 화면에 집중되었다. 마냥 숨고 싶었던 해아는 쿠션 위로 눈만 내놓고 상황을 지켜보았다. 심장이 미친 듯이 두근거렸다.

1회의 첫 신은 가장 오랜 시간 공들여 찍은 신이었다. 지난 1월, 폭설이 내렸던 태백산 중턱에서 사흘 내내 촬영한 참이다.

"와……. 우리나라에 저렇게 멋진 데가 있었어? 기가 막히네."

강훈의 첫 감상평에 해아는 가슴을 쓸어내렸다. 다행히도 오랫동안 고생해서 찍은 보람이 있었다. 음악과 교차 편집이 더해지니 더욱 몰입도가 높아진 것 같았다.

이내 TV 화면에 해아가 연기한 장면이 나오기 시작했다. 분노를 집어삼킨 채 바들바들 떨며, 강보에 쌓인 죽은 아이를 끌어안고 기주를 향한 저주와 눈물을 쏟아내고 있었다.

폭발하듯이 쏟아져 나오는 해아의 감정 연기와 그와 상반된 기주의 냉정한 내면 연기가 인상적인 장면.

극 초반, 단 시간에 해아와 기주 사이에 놓인 감정의 대비가 강렬하게 표출되는 신이자, 동시에 시청자 입장에서 둘 사이의 관계가 절대로 되돌릴 수 없는 대립관계라는 것을 단번에 알아차릴 수 있는 장치이기도 했다.

"으아아앙!"

그때, 해늘이가 입술을 삐죽거리며 울음을 터뜨렸다. 해아가 손을 내밀자 자신의 품 안에 쏙 안기더니 뭐가 그리 서러운지 엉엉 울었다.

"해늘아 왜 그래? 엄마가 소리 질러서 놀랐어?"

"엄마 왜 울어? 엄마 슬퍼?"

아이의 두 뺨에 동글동글한 눈물방울이 하염없이 흘렀고, 숨이 넘어갈 듯 끅끅거리며 울먹였다. 다들 진지하게 모니터를 하던 가족들은 갑작스러운 해늘의 울음에 웃음을 참지 못했다.

"제 엄마 운다고 따라 우는 거야? 아이고. 효자 났네, 효자 났어."

강훈이 소리 내어 웃자 해늘의 눈물도 서서히 잦아들었다.

"엄마 연기하는 거야. 해늘이 알지? 엄마가 무슨 일하는 사람인지?"

"응. 알아. 우리 엄마는 배우야. 연기하는 사람."

해늘은 여전히 입술을 삐죽이면서도 넙죽 대답을 했다. 빨개진 눈두덩과 코가 너무나 귀엽고 사랑스러웠다. 도영이 다가와 아이의 눈물을 닦아주었다.

"해늘아. 할아버지랑 바람 쐬고 올까?"

"네. 아까 할머니랑 심은 꽃 보러 가요."

"그래. 할아버지랑 꽃구경 하러 가자."

해늘을 진정시키기 위해 석현이 나섰다. 석현이 해늘을 안고 집을 나선 후, 남은 네 사람은 계속해서 드라마를 시청했다.

"뉘 집 아들인지 참 귀엽네. 같이 울어주는 아들도 있어서 좋겠다?"

경진의 말에 해아가 웃으며 그녀의 어깨 위에 머리를 기대고 팔을 끌어안았다.

"그럼요. 너무너무 좋아서, 안 먹어도 배가 부릅니다."

도영이 자리에서 일어나 창가로 가더니 해늘을 품에 안고 정원을 거니는 석현을 지켜보았다. 아마도 해늘은 석현의 품에서 그대로 잠이 들 듯했다.

해아는 거실에 남은 가족들의 얼굴을 둘러보다가 또 한 번 웃고 말았다. 이토록 평온한 분위기는, 불과 몇 년 전만 하더라도 상상조차 할 수 없었기 때문이다.

경진과 나란히 앉아 자신의 작품을 함께 보는 것도, 그녀의 품에 파고들어 안겨 있는 것도, 이렇게 멋진 남편과 사랑스러운 아이를 갖게 된 것 모두 꿈만 같은 일이었다.

정말 이 모든 것들이 내 인생의 일부분이 맞는 걸까, 하는 생각이 들 정도로 현실감이 없었다.

해아는 다시 도영을 바라보았다. 그는 이 모든 것을 가능하게 해준 남자였다. 상상조차 할 수 없었던 일을 자신의 일상으로 만들어준 사람이었다.

밖을 바라보던 도영이 다시 해아의 옆으로 돌아와 앉았다. 해아가 그의 손을 꼭 잡자, 그가 자신을 보며 미소를 지었다. 그 순간 해아는 오래전 자신의 마음을 열고 무작정 걸어 들어오던 그날의 그가 떠올랐다.

'만약 그때 이 사람을 끝까지 밀어냈다면, 나는 어떠한 인생을 살게 되었을까?'

그런 생각이 문득 들었지만, 해아는 그 다음을 상상하고 싶지 않았다.

에필로그 3. 축복의 땅, 리스본

솔라 컴퍼니 사무실 안으로 들어선 해아는 퇴근시간이 지났는데도 여전히 분주해 보이는 직원들과 손을 흔들며 인사를 나누었다.

"불금에 왜 아직 다들 퇴근도 못하고 있어? 박 대표님이 못 가게 했지?"

해아의 물음에 직원들은 웃으면서도 앓는 소리를 했다. 해아가 성하를 향해 성큼성큼 걸어가자 그가 먼저 해아의 팔을 붙잡았다.

"스타일팀은 연말 시상식 준비로 바쁘고, 나머지 사람들은 내일 있을 주현이 팬미팅 준비 때문에 바쁘고. 곧 퇴근할 거야. 나 그렇게 못된 사장 아니다!"

성하의 변명에 착한 직원들은 성하의 말이 맞다며 맞장구를 쳤다.

그렇게 또 한 해가 저무는 중이었다. 시상식 시즌에 접어들면 비로소 한 해를 마무리하는 느낌이 들고, 연말이 되었음을 실감할 수 있었다.

해아는 DBS 연기대상 참석을 확정지었다. 드라마 방영이 끝난 뒤 스타일팀에서 곧바로 연말 시상식 때 입을 드레스를 고르자 김칫국부터 마시지 말라고 한마디 했었는데, 결국은 그들의 예지력에 감사해야 했다.

"올해 큰 상 하나 기대해 봐도 되려나?"

"기대가 크면 실망도 큰 법입니다, 대표님."

해아는 성하의 어깨를 다독여 주고 소파로 가 앉았다.

지난 4월에 첫 방송된 드라마 '파각-세상의 끝'은 매회 최고 시청률을 갈아치웠고, 시청자들에게 폭 넓은 사랑을 받으며 유종의 미를 거두었다.

기존 사극 장르에서 볼 수 없었던 스토리라인과 생동감 넘치는 캐릭터로 작품은 방영 내내 호평을 받았고, 제작사와 방송사, 작가와 배우들 모두에게 인생 작품이 되었다.

해아는 연달아 세 작품을 애리와 함께 호흡을 맞추면서 이번 작품이 가장 완성도가 높았다고 생각했다. 애리는 해아의 몸에 딱 맞는 캐릭터를 입혀주었고, 기주와의 연기 호흡이 좋아서 마음 편히 작품에 임할 수 있었다.

물론 처음부터 작품에 대한 자신은 있었지만, 결과가 예상보다 좋아서 참 다행이라고 생각했다. 주변에서는 이번에야말로 DBS 연기대상에서 대상을 수상하는 것 아니냐며 호들갑이었지만 해아는 큰 기대를 하지 않고 있었다.

"어? 류해아 너 휴대폰도 꺼두고 어디 갔다 왔어?"

막 사무실로 들어오던 은형이 해아를 발견하자마자 허겁지겁 달려와 안도의 한숨을 내쉬었다.

"휴대폰이 꺼져 있었어? 몰랐네."

"어디 갔다 왔냐고."

"잠깐 병원에."

"어제 몸살기 있다더니 심해진 거야? 병원에서 뭐래?"

"어? 어…… 뭐, 괜찮대."

은형의 집중 추궁에 해아는 목덜미를 긁적이며 괜히 딴청을 부렸다.

"권 대표님도 너랑 연락 안 된다고 걱정하셨어. 얼른 연락부터 해."

"알겠어."

은형은 성하의 옆에 앉아 숨을 한 번 돌리더니, 테이블 위에 쌓아둔 대본책과 시놉시스 더미를 해아에게 쭉 밀어놓았다.

"그래서 차기작 검토는 언제부터 시작하실 겁니까?"

때를 놓치지 않고 성하가 미소 띤 얼굴로 공손하게 묻자, 해아도 덩달아 미소를 지었다.

"안 그래도 이와 관련해서 대표님과 이사님께 드릴 말씀이 있어서 이렇게 온 겁니다."

"어허. 무슨 얘길 하시려고 이렇게 분위기를 잡으실까?"

눈치 빠른 은형이 고개를 갸웃하며 해아의 앞에 밀어놓았던 대본책과 시놉시스 더미를 도로 끌고 갔다.

"아무래도…… 당분간은 더 쉬어야 할 것 같아."

결혼 후에도 일 년에 한 작품은 꾸준히 하려 했으나 생각만큼 간단한 일이 아니었다. 해늘이를 갖기 전만 해도 공백 없이 작품 활동을 해오던 해아였기에 팬들의 아쉬움을 달래주려 조만간 차기작을 고르려 했지만 갑자기 상황이 여의치 않게 되었다.

"혹시……."

뒷말을 생략한 성하는 해아의 의미심장한 미소를 확인하더니 고개를 끄덕였다.

"우리는 늘 너한테 모든 걸 맞출 거니까 아무 걱정 말고 마음 편하게 먹어."

"그래, 해아야. 우리의 최우선은 항상 너야. 알지?"

진심 어린 성하와 은형의 말에 해아는 고마운 마음과 동시에 미안한 마음이 들었다. 두 사람은 늘 해아를 가장 먼저 생각해 주고 해아의 입장에서 결정을 내리는, 변함없이 자신을 아껴주는 사람들이었다.

"우린 당분간 모르는 척하고 있을게. 축하 인사는 다음에 해야겠다."

"고마워요, 대표님."

해아는 자리에서 일어나 성하와 포옹을 나누며 등을 다독였다.

"이사님도 이리와."

은형을 향해 두 팔을 활짝 벌리자 그가 마지못해 안겼다.

"어으! 닭살 돋게 왜 이래!"

"솔직히 말해봐. 안 그래도 주현이 때문에 바빴는데, 내가 쉰다고 하니까 좋지?"

"그래! 좋다! 너무 좋다!"

해아는 은형의 옆구리를 쿡 꼬집으며 눈을 흘겼다.

"내가 제일 먼저 퇴근한다! 직원들 빨리 퇴근시키세요, 대표님."

"네, 회장님. 조심히 들어가십쇼."

은형의 장난스러운 인사에 해아는 태연하게 손을 흔들며 사무실을 나섰다. 사무실 건물을 빠져나와 집을 향해 걷던 해아의 걸음이 점점 느려졌다.

해아는 이틀 내리 내린 함박눈이 소복하게 쌓인 정원을 가로지르며 깊게 숨을 들이쉬었다. 차디찬 겨울 공기가 폐부 깊숙이 밀려들어와 머리부터 발끝까지 상쾌해지는 것 같았다.

어제 함박눈을 맞으며 해늘이와 함께 만들었던 눈사람 가족을 지나 집 앞에 다다랐을 때, 현관 밖에서 초조하게 서성이고 있던 도영과 눈이 마주쳤다.

"도영 씨!"

이름을 부르자, 그는 커다란 손으로 이마를 짚더니 이내 미소를 지으며 다가왔다.

"휴대폰 꺼져 있어서 걱정했잖아. 어디 갔다 왔어?"

"누구 좀 만나느라……. 추운데 왜 밖에 나와 있어요. 감기 걸리겠다."

해아는 도영의 두 뺨을 두 손으로 감싸며 웃었고, 도영은 그런 해아의 얼굴을 빤히 바라보며 바람에 흐트러진 머리칼을 귀 뒤로 다정하게 넘겨주었다.

"누구 만났는데?"

"어…… 실은 병원 다녀왔어요. 어제 내가 몸살기 있다고 했잖아요."

"그럼 나랑 같이 가지. 병원에서는 뭐래? 감기래?"

"괜찮대요."

"약은?"

"그 정도는 아니고."

그는 여전히 걱정돼 죽겠다는 듯한 얼굴로 자신을 바라보았다.

"휴대폰은 배터리가 다 됐던 거야?"

"꺼진 줄도 몰랐어요."

"눈길에 사고 나서 연락이 안 되는 건가, 별생각을 다 했어."

"미안해요. 걱정하게 해서."

"아냐. 괜찮으면 됐어."

어제 눈사람을 만드느라 밖에서 온종일 눈을 맞았더니 저녁부터 몸이 으슬으슬하니 몸살기가 들었다. 뭔가 의심스러운 부분이 있어서 확인 차 병원에 다녀온 참인데, 때마침 휴대폰이 꺼져 버려 모두를 걱정하게 만들어 면목이 없었다.

"해늘이는요?"

"할아버님 댁에."

"할아버지 피곤하시겠다. 얼른 데리러 가요."

해아는 도영과 손을 잡고 본관 저택으로 향했다. 그는 맞잡고 있는 해아의 손을 연신 만지작거렸다. 마치, 지금 잡고 있는 손이 자신의 손이 맞는 건지 확인하는 것만 같았다.

"민기주 씨한테 연락 받았어?"

"아뇨? 무슨 연락?"

"두 사람 둘째 가졌대."

"진짜?"

기주와 애리 부부가 애타게 기다리던 둘째 임신 소식에 덩달아 해아도 기뻤다. 지난봄부터 꾸준하게 노력하더니, 하늘이 감동한 모양이다.

"와……. 신기하다."

"응? 뭐가?"

"어? 아니에요. 잘됐다고요. 둘 다 엄청 기다렸잖아요."

"민기주 씨가 그러는데, 우리 지난달에 같이 포르투갈로 여행 갔을 때 그때 생겼대."

포르투갈 여행 때, 아무래도 이쯤에서 둘째를 포기해야 할 것 같다고 말하던 게 떠올랐다. 오히려 다 내려놓으니 생긴 모양이다. 참으로 잘된 일이었다.

"작가님한테 축하 전화 해줘야겠다. 어? 그럼 작가님 차기작은요? 내년 하반기에 준비한다고 했잖아요."

"어쩔 수 없이 무기한 연장이지."

해아는 그의 허리를 감싸 안으며 위로를 건넸다. 제작사 입장에서는 아쉬운 일이겠지만 그들 부부에겐 너무나 잘된 일이니까.

해아는 고개를 들어 도영의 얼굴을 바라보았다. 자꾸만 웃음이 나고 입이 근질근질하지만 입안으로 입술을 쏙 넣은 채 꼭꼭 깨물었다.

　　　　　　　　　　　　⚭

"권 서방! 대상 발표하려나 봐! 얼른 와!"

"네. 어머님!"

도영은 메이드가 내어준 과일과 차를 챙겨들고 서둘러 거실로 향했다. 거실에는 강훈과 경진이 앉아 TV를 시청하고 있었다.

TV에서는 DBS 연기대상 시상식이 한창 진행 중이었다. 시간이 자정을 넘어가면서 엄마가 나오기만을 애타게 기다리던 해늘은 경진의 품에 안겨 잠이 들었다.

"권 사장 나왔다! 이야, 인물이 아주 훤하구면?"

석현이 전년도 대상 수상 배우와 함께 대상 시상을 위해 무대 위로 걸어 나오자 강훈은 무척이나 반가워했다. 석현의 인사말이 끝나자, 대상 후보 배우들의 연기 VCR을 차례로 보여주었다.

"나는 아무리 봐도 우리 해아만 한 미모가 없는 거 같아."

"제 생각도 그래요, 아버님."

"애가 아주 반짝반짝 빛이 나잖아. 내가 우리 해아 이름을 류빛나라고 지으려고 했어."

강훈의 말에 경진과 도영이 웃음을 터뜨렸고, 강훈은 그것이 진짜였음을 수차례 강조했다.

대상 발표에 임박하자, TV화면에는 대상 후보 배우들의 모습이 4분할 컷으로 나누어 보여주었다.

시시각각 변하는 배우들의 표정 가운데, 유독 여유로워 보이는 해아가 눈에 띄었다. 아마도 자신이 받지 않을 거라고 확신하고 있는 듯 보였다. 하지만 도영은 한껏 긴장하고 있었다. 대부분 그녀의 대상 수상을 점치고 있었기 때문이다. 관련 기사들도 이미 수십 개가 쏟아진 상태였다.

해아의 작품이 상반기 방영작이긴 하지만 3사 지상파 방송사를 통틀어 가장 높은 시청률을 기록했고 화제성도 단연 압도적이었다. 해아의 연기 역시 극찬을 받았기에 만약 그녀가 대상 수상을 한다면 큰 이견이 없을 것이라는 게 관계자들의 생각이었고, 도영도 그 생각에 동의했다.

자신의 아내라서가 아니라, 제작사 대표로서도 배우 류해아는 이번 작품에서 한층 성숙해진 연기력을 보여주었다.

"아휴, 나 너무 떨려서 못 보겠어."

경진이 가슴에 손을 얹고 심호흡을 하다가 고개를 숙이곤 곤히 잠든 해늘을 바라보았다.

[발표하겠습니다.]

수상자를 호명하기 위해 석현이 카드 봉투를 열고 카드를 꺼내 이름을 확인했다. 그 순간 석현의 입가에 미소가 번졌고, 도영은 해아의 수상을 확신했다.

[DBS 연기대상 수상자는…… 축하합니다. '파각 - 세상의 끝' 류해아!]

숨도 제대로 쉬지 못한 채 집중하고 있던 도영은 눈을 질끈 감았다. 집안 곳곳에 있던 메이드들은 기쁨의 환호와 박수를 쏟아냈고, 강훈 역시 두 주먹을 불끈 쥐며 기뻐했다.

배우 류해아의 생애 첫 대상 수상.

그녀 역시 믿기지 않는 듯 벌어진 입을 다물지 못했고 기주와 송 감독이 그녀를 일으켜 무대 위로 에스코트 해주었다.

"어머나, 세상에 이게 웬일이야!"

박수를 치며 벌떡 일어선 경진의 눈시울이 점점 붉어졌다. 그녀의 품에 안겨 있던 해늘이 갑작스러운 소란에 눈을 떴고, 어리둥절한 얼굴로 주변을 두리번거린다.

"해늘아! 엄마 상 받았어!"

"엄마다! 어? 아빠 할아버지다!"

경진이 품에서 내려주자 해늘은 TV 앞으로 달려가 함께 화면에 나온 해아와 석현을 너무나 신기하다는 듯 입까지 벌린 채 바라보았다.

해아는 DBS 대표이사인 석현이 건네주는 대상 트로피를 받은 후 포옹을 나누었다. 그러는 와중에도 여전히 믿어지지 않는 듯 안절부절못하는 해아를 석현이 다정하게 다독여 주었다.

자신의 눈으로 보고 있으면서도 놀랍고도 신기한 광경이라 아무 말도 나오질 않았다. 감동적인 두 사람의 모습에 도영은 순간 울컥했지만 내색하지 않으려 애썼다.

반면, 경진은 연신 손끝으로 눈물을 닦아냈다. 도영은 울고 있는 경진에게 티슈를 건네며 손을 꼭 잡아주었다.

[어……. 이렇게 과분한 상을 주셔서 마음이 무척 무겁습니다.]

해아는 어깨와 가슴이 들썩이도록 크게 숨을 한번 고른 후 미소를 되찾았다.

[감사합니다. 오랜 공백 끝에 선택했던 복귀작이었는데 많은 사랑과 관심을 보내주셔서 이런 귀한 상까지 받게 된 것 같아요. 아마도 이 상은 저에게 주는 상이 아니라 저희 작품에 주시는 상이라고 생각합니다.]

해아는 드라마팀 테이블을 향해 손을 흔들며 인사를 건넸고, 그들 모두 자리에서 일어나 해아에게 박수를 보내주었다. 가늘게 떨리는 목소리에서 해아의 긴장감이 고스란히 느껴졌다.

[처음 이 작품을 제안받고 고심하던 때가 떠오르네요. 과연 내가 잘해낼 수 있을까, 하는 부담도 있었지만 다시 처음부터 시작한다는 생각으로 용기 내서 뛰어들었고, 끝까지 해낼 수 있어서 너무나 기뻤습니다.]

해아는 해늘을 낳고 육아에 매진하면서도 배우로서의 의욕을 잃지 않고 누구보다 열심히 작품을 준비했다.

그녀의 노력이 이번 작품을 통해 모두에게 인정받은 것 같아서, 도영은 너무나 뿌듯했다.

[칠 개월간 함께 동고동락했던 배우들과 스태프들, 감독님, 작가님. 그리고 우리 솔라 컴퍼니 식구들 너무나 고생 많았고, 고마웠어요. 방영 내내 큰 사랑 보내주셨던 시청자분들께도 감사의 인사를 전합니다.]

한 사람 한 사람 고마운 사람들에게 빠짐없이 감사의 인사를 전하는 해아의 마음씨에 도영은 또 한 번 울컥했다. 류해아는 역시나 멋진 사람이었다.

[제가 배우로서 다시 카메라 앞에 설 수 있도록 큰 원동력이 되어준

가족들에게도 고맙다고 말하고 싶고요. 이 자리를 빌어서 꼭 하고 싶은 말이 있는데…… 제 아들이 이번 크리스마스 선물로 동생을 꼭 갖고 싶다고 했거든요. 그 선물, 엄마가 준비했어.]

해아의 마지막 말에 현장에서는 박수가 쏟아졌고, 도영의 눈은 휘둥그레졌다.

"이게 무슨 소리야? 해아가 아기를 가졌다는 얘긴가?"

"그러게요, 아버님. 그런 얘기 같은데……. 설마 권 서방도 모르고 있었던 거야?"

강훈과 경진이 차례로 물으며 도영을 바라보았지만 너무 놀란 나머지 말문이 쉽게 열리지 않았다.

"네. 저도 잘……."

[올 한 해 동안 작품을 통해 정말 많은 사랑을 받았고, 그토록 기다려온 둘째 아이도 갖게 되어서 너무나 행복합니다. 주신 사랑만큼 앞으로 더 많이 노력하는 배우가 되겠습니다. 시청자 여러분 모두 새해 복 많이 받으세요!]

그런 도영의 상황을 마치 알고 있다는 듯, 해아가 쐐기를 박았다.

도영과 경진, 강훈 모두 여전히 어안이 벙벙해서는 서로의 얼굴과 TV 화면 속 해아를 번갈아 보았고, TV 화면 속 해아는 환히 웃으며 사람들이 건네는 축하 인사를 받고 있었다.

"해늘이 동생 생겼다!"

단번에 해아의 말뜻을 이해한 해늘이 동생이 생긴다며 좋아서 팔짝팔짝 뛰었다. 그 모습을 바라보던 세 사람의 얼굴에도 그제야 서서히 미소가 자리했다.

경진은 해늘을 안고 살랑살랑 어깨를 흔들며 기쁨을 감추지 못했고, 강훈은 메이드들이 건네는 축하 인사를 받으며 연신 박수를 쳤다.

이건 정말로 전혀 예상하지 못했던 소식이었다. 도영은 터져나갈 것처럼 미친 듯이 두근거리는 심장 위에 손을 얹은 채 벅차오르는 숨을 골랐다.

새벽 두 시를 조금 지나 해아가 집으로 돌아왔다. 무척 피곤했는지 씻자마자 곧장 침대 위에 쓰러져 도영의 팔을 베고 누웠다.

도영은 해아에게서 눈을 떼지 못했다.

"꿈 꾼 거 같아."

"아직도 실감이 안나?"

해아가 고개를 끄덕이며 답을 대신하고는 도영의 품 안으로 파고들었다. 도영은 그런 해아를 감싸 안으며 둥근 어깨를 부드럽게 쓰다듬었다.

"실은 아까 아버님이 내 이름 불렀을 때부터 지금까지 계속 그랬어요. 자고 일어나면 없던 일이 될 거 같아서 잠도 못 자겠어."

"걱정 마. 대상 받던 장면 캡쳐해서 대문짝만 한 액자로 만들어 걸어놓을 테니까. 그럼 볼 때마다 실감 날 거야."

도영의 말에 해아가 키득거리며 웃었다. 그녀가 웃을 때마다 기분 좋은 떨림이 맞닿은 가슴을 통해 전달되었다.

도영은 해아의 턱을 조심스레 위로 당기며 이마 위에 입을 맞췄다. 자신의 뺨을 만지작거리는 그녀의 손길에 가슴 한구석이 간질거렸다.

"대상 축하합니다. 류해아 씨."

"그 축하 인사 열 번도 넘게 했거든요?"

"제가 그것밖에 안 했습니까? 그럼 백 번 채워야죠."

도영은 졸음을 이기지 못해 느리게 끔벅이는 해아의 눈두덩 위에도 입을 맞췄다.

"권도영 씨도 축하해요. 그토록 기다리던 둘째 갖게 되신 거요."

도영은 상체를 일으켜 세우고 앉아, 나른하게 누워 있는 해아를 내려다보았다.

"며칠 전에 몸살기 있어서 병원 다녀왔다던 그날 알게 된 거야?"

해아가 천천히 고개를 끄덕였다.

"해늘이 가졌을 때도 혼자 다녀와서 알려주더니, 이번에도 또……."

"긴가민가해서……. 확실하면 알려주려고 했죠. 깜짝 놀라게 하고 싶기도 했고."

"아까 방송 보면서 할아버님이랑 어머님이랑 나랑 동시에 멍하니 서로 얼굴만 쳐다봤다니까. 진짜 제대로 놀랐어."

해아의 깜짝 발표는 기쁨만큼이나 놀라움의 크기도 컸다. 해아가 집으로 돌아오고 나서야 비로소 마음이 진정될 정도였다.

그 속을 아는지 모르는지, 해아는 도영의 손을 조물조물거리며 옅게 웃었다. 이렇게 예쁘게 웃으면 더는 아쉬운 소리를 할 수가 없다.

"내일 점심 때 아버님 집으로 오시기로 했어요. 새해맞이 가족 식사 겸 축하파티 겸 해서요."

해아가 잡고 있던 도영의 손을 그녀의 배 위에 살며시 얹어놓았다. 아직은 납작하기만 한 배였지만, 그 안에 우리의 두 번째 아이가 있다고 생각하니 만감이 교차했다.

"우리 아기 태명은 뭐라고 지을까요?"

"글쎄……. 뭐가 좋을까?"

도영이 되묻자 눈동자를 데굴데굴 굴리며 곰곰이 생각하던 해아는 순간 무언가 떠오른 듯 눈을 번쩍 떴다.

"우리 아기 언제 생겼는지 내가 말 안 해줬죠?"

"몇 주 됐는지도 아직 말씀 안 해주셨습니다. 저도 방송 보고 알았거든요."

해아가 웃으며 도영의 허벅지를 베고 누웠다.

"기주 선배네랑 포르투갈 여행 갔을 때, 우리 리스본에서 일주일 정도 머물렀잖아요? 거기서 만들어졌어요."

지난 11월, 2주간 기주네 부부와 함께 포르투갈 동반 여행을 다녀온 참이다.

기주도 그곳에서 그토록 원하던 둘째 아이를 가졌다고 했는데, 이쯤 되면 리스본은 축복의 땅이 분명했다.

"그럼 둘째 태명은 리스본이네. 아니다, '스' 빼고 리본 어때?"

"오! 리본 좋다. 리본으로 하죠."

도영은 고개를 숙여 해아에게 입을 맞추었다. 달콤하고 따스한 해아의 숨결이 맞닿은 입술 사이로 건너오자 마음이 사르르 녹아내리는 것만 같았다.

"고마워."

해아가 두 팔을 뻗어 도영의 목을 감싸더니 슬쩍 끌어당겨 다시 입을 맞췄다.

"내가 더요."

순간, 도영은 해아의 이름을 빛나로 짓고 싶었다던 강훈의 말은 어쩌면 거짓이 아닐지도 모른다고 생각했다. 눈부시게 아름다운 그녀의 눈을 바라보고 있자니 말문이 막힐 지경이었다.

"그리고…… 사랑해요."

수없이 말해도 부족한, 수없이 들어도 부족한 그 말.

사랑을 말하는 해아의 입술에서 눈을 뗄 수가 없었다. 도영은 발그레 물든 그녀의 뺨과 살짝 부풀어 오른 핑크빛 입술 위에 차례로 입을 맞춘 후, 귓가로 입술을 옮겼다.

"사랑해."

자신을 향해 예쁘게 웃고 있는 해아를 바라보며, 도영은 생각했다. 바닥에 주저앉아 울고 있던 너에게 재킷을 건넸던 건, 정말 잘한 일이었다고.

END.

작가 후기

　이 글의 시작부터 마지막까지 함께해 주신 독자님들과 관계자분들께 진심으로 감사의 인사를 전합니다.
　늘 행복하셨으면 좋겠습니다.
　당신의 사랑을 응원합니다.

2017년 8월
김선민 드림

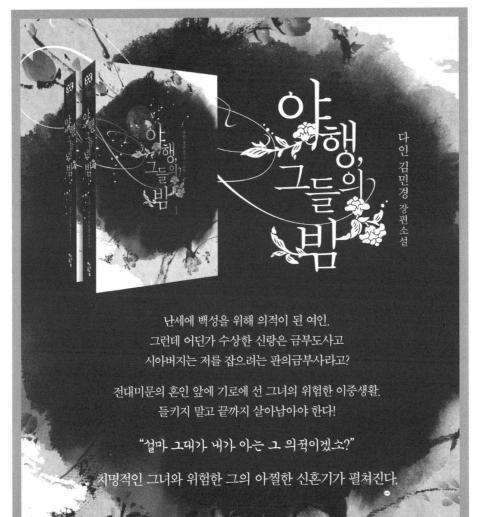

난세에 백성을 위해 의적이 된 여인.
그런데 어딘가 수상한 신랑은 금부도사고
시아버지는 저를 잡으려는 판의금부사라고?

전대미문의 혼인 앞에 기로에 선 그녀의 위험한 이중생활.
들키지 말고 끝까지 살아남아야 한다!

"설마 그대가 내가 아는 그 의적이겠소?"

치명적인 그녀와 위험한 그의 아찔한 신혼기가 펼쳐진다.

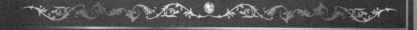